甘肃省社科规划重点项目

"莫言乡村世界的人类学书写及其对甘肃作家的启示"(ZD005)阶段性成果

# 莫言人类学书写中的
# 乡村世界

任红红  著

人民出版社

责任编辑:陈建萍

封面设计:汪 莹

**图书在版编目(CIP)数据**

莫言人类学书写中的乡村世界/任红红 著. —北京:人民出版社,2021.5

ISBN 978－7－01－022771－9

Ⅰ.①莫… Ⅱ.①任… Ⅲ.①莫言-小说研究 Ⅳ.①I207.42

中国版本图书馆 CIP 数据核字(2020)第 243746 号

**莫言人类学书写中的乡村世界**

MOYAN RENLEI XUE SHUXIE ZHONG DE XIANGCUN SHIJIE

任红红 著

**人 民 出 版 社** 出版发行

(100706 北京市东城区隆福寺街 99 号)

环球东方(北京)印务有限公司印刷 新华书店经销

2021 年 5 月第 1 版 2021 年 5 月北京第 1 次印刷

开本:710 毫米×1000 毫米 1/16 印张:24

字数:340 千字

ISBN 978－7－01－022771－9 定价:60.00 元

邮购地址 100706 北京市东城区隆福寺街 99 号

人民东方图书销售中心 电话 (010)65250042 65289539

# 目　　录

序　一 ……………………………………………… 程金城 1

序　二 ……………………………………………… 张志忠 6

前　言 ……………………………………………………… 1

绪　论 ……………………………………………………… 1

第一章　莫言小说的人类学特征 ………………………… 9

　　第一节　地方性知识与"农民的发现" ……………… 10

　　第二节　启蒙现代性视域中未被发现的乡村和农民 ……… 19

　　第三节　莫言人类学书写中的乡村世界和农民 ……… 29

第二章　乡村世界家庭伦理关系 ………………………… 49

　　第一节　乡村家庭成员的伦理关系 …………………… 49

　　第二节　人类学视域中的乡村夫妻关系 ……………… 57

　　第三节　乡村父子关系的深层结构 …………………… 77

　　第四节　乡村世界的母子关系 ………………………… 96

第三章　莫言人类学书写中的婴童和青少年 …………… 120

　　第一节　汉民族文学中失语的儿童和青少年 ………… 120

　　第二节　乡村世界里的婴儿和儿童 …………………… 132

　　第三节　莫言人类学书写中的乡村青少年 …………… 153

第四章　乡村世界里的农民和动物 ……………………… 181

　　第一节　农民与动物关系书写的文学史回顾 ………… 182

第二节　农民与家畜的密切关系 ……………………………… 195

第三节　乡村动物崇拜 ………………………………………… 231

第五章　乡村世界的超自然力信仰 …………………………… 256

第一节　礼教夹缝中的乡村超自然力信仰 …………………… 257

第二节　乡村祖先之灵和鬼神信仰 …………………………… 267

第三节　乡村超自然信仰的深层文化结构 …………………… 284

第六章　莫言人类学书写的文学价值 ………………………… 298

第一节　多元叙事建构乡村世界的地方性知识 ……………… 300

第二节　深描乡村的世界文学视域 …………………………… 312

第三节　新时期文学语境中莫言人类学书写的文学价值 …… 322

结　语 ………………………………………………………… 332

参考文献 ……………………………………………………… 340

后　记 ………………………………………………………… 358

# 序 一

在中国当代作家研究中,莫言研究应该说是收获最多的,其意义超出了作家作品论,由此辐射到对中国当代文学创作特点及高度的研究,对中国当代文学与世界文学、传统文学和文化关系的研究等等,推进了中国当代文学评论与创作经验的理论总结。莫言研究在中国,应该说配得上诺贝尔文学奖了,即使在获奖之前,莫言也是中国当代作家中被关注和研究最多的一类,其中不乏许多精到的解读和深刻的论证。莫言研究热度的持续,首先是由莫言作品本身的丰富性、独特性和复杂性决定的,有说不尽的莫言,才有写不完的学术论文和研究著作。同时这也与研究者视野的不断拓展和方法的不断更新相关,这些成果有目共睹,此不赘述。无疑,对莫言及其创作的研究还会持续下去,成果会越来越多。然而,随着研究的深入,如何对其创作做出更精深的解读和更有创见的阐释,这对于研究者来说是很大的挑战,而如何发现有意义的研究命题并作出独立的判断,则是至为重要的。任红红博士的"莫言人类学书写中的乡村世界"就是一个有价值的命题,其研究成果有其独到之处。

"莫言人类学书写中的乡村世界"这一命题及任红红研究的创新意义和学术价值,我以为主要体现在两个大的方面。一是从方法论的角度说,经由对莫言作品的解读和人类学理论的烛照,使人类学书写与中国当代叙事文学关系的研究有了一个重要的坐标,也使得文学人类学的批评范式在当代作家研究中有了成功的范例。二是从作家作品论的角度说,把莫言小说建构的"乡村世界"醒目地凸显出来,并得到人类学的还原,既拓展了莫言小说的研究空间,也进一步揭示了莫言小说对人类文学的独特贡献。

关于人类学书写,在中国语境中基本上可以理解为文学人类学,对其已经有不少研究,也有一些综述,勾勒了中国文学人类学的发展历程,此不赘述。我要说的是,人类学书写,不仅仅是一个创作手法的问题,而且关涉一个作家创作的艺术特质和精神高度,进而关涉到具体书写的方方面面。而这需要置于更大的文学背景中才能凸显出来。在中国近百年的新文学史上,在当代世界文学史上,莫言就是一个有人类意识和世界眼光的作家。任红红的专著探讨莫言的人类学书写,其价值也在这一大的背景上也才能看得清楚。

首先,"人类"对于中国作家、对于莫言意味着什么?我觉得主要是他具有人类主体意识,或者说,他把自己作为人类的一员,表达人类的情感和意识。一个作家的创作是不是具有世界意义,有没有表达人类普遍的情感,不是由他的创作对象决定的,而在很大程度上是由有没有人类主体意识决定的,这种创作意识决定了他对表现对象的选择和处理方式。其实,早在一百年前,就是中国新文学发轫时期,鲁迅、沈雁冰等都发表过关于文学艺术的世界性、人类性的观点。沈雁冰曾经说:"文学的目的总是表现人生,扩大人类的喜悦和同情……文学的进化,无非欲使文学更能表现当代全体人类的生活,更能渲泄当代全体人类的情感,更能声诉当代全体人类的苦痛和期望,更能代替全体人类向不可知的命运作奋抗力呼吁。"这些见解今天依然有意义。然而,曾在一个时期,由于各种原因形成了一种观点,认为文学的人类性是抽象的概念,是与阶级性、民族性对立冲突的。对现当代文学的评价,也抑制对人类性因素的发掘。从这个意义上说,中国当代文学家人类性主体意识的增强是付出沉重的代价的。就莫言来说,不管是作为作家的个人,还是作为个人的作家,他的人类意识都是很强的,在他的许多文章和演讲中,都表达了这种强烈的意识。人类意识决定了他的人类情怀和世界眼光,决定了他特立独行的姿态,也相应决定了不囿于一隅的表达方式。而任红红的论著,从莫言人类学角度切入,抓住了莫言创作的这一特质和指向,具有鲜明的创新性,打开了莫言小说研究的新维度。

其次,莫言的人类学书写,对于中国当代文学,对于人类文学,增添了什么新的内容?任红红从莫言人类学书写中发现了莫言建构的"乡村世界"。乡村世界是莫言创作的出发点,也是其重要对象。论著告诉我们,莫言的创作发现了乡村,同时发现了农民,也发现了"地方性知识"。任红红的研究特别注意到,莫言的创作关注作为人类族群之一的汉民族乡村世界里的农民的家庭伦理关系、婚姻状况,乡村婴儿、儿童和青少年成长轨迹,以及农民与动物的关系、乡村动物崇拜和他们的超自然力信仰等等。论著分析了莫言小说叙事中乡村世界的家庭伦理关系,指出汉民族乡村家庭成员的关系复杂多元,夫妻关系作为家庭伦理关系的基础,呈现了儒家文化与乡村文化在乡村婚约缔结中的共谋。作者进而论证了作为主流文化的儒家文化对这些群体成长轨迹多元影响背后潜藏的深层文化—心理结构。比如,她发现,小说中书写的几乎所有乡村夫妻关系的缔结都源于父母包办,这种婚姻缔结模式遵循尽孝、传宗接代的婚姻"义理",形成了看似稳定的"有序"婚姻。但"有序"的义理婚姻模式下,却潜藏着因"无爱"而导致的"无序"夫妻关系。本书还认为莫言的小说在"伦理召唤与回忆中深描的乡村母子关系",呈现了"家长制父权文化与母子关系中母亲的屈从地位",并将父权文化遮蔽在"深闺"的乡村母亲前置,以关注人类的情怀关注这些默默无闻的母亲。这些见解,在人类学书写的视域中有了新的意义阐释。作者指出,莫言通过对乡村世界里的超自然力信仰的人类学深描,打开了走进乡村神秘信仰的大门,在被主流文化遮蔽、主流文学不屑书写的文化语境中,在各民族作家关注并书写自己民族文化的全球化文学语境中,深入展现了乡村世界的风俗与信仰。这些研究成果,为世界文学提供了新的内容,对这些现象的人类学研究,还原了特定时空环境中族群与文化的深层关系,是文学人类学研究的新进展。

其三,对莫言人类学书写的研究,对于中国当代文学批评来说意味着什么?任红红的研究对于中国当代文学有什么意义?关于文学人类学作为批评范式,我曾有过探讨,其中在审视中国文学人类学研究状况时发现,在重视历史、民族、民间和地方知识的同时,没有积极介入当代文学批评实践,甚至远离文学中心,不能回答文学与当代人类关系的现实问题,批评实践的"边缘"在相当程度上决定了它的位置的边缘。与此同时,批评对象的局限与理论上的停滞不前越来越引起人们对这个学科的质疑。在我看来,文学人类学要破除以往僵死的研究范式和学科壁垒,单靠扩大研究范围和延伸疆域是不能达到的,它必须同时"攻坚",也就是在向民间和"地方"扩大文学范围,在向古代甚至远古延伸文学疆域的同时,对当代"主流"文学创作现象作出属于文学人类学的解释,从人类学的角度去发现和解释新的文学事实。从更为广阔的视野看,对当代文学的重视并不与人类学传统研究冲突。在文学人类学倡导的总体世界文学中,必须以人类学的视野和理论范式对当代嬗变中的文人写作现象进行阐释和研究,不然,文学人类学就不能达到转换文学研究范式的目的,它在当代文学研究和批评领域的影响力会大打折扣,文学人类学的位置也受影响。从这个角度说,文学人类学,不应该只是关于文学研究对象的概念,而是一种研究范式,它应该对当代存在的文学现象具有普遍适用性,并在面对文学嬗变中不断进行研究方法和理论的创新,强调文学的古今贯通、多元一体的时空关系,探讨以各种形式和载体作为符号的人类文学现象;发现文学在生活中的复杂存在,揭示意识与无意识、历史与结构等方面独具的意义。人类学书写,不是对各种方法的杂糅和拼凑,而是对各种理论和方法的特长的抽绎和凝练整合,是以人类的眼光重新审视文学与人的关系,审视人类发展史上那些经过时间检验的人类共同的审美追求及其显现方式。而从任红红对莫言的研究中发现,"莫言的人类学书写以其关注边缘、书写边缘和日常经验的视角和立场,为汉民族当代文学创作的范式转换做出了贡献"。"而且在全球化语境中,他和当代世界文学舞台上的各民族作家一起,建构了人类文化的多元性"。这些理论成果,显示了文学人类学对于当代文学现象研究的适用性,体现了文学人类学的综合特征和"远观"的视野,是对当代文学批评范式的积极贡献。

任红红曾经是兰州大学文学院中国现当代文学专业的博士研究生,毕业后,又进入中国社会科学院文学所做访问学者,师从陆建德先生。现在又在英国剑桥大学访学深造,学术视野不断扩大,研究也不断深化。我作为她的博士生指导教师,对她学业的进步和专著的出版,由衷高兴,谈点看法,是为序。

程金城

2020 年 2 月 25 日

# 序　二

　　说到我自己的莫言研究,我自认为在文化人类学理论的借力上,恩斯特·卡西尔的《人论》对我启发甚多。卡西尔关于原始时期人类生活、劳动与认知自身认知世界的独特方式,即由土地—植物—动物与人之间生命自然流转的一体化平等化,人类劳动与感知世界时强烈地凸显其感觉化特征等,构成我写作《莫言论》上半部分的重要理论支点。正是通过卡西尔,让我获得解读莫言的生命世界的基本路径之一,在经过 30 年的时间检验之后,这些基本论点仍然是有效而鲜活的。费孝通的《乡土中国》对于乡村生活和"熟人社会"的描述,也是我阐述莫言乡村世界时经常会应用到的。莫言的创作正是建立在他从出生到应征入伍之前 20 年之久浸淫其中烂熟于心的乡村生活体验。因此,当我读到任红红的专著《莫言人类学书写中的乡村世界》,对其表述中的许多方面都感到欣慰,于我心有戚戚焉。人类学的视野,在莫言研究中已经取得积极的成果,而且还会继续成为莫言研究的一大界面。

　　我曾在《莫言研究的回顾与展望(1984—2013)》一文中,将莫言研究分为"红高粱时期""'丰乳肥臀'风波前后""'大步撤退'而走向辉煌""诺奖临门:柳暗花明"四个时期,对近 30 年的莫言研究做了详尽的梳理和回顾,并就"对莫言 30 余年创作道路的全方位全过程研究""莫言文学思想研究""关于在文学创作中重返故乡与拓展故乡的问题""人生经验与创作升华的关系研究"等方面学术创新的可能性进行了展望。后来,我又在《莫言研究的新可能性》中指出:2012 年 10 月,莫言因为获得诺贝尔文学奖,其受关注程度和研究论文都呈现出爆炸状态,数量剧增,关于莫言研究的专著和论文集也有几十部之多。在莫言这个大树上，爬满了热情的研究者，大量的博士、硕士和学士论文也纷纷向其聚焦。即便如此，我们对莫言文本的细读、对莫言阅读史、莫言与山东和胶东半岛地域文化关系的深度考察，都是有可能取得新的开拓的。随后，山东大学丛新强教授的《"诺奖"之后的莫言研究述评》就"诺奖"之后的莫言研究又做了全方位的扫描。可以肯定地说，"诺奖"之后的莫言研究取得了丰硕的成果，涌现出了不少高水平高质量的论著，呈现出了一派繁荣景象，这使当下的莫言研究日益走向深入和壮阔。同时，也毫不讳言，莫言研究的创新也日益困难。

费孝通先生曾用"乡土中国"概括中国社会的特质，可谓精准、精彩。对20世纪中国"乡土中国"的书写，是中国现当代作家最为关注的对象和主题之一，取得的成就也最为突出。鲁迅的未庄、鲁镇和S城的浙东乡村，废名湖北黄梅的天光云影，沈从文湘西边城的蛮勇天真，萧红呼兰河畔的凝重悲情，赵树理太行山区的质朴诙谐，孙犁荷花淀的融融诗意，周立波洞庭湖畔的茶子花香，贾平凹的陕南商洛雄秦秀楚的风情，路遥《平凡的世界》中城乡世界的艰辛和激情，陈忠实《白鹿原》中儒家文化的乡村形态，阎连科的中原重地耙耧山脉的悲凉和抗争，都在乡土文学版图上开疆裂土，"称霸一方"。而莫言呢，则构建了"高密东北乡"王国，以切身的乡村体验、丰盈的生命感觉和内在的农民立场，写出了中国农民在沉重悲凉中迸发出的蓬勃坚韧的生命力、创造力，并以一种独具的生命感觉和神奇想象将心灵的触角投向生生不息的大自然，这种感觉没有经过理性的剪裁、删削和规范，这样的感觉活动带着它的原始和粗糙，写出了中国农民的精神特征，使中国的乡土文学赢得了世界性的声誉。

新时期以来，对这些20世纪中国乡土文学名家名作的研究，因为学界的持续关注和长久耕作，佳作高论迭出，创新实属不易。但是，这一最具学科基础性和蕴储文学根本性命题的领域，也不能停滞不前，还有待新问题的提出、新材料的发现和新方法的更新，以推动20世纪中国乡土文学研究的新陈代谢，持续深化。然而，新问题的提出非一日之功，新材料的发现也靠时机。在这种情势下,新方法的更新往往更易操作。

　　早在 1985、1986 年中国文坛的"方法论"热中,以"人类学"的理论和方法研究文学问题,就已经悄然兴起。1987 年之后,这种研究方法,获得了更大的发展势头,并取得了不俗的成绩。在当时,方克强、叶舒宪、赵园、蔡翔、季红真等学者都有佳作问世。就莫言研究来说,季红真可谓最早一批以"人类学"的理论和方法研究莫言小说创作,并取得了突出成就的学者。早在 1988 年,她就发表了《现代人的民族民间神话——莫言散论之二》《神话世界的人类学空间:释莫言小说的语义层次》等文。2006 年,她又发表了《神话结构的自由置换——试论莫言长篇小说的文体创新》。近年来,她还发表了《历史叙事的血肉标记——莫言小说女性身体的多重表义功能》《故事结构的古老原型——莫言小说中女性形象的多重性表意功能之二》《大生态系统的外部形体——莫言小说女性身体的表意功能之三》《大地诗学中心灵磁场的核心故事——莫言小说的生殖叙事》等文。在几次有关莫言研究的学术会议上,季红真那些以"人类学"理论和方法解读莫言小说而未刊行的发言,体现着文本细读和理论思辨的有机结合,精彩纷呈,令人击节称快。如果把 1987 年她就将日本学者祖父江孝男的《简明文化人类学》译介到中国的事联系起来,她对用"人类学"的理论和方法研究中国文学问题(尤其是莫言和萧红的小说),无疑有着自觉的理论意识,且三十余年来深情绵邈,热情不减,以至其取得的突出成就也在情理之中。2003 年,张清华发表了《叙述的极限——论莫言》的宏文指出:"莫言的意义,正在于他依据人类学的博大与原始的精神对伦理学的冲破。他由此张大了叙事世界的空间,几乎终结了以往文学叙事中'善—恶'、'道德—历史'冲突的历史诗学模式,也改造了人性中'道德'的边界和范畴,构建了他的'生命本体论'的历史诗学"。2015 年,他又发表了《细读〈透明的红萝卜〉:"童年的爱情"何以合法》一文,用弗洛伊德的"精神分析学"对莫言的成名作进行了"亵渎"而不乏新见的解读。他说:弗洛伊德为代表的精神分析学,因为它鲜明的"反伦理学"色彩,将人纳入到"人类学"视野中予以研究的方法,对于改造我们原先简单的社会学阶级论、庸俗道德论视野与方法,都具有直接的瓦解作用。像季红真一样,他也在不同的学术场合和文章中表达了对用"人类学"理论和方法研究莫言小说的广阔前景。如果考虑到张清华用"精神现象学""精神分析学"研究海子的诗歌、先锋小说、红色经典小说等中国当代文学问题,并取得了不俗的成绩,我们可以说,他和季红真都可以归于当下用"人类学"理论和方法研究中国当代文学(尤其是莫言小说)用力最勤、成绩最大的学者之列。而且,在中国当代文学研究(尤其是莫言小说)领域,他们极有可能以"人类学"的理论和方法做出新的成绩,用"人类学"的理论和方法推动和深化当下的中国当代文学研究和莫言小说研究。为此,用"人类学"研究中国当代文学和莫言的小说创作,不仅不过时,反而具有学术研究的前瞻性,前景广阔。

不同于季红真对莫言小说中诸如"神话""原型""结构""系统""表意""功能""生殖"等涉及"人类学"本源性、结构性、深层性问题的极大关注,也不同于张清华将"人类学"和"精神现象学"一而二二而一,把中国当代文学作品作为揭示和探究人类的复杂精神现象标本的极大热情,任红红的专著《莫言人类学书写中的乡村世界》通过借鉴人类学民族志书写的"深描"理论、克利福德·格尔兹的"地方性知识"、雷蒙·威廉斯的《文化与社会(1780—1950)》《乡村与城市》、安德鲁·郎利的《艺术为证:维多利亚时代》文化研究理论,以探寻莫言小说对汉民族乡村世界的人类学知识书写的价值,以及其虚构与想象中个性化书写的人类情怀。摆在我们面前的《莫言人类学书写中的乡村世界》一书,以莫言小说的"乡村世界"为研究对象,以"人类学"的角度和方法切入,做的正是守正出新的学问,无疑是当下莫言研究走向深入和壮阔的明证,可谓一部试图对莫言小说创作进行开拓和创新研究的尝试之作。由于对当下莫言研究走向的熟悉,作者通过运用"深描"和"地方性知识"等"人类学"理论和方法来研究莫言的小说,彰显着作者的开拓和创新意识,使本书具备了一种宏阔的理论视野。而作者的这种开拓和创新意识,以及宏阔理论视野,在何种程度和意义上得以完成,还有待本书所呈现的章节结构和文本细读的检验。

本书除了"绪论"和"结语",共由六章组成。通过借用沃尔夫冈·伊塞尔"文学以虚拟的文字叙事"揭示"人类自身构成的某种东西"的观点,雷蒙·威廉斯文化研究中的"文化模式"理论,作者指出:莫言的乡村世界和农民书写具有人类学的视域。莫言的小说具有人类学的特征,他的人类学书写再现了农民这一独特的社会群体的恒久的"文化模式",以及他们的生活方式和生活观念。莫言建构的"高密东北乡",是一种建构的"地方性知识";莫言对"农民的发现",在"人类学视域中强化了具有地域文化特性的人类意识"。本书的"绪论"和第一章"莫言小说的人类学特征"开章明义,为整部书奠定了论述的基础。纲举则目张,风生则水起。紧随第一章,第二、三、四、五章分别就人类学视域下莫言乡村世界中的"家庭伦理关系""婴童和青少年""农民和动物""超自然力信仰"等重要问题进行了集中论述,可谓本书的核心四章。这四章占据了全书的绝大部分篇幅,洋洋洒洒二十几万字,论述深入、细致,时有精彩之论,呈现出一派波澜壮阔的气象,彰显着本书的价值和意义。待四章论述已足,本书从核心四章很自然地过渡到了第六章"莫言人类书写中的文学价值"和"结语",可谓水到渠成。

再让我们看看本书的文本细读,这里试举两例。先看例一。通过众多的文本细读,作者梳理和罗列出了莫言人类学书写中家庭成员的多种关系。这些家庭成员的关系包括:叔嫂、婆媳、夫妻、兄弟、母子、祖孙、父子、公媳、妯娌、姊妹、兄妹等诸多关系,根据莫言小说的实际情况,作者又集中选择了夫妻关系、父子关系和母子关系进行论述,可谓做到了点面结合,主次分明,详略得当。在论述莫言人类学视域中的夫妻关系时,作者通过莫言涉及夫妻关系的二十多部小说,将其概括为"有序的'义理'婚姻缔结的无序夫妻关系",进而又将其分为"有序的义理规约下无情感根基的婚姻"、"无爱和出轨:无序的夫妻关系"和"'家暴'存在的普遍性和无序的夫妻关系"三类,虽然千头万绪,却解读得如抽丝剥茧,足见耐心、功力。为此,作者指出:莫言的小说叙事抛开了主观性的哲理反思,紧紧依靠经验和印象的"深描"来揭示乡村世界夫妻关系的真实生活逻辑,将说不尽的意蕴留给读者,在漫不经心、无足轻重的"轻"书写中思考着乡村夫妻关系的"重"。再看例二。从篇幅和论述上看,第四章"乡村世界中的农民和动物"一章,可谓作者用力颇勤、多见心得的章节。在论述莫言小说视域中的农民与牛、马、驴的关系时,作者分别用了"人畜一理:农民和牛"、"是马非马:农民与马"和"待驴如子:农民与驴"来论述。这些章节不仅设置得巧妙、精彩,而且都围绕中心话题深入展开,时有精彩解读。为此,作者指出莫言关于农民和家畜关系人类学"深描"的价值和意义在于:走出了道德理性的"向上追求",发现了人类之外的"他者"。最后,作者就莫言对农民和动物关系的书写与汉民族的动物崇拜、信仰和仪式、文化思维和深层心理做了深入探讨,也颇见深度。正因为本书有着宏阔理论视野和扎实的文本细读,并对研究对象有着深切的体验和认识,以至作者才能得出这样的中肯之论:"莫言通过小说'浅描'乡村世界里'未经传统认可'的方方面面,记录农民的日常生活、家庭伦理关系、信仰等'地方性知识'的同时,又用文学的表征方式,借助多元而又复杂的艺术手段,用变幻多样的叙事方式,深入到这些现象的深层,在文学特有的诗性语言感性与理性的两级,以对农村和农民原始资料的翔实记录为契机,以个人的主观情感和认知深入地过滤并解释其中蕴含的复杂文化症候为核心,'深描'了乡村世界的复杂多面性。"这种中肯之论,论证有据,使人信服,凸显出本书的价值和意义,在很大程度上实现着作者研究的初衷,这是值得庆贺的事。

　　我经常和青年学者讨论的一个重要话题,就是怎样将各种文学理论和文化理论有机地融合到我们对中国本土的文学文本研究中来。列宁说过,没有革命的理论就没有革命的运动。做文学研究同样如此,没有理论的启迪与引导,我们的研究就只能够处在一种自发的直觉的状态,暴虎冯河,我们自身有多大的才气和灵性呢?但是,理论又不能够作为随意粘贴的学术标签,不是"照到哪里哪里亮"的万用灯具。金庸的武侠小说中讲人与武器关系的三重境界,手中有剑而心中无剑,手中无剑而心中有剑,手中无剑心中也无剑。理论就是我们的剑,但我们要经常扪心自问,我们的剑术达到什么境界了呢?本书在"人类学"理论和方法的演绎和辩证运用方面,还有待进一步推敲,有待使之从斑驳走向精纯。但是,这些并不能掩盖本书所展现出的光彩。总的来说,这不失为一部理论视野开阔、文本解读时见精彩、具有开拓和创新意识的学术专著,可谓当下莫言研究的新收获。我曾在《四十而不惑 大道更开阔——"改革开放时代的文学研究"感言》中说:"改革开放40年,也是当代文学研究取得标志性成果,得到普泛性共识的40年。回望所来径,我们看到的是一个个探索前行的脚印,一个个经过时光淘选的里程碑式的人物和论著。我们不应该妄自尊大,更不应该妄自菲薄。"改革开放40余年来的中国当代文学研究是如此,莫言研究亦是如此。作为改革开放年代里的莫言研究专著,随着研究的完善和深入,我们有理由相信《莫言人类学书写中的乡村世界》一书的作者也必能在莫言研究的道路上会经久"不惑",为后来者留下探索前行的足迹;"大道更开阔",向"里程碑式的人物和论著"发起冲击;和学术同人一道,使当下的莫言研究走向深入和壮阔,也为自己的学术研究迎来新的辉煌。

张志忠

2019 年 12 月 11 日

# 前　　言

　　莫言的小说以其个性化叙事,呈现了汉民族乡村世界的地方性知识。他的小说在多元叙事技巧的革新中,以结构和视角的不断变幻与尝试,从关注乡村世界里平凡的个体——男人、女人、婴童、青少年,到关注这个空间里的人与人、人与自然关系,以及这些个体的信仰和情感等,以对这个世界前所未有的文学想象和诗性的语言,发现了汉民族乡村世界的地方性知识和这里的主体——农民。小说通过个体故事的不断呈现和强化,从整体上书写了作为人类的一个群落的文化模式。因此,莫言通过短、中、长篇小说建构起来的乡村世界里的一切有其自足性,这些通过文学叙事出现在文本中的人物符号和文化因子,表征了汉民族乡村世界强有力的文化事实。

　　第一,本书将莫言的小说放置在汉民族主流文学的参照系中,通过比较研究这些作品中书写的乡村世界和莫言的人类学深描中的乡村世界,探寻莫言小说的人类学特征和表现。这一部分在系统认知和梳理文学人类学视域中文化研究不同范式的基础上,以文学人类学的研究视角,关注作为人类族群之一的汉民族乡村世界里农民的家庭伦理关系、婚姻状况、个体的成长,以及农民与动物的关系、乡村动物崇拜和他们的超自然力信仰等层面。并指出莫言小说中深描的这些地方性知识,以文学叙事的形式发现了乡村的同时发现了农民。在确立这一研究视域之后,通过对多部"乡土文学"文本的细读,着重分析和系统梳理了汉民族主流文学中未被发现的乡村世界和农民,指出莫言的小说在虚构与想象的文学叙事中,走出现代性启蒙话语的书写视域,建构了自足的乡村世界独特性。

第二,本书详细梳理了莫言小说叙事中乡村世界的家庭伦理关系。汉民族乡村家庭成员的关系复杂多元,莫言在几乎所有书写乡村的小说中都涉猎了这些关系。夫妻关系作为家庭伦理关系的基础,莫言的书写深入呈现了儒家文化与乡村文化在乡村婚约缔结中的共谋。因而,本书首先深入研究了莫言人类学书写中的乡村夫妻关系。小说中书写的乡村夫妻关系的缔结几乎都源于父母包办,这种婚姻缔结模式遵循尽孝、传宗接代的婚姻"义理",形成了看似稳定的"有序"婚姻。但"有序"的义理婚姻模式下,却潜藏着因"无爱"而导致的"无序"夫妻关系。在此基础上,深入到文化深层,探寻其文化心理结构。其次,本书探究了莫言人类学书写中对乡村记忆"伦理召唤"中呈现的乡村父子关系,并深入分析了造成父子关系不和谐的深层文化结构。这部分的最后,研究了莫言人类学书写中深描的乡村母子关系。莫言的小说对乡村母亲的书写和对母子关系的人类学深描,与以往汉民族文学对此的想象和书写相比,具有一种陌生化的效果。但是纵观国内外莫言研究的相关成果,鲜有学者对莫言小说中的母子关系进行深入细致的研究。本书通过对莫言小说中深描的母子关系的研究,认为莫言的小说在"伦理召唤与回忆中深描的乡村母子关系",呈现了"家长制父权文化与母子关系中母亲的屈从地位",并将遮蔽在父权文化下的乡村母亲前置,以关注人类的情怀关注这些默默无闻的母亲。在此基础上本书也深入研究了小说中显现的乡村母亲的智慧和德性及其价值和意义。

第三,本书深入解读了莫言通过多部小说深描的特定年代的乡村婴儿、儿童和青少年成长轨迹,系统研究了莫言小说以文学的"轻"、书写方式的"轻",书写乡村世界里一直以来被主流文化遮蔽、没有话语权的"轻"的群体,思考文化赋予这些群体的"重"。莫言对这些群体的书写独特而详尽,尤其深描了这些群体自由和不自由的生存状态及主体意识的缺失,彰显了作为主流文化的儒家文化对这些群体成长轨迹多元影响背后潜藏的深层文化结构。

第四,本书研究了莫言小说中深描的农民和动物的关系,重点研究农民与六畜的关系和乡村动物崇拜。汉民族的农耕文化成就了农民和六畜的密切关系。莫言小说对农民和六畜关系的深入书写和以往主流文学对此的有限想象和书写不同,是一种人类学式的深描,这也是本书研究这种关系的契机。此外,莫言小说中深描的乡村动物崇拜,呈现了在漫长的历史时期,在主流文化尊崇周孔礼教、视儒家文化为宗教的时候,乡村里的农民仍然保持着古老的巫术思维,视动物为图腾,在乡村广阔的地域中与动物和谐相处。

第五,本书研究了小说中深描的乡村世界的超自然力信仰。乡村世界里的农民不但有自己崇拜的动物图腾,而且在根深蒂固的"孝"文化和家族文化的规约下,虔诚地保持着祖先崇拜,莫言以"场景再现法"完整呈现了汉民族乡村世界里的祖先之灵信仰的丧葬礼仪式,以及特定的日子里祭祀祖先的各种仪式。莫言没有像鲁迅、茅盾、巴金、陈忠实、贾平凹等作家仅仅书写官宦、士绅、地主家族有关祖灵祭祀的典礼和仪式,而是用人类学深描的笔法,再现了乡村世界里的普通农民的祖先之灵祭祀的丧葬礼和其他仪式。除此之外,莫言小说中的乡村鬼魂信仰和禁忌等其他超自然力信仰也是本书研究的主要对象。莫言通过对乡村世界里的超自然力信仰的人类学深描,打开了走进乡村神秘信仰的大门,在被主流文化遮蔽、主流文学不屑书写的文化语境中,在各民族作家关注并书写自己民族文化的全球化文学语境中,深入展现了乡村世界的风俗与信仰。

虽然莫言的小说以其不经意的追忆,以不必转换文化视角和做田野调查的便利,在小说中以文学创作者的身份对乡村世界做了人类学深描,但小说中丰富的人类学因子是在小说本身的语言、文字、故事中以文学的形式展现的。因此,本书的最后部分研究莫言小说的独特叙事艺术和以上各部分研究内容中展现的乡村世界人类学书写的紧密契合,探寻莫言小说的文学史价值。莫言的人类学书写以其关注边缘、书写边缘和日常经验的视角及立场,为汉民族当代文学创作的范式转换做出了贡献。当然,莫言对乡村世界的人类学深描,对汉民族乡村世界的书写,不但在当代中国文学的话语语境中具有举足轻重的意义和价值,而且在全球化语境中,他和当代世界文学舞台上的各民族作家一起,建构了人类文化的多元性。

# 绪　　论

莫言小说的人类学书写，就是以独特的个性化叙事，站在人类的立场，以雄浑博大的文学视野关照现实社会和人生，关照中国汉民族乡村世界里平凡的芸芸众生。莫言虚拟的文学叙事中的乡村世界，在很大程度上向读者和世界揭示了作为真实存在的"人类"的一个种群生存的真实状况。莫言以自己的亲身经历和文学想象将乡村世界里丰富多彩、千姿百态的生活以文字叙事的形式呈现在读者面前，以诗性的语言书写人类的一个群落在发展历程中遭遇的各种问题。莫言小说中的乡村世界是一个自足的世界，这里的主体农民不再是启蒙者眼里的被启蒙者，他们具有"人"具有的所有特征，而这些特征就呈现在他们的日常生产生活中。莫言的小说就是从整体上关注他们在自己的生存空间中的位置、作用，他们的伦理关系、成长轨迹和信仰等。而对莫言小说中书写的丰富多彩的地方性知识的深入体认与研究，在为乡村立言的同时，通过其中丰富复杂的人类学因子，也让世人深入地体认这一族群生存样态的多元性。

汉民族的乡村世界，自从有了农耕文明就形成了其比较恒定的思维模式和文化理念及其影响下的人们持久深厚的生活方式和价值观念。莫言的小说对乡村世界的书写，是其乡村经验和印象追忆中的人类学表达。记忆中的"一切印象接受在内心里，而这些印象是感性的、生动的、可爱的、丰富多彩的"，作为作家，"要做的事不过是用艺术的方法把这些观照和印象融会贯通起来，加以润色，然后用生动的描绘把他们提供给听众或观众"。① 莫言以自

① ［德］爱克曼辑录：《歌德谈话录》，人民文学出版社1978年版，第147页。

1

己丰富活跃的想象力,用艺术的方法观照他曾经的生存经验,并通过众多小说的多层次、多角度书写,对其中的点点滴滴进行融会贯通,以人类学家的深描,全方位地书写汉民族乡村世界及农民的生产、生活、情感、性相、信仰等,在此基础上呈现乡村文化的恒定性。因此,对莫言小说的研究,应该真正进入他小说的文本世界里,仔细研读其小说中浓郁绵长的乡村印象和经验,体味乡村世界乡民的日常生活,以及他们的交际关系、思维、情感、观念、婚恋等具体的生存生态。

莫言通过文学书写"发现农民",不是对农民的日常生活的"浅描"和记录,而是对他们深层的情感结构、心理属性等文化特征的"深描"。深描是人类学民族志书写的一个专业术语,是人类学家对他们经过田野调查获得的笔录、记录系谱、田野地图、日记等客观的原始资料,从技术处理的"浅描"深入到这些资料的深层结构,并融入学者们的主观思想进行的理性分析和解释其中蕴含的文化意义的研究方式。① 吉尔伯特·赖尔、克利福德·格尔茨为这一研究模式在人类学研究中的广泛运用做出了贡献。莫言通过小说浅描乡村世界里"未经传统认可"的方方面面,记录农民的日常生活、家庭伦理关系、信仰等地方性知识的同时,又用文学的表征方式,借助多元而又复杂的艺术手段,用变幻多样的叙事方式,深入到这些现象的深层,在文学特有的诗性语言感性与理性的两级,以对农村和农民原始资料的翔实记录为契机,以个人的主观情感和认知深入地过滤并解释其中蕴含的复杂文化症候为核心,深描了乡村世界的复杂多面性。格尔茨的人类学研究强调要让一大批未经解释的资料具有说服力,必须要在某种科学的想象力的基础上,让研究者和这些资料的供给者建立联系,进而进行深层解释之后才可能做到深描。

本书研究莫言小说中丰富的人类学因子,对深入系统地理解和认知中国乡土社会具有重要的意义和价值。其实通过文学作品认知一个社群或某一具

---

① [美]克利福德·格尔茨:《文化的解释》,韩莉译,译林出版社 2008 年版,第 6 页。

体时代的族群及其日常生活中彰显的人类学因子,在西方已经有很多这样的例子。诸如英国的文化研究者雷蒙·威廉斯的《文化与社会:1780—1950》①《乡村与城市》②,英国学者安德鲁·朗利的《艺术为证:维多利亚时代》③等论著,就是以文学和其他艺术为研究对象,深入研究了英国的工业小说、田园小说和城市文学中呈现的特定时代的人类学文化因子,以研究被官方历史和文化遮蔽的英国文化的多元复杂性。

国内外对莫言小说的研究在其获得诺贝尔文学奖之后,呈现出一派繁荣景象。但对其小说的人类学研究却是一块有待深入开挖的处女地。国内已有的莫言小说的人类学研究,有以下两种观点:第一,研究者认为小说《蛙》展现了汉民族生殖崇拜的文化编码。叶舒宪于2013年3月在兰州大学为师生们做了一个名为"大传统观与文化文本的N级编码论"的讲座。叶舒宪在讲座中以莫言的代表作《蛙》为切入点,从人类学的研究角度剖析了《蛙》所表现出来的文化文本的N级编码程序。随后详细阐述了文化文本的N级编码程序理论:以良渚文化玉蛙神为代表的"物与图像"为一级编码程序;二级编码程序为文字,如同根同构的"蛙"和"娃"二字;三级编码程序为古代经典,如《聊斋志异》中的蛙神;以莫言《蛙》为代表的当代创作则是N级编码。这一研究视域,显示了莫言小说人类学研究的重要价值,对本人的研究有重要的启发意义。但叶舒宪对《蛙》的研究是在其文学人类学研究、大传统与小传统的文化认知体系中进行的,研究的是"蛙"的意象所彰显的汉民族文化的生殖崇拜,主要关注的并不是莫言的小说本身,而是受其启发研究并从古代器物和神话故事、民间传说中探寻汉民族和古希腊等民族一样文化图腾崇拜的研究视域。

第二,研究者通过对《檀香刑》《红高粱家族》《蛙》《丰乳肥臀》的人类学研究,认为莫言的小说中贯穿着乡村地方性知识,书写了"种"的退化和"族"

---

① 〔英〕雷蒙·威廉斯:《文化与社会:1780—1950》,高晓玲译,吉林出版集团有限责任公司2011年版。

② 〔英〕雷蒙·威廉斯:《乡村与城市》,韩子满等译,商务印书馆2013年版。

③ 〔英〕安德鲁·朗利:《艺术为证:维多利亚时代》,吴静译,天津教育出版社2011年版。

的生命力,考察了中华文化。代表学者是王玉德、尹阳硕和罗关德。这些观点是在论文《文化人类学视野下的莫言小说——兼述莫言小说获奖原因》①和《人类学视角下的民族文化观照——莫言乡土小说的文化意蕴》②中提出来的。虽然这三位学者指出莫言小说中具有乡村地方性知识,但他们在论证中涉及的地方性知识除了学者们一贯对《红高粱》"种的退化"的判断和从作品中找到的一点点关于"种的退化"书写,以及莫言自己类似的说法证据探寻之外,并没有真正地走进莫言所有书写乡村的小说中,系统研究其中真正的地方性知识。

此外,一些学者如陈思和、季红真、张志忠等在各自的研究视域中,对莫言小说中展现的民间审美意识形态、乡土社会中人物的生命形态,以及乡土对莫言小说的主要意义等进行了深入思考,对本书的研究有很大启发。当然,国内的学者虽然已经注意到莫言小说的人类学价值,但如何对莫言所有小说中深描的乡村世界的种种知识进行系统的人类学研究,仍是崭新而迫切的课题。

当然,在以上学者对莫言小说的人类学研究之外,国内也有学者从民间文化的层面对莫言小说进行研究。首先,研究者从莫言民间叙事的诗学特征与齐鲁民间文化之间的关系出发研究莫言小说。张志云在其硕士论文《齐鲁民间文化的当代转换与新文学传统的重构——莫言创作的民间文化形态研究》③中,通过对莫言小说中民间叙事特征的研究,指出莫言小说中有三个民间叙事形态——"感觉""故事""狂欢",认为莫言小说中的上述三种叙事形态在形式上表现出齐民间文化"灵异想象"和"夸诞"风格的承传,内容上的生命力主题构成了对齐文化的当代转换;而整体上对齐文化的倚重,又构成了对民间鲁文化的当代转换。当然,在这里张志云研究的重点是叙事形态,民间文

---

① 王玉德等:《文化人类学视野下的莫言小说——兼述莫言小说获奖原因》,《学习与实践》2012 年第 11 期。

② 罗关德:《人类学视角下的民族文化观照——莫言乡土小说的文化意蕴》,《东南学术》2005 年第 6 期。

③ 张志云:《齐鲁民间文化的当代转换与新文学传统的重构——莫言创作的民间文化形态研究》,硕士学位论文,四川师范大学,2004 年。

化的研究只是作为影响其民间叙事特征的一个因子被研究。

其次,还有学者将莫言的小说放置在中国当代文学的视域中,研究其中的民间诙谐文化。周引莉在论文《论九十年代以来小说中的民间诙谐文化成份及其功能》①中,通过对莫言在内的多位中国当代作家小说中的民间诙谐文化的研究,指出民间诙谐文化有些单纯出于娱乐目的,体现了老百姓的审美趣味,增强了作品的娱乐性、可读性和艺术性;有些则含沙射影,带有强烈的讽刺批判色彩;还有些借助知识者叙述的修饰,使民间诙谐具有了雅致的幽默风格。肖向明在其论文《"含魅"的现代虚构与想象——鬼文化与中国当代文学的艺术显现》②中,用"现代性"的眼光对包括莫言、韩少功、残雪、贾平凹在内的多位大陆与台湾、香港的当代作家作品中的"鬼文化"的书写进行了研究。在论及莫言作品中的"鬼文化"时,结合莫言在小说《檀香刑》后记中那段"白衣女人"的话,指出"莫言的小说世界没有花团锦簇的乌托邦梦幻,只有人鬼间杂、浮生无寄的惨淡乱世"。因此,肖向明认为莫言继承了以蒲松龄为代表的中国传统鬼魅叙事的文化传统。

其实纵观以上几位学者的研究,似乎都对莫言小说中有关民间齐鲁文化和鬼文化的地方性知识和民俗文化有涉猎,但是研究者并没有深入到莫言小说内部,深入探寻这些文化因子在莫言小说中的主要地位,对这些元素彰显的汉民族乡村世界的人类学知识也未加关注。

当前,中国香港、台湾地区及美、英、法、德、日、韩、越南等国家对莫言小说的研究也取得了一定的成绩,但还没有学者直接从人类学视角研究莫言小说中的乡土世界,不过与此有关的关于"乡土"与农民问题的研究有以下观点:

第一,研究者认为莫言笔下的"乡土"和"五四"期间及此后的"乡土文学"中的"乡土"相比,不但具有浓郁的乡土气息,而且其中的自然和"乡土"更

---

① 周引莉:《论九十年代以来小说中的民间诙谐文化成份及其功能》,《中南大学学报》2012 年第 4 期。

② 肖向明:《"含魅"的现代虚构与想象——鬼文化与中国当代文学的艺术显现》,《当代文坛》2007 年第 4 期。

加真实,是具体可见的劳动场所。持有这种观点的学者是美国斯沃斯莫学院的孔海立,他在论文《端木蕻良和莫言小说中的"乡土"精神》①中对莫言的小说《红高粱》和端木的小说《科尔沁旗草原》进行了比较研究,这也是他在"乡土"精神的研究视域中有限的"乡土"研究。其他的观点诸如"种"的退化,红高粱精神的衰退等,并不能代表汉民族乡土世界的特点。

第二,研究者通过对莫言小说《红高粱家族》和其他小说的对比研究,认为莫言在以魔幻般的语言重新呈现他的故乡和祖先经历的过去,但这种记忆式的语言让怀旧进入一个脆弱的、封闭的世界,这个世界与现实是冲突的。这一观点是王德威在其论文《想象中的原乡:沈从文、宋泽莱、莫言和李永平》②中,通过对比莫言的《红高粱家族》《白狗秋千架》和沈从文的小说后提出来的。

第三,研究者通过对莫言小说中的农民形象研究,指出莫言对农民形象的叙写延续了"五四"以来农民阶级形象塑造的传统。这种观点的代表是美国学者杜迈克③。还有一些学者④认为,莫言小说中描写的农村是梦魇般的世界,其中描写的农民悲惨生活的主题、农民无法向上爬的现状和"五四"时期作品中的描写是相同的,不同的是新时期的农民还要面对另一层压迫——少数腐化农村干部的压迫。当然这些学者都是通过研究莫言的某一部作品来阐发自己的观点,他们的观点对本书的研究有重要启发。但因为文化的差异和隔膜,这些学者并没有真正走进莫言小说文本中书写的乡村世界。

综上所述,对莫言所有书写乡村世界的小说的人类学研究,是研究莫言小说的独特性和保护并重视汉民族乡村世界的地方性知识,以及关照人类文化

---

① Kong,Haili,"The spirit of 'native-soil' in the Fictional World of Duanmu Hongliang and Mo Yan",*Macau:China Information*,11(4),1997,pp.58-67.

② 王德威:《想象中的原乡:沈从文、宋泽莱、莫言和李永平》,哈佛大学出版社1993年版,第107—132页。

③ Duke,Michael.*Past,Present,and Future in Mo Yan's Fiction of the 1980s.*Cambridge:Harvard UP,1993,pp.295-326.

④ 吴国坤:《批判现实和农民的意识形态:莫言的〈天堂蒜薹之歌〉》,《中国文化》1998年第1期。

"异"的发现等的多重需求,也是本书研究的契机和出发点。

本书对莫言小说的人类学书写的研究,有以下几个层面的价值和意义:

第一,跨学科研究的理论意义。文学人类学结合文学研究与人类学研究的双重特点:一方面,它重视对文学作品的内在模式、结构和规律的探讨;另一方面,它注意在以族群为单位的前提下,通过多元研究把握想象和虚构的文学表达所展现的人类族群真实的生存境遇,社会成员在特定的文化视域中的生产、生活、信仰、知识和社会成员之间的复杂关系等方面的整体精神现象,以及这些现象所呈现的族群文化的深层结构。这种研究一方面把莫言的小说置于相关文化背景中进行分析,这是强调"地方性知识"的人类学研究的独特视角;另一方面,以一种整体和联系的眼光看待莫言的创作,把这些文学作品作为乡村世界里普通农民的普遍实践经验,思考其中所包含的人类族群所具有的共通性规律。

第二,莫言小说研究范式视角转换的学术意义。本书在文本细读的基础上,深入认知莫言小说叙事中的立场和视角,转换研究视角,在人类学关注边缘族群的地方性知识的整体性和独特性视域中,深入探析小说文本中的地方性知识和作为主体的农民的文化思维和情感等,整体把握莫言的小说对于人类处境思考的深层意蕴具有重要意义。

第三,探寻莫言获诺贝尔文学奖的深层原因的学术意义。莫言的小说文本对汉民族乡村世界和农民的人类学书写,在发现农民的同时,深入系统地呈现了他们的真实生活状态。本书通过对小说中深描的地方性知识和农民的伦理关系、信仰等的系统研究,在和汉民族以往的文学中书写的乡村世界进行跨时空比较中,回答学界和文学界普遍质疑的"为什么在中国当代那么多优秀作家中莫言能够获得诺贝尔文学奖"这一问题具有重要意义。

第四,保护乡村非物质文化遗产的现实意义。莫言的创作站在农民的视角,通过小说叙事对汉民族乡村世界地方性知识和农民日常生活的深描,在乡土文化的建构层面具有无可估量的潜在价值。在现代工业文明侵袭下,在中国城市化进程中,在人类古老的农耕文明即将消亡的关键时期,对莫言小说文本中乡村世界农民的日常生活及其他乡村知识的系统研究,对保护汉民族乡村世界里的非物质文化遗产具有重要意义。

本书在对莫言的小说文本和其关于创作的著述与访谈深入研读的基础上,以人类学理论和文学文本分析的双向互动、逻辑推理与文化阐释、实证方法互补,拓展文学与人类学跨学科研究方法的视野与深度,深化对莫言小说的认识和理解。从人类学关注特殊性和地方性"求异"的思维角度,以莫言小说的文本分析和意义诠释为重点,探寻莫言小说人类学书写视域中的汉民族乡村世界里的农民真实的生存状态、心理情感,以及他们在日常生活中的信仰等。

本书对莫言小说文学人类学的跨学科研究,通过对小说中书写的遮蔽在主流话语中的乡村世界里农民的生存经验和知识的深入研究,试图深入探析乡土文化在汉民族文化整体视域中的重要地位;试图走出现代性启蒙立场,通过对莫言书写乡村的几乎所有短、中、长篇小说的文本细读,整体把握这些小说中丰富的地方性知识的独特性;试图打通汉民族古典文学、现当代文学的时间维度,从跨文化的视域,打破学科界限,破除文本中心主义,整合文学人类学的理论话语,在文本分析和乡村经验的事实存在统一互证的基础上,探寻莫言小说书写乡村世界的人类学意义。

本书试图在莫言小说的学术研究领域进行以下创新:

(1)试图通过对莫言书写乡村世界的所有小说的系统研究,在与以往汉民族文学对乡村有限想象和书写的比较研究中,探寻莫言小说深描乡村世界的地方性知识和"农民的发现"的独特价值。

(2)试图通过对莫言小说对汉民族乡村世界地方性知识系统书写的研究,为在汉民族的文明进程中遮蔽在主流文化视域之外的乡村世界里的农民群体"立言",探寻他们在汉民族文化建构和历史变迁中的作用和地位。

(3)试图通过将莫言的小说放置在世界文学与中国当代文学的跨时空背景中的整体研究,探寻莫言小说在大胆的叙事实验、艺术探索和多种叙事技巧的尝试中,以文字叙事的形式对汉民族乡村世界的人类学知识进行书写的文学史价值,以及其虚构与想象中个性化书写的人类情怀。

# 第一章　莫言小说的人类学特征

莫言之所以被世界关注,就是因为他的小说给读者打开了走进乡土,深入了解乡村世界里农民的日常生活、情感、个体成长和人生际遇、观念和信仰等的一扇大门。文学作品是否成功,包含了众多因素,但最重要的两点应该是作家讲故事的方式是否让读者耳目一新,作品中书写的内容是否让读者在阅读的过程中产生共鸣。这两点莫言的小说都具备了。莫言借鉴了西方现代主义和后现代主义文学的叙事技法,并将其自然地融汇在汉民族的乡土大地上,创作出来的既具有世界气质又具有汉民族乡土文化内涵的小说,在让读者耳目一新,也让对"乡土"有着盘根错节记忆的读者在阅读中产生了共鸣的同时,让世界上其他民族和族群深入、切近地了解了中华文明的根基——乡土文化的多元复杂性。

沃尔夫冈·伊瑟尔曾谈及他为什么从读者接受批评转向文学人类学研究时指出,文学人类学的任务之一就是揭示文学以虚拟的文字叙事在何种程度上向我们揭示了人类自身构成的某种东西。① 莫言的小说对乡村世界的书写具有揭示汉民族乡土文化不可忽视的价值和意义。小说作为对人类自我表现与模仿的表达形式,不得不建立一套属于自己的观念,它必须用人们熟悉的符号使自身具体化。但是假如小说要建立或构造一种人们熟悉的事物,那他必须用人们熟悉的符号和话语来书写。莫言的小说就是以其"作为老百姓的写作",以一种人们曾经熟悉的符号和话语,以文字叙事的形式激活汉民族这个

---

① ［德］沃尔夫冈·伊瑟尔:《虚构与想象——文学人类学疆界》,陈定家等译,吉林人民出版社 2003 年版,引言第 3 页。

族群曾经熟悉的乡土记忆。

　　莫言的小说中营建的乡村世界,是汉民族对过去生活恒久而又绵长的记忆中无法剥离的存在。汉民族是一个重"根"的民族,有"叶落归根"的深厚情结。然而,在都市化进程中,保留着我们民族之根的乡村世界,在以物质形式无法完整保存的时候,以文字叙事和文学的诗性表达的精神存在使其持久留存,本身就是一个很有价值的命题。莫言的人类学书写就具有这样的作用。雷蒙·威廉斯通过对英国一定时期的小说和诗歌的研究,探寻特定时期的英国文化,他指出,"在研究过去任何一个时期时,最难以掌握的事情就是,这种对特殊地点和特殊时代生活性质的感知:把特殊活动结合成一种思考和生活方式的感知。我们能够在某种程度上恢复一个特殊生活组织的概貌;我们甚至能够复原弗洛姆所说的'社会特征'或本尼迪克特所说的'文化模式'"。①莫言的人类学书写再现了农民这一独特的社会群体的恒久的"文化模式",以及他们的生活方式与生活观念。

## 第一节　地方性知识与"农民的发现"

　　莫言的小说为汉民族乡村世界的人类学研究提供了无法从主流文化论著和历史书中获得的翔实史料,这和英国 1780—1950 年的小说与诗歌为雷蒙·威廉斯的文化研究提供了大量的官方历史所不能提供的文化人类学的史实与资料一样。因此,在华夏文化的子孙后代们还没有认真思考乡村对汉民族文化的价值时,在蕴含了华夏民族丰富的文化记忆的乡土世界即将成为历史遗迹,并且以其特有的被写成的"他者"的文化症候,以贫穷、落后、野蛮、不文明的社会生态、自然生态的粗鄙景观,出现在文献、文学作品和影视资料中时,在现实生活中的乡村和乡民正在被裹挟在中国社会发展的滚滚洪流中,沉入历史巨流的危急关头,在历史发展的洪流中,汉民族的故土、乡村在后辈人那里

---

　　① ［英］雷蒙·威廉斯:《文化分析》,载罗钢等主编:《文化研究读本》,中国社会科学出版社 2000 年版,第 131 页。

将成为遥远的记忆,孕育了华夏文化之根的乡土世界即将成为祖辈、父辈们口中的神话和故事时,莫言的小说通过对乡村世界的人类学书写,成了甚至连莫言本人都从没想过的乡村文化的书面遗产。因此,要研究莫言小说的特质,必须深入解读其文本中彰显的文化因子,并且适时地走出文本,进行人类学的文化研究,探寻其文学虚构与想象中深描乡村世界的人类情怀。

汉民族乡村世界里的乡民所具有的语言、风俗习惯、文化思维等,是经历了几千年的历史变迁之后,随着血脉传承,以及文化保持和再创造发展到今天的。乡村是孕育和传递民族文化的摇篮,中国的城市就是在乡村的变迁中发展起来的,中国城镇的母体是乡村,是乡村的城市化缔造的。美国学者明恩溥①曾站在"他者"的视角,通过对中国乡村生活的社会学和人类学考察,在19世纪末指出,"中国乡村是这个帝国的缩影"。② 此外在中国,乡村甚为重要,因为对中国的知识分子而言,乡村是他们的"血地",是他们"生于斯长于斯"难离的故土。汉民族乡土世界中的乡民在几千年的历史变迁中,作为乡土文化的践行者,他们的日常生活、农事活动、风俗习惯、语言、信仰等构建了汉民族乡土文化的独特视域。

每个人都有自己的独特性,通常称之为特点,每个群体都有自己独特的生存空间,以及独特的文化思维,俗话说"一方水土养一方人",其中的道理是不言自明的。汉民族广大乡村世界的存在为乡土文化的形成提供了广阔的地域背景,小农经济生产家庭化的社会结构、以家为本位的生产方式和儒家文化的结合,形成了汉民族乡土文化的地方性知识。

## 一、多元复杂的人类学症候

莫言作为汉民族作家,虽然不像阿来等少数民族作家以长篇小说的形式

---

① 原名 Arthur Henderson Smith(1845—1942),曾在19世纪末20世纪初,作为传教士在中国传教。在鲁西北传教30年的经历,使其对中国的乡村生活有了充分的理解与深入思考。除了这本《中国的乡村生活》,他还写了《中国人的特性》(1894)、《骚动的中国》(1901)、《中国的崛起》(1907)等有关中国和中国人的著作。

② [美]明恩溥:《中国的乡村生活》,陈午晴等译,电子工业出版社2012年版,前言。

书写本民族的"秘史",以"寻常的、平凡的、具体的"①书写方式,展现本民族历史文化的丰盈,但他以独特的叙事模式,通过短篇、中篇和长篇三种小说形式,以看似零散却自成体系的虚构与想象,深描了汉民族乡村世界丰富且真实的地方性知识。这些蕴含着农民日常生产、生活,以及深层意识和心理结构的地方性知识,在文学范畴中丰富了文学对民族和种群的多元文化书写与建构的同时,在人类学范畴中提供了"人的发现"的人类意识。

人类学是一门关于人的学问。詹姆斯·皮科克指出,人类学不仅有一个透镜,即一个单一的视角,人类学的视角因人类学家而异。② 玛格丽特·米德的人类学是亲密的人际交往;理查德·麦克尼什的人类学是在冒险和旅行中发现的"陶器碎片、化石种子和其他考古遗迹";列维·斯特劳斯的人类学是一系列亲属关系的普遍结构模式;克利福德·格尔兹的人类学是类似于文学家的作为作者的人类学家,通过极端细小的事情广泛解释和抽象分析"属于人类的永恒事物"③;杰克·古迪的人类学是神话、仪式研究④中的动物崇拜和人与神灵等。文学人类学家的人类学就是通过对具有人类学症候和具有人类地方性知识的文学文本的研究,研究这些文本在"关注个人而关注全人类全宇宙的情感、命运"⑤时的人类意识的多元性和复杂性。

因此,文学人类学视域中的人类学,可以是文学文本中具有的米德的人类学研究视域中亲密的人际交往和列维·斯特劳斯结构人类学视域中的亲属关系;也可以是哈维兰文化人类学视域中的人类的起源、性与婚姻、家庭和家户、亲属与继嗣、经济与政治制度、文化与超自然力等诸要素。当然也可以是人类学家研究视域中的种种。只要这些元素在文学文本中被深描,并在建构地方

---

① 程金城:《民族历史和人类情怀的个性化表达——简论阿来的长篇小说与"非虚构"文学》,《兰州大学学报》2014 年第 5 期。

② [美]詹姆斯·皮科克:《人类学透镜》,汪丽华译,北京大学出版社 2009 年版,第 6 页。

③ [美]克利福德·格尔兹:《文化的解释》,韩莉译,译林出版社 2008 年版,第 24 页。

④ [英]杰克·古迪:《神话、仪式与口述》,李源译,中国人民大学出版社 2014 年版。

⑤ 程金城:《民族历史和人类情怀的个性化表达——简论阿来的长篇小说与"非虚构"文学》,《兰州大学学报》2014 年第 5 期。

性知识和"人的发现"时有主要意义和价值,就可以通过描述、抽象等多元方式进行人类学研究。

庄孔韶通过对文化的英文单词"culture"的词源意义考察,指出最初的"culture"源于拉丁文的"耕耘/种植"之意,"而且'耕耘/种植'除了含有照料土地、饲养家畜之意以外,还有照料家庭和培育道德和心智之意"。① 可见文化的原初意义和农耕生活密切相关,然而在历史的演进和人类文明的不断变迁和发展中,在"culture"的意蕴从"耕耘/种植"的原初意义经历了多重意义变迁的同时,人类古老的耕作模式在世界范围内,尤其是西方社会早已成为历史遗迹。然而汉民族乡村世界里的农民,在 21 世纪却仍然保持着人类祖先原初的农耕生产方式和相关的生产、生活理念。因此,莫言的小说对乡村世界的人类学书写,不但对乡村世界里的农民有重要意义,对中国这个以汉民族为主体的国度具有重要意义,同时对具有久远的农耕文明的全人类具有重要意义。而对莫言小说中具有的乡村世界和农耕文明中丰富的人类学症候的研究,无疑对乡村、对农民、对汉民族、对中国、对全人类都有重要的意义。可见莫言的文学既是汉民族的,又是中国的,同时也是世界的。

文学是作家的个性化表达,这是文学之所以为文学的主要特性。因为文学是对个体的人的关注,但是文学也"应该关注全人类全宇宙的情感、命运"。程金城认为:"'关注全人类全宇宙的情感、命运',这对一部分视野开阔、境界高远的作家来说并不是理论问题。而难处在于如何通过关注个人而关注全人类全宇宙的情感、命运。这也许就是文学人类学的特质所在。"② 莫言的小说虽然以"高密东北乡"这一地域为原型,通过叙事艺术的多元尝试,始终如一地在虚构与想象的文学性表达中,建构了独特的地方性知识。但莫言的小说在对"农民的发现"中强化的是汉民族广大乡村世界里农民的主体意识,当然也在人类学视域中强化了具有地域文化特性的人类意识。而这些知识彰显的

---

① 庄孔韶:《人类学概论》,中国人民大学出版社 2006 年版,第 4 页。
② 程金城:《民族历史和人类情怀的个性化表达——简论阿来的长篇小说与"非虚构"文学》,《兰州大学学报》2014 年第 5 期。

不仅是汉民族乡村世界里农民特有的文化意蕴,而且在文化相对主义的话语背景中彰显了人类文化的多元性和复杂性。

## 二、地方性知识和乡村世界

地方性知识是克利福德·格尔兹在《地方性知识》一书中提出的一个重要的人类学概念,指的是具有文化特质的各种各样的地域性知识。这些知识长期以来被遮蔽在西方中心主义的知识体系之外,很多族群的文化与历史长期以来没有话语权、不被认同,但这不能否认他们的存在。西方人类学学者走出"欧洲中心主义"和"白人中心主义"的知识视野,对形形色色的地域性知识和各个族群文化的关注及研究,揭开了被西方现代理性文明遮蔽的人类文化的多元样态。地方性知识概念的提出,揭示了一种视角,即走出趋同的思维模式,开始关注具体而真实存在的"异"文化的特殊性和地方性。这种对地方性知识的关注,不仅表现在人类学学者的研究视域中,而且也表现在作家的文学书写之中。拉美作家的异军突起并发出书写自己民族文化的强音,少数族裔作家关注、书写并反思自己的母民族文化,并且在世界范围内受到关注和肯定,都证明了文学关注地方和本土文化的意义和价值。

汉民族的乡村世界里形成的地方性知识,在中国的历史进程和文化记忆里,并没有纳入主流文化的视域之中,长期以来在不被认同的境遇中失语。然而汉民族乡村世界的乡村景观和乡土社会形态,小农经济模式中一家一户的生产单元,传统的农耕生产模式,农业生产和生活中的各种超自然力信仰、乡俗民风、家庭伦理关系等建构的乡土文化,是汉民族文化多元性构成的主要组成部分。当然,在西方学者的影响下,20世纪初中国学者开始关注乡村世界里的地方性知识。卢作孚、梁漱溟、冯友兰、费孝通等都从各自的研究视域出发专门研究乡村世界,并指出乡村对中国的重要性。卢作孚先生在1930年1月至2月,写了《乡村建设》一文,强调乡村在中国政治、教育、经济、文化等各方面的重要性。梁漱溟也曾指出:"原来中国社会是以乡村为基础,并以乡村为主体的;所有文化,多半是从乡村来的,又为乡村而设——法制、礼俗、工商业等莫不如是"。① 费孝通则以翔实的人类学学者的田野调查,明确指出中国社会的乡土性。

汉民族乡村世界的农民在长期的历史变迁中形成的知识体系,即"乡土文化"是有关乡村和农民的地方性知识。然而汉民族主流文化视域中劳心/劳力的二元分野,长期以来形成"高度尊重劳心却鄙视劳力。可以说,劳力是一个被取消了资格的身份"②。因此,儒家文化对社会阶层的二元划分是造成中国社会长期以来群体不平等的根基,这也就是以文化形态规定并承认人与人之间存在智力、能力、道德上的差异的根本原因。而这种等差性认知和社会阶层的不平等也是长期以来乡村和农民不被书写、乡村地方性知识被遮蔽的根本原因。

莫言的小说对乡村世界的人类学书写,是在西方的人类学家发现"原始"和重视并研究地方性知识的全球化文化语境,以及文学上的后现代主义和拉美、少数族裔作家对被遮蔽者和边缘文化书写的文学语境的双重影响下开启的。这些文学现象和人类学在关注地方性知识和多元文化建构层面有着共同的表达和诉求。而且在很多人类学者的理论思考中,人类学和文学本身具有很多重合的视域。格尔兹认为虽然不能把人类学作者和小说家等同,但他们在书写人类学论著时要"安排材料——词汇、修辞和论点",所以他们具有文学作者的一系列特征。因此,格尔兹认为"人类学完全属于'文学'话语而非'科学'话语"③。列维·斯特劳斯也认为人类学不会是那种感情淡漠的天文学一样的科学,因为人类学具有更客观地接近人类状况的能力。伊万·布莱迪认为人类学是"诗学",它不但有实证主义的"硬"的方法,还有比较"软"的

---

① 梁漱溟:《乡村建设理论》,上海人民出版社 2011 年版,第 10 页。

② 瞿同祖:《中国阶级结构与意识形态》,载[美]费正清编:《中国的思想与制度》,郭小兵等译,世界知识出版社 2008 年版,第 262 页。

③ [美]克利福德·格尔兹:《论著与生活:作为作者的人类学家》,方静文等译,中国人民大学出版社 2013 年版,第 11 页。

类似于文学的象征和阐释方法。①

人类学学者关于人类学和文学亲密关系的言说,说明人类学学者可以像小说家那样书写人类学论著,同样小说家和人类学家一样可以通过文学的诗性表达书写独具特色的地方性知识。当然莫言对汉民族乡村世界的地方性知识的书写,并不是其有意识地站在人类学家的视野关注乡村的。但由于他和乡村的亲密关系,二十年在乡村的经历和见闻,以及成长过程中耳濡目染的乡村生活赋予他的精神气质和生命体验,使他具有了人类学者都没有的对汉民族乡村世界地方性知识的深入认知和体验。

莫言对乡村世界的地方性知识的书写和对农民的发现是深入且前所未有的,正如在诺贝尔颁奖典礼上,文学委员会主席帕·瓦斯特伯格对莫言作品的介绍中的一段话所揭示的:"在莫言的作品中,一个被人遗忘的农民世界在我们的眼前崛起、生机勃勃,即便是最刺鼻的气体也让人心旷神怡,虽然是令人目瞪口呆的冷酷无情却充满了快乐的无私。他的笔下从来没有一刻枯燥无味。这个作家知道所有的一切,并能描述所有的一切,各种手工艺、铁匠活、建筑、开沟、畜牧和土匪的花招诡计。他的笔尖附着了所有的人类生活。"

除了帕·瓦斯特伯格介绍中的莫言小说中的"各种手工艺、铁匠活、建筑、开沟、畜牧和土匪"之外,莫言小说中深描的可以从人类学视域研究的地方性知识还包括以下元素:乡村世界里的家庭伦理关系,青少年成长的文化生态,农民日常生产、生活中和家畜的密切关系,农民的动物崇拜和超自然力信仰等。莫言对乡村世界里的农民日常生活的书写和拉美作家马尔克斯、略萨等对拉美多元、复杂的地方性知识的书写,以及少数族裔作家托尼·莫里森、汤婷婷等对母民族文化的反思和书写一样,具有人类学的意义和价值。

### 三、"人的发现"和"农民的发现"

人类学对地方性知识的关注一方面跳出了西方中心主义的文化立场,综

---

① 〔美〕伊万·布莱迪:《人类学诗学》,徐鲁亚等译,中国人民大学出版社2010年版,第4页。

合思考世界范围内各种各样的文化。在研究和关注"他者"的同时,站在人类的立场全面分析人类所具有的普遍性问题和每种特殊的族群及社会的文化特殊性。而就更深层的意义而言,对地方性知识的研究,人类学家发现了不同族群形形色色的人以及他们的日常生活等。因此西方人类学家认为他们的研究是又一次关于"人的发现"。这是继文艺复兴和启蒙运动时期人的"理性"的发现,20 世纪现代主义文学中对"人性恶"和"人的潜意识"的发现之后的又一次"人的发现"。

对这次人的发现,叶舒宪这样定义,"所谓人的发现,是指人类学这门学科第一次实现对全球范围的不同文化和不同人群的全面认识,并在此基础上宣告:地球上任何一个角落的任何一个人群,不论其生产力和物质水平如何差异,在本质上都是同样的人类种属,其文化价值也同样没有优劣高下之分。人类关系区域档案库的建立,加速促进着人权平等的理念,使得文化相对论原则最终提升起来……"①

在汉民族的传统社会,社会阶层的不平等,以及教育机会的不均等,使得能接受教育、识文断字的士族阶层及其以上的"上流社会"群体,以及乡村的士绅阶层,几乎垄断了知识话语体系,农民是被遮蔽的在场中的不在场。尼采认为这是社会等级意义上的"精神贵族"和"精神特权"意义上的"好","在一种演化和另一种演化并行发展"的过程中,形成了由"平凡""低级""俗气"等词汇演变成的"坏"。而正是这种人为的好与坏的二元对立,使得一些"朴素、平凡的人最初就这样被不屑一顾,简单地被称为高尚者的对立面"②。

农民在社会等级差序中的"底层"地位,是造成他们一直以来被历史和文化忽略的根源。虽然农民也在努力改变自己的身份属性和地位,比如在多个王朝的统治即将走向没落之时,一些有智慧、胆识和能力的农民以起义领袖的身份获取权力。但一旦权力获得,建立新的王朝,他们会忘了他们的出身和阶

---

① 叶舒宪:《文学人类学教程》,中国社会科学出版社 2010 年版,第 14 页。

② [德]尼采:《论道德的谱系·善恶之彼岸》,谢地坤等译,漓江出版社 2000 年版,第13 页。

层,继续借用并维护前一王朝的权力模式和阶层划分,农民和乡村永远是他们梦想成真后羞于启齿和最先遗失的过去。而他们所遵循的权术和统治文化,占据统治地位的依然是曾把他们和他们的同类弃之如敝屣的儒家文化。而儒家文化后来倡导的科举制,遵循"学而优则仕",但在上流社会和乡村士绅阶层对教育的垄断的情形之下,非地主和士绅出身的普通农民想以此跻身于上流社会是难以想象的。再加上各个时代实际条件的制约,教育资源不均的情形所造成的受教育机会的不均等,以及受过教育的人对官位的追逐,使得农民等出身寒门的子弟很难通过科举考试求取功名,并跳出农门。因此,纵观中国几千年的文明史,农民不可能堂而皇之地走进历史,除了那些在每个朝代末期因受不了统治阶层的政策高压和生活困顿而揭竿而起的,类似于陈胜、吴广等农民领袖之外,农民几乎与历史的进程无缘。

因而在几千年的历史变迁中,农民与历史的进程和主流文化的建构几乎无关,而且因为受制于主流文化的影响和限制,在汉民族的古典文学中,乡村和农民几乎没有以自己的文化思维进入作家们的表现领域。这源于作为"士"阶层的作者们"精英"的自我认知以及对乡村世界及农民的偏见。因为"不论在世界上什么地方,城里人对待乡下人的态度总蕴含着蔑视,自以为高人一等,或者'羡慕'乡下人的纯朴、吃苦耐劳乃至无邪天真,等等——但这种'羡慕'不啻于是蔑视的另一种方式"①。虽然有类似于《悯农》一样的农事诗,但那也是属于"士"阶层的知识分子所做,其中自然书写不出真正从事农业生产活动的农民生活的方方面面。

正因为农民不被关注,自己又无法记载自己的历史,更不可能用自己的诗性思维通过文学表现自己。而士及其以上的知识分子和上流社会阶层,因为不了解乡村和农民,亦不可能深入书写乡土世界。所以,在古典文学中,作家们要么通过一些很有限的作品对无知识的农民不开化、粗鄙的乡野"秉性"进行诟病,要么不屑去书写。无论在实际生活中,还是在文献典籍、文学作品中,

---

① 〔美〕罗伯特·芮德菲尔德:《农民社会与文化——人类学对文明的一种阐释》,王莹译,中国社会科学出版社 2013 年版,第 89 页。

农民是没有话语权和发言权的,是不起眼的,没有代表性和不能被表现的。因此,纵观几千年的中国文学史,除了《诗经》"国风"中有一些采自民间的诗篇从农业劳动者的角度书写这个群体之外,鲜有以直观的形象反映和表现农民以及他们的生活,或听到他们文化声音反响的文学作品。"中国的文学并不发生在乡土基层里,不是人民的,而是庙堂性的,官家的,所以文字的形式和文字所载的对象都和民间的性格不同……文字所载的又多是官家的文书、记录和史实。或是一篇篇做人的道理,对于普通人民没有多大用处的……"①毛泽东也在同斯诺的谈话中说过,他小时候读古书,读了很久,却忽然发现,这些书中没有写农民。

莫言对汉民族乡村世界的地方性知识的书写,在发现乡村和表征乡土文化的过程中,发现了农民。"农民的发现"是汉民族的作家、学者从"五四"以来一直探索和思考的问题。鲁迅在小说《阿Q正传》《故乡》《祝福》《风波》等小说中对农民的书写和关注,开启了汉民族的知识分子作家通过文学发现农民的探索之路。但因为这些作家在特殊的历史境遇中的特殊使命,他们任重道远的现代性启蒙的使命,他们的知识分子立场,使他们在启蒙的语境中发现了乡村世界的凋敝和破败,以及生活在那里的农民根深蒂固的人性的弱点的同时,忽略了对农民的思想、情感、日常生活的其他发现。

## 第二节　启蒙现代性视域中未被发现的乡村和农民

汉民族的"乡土"和"农民"第一次较正式、大规模地进入文学表现领域是在"五四"时期。鲁迅在小说中追忆童年的经历时,曾饱含深情地怀念故乡,以多部作品重复书写故乡,以及年少时的玩伴闰土,并以切身的感受和深刻的同情,书写农村的士绅家里的雇佣劳动者祥林嫂和无产阶级的阿Q等,开启了中国"乡土文学"的书写先河。沈从文以诗意的关怀书写湘西世界及那里

---

① 费孝通:《皇权与绅权》,岳麓书社2012年版,第16页。

的纯朴、憨厚的乡民;茅盾在《子夜》中对长期居于乡间的地主老父亲从乡村到大都市之后的巨大心理反差的书写,也残存着知识分子对乡土世界的记忆。"中国知识者本来大半出身于小康温饱之家,即他们大多是地主的儿女们。"①

对于鲁迅、茅盾等走出乡村并接受了现代知识的知识分子而言,当他们以文明人的姿态追忆乡村经历,或者回到乡村再次关照乡村时,首先触动他们的是乡村的破败、萧索,以及乡民的不开化、粗鄙与愚昧。因此,从鲁迅等作家的"还乡小说"、叶圣陶的"乡村灾难小说"开始,一些知识分子作家便以冷峻的审视、温情的关怀、诗意的表现等各种风格,站在知识分子的现代性启蒙立场书写乡村及那里的一切。这种书写,并不是站在乡民的心理、情感,以及文化思维中以农民的视角书写他们。这些书写不断地将农民排除在主流话语之外,将他们作为"被启蒙"的"他者"来看待。因此,在这种现代性视野中,"乡土成了一个令人窒息的、麻木僵死的社会象征"②,农民则是落后、野蛮、愚昧、贫穷的一个群体,是被同情的弱者。在这个意义上,孕育了古老中国文明的"乡土"及其地方性知识,在"五四"时期第一次正式进入文学表现领域时,就被接受了西方现代话语的新文化先驱者们排斥在新文学的话语之外。正如加亚特里·斯皮瓦克所言,"农村的生态问题一经察觉,便被视为边缘化或前资本主义的,对其答案的关注被认为在其他方面是落后的,是感情用事的或主观的"。③

循着鲁迅等人的足迹,20世纪三四十年代的很多作家,如废名、沈从文、彭家煌、王鲁彦、台静农、许钦文、柔石等都以自己的方式书写"乡土文学"。但这些作品对汉民族乡村世界及农民的书写,仍未走出现代性启蒙立场。在这些作家看来,虽然乡村的民俗文化、风土人情奇特又多元,但作为旧时代的封建糟粕,是扼杀人性的要清理的封建遗毒。萧红的《生死场》是这一时期书

---

① 李泽厚:《中国现代思想史理论》,生活·读书·新知三联书店2008年版,第250页。
② 唐小兵:《再解读——大众文艺与意识形态》,北京大学出版社2007年版,第6页。
③ [印度]加亚特里·斯皮瓦克:《文化研究问题散论》,载陶东风主编:《文化研究》,中国人民大学出版社2006年版,第62页。

写乡村世界比较深入的代表作。小说通过对北方乡村的追忆式书写,以对"北方人民的对于生的坚强,对于死的挣扎"的苦难生活的力透纸背的描写,以女性特有的细腻与敏感,写出了生活在乡村在国破家亡时刻,穷苦的乡民,尤其是女性蝼蚁一样凄惨的生活和她们的死亡。但就对乡村世界和农民的日常生活的深描而言,作者萧红仍然站在知识分子的启蒙性话语立场,继承了鲁迅对"哀其不幸,怒其不争"的国民劣根性的批判,着重书写乡村世界的苦难与破败,以及乡民的落后与鄙俗。

茅盾曾站在启蒙者的立场,认为"乡土文学"的主要特征不但要有"特殊的风土人情"展现的"异域图画",以"引起我们的惊异",满足读者"好奇心的餍足",而且还要有"普遍性的与我们共同的对于运命的挣扎"的表达。他还指出这种书写当然需要一定的作者来完成,对于前者,"一个只具有游历家的眼光的作者"就够了,但能够给予读者后者的"必须是一个具有一定的世界观与人生观的作者"。茅盾的以上表述所包含的意思自然明了,基本能概括当时及其以后的所谓的"乡土文学"中书写农村时作者的立场。作者在接受了一定的世界观与人生观的系统知识后,步入乡村,以外来者充满倾向性的猎奇心理审视"乡土世界"里的风土人情。因此笔下的乡土世界是经过情感与理性过滤了的。正如李泽厚指出的,在"五四"新文学中"真正的中国的时空实体——广大的农村和农民,却仍然远远没有真正走进这个为近代知识者所创造的文艺中来"。[①]

20 世纪 40 年代的解放区文学,是新文学描写农民的时代,"中国知识分子第一次真正大规模地走进了农村,走进了农民,不只是在撤退逃难中,而且更在共产党领导下的战斗生活中"[②],"劳动人民(主要是农民)的真实生活和真实苦难和他们的心声第一次大规模地进入文学"[③]。但文学实践对农民的书写真的如此乐观?农村、农民,甚至农民真实的生活和苦难,以及农民面对

---

① 李泽厚:《中国现代思想史理论》,第 248 页。
② 李泽厚:《中国现代思想史理论》,第 250 页。
③ 李泽厚:《中国现代思想史理论》,第 252 页。

苦难时的心理和情感等都写进了文学中吗？按理说，此时被称为当时重大文化事件的是赵树理携带着其写农村和农民小说的出现。因为赵树理不但将农民和乡土纳入他写作的表现领域，而且他的小说和以往的乡土小说也有明显不同，小说语言是以"农民口语为基础完成的更为普及的白话"①，创作形式是在现代白话文学中杂糅农民喜闻乐见的民间艺术评书、民间故事、快板等，建构的是乡村场景，书写的是乡村经验，并且完成了对"乡村农民'共同体'想象的构建"等。这些变化似乎有许多和乡土、农民息息相关的元素。但是赵树理本人是接受现代知识熏陶的居于农村的知识分子，如他所说："我既是个农民出身而又上过学校的人，自然是既不得不与农民说话，又不得不与知识分子说话……"②因此，就此而言，他和农民出身又没接受过系统知识教育的农民是有本质不同的。

赵树理的小说创作为了贴近农民而进行的一系列尝试和努力，试图让隔绝在新文学视域之外的农民以他们所能接受的方式接受文学，从而扩大文学的受众范围，让农民真正了解革命话语，以此完成对"个体农民的阶级主体意识的'询唤'"。但他本人的文化思维与意识已经不自觉、无意识地远离了农民，无论是他的心理还是情感，以及意识深层对农民的关照，已经浸染了较多的启蒙主义思想。正因为他对农民心理和情感的隔膜，所以他的小说中很少涉及人物的内心活动，正如台湾学者魏美玲指出的："当30年代的施蛰存、穆时英等已对意识流的技巧大胆的尝试，而赵树理作品中的人物心理刻画却是贫弱空白的。"③和他同时代的周立波的《暴风骤雨》、丁玲的《太阳照在桑干河上》等作品，在书写乡村农民时，有着同样的倾向。因此，此时的"乡土小说"虽然在革命的语境中，试图站在农民的立场书写他们的苦难，同时也努力营构乡村的场景和乡民的经验。但因书写者的知识分子立场，以及缺乏对乡

---

①　贺桂梅：《赵树理文学的现代新问题》，载唐小兵编：《再解读——大众文艺与意识形态》，北京大学出版社2007年版，第96页。

②　赵树理：《也算经验》，《人民日报》1949年6月26日。

③　魏美玲：《艺术还是宣传——略论赵树理的〈小二黑结婚〉〈李有才板话〉〈李家庄变迁〉》，载中国赵树理研究会编：《赵树理研究文集》（上卷），中国文联出版公司出版1998年版。

村和农民生活心理的深入体认,他们的作品在宏阔地展现农村的阶级斗争的相关话题之外,并未深入表现农民及乡村的文化症候。中国下层农民的传统文化并没有战胜和压倒西来文化的现代性视野。

十七年的革命文学,取材于乡村的小说不少。在这些小说中,农民的形象群体以"无产阶级新人"和"乡村革命生力军"的主要姿态出现在大众的视野里,身上拥有浓烈的时代印记。《红旗谱》《创业史》《苦菜花》等小说中的农民形象,充满了革命的理想主义与浪漫主义气质。这些小说和战争年代的解放区文学一样,"将某个乡村空间作为叙述主体,农民形象只是这个空间之中的个体,他们从来没有占据比这个空间更重要的核心位置;推动这个空间变动的,是其中结构性关系的力量对比"。①

新时期以来的知青文学,因为作者从城市到农村的物质、精神、文化生活的巨大落差,所以他们过于关注自身在农村的生存困境,并未以农民的思维和认知真正走进乡土世界和农民的生活中去,更不用说真切体认农民及其所居的乡土世界,以及这里的生活习惯、信仰、文化思维等。因此,知青叙事同样缺失了真正的乡土和农民气味。他们的呼告式、诉苦性书写,放大了他们在乡村的苦难,遮蔽了乡村里农民的真实生活境遇。莫言曾经对此做过深入的分析。莫言也了解知识青年到农村吃不饱、从事繁重的体力劳动的实际情形。但他认为,知青对农村物质生活贫困程度的感受和农民还是不一样的,因为他们在城里长到十六七岁的时候下到农村,"眼前的生活和他过去的生活产生了强烈的对比,所以他们精神上的痛苦比我们深重得多"。因此,"他们把农村生活也写得凄凄惨惨的","而我们农民生来就在这个地方,没有见过外面繁华的世界,所以我们本身也没感到生活有多么痛苦,我们认为生活本来就是这个样子的,天经地义,我们甚至还认为自己生活在一个最幸福最美满的地方……"②其次,他认为,知识青年的思维方法"还是城市人的思维方法,甚至是一种小知识分子的思维方法,我们则完全是农民的思维方法"。他举例

---

① 贺桂梅:《赵树理文学的现代新问题》,第100页。
② 莫言:《莫言对话新录》,文化艺术出版社2012年版,第517页。

说明这两种思维到底是怎样的差异，比如在雨水多的时候，农民会焦虑，担心"南边那块玉米地要涝了，北边那块地瓜也要涝死了，那我今年年底可能没饭吃"等，但"知识青年不会这样想，他们看见下雨就会特别高兴，想今天可以不出工了，又可以在家休息，看书，或者打扑克。""所以我跟知识青年作家的区别在于，我了解农民，我知道农民碰到某一个事物时会怎样想，而他们是不同的。"

新时期以来的其他"乡土文学"，作家们基本沿袭了"五四"以来知识分子对乡土世界的话语立场，以启蒙者的姿态，带着知识分子的文化优越感审视并关照乡村。张炜的《古船》虽然跳出了革命话语的框范，不再以阶级对立的话语立场简单处理农村的"地、富、坏"和贫雇农，而是以人道主义的、对人性深入思考的视角书写农村和乡民。《人在高原》以田园牧歌式的幻想书写乡土和农民。古朴、恬静的乡土世界成了厌倦都市文明和琐碎家庭生活的知识分子心灵得以暂时抚慰的"栖息地"，给见惯城市人尔虞我诈的叙述者提供了真正的精神家园。作品也深入书写了遭遇改革大潮，家园被侵占的农民的无奈与挣扎等。但张炜作品中书写的乡土世界及那里的乡民不是真正意义上的农村与农民，他们类似于卢梭批判资本主义的现代文明时，幻想的乌托邦式的原始世界里的原始乡民，小说中的乡土和农民被套上了美丽的人性光环，他们真实的生活、情感、心理，以及他们的文化思维、观念等并没有得到真正书写。

韩少功的《爸爸爸》《马桥词典》等，虽然在写乡土世界和农民时，对农民的语言、文化，以及他们的风俗信仰、他们的劣根性都有深入书写与思考，尤其是《爸爸爸》，叙述者虽然隐藏了自己的现代性启蒙立场，以非常隐晦的方式书写乡民的愚昧，写在历史大潮中失语的乡村世界里的农民精神文化的匮乏，但这部小说仍然沿袭了鲁迅的"国民劣根性"的思考，继续思考着坚固的铁屋子如何禁锢着农民的精神和心灵。因此，韩少功的小说在书写乡村时，仍然以精英主义的知识分子的现代性话语俯视乡村。这种视角在《马桥词典》中似乎大有改观，叙述者对马桥人的语言和文化给以充分的理解与尊重，叙述者也尽最大的努力站在马桥人的情感和价值立场关照马桥方言所生发出来的马桥文化的点点滴滴。但是马桥文化对"外来者"的知青叙述者而言,仍然是"他者",乡土仍然是知识分子猎奇、寻找异域风情的空间。小说中没有与农民平等对话的场域,没有对农民及其所有的一切物质和精神的切肤感受,没有生于斯长于斯的成长经历。因此,以文化寻根的理想探寻和书写乡土世界以及乡民的真正特质,本身就是吃力不讨好的苦差事。当然,韩少功以独特的叙事形式,即以词条解释的方式弥补了书写乡土世界和农民的真实生活和情感,及其心理挖掘方面的不足。

陈忠实的《白鹿原》的确以史诗的笔法,再现了汉民族乡村世界近一个世纪的历史、政治变迁,以及农民的情感变迁。小说写出了乡民的土地情结,以及乡民对中国革命和现代历史变迁做出的贡献。同时,白、鹿两家的孩子从乡村到城市和军队的人生轨迹,真实演绎了农村是如何向城市源源不断地输送知识分子和革命者,农村是如何作为城市的知识分子的家园,为中国现代历史的变迁提供基本保证的。当然,小说对于儒家文化在乡村世界的根深蒂固性的书写也是力透纸背的。但小说在处理和书写农民的文化思维、信仰、心理和情感方面,还是很不彻底的。首先,小说中对儒家文化的伦理规范在农村的强大力量的书写显然遮蔽了农民的小农思想。其次,作为知识分子,陈忠实的知识视野隔绝了他对乡村和农民的真实认知。因为对农民的传统手工技艺的隔膜,在小说中书写这些知识时往往显得生涩,大多是以跳跃式的"简明扼要"的叙述,或者以一笔带过的技法代替详细描述。如在小说第四章,白嘉轩的母亲白赵氏在教儿媳仙草纺线、织布时,叙述者用一段很概括的语言,用"怎样、怎么"等语词弥补对这些技艺细节把握的陌生感。最后,小说中的很多主人公虽然生在农村,但并没有田间地头劳作的生产经验。这是因为陈忠实缺乏亲力亲为的农业生产经历,所以对农业生产活动认知模糊造成的。但最重要的是,小说中彰显了作者对乡村世界里的农民的偏见,这也是他在对儒家文化规约的一系列家族伦理的认同中,因为不了解乡民的思维观念,导致的根深蒂固的文化偏见。小说中对白嘉轩的妻子仙草的一段描写就能说明作者的这一认知偏差:"妻子仙草虽然是山里人,却自幼受到山里上流家庭严格的家教,待人接物十分得体,并不像一般山里穷家小户的女子那样缺规矩少教养。"因此,《白鹿原》在给读者展现那么多有关乡村的宏阔信息的同时,并没有真正走进农民以及农民生活的乡村世界。

贾平凹的《秦腔》,虽然有学者认为,"作为乡土文化的象征,在秦腔的衰落中,贾平凹为农村文化唱了一曲挽歌"。① 但在这部小说中,贾平凹仍然以知识分子的现代性视野关照乡村。首先,作为曲艺剧种的"秦腔"本身是一种艺术,以《秦腔》作为小说的题名,就已经以先入为主的主题呈现将真正的乡土和农民隔绝在这种艺术形态之外了。不是每一个农民都会唱秦腔,农民和秦腔也不是一种天然的联系。作为表演艺术的秦腔有自己的艺术元素,对表演具有特殊要求,比如表演者、舞台、道具、装扮等,它具有任何一种曲艺所要求的种种。因此,农民在观看这种艺术表演的时候,有一种身份限制,即农民"在舞台下看戏,演戏的人在舞台上看农民",这是一种看与被看的不平等关系的呈现。因此,秦腔的舞台表演形式隔绝了与台下观众的亲密接触,秦腔演员在舞台表演时角色的各种造型装扮和作为现实中的文化人、艺术家的身份也造成了与农民的"疏离"。其次,小说故事的发生地虽然是农村,但小说对叙述者的设置本身就隔绝了对农民的真实认知。叙述者"引生"是一个自己认为自己不疯,却是别的人物形象眼里的"疯子",是一个在情感受挫后无意识中自我阉割了的阉人,这让他的农民身份大打折扣。同时,人物的"限制性"叙述视角的设置,限制了对故事中其他农民形象的心理和情感的深入挖掘。最后,小说中的人物形象大多是游离于农业生产活动之外的。如中心人物之一的夏天智是退休老师,是居于农村却游离于乡土之外的知识分子。而看似地道的农民夏天义,也因为年岁关系,基本上是游离在农业生产之外的。书中的其他人物大多并非是地道的农民,他们的身份多元,有作家、秦腔演员、乡镇干部、电工、供销社职工,还有一些人物形象是城里的干部、工人,因父母、妻子在清风街,成了城乡的"两栖"人,这些人事实上是清风街名义上的"他

---

① 彭青:《新世纪文学视野中的"三农"》,中国社会科学出版社 2012 年版,第 57 页。

者",是游离于乡土生活之外的。当然,作者在小说中设定的叙述者"引生"的限制性叙述视角,似乎可以掩盖作者在这方面的认知缺陷。虽然小说中有对农民的风俗信仰、盖房起屋等农事活动之外农民的其他活动的书写,但都是泛泛而写。

蒋子龙 2008 年出版的长篇小说《农民帝国》,从题名看,小说的表现主体就是农民,而且小说也以宏阔的史诗笔法,以有两千户人家的村庄"农民帝国"郭家店的领袖郭存先的成长和发家轨迹为主线,书写了中国农村从 1943 年的抗日战争到改革开放后的政治、经济,以及农民的观念变迁。在小说中,蒋子龙明确指出这是一部以农民为表现主体的小说,因为他知道在"中国什么问题最大? 农民问题最大,不懂农民就不懂中国。农民是中国社会的主体,农民活得不好,中国社会还能好得了吗?"所以,他的视角直接切入农村,对几十年来中国整个社会变迁对农村的影响都做了线性书写。但作者在处理农民人物形象时,首先缺乏对农民精神气质的深入体认。其次,小说中对农民的生产活动着墨不是很多,对农村的民俗风情、日常生活写的也不多。作者的书写重心是作为农村干部的郭存先和农民企业家的成长轨迹,以及农村在改革开放后物质生活的改善层面。而这些书写和农民的日常生活本来就联系不多。因此,这部以"农民"为表现主体的小说,只写了这个"帝国"内部的政治、经济的发展和农民物质生活的改善。同样,在书写西北农民的小说《大漠祭》里,雪漠智慧地跳过了农民的农耕生活,让其主人公一家两代人以狩猎活动维持生计。而在叙事艺术层面,主要通过人物对话中的方言土语来填补他对农民的情感、心理与文化观念和思维的隔膜与疏离,并在叙事的表层给读者设置了农民小说的框架。但所有这些也无法遮蔽作者对乡村世界里农民真实认知的匮乏。

莫言在谈及城市文明和乡村文明对抗时曾指出,大批作家,包括知青作家的作品呈现的都是城乡的对抗,"这种对抗增强农民对城里吃'商品粮'人的反感、羡慕、嫉妒、仇视;也同样增强吃'商品粮'的人对农民落后、愚昧、狭隘的蔑视,这都是城乡差异造成的。"城乡的二元对立在中国的特殊性,使得在城里生活久了且受过系统现代知识教育的乡土作家、知青作家们没有办法真正融入农民的世界,他们小说中的农民自然是被作家的经历和身份过滤了的农民。正如英国当代文化研究学者安·格雷所言,作为文化学者"我们无法不带任何观点地进行发言,相反地,我们的发言都与我们所处的位置有关,无论是社会、文化或政治性立场"①。以上作家从现代性启蒙的视角审视乡土和农民时,是摆脱不了现代知识赋予他们的认知视野与文化思维的,他们将乡土社会作为前现代社会形态的一种反现代场域。而乡土的社会结构、乡土社会健康的生命活力是被遮蔽的。唐纳·哈乐韦认为研究文化的学者的本体论立场(亦即我们对于存有的经验)可能会形成对某些知识种类的独尊立场。

茅盾曾批评40年代国统区作家写乡村的缺陷,认为"题材取自农民生活的,则常常止于描写生活的表面,未能深入核心,只从静态中去考察,回忆中想象,而没有从现实斗争中去看农民。"洪子诚认为茅盾的以上概括也符合20世纪五六十年代的农村小说的艺术形态,认为这些创作在强调"现实斗争"时过于关注当时乡土世界里的政治斗争,使得"乡村的日常生活、社会风习、人伦关系等,则在很大程度上退出作家的视野,或仅被作为对'现实斗争'的补充和印证"②。茅盾这一批判国统区作家写乡村的话,如果省去后者"而没有从现实斗争中去看农民",则可以用其概括从"五四"时期及其之后的乡土文学一直到新时期以来,书写乡村世界的所有知识分子的写作。而洪子诚对特定时期农村小说艺术形态的评价也适用于大多数书写乡土世界的小说。

乡村世界对于这些作家而言,只是提供了一个暂时的成长空间,并没有赋予他们农民真正的气质与文化思维。这种气质和思维的差异,使得他们无法用人类学的深描书写乡村的种种地方性知识,更不用说发现农民的情感和心理认知的复杂性。他们只能从某一个他们了解比较多的领域入手进行书写。

---

① [英]安·格雷:《文化研究:民族志方法与生活文化》,许梦云译,重庆大学出版社 2009 年版,第 43 页。

② 洪子诚:《中国当代文学史》,北京大学出版社 1999 年版,第 92 页。

因此,这些作家的文学叙事将乡土世界中的大量复杂的"存在"简化为有限的话语公式。张志忠在《莫言论》中曾谈到,鲁迅以来写乡土的小说家们,"都为表现风云激荡中的农村生活做出各自的贡献,但他们却很少是地道的,以从事农业生产劳动为主的农民。他们大多是农村或乡镇上的富家子弟,在乡村读过几年书,有一些或深或浅的农村印象,然后又外出求学求职,也有解放区乡村中的工作干部和文化人。近年来写农村作品的,则有下乡数年的知识青年,有落难的右派和遣返原籍的'牛鬼蛇神';他们对农村生活的感受,有童年的记忆,有成年的思索,有工作中的体会,有沦落中的感喟,在农村生活或长或短……但是,他们却都是从客观的、相异于农民的身份和眼光去看待农村的,启蒙者感到'哀其不幸,怒其不争',革命家看到咆哮的土地,工作干部注重的是开展各项工作遇到的问题,文化人赞美的是乡村的田园情趣,异乡客思念父亲的花园,还乡人惊奇故乡的凝滞……"①

可见,虽然中国的农村是中国文化之根,但是"五四"以来乡土小说形成的现代性启蒙的批判传统,将广大的农村和农民放到了启蒙与批判的一端。虽然也有很多作家有意识地书写乡村,并且试图真正地走进乡村和农民的世界,但他们在走出乡村,在外面接受教育后,又难以真正融入乡村,难以走进乡民的世界里深描他们生活的种种,只能以知识分子的"他者"的视角审视乡村。

## 第三节　莫言人类学书写中的乡村世界和农民

莫言的小说将"未经传统认可"的事物,即自古以来被以儒教为主体的庙堂文化和"五四"以来的启蒙文化遮蔽在边缘的登不了大雅之堂的乡村世界,以及乡村世界里的农民的思想、观念、意识、生活习惯等放置在文学表现的主体地位进行了前所未有的人类学深描。乡村和农民所代表的文化长期以来被

---

① 张志忠:《莫言论》,北京联合出版公司2012年版,第12页。

认为是龌龊、低俗、邪恶的,放置在道德文化的另一端,从来不被正视和真正理解。有一些学者批判莫言,认为莫言的小说是反现代性启蒙与审美文化的,认为莫言在反文化的旗帜下干着文化的勾当,"莫言在亵渎理性、崇高、优雅这些神圣化的审美文化规范时,却不自觉地把龌龊、丑陋、邪恶另一类负文化神圣化了,也就是把另一类未经传统文化认可的事物'文化化了'"。① 这种站在知识分子的启蒙立场,以现代文明的推崇者的姿态批判莫言小说的观点,是莫言研究的很多学者所持的态度和立场。但是莫言却始终坚持:"所谓的民间写作,就要求你丢掉你的知识分子立场,你要用老百姓的思维来思维。否则,你写出来的民间就是粉刷过的民间,就是伪民间。"②

## 一、走出现代性启蒙话语的书写视角

对莫言而言,他在农村的童年经历决定了他的文学,城市的经验不但没有让他歧视农村,反而照亮了他的农村生活的记忆。③ 在和大江健三郎的对话中,当谈及《天堂蒜薹之歌》的创作初衷时,莫言曾强调:"作为一个农民的儿子……我有一颗农民的良心……不管农民采取了什么方式,我的观点都是跟他们一致的。我绝对站在农民一边。"④"我是从农村起步的,一直坚持写中国农村的往昔生活……"⑤他说:"我想我的思维、爱憎、价值标准是与我的乡亲们完全一致的。""我所写的故事和我塑造的人物,甚至我使用的语言都是有乡土风采的。早期作品里写的都是我的亲身经历,或者说有许多人物就是我的大爷、大娘、大婶子,我的小说里面也使用了大量的高密东北乡的方言。"⑥他说:"我是从乡村走出来的,我也坚持写乡村中国,这看起来离当今中国的

① 王干:《反文化的批判——莫言近期小说的批判》,载李斌等主编:《莫言批判》,北京理工大学出版社 2013 年版,第 225 页。
② 莫言:《文学创作的民间资源》,《当代作家评论》2002 年第 1 期。
③ 莫言:《莫言对话新录》,第 463 页。
④ 莫言:《莫言对话新录》,第 495 页。
⑤ 莫言:《莫言对话新录》,第 497 页。
⑥ 莫言:《碎语文学》,作家出版社 2012 年版,第 25 页。

现实比较远。如何把我在乡村小说中所描写的生命感受延续到新的题材中来,这是我思考的问题。"①张志忠说:"莫言,却是一位从小在乡村长大,长期参加农业劳动,从里到外地打上农民印记的作家,是中国现当代文学历史上仅见的农民作家。这不仅在于他对农村的熟稔,更在于他有农民的血统、农民的气质、农民的心理情感和潜意识,他不必用眼睛和大脑去观察和思索农村生活,他的每一个毛孔里都散发着热烘烘的乡土气息。"②

莫言从不讳言自己的农民身份:"十一至十七岁,我是一个真正的农民,起初以放牛和割草为业,后渐入成人圈子,担当起成年男子的繁重劳动。"③虽然莫言和很多生于农村却走出农村的作家一样,离开了农村,但是莫言不是以一个求学的知识青年的身份,而是以一个思想、文化思维等已基本定型的农民青年的身份离开的,而且他离开后并没有进入更高一级的学校深造,接受系统的现代知识,而是进入了军营。和以上分析的乡土文学作家们走出乡土直接接触城市、接受现代知识不一样,莫言进入的军营仍在农村,虽然从事的工作、饮食和生活有了很大的改善,但其他的变化并不是很大。张志忠说:"莫言是在农村长大的,他在那里一直生活到二十岁,而且,他自小学五年级辍学之后就参加劳动,过早地进入成人世界,生吞活剥、支离破碎地接受幼小的童心尚无法理解的生活;二十岁离开农村,又使他不至于被不断重复的劳动和独立地支撑生活的重担而搞得麻木愚钝……"④

因此,20 岁以前的莫言,没有过多学院知识的浸染,这是他和其他乡土作家不一样的地方。正是因为在人生观、价值观形成的主要阶段学院教育的缺失,以及自学成才过程中知识体系建立的自由性,莫言的创作观与其他作家的创作观念是不同的。在社会中要对现在、过去和将来进行区分,过去通过回忆呈现。而要进行回忆式追溯,把过去从现在中释放出来,"其前提就是教育,

---

① 莫言:《什么气味最美好》,南海出版社 2002 年版,第 178 页。
② 张志忠:《莫言论》,第 20 页。
③ 莫言:《莫言小传》,载洁泯主编:《当代中国作家百人传》,求实出版社 1989 年版,第 289 页。
④ 张志忠:《莫言论》,第 20 页。

因而集体的回忆从形成开始就凌驾于个人的回忆之上"。① 莫言和其他有过
学院式教育,或者通过其他方式在青少年时代比较系统地接受过现代知识教
育的知识分子作家创作的不同就在于莫言在乡村世界的个人回忆凌驾于集体
回忆之上。

莫言的小说中呈现的"现在"是过去乡村的"现在",这些"现在"在叙事
文本中的呈现,建立在莫言未经书本知识浸染的个人回忆和乡村经验之中。
小说故事中叙述者和读者经历和阅读的当下,是追忆逝水年华的莫言记忆中
的当下,以及在这些经历和经验基础上虚构和想象的当下。但是这些虚构和
想象的当下,却与乡村世界某段历史时期人们集体记忆紧密契合。《红高粱
家族》《丰乳肥臀》《檀香刑》等具有厚重历史感的小说,叙事时序看似是当下,
却是回顾个体与民族经历过的历史。这是通过形形色色、独具特色的人物个
体的历史组织建构的乡村史,是个体的历史和回忆跨越了集体的历史和回忆
的个性化叙述。作为作家的莫言的个人历史和回忆既有他的个人体验,也有
农民在日常生活中的集体经验。源于此,农民的经验而非受教育的知识者的
经验孕育了个体经验,以及莫言的小说。

大江健三郎在谈及他曾经读过的知青文学,并对其和莫言的作品进行区
别时指出,"从都市来的'文革'时代被迫害的知识分子和作家,与生长于农
村、长大后开始写作的莫言的文学完全不同。"他告诉莫言:"你这样的作家,
也许在中国只有你一个,全世界也只有你一个。"②莫言自己也说:"我看起来
是个作家,而骨子里还是个农民。"③莫言的大哥管谟贤说莫言是"农民的子
弟,他恨农民之所恨,爱农民之所爱。可以说,在某种程度上,莫言还是一个
农民"④。

---

① [法]雅克·勒高夫:《历史与记忆》,方仁杰等译,中国人民大学出版社 2010 年版,第
35 页。
② 莫言:《莫言对话新录》,文化艺术出版社 2012 年版,第 517 页。
③ 莫言:《用耳朵阅读》,作家出版社 2012 年版,第 45 页。
④ 管谟贤:《大哥说莫言》,山东人民出版社 2013 年版,第 64 页。

因此,莫言的成长经历和个人回忆决定了他的农民立场和态度,从而也决定了他的小说对乡村的描摹和以往作家的书写不同。莫言小说中的乡村文化传统与受过学院派教育的知识分子小说家们写作中的文化观不一样。这种文化观的习得,与学院教育传授的知识不一样,因为教育提供书本的知识,却不会给受教育者带来和农民的真实生活直接对接的乡村经验、心理和情感。莫言并没有受过学院派教育,乡土文化自身的传统和智慧发展了他的智力的同时,更主要的是给他传递了乡村民众真实的生活经验。因此,农民和乡村对受过学院派教育的知识分子作家和从城市到乡村的知识青年而言是"他者",对莫言而言却是地地道道的家人。莫言的小说始终站在农民的视角和立场,讲述真正属于农民的故事和乡村经验。

莫言认为他的创作是"作为老百姓的写作",对此他的解释是:"我作为老百姓来写作,我反映的就是我个人感受到的痛苦。当我真切地感受到老百姓所能感受到的痛苦时,我写我个人的痛苦,写我个人的愿望,也就代表了老百姓的痛苦和老百姓的愿望。我说的是我的心里话,恰好也是老百姓的心里话,这两个点就契合了,这个作品就是非常好的作品,而且也能引起非常好的反响。如果你千方百计地想扮演救世主的角色,居高临下地看着芸芸众生,然后指点江山,激扬文字,批评政府,批评党派,这未必是在替老百姓说话,实际上你是在作为一个高等人说话。"①正如张旭东所言,莫言的小说创作有别于知识分子的批判小说传统,是另一种传统,即"农民叙事的讲故事传统、地方文化传统、土地记忆、农村经验等等,这些因素应该拒绝被都市文明或知识分子文化的叙事逻辑收编"②。莫言的小说摆脱了具有"求真意志"的权力话语、政治意识形态、历史共名、革命话语等的束缚,获得了更加深刻和强有力的表现乡土世界和农民的力量,将长久遮蔽的乡土文化的复杂与多元呈现在世人面前。

---

① 莫言:《莫言对话新录》,第 345 页。
② 张旭东、莫言:《我们时代的写作——对话〈酒国〉〈生死疲劳〉》,上海文艺出版社 2013 年版,第 106 页。

但是，就小说创作本身而言，莫言没有有意识地建构什么文化去反对另一类文化的主观意图。莫言说："你不能从思想出发来写小说，你得从人出发来写小说……作家的理性思维能力越大，其小说越缺乏感染力。""如果我对生活现象了如指掌，我就可以从感觉出发来写，从人物出发来写。"①莫言走出现代性启蒙传统深描乡村世界的人类学视角，和西方后现代主义小说走出精英知识分子写作的视角一样，破除了众多文学创作中二元对立的神话，关注被主流文学遮蔽在暗角的二元中被歧视的那一元，让其现身、说话，然后与压制自己的强势的一元平等对话，以述说自己。在此基础上，莫言用文学的形式在文本世界里将乡村世界和农民从主流文化和知识分子遮蔽的暗角中释放出来，以人类学的全景再现书写乡村世界地方性知识的同时，呼应了西方后现代主义文学在全球文化语境中破除中心的文化立场。

## 二、莫言小说中自足的乡村世界

莫言的小说真实地书写了乡村世界的地方性知识，在发现了农民的同时，发现了生活在这里、负载着特定文化属性的形形色色的个体。莫言获得诺贝尔文学奖，最主要的原因是他和马尔克斯、奈保尔、莫里森、略萨等具有少数族裔背景的作家一样，在其创作中有对自己民族本土文化的深刻理解和书写。莫言说过，他的创作在于"土"，这个"土"具有复杂内涵。一方面这个"土"是对都市文明不屑的，被"现代文明"压制在边缘的农村"野蛮""粗俗"的民间社会及其文化的书写与肯定。正如费孝通所言，中国文化是一种"乡土文化"，这种文化是中国文化的根基。另一方面，这个"土"是中国广大的"乡土"，以及在广阔的乡土文化中，在每一个真实的生命个体身上蕴含的极强生命力。莫言把对这种具有中国民族、民间特色的"乡土文化"的书写，放置在中国近代以来广阔的历史语境中，走出知识分子的现代性视野，以特有的话语立场，关注中国近一百年以来乡土世界变迁中的种种。

---

① 莫言：《莫言对话新录》，第 344 页。

莫言的小说是乡村世界的百科全书,卡尔维诺曾说,"二十世纪伟大的小说表现的思想是开放型的百科全书"。[①] 莫言把乡村世界的几乎所有知识,在自己追忆乡村经验的文学想象与诗性表达中以现代的、后现代的叙事模式,收进了小说文本里。虽然对汉民族乡村世界的文学书写,并不能囊括中国广阔的地域范围内所有族群的普遍知识,但作为文学能够抓住本民族文化的根本特征,以文学的形式把各种知识和规则网罗到一起,反映这一世界多样而复杂的面貌,对具有恒定乡土根性的汉民族而言却是举足轻重的。同时,莫言的文学书写,将乡村世界的地方性文化从遮蔽在仁义、和谐的儒教和"五四"以来从西方引进的自由、平等、文明的现代性启蒙文化中解放出来,在农民摆脱农业生产,远离故土、跻身城市的时候,乡村里的农业生产活动、风习、民俗等人文景观和乡村世界里生生不息的文化景观一天天消亡的语境中,对汉民族乡土文化之根的拯救显得尤其主要,而对莫言文学书写中的此类人类学因子的研究,具有拯救非物质文化遗产的现实意义。

纵观中国改革开放几十年,我们在各方面取得的成绩是骄人的,发展的速度是超快的。但在这样快的发展进程中,广大乡村正逐渐被蚕食,广大农民规模化地放弃农业生产进入城市,以一个中国独有的工种"农民工"的身份被城市化。而农民从乡村向城市的大规模迁移,现代机器生产对传统农业生产方式的冲击,农民生活观念的变迁等,前所未有。农村里一些土地荒芜,传统的农业生产方式、手工技艺面临失传的危险,农业社会特有的家庭文化症候正在消亡。中国广大的乡村世界正在经历前所未有的变迁,被现代文明侵蚀的乡村正在失去乡土文化的特殊症候,中国乡土社会的小农经济已经基本解体。在这种情形之下,乡村里各种传统的生产方式、手工技艺,各地的方言土语等应该作为非物质文化遗产受到保护。

莫言以自己近二十年做农民的经历,及其对乡村世界的农业生产、农民的日常生活和农民的心理、情感、观念等的切身体会和认知,以其文学的诗性表

---

① ［意］卡尔维诺:《美国讲稿》,载吕同六等主编:《卡尔维诺文集:寒冬夜行人》,译林出版社 2001 年版,第 411 页。

达,以中国文学前所未有的文学实践,以文字的形式挽救了乡村世界即将失去的种种。莫言的小说中细致深入地书写了农村的生产方式、农民的生活方式以及农村家庭里伦理关系等和乡村文化密切相关的种种。因此,研究莫言小说中的乡土世界里呈现出来的乡村文化症候具有拯救非物质文化遗产的意义。

根据雷蒙·威廉斯有关文化的"社会"定义,"文化是对一种特殊生活方式的描述,这种描述不仅表现艺术和学问中的某些价值和意义,而且也表现制度和日常行为中的某些意义和价值。从这样一种定义出发,文化分析就是阐明一种特殊生活方式、一种特殊文化隐含或外显的意义和价值。"虽然有些学者并不认可这一定义包含的文化众因素,认为诸如"生产组织、家庭结构、表现或制约社会关系的制度结构、社会成员借以交流的独特形式"等根本不是什么文化,但威廉斯却认为对这些因素研究的"特殊意义和价值、目的不在于对他们进行比较以确立一种标准,而是通过研究他们的变化方式,去发现从总体上更好地理解社会和文化一般发展的某些一般'规律'和'趋向'"。

莫言人类学书写中对乡村世界的生产组织、家庭结构、制度结构、成员信仰等的书写,建构了一个农民日常生活的公共空间,这一空间里日常现实中各类人物的表演,为建构汉民族的乡村文化景观提供了种种场景。莫言通过小说对乡村世界里农民的日常生活的人类学深描,复兴了一种"地方性文化"。小说中有农民生产、生活经验的细微呈现,而这些经验生成的持久印象,加固了历史存在的现场感,具有相对于现代性启蒙话语之外的乡村世界存在的自足性特征。这种自足性体现的是某一历史阶段乡村世界日常现实的真实逻辑,这是任何作为"注视者"的人类学家无论怎样放弃自己的身份和文化立场做深入的田野调查都得不到的地方性知识。因此,在莫言小说建构的文本世界里,乡村世界是一个自足的世界,在这里,正统的主流文化和独特的乡土文化,从广义上形成了一种地方性传统,这已经成为文化和文化再生的一种不可替代的资源。

莫言曾经坦言他创作之初的小说也具有类似自"五四"时期开始的"还乡

小说"的小说模式,即"知识分子从城市回到乡村,用现代文明人的观点和视角看农村生活,回忆他过去的生活"。短篇小说《白狗秋千架》就是这样的小说。然而,虽然莫言这样定位他早期的小说,但他的《白狗秋千架》里的女主人公"暖"和鲁迅笔下的乡土世界里的闰土、祥林嫂还是有很明显的思维意识上的差别,小说中作为叙述者的男主人公"我",和鲁迅小说中的"我"也是不一样的。因为《白狗秋千架》中的"我"熟悉农事活动,对乡村的记忆不是孩提时代的,而是十九岁情窦初开和农村少女相交的青春回忆。而乡村在"还乡者"大学教师的眼里,不是破败、萧索的,沉重的农活并没有让农民觉得多痛苦,反而充满了幸福和满足。当"我"看到由少女变成中年妇女的初恋情人背着沉重的高粱叶子时,看到她偶遇"我"后激动地、缓缓舒展开的身体时,"我"眼里的"暖"是"轻松和满足"的。因为脱下农装不久的"我"知道"轻松、满足,是构成幸福的要素,对此,在逝去的岁月里,我是有体会的。""暖"对脾气粗暴、醋意很浓、动辄打骂自己的哑巴丈夫基本没什么怨言,作为一个相貌有缺陷但仍然美丽的农村姑娘而言,她是知足的。而且在结婚生了两个哑巴儿子之后,仍然对生活充满希望,虽然结尾的设置出人意料,但这个女性作为中国农业社会中的许多女性代表,她的胆识和作为母亲希望有一个健全的孩子的心理和情感也是真实动人的。

此外,这篇小说中的农村女性"暖"自始至终是立体的、鲜活的,她有自己的主观意识和话语权。这表面上似乎源于叙述者"我"的负疚感,但实际上源于作家莫言对农村女性的深刻理解。虽然莫言小说中的女性也会遭遇类似于祥林嫂的苦难与痛苦,但她们的生活是丰满的,和城市女人一样除了有苦难之外,也有生活的甜与乐。正如孟悦指出的,在鲁迅的《祝福》和《故乡》中,乡土社会的基调是阴暗悲惨的,"乡土成了一个令人窒息、麻木僵死的社会象征"。① 而《白狗秋千架》中乡土社会的基调没有废名和沈从文小说中的那种纯粹的美与美被破坏后的哀伤,也没有《生死场》中惨烈的、令人窒息的女性

① 唐小兵:《再解读——大众文艺与意识形态》,北京大学出版社 2007 年版,第 66 页。

苦难。小说中乡村体验的客观描写代替了抒情怀旧的情绪。"暖"少女时期的美丽,对美好生活的憧憬,并没有在一只眼睛被刺瞎,蔡队长一去杳无音讯,"我"进城离开乡土的一系列事件中支离破碎,坚韧的农村少女在十年的风雨磨砺中不但已经有了自己的生活,而且生活赋予她更强大的坚韧和勇气。因此,和祥林嫂那间或一轮的悲哀的眼神以及从不间断的诉说,和翠翠在失去了两个爱恋自己的男人之后的未来生活的不知所终相比,"暖"是立体的,是真实的乡村女性的生活的再现。她没有等待的哀伤,也没有在遭遇苦难时不能自拔,她的生活是活态的、流动的。正如伊万·布莱迪所言,"好的诗学作品允许使用各种文本形式,以便从被研究者富有意义的生活现实中拯救更多的东西出来。"①

莫言的小说中没有"对民间悲苦生活的表达与讲述,既不是哭诉,也不是记账式的恐吓,而是充盈着一种欢乐的力量"。莫言自己曾说过:"回想农村苦难时期,身在其中也并未感到多大的痛苦。所谓的痛苦是后来进城后的回想,其实,无论物质生活多么苦难,老百姓都有天然的乐观精神来抵抗生活加给的重担,挣扎着活下去"。② 丁帆认为乡土作家在离开乡村后,"现代文明的熏陶与不无后怕的侥幸心理,加深了他们对乡村的理性审视和情感判断,并在理性上认同着现代文明;但同时,他们曾受的乡村文化滋育成为他们真正接受和进入异质文化的深层障碍……乡村既是他们的背叛与仇恨之所,又是他们最终的精神慰藉和基本立场所在,他们对乡村的'恨'不如说是他们爱到深处的无奈,他们对乡村的'背叛'也常在困惑与留恋的边缘逡巡"。③ 通过研读莫言的小说文本,可以看出莫言对乡村没有过于概念化的"理性审视",从理性上来讲,他本身对现代文明持有保留态度,他几乎没有认真地审视过现代文明和文化的优越性。这也是他和其他乡土作家的差异之处。

---

① [美]伊万·布莱迪:《人类学诗学》,徐鲁亚等译,中国人民大学出版社 2010 年版,第14 页。

② 莫言:《莫言对话新录》,第 260 页。

③ 丁帆等:《中国新时期小说主潮》(下卷),人民文学出版社 2002 年版,第 1254 页。

莫言对乡村经验的认同和书写，是人类历史认同中的地方情境的认同与书写。这首先是一种包容与排斥的时间维度。"时间维度是指重复与（再）组织的节律。它是与年度、年代这样的周期性记忆类似的一种属性。"①莫言的小说在时间维度上的包容与排斥，更多地体现在对乡村记忆的不断重复和周期性更替之中。这种重复是有历史感的重复。从农耕文明的起始开始，农民的生产、生活经验就已经预设了一系列不可抗拒的模式和框架。这些模式和框架在几千年之后的乡村世界中仍然存在。此外，莫言对乡村经验的认同和书写，是时间维度上的空间建构。历史变迁中的文化渗透是具有穿透力的，它从金字塔的顶层一路向下，横冲直撞，在社会的每个阶层中都形成一定的张力，轻重不一是必然的，但却没有渗透不到的。汉民族乡村世界里的家庭伦理关系、儿童和青少年的成长轨迹、信仰等在时间维度上，在包容与排斥中持续不断地变迁，在时间和历史巨流的过滤中重复是不可抗拒的。更主要的是在空间维度上，不管是传统社会中的帝王、官宦、士、农、工、商，还是现代社会中的城市和乡村，存在于金字塔分层中的各个阶层对文化的持有也有相同或相似的表现。莫言的小说在时间和空间的立体维度中，将乡村世界和"农民"放置在重要的位置进行深描，在时间的历史维度和空间的阶层分布中找寻并发现他们的坐标。这是区别于现代性启蒙文学中的乡村世界书写的。

因此，莫言的小说获诺贝尔文学奖对中国文学的意义，除了刘再复总结的三个方面的意义："关注""鼓舞""启迪"②之外，可以再加一条，"发现"的意义。这一"发现"的意义也是对乡村世界人类学书写的意义。莫言的小说对乡村世界的书写，在让世界听到中国文学声音的同时，也将中国乡土文化提升到和理性的庙堂文化平等的地位，赋予乡土世界及农民言说自己的权利。"在整个社会，存在对群体的一部分人的不公，他们因此无处栖息，无足轻重，没有话语权，那么当这些被漠视的群体声讨要求得到认同和他们权利的时候，

---

① ［英］王斯福：《帝国的隐喻：中国民间宗教》，赵旭东译，江苏人民出版社2009年版，第3页。

② 刘再复：《莫言了不起》，东方出版社2013年版，第79—82页。

政治就开始了。"①乡村和农民在乎的权利是言说自己的权利,因为他们作为中华民族的重要构成,他们的声音不可或缺。莫言小说对他们的人类学书写,正是他们的声音,包括生活日常、情感、心理、信仰等文化景观被深入理解的开始。

费孝通说:"我多年来研究的对象是中国的乡村。乡村只是整个中国社会的一部分。我从这部分的认识中得来的看法自不免已有所偏。这一点读者必须先知道的。我绝不敢说乡村之外的中国是不重要的,更不敢相信乡村可以和其他部分隔绝了去解决它的问题。我只能说在乡村里可以看到中国大部分人民的生活,一切问题都牵连到这些在乡村里住的人民。我也相信目前生活最苦的是住在乡村里的人民,所以对于他们生活的认识应当是讨论中国改造和重建的重要前提。"②汉民族的乡土世界的主要性和生活在乡村世界里的乡民的生活和文化对整个社会的重要性,以及他们被关注和书写的非重要性,是费孝通研究的初衷,亦是莫言小说书写的初衷,更是本书研究的初衷。莫言的文学书写和费孝通的田野调查,以及本人的文学研究都试图给被遮蔽的广大乡村和农民发声和表达自己的权利。

### 三、真实与想象——莫言小说的人类学视域

莫言的小说对汉民族乡村世界和农民的人类学书写,步的是后现代主义文化对现代文化的反思与批判的后尘。后现代主义对"雅俗界限的消解,几百年来被认为天经地义的现代美学观念产生了动摇,精英的、中心的和权威的艺术类型理论,艺术的审美评价标准,以及经典和规范的观念,统统不再起作用了。过去被贬斥没有教养和没有趣味的大众如今登上了文化的舞台,民主的文化在现代主义时期并未真正实现,倒是在后现代主义阶段变成了现实。

---

① [法]贝尔纳·阿拉泽等主编:《解读杜拉斯》,黄荭主译,作家出版社 2007 年版,第71 页。

② 费孝通:《乡土中国 生育制度 乡土重建》,商务印书馆 2011 年版,第 482 页。

人人可以自由地接近文化,参与并拥有文化,这种民粹和民本观念已经不再是空谈"①。

对莫言而言,接近过去、接近乡村文化的方式就是在小说中对过去生活的激活与再造。因为文字是对大自然的替代与补充。莫言童年的孤独与多思,放牛、放羊的经历使他与大自然建立了一种特殊关系的同时,培养了他自由想象的天性。莫言认为大自然本身就很壮观,是"想象也想象不到的,当然到了小说里面,就更加神奇了。一个孩子,在农村这种环境里也没人理你,很寂寞,那你只好去观察大自然。"在孤独与寂寞中,大自然,甚至一只苍蝇、墙头的草、知了、向日葵、蜘蛛、蚊子、壁虎等都成了他关注和交流的对象,他与大自然中的万物对话。此外,小时候的莫言又是不自由的。作为孩子,在家庭内部受制于长辈;在社会中受制于时代共名的话语,以及人与人之间的关系,生活充满不确定性。当然,正是这种不被理解和关注的生活状态,使其与大自然产生了共鸣,并建立了亲近的特殊关系。

因此,在莫言的小说中,他的没人描写和模仿的乡间生活,无疑充当了一个想象与虚构的媒介。小说中描写的乡村世界,成了现实世界的镜像,具有厚重的人类学踪迹。乡村世界的人类学知识穿过莫言的小说,通过研究者对其中的人物个体、风土人情等全方位的潜心研究,可以越过乡村世界的表层进入丰富而多质的深层,就像走进乡村真实的历史和生活一样。以色列作家奥兹说他在读《天堂蒜薹之歌》时,"仿佛真的到了中国的农村,到那里生活"。②他对莫言说:"我特别欣赏您笔下的自然风光,您笔下的农村风情,令人有一种身临其境的感觉。"并说虽然他坐在自己的书房里阅读莫言的小说,但却仿佛亲自来到了莫言笔下的村庄,"闻到了那个村庄的气味,目睹了那个村庄的风情。我的书房里仿佛飘起了蒜香"。③

因此,对于在农村生活了二十年的莫言而言,"高密东北乡"不但是地理

---

① 周宪:《审美现代性批判》,商务印书馆 2005 年版,第 339 页。

② 莫言:《莫言对话新录》,第 295 页。

③ 莫言:《莫言对话新录》,第 296—297 页。

意义上真实的存在,也是他精神意义上真实的栖息地。因此,小说中的"高密东北乡"并不仅仅是虚构意义上的地域名称。但作为文学作品,虚构和想象是不可或缺的,"'故乡'也就是文学意义上的'故乡',是文学的地理学"。莫言在小说中真实的乡土视域下扩展了乡土,超越了乡土,构造了一个充满着想象与虚构化行为张力的乡土世界。在这个文学的"乡土王国"里,文学性和艺术性脱胎于其发源的农村生活的日复一日的单调重复,小说中的农民人物的世界从其习惯性的乡土世界中分离出来,以便创造小说想象中的新奇之物。①

莫言的小说叙事,虚构与真实、现实与历史交织互融,从人类学视域对中国乡土世界缜密的言说,及其笔下真真假假的艺术景观似乎遮蔽了他对中国现实和历史超乎寻常的深刻反思。然而,所谓的"高密东北乡"就是汉民族乡村世界的缩影。莫言小说的这种叙事价值往往被忽略。本书意在揭开这种叙事迷雾,从人类学的视角对这一问题进行系统研究。

当然对于莫言小说中深描的乡村世界里种种符合真实生活的"事实逻辑"的元素的人类学研究,借鉴了人类学的相关方法。尽管本书调查的"田野"非人类学家的真实的"田野",而是小说文本中呈现的"田野",但已有的人类学研究成果已经证明,人类学家除了和研究对象一起生活,试图通过深入的田野调查走近研究对象做比较深入的研究之外,对于过去的研究,人类学家也可以从一些考古发掘的器物和文学文本中获取的资料进行追根探源式研究。比如,对于古希腊历史上公元前 1200 年至公元前 800 年这段因为没有文字、绘画及其他实物资料证明而被称为"黑暗时代"的了解,正是荷马的两部史诗《伊利亚特》和《奥德赛》为后人提供了走进这段时代了解"希腊人的种种风俗习惯、政治制度,以及思想观念的丰富资料"②。

当然这方面的例子在西方人类学学者的研究中不胜枚举。在中国,叶舒宪、庄孔韶、程金城等学者也从人类学的视角,通过对过去的、当下的文学文本

---

① 雷蒙·威廉斯:《文化分析》,载罗刚等:《文化研究读本》,中国社会科学出版社 2000 年版,第 125 页。

② 吴晓群:《希腊思想与文化》,上海社会科学院出版社 2009 年版,第 16—17 页。

的深入研究,寻求认知和理解异民族、本民族等不同族群的人的生活、风俗、政治、信仰等,这方面的研究也取得了相当大的实绩。那为什么东西方的人类学学者、文学研究者都会不约而同地进行类似的研究?除了之前指出的文学和人类学都通过叙事来建构各自的文本世界的共同特征之外,荷兰的叙事学家米克·巴尔道出了真谛,他说:"毫无疑问,大部分叙述文本的素材确实显示出某种形式的对应关系,既与句子结构、也与'真实生活'相对应。自然大多数素材可以说是根据人类的'事件逻辑'(倘若这一概念不是被狭隘地加以理解的话)的要求而构成的。'事件逻辑'可以界定为读者所经历的自然而然、合乎某种理解的周围世界的事件进程。"①所以,人类学家才会"不但研究文学叙事作品,而且还常常研究民间故事、宗教仪式,诸如餐桌礼仪、食谱这样的通俗文化实践,以及政治纲领等"②。可见,文学不但具有独特的虚构和想象,而且也包含着关于人类世界的逻辑的真实,"文本的真实性包含着想象的色彩,而想象反过来也包含着真实的成分"。③

莫言的小说在叙述中,通过对一系列他自己在乡村生活中遭遇和经历的素材的抽象和把握,在虚构和想象的"事实的假设"的基础上,深描汉民族乡村世界里的种种,以及在这一广阔的空间中生活的芸芸众生。莫言对于乡村世界的深描,是对他真实的经验和印象的历史式再现。他的小说中有他经历过的具体事件、创作的真实史料和人物原型的支撑。在谈及创作和故乡的关系时,莫言指出在短篇小说《白狗秋千架》中第一次出现"高密东北乡"后,他"感觉到要写的东西奔涌而来。从 1984 年到 1987 年,我写出了大约一百万字的小说。有许多个人的经历,小说中的不少人物都有原型。我对故乡的感受太深了。我熟悉的就是那个小村庄,如数家珍地把村东头家里的男主人、女主人一直讲到村西头,每家每户的人物,活灵活现的七百多口人,每个人我都能

①　［荷］米克·巴尔:《叙述学:叙事理论导论》,谭君强译,中国社会科学出版社 2003 年版,第 212 页。

②　［荷］米克·巴尔:《叙述学:叙事理论导论》,第 213 页。

③　［德］沃尔夫冈·伊瑟尔:《虚构与想象——文学人类学疆界》,陈定家等译,吉林人民出版社 2003 年版,引言第 26 页。

叫上名字来,他们有什么生理特征,有什么爱好,说话的腔调、走路的声音,我闭着眼睛都可以想到。即便过了多少年,突然传来一声咳嗽,我一听,也能辨出这个人的咳嗽怎么这么像我们村那个大爷咳嗽的声音。这些都是难以磨灭的影响"①。莫言"熟悉家乡的田野,家乡的河流,家乡的风情,字里行间散发着家乡乡土的气息"②。莫言曾寄语莫言研究会时提及故乡对他的小说创作的影响,说他"所写小说,多是依据故乡素材,所用语言也以高密人日常语言为基础。可以说,没有高密的多彩历史和丰厚文化沉淀,就不可能有我这样一个作家"③。

因而,在莫言的小说中,乡村世界家庭成员间的关系、重男轻女思想与计划生育政策的博弈、农村少年儿童的成长历程,以及他们被忽略和不被待见的艰难的成人过程,中国农民与牲畜和动物之间的种种关系,农民的超自然崇拜与民俗信仰等,这些源自农村的日常生活,以及日常生活中的常人常事所体现的农民的生活观念、生活方式、家庭组织、两性关系等,都是真实投射中国乡村世界的逻辑事实和依据。本尼迪克特认为,研究一个部落或民族的常人常事是人类学家的研究前提,因为"在任何一个原始部落或任何一个处于文明最前列的民族中,其人民的行为都是从日常生活中学会的。不管他的行为和观点是多么离奇,一个人的感觉和思维方式总是同他的经验有些关系的"④。因此,在人类学家看来,平凡的事物,日常生活中的细枝末节,都是极为重要的研究史料。所以作家的"写作,总的说来,是一个探究'真实'的方式,它被矫揉造作的虚构(思想或虚构的谎言,这终究都一样)弄得晦暗不明,这意味着:那些覆盖了真实的虚假话语,应该从某种意义上去'毁灭'它。企及真实,至少

---

① 莫言:《莫言对话新录》,第117页。

② 毛伟杰:《北京之行访莫言》,载孙惠斌:《莫言与高密》,中国青年出版社2011年版,第102页。

③ 毛伟杰:《北京之行访莫言》,第103页。

④ [美]鲁思·本尼迪克特:《菊花与刀——日本文化诸模式》,孙志民等译,九州出版社2005年版,第9页。

去指出它就成了全局的关键"。①

　　当然,莫言小说中对故乡的书写并没有受到熟悉的故乡的限制,他的想象超出了故乡,他的小说中的乡土世界是文学虚构中超越了故乡的扩展版故乡。"我创造了'高密东北乡',是为了进入与自己的童年经验紧密相连的人文地理环境,它是没有围墙甚至没有国界的。我曾经说,如果说'高密东北乡'是一个文学的王国,那么我这个开国君主应该不断地扩展它的疆域。"②因为对作家而言,想象力是最根本的东西,"想象力是你在掌握的已有事物、已有的形象基础上创造出、编造出的一种崭新的东西,事实上想象力就是一种创新"。③ 德里达说:"想象是只在其作品中显现的那种自由。这些作品在自然界中并不存在,但也并非在我们栖居的世界之外。"④莫言小说得自于自己在农村生活的深刻体验,故其中既有经验的真实和乡村生活的逻辑真实,又有小说虚构与想象的选择与融合。比如《透明的红萝卜》中作为故事发生的主要场地的打铁桥洞,就是莫言小时候待过的地方,"待过三个月,给铁匠当小工,生煤炉子、拉火,有时也帮着敲几下边锤。白天在里边干活,晚上在里边睡觉"。但当他在成名之后,再回到那个桥洞,却发现它与他小时候熟悉的桥洞不一样了。

　　莫言在加州大学伯克利校区演讲中谈及福克纳对他的创作的影响时说:"一个作家应该大胆地、毫无愧色地撒谎,不但要虚构小说,而且可以虚构个人的经历。"⑤伊瑟尔认为:"文学甚至能将人类所有特性具体化为一种非真实性的幻象,这种幻象是文学呈现千变万化的相关事物特征的唯一途径。"⑥莫言在小说艺术虚构的边界之外联系着农村生活的真实,有历史的、政治的、经

---

① ［法］贝尔纳·阿拉泽等主编:《解读杜拉斯》,第 85 页。
② 莫言:《莫言对话新录》,第 117 页。
③ 毛伟杰:《北京之行访莫言》,第 104 页。
④ ［法］雅克·德里达:《书写与差异》(上),张宁译,生活·读书·新知三联书店 2001 年版,第 9 页。
⑤ 莫言:《用耳朵阅读》,作家出版社 2012 年版,第 26 页。
⑥ ［德］沃尔夫冈·伊瑟尔:《虚构与想象——文学人类学疆界》,引言第 4 页。

济的、文化的,等等。莫言小说中丰富的乡村生活的书写,显示出他不仅仅模拟了世界,而且把这个世界纳入了文学虚构之中。小说中农村生活的种种与现实世界中农村生活的种种情状有着隐秘的契合和结构的对应。小说中作为作家建构的乡村世界不断被另一个世界所渗透,小说中的人、事在虚构与想象的选择中水乳交融地表演,农民不单纯是农民,而且在某种程度上成就了莫言及其小说。

莫言作为小说的创作者,作为对自己所写内容的直接经验者,他的日常的生活经验就是农民的生活经验,他有费孝通等研究汉民族乡村的人类学家在研究乡村的过程中所没有的直接生存体验。所以他不用像人类学家那样进驻乡村做田野调查以获得丰富的经验并对其进行思考。他在对汉民族的乡村世界进行文学的诗意展现时,不会受到已有的知识系统的制约,也不需要转换视角学着像农民那样去感知和体认。因为不管是研究者还是作家,经验对他们而言很重要,"经验可以是全面性的,并且隐藏不同结构之间的关联性。这个命题在于警告,经验可能且很容易被当成一种常识和意识形态的类目……经验就可能意味着一种独特的、主动的人类主体性存在,他们可以在日常生活中运用自由意志,并自由地进行选择"。①

莫言在小说中以一系列似乎正在发生和已经发生的"事件"勾勒出乡土世界的基本轮廓,以其对现实世界想象的真实性,实现了文本建构乡土世界的现实性。"文学文本是极为具体的,它足以让人们感知大千世界和芸芸众生的存在……"②文学文本是对现实活中情境的模仿,对真实存在的风俗习惯的再加工,对仪式化游戏的表现,对日常生活中听到的故事的再现。当然莫言的书写不仅建构了乡村世界里农民生产、生活的表层结构的丰富性,而且通过这些表层丰富、复杂、多元的人类学书写,深入揭示了汉民族几千年历史变迁中相通的、普遍的文化心理结构。

因此,对莫言的小说书写的乡村世界的人类学研究,重在"揭示种种区别

---

① [英]安·格雷:《文化研究:民族志方法和生活文化》,第36页。
② [德]沃尔夫冈·伊瑟尔:《虚构与想象——文学人类学疆界》,引言第30页。

后面不变的相对稳定的方面"①。程金城认为："文艺的发展史呈现着恒定与变异的周期性'反复',不管是巨变中的否定和扬弃,还是渐变中凝聚的新的张力的爆发,文艺总是有它自己的'边缘',总是围绕着人类某种心灵轨迹在旋转,总有一些恒定不变的因素内在地制约着其基本方向,他们作为基因、本原,决定着文艺其所以为文艺的特性,这种相对稳定的不变的因素就是在文艺这种特殊的精神活动中所呈现的普遍的人性的要求。文学原型以'模式'和'本能'的形态体现着这种规律。"②

格尔茨的人类学研究强调要让一大批未经解释的资料具有说服力,必须要在某种科学的想象力的基础上,让研究者和这些资料的供给者建立联系,进而进行深层解释之后才可能做到"深描"。正是因为"日常现实的不规则性",美国人类学家伊万·布莱迪才提出"人类学诗学"的研究模式。在格尔茨"深描"的研究模式之后,又一次拉近了人类学和文学等艺术的距离。他认为想从日常交流中更深切地了解人们的思想,不要去读民族志,而要去看契诃夫、贝克特和哈罗德·品特的戏剧。人类学家要讲好人类学故事,则要从叙事学中学习,因为小说"通过采用情节和故事线索可使作者描述的经历清楚易懂"③。哈维兰在《文化人类学》中对印度包办婚姻的田野调查④,只能通过受访对象的言说了解一些有限的信息,获得一些客观资料。至于这种婚姻形式缔结的夫妻关系的深层问题,文学似乎更有效力。印度当代小说家阿兰·达蒂的小说《微物之神》要比哈维兰干巴巴的资料记录深入具体得多。同样的,汉民族乡村世界复杂而隐秘的夫妻关系,在强大的"面子文化"的影响下,要深入其集体无意识的心理和情感深层,如果没有长期的耳濡目染,仅靠访谈和观察难以获得。费孝通的研究,虽然在田野调查后,有着切实的体认,但与此

---

① 程金城:《中国文学原型论》,甘肃人民美术出版社 2008 年版,第 26 页。

② 程金城:《中国文学原型论》,第 26 页。

③ [美]伊万·布莱迪:《人类学诗学》,徐鲁亚等译,中国人民大学出版社 2010 年版,第15 页。

④ [美]威廉·A.哈维兰:《文化人类学》,瞿铁鹏等译,上海社会科学院出版社 2006 年版,第 246—250 页。

相对比,莫言通过多部小说从多个角度的深描,则要生动、具体、翔实得多。

此外,因为人类学家和所调查田野的隔膜,使其调查"作为人类学家实际经历之方式以及传达他人知识之方式,其结果亦显得不够充分"。因为注视者如何阐释被观察者的文化,本身就受限于自己的已有认知和与他者文化有隔膜的双重制约,走出来不容易走进去更难。这里还是以乡村夫妻关系为例进行分析。纵观汉民族乡村夫妻关系的人类学研究,尽管冯友兰、费孝通等学者在各自的研究视域中有过"浅描",但格尔茨和布莱迪等人类学家所要求的"深描"和诗学性的复杂探求远远没有达到。但是莫言做到了。他以小说叙事产生的"好故事",在寻求超越具体的事实的基础上,达成某种抽象的解释,探寻族群婚姻文化的深层模式与意义。因为小说叙事本身就以细节描写见长,莫言作为乡村文化的亲历者,以十多年的真实体验和耳濡目染中恒久留存的乡村经验为契机,用文学的诗意想象抓住了真实而稍纵即逝、混乱的形象,用文学的方式"深描"了乡村夫妻关系,直面人性的复杂与多元。而且莫言的"深描",比任何作为"注视者"的人类学家所做的都要充分和全面。

可见,从人类学视角深入研究莫言小说中所展现的事实与地方性知识,是一条理解莫言小说中的乡村世界,以及这个世界里沉淀了太多的乡土文化的农民群体的有效途径。在莫言的小说中,一方面想象和虚构控制了乡村世界的一切生活,以及在这里生活的人们的情感经历;另一方面农村世界中本身具有的文化、艺术、语言等,牵着作家想象与虚构的鼻子,引领读者走进乡土世界的腹地。"虚构化行为的引领,现实才得以升腾为想象,而想象也因之而走近现实。在这一过程中,虚构将已知世界编码,把未知世界变成想象之物,而由想象与现实这两者新组合的世界,即是呈现给读者的一片新天地。"①

---

① [德]沃尔夫冈·伊瑟尔:《虚构与想象——文学人类学疆界》,引言第16页。

# 第二章　乡村世界家庭伦理关系

## 第一节　乡村家庭成员的伦理关系

莫言的小说对乡村世界的深描,在通过想象与虚构建构的文本结构中,复原和再现了乡村世界复杂的家庭成员间的伦理关系。家庭作为基本的抚育社群①,可以有很多形式,可以由一对夫妻和他们的孩子构成,人类学家哈维兰称之为"核心家庭";也可以由老人、若干兄弟姐妹及这些兄弟姐妹的孩子构成,哈维兰称之为"扩大家庭"②。莫言曾谈及自己出生时家里的成员情况,"家庭里面有很多人,我爷爷奶奶都还健在,很年轻,也都五十几岁,我父亲母亲,我上面已经有大哥、二哥、姐姐、叔叔和婶婶,我们没有分家。我婶婶已经有一个女孩,比我大四个月"。③ 可见,莫言的家里不但有爷爷奶奶、父母、兄弟姐妹,还有叔叔、婶婶和堂姐,是一个由老人、若干兄弟姐妹及这些兄弟姐妹的孩子构成的扩大家庭。费孝通在《乡土中国》指出"乡下最小的社区可以只有一户人家。"因为"两性和抚育上的需要",每个家庭内部,"夫妇和孩子聚居于一处"。④

### 一、人类学视域中汉民族的乡村家庭

按照费孝通对中国人"家"的结构分析,莫言的家就是一个"小家族",这

---

① 费孝通:《乡土中国　生育制度　乡土重建》,第9页。
② ［美］威廉·A.哈维兰:《文化人类学》,第271—272页。
③ 莫言:《莫言对话新录》,第4页。
④ 费孝通:《乡土中国　生育制度　乡土重建》,第8页。

个家里不仅有亲子关系,父、母、子三角的家庭成员,同时还有父系这一方面的叔叔和婶婶,以及堂姐。人类学学者认为在早期的农业社会里,"小型的核心家庭①有时是一个较大的扩大家庭的一部分。这种家庭,部分是配偶家庭,部分是血亲家庭,它可能包括祖父母、父母、兄弟姐妹,也许还有伯(叔)和姑(婶),以及一二个堂兄弟姐妹。所有这些人,他们或有血缘关系,或有婚姻联系,都在一起劳动和生活"。② 这种家的结构和北美以夫妻为纽带的核心家庭不一样,这和中国以伦理为本位的传统文化密切相关。

费孝通通过深入的田野调查和研究,认为乡土社会中的家庭在"男女有别"原则的规约之下,形成以同性组合为核心的社会结构。但因为有生育繁衍后代的功能,所以也辅之以异性组合。但"家庭"的团结则受到同性组合的影响,这种家庭不易巩固。因此在中国传统社会中,家族代替了家庭。因为家庭是以同性为主、异性为辅的单系组合,而以家族为核心的基本社群,同性原则较异性原则更为重要。③ 父、子、兄、弟同性组成的家族轴心,辅之以母、妻、妯娌等组成的异性群体,在这样的家族中,一般居于主导的都是男人。这便是中国男权文化在家族内部形成的基础。之后,以此同心外推,推及君臣关系。因此,在中国乡土社会中的家族内部,既有同性的父、子、叔、兄,母、妻、妯娌之间的复杂网络结构,同时也有父女、母子、夫妻、叔嫂的异性组合。随着时代的演进,家族的规模逐渐缩小,家族开始向家庭变迁。结合文化人类学学者们的研究,中国乡土社会中的这种规模小于家族又大于家庭的"家",就是费孝通笔下的"小家族",美国学者哈维兰命名的"扩大家庭"。

汉民族的乡村家庭是以男子为核心组成的家庭,有核心家庭也有扩大家庭。不管在传统社会还是在莫言小说中书写最多的 20 世纪五十至八九十年代,甚至在当下的乡村里,家庭的主要构成形式是扩大家庭。俗称的"三世同

---

① 哈维兰的"核心家庭"就是以夫妻和孩子为主体的配偶家庭,没有长辈和其他兄弟姐妹。

② [美]威廉·A.哈维兰:《文化人类学》,第 271—272 页。

③ 费孝通:《乡土中国 生育制度 乡土重建》,第 50 页。

堂""四世同堂",甚至"五世同堂"的家庭要远远多于父、母、子三角关系构成的核心家庭。在这样庞大的家庭中,围绕男性家长及其配偶,家庭成员有子女以及儿子的配偶儿媳,儿子的孩子,甚至儿子的孩子的媳妇和孩子等。在新中国成立前以及新中国成立后农村没有实行计划生育之前,一对夫妇可以有多个子女,女儿在一定的年龄就要嫁做人妻,去别人家,同时,儿子会娶来外姓的女子作为妻子,再生儿育女。因为传统观念注重家丁兴旺、子孙满堂。所以,在农村家庭成员多被认为是这个家庭兴旺的标志,这个家庭的家长会觉得有面子。因此,虽然有这么多成员的家庭关系复杂,矛盾众多,但乡村世界里仍然有这样大的家庭。莫言说他的父亲思想很传统,他的家庭严谨而保守,因此,他的父亲和叔叔都成家后,在有了很多孩子的情形之下,"为了满足祖父母三世、四世同堂的愿望,一直到了十三口人的时候还没有分家"。①"我们这个庞大的家族里,气氛一直是宽松和谐的,即便是在某一个短暂的时期里,四老爷兄弟们之间吃饭时都用一只手拿筷子,一只手紧紧攥着上着顶门火的手枪,气氛也是宽松和谐的。我们没老没少,不分长幼,乱开着裤裆里的玩笑,谁也不觉得难为情。"②

在这种家庭里,最年长、辈分最高的男性是这个家庭的核心,俗称为"家长"。这和美国的亚利桑那州的霍皮印第安人的家庭刚好相反,因为他们的家庭是以妇女为核心的。他们的理想状态是,"一名老年妇女作为一户之主,她的已婚女儿及其丈夫、子女和她住在一起。"在家户中土地的拥有权也归于妇女。不过,他们的劳动分工却和中国传统农业社会里的分工模式是一样的,即男子(通常是她们的丈夫)在外耕种土地,妇女们则从事家务劳动。③ 当然在汉民族的乡村,在传统社会有莫言笔下的《丰乳肥臀》中所描写的以作为妻子的女性为家长的家庭,在现代社会也有《四十一炮》中描写的以妻子为核心的家庭。当然,这主要源于本该成为家长的丈夫没有很好的持家本领,或者因

---

① 莫言:《莫言对话新录》,第405页。
② 莫言:《食草家族》,作家出版社2012年版,第23页。
③ [美]威廉·A.哈维兰:《文化人类学》,第272页。

为妻子太强势丈夫无力驾驭等因素。在这样构成复杂的家庭内部,家庭成员之间的伦理关系自然也很复杂,除了基本的父子、夫妻、兄弟关系之外,还有母子、婆媳、叔嫂、妯娌等关系。

## 二、家庭成员间的伦理关系

在汉民族的家庭里,长幼有序、父慈子孝、夫妇有别、夫唱妇随的家庭伦理是成员关系的最佳模式。但在莫言的小说叙事中,汉民族乡村家庭的伦理关系在表面的这种模式之下,潜藏着众多变量。对此,美国的文化人类学家哈维兰通过对世界各地多个民族的众多家庭的研究,给出了这样的解释:"扩大家庭也有它们自己潜在的紧张领域,不论它们运作的有多好。在这样的家庭中,做决策的通常是一个较年长的个体的责任,而其他家庭成员必须尊重这位长者的决定。在一群兄弟姐妹中,往往是较年长者拥有权威。通过婚姻进入这个家庭的配偶还会遇到其他一些困难,他们必须调整自己的生活方式以迎合他们所加入的这个家庭的期望。"①哈维兰之所以强调家庭的秩序和婚姻,就是因为"家庭内部的关系想必是持久的和非偶然的,需要爱和情感,建立在合作的基础之上,并受感情和道德的支配"②。但是汉民族乡村世界里的家庭,家庭成员间的伦理关系模式,以及互相调和以适应家庭内部长者的意志等,和哈维兰的描述不太相似。

林建初从"伦理"的原始定义出发,认为"伦"是指人伦,即人们之间有条理的关系;"理"是指道理或规则;"伦"和"理"合起来就是指调节和处理人们之间相互关系所应遵循的原则或准则。③ 汉民族的家庭伦理关系,从文化层面进行规约,要追溯到儒家文化起始的地方。孟子最早把人与人之间的关系概为"五伦",即"父子有亲,君臣有义,夫妇有别,长幼有序,朋友有信"④。

---

① [美]威廉·A.哈维兰:《文化人类学》,第276—277页。
② [美]威廉·A.哈维兰:《文化人类学》,第263页。
③ 林建初:《现代家庭伦理》,安徽人民出版社1992年版,第3页。
④ 杨伯峻:《孟子译注》,中华书局2005年版,第125页。

其中,父子、君臣、夫妇、长幼、朋友五种关系被称为"五伦";"五伦"的关系便是由亲、义、别、序、信来调节和处理的,被称为"五理"。在"五伦"中,"父子有亲,夫妇有别,长幼有序"说的是家庭伦理关系。这三个方面明确了家庭生活中的基本伦理关系即夫妇关系、父子关系、兄弟关系等。然而值得思考的是,在孟子的"五伦"中虽然有"父子有亲",却没有母子关系的纳入。这其实反映了在儒家文化的起始,母亲作为女性就被男权文化悬置,虽然在家庭中的存在是不可或缺的,却被加了括号,放在了无足轻重的地位。对此在这里将不再赘述,在这章的第二节论及莫言小说中深描的乡村世界里的母子关系时将详细探析。

汉民族很注重伦理关系,梁漱溟认为,"伦理关系,始于家庭,而不止于家庭。何为伦理? 伦即伦偶之意,就是说人与人都在关系中。"伦理关系的亲切之情发乎天伦骨肉,如"父义当慈,子义当孝,兄之义友,弟之义恭,夫妇、朋友乃至一切相关之人,随其亲疏、厚薄,莫不自然互有应尽之义"[1]。在中国传统社会中的家庭内部,围绕这种伦理关系形成了一个名义上以对长辈的孝为中心的子孙圈子,在这个圈子里,兄、嫂、弟、侄,子子孙孙几代同堂生活在一起。

因此,在家族内部,家庭成员间的关系很复杂,不但有核心家庭内部的夫妻、父子(女)、母子(女)、兄弟(妹)等关系,同时还有婆媳、公媳、叔嫂、妯娌、堂兄妹(弟)、爷(奶)孙(女)等之间的关系。同时,家庭内部的成员关系也可以分为有血缘关系和无血缘关系的家庭成员间的关系。其中有血缘关系的家庭成员关系有父子(女)、母子(女)、祖孙(孙女)等,无血缘关系的家庭成员间的关系有夫妻、婆(公)媳、叔嫂、妯娌等。在这众多复杂的关系中间,如果一个协调不好,就会给整个家庭带来麻烦。中国文化中的"面子""忍""和"等,是有威望的核心家庭内部的长者在处理成员间的不和谐关系时依靠的手段和方法。因此,在这种家庭中培养长大的年轻人在性格方面的突出特征便是"顺从"和容易接受命运的安排。然而"在中国旧式家庭中生长的人都明白

---

① 梁漱溟:《乡村建设理论》,上海人民出版社 2011 年版,第 26 页。

家长的意志怎样在表面的无违下,事实上被扭曲的。虚伪在这种情境中不但是无可避免而且是必需的。对不能反对而又不切实用的教条或命令只有加以歪曲,只留一个面子,面子是表面的无违"①。

在莫言的小说中,描写了乡村世界家庭成员的多元复杂关系,这其中有血缘关系的兄弟姐妹间"友爱""仇恨",也有无血缘关系的夫妻、婆(公)媳、叔嫂、妯娌等之间的"友爱""伤害""仇恨"等。因为家庭成员间由婚姻关系缔结的除夫妻之外的非血亲关系的存在,各成员之间的关系都很微妙。在短篇小说《冰雪美人》中,父亲对要去亲叔叔的诊所当学徒的儿子的告诫,"学徒不容易,即便是跟着自己的亲叔叔也不行。叔叔是自家人,多少还有些担待,婶婶是外姓旁人,没有什么血脉上的联系,所以一切要看她的脸色"。莫言的爷爷对这种家庭的弊端有着深刻的洞察,认为"亲兄弟如果不分家,这个家庭也是没有创造力、没有积极性的。每个人都有私心,亲兄弟也不行。结婚以后,弟兄们各自都存着私心,都想攒自家的私房钱,妯娌之间更难团结。"中国有句古话:"家家有本难念的经",就是对复杂多元的关系之下,每一个家庭内部遭遇的不同问题所引发的不同矛盾的恰当概括。

### 三、家庭成员的多种关系

莫言的中短篇小说《欢乐》《梦境与杂种》《祖母的门牙》《小说七段——贵客》《爆炸》《弃婴》《金发婴儿》《球状闪电》等,以及长篇小说《丰乳肥臀》《天堂蒜薹之歌》《生死疲劳》《蛙》等,都深描了汉民族乡村世界里各种家庭内部成员间的多元复杂关系。为了更精准地呈现莫言的小说中对这些成员关系的深描及其人类学价值,通过详细的文本解读和简要的情节介绍,对这些小说中各种关系进行了简单的梳理和罗列。大致如下:

1.成员:哥哥、嫂子、"我"、母亲、侄女(小说《欢乐》)

成员之间的关系:叔嫂、婆媳、夫妻、兄弟、母子

---

① 费孝通:《乡土中国　生育制度　乡土重建》,第83页。

《小说九段——欢乐》中，几次"回炉"仍然高考不中，靠哥嫂和母亲生活的"我"；强势的嫂子，血缘关系与配偶关系夹缝中的哥哥；虽是长辈，但因为劳动能力的贫弱已经没有什么话语权的"娘"。

2.成员：祖父、祖母、父亲、母亲、"我"、收养的妹妹（小说《梦境与杂种》）

成员之间的关系：祖孙、夫妻、父子、母子、婆媳

《梦境与杂种》中，从小就嘴馋，成长中的叙述者"我"和收养的妹妹，从小到大，有特异功能，能预知未来要发生的事，类似于《百年孤独》中的乌苏拉和老布恩迪亚的第二个儿子奥雷良诺；会捞虾的祖父；跛脚的祖母；忍气吞声、忍辱负重的母亲；典型的中国式顺从父母的孝子的父亲。

3.成员：父亲、母亲、儿子、儿媳、孙女（小说《球状闪电》）

成员之间的关系：父子、母子、夫妻、婆媳、祖孙

《球状闪电》，叙事艺术独特，几个人物蝈蝈、茧儿、蛐蛐、母亲的视角和动物小刺猬刺球的视角叙事。曾经尿床、"回炉"三年仍未考上大学，养牛搞副业，和父母分家，有点嫌弃自己的没文化的妻子，和女儿玩游戏的蝈蝈，叙述者之一；主动追求自己的爱情，向所爱之人表达自己的爱情，成功嫁给所爱之人，育有一女，还想生个儿子的蝈蝈之妻——农村女性茧儿，叙述者之一；望子成龙希望落空、阻止儿子当家作主搞副业，一气之下和儿子分家的父亲；心疼儿子，偷看儿子和儿媳亲热，重男轻女，和孙女抢奶喝的母亲；可爱的不知烦恼的孙女蛐蛐。

4.成员：父亲、母亲、儿子、儿媳、孙女（小说《爆炸》）

成员之间的关系：夫妻（老夫妻和小夫妻）、父子、母子、公媳、婆媳

《爆炸》，因计划生育，人工流产引发的家庭矛盾。年岁已大，但还要操劳干农活，打儿子但被儿媳冤枉后无语的父亲；在家里无话语权被丈夫压制、怕儿媳、心疼儿子，明事理、照看孙女的母亲；强势泼辣，想生儿子偷偷怀孕，却无奈流产的儿媳；在外当兵，无法替换年老的父母和怀孕的妻子做农活，在政策、工作与家人夹缝中两难的儿子，为公舍私劝有重男轻女思想的家人的叙述者"我"。

5.成员:祖母、母亲、父亲、叙述者"我"(小说《祖母的门牙》)

　　成员之间的关系:婆媳、夫妻、母子、祖孙

　　《祖母的门牙》,典型的中国农村的家庭故事。跋扈恶毒,媳妇刚进门就无故唆使自己的儿子给儿媳"下马威",打儿媳的祖母;顺从、对母亲百依百顺,在母亲的授意下无辜打自己妻子的儿子富贵;识一些字,之前忍气吞声,但护犊情深成功逆袭的母亲;出生就有门牙,差点被祖母放进尿罐溺死,天生仇恨祖母的孙子"我"。

　　6.成员:祖父、祖母、母亲、叔叔、婶婶、孙子(小说《小说九段——贵客》)

　　成员之间的关系:婆媳、公媳、妯娌、夫妻

　　《小说九段——贵客》,物资匮乏年代,因一个"贵客"引起的小小家庭纠纷。不惜掏出自己的心肺待客的祖父;为了满足公公的待客之道,难为无米之炊的巧妇之母亲和婶婶,受不了祖父招待一个"无耻之徒",和公公发生冲突的回娘家的婶婶;忍气吞声想方设法,不惜变卖自己的彩礼和孩子们的银脖锁,满足公公的待客之道的母亲;孝顺父亲、打妻子的叔叔;嘴巴馋但没得吃的"我",叙述者。

　　7.成员:父亲、母亲、妻子、"我"、女儿

　　成员之间的关系:父子、母子、夫妻(小说《弃婴》)

　　《弃婴》中思孙心切的父亲、母亲,思儿心切的妻子。在大人的影响下喜欢"小弟弟"的五岁女儿。

　　8.成员:公公、婆婆、儿子、儿媳、孙女、孙子等(小说《丰乳肥臀》)

　　成员之间的关系:婆媳、夫妻(老夫妻和小夫妻)、祖孙(女)、母子、父子、姊妹、兄妹

　　《丰乳肥臀》中强势的婆婆上官吕氏;在家里无话语权的公公和儿子;处于更底层不得不想方设法生儿子的儿媳上官鲁氏——鲁璇儿;不同的父亲同一个母亲生的七个"某弟"和一个"玉女"八姐,战争年代生活艰辛之时,得不到祖母的爱的姊妹们;唯一的患有"恋乳症"的儿子上官金童。

　　9.成员:父亲、母亲、哥哥、妹妹(小说《天堂蒜薹之歌》)

　　成员之间的关系:父子(女)、母子(女)、兄妹

《天堂蒜薹之歌》四叔一家。有传统观念，强迫女儿为儿子换亲，后来出车祸去世的父亲；和丈夫、儿子一起逼迫女儿换亲，丈夫出车祸死后为丈夫讨公道被抓到监狱里的母亲；年龄很大但因身体残疾娶不上媳妇的大哥；凶残、暴力、自私，不顾念父母养育之情的二哥；无奈，但敢于对抗父母包办之婚姻，追求自己爱的幸福的妹妹。

通过对以上由一户家庭的故事建构起来的小说文本中家庭成员关系的描述，足以说明莫言在小说中，对汉民族乡村世界家庭内部各成员间的复杂关系的书写是详尽的，涉及了几乎所有的中国乡土社会中扩大家庭内部的成员关系。诸如父子、母子、兄弟、夫妻、婆（公）媳、祖孙、叔嫂等。但是在具体的研究中，本书只涉猎其中的三种关系，即夫妻关系、父子关系、母子关系。

## 第二节　人类学视域中的乡村夫妻关系

文化人类学家打破族群界限对多个民族的性和婚姻关系进行研究，在"人的发现"过程中思考婚姻与两性关系的文化意义。莫言的小说对汉民族乡村世界的夫妻关系的书写，不但具有呈现某一族群的婚姻文化的人类学价值，而且在本民族文化内部具有"发现农民"和反思性别平等的人类学意义。人类学关注基本的合作问题对人类持续生存的作用。"所有的社会都有某种形式的家庭或家户的组织，它们是一种便捷方法，用来解决所有人类群体所面对的问题：如何促成两性之间的经济合作，如何为子女抚养提供一个合适的环境，以及如何制约性活动。"①家庭内部夫妻之间的两性合作，在让性活动合法化、抚育子女成长的同时，是人类解决生殖繁衍与满足生理欲望的最合法途径。在研究展开以前，必须澄清两个问题：

第一，对莫言的小说中的家庭成员的伦理关系研究，先研究夫妻关系。这是因为在汉民族的传统文化理念中，只有一个男人和女人在婚姻义理下的合

---

① ［美］威廉·A.哈维兰：《文化人类学》，第288页。

法结合,才能有性接触,才能生儿育女,因而父子、母子关系的生成是建立在夫妻关系的基础之上的。此外,夫妻关系的优先性在汉民族古代文献中早有论说,《颜氏家训·兄弟篇》中就写道:"有夫妇而后有父子,有父子而后有兄弟。一家之亲,此三而已矣。自兹以后,至于九族,皆本于三亲也。"《礼记·昏义》也记载:"男女有别,而后夫妇有义;夫妇有义,而后父子有亲;父子有亲,而后君臣有正。故曰:昏礼者,理之本也。"

第二,这里研究的莫言人类学书写中的汉民族乡村家庭里的夫妻关系主要是一夫一妻制的夫妻关系。这一方面是因为莫言几乎所有书写夫妻关系的小说都是这样,虽然有《丰乳肥臀》《檀香刑》《食草家族》等书写传统社会中的夫妻关系的小说,但这些小说中的夫妻关系都是一夫一妻。当然《红高粱家族》例外,其中的主要人物形象余占鳌和戴九莲的夫妻关系是非婚姻关系,所以这部作品不在研究的视域之内。另一方面,1950 年和 1980 年的《婚姻法》中规定的一夫一妻制的婚姻模式是唯一合法的婚姻模式。

夫妻关系是日常现实的"活态文化"的重要组成部分,作为"注视者"的人类学家只能通过田野调查获得一些"浅描"的客观资料,而要对其复杂结构进行"深描"比较难。因为"日常现实与幻觉一样,并未呈现它本来的面目"①。然而莫言却以自己恒久的乡村体验,以文学的诗性表达,在对往昔经验想象与虚构的基础上,着意表达作为"他者"的乡村文化亲历者,孜孜以求的真实体验中符合事实和文化逻辑的乡村夫妻关系。而且莫言对此的深描,比任何作为"注视者"的人类学家都要充分和全面。因为"作为人类学家实际经历之方式以及传达他人知识之方式,其结果亦显得不够充分",注视者如何阐释被观察者的他者文化,本身就受限于自己和他者的文化秩序的双重制约,走出来不容易走进去则更难。所以莫言的小说虚构与想象中深描的乡村世界里的夫妻关系,就对此问题的深入体认而言,具有科学理性分析难以企及的人类价值与情怀。

---

① [美]伊万·布莱迪:《人类学诗学》,第 9 页。

## 一、乡村夫妻关系书写的文学史回顾

在汉民族，"婚姻"从西周开始就被视为人生最为神圣的事情，而由婚姻缔结的"夫妇"关系，是《礼记》里的"五伦"之一。传统社会的家庭伦理、夫妇之道是人伦的核心，是协调父子、君臣等社会关系的基础。汉民族对夫妻关系有很多美好的言说和想象，如"举案齐眉""琴瑟和鸣"等。但是纵观汉民族的文学对夫妻之间的伦理关系的书写，除了《诗经》中对周代先民的家庭内部的夫妻关系有比较深入的书写之外，之后的文学，包括诗歌中对夫妻关系的书写与想象都是欲说还休，或者是犹抱琵琶半遮面。

《诗经》中的一些诗歌很生动地反映了周代的夫妻在家里的和谐与不和谐关系。写和谐关系的诗歌有《郑风·女曰鸡鸣》《齐风·鸡鸣》《唐风·葛生》《邶风·绿衣》《小雅·采绿》等。《郑风·女曰鸡鸣》通过一对农家夫妇之间的对话，展现了夫妻之间平等、互相尊重的关系模式。《齐风·鸡鸣》写了一对丈夫在朝中当差的夫妻，在"鸡鸣"之时对话，妻子一连三次催促赖床的丈夫，早点起来去上朝、工作。丈夫一句"甘与子同梦"[①]，生动再现了这对夫妻之间恩爱、和谐的关系。可见，从周代开始，汉民族的祖先就很注重家庭内部夫妻之间的平等、和谐、美满。在《邶风·绿衣》中，丈夫看着亡妻的"绿衣黄裳"，睹物思人，且思且叹，"心之忧兮，曷维其已！""心之忧兮，曷维其亡！""我思古人，俾无訧兮！""我思古人，实获我心！"诗歌从生活化的场景中再现了这对恩爱夫妻的往昔。《小雅·采绿》中的女主人公在劳动之余，思念着出去打猎却迟迟不归的丈夫，埋怨丈夫"五日为期，六日不詹"，想着以后寸步不离地厮守，"之子于狩，言韔其弓。之子于钓，言纶之绳。"《诗经》中写不和谐夫妻关系的诗歌有大家耳熟能详的《邶风·谷风》《卫风·氓》。这两首诗真实再现了喜新厌旧的丈夫抛弃妻子之后，妻子的哀怨与愤恨。当然，中国女性的内敛含蓄，使得这两位汉民族古代的女性不可能像古希腊的美狄亚一

---

① 余冠英选译：《诗经选》，人民文学出版社1956年版，第99页。

样,在控诉丈夫的同时,还以决绝的姿态激烈地报复丈夫。可见,无论哪一个民族的文学,无论哪个时代的文学,都是了解人类族群不同的生存状态,以及有血有肉的生命个体的心理与情感的人类学读本。

然而,在汉民族此后的文学中,对灵肉一致的夫妻关系的书写实在有限,数得着的也只有"李清照《金石录后序》叙夫妇'烹茶赌记';管道昇'我侬两个'词;《浮生六记》平等夫妇与友人深夜同到街头'消夜'"①。不过,在汉民族这个诗歌的国度里,可以从历朝历代的文人悼念亡妻的"欲说还休"的诗句中曲折感受文人君子与妻子之间的感情。如西晋潘岳的《悼亡诗》,南朝沈约的《悼亡诗》,唐代元稹的《遣悲怀三首》,宋代贺铸的《鹧鸪天》、苏轼的《江城子》、陆游的《沈园二首》,清代纳兰性德的《沁园春》等。当然,深受儒家文化浸染,以"君子"之道德规范约束的汉民族诗人,要公开在诗歌中谈论夫妻之爱似乎不太可能,因为文化对此持的是不容忍的态度。但在夫妻阴阳两隔之后,生者因为对死者的思念,不经意地抒发出来的思念之情,不但不会被视为"淫",而且会赞诗人有君子之德。对此,朱光潜在对比中西诗的情趣时,早就有体认。他指出,"西方爱情诗大半写于婚媾之前,所以称赞容貌诉申爱慕者最多;中国爱情诗大半写于婚媾之后,所以最佳者往往是惜别悼亡"。② 因而,这些诗的写作者在悼念亡妻的同时,以文学的诗性表达,欲说还休地留下了弥足珍贵的古代知识分子和妻子恩爱和谐的家庭生活的有限文字。

当然,在汉民族的古典文学中,除了以上悼亡诗书写了夫妻关系之外,汉朝的乐府诗《孔雀东南飞》,对焦仲卿和刘兰芝这对相爱至死的悲情夫妻关系的书写,在展现他们的爱情悲剧的同时,也展现了汉民族家庭内部夫妻关系受其他因素影响的复杂性。这对于不善于书写男女私情的汉民族古典文学而言,无疑具有独特的人类学史料价值。在被称为中国叙事文学典范的四大名著《红楼梦》《水浒传》《三国演义》《西游记》中,虽然夫妻关系不是作者们书

① 聂绀弩:《中国古典小说论集》,复旦大学出版社 2005 年版,第 324 页。
② 朱光潜:《中西诗在情趣上的比较》,载吴家荣主编:《比较文学经典导读》,安徽教育出版社 2008 年版,第 204 页。

写的重点,但对于官宦、士绅、商贾家庭的夫妻关系都有涉猎。然而,纵观这些大部头的叙事作品,真正意义上的农民家庭夫妻关系的书写实在有限。

"五四"不但是乡村被书写和想象的开始,而且男女情感、夫妻关系等在西方自由、民主、平等等思想的影响下,也被纳入文学想象和表现的领域。这种书写也源于作为创作者的诗人和作家对传统文化中婚姻义理的质疑和反抗。当然在很多接受了西方价值观念的知识分子在追求恋爱自由、婚姻自由,反对封建义理包办婚姻的过程中,鲁迅、徐志摩等文化名人、文学家都通过自己的行动证明恋爱自由的合法性。同时,文学家也从此对夫妻关系有了更深入的想象和书写。当然,其中书写知识分子家庭和士绅、地主家族内部夫妻关系的小说占主导。如冰心的《两个家庭》、鲁迅的《伤逝》、巴金的《寒夜》《激流三部曲》《憩园》,还有许地山的《商人妇》《缀网劳蛛》,以及钱钟书的《围城》等。也有作家在书写乡村世界里的凋敝和落后的人文景观,以及儒家文化和伦理在乡村的文化症候,或者书写乡村世界里农民生活的苦难和他们的不觉醒时,不期然涉猎到乡村夫妻关系和婚姻悲剧。叶紫的《丰收》中的云普叔和云普婶的夫妻生活,柔石的《为奴隶的母亲》中春宝爹娘之间的畸形关系,萧红的《生死场》中的二里半和麻面婆、金枝夫妻、月英夫妇等。这些小说从知识分子的启蒙立场,在书写这些夫妻之间的关系时,细节方面的描摹很有限。因为作家通过文学传达的重点不是乡村夫妻关系,而是需要疗救的"病中国"女性的苦难,以及苦难的根源即吃人的礼教和男尊女卑的儒家文化对人性的扼杀。因而,他们的倾向大多都在乡村里的妻子身上,对她们苦难的书写遮蔽了家庭生活中夫妻关系的多面性和复杂性。而解放区文学和十七年文学,在革命话语和政治意识形态的影响下,书写乡村的文学作品中对夫妻关系的书写仍然没有摆脱时代共名的影响。

"文化大革命"后,很多被冠以"伤痕""反思""寻根"等名头的小说,书写了"文化大革命"时期城市知识分子家庭夫妻反目或者暗中扶持、等待的故事,谴责"文化大革命"对人性的戕害,对夫妻关系的破坏,如《陆犯焉识》《绿化树》等。但鲜有作家站在农民的视角和立场书写乡村夫妻关系在"文化大革命"中是如何脆弱，或者他们是如何患难与共的。莫言的小说填补了此类书写的空白。《模式与原型》写了在批判坏分子时，妻子对丈夫的揭发；《挂像》对热衷于革命热情的丈夫和妻子的紧张关系的书写；《飞鸟》在追忆与想象中书写了遭红卫兵小将侮辱的乡村小学教师夫妻的相濡以沫。

当然，在新时期文学中，也有多部小说在其乡土叙事中，从多个层面书写了乡村里的夫妻关系。《白鹿原》、贾平凹的"商州系列"和《秦腔》等小说，都涉及乡村世界里的夫妻关系。《白鹿原》中白、鹿两家两代夫妻之间的和谐与不和谐关系都有书写，但是这些并不是叙述者要讲的重点，虽然也写出了乡村地主家庭里夫妻关系的不和谐，如包办婚姻的义理之下无爱、脆弱的夫妻感情，丈夫在婚内寻求婚外情的历史事实，妻子在家里的屈从地位等，但这些有限的书写并没有细致地书写乡村社会的夫妻关系。虽然《秦腔》也涉及农民夫妻关系，但这些农民夫妻只有农民的身份，却没有农民夫妻日常生活和从事农业生产活动时的深描，更缺乏对他们心理与情感的深入挖掘。其中傻子的叙述视角、主要人物白雪和丈夫夏风的非农民身份也淡化了这部小说对乡村世界里夫妻关系的书写力度。

可见，这些作家笔下的夫妻关系剥离了乡村夫妻心理和情感的真实逻辑，这源于作家们对乡村世界里的夫妻关系理解和体认的隔膜。而莫言在几乎所有书写乡村夫妻关系的小说中，对此都有透彻的把握和理解，对此都有深描。乡村世界里的男女都有自己对爱的渴望、性的欲望，他们也有面对不合乎自己情感的夫妻关系时自己的选择。虽然要打破包办的、无爱的义理婚姻还有难度，并且需要很长时间去努力和争取，但他们在婚内大胆地追求真爱的事实和勇气的确让人惊异，这也符合人物心理和情感的事实逻辑。

## 二、莫言的人类学视域中深描的乡村夫妻关系

莫言在很多小说中，通过对家庭关系网络中人与人之间关系复杂性的人类学书写，在展现乡村世界里父子、母子关系的过程中，再现了农村扩大家庭内部夫妻关系的种种。莫言所有书写乡村夫妻关系的小说大致有以下二十多

部,它们是:《春夜雨霏霏》《三匹马》《石磨》《牛》《野骡子》《司令的女人》《扫帚星》《爆炸》《金发婴儿》《枣木凳子摩托车》《地道》《挂像》《麻风女的情人》《筑路》《战友重逢》《球状闪电》《欢乐》《模式与原型》《梦境与杂种》《欢乐》《祖母的门牙》《四十一炮》《蛙》《丰乳肥臀》《食草家族》《檀香刑》等。

这些小说除莫言最早发表在《莲池》上的短篇《春夜雨霏霏》中书写了和谐的夫妻关系之外,其他小说中深描的乡村夫妻关系大多是不和谐的。《春夜雨霏霏》从留守妻子的叙述视角,通过回忆式的补叙的方式,写了一对恩爱的乡村小夫妻和谐的关系。这种书写也是莫言人生体验的一部分,小说中的女性形象"兰妹"的原型就是莫言的妻子杜勤兰,他曾和现实中的"兰妹"分居十八年之久。莫言通过小说中的妻子对丈夫的思念,追忆自己的军旅生涯与妻子两地分居的刻骨感受。这对现实生活中的"牛郎织女"和传说中的牛郎织女一样,"一对恩爱夫妻,正当青春年华,却只能隔河相望,每年只见一次,一次团聚三天,他们熬得苦啊"![1] 正因为有真实的生活经验支撑,所以作为男性作家的莫言才能深入地捕捉这位妻子的心理和情感。当然这篇小说对妻子的"怨"写得很少,虽然写了一点,但很快由人物自己开释,"我不能拖你的后腿"。[2] 这虽然不符合情感真实,但却符合历史事实逻辑。莫言的这种书写不像《红高粱》中对历史的书写那样恣意汪洋,仍然保留了一些革命文学中的人物形象"高大全"的特征。追溯中国古代的文学作品,有很多"思妇诗""闺怨诗",这源于从古代开始就存在的中国式夫妻的"两地分居"。这种分居是客观原因,诸如兵役、劳役等造成的,或者在官宦人家,有公职的丈夫远离妻儿老小为仕途奔忙,妻子留守家里照顾家小。小说中的妻子就像那位《诗经·东山》里怀着即将结束兵役生活的叙述者想象中的妻子,《春夜雨霏霏》就像是对这首诗的隔空回应。这部作品的人类学书写不但真实展现了乡村夫妻的情感生活,而且真实再现了中国军人夫妻两地分居的历史事实。

除此之外,莫言小说中几乎所有乡村夫妻关系都是不和谐的。有很多小

---

① 莫言:《四十一炮》,作家出版社 2012 年版,第 11 页。
② 莫言:《白狗秋千架·春夜雨霏霏》,作家出版社 2012 年版,第 10 页。

说深描了妻子单方面地爱着丈夫,而丈夫却不爱妻子,表面和谐但实际上并不和谐的夫妻关系,如《爆炸》《蛙》中的"我"和妻子。《蛙》中万小跑和第一位妻子王仁美、第二位妻子小狮子的关系都是这样。这部小说中的丈夫没有劣迹,是一个称职的丈夫,小说中他与两位妻子的关系表面是和谐的,但缺少爱的情感基础。这和现实中的很多乡村夫妻一样,为了结婚而结婚,爱在他们而言是奢侈的。

在《丰乳肥臀》中,莫言让全知全能的叙述者,从中间开始故事,将开头很长一段放在小说的最后以"卷外卷:拾遗补阙"的形式进行补叙,深描了上官福禄与上官吕氏、上官寿喜和上官鲁氏父子两辈与妻子的关系。虽然叙述者让作为丈夫的两位男主人公在日本人入侵时早早被打死,但这丝毫不影响故事对这两对夫妻关系的深入书写。他们各自与妻子之间貌合神离的、畸形的关系在故事的正常进程和补叙中生动形象地展现在读者面前,传统社会的夫妻关系在文本中被详尽地演绎。虽然故事有些支离破碎,但他们之间的因果关系还是以一种有机生长的模式保持了合乎人意的连贯性。从中可以找到令人信服和满意的关于夫妻关系畸形、不和谐的内在逻辑,给读者展示了传统社会一般农民家庭内部夫妻关系可视的效果图。

《檀香刑》中赵小甲和媚娘的夫妻关系值得思考。小说中的故事在多位叙述者各表一枝的空间式树形故事结构中,在每一部分看似独立却密切相关的人物式叙述者各自的叙事框架中,各个人物分别站在自己的观察点讲述的故事互相弥补了人物叙事视角观察点的有限性。而小说在人物各自有限的观察视角的补足中,给读者呈现了全知全能的叙述者能够统摄的全方位的故事场景。在这一场景中,赵小甲与妻子孙媚娘的畸形关系以碎片拼贴的方式,演绎了义理夫妻之间貌合神离的结构关系图。包办婚姻中傻里傻气的丈夫,妖艳、张扬、能力超强的妻子,故事中畸形的夫妻关系导致的婚内出轨的心理和情感逻辑都是令读者信服的。《四十一炮》中以叙述者"炮孩子"罗小通的叙述视角,在过去与当下的故事交织讲述中,在讲述者娓娓道来的场景深描中,父亲和母亲的畸形关系在"当局者迷旁观者清"的观察和描述中全景展现在读者面前。父亲婚内出轨的心理和情感逻辑，父亲和人私奔后母亲对父亲爱恨交织的心理和情感逻辑，都在作者的想象和虚构中，在语言文字的勾画中，与现实世界里的事实逻辑互相对应，展现了乡村夫妻之间义理大于情感的关系悲剧。

《生死疲劳》在故事开始时主人公西门闹离世，结束了乡村地主阶层一夫多妻的婚姻关系模式。在之后新的政治和婚姻语境中，小说中的父辈和子辈几对夫妻一夫一妻的关系，在作为人的西门闹轮回转世后以几只家畜的动物视角，在叙事进程中中断又弥合。几对子辈的夫妻关系的缔结，既有包办的义理婚姻，又有自由恋爱，两种不同形式结成的夫妻关系，以不同的轨迹在爱情的理智与非理智、在金钱和权势的影响下呈现幻影般的交织存在。夫妻关系的变迁在想象和虚构的文本逻辑中，在令人信服的心理和情感的变迁中，呈现出不同的时代在外力的影响下，夫妻关系变迁的心理、情感逻辑和历史事实逻辑的现实景观。

莫言小说中夫妻关系的书写是对人物的情感和心理，以及他们的生活状况深入体认基础上的深入书写，格尔茨认为"一种好的解释总会把我们带入他所解释的事物的本质深处"①。莫言的这种深描呈现了人物自己生命轨迹的完满和自足，是家庭伦理关系中夫妻真实生命状况的呈现。格尔茨强调深描中的意义解释，是因为他把受访对象看作鲜活的生命，"有了生命就有所感受，有了感受就有了生命；或者是：有了生命就有了意义，有了意义就有了生命"。② 因此他认为要从事文化行为的研究，"不是要放弃对柏拉图式洞穴幻象的社会学分析，由此进入一个内省心理学的唯灵论世界中……"③莫言人类学书写中的夫妻关系的呈现，源于其对家庭内部每个成员内在心理和情感深层把握后呈现的人性博弈。正如张志忠所言，"莫言关心的，是在历史发展中的农民的个性问题。就生命本体而言，生命需要—生命欲望—满足需要。实

---

① ［美］克利福德·格尔茨：《文化的解释》，第 20 页。
② ［美］克利福德·格尔茨：《文化的解释》，第 143 页。
③ ［美］克利福德·格尔茨：《文化的解释》，第 97 页。

现欲望的生命活动和遭受挫折、失败时的懊悔与原罪构成生命运动,同时,生命一旦置于社会之中,在与别的生命的交流与冲突中,它就不能不表现出生命的个体独特性,在与别的生命的对比和映衬中表现出区别和差异"。①

　　莫言人类学书写中的乡村夫妻关系的不和谐其实是一个族群夫妻伦理集体记忆的事实呈现。小说文本虚构世界中乡村家庭的夫妻关系,在每一个具有日常生活现实支撑的家庭内部,表征的不是单个家庭的夫妻关系,而是乡村世界里极度浓缩的无数个家庭里无数对夫妻的关系模式。有学者认为莫言的小说是在不断地重复自己,其实不是莫言在重复自己,而是因为现实中的乡村世界就是具有相似性特征的无数家庭组建的。在莫言的小说叙事中,一个个家庭就是叙述者以不同的方式呈现给读者的一个个窗口,这些窗口从外部看结构大体相似,但在这种表层的相似背后,潜藏着各种不同。这就是为什么在外人眼里整饬有序的乡村世界里的夫妻关系在莫言笔下显示了无序的多种可能。

　　当然更主要的是莫言人类学书写中的多部小说中看似重复但表现不一的夫妻关系,从文化的深层揭示了汉民族乡村夫妻关系不和谐的根源。从另一个角度,揭示了乡村社会已婚男人和女人在合法婚姻内部的复杂情感和性相,以及他们作为人所具有的欲望和情感需要。同时,在更广阔的视域中,从人类的角度揭示了无爱、无情只依靠某些规约、义务和责任而建立起来的夫妻关系的畸形特征。

### 三、有序的"义理"婚姻缔结的无序夫妻关系

　　"义理"是一种具有道德义务和责任范畴的术语。本尼迪克特在研究日本人的"义理"时指出,"义理是封建道德在与人的自然感情的对抗关系中不能完全否定人的自然感情的一种关系"。② 他将"义理"分为两种:"对社会的

---

① 张志忠:《莫言论》,第136页。
② [美]鲁思·本尼迪克特:《菊花与刀——日本文化诸模式》,第92页。

'义理'；对名誉的'义理'。"其中前者包括对主君的责任、对姻亲的责任、对远亲①的责任。日本文化中关于姻亲的"义理""包括一个人对他的姻亲家庭所承担的责任"。按照本尼迪克特的说法，"义理""大致可以描写为对契约关系的履行"的话，汉民族的婚姻义理就是这种义理。义理婚姻，本身强调婚姻的家族性而非个体性，男女到了一定的年龄，婚配便由家长安排。因为传统社会的婚姻是家庭为了维持社会稳定和繁衍后代的秩序性安排，这种安排往往看重的是男女双方在婚姻内部的责任和义务，而忽略了他们之间的情感。这是莫言人类学书写中的乡村夫妻关系主要呈现的。虽然随着时代的变迁，城市里的夫妻结合开始注重情感与兴趣、志向，但是乡村世界却仍然保存着传统婚姻义理的规约。

（一）有序的义理规约下无情感根基的婚姻

《礼记·婚义》中规定："昏礼者将合二姓之好，上以事宗庙，下以继后世，故君子重之"。"天地不合，万物不生。大昏，万世之嗣也，君何为已重焉？"在儒家文化观念里，婚姻的缔结是为了两个家庭的利益，为了传宗接代、祭祀祖先，所以"君子"对其重视有加。因此，在中国的伦理文化中，婚姻不仅是两个人的事儿，更是两个家族的事。"两个人的婚姻只不过是附带事件，重要事情是通过婚姻纽带结成两个家族的联盟，而这两个人则要白头偕老，共同养儿育女。"②在这里，夫妇双方的情感和缔结婚姻后的幸福都不在考虑之列。因为这种奇特的"利益性目的"婚姻，夫妻双方没有相爱的情感根基。虽然儒教的夫妇人伦规定了"夫妻好合"，不能违抗天命，但这里的"好合"更多的是"义理"，是"夫为妻纲"，妻子"三从四德"的纲常伦理，而非情投意合的相爱。当然夫妻可以在婚内长期的相守中恋爱，培养感情，共同承担抚育子女的责任和义务。在此过程中，夫妻相互依赖，甚至相互依恋，的确形成了貌似有序、和谐且恒定的夫妻关系。

---

①　本尼迪克特列举的远亲包括：伯父、伯母、叔父、婶母、舅父、舅母、姑父、姑母、姨夫、姨母、侄子、侄女、外甥、外甥女。

②　哈维兰：《文化人类学》，第245页。

汉民族自汉代以来,传统伦理文化规约了丈夫对妻子的道德责任和义务,如"贫贱之知不可忘,糟糠之妻不下堂";夫妻之间应"相敬如宾,举案齐眉";"夫妇乃人道之始,万化之基也。相敬如宾,岂容反目。虽夫为妻纲,因当从夫之命;然妻言而有理,亦当从其劝谏。"而与对丈夫的规约相比较,对妻子在婚姻中的责任和义务的规约,真实呈现了男尊女卑的礼教文化对夫妻关系的深刻影响。《白虎通义·嫁娶篇》中规定:"夫为妻纲,妇者,顺也,服也,事人者也"。东汉的班昭在《女戒》"夫妇"篇中指出丈夫比天还大,需妻子敬谨服侍,"妇不贤则无以事夫,妇不事夫则义理坠废,若要维持义理之不坠,必须使女性明析义理。"在"专心"篇中,强调"贞女不嫁二夫""夫有再娶之义,女无二适之文",丈夫可以再娶,妻子却绝对不可以再嫁。妻事夫要"专心正色,耳无淫声,目不斜视"。

中国古代对夫妻伦理的道德规约一方面规定了家庭内部妻子对丈夫的屈从地位和整个社会婚姻秩序的有序,另一方面这些规约往往偏向于"义理"而忽略了夫妻之间的"情感"。费孝通认为,"婚姻关系虽则决定了夫妇间的密切合作和共同生活,可是密切合作和共同生活这两句话是空洞的"。[1] 汉民族的义理婚姻在忽视夫妻双方的情感和心灵的交流的同时,限定了夫妻两人不可能有亲密的关系。夫妻在伦理文化的规约下,在家族内部"男女的行止轨迹相交的地方不多。妇人的领域是门限之内的世界,因之妇德亦称阃德,阃就是门限。内言不出于阃,外言不入于阃,有一条社会封锁线。这充分表示了夫妇在区位上的隔离状态"[2]。中国传统社会受到外界制约形成的夫与妻的隔离状态,深刻影响了有义理而无情感的貌合神离的夫妻关系。士绅家庭夫妻之间的隔绝状态,以及夫妻关系的隔膜,《红楼梦》可谓典范之作。

莫言小说中乡村农民家庭的夫妻关系和其他阶层的夫妻关系一样,具有儒家文化婚姻义理的显著特征,即夫妻结合不是以爱情为基础,而是以对父母尽孝和履行传宗接代的责任和义务的"义理"为基础。这种有序的义理规约

---

① 费孝通:《乡土中国 生育制度 乡土重建》,第221页。
② 费孝通:《乡土中国 生育制度 乡土重建》,第222页。

下的婚姻关系维持了传统文化所规定的婚姻法则，而且也维护了家庭的面子，并在表面上形成虚假的和谐关系的有序模式。莫言很多小说中的夫妻结合通过父母包办，被认为是"合适"与"门当户对"的婚姻。但这种有序的义理规约，排除了"爱情"作为选择婚姻伴侣的重要标准。"夫妻间的爱对很多人来说是毫无意义的，经济和物质主宰着对结婚伴侣的选择，对爱的明确表达受到严格的约束，在这样的社会和文化背景中，爱的意义只是存在于纸上的。"①《丰乳肥臀》中上官寿喜和鲁璇儿、《石磨》中的叙述者"我"的爹和娘、《金发婴儿》中的孙天球和妻子、《蛙》中的万小跑和前后两位妻子、《挂像》中的皮发红夫妻等等，都是这种义理夫妻。

　　虽然在新中国成立后新的社会制度赋予夫妻关系新的理想和面貌，在"爱情的目的是婚姻，婚姻的目的是生活"的信条中，强调情感在夫妻生活中的重要性，但传统的义理婚姻观念在乡村世界里还是根深蒂固。费孝通在《生育制度》中指出在社会生产技术简单，"生活程度很低，男女在经济上所费的劳力和时间若需要很多的话，这种社会里时常是走上偏重夫妇间事务上的合作，而压低夫妇间感情上的满足……"②以此引出冯友兰先生对中国夫妇关系的概括："儒家论夫妇关系时，但言夫妇有别，从未言夫妇有爱"。并进而通过《礼记》中对夫妇之伦的规约的分析，指出儒家的这些规约，在"婚姻所缔结的这个契约中，若把生活的享受除外，把感情的满足提开，剩下的只是一对人生的担子，含辛茹苦，一身是汗"③。他以自己在云南禄村田野调查时的发现，指出农村夫妻关系的淡漠，"夫妇间从没有在人前嬉笑取乐过"，并将此与英国夫妻关系的亲密作了对比。他认为中国的农村夫妻之间为了遵守某种行为的标准，"夫妇各做各的事"，各找各自的朋友谈天。鲁迅作为义理婚姻的受害者，对汉民族无爱婚姻的恶果有着自己的表述，"形式上的夫妇，既然都全

　　① ［英］艾华：《1949 年以来的性别话语：中国的女性与性相》，施施译，江苏人民出版社2008 年版，第 82—83 页。
　　② 费孝通：《乡土中国　生育制度　乡土重建》，第 194 页。
　　③ 费孝通：《乡土中国　生育制度　乡土重建》，第 194 页。

不相关,少的另去姘人宿娼,老来再来买妾:麻痹了良心,各有妙法。"(《随感录四十:爱情》)

（二）无爱和出轨:无序的夫妻关系

西方的基督教宗教伦理学对夫妻关系有这样的戒律规约:"妻子该当服从于丈夫——尽管同时也告诫丈夫要爱他的妻子。"①(《厄弗所书》5:21—33;《哥罗森书》3:18)这种规定从律令条文上规定了夫妻关系中妻子对丈夫的从属关系。虽然这只是宗教法令,但是却在宗教伦理的层面规定了夫妻之间相互的责任与义务。就其前一句话而言,我们汉民族古代"夫为妻纲,妇者,顺也,服也,事人者也"似乎有相似的规约,就是妻子要服从丈夫。恩格斯对这一点早在其研究阶级的起源的时候就有洞察,他指出:"在历史上出现的最初的阶级对立,是同个体婚制下的夫妻间的对抗的发展同时发生的,而最初的阶级压迫是同男性对女性的奴役同时发生的。"但不同的是,在汉民族夫妻的关系规约中,并没有强调"丈夫要爱他的妻子"。所以长期以来在大多数家庭内部,就形成了看似有序的夫妻关系中无序的情感关系。这就是在中国历史上,虽然夫妻间讲求爱的情感并不多见,但士大夫们总会在正妻之外纳妾或者找青楼女子寄托感情的原因。因此,费孝通总结:"才子们的风流越出了夫妇之外,欧阳修的艳词并不影响他家庭里的夫妇关系。我们再看《金瓶梅》里所描写的乡绅生活,正夫人对于妾的态度,那样容忍实在是出于现代夫妇的想象之外。"②

在乡村世界,无论在前现代社会还是在现代社会,有序无爱的夫妻关系造成的恶果便是混乱而无序的婚外越界情感的发生。因为在日常生活中,夫妻之间缺乏"爱"的情感支撑,夫妻双方对生活趣味与心灵相互沟通的追求让位于合作关系。这种缺少心与心交流,没有生活情趣与情感的夫妻关系,以及男权、夫权文化对夫妻关系的深刻影响,使得传统社会中的夫妻关系貌合神离,

---

① ［德］卡尔·白舍客:《基督宗教伦理学》(第一卷),静也等译,上海三联书店2002年版,第136页。

② 费孝通:《乡土中国　生育制度　乡土重建》,第196页。

也为夫妻双方在婚姻之外寻求感情寄托提供了条件。虽然汉民族的伦理文化严格规约了两性关系的界限，但在村落的小传统中，因为合作大于情感且高度稳定的夫妻义理关系，使得刻板夫妻关系具有相当弹性。和士及其以上阶层的夫妻一样，乡村里的夫妻也会在夫妻之外寻求情感的寄托。费孝通认为在乡村里"情人制并不是没有规律的乱交"①。这源于乡村世界"婚姻基础的物质化、包办性、婚姻以传宗接代为中心与在婚外追求性或感情等方面的满足"。"乡村婚姻强大的传统影响与国家 1950 年代中后期婚姻策略的转变，这两者的共同作用使通奸在乡村仍以相当普遍的形式存在着。"②

莫言在众多书写夫妻关系的小说中都涉及乡村已婚男女的婚外情。《球状闪电》中茧儿和蝈蝈这对没有任何情感基础由包办婚姻结成的夫妻，因为夫妻之间情趣和知识的差异，让丈夫在"两种同样掺杂着野蛮和文明的东西狠狠地撞击了一下子"的同时，"对天地间的一切感到厌恶"的时候，第三者毛艳的插足便水到渠成。当然整个故事中对蝈蝈的婚外情写得很含混，是通过女儿蛐蛐、小刺猬和蝈蝈娘的旁观者视角隐晦地书写出来的。这对夫妻，在无任何情感基础的情形下，因为父母之命、传宗接代的人情事理而结合，却因为受教育程度不同造成夫妻双方生活观念的差异，丈夫"文明"，妻子"守旧"且固执，这让第三者有机可乘。

在小说《金发婴儿》中，在尽孝的义理结合后无爱的夫妻，终因有爱的第三者的介入，被丈夫视为尽孝工具的妻子有了婚外情。这部小说中作为故事编排者的叙述者对出轨的妻子和插足的第三者没有高大上的伦理和道德批判，却对这位出轨的妻子有着复杂的思考。故事的设计师莫言似乎和但丁一样，但丁虽然把犯了淫邪罪的叔嫂保罗和弗兰采斯卡放置在地狱第二层，但却被二人的凄美爱情感动，最后以晕倒在地显示了他感同身受的复杂情感。《金发婴儿》中虽然"黄毛"坐牢和婴儿被杀有惩戒紫荆的意味，但婆婆追忆自己年轻时因无爱的婚姻在婚内出轨的类似经历让紫荆减轻出轨的罪恶感的同

---

① 费孝通：《乡土中国　生育制度　乡土重建》，第 197 页。
② 黄宗智主编：《中国乡村研究》（第二辑），商务印书馆 2003 年版，第 154 页。

时,小说将批判的矛头指向了有序的义理婚姻对人性的扼杀。这和但丁反思宗教禁欲主义对人性的扼杀有相似的意义。然而,因为传统观念根深蒂固,自然人性和伦理道德规约,两者之间如何平衡,这也是小说反思的问题。

梁漱溟认为:"西洋视婚姻为个人之事,恒有男女自主之;中国则由亲长做主,视为家族之事。"①父母之命,媒妁之言促成的婚姻,一对没有爱的夫妻虽在义理的约束之下守着名义上的有序和本分,但在很多情形下这样的夫妻关系却是脆弱的。农村留守女人维持生计、照顾老人的艰难境遇,以及内心的孤独、寂寞与苦闷,在得不到丈夫的理解和关爱时,婚姻约定的义理终究抵不过第三者温情的热心帮助与呵护。"所谓理性,要无外父慈子孝的伦理情谊,和善改过的人生向上。道理只在眼前,匹夫匹妇能知能行;而讲求起来正复无穷无尽,圣人难说到家。"②梁漱溟对中国式的理性以这种含蓄的方式进行了评价,理性固然是好的,给每个家庭带来表面上的父慈子孝、夫贤妻恭的有序景象,但在这种和乐融融的假象背后,无数女性失却了幸福、情感以及性的满足,只能在隐忍悲苦地抚育子女的无尽寂寞中度过余生。因此,在和善改过的向上的人生追求等等假象背后,农村妻子的真实生存境况的好与不好说起来"无穷无尽",连圣人也"难说到家"。

但莫言却努力去"说",不是通过一部小说,而是多部。《挂像》中的皮发红和妻子王桂花、《四十一炮》中的罗通和妻子、《檀香刑》中的孙媚娘与赵小甲、《生死疲劳》中的蓝解放和黄合作、《石磨》中的爹和娘、《扫帚星》中的叙述者"咱家"的爹和娘,无爱义理婚姻形成的脆弱的夫妻关系,使得第三者插足和婚外情变得顺理成章。而这种用文学介于真实与虚构之间的"说",却深描了乡村社会不言自明的畸形夫妻关系。费孝通认为,正是因为中国传统文化的安排中,没有夫妇之间的两情关系的发展,所以,"在旁的地方,我们又看到另外一种安排,就是在夫妇之外另找感情寄托的情人""在夫妇间没有互

---

① 梁漱溟:《中国文化的命运》,中信出版社 2010 年版,第 94 页。
② 梁漱溟:《乡村建设理论》,上海人民出版社 2011 年版,第 43 页。

相满足对方感情义务的地方,各人去找各人的情人。"①秦晖认为在乡村世界里"小农的性散漫"与礼教的性禁锢是并存关系。应星在《身体与乡村日常生活中的权力运作——对中国集体化时期的一个村庄若干案例的过程分析》②中,通过对西南一个地区的农村的一系列"通奸"案例的详细分析,指出在乡村文化的小传统内部,夫妻之间的婚姻与性的若即若离的关系,使得婚外情在乡土中国具有普遍性。

(三)"家暴"存在的普遍性和无序的夫妻关系

莫言在小说中不但深描了乡村夫妻在道德责任大于情感的有序的义理婚姻关系中无序、混乱的婚外情,而且也深描了另一种无序的夫妻关系,即家庭暴力存在的普遍性。

父母包办婚姻尽孝和传宗接代的义理,在夫妻看似有序的结合中潜藏着无序的情感关系。父母负责包办儿子的婚姻,在自己的婚姻中无主体性意识的儿子自然不会从情感上在意作为自己妻子的女人。包办婚姻的专制让夫妻关系从一开始就存在着两股力量博弈的潜在机制。冯友兰说:"当儿子底,固然不自由的可怜,当父母底,也未免专制得可恨。"对儿子而言,因为"人不是他自己,而是他父母的儿子;他结婚并不是他自己结婚,而是他的父母娶儿媳。"《扫帚星》中,变性人"咱家"的父亲和母亲的结合就是专制之下的包办婚姻。父亲婚后对母亲不管不顾,并不认为自己是"有家室的人",认为结婚是因为祖父母把母亲"放在我被窝里的",便以对妻子的无视和冷淡发泄对义理婚姻的不满,并以此对抗父母的专制和包办。父亲对抗父母包办的义理婚姻的结果,就是夫妻关系的失谐和无序。《金发婴儿》中当兵在外的丈夫认为娶妻就是为了照顾瞎眼的母亲,尽孝的婚姻义理,自然排斥了夫妻之间和谐有序的情感基础,这也是造成这部小说无可挽回的伦理悲剧的深层原因。《丰乳肥臀》中上官寿喜和上官鲁氏的婚姻是母亲包办的义理婚姻。在他们结合的

---

① 费孝通:《乡土中国　生育制度　乡土重建》,第 197 页。
② 黄宗智主编:《中国乡村研究》(第二辑),第 133—172 页。

过程中,作为丈夫和妻子的双方是两个被母亲上官吕氏任意摆放的棋子,既没有主动性也没有任何情感交流,没有爱的情感基础和两颗心的自愿结合,在丈夫自然不会心疼妻子,在母亲相逼让儿子以棍棒训妻的时候,儿子自然听母亲的,打妻子便成了自然之举。

这种家族伦理文化规定的义理婚姻,就使得夫妻的结合具有了这样的特质,即"父母为其子娶妻,其意义并不仅是为儿子娶妻。他们是为他们家里接来一个新分子,能与他家别底人共同生产,共同生活者……所以他们的儿媳,要由他们去选择,而选择要用他们的标准。他们选儿媳,不只是选儿媳,而是为他们铺子里或农田里选择助手。所以他们眼光,不能注在,至少不能全注在儿子的爱情上"①。在这种情形下,"咱家"的母亲、紫荆、鲁璇儿以及莫言的多部小说中重复出现的义理婚姻中的妻子,首先是父母的儿媳妇;其次是家庭事务的助手;最后才是丈夫的妻子,不是被爱和关心的伴侣,却是传宗接代的工具。因为丈夫不爱妻子,也没有情感的支撑,加之在日常事务中"男女有别"的文化规约,夫妻双方从来就是工作在各自的"地界内",话都说不上几句,更不用说深入交流和互相理解了。因此,诸上原因加之夫权文化,在一个家庭内部丈夫打妻子自然成了夫妻生活的组成部分。

不过,义理婚姻缔结的无爱夫妻关系虽然是"家暴普遍"存在的一个根源,但更深层的原因却是父权文化长期生成的女性服从和从属的地位。传统社会农村里的大多数妻子在丈夫的打骂中自然地过着自己的生活,日子久了,也就不觉得是什么不好的事情,反而成了生活的一部分。朱迪斯·巴特勒认为:"只要权力成功地将一个客体、一个可理智域构建为一个被想当然的本体,它的物质产物就成为物化资料或给定事实。"②由儒家文化构建的男权思想,将女性作为一个被想当然的本体,认为女性不能过于在婚姻中追求趣味与性灵,不能重情,不能过于在乎自己的幸福。这在几千年的历史建构中成为女

① 冯友兰:《新事论:中国到自由之路》,生活·读书·新知三联书店 2007 年版,第 75 页。
② [美]朱迪斯·巴特勒:《身体之重:论性别的话语界限》,李钧鹏译,生活·读书·新知三联书店 2011 年版,第 12 页。

性必须"接受"的一种既定事实,甚至真理。正如女性主义学者们认为的女性的性别特征是文化建构的,是后天生成的,传统社会乡村家庭的妻子,从属的角色与地位已经内化成她们心理深层的集体无意识。"人类出生时不是先在地把某种心理模式'整体'地遗传给后代,而是把人的生理本能传给了后代,把那种在特定条件下可能做出的特殊反应的能力和引起心理感受的机能传给了后代。"①

虽然五四以来,知识分子受到西方自由、平等等启蒙思想和绅士文化的影响,城市里女性的地位和她们本身所具有的特质受到重视,加之女性知识分子自身的现身说法,性别平等在城市里早已受到重视。但是,在广大的农村,传统文化保存得相对持久,女性受教育的机会几乎没有,她们的思想基本被封闭和禁锢。一直到 20 世纪三四十年代,农村女性的地位还是贫弱的。因此,汉民族乡村世界里的女性在家庭中的地位,在历史的长期变迁中基本上没有多少变化。乡村世界里的很多女性在夫权文化的压迫下,"人生事业潦倒无着,遭际于传统势力而被挤于人世"。②

当然,女人在被文化生成的同时,文化同样也赋予乡村世界里的男人一种"集体无意识",即他们认为女人是调教出来的,女人越打越顺从,这在莫言的多部小说中都有深描。在《生死疲劳》的第四十三章,莫言借叙述者之口说:"'打出来的老婆揉到的面',这是说,老婆越打越贤惠,面是越揉越劲道。"《丰乳肥臀》中的上官吕氏在教儿子打儿媳妇上官鲁氏时表达了同样的意思:"女人是贱命,不打不行。打出来的老婆好使,揉软的面好吃。"在小说《球状闪电》中,莫言借小说中的人物五麻子之口,说出了农村大多数男人对妻子的态度。五麻子取笑认为老婆好好的不该打的蝈蝈时说:"这个笨蛋傻儿子,打老婆难道还要什么理由吗?老婆是男人的消气丸,愿意玩就玩,玩够了就打。"《白狗秋千架》中的暖,说自己的丈夫"要亲你就把你亲死,要揍就把你揍死"。《三匹马》中的丈夫刘起攒钱买马,因为妻子不赞成,便打妻子,气得妻子回了

---

① 程金城:《西方原型美学问题研究》,黑龙江人民出版社 2002 年版,第 194 页。
② 费孝通:《乡土中国　生育制度　乡土重建》,第 237 页。

娘家。一年后,刘起如愿买了三匹漂亮的马,然后趾高气扬地去接妻子和儿女。对于打妻子一事,他振振有词,认为自古以来的老规矩就是"老婆是汉子的马,愿意骑就骑,愿意打就打"。当别人告诉他妻子在娘家的艰难,劝他给妻子认个错,"领回家好好过日子"时,他还在嘴里唠叨,"这个臭婆娘,还是欠揍,我一顿鞭子抽得你满地摸草,抽得你跪着叫爹,你才知道我刘起是老虎下山不吃素的。"

可见,通过对莫言众多小说中不断重复的遭遇相似的夫妻关系的介入式细读和体认,通过故事的讲述与现实生活的事实逻辑建立的联系,通过不同的文本叙事以完成或者期待完成的仍在现实中继续发生的状态的阐释和解读,发现乡村夫妻在日常生活中无序、畸形的关系,以符号的形式在虚构世界和现实世界互相照应。莫言在不同的小说文本中不断重复的讲述,通过对多对符合事实和文化逻辑的处于无序状态里的乡村夫妻关系的深描,质疑和拆解了重面子的文化思维表面有序和谐的夫妻关系的假象。莫言的小说文本中建构的一对对符号化的夫妻,是放置在传统文化义理婚姻的祭坛上的牺牲,他们有序的关系缔结模式之下潜藏的复杂的无序状态,是有历史质感的民族文化记忆里不可磨灭的人类学症候。

莫言在小说文本中对这些症候始终未做判断和理性分析,他主要是通过人物最基本的对话、场景细描和人物的心理展示,通过想象和虚构中不同叙述者在不同的观察点的观察和揭示,在面对具有真实事件支撑和无以言说的历史真相时,仅仅在文本叙事的表层让文本自己呈现。可见,莫言的小说叙事抛开了主观性的哲理反思,仅仅依靠对经验和印象的深描来揭示乡村世界夫妻关系的真实生活逻辑,将说不尽的意蕴留给读者。因此他的小说"就悬置在外部物理世界和内部心理状态之间,来回移动着,原因是,他依然觉得有必要在表面上将创造者和被造者描绘为从根本上是分离但又是不可分离的人物,以领会其关注的问题"①。因此,莫言的小说中对乡村夫妻关系的无序和有序

---

① 〔英〕朱利安·沃尔弗雷斯:《21世纪批评述介》,张琼等译,南京大学出版社2009年版,第188页。

的多元样态的深描,本身就是一种倾向,他在以看似漫不经心、无足轻重的书写,思考乡村夫妻关系折射出的"沉重"。

# 第三节　乡村父子关系的深层结构

从人类宏阔的角度审视家庭,虽然在对家庭进行历史和跨文化的研究中发现,存在多种多样的家庭模式。但不管怎样的家庭模式,无论是以父系为纽带的还是以母系为纽带的,是核心家庭还是扩大家庭,家庭里除了夫妻之外,还有子女。虽然夫妻关系可以并且能够变化,但是父母任何一方和子女的血缘关系是无论如何都改变不了的。因此可以说夫妻关系是变量,父子①、母子关系则是常量,有不可置疑的恒定性。尤其在现代社会由婚姻缔结的家庭里,有了子女后,夫妻和子女才构成了比较稳定的三角关系。在汉民族最主要的"孝"文化理念中,一副可靠的、符合现实和义理并有意义的家庭构成,便是父慈子孝的结构图式。

## 一、莫言人类学书写中乡村父子关系的独特性

在乡土社会以男子为核心的扩大家庭里,成员关系首推父子关系,"父义当慈,子义当孝"是伦理关系之首。虽然在古典小说《红楼梦》中,作者曹雪芹以很少的笔墨书写了官宦家庭内部父亲与儿子的紧张关系。但是,纵观中国几千年来的文学叙事,鲜有作家将自己的书写范围扩展到乡土世界里,用文学的诗意表达去关注普通乡民家庭里的父子关系。

"五四"文学,从反儒家礼教对人性扼杀的角度,从能够充分彰显汉民族儒教文化伦理的扩大家庭内部的父子关系入手,反思并批判中国传统文化。这种小说包括"问题小说"和"家族小说"。在"问题小说"中,就有一些作家从家庭入手,书写父权制社会中家庭内部的父子关系。冰心的《斯人独憔悴》

---

①　费孝通先生曾指出,"当我们说家庭的三角结构时,子方实是男女两性的通称"(见费孝通:《乡土中国　生育制度　乡土重建》,第247页)。因而,这里的"子"是子女的统称。

堪称这方面的典范。此外,以巴金的《家》三部曲、老舍的《四世同堂》、路翎的《财主地儿女们》等为代表的"家族小说",以文学的虚构与想象,比较深入地书写了城市官宦家庭内部的父子关系。

当然 20 世纪 30—50 年代的一些乡土小说中书写了乡村父子关系。如柔石《为奴隶的母亲》中,写典妻的父亲和暂时失去了母亲的儿子之间的关系,但着墨很少。沈从文的《边城》里,作者以有限的笔墨书写了同时爱上翠翠的傩送、天保兄弟与父亲的关系。叶紫的《丰收》《火》等小说中,作者也以知识分子的视角在政治共名的语境中写了父子冲突等。此时乡土小说的作者多是以知识分子的启蒙视角,通过有限的书写农民扩大家庭内部的父子关系,批判凋敝的乡村及乡土世界里的一些陈规陋习对人性的戕害和扼杀。新时期以来的很多小说中,有一些作品涉及对城市家庭或者乡村里的士绅家庭里父子关系的书写,这些书写大多是辅助性的,是为了建构大主题的需要,至于真正的乡土社会里扩大家庭内部的父子关系,几乎没有作家站在农民的视角进行书写,知识分子的启蒙立场遮蔽了乡村父子关系。

莫言作为小说的构思者、创作者,不但能够自由地进入文本世界,是作品的"总规划师",同时也是乡村父子关系的亲历者。莫言从不讳言他的作品是对他在农村二十年生活经历和经验的追忆式书写。因此,在他的小说中"构成文本机体的既不是作者也不是情节,而是回忆的过程本身"①。这句本雅明评价普鲁斯特《追忆逝水年华》的话,很适合概括莫言与他的小说,以及他的小说中书写的他与他二十年农村的经历的关系。

莫言作为乡土社会扩大家庭中父子关系的亲历者,与那些研究他者文化,以田野调查的方式介入被研究者家庭内部的人类学家相比,他对这种父子关系的书写要客观真实得多。因为至少莫言自己不是他所深描的内容的他者,他不必经历注视者向他者身份和视角的转换,因为他对这种父子关系耳熟能详,这就是他曾经的生活经历,或者是他从乡亲们的日常生活中经历的、感知

①　阿伦特:《启迪:本雅明文选》,张旭东等译,生活·读书·新知三联书店 2008 年版,第217 页。

的、看到的。因此,当莫言在他的小说中描写属于他本人的乡土经验和经历时,他的叙述让人觉得这些经历和体验就在他的存在之中。如果说作为贵族的普鲁斯特通过回忆追寻他那逝去的刻骨铭心的幸福的话,莫言则通过小说回忆特殊年代中国农村里各种刻骨铭心的乡村经验。

因此,莫言的小说对乡土世界中扩大家庭内部父子关系的书写,彰显了非常鲜明的人类学价值。他在众多小说中深描的乡土世界里形形色色的父子关系,以及这些关系的表层结构,是深入中国乡土社会文化思维和文化体系的历时性和共时性时空结构深层肌理的一扇窗。

## 二、乡村家庭父子关系的表层结构

莫言在诸多小说中,关注点并不是父子之间的合作关系,而是父与子之间在伦理规约下的亲子关系。如果将莫言多部小说中的这种亲子关系进行归纳概括,可以分为两类:不和谐的父子关系,和谐的父子关系。

（一）不和谐的父子关系

莫言的小说中父子之间不和谐关系的结构表现在两个层面,一是父亲对子女的打骂;二是子女对父亲的仇恨与反抗。

首先,多部小说深描了父亲对子女的打骂。小说《枯河》中的父亲对儿子小虎;《罪过》中的父亲对儿子大福子;《爆炸》中的父亲对"我";《欢乐》中的父亲对精神失常的儿子高大同;《怀抱鲜花的女人》中的父亲对儿子王四;《飞鸟》中的父亲对儿子;《食草家族》中的父亲对双胞胎儿子大毛、二毛。这些小说中的父子关系有一个共同点,即在儿子犯了一些父亲认为错误的事情的时候,父亲不是和儿子沟通交流问犯错的缘由,甚至不给儿子辩解的机会,以严厉的打骂训诫儿子。以上几部小说中的儿子,有小孩,有即将结婚的青年人,也有已为人父的父亲等,但不管是多大的儿子,在父亲面前几乎没有话语权。而且父亲打儿子的手段极其残忍。《枯河》中父亲在打儿子时,甚至让大儿子脱了犯错误的儿子的衣服,用在咸菜缸里浸了盐水的粗绳子狠抽孩子的屁股,"父亲连续抽了他四十绳子"。

在小说《白鸥前导在春船》中,田家的女儿梨花和梁家的儿子大宝,干农活时如果没干到对方的前面,都要挨各自父亲的责骂。梨花起猪圈时心思没用在干活上,干活不得力,立即遭到父亲责骂。梨花买了拖拉机,大宝眼热,去摸,被梨花数落时让老梁看见,回来就骂儿子"没出息""没脸没腔"。《枯河》中的小虎在小珍子的激将与怂恿下爬上树梢,因为爬得太高从树梢上掉下来,却不小心砸死了小珍子。到事故现场的父亲,不但没有追问儿子事情的真相,也没有为儿子申冤,反而哀求书记,并许诺"这个狗崽子,我一定狠揍"。已经被打得遍体鳞伤的小虎被哥哥拖回家后,又被父亲毒打,而且被骂"打死你也不解恨"。《爆炸》中的父亲冒着儿子被开除公职的危险,不让儿子带着儿媳去医院做流产手术,希望生了一个女儿的儿子再生一个儿子。儿子不同意,父亲便打骂儿子。《欢乐》中的老父亲,就因为患了精神病的儿子大声说疯话,其面子受损,一气之下下大力差点打死儿子。

《罪过》中的父亲打儿子大福子时,上来就是一脚,踢得"脱离地面飞行了……我在空中翻了一个筋斗,呱唧一声摔在地上。我嘴里啃了一嘴沙泥。趴在地上,我的耳朵里翻滚着沉雷般的声响。那是父亲的大脚踢中我的屁股瓣时发出的声音"。当母亲担心父亲的毒打会把儿子打死时,父亲冷笑着说:"放心吧,这样的儿子,阎王爷也不愿意见他!"《飞鸟》中"爹接过铁锹,把锋利的刀刃抵到我的脖子上。冰凉的铁刃顶着我的喉头,吓得我三魂丢了两魂半,屎尿一裤裆,我说:'爹,饶我一条小命吧,是许宝带的头……'爹的手哆嗦着,我的小命悬着。"父亲对儿子的打与骂,在莫言众多小说中都有描写,除了以上几部小说外,在《嗅味族》《白棉花》《食草家族》等小说中都有深描。

其次,莫言也在多部小说中书写了子女对父亲的仇恨与反叛。《欢乐》中的无名孩子对父亲;《爆炸》中的"我"对父亲;《流水》中儿子牛青、女儿牛玉珍对父亲;《枣木凳子摩托车》中的儿子张小三和哥哥对父亲;长篇小说《食草家族》的"第四梦:复仇记"中,双胞胎大毛、二毛对父亲;《大嘴》中的儿子对父亲;《我们的七叔》中的儿子对父亲;《天堂蒜薹之歌》中的儿子对父亲等。以上小说中的儿子在父亲打骂或者因父亲犯的错误威胁到自己的时候,他们会以自己的方式反抗父亲,甚至从内心里仇恨父亲。

《欢乐》中的无名孩子让"脾气暴躁的爹"在他"面前败得落花流水。男孩的爹打了男孩一下,男孩子就从地上抓一把沙土按到嘴里,一连吞食了十几把沙土,呛得白眼青眼翻腾不迭。孩子的爹说:祖宗,你随便吧,爹再也不管你啦!"《枣木凳子摩托车》中的儿子张小三对抗父亲的方式,就是学着两个哥哥,"瞅个空子"偷偷离家出走。《食草家族》中的大毛和二毛对经常打骂和虐待他们的父亲充满仇恨。他们报复父亲的方法就是在父亲煮的肉锅里扔脏东西,大毛把一把土扔进锅里,二毛把一块干燥的牛粪扔进锅里。当这个父亲被打得快死的时候,两个孩子没任何悲恸,只有讨厌。"我们感到与这个爹格格不入,我们与他之间仿佛有着难以排解的宿怨,无仇不结父子,无恩不结父子!爹是什么呢?拳打脚踢,臭气熏天,深仇大恨,爹和儿子是这种可耻的关系……"

《扫帚星》中,给儿子包办婚姻的父亲,在儿子不满意媳妇离家去单位住时,父亲追到单位先晓之以理动之以情地劝儿子回家。但在儿子的言语反抗中,父亲拿起手中的拐杖朝儿子打去,"待到祖父第二次将拐棍举起来,他伸手就把拐棍夺了过来,凶巴巴地说:'老爷子,你别逞凶狂,我可是林业局连续三年的劳动模范……'"祖父说:"呸,别说你三年的劳模,你就是三十年的劳模,也是我的儿子,老子该打你还是打你!"面对父亲的气势汹汹,儿子夺下了拐棍折成几截扔进了火里化为灰烬。父亲气得嘴唇哆嗦的骂着走了,儿子不但不心疼父亲,而且还在同事面前侮辱父亲。

《爆炸》中的"我"在生二胎的问题上和父亲起争执,虽然被父亲扇了耳光,但在"我"的劝说之下,父亲最终妥协,无奈之下同意儿子带着儿媳去流产。但这不是父亲对儿子的妥协,而是对国家政策、对儿子事业的妥协。在小说《流水》中,在牛阔成和儿子牛青、女儿牛玉珍的冲突中,牛阔成虽固执,但子女却不听他的了。当女儿怕他打时,同伴告诉她:"他不敢,都八十年代了,他还敢要封建家长威风?他要真打你,我们联名到县妇联告他。"牛阔成看到镇上厂里的女孩子下河游泳,用脏话骂她们时,儿子牛青顶撞:"说这些话也不脸红,看不惯别看",女儿也插嘴:"爹,人家洗澡,碍你么事,现如今男女平等。"在女儿穿泳衣下河游泳后,认为女儿不要脸,让女儿上吊自杀,骂女儿:"不要脸的货,你今天夜里就用这根绳子吊死吧,我不愿意再见你。"女儿反驳道:"你让我死,我偏不死,我要好好活! 你这个老糊涂、老糊涂……"儿子牛青劝慰说:"爹,你老了,老了,青年人的事少管。"牛阔成只能一个人躲起来喝闷酒,并以责骂来发泄自己的愤怒:"叛逆,叛逆! 我真不该养你们。祖宗的脸都给你们丢尽了。"

《大嘴》写了在阶级斗争年代,父亲因为以前做的事情影响了儿子"出人头地"的机会,甚至会影响儿子的前程时,儿子对父亲抱怨、责骂。当父亲尖利地喊叫"我去死,我不连累你们"时,儿子依然毫不示弱、不依不饶地说:"你死了也是畏罪自杀!""摊上你这样一个爹,算是倒了八辈子的霉了!"中篇小说《红耳朵》中王十千和财主父亲王百万的父子关系也是一波三折,父亲冷落、打骂儿子,儿子长大后以自己的方式反抗父亲。

总之,类似的深描在莫言的小说中有很多。或许文学的虚构与想象有夸张的成分,与真正意义上的"事实真相"可能有距离。但作为研究者,在解读文本中深描的复杂多元的父子关系时,其责任不在于指出小说中"事实"的对错,而是应通过作者以"老百姓的语言"对百姓历史记忆的解读,"了解这些记忆所反映的现实的社会关系是如何在很长的历史过程中积淀和形成的"。①

(二)和谐的父子关系

虽然莫言在众多小说中描写了父与子的畸形关系,但是他也在一些小说中深描了和谐的父子关系。这些小说有《梦境与杂种》《球状闪电》《地震》《战友重逢》《四十一炮》《生死疲劳》《蛙》等。

在《梦境与杂种》中,父亲对祖父母毕恭毕敬,有事必先请示父母。如果祖父的意见和父亲的不一致,父亲便会好言相劝,假托别人说的话以证明自己的正确。毕竟儿子也是人父了,在教育自己孩子方面,小说中的祖父也会考虑

---

① 黄宗智主编:《中国乡村研究》(第二辑),第31页。

儿子的想法,在有些问题上,觉得儿子有自己的道理,祖父就不做声了,以沉默的方式表示同意。

中篇小说《战友重逢》中,叙述者之一的钱英豪的亡魂在追忆装了一条木腿的七十多岁的父亲千里追寻他的尸骨,不远千里将他的尸骨带回家的故事,浓烈的父子之情以中国农村民间信仰的人死了魂魄还在,死人通过梦境给活着的人传达他们的愿望的巫术思维生动地呈现在读者面前,演绎了在活人世界里少有的浓烈的父爱。

《生死疲劳》中,转世为驴、牛、猪、狗,轮回了几世的叙述者西门闹,在被作为恶霸地主枪毙前,对龙凤胎儿女金龙、宝凤呵护有加。他们出生时,即高兴地想放炮,又怕放炮惊扰了孩子,就跑到村外去放。在去世以后几世轮回的过程中,始终关注着这两个孩子。另一位叙述者蓝解放和父亲蓝脸父子关系融洽。当社员都加入人民公社,蓝脸坚持单干之初,面对同母异父的哥哥和其他人对父亲的威胁,蓝解放主动要求和父亲一起单干,还说:"爹,你是半边蓝脸。我是蓝脸半边,两个蓝脸,怎能分开?"虽然作为孩子的蓝解放终究抵挡不了当红卫兵的诱惑,也担心自己找不到媳妇,并以加入红卫兵为条件离开单干的父亲入社。但是,他对父亲充满关爱,当看到同母异父的哥哥西门金龙为了逼父亲入社做出各种伤害父亲的事,父亲沮丧、痛苦之时,"扑到爹身前,抓着他的手,哭着说:'爹,我不入社了,我宁愿打光棍也跟你在一起,单干到底……'"

在《球状闪电》中,三代同堂的家中,父亲关爱儿子蝈蝈,蝈蝈对自己的女儿蛐蛐也关爱有加。《欢乐》中的永乐和父亲的关系也很和谐,具有"父慈子孝"的人伦情怀。《地震》《天才》中开明的父亲大力支持儿子的各种选择与"事业",与儿子建立了和谐的父子关系。此外,长篇小说《四十一炮》中父亲老兰与女儿、罗通与小时候的儿子罗小通,《生死疲劳》中西门金龙和儿子,《蛙》中万小跑和女儿等,也是建立在爱和理解之上的父子关系。

### 三、父权与"面子"文化规约下的父子关系

当然,总体看来,莫言小说中书写的父与子的不和谐关系远远多于和谐关

系。父子的不和谐关系,就历时性和共时性来讲,在各个历史阶段的社会各阶层的家族内部都存在。从古代文学里的书写到莫言小说书写的 20 世纪改革开放之后的漫长时间里,家族或者扩大家庭里父子关系的结构模式几乎没有发生变化。

从历时性看,在这种线性的时间轴上,从春秋战国到明清,有不少文人墨客用文字记载不和谐的父子关系。春秋时期曾称霸诸侯的霸主齐桓公,不说其霸业,就其"寓兵于农"和重视农业的政策,可以说对汉民族这样一个重视农业的民族而言意义重大。但就是这样一位被孔子称为"公而不诡"的历史人物,在晚年被易牙等臣子监禁时,五个儿子却为了争权夺位互相残杀,无视他的死活,最后被活活饿死。而他的臣子易牙,为了讨好他杀自己的亲生儿子烹调,让其品尝婴儿肉。这种畸形的父子关系历经了漫长的皇族统治,到清末的时候,曹雪芹在《红楼梦》里再次演绎了这种不和谐的父子关系,贾宝玉和其父贾政,似乎不是有血缘关系的父子,而是老鼠和猫一样的天敌。帝制时代,这种对帝王将相和士阶层家庭父子不和谐关系的书写较多,在此不一一列举。

"五四"以降,接受了西方启蒙思想的知识分子作家,将反封建礼教的旗子,以反对父权的名义插到家庭内部。冰心的《斯人独憔悴》是"问题小说"的代表作之一,其中父权思维根深蒂固的官僚父亲,和接受了启蒙话语、有革命思想的儿子之间的不和谐关系"问题"的揭示,开启了"五四"新文学这类书写的先河。20 世纪 40 年代以后,从解放区文学到十七年文学,追求革命的青年和具有父权思想的父辈之间的不和谐关系的书写很普遍。虽然历史演进的时间是以千年为单位计量的,但父子关系的结构模式如同施了中国汉民族民间巫术的"定身法",几乎是凝固的,没有多少变化。

此外,就父子不和谐关系的共时性结构而言,在历时性的时间演进中,从氏族社会、皇族统治至今,社会各个阶层的家庭内部,都是很相似的。桓公和其五个儿子、易牙和其子,是帝王和官宦家族里父子关系结构模式的代表。几千年的皇权统治时期,皇族内部的父子关系,官宦家庭里的父子关系,士绅家庭的父子关系几乎未曾发生改变。皇权统治推翻以后,在社会阶层新金字塔的分层结构中,城市里的官僚、知识分子、雇佣工人、乡村里靠种地为生的地主、普通农民等扩大家庭里的父子关系都很相似。父亲作为家长的权威代表,从皇族到庶民,虽然所处阶层不一样,但其中的父子关系却非常相似。

如上分析的,纵观几千年的汉民族文学,对地主及其以上阶层的家庭及家庭里的父子关系的书写几乎都有涉猎,唯独没有一位作家从乡村土生土长的农民的视角书写他们家庭内部的父子关系。当知识分子想当然地认为,乡野村夫会有怎样的家教,其父子关系应该和庙堂之上或受过知识熏陶的士绅家庭里的父子关系很不同时,莫言以他自己的亲身经历,以及非他者的身份站在农民的视角书写了这样一个被庙堂文化遮蔽和忽略了很久的世界里乡民们实实在在的生活,以及他们的父子关系。这些家庭的父子关系和皇家、官宦家、士绅家地主家的父子关系很相似。

因此,透过莫言小说中书写的乡村父子关系的表层结构,再反观这种结构延展的空间和时间维度,可以发现在以上两种的表层结构之下潜藏着汉民族文化的深层结构。

（一）男性特质的家长制思想

家本位的文化传统,男权至上的文化特质,男性家长与家族团体是部分与全体的特殊关系,因此家长在家族团体里扮演了主要角色。当然社会赋予家长的职权也是异常繁重的。家长是家产的掌控者,家族的"事业"总规划师,是一家人的领袖,家族祭祀时的主祭者。在传统社会这样的家族团体中,家长也是子女生产、生活、技艺的传递者,是子女经验和知识获得的权威。在这种情形之下,子女如果不听教训,家长就会以判官的身份出现,惩罚子女。"家长对这类子孙,由斥骂至鞭挞,都是'天之经,地之义'。"①家长的全知全能的特性,以及时常表现出的神圣不可侵犯的尊严,尊卑长幼的地位悬殊,使其与子女之间缺失了亲密接触。这和西方家庭中的父子关系结构图式形成鲜明对

---

① 费孝通等:《皇权与绅权·论"家天下"》,岳麓书社 2012 年版,第 99 页。

比。《李尔王》正是因为李尔与三个女儿之间的关系亲密,李尔才会以一个看似很轻率的关于"爱"的言说问题,即那个女儿说出的话让他觉得她更爱他,来决定谁是他王位与财产的继承者。父子之间的亲密关系显而易见。但这在中国传统社会的扩大家庭里是不可能的。父子之间很少说话,若有事商量,父子之间也只是就事论事地说几句正经话。莫言就有这样一位父亲,莫言曾追忆:"我父亲是非常严厉的人,他跟我们儿女从来都不苟言笑,我们在他面前也不敢撒娇。我父亲是家族里特别威严的人,不但我们怕他,就是家族中血缘较远的人也怕他。我小时候如果在干什么调皮捣蛋的事,要是有人喊一声:你爹来了! 我会吓得一下子立正,一身冷汗。他其实也不怎么打我们骂我们,但就是让我们望而生畏。"①

此外,传统社会的家族团体内部的家长几乎都是独裁者。这当然归结于家长在家族内部繁重的责任与担当意识。如果家族里任何方面出问题,家长是要负全责的。在这种情形之下,家长在任何事上都不能掉以轻心,并要掌控家族里的所有人事,而对子女严加管教也是其责任的主要部分,所谓"子不教,父之过",就源于此。严厉的家教也是防止子女因行为不当给家族带来耻辱的主要手段。不过,家长虽然不讲民主但却有民本精神。这是因为他要后继有人,所以他要重视长子,对长子的殷切希望以严厉的家教来体现。然而过于严厉的家教,往往让子女失去灵魂和自我,成了家长的附庸。《家》里的觉新就是这种家教的牺牲品。因此,中国传统社会里的家长制思想是家族内部父子关系表层结构模式形成的深层结构。这种结构模式在相对封闭的乡村里是比较持久的。

在莫言小说书写的中国的 20 世纪五六十年代,男性长辈的家长制作风仍然是处理家庭问题的主要风格。一家之长专制的处事方式使家庭内部失却了民主和平等。尤其对孩子而言,一旦家里出了意外,如果当时恰好孩子在场,不管事情的真相如何,首先被怀疑的就是孩子。如果孩子要替自己辩解,大人就会以为孩子在撒谎狡辩。《枯河》《罪过》《嗅味族》中儿子们的悲剧,就是

---

① 莫言:《莫言对话新录》,第 261 页。

没有民主的具有家长制作风的父亲和孩子缺乏沟通和交流造成的。因为在缺乏民主意识的家庭内部，孩子是不被当人看的。在这种情形之下，调皮的孩子，尤其是男孩，被误解是常态，遭父亲打骂更是家常便饭。在中国人的传统观念里，"打是亲，骂是爱"，"爱之深恨之切"，这两句话不仅适用于夫妻之间，同样也适用于父子之间。父亲认为对儿子严厉就是爱儿子、为儿子负责任的最好表现。正如莫言在小说《爆炸》中，通过叙述者"我"说出来的，"父亲是爱我的。即便是打我也是父爱的一种折射。"

短篇小说《枯河》中被冤的孩子小虎，在父亲面前没有说话辩解的机会，在被不明就里的村书记打得半死的时候，胆小怕事的父亲不问事情的前因后果，不但不替儿子说话，而且恨恨地打儿子发泄愤怒。"父亲左手提着一只鞋子，右手拎着他的脖子，轻轻提起来，用力一摔……父亲那只厚底老鞋第一下打在他的脑袋上，把他的脖子几乎钉进腔子里去。那只老鞋更多的是落在他的背上，急一阵，慢一阵，鞋底越来越薄，一片片泥土飞散着。"父亲一边残忍地毒打，一边骂着："打死你也不解恨！杂种。真是无冤无仇不结父子。"在听到儿子被打得几乎失去意识的情形下说出"狗屎"两个字后，父亲更加暴怒，让孩子的哥哥帮忙脱了孩子的衣服，用在咸菜缸里浸了盐水的粗绳子狠抽孩子的屁股，"父亲连续抽了他四十绳子"。最终小虎在别人误解、家人不理解的情形之下，以死来反抗这种无爱的世界里无爱的父子关系。

叶开认为莫言在《枯河》中写"父母兄姐对小虎的憎恨与毒打，是新时期文学作品中极独特的表达，在整个现代文学史中，也看不到这种表达——本来是保护小孩子的安全港湾的家，变成了革命史中常常谈到的'中美合作所'拷打革命志士的'渣滓洞'；而本来应该爱护，给孩子以希望的父母亲，在小说里变成了可怕的刽子手……"叶开的这段论述的确很有见地，但其后叶开认为："一个家庭的疯狂暴力，折射社会的野蛮暴力渗透到了社会的每一个角落，而人人自危。"①他把这种家族内部在父权文化影响下，父对子做了错事后的类

---

① 叶开：《莫言的文学共和国》，北京大学出版社2013年版，第35页。

似于贾政毒打贾宝玉式的惩戒,和当时社会的阶级斗争联系起来,认为是当时社会的暴力影响了家庭,而忽略了中国农村家族内部保持恒定的儒家父权文化对父与子关系的深层影响。当然这不排除农民对阶级斗争的敏感,和在权力面前的恐惧感,刺激了父亲更厉害地毒打儿子。但如果把父亲为教育而打骂儿子的家庭暴力归结为社会野蛮暴力的渗透,是有失偏颇的,这忽略了家长制思想在乡村世界的根深蒂固性。

费孝通曾指出:"缺乏变动的文化里,长幼之间发生了社会的差次,年老的对年长具有强制的权力。这是血缘社会的基础"。① "有权力而没有亲密接触的父亲对于子女可以是个老鼠眼里的猫。"②因此,看似重亲情、血缘的宗法制思想,父子有别、长幼有序的伦理观念,在农民思想意识中根深蒂固,影响了乡村家庭"无爱"的教育方式。严父的角色分工,使得父子关系中"管教"比"爱"重要得多。"社会若是要是父亲担任这严父的职分,多少得隔离父子的亲密关系"。③

因此,中国文化的男性特质,男权社会中男性的主导地位,家庭内部的男性家长制作风,深刻影响了中国传统社会中每个家庭的父子关系。严父慈母的育儿角色分工,使得父亲对孩子的教育不是关爱、说服式的平等交流式教育,而是典型的说教式、打骂式的"父为子纲"的纲常伦理式教育。费孝通认为,强调家长制思想的父权社会,"父亲对于孩子的行为常要担负道德上和法律上连坐的责任。'子不教,父之过',家喻户晓。为了维持自己的名誉和安全,做父亲的不能不注意家教。溺爱子女会受社会的贬责。这种压力逼视父权社会中当父亲的板起面孔来对付子女"。④ 在莫言与其父亲的关系中,父亲很严厉,动辄对莫言的打骂式教育就是其小说中父与子关系的真实模板。莫言的大哥管谟贤在《大哥说莫言》一书中,谈及他们的父亲时指出:"父亲教育

---

① 费孝通:《乡土中国 生育制度 乡土重建》,第 72 页。
② 费孝通:《乡土中国 生育制度 乡土重建》,第 223 页。
③ 费孝通:《乡土中国 生育制度 乡土重建》,第 242 页。
④ 费孝通:《乡土中国 生育制度 乡土重建》,第 243 页。

子侄十分严厉,子侄们,甚至他的同辈都怕他。我们小时,稍有差错,非打即骂,有时到了蛮横不讲理的地步。"[1]"莫言小时候顽皮,自然挨了不少打。"[2]正是自己的童年经历和个人成长体验,莫言在此类问题上的理解要深刻得多,这也为他深描乡村社会不和谐的父子关系提供了契机。

总之,在汉民族的传统文化中,父亲就是天,不管儿子有多大,总是大不过父亲,父亲要怎样对儿子不会和儿子商量,父亲要儿子做什么儿子就要做什么。所谓的"父命难违"就是这样。此外,父与子之间缺少真诚、平等的交流,缺乏起码的信任。如果儿子的思维或想法不合乎道统或某些规范,都要受到父亲的谴责与打骂。这就是家长制文化思维影响下父子关系的结构模式。

(二)用"孝"的道德元素代替平等交流的"爱"的文化思维

家长制思想的全知全能,家族内部家长的独裁与严厉,父与子之间"礼教"大于"爱"的深层结构,产生了一些很现实的问题,就是如何维系子对父的责任和义务?如何让在父辈的管辖与责骂中战战兢兢长大,类似于老鼠的子辈去善待曾经如猫的父辈?对于这个问题,儒家文化的先驱孔子和孟子在建构家长制文化的深层结构时也已经考虑周全了,他们用"孝"的理性来填补无法用感性的"爱"生成和谐的父子关系的空缺。因此,儒家文化体系中的"孝"文化是中国传统道德文化的主要组成部分。

在中国传统社会中,约束各个阶层家庭或者家族内部父子关系的主要就是"孝"这一道德元素。在家族或者家庭父与子的关系建构中,子对父的言听计从,其中一个主要的根源便是儒家文化中的"孝"。《礼记·大传》上说:"上治祖祢,尊尊也。下治子孙,亲亲也。""亲亲也,尊尊也,长长也,男女有别"。下对上的"尊尊",上对下的"亲亲"便形成了汉民族"孝"文化的核心。但在几千年的发展演变中,这种文化结构中的"尊尊"被提升到了一个很高的地位,"亲亲"往往被严厉的管教所替代。"孝"文化中的"尊尊"代替了"爱与理解",而后者显然是维系亲子关系的主要法宝。

---

① 管谟贤:《大哥说莫言》,山东人民出版社 2013 年版,第 20 页。
② 管谟贤:《大哥说莫言》,第 20 页。

孔子"孝"的思想对子的道德约束是很严格的,父亲活着时要对父亲言听计从,父亲去世,不但要守孝三年,而且还要继承父亲的遗志。司马迁忍辱活下来,并写下皇皇巨著《史记》,除了要诉说自己的委屈之外,另一个更主要的原因就是要完成作为史官的父亲的遗志。孔子的孝道思想自成体系。孟子在孔子的基础上对孔子的孝道思想作了变通,诸如父去世儿子守三年孝之说,孟子就指出如果儿子有公职,则可以灵活处理。此外,对于孔子强调的子为父"隐"的问题,孟子也有不同的看法,认为父亲有错了,为了父亲好,儿子一定要指出来,但不能在大庭广众之下,而是在私下里偷偷地给父亲指出来。可见,孟子也知道"人非圣贤,孰能无过"的朴素道理,并将此引入他的"孝"文化中。

鲁迅曾调侃曹操在招贤时打出的广告说只要有才,不忠不孝也没关系,可在杀孔融时找的借口却是"不孝"。就因为有人问孔融说如果在灾荒之年,手里只有很少的馒头,要不要全给父亲呢?孔融的意见是,如果父亲是慈父就给,如果不是就不给。就因为这个,孔融就被曹操给杀了,当然这只是借口,原因自然很复杂。但是,这也折射出在传统社会,"孝"在考量人的道德时的确很重要。但对于父亲而言,任何人都不会以父亲是否爱儿女或者父亲是否有错,去考量他是否是个好父亲。

中国传统文化中的"孝悌忠信"等道德观念,从人性的深层,成为规约人的内在理性的道德要素。但是,这些要靠人的内在觉悟和修养来提升的品质,在很多时候是靠不住的。因为人性是自私的,在面对私人关系时,这些道德元素因缺乏看得见的可操作的具体行为规范而失去作用,或者即使有作用,其执行效果也会大打折扣。正如卢梭所言,在原始社会没有什么人有意识地规定人们的道德,但人们很讲道德,反而到了所谓的文明社会,道德被写成条款并以此为契机对人进行规约时,人们反而不讲道德了。

桓公的儿子们对父亲的孝与不孝,除了道德的约束之外,没有任何的强制措施督促他们必须要孝顺父亲。因此,在权力和利益面前,个人的私欲占了上风,"孝"的道德约束自然不起作用。《大嘴》里的哥哥对父亲的态度便是如此,父亲平时的严厉管教并没有让儿子觉得有所受益,反而成了有朝一日反对父亲的借口。《枣木凳子摩托车》里的张小三的哥哥离家出走,以及张小三准备离家出走的事实,便是"孝"的道德理念在遭遇子女个人的私心之后变得不堪一击的证据。

但在莫言的小说中,正是因为儒家"孝悌"思想在乡村的根深蒂固,才使得父子关系的两极中的"子"始终处于劣势。张志忠在《莫言论》中认为莫言的小说父子冲突中软弱无力的后辈,"难以在对父辈的抗争中取胜,就连走在他们最前面的蝈蝈———一个新型农民,都难以在与父母的抗争中占据上风。《爆炸》中的'我',《枯河》中的小虎,也还不够强大,不能充分有效地保护自己……"[1]张志忠将莫言小说中子在父辈面前的弱势,看作子的软弱,认为这是"种的退化"的悲哀,而忽略了中国传统文化中"父为子纲"的家长制思想,与儒家文化中强大的"孝"文化在家庭内部对子对父的言行举止的道德规约。

但是,就现实生活而言,用对人性进行内在规约的"孝"的道德元素约束子与父的关系,在模糊了父子之间权责观念的同时,因为强调太多,往往过犹不及。再加上父亲长期以来无亲密关爱的打骂教育,使得子女对父亲的怨恨往往大于感恩,更不用说去关爱父亲了。有怨恨而无爱的父子关系是很脆弱的,在大的利益冲突之时,往往不堪一击,子女的反抗便时有发生。尊敬、孝顺与感恩若成为强制性的道德约束规则去限制子女对父母的情感,本来就是有问题的。"尊敬父母,一般说来,是非常卑鄙的原则;那仅仅是对所有权怀有私心的尊敬。盲目地服从父亲是出于十分软弱,或者是出于那种使人类品格趋于堕落的动机。"[2]

在父爱的缺失和父亲动辄打骂的教育方式下长大的孩子,对父亲的尊敬显得过于虚幻。在有暴力却无父爱的家庭里长大的孩子,其人格本身是有缺陷的,他的人性本身也不完善,一旦面对某种外在事件的刺激,人性自私的一面会压到所谓的"孝"文化所倡导的一切观念,父子之间的矛盾是难以弥合

---

① 张志忠:《莫言论》,第99页。
② [英]玛丽·沃斯通克拉夫特:《女权辩护》,商务印书馆2007年版,第224页。

的。《天堂蒜薹之歌》中的四叔,在被车撞死后,两个儿子在为父亲讨说法的过程中,听到威胁,看到金钱的赔偿后,父亲的生命被搁置一旁,看到的是利益。四叔尸体都没落葬,两个儿子就着急开剥死牛,怕牛肉变臭了,卖不来钱了。一边是清理父亲尸体的妹妹,一边是两手沾满牛血、着急想着如何吃牛内脏的儿子。这些讽刺性的描写,以及小说中穿插的关于父亲死前和儿子谈话如何分自己尸体的故事,意味深长地揭示了中国农村传统家庭中,以"孝"的道德元素代替"爱"的亲情抚育所导致的畸形父子关系。

《红高粱家族》中的"奶奶"戴凤莲对其父亲的反抗,是只有下对上的"孝",而无上对下关爱的亲子关系的明证。"奶奶"的父亲把自己的女儿作为财产,嫁女儿换骡子,这也代表了传统社会中农村贫苦家庭里的父亲对女儿的普遍态度。后来女儿成了婆家的主人,不但没好好孝顺父亲,还把父亲赶出自己的家门,并告诉父亲:"我没有你这样的爹,从今后不许你踏进这个门槛。"中篇小说《红耳朵》里的王十千和财主父亲王百万之间,连接父子关系的纽带很脆弱。出生时,父亲做的一个毫无来由的梦境改变了王十千少年的命运。又因为与众不同的红耳朵,相面先生一番将来成人中之龙的话,让其又得到了优待成了少爷。父子关系一波三折,父亲的打骂教育,儿子长大后以自己的方式对父亲的反抗,中国传统社会农村家庭里父子关系跃然纸上。亲情缺失,亲子关系冷漠,是中国传统社会亲子教育遭遇的重大问题。虽然我们有强大、系统的"孝"文化支撑家庭伦理,但中国社会中出现的形形色色的家庭问题,父与子、父与女的畸形关系等,根本原因不是道德的问题,而是家庭教育中爱、信任、理解、交流的缺失导致的。

因此,家长制思想的结构模式长期形成的文化思维,使得父与子之间和谐关系的建立不是以爱为基础,而是以充满了道德意识的"孝"的观念为依托,这就充满了许多不确定性。如果子女是善的,如果儿子有立场和话语权而不被儿媳左右的话,"孝"的良好意愿自然能很好地实现。但这种从道德上约束人的心理机制的以人的自觉为前提的孝道,往往流于形式。因此,在中国社会金字塔式的各个阶层,父子关系并不见得如很多知识分子作家在小说中表现得那么和谐。莫言的小说深入系统地开掘了这种结构模式所彰显的畸形文化思维，从而揭开了盖在汉民族文化表层和乐融融、仁义宽厚、中庸、忍耐的漂亮"面子"。

（三）好"面子"的文化思维

莫言小说中的父子关系不和谐，其实细细分析其原因的话会发现，在这些小说中，引发父子冲突的原因有的根本不值一提，有的是不该发生的，有些是完全可以避免的。而冲突之所以轻易发生，除了家长制思想剥夺了父亲对子女的亲近与爱的教育，"孝"文化规约的子对父的无原则服从等深层文化模式的影响之外，更直接的原因应该是汉民族好"面子"的文化思维。

《白鸥前导在春船》中作为女儿的梨花起猪圈时穿着新衣服，怕弄脏衣服小心翼翼干活使不上力，而冻硬的猪粪起不出来时，父亲老田觉得在生了儿子的老梁面前自己的面子伤得更重，因为生了女儿伤的脸面更加受伤，于是通过骂女儿试图挽回一些面子。小虎的父亲在儿子被别人冤枉毒打时，不但不保护儿子，反而不问青红皂白地毒打儿子。这除了父亲缺乏对儿子的了解之外，就是过于看重脸面，觉得儿子所做之事丢了自家的人，伤了自己的面子，毒打儿子是挽回自己在乡亲们面前丢了的面子，寻求心理平衡的方式。莫言在访谈中曾追忆，在小时候因为饥饿拔了一根生产队地里的萝卜，被发现后在遭到集体严厉的惩罚的时候，父亲因为他"偷"的"可耻"行为伤了自己的面子，回家以后试图以更厉害的打骂教育，挽回和弥补在乡亲们面前丢了的面子。

《天堂蒜薹之歌》中的四叔对女儿金菊不听父命、寻找自己真爱时惩罚、打骂女儿的场景，是"面子"文化影响下的父女关系的生动书写。金菊和高马私奔伤了父亲和家人的面子。在金菊被抓回来以后，父亲指示着两个哥哥毒打的场景触目惊心。大哥心疼妹妹劝父亲不要打时，父亲说："我养的闺女，要她死她就死，谁能管得了？"母亲听到父亲要把女儿吊起来打，浑身哆嗦劝爹："就随了她吧"，爹抬手给了娘一巴掌，问："你也想挨揍?！"二哥听从父命，"把金菊的双臂别到身后用麻绳拴住了她的手脖子"，吊了起来，吊在了屋梁上。"爹跳到院子里，拿了一条使牛的鞭子来，抽打着她，鞭梢打在皮肉上，她感到灼热……"

中国的家族伦理认为子女违抗父命已经是忤逆之罪,再加上金菊未婚和男人私奔,这在有着浓厚父权思维的父亲看来,是家族的奇耻大辱。女儿的生命无足轻重,重要的是女儿的行为让家族受辱,让父亲蒙羞。因此在父亲看来,毒打女儿越狠,自己的尊严和家人的面子就挽回得多一点。当然,在任何一个民族,女孩跟人私奔本身不是什么光彩的事情,在马尔克斯谈及其在《百年孤独》中,俏姑娘雷梅苔丝坐床单飞升情节的魔幻处理时,就是受到了外祖母讲过的邻居女孩和人私奔以后,家人为了"遮丑",说女孩在晒床单时飞了的事情的影响。在中国农民的传统观念里,女儿是没有独立的所属,她是父亲的财产,女儿一旦违背了父命,让父亲丢面子,后果是可想而知的。

中国人重脸面,鲁迅将这种表面的、形式上的作秀称之为"精神胜利法",并通过阿Q这个处于社会最底层的无业游民的一系列"事迹"作了生动的演绎。钱钟书在小说《围城》里通过方鸿渐从为了家人的面子造假博士文凭开始,遭遇了一系列让其处处丢面子的事,深刻反思汉民族的这种文化心理结构。金庸的武侠小说中也有一系列的人物,为了维护表面的光鲜,不惜出卖自己的良心和灵魂,岳不群等伪君子便是这种为了维护脸面不惜伤害别人的一类典型。这些知识分子作家笔下的无业农民、知识分子、武林人士,虽然阶层、地位和性格都各异,但他们有一个共同点,就是爱面子、不惜一切维护面子。

莫言在很多小说中,书写了农民的面子观,这种文化思维深刻地影响了父子关系的不和谐。因此,莫言的小说,以人类学的深描,深入探寻了面子观在农民文化结构深层的根深蒂固。"某些原型深深地植根于传统的联想之中,几乎无法使他们与那些联想分开,其中的原型即可交际的单位已基本上成为一套秘传的符号。"[1]可见面子观作为一种社会和文化记忆,在长期以来的文化传承中,形成了一套自己的秘传符号,成了一种类似于原型的文化心理结构。程金城认为:"对文学原型的结构主义研究,其目的是揭示文学行为背后

———————

[1]　程金城:《中国文学原型论》,第14页。

潜藏的文化心理结构、深层程式系统和规则。"①

因此,莫言小说中乡村农民家庭内部的父子关系,潜藏着中华文化的三种深层结构。在这三种结构中,好"面子"的文化心理结构决定了家长制思想和以"孝"的尊尊全盘否定"爱"的亲亲的文化思维。子孙的繁衍,子女在外的行为,子女的荣辱等都是决定家庭面子好坏的重要元素。《怀抱鲜花的女人》中父亲打儿子,骂儿子,不相信儿子,也是因为已经订了婚的儿子毫无来由的领来一个陌生女子,让思想保守的父亲面子上过不去。《地震》《天才》中的父亲通情达理地支持儿子的种种选择,是因为儿子给他期许一个让他在乡邻面前挣足面子的诺言。而这种信任首先建立在儿子以考上名牌大学给父亲挣足面子的前提之上。大学生儿子说的话对于一个农民而言,自然是有分量的,更大的"面子"的获得自然成了驱使父亲义无反顾地支持儿子的强劲动力。

《大嘴》中曾经拥有家长权威的父亲,突然在儿子面前失去了家长的威风,也是因为父亲曾经的行为导致乡邻对这个家的歧视,"辱没"了家人的面子,让子女在乡邻面前丢了面子,所以子对父的"孝"在面子面前不堪一击,儿子逼迫甚至责骂父亲似乎理所当然。

"虽然儒家的礼教缺乏以神为中心的教义和教堂一类的组织,它的确也含有一定的准宗教成分。它是一种建立在古代文本和相关的宇宙观念之上的终极价值之源,指导人们的行为,调整社会关系。"②莫言的小说中对乡村世界里的父子关系的深描,在表层的父子关系结构中深藏着汉民族文化的深层结构。这些结构图式并不仅仅存在于以往庙堂文学、知识分子写作中的其他阶层的父子关系中,在乡村普通的、没有过多知识和文化的农民家庭,这些深层

---

① 程金城:《中国文学原型论》,第15页。虽然程金城曾在《西方原型美学问题研究》中,对荣格集体无意识的先天遗传性提出质疑,并结合李泽厚的"文化—心理结构"概念,指出了文学背后潜藏的文化心理结构彰显了民族文化深层结构的"历史生成"性。但是通过文学研究揭示民族文化的深层结构是原型批评所侧重的。当然本人也认同民族深层文化心理结构的"历史生成"性。

② [美]季家珍:《历史宝筏:过去、西方与中国妇女问题》,杨可译,江苏人民出版社2011年版,第4页。

结构更加根深蒂固。莫言通过小说对农民父子关系的深描,一方面纠正了长期以来知识分子作家对农民"乡野村夫"不懂"礼教"的偏见,另一方面也深入揭示了乡土文化的根性和恒久性。

## 第四节　乡村世界的母子关系

莫言在 2002 年曾谈及是什么触动他构思《丰乳肥臀》时说过,他本来在母亲去世后要写一部书献给母亲,"但不知该从哪里动笔。这时候我在地铁口看到的那个母亲和她的两个孩子,我大概知道该从哪里写起了"。① 莫言在北京积水潭地铁通道的台阶上,曾看到一个农村母亲,抱了一对双胞胎,一边一个给孩子喂奶。这一母子图,以及母亲憔悴的脸和孩子铁蛋一样的身体,让莫言感到了一种凄凉中的庄严感。这就是他谈及的在地铁口看到的一幕。莫言的小说对乡村母亲的书写和对母子关系的深描,与以往汉民族文学对此的想象和书写相比,具有一种陌生化的效果。因为仔细回顾前人的文学书写会发现,鲜有作品如此细致深入地书写乡村母亲和她们与孩子的亲子关系。但是就人类本身存有的文化事实而言,在日常生活中,母亲就是其小说中书写的那样生养、抚育子女的,这又似乎是一种非陌生化的现实再现。文学的虚构与想象所营造的陌生化效果与日常现实之间的距离在莫言的文本中被拉近,它们不再作为一种理想的浪漫想象而游离于现实之外,而是在两者之间建立了对话的平台。这种深描和人类学家在田野调查后对研究对象的真正"探索"式深描一样。而莫言的人生阅历、他与乡村的密切关系,以及他对乡村母子关系的亲自体认,使他在深描他们时,比人类学家具有更大优势。

人类个体的诞生虽然在作家的作品中有无性生殖、非母体孕育的文学想象,但数千年以来分娩、抚育子女却是女性独有的。美国学者哈维兰通过对灵长目幼子的存活率和母亲的关怀之间正比关系的生物学研究指出,"在人类

---

① 莫言:《莫言对话新录》,第 93—94 页。

当中,根据性别的劳动分工的发展已超过其他灵长目动物性别区分的程度。在人乳的替代品产生之前,人类女性成年生活的大部分时间是用来养育孩子的。而人类的婴儿就像其他灵长目幼子一样需要积极的母性关怀"。① 美国学者鲍曼斯特站在女权主义思想之外,在论及生育和抚育方面男女的相互依赖和帮助时,虽然指出"男人用医术改变了分娩过程,拯救了无数母亲和婴儿"②,但也确信"女人的社交模式对健康及养育后代更有利"③。

老子曾用母与子关系的始终来建构其"始/终"的二元对立模式,"天下有始,以为天下母。既得其母,以知其子。既知其子,复守其母,设身不殆"。可见汉民族的古代圣贤早就认识到了母子关系的重要性。虽然这里老子只从思维层面强调以母子关系强调始与终,但也足够说明母亲这一角色的重要性。儒家的男权文化以及男女分工"男主外,女主内"的主导模式,在家族内部形成了严父慈母的育儿文化传统。"在父权社会中,代表社会来执行权力的是父亲,站在孩子的立场给予私情慰藉的是母亲。"④而且在通常情况下,"由母亲来担负生理性抚育的责任,也许是最合于生物本性的事,在这里文化并没有一定更改生物的必要"。⑤ 因为对孩子的生育、抚育、教育,母亲的确是主要承担者,在孩子的成长过程中,接触最多的人也是母亲。孩子和母亲的关系一般是比较和谐融洽的。"生产社会化而支配家庭化底社会里,养育儿童,仍须在家里。女人须养育儿童,因之她的一生的最好底时光,大部分还是要消磨在家里。她不能完全从家里放出来。她还须在家里当贤母。"⑥

然而在儒家文化的"五伦""君臣、父子、夫妇、兄弟、朋友"中,没有"母子"。如此重要的亲情伦理在"五伦"中没有提出来,这说明了什么? 这是否

---

①　[美]威廉·A.哈维兰:《文化人类学》,第 268 页。

②　[美]罗伊·F.鲍迈斯特:《部落动物:关于男人、女人和两性文化的心理学》,刘聪慧等译,机械工业出版社 2014 年版,第 104 页。

③　[美]罗伊·F.鲍迈斯特:《部落动物:关于男人、女人和两性文化的心理学》,第 102 页。

④　费孝通:《乡土中国　生育制度　乡土重建》,第 244 页。

⑤　费孝通:《乡土中国　生育制度　乡土重建》,第 242 页。

⑥　冯友兰:《新事论》,生活·读书·新知三联书店 2007 年版,第 78 页。

源于儒家文化影响下父权社会的男权思想？"儒家思想对社会组织的约束体现于性别秩序当中，就是将男性明显置于女性之上，这意味着必然有其他的话语存在，足以抵消'阴阳'的互动关系，并将两性权力的不平衡合法化、常态化。"①这也可以说明为什么在古典文学和现代文学以来的知识分子写作中，母子之间的亲子关系一直以来被概念化书写的主要原因。但追溯这个原因之后更深层的原因，便是男性特质的儒家文化确立的"男/女"的二元对立导致的男权思想。性别的规训性范式，以及知识分子作家的男性身份，使得他们缺乏对母亲生儿育女的艰辛的亲历性认知，加上"他者"的视角局限，就出现了浩繁的文学作品中对母子关系的有限书写和概念化认知。

### 一、母子关系的概念化想象与书写

纵观汉民族文学史，虽然和书写父子关系的作品相比，书写母子关系的作品要多一些，但这些作品中书写的大多是士及其以上阶层家族的母子关系。《战国策》中的《赵太后新用事》，书写了帝王之家的母子关系，这里的母子关系染上了浓郁的政治色彩。《春秋左传》的第一则故事《郑伯克段于鄢》就写了王室内部因母亲偏心而引发的母子之间的冲突。《左传·骊姬之乱》中写了王室内部，继母与继子的关系，侧面写了生身母亲因偏爱自己儿子，为了让自己的儿子得到王位而伤害丈夫的其他夫人生的儿子的故事。以上三则故事中的母子关系，都写的是王室内部的母子关系。而且，这些作品中很少深入书写母子之间的亲子接触和嬉戏等亲子关系。汉朝的乐府诗《孔雀东南飞》主要写了母亲的强势导致了儿子、儿媳惨死的悲剧，书写了汉朝官宦之家的母子关系。这部作品中的母亲，是汉民族文化传统意义上慈母的一种，即过于溺爱儿子，将爱变成了控制，儿子失去作为独立个体的自主性，成了母亲的附属品。

可见，在中国的古代文献或者文学作品中，写母子关系的作品不少，但这些作品中书写的母子关系大多是空洞的，无实质内容，没有母子亲子关系的深

---

① ［澳］雷金庆：《男性特质论：中国的社会与性别》，［澳］刘婷译，江苏人民出版社 2012 年版，第 15—16 页。

入书写,充满了权力角逐与礼教的约束。同时,在传统社会阶层金字塔的底部,因为知识和文化的欠缺,农民难以自身言说自己。纵观几千年的文学史,从文史哲不分的古代典籍,到现代以来的庙堂文学和知识分子作家的创作,很少有作家从农民的视角深描乡村世界的母子关系。

从乡村世界被文学关注的"五四"开始,虽然有多位作家写了乡村世界里的母子关系,但这些文本中对母子关系的处理却是先见大于事实本身的。鲁迅在《祝福》里,写了母亲祥林嫂在自己监护不力,儿子阿毛被狼衔去后的愧疚、思念。但小说中对祥林嫂和儿子阿毛的关系没有详细书写,读者仅通过祥林嫂不断的絮叨,知道了孩子"是很听话的",母亲的话"句句听"。其实,在鲁迅的小说中书写到母亲和儿子的小说不少,除《祝福》外,在小说《药》《社戏》等作品中都有涉猎,但对于母子之间的亲子关系写得很少。当然,这一时期在小说中书写母子关系最多的是柔石。他除了在《为奴隶的母亲》中写了为生计所迫,被丈夫典做人妻的母亲与两个幼小的孩子春宝、秋宝分离的痛苦与无奈之外,还在长篇小说《旧时代之死》、中篇小说《二月》,以及《遗嘱》《摧残》《怪母亲》等短篇小说亦有对母亲和孩子的日常书写。这些小说除《摧残》之外,故事中的父亲都因为去世而缺席,苦难岁月里一个人苦苦支撑、抚育孩子成长的单亲母亲,在孩子因病或者成人之后因各种原因离世之后的悲哀,是小说中写得最动人的。但柔石笔下的母子关系是概念化的,虽然母亲爱孩子,孩子依恋母亲,但在发生变故时,着墨最多的是母亲的痛苦与无奈。柔石的男性知识分子视角,以及旁观者的置身局外的"他者"视角,限制了他对母子关系的深入理解。因此,柔石小说中的母子关系类似于鲁迅小说中的母子关系书写,其中着重书写的是母子生离死别时母亲痛苦、无奈的心理和情感。

叶紫、萧红、蹇先艾等"乡土"作家笔下乡村世界里的母子关系,延续了鲁迅书写乡村母亲的书写传统,大都站在知识分子的现代性启蒙或者政治共名的立场,书写男权至上的社会中本就没有什么地位的卑微的母亲们,在苦难的岁月里,用自己与生俱来的母性的光辉试图为儿女遮蔽悲苦时的艰难、愚钝与无力。如叶紫的小说《星》里的梅春姐与儿子香哥儿,《丰收》中云普婶和迫于生计卖掉的女儿英英等;萧红《生死场》里的金枝与母亲,《山下》的林姑娘与母亲等;蹇先艾的小说《水葬》中的骆毛与母亲;台静农的《红灯》中为儿子糊红色的河灯祭奠儿子亡灵的母亲等。

解放区文学中的母子关系书写,赵树理的《小二黑结婚》最值得一提。但这部小说中的母亲三仙姑在政治共名的语境中成了一个讲封建迷信、阻挠子女婚姻的落后母亲。虽然小说中的母女关系打破了传统文化规约下的母慈子孝的温情图式,以一个具有先进思想的女儿对落后母亲的反抗揭开了解放区文学书写乡土世界里母女关系的新图景。但是这种对乡村母女关系的概念化书写,浸染了时代共名的同时,忽略了母女关系的真实逻辑。这种用革命与政治话语框范家庭成员关系的写作模式,一直延续到了十七年文学中。可见,从"五四"新文学一直到十七年文学中的乡土小说,通过书写作为弱势群体的母亲与孩子,将他们塑造为凋敝的乡村里苦难的见证者,到母亲和孩子的亲子关系服务于"大我"的政治话语的书写,遮蔽了真正作为"人"的意义上的母子关系的复杂性。

新时期的文学中,也有一些作家在作品中书写了乡村世界里的母子。如《白鹿原》中的白嘉轩与母亲白赵氏、白嘉轩的妻子仙草与子女等。但是这部小说对母子关系着墨不是很多。母亲如何与子女相处,如何养育子女,以及其中的母子之间的亲子关系等没有详细书写。陈忠实对乡村的书写是典型的知识分子视角,小说着重书写的是儒家文化在乡村的男性代言人。因此,小说故事的关注点是男性主人公,以及他们所具有的男性特质。女性只是他们生活中的陪衬,是生儿育女、传宗接代的工具。在传统文化视域中,母亲一旦完成"养"的工作,对子女的"教"便主要由父亲承担,所谓"子不教,父之过"就源于此。因此,《白鹿原》中对白嘉轩和子女的关系书写要比作为母亲的仙草和子女的关系书写多得多。

蒋子龙在《农民帝国》中写到了两代母亲与子女,第一代郭存先的母亲孙月清与子女,第二代郭存先的妻子朱雪珍与儿子郭传福、刘玉梅与儿子狗蛋儿等。但不管是孙月清、朱雪珍还是刘玉梅,她们都是作者赋予了中国女性传统美德的理想化身,她们身上的农村母亲的特质,以及农村母亲抚育子女过程中与子女的密切关系被遮蔽了。虽然小说中对刘玉梅母子的亲子关系描写较多,但小说着墨较多的却不是刘玉梅与活着的儿子的亲子关系,而是儿子狗蛋儿出车祸死亡后作为母亲的痛苦。这也是"五四"以来的乡土小说中在书写母子关系时倾向于苦难诉说的翻版。因此,《农民帝国》中的母子关系的书写其实是空洞而无实质内容的。这源于作者对乡村母子关系实际经验的缺失。母亲失去儿子的痛楚任何人都能想到,但乡村里经济匮乏时代母亲抚育子女的艰难,乡村母亲舐犊情深的真情实感,乡村母亲对子女爱的心理与情感的复杂性认知,是对母子关系的独特性没有深入体验的男性作者无法理解和体会的。韩少功的小说《爸爸爸》中丙崽和母亲的母子关系的书写也是概念先行,缺乏真实生活经验与想象的支撑。这里的母子是作为注视者的知识分子视野里的凋敝、落后的乡村世界里的他者的缩影被书写的,韩少功看似在寻找民族文化之劣根,却继续着鲁迅现代性视野中的国民劣根性批判。

## 二、乡村母子关系与家长制父权文化

莫言的小说中对乡村母子关系的深描,与以上作家对此的概念化想象与书写相比,是详尽且真实的。其中的原因,除了他自身经历中与母亲的密切关系之外,也源于西方现代主义、后现代主义小说和后现代主义文化的影响和启迪。现代主义小说对人的内在心理的深刻揭示,后现代主义小说在文化相对主义的影响下,以及后现代主义文化"在对倒置常规定位和权力分配的可能性进行探索的文化/批评框架中",在边缘上呼吁人们注意"普遍系统"所忽视的东西与领域时,作为女性的母亲也被纳入了关注的领域。20世纪中叶以后,众多的现代主义、后现代主义文学中对母子关系的详尽书写尤其多,随手拈来其中两部深描母子关系的小说,如马尔克斯的《百年孤独》和阿根廷作家曼努埃尔·普伊格的《蜘蛛女之吻》,读过这两部小说的读者定会感叹作者对母子关系的深入把握。而这些正是莫言走上文学创作之路的过程中遭遇的异民族文学的深入影响。

　　莫言对乡村世界母子关系的深描,在当今青壮年农民进城做"农民工",乡村里仅剩老人和孩子,汉民族乡土世界传统意义上农民家庭的伦理关系即将被城市化淹没的时代语境下具有鲜明的人类学价值。因为读者阅读文学作品有多种期待,其中的亲情伦理是最吸引人的。母子关系和父子关系一样是人类家庭伦理关系中的重要构成,但在汉民族的家庭伦理中母子关系因为女性在儒家文化中的边缘地位被边缘化。同样,正如前面所论述的,乡村母子之间细密的关系在文学书写中也是被悬置的。因此,对莫言的小说中书写的母子关系的研究,是小说中包含的独特地域和文化范围中存在的母子关系对文学书写的伦理召唤。

　　(一)伦理召唤与追忆中深描的母子关系

　　莫言的小说对母子关系的伦理召唤主要从以下层面理解和认知。所谓伦理召唤,在基本意义层面,就是作家从道德和责任的角度唤回本来在场,但却因为种种特殊的原因暂时不在场的关系或者元素。从更加纵深的角度来看,伦理召唤就是以文学的道德和责任,在个体回忆的基础上,唤回"他者",以文学的形式使主体了解"他者"先前未被了解的知识。"他者的返归使主体意识到自己的共谋性(complicity),这并不一定是对特定行动的内疚,而是可责性,是那所必然包含的责任,是大写的存在之条件,作为一般存在的我们共享这大写的存在,而大写的存在本身也必须得到承认。"①母子关系在汉民族文学作品中的不在场是传统文化的种种禁忌规约的结果,莫言的小说中对这种人类最基本关系的伦理召唤是质疑文化的内在性形态所必需的,这种以文学的形式真实探查乡村家庭内部母子关系,填补了汉民族文学表现在这一领域的空白。

　　莫言说在他的成长轨迹中母亲的影响比父亲大,因为父亲非常严厉,对子女不苟言笑,所以"孩子们自然会向母亲靠拢。母亲负责打理日常生活,像换衣服之类的,如果感冒了或者哪个地方不舒服了,都是向母亲说。母亲言传身

---

　　①　[英]朱利安·沃尔弗雷斯:《21世纪批评述介》,第176页。

教,让我学到了很多东西。我母亲是一个极其平凡的农村妇女,但又是很伟大的。"莫言在瑞典文学院的讲演《讲故事的人》回忆了母亲遭遇的苦难,母亲的宽容、善良,以及对儿子的呵护,和作为儿子的自己对母亲的担忧。在莫言的故事中母子的亲密关系,和母亲严谨遵守的做人的道德准则,以其独特的教育方式,在影响莫言精神成人的同时,构筑了他成长轨迹中绵密而难忘的回忆之图。乡村男孩不断遭遇的成长焦虑在乡村母亲的智慧与宽容中不断化解。因此莫言在小说中看似以虚构和想象讲述文本之内的叙述者的故事,其实是在对亲历的乡村母子关系的经验和印象书写中,追忆自己的逝水年华。

正是因为母亲在陪伴成长中的教育和潜移默化的影响,莫言才能生动真实地体认乡村世界里的母子关系,并在关系多面性的表层深入开掘汉民族文化视域中母子关系的深层结构。莫言在书写这些关系时,走出传统文化视野,让母亲和父亲一样,从知识分子创作中"隐"的状态中走出来,作为子女生育、抚育和成长中不可或缺的一员从不在场到"在场"。乡村里几乎没任何知识的母亲对子女的情感,对子女的关爱和依恋,以及在日常生活中和子女关系的方方面面,都鲜活地通过小说文本呈现在世人面前。因此,莫言的小说中书写的母子关系深入汉民族文化的深层,将遮蔽在父权社会家长制权威之后的母子关系前置,进而以人类学的深描书写了乡村世界里没有任何知识与文化的母亲因为母亲的天性和与生俱来的女性的美德,及其在教育子女和与子女的关系中呈现出的人性特质和朴素智慧。

莫言的小说源于高密东北乡一隅的"地方性知识",但却在更宏阔的层面关注人类在日常生活中的众多问题。小说中深描的母子关系就如历史的证词一样,见证了乡村母子关系的普遍中的独特性。莫言通过对自己曾经的经历和印象的追忆,用文学的形式不经意地召唤世人对乡村世界里的母子关系的关注。小说《儿子的敌人》中,默默爱儿子的母亲和大大咧咧不能理解母亲之爱的儿子之间的亲子关系的书写;《生死疲劳》中深描的在儿子面前随时都表达自己强烈关爱的母亲迎春,和不太在意母亲的爱却孝顺的儿女之间的关系;《丰乳肥臀》和《四十一炮》中因父亲的缺席或者无话语权而执掌家里的权力的母亲,和理解或者不理解母亲辛劳的有个性的、活在自我世界里的、性格各异的子女们之间的爱恨纠葛;《爆炸》中在父权的压制下和儿子心有灵犀默默地爱着儿子的母亲;《球状闪电》《天才》《地震》中不支持儿子的事业和尽力支持儿子事业的两位截然不同的母亲和各自儿子的关系。《儿子的敌人》中小林的母亲对两个儿子的思念与爱,是汉民族乡村母亲含蓄、内敛的爱的真实体现。母亲对儿子的思念与关注,小说是通过母亲听到炮声的反应,以及在儿子短暂的回家时间不陪自己时,不但理解长大了的儿子见女友的心情,而且慌忙做好吃的给儿子吃等行为间接反映的。这和《生死疲劳》中的母亲迎春在儿子蓝解放和西门金龙出事时大喊大叫,或者因为儿子出事时受到刺激晕倒在地的表现是不一样的。

中国传统文化中"男尊女卑"的性别结构,形成了家庭内部母亲特有的文化属性:顺从、坚韧、牺牲、沉默、聪慧、通情达理、善于察言观色、相夫教子等。"中国的母亲简直就是自己孩子的奴隶。"作为"奴隶"的母亲在历史和文化中的沉默不语,造成了在文学作品的想象与虚构中母子关系的无足轻重。但是莫言在其小说中让母亲发声,让母子关系成为家庭伦理关系的主要构成。这源于母亲与子女在生物联系上的无可替代性。因为母亲在情感层面与子女的默契,是任何外在的权力无法影响和压制的。莫言在小说中对乡村母子关系的多元书写,是对自己体验的回忆和再认知。母亲对子女的抚育不但文化认为是理所当然的,而且任何居于其中的主体,不管是母亲还是子女也认为是理所应当的。母亲与子女的关系是任何作为"子"的个体都经历过的历史事件,但如何让这些事件在做了作家的"子"的记忆里保鲜,并且通过想象和虚构以象征性的结构和文字重现曾经的历史真实、心理真实、情感真实,的确有些难度。

因为在回忆中久存的大多是一些具有特殊印记的事件,普通的如同吃喝拉撒的日常琐事是不被记忆封存的。除非是一些有刻骨体验的创伤性事件才会在记忆里被不断重复。这些事件在作家的笔下被不断复制,源于创伤性体验在作家成长经历和记忆中的深刻性。莫言之所以对乡村世界里的母子关系有持久鲜活的记忆,并能在多部小说中不断重复,这与他各种创伤性记忆中母亲的主要地位有密切关系。诸如暖瓶事件,找错钱、说错话被别人或者家人责骂的事件等等,而且在这些事件中母亲处理事情的态度总是有着与一般家长不一样的逻辑,这种保护和理解,以及对其独特的教育,成了莫言挥之不去的人生体验。正是对记忆中的创伤性事件的珍存,和日常生活中与母亲之间的密切关系,才为作家莫言深描前人作家没有细致书写过的乡村世界里的母子关系提供了弥足珍贵的事件集合。而莫言在小说中的深描也说明,这是一种承认和展示,是文学与个体封存的记忆在可名与不可名的状态中发生的关联,这种记忆曾经因为刻骨而被加密,一旦有了开启的契机,经验和印象便如约而至。

在乡村里,母亲生育、抚育孩子的生理特征,规定了母与子在日常生活中关系的密切性,母亲既是乳母又是仆人。《丰乳肥臀》中的上官鲁氏,不但抚育孩子是她的事,而且生孩子时的痛苦过程也要她一个人经历。当然在农村家庭内部,孩子的祖母在孩子小的时候,在母亲下地干活或者做家务时,会帮助母亲看孩子。但是,由于乡村家庭一大家子人生活在一起,即使祖母帮助母亲带孩子,母亲也不会像父亲一样与孩子隔离。因此,在莫言书写的乡村世界里,母亲和子女血浓于水的天然联系是祖孙关系、父子关系都不能相比的。

莫言小说书写的乡村世界,父权制思想仍然统治者人们的思维。莫言为了避开强大的父权制思想对母子关系遮蔽的尴尬,在很多书写母子关系的小说中,精心设置父亲的缺席来凸显母亲在家庭里的主要作用。因此在很多小说中,父亲要么早早去世,如《丰乳肥臀》《天堂蒜薹之歌》《模式与原型》等;要么出走或在外工作,如《檀香刑》《四十一炮》;要么通过设置父亲因为各种缺陷,无法担当养家的责任,如《挂像》《檀香刑》等。因为在浸染浓厚的父权制思想的乡村世界的家庭内部,只有父亲不在场,母亲才能大显身手。莫言也以这种方式,巧妙地掩饰了在男权意识浓重的乡村世界的真实生活中,父亲在家里基本不操持家务,不抚育子女,这些任务全部由母亲承担的事实,这样才能将母子关系放置在日常生活各种纷繁复杂的境遇中进行书写。

当然,这也符合生活真实。因为在农村的日常生活中父亲本身是缺席的,父亲在外打拼,母亲在家抚育子女、伺候老人的生活结构在乡村里是普遍存在的,世世代代的农民家庭就是这样安排生活的。但因为父权制思想对作为一家之长的父亲身份与尊严的维护,在文化的表层显示出来的是母亲的无能与无力,以及在家庭生活中的无足轻重。"天才的艺术家能够把本真的表现诉诸于他在遭遇自己那非中心的主体性时所具有的体验,这种体验摆脱了刻板化的认知和日常行为的种种强制。"[1]莫言以自己的体验为支撑,通过小说叙事对母子关系的深描质疑父权制思想,并且通过对母亲在场和不可替代的深描,打破了强加于每一个主体的意识中有关父亲重要的思维的刻板化认知,还原了乡村世界里母子亲密关系的真实图景。

在小说《丰乳肥臀》里,作为母亲的女人在家里是男人无可替代的,母亲与子女的关系也自然而然地成为家庭的主体关系。三代同堂的家里,上官吕氏与儿媳上官鲁氏在家里的地位,显然要比上官福禄和上官寿喜两位父亲重要得多。上官吕氏从给儿子找媳妇,到儿媳妇娶回来后教唆儿子调教媳妇,都是一个人在操持。而作为父亲的上官福禄因为在"女人当家"的家里没有话语权,在儿子的婚姻与儿子的生儿育女等事情上都是默认妻子所做的一切的。莫言在《丰乳肥臀》中设置上官吕氏的作为"女性家长"身份代替父系家长的特殊事件,其实在父权社会里并不罕见。"一个父系氏族或父家长制家庭中,掌权者也可能是母亲或母系。"[2]在日本入侵事件之后,上官福禄父子惨死、上官吕氏发疯,上官鲁氏很自然地成了家里的家长。因此,子女的成长、衣食住行等全部由作为母亲的上官鲁氏一个人承担。在这种情形之下,母子关系便成了这个家里的主要关系。

在小说《四十一炮》中,罗小通的母亲也是乡村世界里母系家长在现代社会里的代表。父亲罗通"得过且过,及时行乐"、好吃懒做的性格缺陷导致其在家里不能当"家长",掌管家里的财权,财权的旁落以及后来和别的女人私

---

① 周宪:《审美现代性批判》,第58页。
② 龚鹏程:《中国传统文化十五讲》,北京大学出版社2006年版,第192页。

奔,家庭的统治权自然便由母亲执掌。父亲的不在场,赋予母亲"既当爹又当娘"的双重身份,因此在罗小通和母亲的亲子关系中,其实并存着父子关系。当然在这个家里母亲始终在家庭的最前沿打拼,即使在父亲回归家庭以后,母亲还是以家庭智囊团团首的身份管理家庭。因此,在这两部小说中,母亲作为家长的特殊性,母子关系被前置,母亲的主要性被最大化,母亲与子女在日常生活中的复杂关系自然得到详尽书写。

透过莫言小说中对乡村世界里母子关系的书写,母亲在家庭里的主要性一下子凸显出来了。就自然人而言,这种凸显以文学的形式回答了这一很现实的问题,即"不幸的是父子间的生物联系并不像母子间的那样明显"①。在乡村世界的日常生活中,除了子女的衣食住行、吃喝拉撒等由母亲操持和负担之外,正如小说所展现的,儿子和伙伴、老师,甚至和父亲有了冲突,母亲是其主要的倾诉对象。在《模式与原型》中,母亲在儿子骂老师后,教育儿子要尊重老师,即使老师有错也不能骂,并教导儿子知错就改给老师道歉。在《爆炸》中,和父亲起了冲突的儿子,看到很久不见、从远处颤巍巍走来的小脚母亲的时候,心一下子柔软了,而母亲眼里的泪便是理解儿子痛楚无言的证明。《初恋》中情窦初开的少年,为了讨好喜欢的女孩儿,敢向母亲要难得一见的苹果,母亲和儿子之间情感的默契就呈现在母亲的默许中。

在莫言的小说对乡村母子关系深描之前,母子关系不是不存在,它就存于看不见中。人们看见了它,是因为莫言通过小说将其"前置"。莫言的书写是一种激活与召唤,小说激活了本来就存在但不被男权文化认知,被遮蔽的母子关系的真实存在。

(二)家长制父权文化与母子关系中母亲的屈从地位

汉民族传统文化中的家长制思想作为一种在历史与文化变迁中生成的权力机制,它的存在是先于每一位主体的。在一个家庭里作为一家之主的父亲,也受制于这种文化传统。他与子女的亲子关系,是先于他的存在而生成的关

---

① 费孝通:《乡土中国　生育制度　乡土重建》,第162页。

系模式,即传统文化规定的"严父"的家庭伦理规约,作为先在的道德律令决定了乡村世界里的父子关系。所以,父权社会里的家长首先屈从于已有的传统文化强加于他的权力。"作为一个条件,权力是先于主体的。但是,当它被主体掌握时,权力失去了他的表面的优先,引起了视角相反的一种情况,即权力是主体的结果,而且,权力是主体所作用的东西。"①

而在家长制父权社会里作为女性和妻子的母亲要服从于父权文化中的一系列家族伦理,其中服从丈夫更是不言而喻的。儒家家族伦理文化规定女人出嫁则为妇,须顺从丈夫并且竭尽全力为丈夫做事。在汉民族家本位的社会中,作为妇的女人在家里要做的就是上替夫孝顺丈夫的父母,即公婆,中则辅助好丈夫,下则教育好子女。"善事其夫的亲者是孝妇,善相其夫者是良妻,善教其子者为贤母。孝妇,良妻,贤母,是每一个女人所应取底立身的标准。"②因此,在汉民族男权特质的社会里,女人失去了自己的主体性,依附并且屈从于自己的丈夫和家里的其他权力主体。这种屈从具体表现在日常生活的方方面面,当然也体现在母亲和子女的关系中。

汉民族有文字记载的母子关系,从氏族社会历经漫长的帝制时代,到当代文学作品中的母子关系的书写,上至帝王之家、城市里的官宦家庭,下到乡土世界里的士绅、地主各个阶层家庭内部的母子关系的书写,母与子的亲子关系的多元性和复杂性均没有深入书写。这主要是因为父权文化中母亲在社会、家庭中的从属性地位,以及母亲"相夫教子"的登不了大雅之堂的尴尬身份,所以在很多"家族小说"中母子关系书写被遮蔽在父权的背后。

《爆炸》中的母亲之所以在丈夫与儿子发生冲突之后,知道儿子受了委屈,挨了打,却只能以眼泪与眼神的交流表达对儿子的理解与心痛,是因为在丈夫强大的权力面前,她不可能用其他的方式表达有悖于丈夫权力的意见与想法。正如克利福德·格尔兹所说,"我们的思想、我们的价值、我们的行动,

---

① [美]朱迪斯·巴特勒:《权力的精神生活:服从的理论》,张生译,江苏人民出版社 2009 年版,第 12 页。

② 冯友兰:《新事论:中国到自由之路》,第 71 页。

甚至我们的情感,像我们的神经系统自身一样,都是文化的产物——它们确实
是由我们与生俱来的欲望、能力、气质制造出来的"。① 因此,对于家庭里母亲
与父亲的屈从者与权力主体地位的微妙差异,作为已经成年的儿子是理解的。
正因为有这种理解,所以儿子对于母亲的软弱与卑微自然也是同情并理解的。
虽然小说中写父子冲突的文字占了较长的篇幅,对母子之间的关系书写只用
了寥寥数语。但这些书写,却如石鼓咚咚,敲响了儿子和母亲血肉相连的亲子
关系。"我迎着娘走去,我看到娘兴奋的枯脸,一阵热风把她灰白的乱发吹
动,吹得很乱。"当娘问及"我"回来,"有什么事",我说"没事"时,"母亲的眼
泪流出眼眶"。短短的几句话勾勒出母亲对儿子的爱与理解。

此外,家长不仅是家族祭祀的主祭、家产的掌控者、家族事务的总规划师,
同时也是家里的独裁者。因为家长制的权威不能亵渎,所以作为母亲的妻子
在教育子女时,也要受控于丈夫及其他家长,屈从于丈夫及其他家长的权力。
《怀抱鲜花的女人》中父亲因为儿子带来来路不明的女人打骂儿子,母亲没有
办法劝说丈夫,也没法劝说儿子,只能在一旁哭泣。虽然担心儿子会让未婚妻
误会,婚事会被搅黄,但却不能和丈夫正面交流,并且通过平等对话解决问题,
只能在暴怒的丈夫和执拗的儿子面前用眼泪无言地表达自己。在类似的事件
中,母亲是失语的,虽然比丈夫更担心儿子、更爱儿子,但是在丈夫的权力面前
她是无力的。

在男权特质的乡村家族内部,母亲的屈从地位和无足轻重还体现在子女
犯错误时父亲或别的家长迁怒于母亲,母亲在对与错之间的无奈抉择彰显了
她在自己屈从地位形成过程中的共谋作用。《梦境与杂种》中的儿子树根,因
为特异功能看到家里的水缸破了,在告诉母亲梦境的瞬间水缸真的破了时,母
亲是事件的亲历者和见证人。但在祖父母和父亲责备、打骂树根的过程中,母
亲的证词是虚妄的,因为没有人会相信母亲对自己儿子清白的证言。在这种情
形下,母亲仿佛就是儿子罪责的怂恿者,因此丈夫迁怒于她的打骂和婆婆"惯子

---

① [美]克利福德·格尔兹:《文化的解释》,第55页。

如杀子"的叫骂显得顺理成章。而对于误解和责骂，母亲是无力反抗的。相反地，当被这种不白之冤激怒了的儿子反抗这个家里的权力主体之一祖母时，母亲反而打了儿子，以维护专制家长的面子。可见，这位母亲不但理解自己在家里的屈从地位，同时也是自己屈从地位形成的共谋者。"权力将自己强加于我们，并且，因被它的压力所弱化，我们最终将内化或接受他的条款。"①因此，母子的关系并不单纯建立在母子之间的生理联系和抚育儿子过程中建立的社会联系中，这种关系还建立在男性特质的父权文化背后有关规约女性屈从地位的强大的民族心理情感中。汉民族的父权文化生成了母亲的屈从地位。

（三）乡村母亲对子女的"爱而不能"

汉民族传统社会中的母亲在无意识中与权力主体共谋建构自己在抚育子女过程中的屈从地位。如果她们从一开始就反思，如果"我"按照"我"应该做的那样去抚育子女，在家庭里的"我"不可能是这种被动的、屈从的地位。若无从属与屈从，母亲自然会以自己的方式教育、关爱子女。当然，文化不是附加在已经形成了某种观念的个体身上的，它不但附加在个体自身观念生成的过程中的部分，而且是核心的组成部分。在人的发展过程中，他的一切是完全依赖于文化的积累和观念习俗增长的。

在传统社会，士及其以上社会阶层的家族内部，因为儿子身上背负着家族的厚望，为了让其以后能进士及第出人头地，出仕做官，为家族争得荣誉，家族的长者往往希望给后辈更好的教育。母亲被认为会过于纵容娇惯子女，达不到培养子女的品德和才能的要求，因此，有很多故事和诗作为反面教材以儆效尤。《梦境与杂种》中树根的母亲因为替儿子辩解便落下"惯子如杀子"的罪名，就是这种观念的现代移植。正因为家庭对母亲教育子女的不信任，以及帝王之家、官宦家庭和士绅家庭为了弥补父亲公务或者家族事务繁忙顾不上子女教育的缺失，往往在孩子很小的时候就请"子师"在家里从学识和道德修养等多方面教育子女。在这种情形之下，母亲在孩子成长的过程中在屈从于丈

---

① ［美］朱迪斯·巴特勒：《权力的精神生活：服从的理论》，第 2 页。

夫的同时,事实上也因对孩子负责而屈从于"子师"代表的主流文化。而在这些阶层的家庭里,母亲对子女的衣、食、住、行和其他日常生活、起居的照料和安排,也被家中的仆人和保姆所替代。

因此,在传统社会中的士及其以上阶层的家族里,虽然和父亲相比,在情感上母亲与孩子的关系要更为亲近一些,母亲对孩子的照顾和操心也要多一些,但因为有太多中间元素的影响,在家庭内部母子关系还是比较疏离的。《红楼梦》中几个主要年轻人物的母亲,除了薛宝钗的母亲与女儿的关系亲近一些之外,其他人物的母亲在日常生活中与子女是疏离的。林黛玉的母亲因为去世而彻底缺席,贾宝玉的母亲和贾宝玉的接触很少,更不用说亲近了。因为贾宝玉男性和长房长孙的身份,周围又有那么多男、女仆人伺候,陪吃的、陪玩的、打理生活的等等,需要母亲亲力亲为的事情都被别人替代,甚至关爱儿子的事也被贾母夺走。因此,在这种情形之下,类似于贾宝玉母子的官宦之家的母子关系被各种中间元素所隔绝,过于亲近倒显得不合时宜。其他的人物与母亲的关系大多都类似。如作为孩子的巧姐和母亲王熙凤的关系也是疏离的。贾母与已经成为朝廷要员的儿子们的关系就更不用说了,贾政兄弟们对母亲毕恭毕敬和孝顺,并不能说明他们母子关系的亲密。这种尊重但无过分亲近的母子关系,在中国古代官宦、士绅之家具有普遍性。

所以,纵观中西方文学中对母子关系的书写,在母亲对子女的"爱"与抚育方面,两种父权文化系统生成了不一样的母亲和子女的亲子关系。在汉民族,母亲对子女是"爱而不能"。而在西方近代以来,虽然父权文化对母亲抚育子女,以及对母亲与子女的亲子关系几乎没有规约,但是崇尚自我的母亲还要为自己社交或者人生价值的实现去奔波、努力,因此便形成了与子女"能爱而不去爱"的关系。巴尔扎克的母亲与巴尔扎克、《包法利夫人》中的爱玛与女儿的关系,是这一类型亲子关系的代表。当然,西方基督教文化强调"爱"的情感理念,在家庭内部体现得很明显,母亲与子女没有被规定必须受制于第三方的控制,他们的关系是伴随着生理联系而生发的自然的"爱"的关系。当然这中间,因为各种复杂的原因,有如芳汀和汉民族的母亲一样为子女牺牲一切的母亲,也有类似于爱玛为了追逐自己不切实际的浪漫生活而不爱自己的女儿的母亲。但这些母亲与自己子女的亲子关系却并没有受到来自家庭内部强大的家长制文化的干预。而在汉民族乡村世界里的母子关系,却要受制于家里的丈夫或者其他家长。对此,莫言的小说《梦境与杂种》《爆炸》《枣木凳子摩托车》《丰乳肥臀》中都有深描,受制于强大的父权文化约束的母亲和儿子是一种"爱而不能"的母子关系。母亲爱儿子、支持儿子、还儿子清白的"不可以",就是因为强大的男权文化生成的母亲在家里的屈从地位导致的。

《丰乳肥臀》的开头,母亲上官鲁氏在生孩子的时候,孩子怎么生都是婆婆上官吕氏说了算,生了女孩后的后果婆婆也早做了预言:"再生个女孩,我也没脸护着你了!"作为母亲的上官鲁氏与自己怀胎十月即将分娩的孩子的关系,首先受制于作为家长的婆婆的管制,其次受制于自己的丈夫。作为乡村家庭里的母亲,上官鲁氏不能享受为人母的喜悦,她亦不能满怀期待和喜悦地为她未出生的孩子去准备各种小衣服和婴儿用品。这在她的意识和观念里从来就没有存在过。在其分娩之时,婆婆上官吕氏不管不顾地告诉她"轻车熟路,自己慢慢生吧"的不耐烦,与着急去看一头初生头养的黑驴生驴崽的情形形成强烈反差,这一反差充满反讽意味。在乡村世界里,已经生了七个女儿的母亲还不如一头驴子。这是对没有主体性的乡村女性生命的卑贱与无足轻重及其在家里屈从地位的真实书写。在这里,上官吕氏的家长角色,以及其在家里全职全能的身份,代替了男性家长为这位即将分娩的儿媳妇发出还算温婉的警告,是汉民族的家长制思想对母子关系约束的最好注脚。

英国女作家玛丽·沃斯通克拉夫特曾在 18 世纪末预言,"一个身体健壮精神健全的女人由于管理家务和修养各种美德,就可以成为她丈夫的朋友,而不是他的卑贱的仆从,假使她因为这种真正的品质而得到丈夫的尊敬,她就会发现没有必要隐瞒她的热情……"①但是在莫言小说中书写的 20 世纪的中国乡村,汉民族乡土世界里的广大女性,仍然不能也无法通过展现她们作为女性

① [英]玛丽·沃斯通克拉夫特:《女权辩护》,王蓁译,商务印书馆 2007 年版,第 41 页。

的一系列美德而获得丈夫的尊敬,因为知识的无法获得,她们难以明白并理解女人还能作为丈夫的朋友得到丈夫的尊敬与爱。她们屈从于男权文化强加于她们的各种规约,默默地相夫教子。

### 三、母子关系中彰显乡村母亲的智慧与德性

汉民族是一个重德的民族,在周初文献中就有"敬德""明德"等观念。"周人建立了一个由'敬'所贯注的'敬德'、'明德'的观念世界,来照察、指导自己的行为,对自己的行为负责,这正是中国人文精神最早的出现;而此种人文精神,是以'敬'为其动力的,这便使其成为道德的性格,与西方所谓人文主义,有其最大不同的内容。"①"德"从外在的行为的"德行"到"德性"的发展,是将人的好的修为的"德"的外在行为的内化。"'敬德'是行为的认真,'明德'是行为的明智。"②汉民族重"德性"的男权理性文化观念,一方面要求女性"无才便是德",另一方面又要求女性用自己的智慧在子女成才的过程中从学识之外的"德性"方面影响子女,强调母亲对子女好的品格与修养的教育作用。

在汉民族男权特质的社会里,儒家道德对女人好的德性修为的约束在不同的时代各有侧重。在周代,汉民族就将"德行"的外在行为内化为"德性"的内在规约,具有鲜明的人文主义精神。从《后汉书·列女传》选录女传的标准"贤"与"贞"可以看出来,当时的社会对能纳入主流文化的女性的"德性"是有较高要求的。"贞"在贾谊的《新书》《道书》中谓:"言行抱一为贞",后"贞"衍生为女子贞操。故《史记》中有"忠臣不事二君;贞女不更二夫"之说。"贤"注重妇女的道德学识,认为女子在家庭里能规劝丈夫,指导家庭。唐代社会除了对当时贵族女性日常生活中的坚韧、能耐和智慧等方面的肯定之外,从对女性学识的强调转向母亲教子读书能力的强调。明末到清代社会,除注重妇女的"贞节"和"孝父母""相夫"之外,亦强调"教子"过程中的有所作为。

---

① 徐复观:《中国人性论史》,华东师范大学出版社 2005 年版,第 16 页。
② 徐复观:《中国人性论史》,第 16 页。

这里强调的"教子",主要侧重于教育儿子成才,尤其是在仕途上有所作为。可见,随着时代的演进,古代社会对作为妻子和母亲的女性的规约越来越全面,从女性本身要具有学识、贞节的"德性"规定,延伸到女性在婚后作为妻子和母亲在家庭内部相夫教子的具体修为。

（一）被遮蔽的乡村母亲的智慧与德性

纵观男权文化在不同时代对女性"德性"的不同规定,从对女子学识的强调到对母亲以其才学教育子弟的强调,都是以这些女性有学识为前提,甚至还要有相当的才学。然而,在传统社会里,能够接受教育或者能够识文断字、有才学的女性基本上都出自王宫、官宦、士绅之家。因此,没有任何有记载的文献资料显示男权文化是如何规约"农"阶层的女性或者母亲的德性修养的,当然也无史料记载这一类女性的"德性"和生存状态。正是在这种情形之下,乡村世界里女性的德性修养以及她们在生育、抚育子女过程中遭遇的士及其以上阶层家里的母亲们所不曾遭遇的苦难境遇,她们的坚韧、忍耐和智慧,是主流文化书写的盲区。一直以来古代所谓的贤士、仁人以及那些所谓的有识之士,在不了解也不试图体认这些无知无识的乡村女性的真实生存境遇和她们"德性"状况的情形之下,以对"他者"的偏见盲目、想当然地认为乡村里的女人是没什么德性可言的,他们甚至想当然地认为这些女性是缺乏教养的"乡野村妇"。

可见,在汉民族的主流话语中,因为根深蒂固的阶层意识和道德偏见,始终没有把"农"阶层和有知识的"士"、官宦出身的人放置在一起进行比较,并质疑和洞察人的出身的先天性和"德性"修养的后天修为的关系问题。因而也鲜有学者站在乡村世界里农民母亲的立场,说她们是智慧、贤德的。甚至在"五四"以来的众多乡土文学世界里,乡村母亲在亲子关系中遭遇一系列变故时,她们作为母亲的母性光辉总被遮蔽在无法抗拒的苦难所造成的子女的悲剧之中,她们总是和"愚钝""软弱""迷信""愚昧""无知"等贬义的书写联系在一起。

在"五四"以来的乡土小说中,母亲的智慧和德性并没有被表征。《祝福》

里"愚钝"的连自己的孩子都没看好被狼吃了的祥林嫂后面跟着一群这样的乡村母亲,萧红《生死场》里的王婆、台静农《红灯》里的"得银的娘"、《新坟》里的四太太、《烛焰》里"伊的母亲"等。这些母亲在苦难境遇中,除了眼看着子女遭受苦难,或者逝去却无能为力之外,没有任何智慧和德性拯救子女,只能以白发人送黑发人的痛苦和疯子般的呓语在子女死了之后蝼蚁一般活着。解放区文学、十七年文学中书写母子关系的小说中的母亲们要么被写得像"三仙姑"一样"愚昧""可笑",貌似小丑,要么像《苦菜花》中的母亲一样高大全,以满腔的革命热情支持子女的革命事业,而忘却了这些母亲个人对于子女的私人感情。"新时期"以来的文学中书写到母子关系的小说中,虽然母亲们被塑造得貌似知书达理,但在子女的教育和情感问题上却是失语的,如《白鹿原》中白家的母亲和鹿家的母亲。

在汉民族的男性特质的"君子"和"文圣"的话语范畴里,乡村世界里的母亲因为出身低微而不配享有"高贵"的名分,从而也不会拥有和知识女性、达官贵人一样的待遇。而且,在汉民族的主流文化语境里,这些母亲在文化和文学中的集体失语,母子关系不被书写,源于书写者缺乏对这些母亲与子女关系的真实认知和体验。因为对她们真正面对苦难时的境遇没有切身的体会和了解,所以他们是无法理解在漫长的历史境遇中这些母亲抚育子女时所具有的与生俱来的母性的智慧,以及后天的生存境遇赋予她们的勇毅、坚韧和贤能等美好德性的。

当然,乡村世界里的母亲与子女的关系的知识和经验是作为注视者的书写者不容易认知和把握的,正如作为研究者的人类学家在和研究对象之间有很大文化差异的情形之下,无法走进研究对象的文化视野和日常生活的种种方面中去一样。作为"注视者"的人类学家并不能获得对异文化中的研究对象"他者"的真实认知。这一方面受限于"注视者"优越的自我认知与研究对象"他者"的隔膜。另一方面受限于"他者"自身的复杂性,以及他者文化的自在性、复杂性。对于汉民族乡土世界里的无知无识的母亲和子女的关系的认知,只有通过生于斯长于斯的亲历者的经历和讲述,方能获得比较真实的人类学史料。莫言以其貌似人类学家却有人类学家所没有的亲力亲为的经验与印象,通过他的小说的深描,全方位呈现了主流话语眼里的"他者"的家庭伦理中的母子关系。

（二）莫言对乡村母亲智慧和德性的文学表征

莫言的小说以文本叙事的自足性,从物质和心理领域等各个层面表现和见证了乡村世界的自足性。乡村世界里的农民有自己的知识系统,他们的文化思维和日常生活紧密相关,除了大的文化传统赋予他们的人伦道德的价值观之外,他们有着朴素的智慧和知识,他们的文化理念在很大程度上是自在的、仪式化的。因此,世代生活在乡村世界里的母亲,除了其与生俱来的母性的智慧之外,农民文化的自在性和仪式性通过后天潜移默化的影响并生成了乡村母亲抚育子女的朴素智慧。

莫言的小说中对乡村世界里的母亲与子女关系的多元书写,以及母亲处理与子女的关系时的朴素智慧和她们身上的优秀品质,阐释了"德"的复杂内涵。她们明智的行为,抚育儿女成才过程中不碰南墙不回头的认真和坚韧,彰显了汉民族传统文化中"德性"的最高境界。而在此过程中,母亲抚育子女的智慧与技能,以及在展示其关怀时投入的情感和其他方面的关注是影响子女是否健康生长和发展的关键。莫言的母亲就是一位充满智慧和美好德性的乡村母亲。正如莫言的大哥管谟贤总结的,母亲"一生勤俭持家,平生助人为乐,扶弱济贫,敬老爱幼,脾气谦和颇受乡邻爱戴"[1]。莫言深深地爱着母亲,当他第一次当兵离开故乡,时隔两年再回故乡,"当我看到满身尘土、满头麦芒、眼睛红肿的母亲艰难地挪动着小脚从打麦场上迎着我走来时,一股滚热的液体哽住了我的喉咙,我的眼睛里饱含着泪水……"莫言理解母亲的艰辛和身体的病痛,感恩母亲在他人生经历中的每一次教诲,以及在他犯错时的宽容和忍耐。因此,他笔下的母亲和子女的关系饱含亲历亲为的生命体验的质感。现实生活中乡村世界的母亲正如莫言笔下乡村世界里的母亲一样,以他们特

---

① 管谟贤:《大哥说莫言》,第64页。

有的智慧和德性,默默地在历史长河中抚育子女、帮扶丈夫、孝敬公婆,在维护家庭的安定中忘我地存在着。

与巴金《寒夜》中书写的城市里的婆媳互不相让带来的家庭悲剧相比,莫言笔下的乡村世界里的母亲在处理此类事情时要智慧得多。《欢乐》中的母亲在处理两个儿子、儿媳的关系时,以自己的宽容与忍让的智慧消解复杂的家庭关系中的家庭矛盾。而且在大儿子夫妻因为超生被抓时,面对村里计划生育工作队的野蛮执法,母亲不计前嫌勇敢地站出来质问辩解、求情,适时地保护儿子和儿媳。这位母亲身上所具有的智慧、果敢、包容、勇毅、坚强、忍耐,是男权文化推崇的有德性的贤妻良母的道德标准,乡村世界里不被理解的母亲具有的这些"高贵"品质可以说是对"君子"和"文圣"认知视野中"乡野村妇"不懂礼数的反讽。

《模式与原型》中"狗"的母亲以自己朴素的德行修养教育儿子宽容大度。儿子因为老师辱骂了自己的母亲,在别人的鼓动下骂老师。母亲不但不因为老师骂自己而恨儿子的老师,反而以中国传统文化里"师道尊严"的古训教育儿子尊重老师。《初恋》中的母亲理解情窦初开的儿子金斗的心理,当金斗提出要把母亲分给姐妹们的一个苹果全部给他,他要送给自己喜欢的女孩时,母亲不但同意,而且也没有因为儿子对女孩子有好感就认为儿子早恋而责备他。这与当下城市里的很多母亲因为感觉子女有了喜欢的男/女同学,担心子女早恋,做出的偷看子女日记、撬抽屉、看短信等荒唐的事情形成鲜明对比。

关于母亲的德性是否与出身或者受教育情况成正比,其实早在 18 世纪末期,作为女性的玛丽·沃斯通克拉夫特就有研究。她通过对英国上流社会受过教育的女性在美德方面的缺失的调查研究,指出"从广义上来说的美德,我在下层社会中见到的最多。许多贫困的妇女,以她们的血汗来抚育子女,维持着因做父亲的败行而行将离散的家庭;但是上流社会的妇女积懒成性,不积极地去修养品德,所以与其说文化让她们变得高雅,倒不如说是她们都变得软弱。的确,我在那些难得有机会接受教育然而却表现出英勇行为的贫困妇女中,见到她们所表现的良知良能,有力地证实了我的看法:一切琐碎无聊的事情使妇女成了琐碎无聊的人"①。《金发婴儿》中孙天球的老母亲虽然无知无识,眼睛也看不见,但在儿子当兵在外顾不上妻子和家的情形之下,对儿媳妇的理解和关爱是动人的。这位作为女人理解儿媳妇的孤寂和痛苦的母亲,也理解儿子因为公事不能守在家里娶个媳妇伺候她的苦心。这是一位智慧、善良、明事理的母亲,她身上的美好德性体现在她对儿媳妇的理解、眷顾上。正是因为母亲的贤能和智慧,她和儿媳妇就像一对母女一样关系融洽。

《四十一炮》中的母亲杨玉珍,在丈夫和别的女人私奔后,尽心尽力地抚育儿子。虽然丈夫移情别恋,对作为女人的母亲而言,内心情感的不平衡和怨愤,在和儿子相依为命的过程中让亲子关系变得复杂。这位母亲作为典型的中国农村妇女,在"人要脸,树要皮"的"面子"文化的影响下,自尊与好强让她比一般的男人更辛劳。她也和拜伦的母亲一样,因为爱丈夫,也因为丈夫的不忠和出轨,将自己对丈夫的爱与恨发泄在儿子身上。但在面对经历了苦难浪子回头的丈夫和丈夫与别的女人生的孩子时,她的宽容、善良与仁慈也是真实的。这位母亲身上所具有的忍辱负重的精神,她在面对困难时的坚韧和骨气,她的宽容与善良,都是汉民族乡村母亲的智慧和美好德性的体现。

在《丰乳肥臀》中婆婆上官吕氏虽然粗鲁,但却有乡村女性的胆识、智慧与气魄。她和《红高粱》中的戴凤莲一样,是莫言书写的乡村世界里有血有肉但也有人性缺陷的"女勇士"。二代母亲上官鲁氏对女儿的关爱和对儿子金童"恋乳癖"的理解,以及在饥饿年代为了养活女儿想出来的偷粮食的方法,显示了乡村世界里母亲的牺牲精神和护犊情深的智慧和美德。因为女儿们在各自的婚姻中有自己的主见和想法,所以在后来儿女们的婚姻问题上母子之间出现了众多矛盾。但是上官鲁氏在处理这些事情时的适时退让、决心与坚韧,以及抚育一个个不听话的女儿们留下的孩子时的宽容、大度,和强烈的母性与责任心,都显示了乡村母亲的美好德性和智慧。

莫言对乡村世界里处于社会金字塔底层,且在父权文化的压制下边缘存

---

① [英]玛丽·沃斯通克拉夫特:《女权辩护》,第109—110页。

在的母亲及其与子女亲子关系的书写,除了"前置"乡村世界家庭内部不容忽视却被父权文化遮蔽的母子关系,真实再现了乡村世界里的母子关系受制于家长制思想的生存状态之外,也细致地展现了乡村世界里的母亲在艰难的生存境遇中抚育子女的智慧。莫言赋予乡村世界里处于社会底层和文化边缘的农民母亲们特有的智慧、勇毅和顽强等美好德性。因为这些母亲虽然以"大才大德"的修为承载着一个"贵"字,但是没人将她们写入"列女传",也没有父兄、丈夫为她们写墓志铭,更没有知识分子为她们大书特书。正如 18 世纪末英国哲学家亚当·斯密所言,"世人尊敬的目光比较强烈底投向有钱和有势的人,而不是投向有智慧和有美德的人。""有权有势者的恶行和愚蠢,远比天真无辜者的贫穷和卑微受到更少的轻蔑"。①

　　莫言在小说中对那么多智慧、贤能的母亲的书写,当然也源于莫言对女性的推崇。在莫言自己的经历和认知中,"发现了男人的外强中干和脆弱,发现了女性的生存能力和坚强。男人是破坏者,女人是建设者。女人总是一次又一次地把被男人破坏了的家园建设好。女人较之男人,更能忍受苦难。我想这是一种母性的力量。为了孩子,女人可以做出最大的牺牲,可以干出惊天动地的事情"。②

　　总之,莫言的人类学书写,在小说文本中前置了母子关系的同时,激活和唤回了乡村世界里的母亲。这对于汉民族文学而言,对深描"家庭"这一基本单元中丰富的伦理关系具有开拓性的意义;对世界文学而言,丰富了民族文学中家庭伦理的多样性;对人类而言,发现了被压制者和被贬抑者。

---

① ［英］亚当·斯密:《道德情操论》,谢宗林译,中央编译出版社 2011 年版,第 71 页。
② 莫言:《莫言对话新录》,第 284 页。

# 第三章　莫言人类学书写中的婴童和青少年

在汉民族的文学史上，还没有一位作家像莫言一样，在文学作品中如此连贯、有序并且系统深入地书写个人的成长历史。在西方，歌德的《浮士德》堪称他个人成长的史诗，写作历时 60 年有余的漫长历程，涵括了他自己 60 年的人生轨迹，其中包含了他从大学时代到垂暮之年的成长历程中的经历、见闻。巴尔扎克试图在《人间喜剧》中以历史书记员的身份记载他生活的时代巴黎的历史，其中通过"人物再现法"书写了拉斯蒂涅的成长经历，写他如何从一个外省来的青涩的、良心还未泯灭的善良的大学生变成一个借着女人的裙带混迹上流社会的世俗之人的个人的历史，并通过个人的成长轨迹见证巴黎 19 世纪的社会变迁。除此之外，在世界文学的舞台上，似乎没有一位作家以莫言那样浩繁的短篇、中篇和长篇小说，通过多部小说演绎自己民族某一个群落的个体的成长史。

## 第一节　汉民族文学中失语的儿童和青少年

### 一、人类学视域中的儿童和青少年

如果将莫言的所有小说放置在一起抽出书写儿童和青少年的小说，并对此进行系统研究，就是翔实的乡村人成长的历史，从母亲体内孕育始，历经出生、婴儿、儿童、少年、青年时代一直到老年。因为在乡村世界里的家庭成员关系研究中，已经涉及了结了婚的成年人，所以在这一章只涉及从婴儿到青年，包括刚结婚的青年的成长历程及他们的生存景观。

关注莫言人类学书写中的乡村儿童,一方面是因为其多部小说深描了乡村儿童的丰富复杂性,另一方面是因为儿童养育和教育方面的差异及这些差异对成年人人格具有潜在影响,这一研究对汉民族文化之根的乡村文化认知有重要意义。1690 年,英国哲学家约翰·洛克在其《人类理解论》一书中提出白板理论,认为新生的人就像一块空白的石板,个人在生活中变成什么样,都由他或她的生活经历书写这块白板。因此,从生物学角度看,所有人出生时,不管他的民族和文化有多不同,但他的人格发展潜力方面是相同的。但是,在成长过程中因为人类各个民族的文化差异,在孩子的养育和教育方面运用不同的方式,各个民族的习俗和文化对人格的影响不同,就造成了他们不同的生活经验,而成年人人格完全是生活经验的产物。这就如汉民族的《三字经》中所宣扬的,"人之初,性本善。性相近,习相远"。虽然原型批评认为,人的文化、习俗和精神是先天的"集体无意识",但这种"集体无意识"的心理和行为的生成,其实也是后天的文化影响和教育的产物。而且,就人类的文化而言,并不是先于人存在的,它本身是创造出来的,是习得的,而不是经由生物遗传而来的。所以,文化人类学家们认为,任何社会必须以某种方式确保文化的代际传承①。当然,孩子出生以后,家庭里的成员对他的教育和影响是他接受这些文化和习俗的第一站,之后才有其他人和社会对其更为广泛的影响,这种影响有多种方式:教育、人际交往、职场等。

可见,在对一个民族的文化和习俗的认知过程中,对孩子的成长和生活经验的认知是相当重要的。

在本书的研究视域之内,关于莫言小说中的"青少年"年龄的界定,结合了心理学以及我国国情两个方面。心理学界根据生理和心理的发展特点,一般把青年界定为13—25 岁之间;我国目前共青团规定团员的年龄为14—28岁,因此结合具体国情和心理学的界定,将莫言小说中的青少年界定为13—

---

① ［美］威廉·A.哈维兰:《文化人类学》,第130 页。

28岁。在莫言的小说中,这些人物的具体年龄是相对模糊的,但作者会提供大概的年龄段,比如"十多岁""初、高中学生"、适婚年龄段的青年男女,以及已经结婚且有了孩子,但年龄没有超过28岁的青年男女等。

英国20世纪40年代以来以伯明翰文化研究中心为主要阵地的文化研究者们对工人阶级青少年文化的研究和关注,为汉民族的文化研究者关注农业社会中的乡村世界里的青少年提供了先例,也为本书通过对莫言的小说文本的阐释和解读,探寻汉民族乡村世界里的青少年群体某一阶段的生存形态、情感趋向和性相、出路选择等独特性中彰显的民族文化的共通性提供了范例。伯明翰文化研究中心将青少年文化放置在主流文化、父母文化与闲暇文化的崛起和消费文化之间进行研究,虽然遭遇了困难,但他们对于工人阶层的青少年及其日常生活的民族志研究,对遮蔽在主流文化和父权文化之下的青少年文化研究提供了契机。而且英国当代文化研究中心的研究者们反驳传统文化视域中青少年文化的"亚文化"的提法,并根据英国社会变迁中工人阶级青少年占据的主要位置,反驳了以往社会中他们位置的不确定性。他们进而认为青少年文化的外在表现"诸如音乐、服装、风格等,都显示出一种对于社会中较强势秩序的'象征性抵抗'"[①]。在此基础上,文化研究者斯坦利·科恩、鲍尔·威利斯等学者专门研究青少年亚文化。鲍尔·威利斯的主体性理论"将青少年男性视为他们自己生命的主体,而非仅是一个受压迫体系下的产物",认为"他们是主动的、具有创造性的人类存有"。莫言小说中书写的众多乡村世界里的青少年和威利斯研究中的工人阶级青少年一样,是作者站在青少年的视角,将他们视为具有生命主体性的人类个体进行深描的人类个体。

汉民族农业社会中乡村青少年对本民族未来发展的重要性和英国工业社会工人阶层出身的青少年对英国社会未来发展的重要性一样,因为重要,所以应该被关注。但是在汉民族的文化语境中,因为家长制父权文化的根深蒂固性,以及城乡二元对立和乡村青少年不具备书写自己的能力和条件限制,乡村

---

① 〔英〕安·格雷:《文化研究:民族志方法与生活文化》,第51页。

世界里的青少年不管在文学表现还是文化研究中都是一个不被重视的群体。因此,莫言小说的人类学书写中对这一群体的关注,对他们在日常生活中的心理、情感和生存状态的深描,填补了这一空白。

## 二、主流文学视域中失语的儿童

在莫言的小说叙事中,乡村儿童以其单纯、天真,但受制于成人世界的生活状况和心理、情感等多元复杂性展现在读者面前,他们遭遇苦难,有"穷人的孩子早当家"的责任意识。但作为孩子,作者书写较多的是他们不谙世事的愉快经历、情感和性相等。对于孩子而言,他们毕竟还没有浸染成人世界里的种种,对于苦难和艰辛,以及生活的不易等的认知还处于懵懂的状态。他们只有在遭遇苦难和恐惧的时候,会吓得大哭或者有一时的不开心,但这些恐惧和不愉快对孩子来说总会稍瞬即逝。因此,莫言笔下儿童的个性和情感是丰满的,符合现实生活的事实逻辑。而且相对而言,这些孩子的世界也是比较单纯的。

汉民族的理性文化、父权文化、"孝"文化作为主流文化的主要构成和西方"逻各斯中心主义"一样,在其传承、演变、发展的过程中生成了一系列的二元对立模式,其中的理性/非理性、国/家、君/臣、男/女、父/子、夫/妻、成人/儿童、知识者/非知识者等,贬抑和忽视后者,关注并书写前者,长期以来形成了一元性权力主体的话语立场。"对于文化的正确认识应当求之于一代代人产生文化的过程,及每一代新生的肌体如何受文化的陶炼熏染的情形中。"① 汉民族的儒家文化强调个体的修为和修养、德性,但这必须有一个前提,即这个个体首先是一个接受了儒家文化典籍熏染的"文圣"。在这种规约中,很多没有类似特征的个体就被遮蔽在主流文化的视野之外。如前一章中分析的家庭内部被父亲遮蔽的母亲,以及被父子关系遮蔽的母子关系,被丈夫遮蔽的妻子,被父遮蔽的子等。同样在成人/儿童的二元模式中,孩童是被成人遮蔽的

---

① 　[英]马林诺夫斯基:《文化论》,费孝通等译,中国民间文艺出版社1987年版,第10页。

存在的不存在。

孩童作为构建人类整体的部分，作为有独立意识的个体，孩童阶段作为个体成长的必经阶段，都决定了孩童被正视的合理性。"一个人从部分（即个体）开始，逐步构建整体（社会）。"①虽然孩子从孕育到出生初期的婴幼儿阶段，其作为人的主体意识不是很明显，同时因为受制于自身行动的限制，必须依赖大人的抚育方能正常发育成长。然而，他们在这一阶段生理和机体的不成熟，并不能遮蔽其精神层面对外界、自我的丰富认知和体验，以及他们与生俱来的独立于每一个个体的自我意识。同时，在这一阶段，他们不但有基本的生理欲求，如吃喝拉撒，同时在精神和心理上同样需要关爱、理解，并渴望被关注。

汉民族从《诗经》开始的古典文学，鲜有书写孩童的。即使有，诸如那些在文学虚构中跳不开婴童形象的作品，其中作为个体的人物形象，几乎不需要经历漫长的成长过程。尤其是这些形象从婴童到少年阶段的故事大多被一笔带过，之后他/她会突然长大，站在故事进程需要的那个阶段，远远地注视着迫不及待向他奔来的读者。在读者还未适应这一快速变化的时候，他已经很自然地融入成人世界开始向读者诉说自己的故事了。《赵氏孤儿》中的"孤儿"就是这样的人物形象，作为故事构建的主人公，婴童时代在"救孤"中他只是一个"权力"和"忠诚"博弈中的棋子，之后则被一笔带过，婴儿的赵武一下子长成了青年。这和其他民族文学中书写的具有完整生命成长历程的个体截然不同。在希伯来民族的宗教典籍《旧约·出埃及记》摩西的故事中，尽管英雄的摩西昭显他非凡本领的主要阶段是其长大成人之后，但是作为英雄成长基础的婴童阶段，他异于常人的不凡举止就已经得到体现。

从晚清至"五四"时期，汉民族文学开始关注孩子。有一些思想家、作家在外来文化和文学的影响之下，破除汉民族理性文化坚硬的冰层，透过传统的迷雾，开始探索儿童文学表现的新领域。这一探索在晚清值得一提的就是梁

---

① ［美］詹姆斯·皮科克：《人类学透镜》，汪丽华译，北京大学出版社 2009 年版，第 19 页。

启超等人从思想层面的倡导。在卢梭"人人生而平等"的观念影响下,梁启超等人首先提出打破父权制文化中"父为子纲"伦理规约;其次,在卢梭的小说《爱弥尔》的影响下,倡导"尊重儿童",指出"儿童在心理和生理上都与成人很不相同"。因此,这个时期被后人称为汉民族"儿童的发现"的开始。

到了"五四"时期,在晚清学者们"儿童的发现"的基础上,鲁迅、周作人、郑振铎、叶圣陶等人在接受杜威"儿童本位"的现代儿童观的影响下思考并关注儿童,在文学创作领域也取得了相当的实绩。《大英百科全书·儿童文学》写道:"儿童一旦被认为是独立的人,一种适于他们的文学便应运而生。"因此,在新文化先驱们的思考与关注中,在翻译界对外国儿童文学作品的翻译与介绍中,鲁迅不但在《狂人日记》的结尾喊出"救救孩子"的呼声,同时身体力行写了《故乡》《社戏》等书写孩子的小说。其他作家如叶圣陶、冰心等也写了诸多与儿童有关的文学。叶圣陶的童话集《稻草人》《古代英雄的石像》,充满幻想、哲思、童趣且富有现实真意。冰心的诗集《繁星》《春水》,散文集《寄小读者》系列,以及儿童文学集《小桔灯》,及其被称为"问题小说"的第一部小说《两个家庭》等书写了儿童,写母爱、童趣,从各个层面对儿童的心理、情感和他们的世界进行较全面的展现,为国人打开了了解孩童世界的一扇门。

但是在当时及其之后的乡土文学中,鲜有作家书写乡村世界里的儿童。虽然在《故乡》《为奴隶的母亲》《弃婴》中都写了乡村里的孩子和婴儿,但无论是《故乡》中小时候的闰土,《为奴隶的母亲》中的春宝、秋宝,还是台静农的《弃婴》中的婴儿,他们的出现都是具有启蒙思想的作者在观念先行的情形下,以孩子的故事传达他们的启蒙思想的。当然,鲁迅在《社戏》中以自己的亲身体验为支撑,客观真实地书写了乡村世界里士绅家庭孩子的生活、娱乐、游戏,以及他们的心理情感等。但对于一般农民家庭里的孩子则书写得较少,虽然《祝福》中祥林嫂在儿子被狼吃了后经常会给别人念叨他的儿子死前的可爱和死时的可怜,但对其在活着时的生活却没有任何书写。

当然,萧红在《生死场》深描了乡村世界里孩子悲苦的生存状态。萧红是这样描述乡村世界里的母亲和孩子的:"乡村的母亲们对于孩子们永远和天敌一般。当孩子把爹爹的棉帽偷着戴起跑出去的时候,妈妈追在后面打骂着夺回来,妈妈们摧残孩子永久疯狂着。"在萧红的意识里,乡村世界里乡民的生活悲苦,像动物一样忙着生忙着死,孩子似乎不是上天赐予母亲的馈赠,而是惩罚。快要生产的金枝,不是享受为人母的欢愉,而是将即将到来的孩子当作"刑罚"。孩子甚至不如一双鞋子。因为"一双鞋子要穿过三冬,踏破了哪里有钱买?"孩子却会不断出生。但在这么不受欢迎的悲戚中,"婴儿为什么来到这样的人间!使她带了怨悒回去!"因此,萧红笔下乡村孩子是不被重视的。萧红孩提时代母亲去世后那种无助、孤寂,深切思念母亲的沉痛经历,及其成年后几次生育却痛失爱子的经历,决定了她笔下的乡村孩子的心理和情感认知。当然,在20世纪三四十年代,民族危亡加上一些青年知识分子在和自己的家族决裂过程中的悲剧遭遇,和左翼革命者倡导深入农民大众中去的政治姿态,以及对农村苦难、落后、凋敝的革命想象,使得萧红和当时许多书写乡村苦难的乡土小说家一样,从知识分子启蒙者的视角审视乡村的一切,他们对乡村生活的真实境况是隔膜的。因此,他们笔下的孩子自然也缺失了乡村世界里孩子的真实生活逻辑。

总之,在"五四"之后,除了乡土小说家对乡村世界及其民众的革命想象之外,在叶圣陶、冰心、巴金等人书写城市知识分子、官宦,以及乡村里的地主、士绅家庭孩子的作品之后,鲜有主流文学作家从乡村世界里的孩子的视角书写他们在乡村里的日常生活、娱乐,以及他们的心理和情感的。虽然在20世纪三四十年代之后的抗战、解放战争、"文化大革命"时期的文学中,出现了一些充满了战争和革命气味的儿童战争文学,如《小兵张嘎》《闪闪的红星》,讲述了一个个战争年代聪慧、机智、勇敢的乡村小革命者的故事,但是在革命和政治意识形态的话语背景下,这些孩子的故事浸染了成人革命者的思想和观念,他们早熟的革命气质遮蔽了孩子的正常天性。因此,说到底,这些关于儿童的叙事,仍然是成人革命叙事的组成部分。

当然毫不讳言,在20世纪50年代之后,新中国的确出现了一批儿童文学家,他们通过文学作品书写儿童的世界,以及他们的情感和心理。但是,在成人文学中鲜有作家在作品中书写儿童的世界和情感,更不用说讲述乡村世界里普通农民家庭的孩子的成长轨迹了,而在作品中深描乡村孩子的成长轨迹,以及他们的情感和心理更是鲜有。即使在《白鹿原》这样的以乡村世界为故事发生地的小说中,对小说里的主要人物形象黑娃、白孝文兄妹、鹿兆鹏兄弟们的孩童经历的着墨都是有限的。陈忠实笔下的白孝文兄弟和贾宝玉一样,从出生到长大,成长轨迹是提前设定好的,他们和所有地主、士绅家庭里的少爷一样,在背负着厚重的家族使命的情形下,作为"孝子贤孙"不能有任何越轨和另类声音的表达。他们一旦按照自己的意愿行事就会被冠以背叛家族的恶名,儿童丰富、复杂的情感被遮蔽在了理性文化和父权文化之下。

### 三、理性文化夹缝中身份"尴尬"的青少年

纵观从《诗经》至"五四"前夕的汉民族文学,鲜有作家在其小说中书写乡村世界里出身于普通农民家里的青少年。"少年不识愁滋味"的诗句,彰显了汉民族文化对青年人的心理认知,年轻的时候是不会有愁烦的。当然,古典文学中对官宦家庭或者士绅家庭里青少年的书写还是比较多的,在史传、小说、戏剧等各种文体中都有涉猎。其中有争权夺位的皇子,亦有行侠仗义、为父报仇的少年;有参加科举考试的多情书生,亦有官宦之家的小姐、奴仆等。《搜神记》"干将莫邪"的故事里为父报仇的少年,追求爱情自由而受到惩罚的"七仙女"与"董永";《世说新语》中的王祥、孔融之类的青少年道德模范;《莺莺传》里官宦之家的少男少女演绎的才子佳人的爱情佳话,以及被王实甫改编后的元杂剧《西厢记》里官宦之家的书生、小姐、奴婢;《桃花扇》里的落第书生和名妓;冯梦龙的"三言"、凌濛初的"二拍"中的出身富贵人家却落难的少女、少年书生;《儒林外史》中官宦、乡绅之家的公子少爷;《红楼梦》大观园里的少爷、小姐、奴婢、家仆;《聊斋志异》中的多情书生、狐仙鬼怪等女流;等等。可见,在汉民族的古典文学中,受孔老夫子尚"文"的儒家文化的影响,以及对精英男性"文"的男性特质的强调和重视,对"士"及其以上阶层的家庭内部的青少年子弟的书写还是比较多的。

在魏晋小说和唐代传奇、清代的《聊斋志异》等小说中,作者一改主流文学的精英男性文人的立场,通过狐仙鬼怪等超自然力的假借,以才子佳人的爱情主题书写了一个个鲜活生动、重情重义,智慧和胆识超过男性精英书生的女青年。同样,明末清初的众多小说破除了重农抑商的文化藩篱,在当时城市经济发展、商人普遍存在的时代语境中,书写了商人家的青少年子弟。如冯梦龙的《喻世明言》《醒世恒言》,凌濛初的《拍案惊奇》等。虽然古代中国重农抑商,但是在男权文化观照下的主流文学中,鲜有将出生于乡野农人之家的青年子弟放在叙述主体的地位进行全方位书写。当然在以上的众多作品中,对青少年的成长历程的书写并不详尽,而是跳跃式的,即这些叙事文本中的青少年的成长仿佛是瞬间的事,如在的《喻世明言》中,主人公之一的蒋兴哥在前一页还是"年方九岁",到了后一页就已经"到一十七岁上",到了后两页就已经"娶了新媳妇"了。这种叙事模式并没有详细铺陈孩子是如何长大的,他们有怎样的性格,他的日常生活是怎样的,以及在少年时代遭遇了哪些大事影响了他们的人生选择,他们的情感、性相、心理和思维等。因为他们的这一切都是家人安排好的,结婚生子之后的事情才会成为叙述主体进行详细叙述。可见,虽然有很多文学书写乡村之外的青少年群体,但对于他们的深描却有限。正因为古典文学叙事一贯的书写模式,汉民族传统社会里的人的成长阶段似乎是一个谜,文学并没有将谜底充分揭示出来。

晚清梁启超倡导的"小说界革命",在"师法域外文学,改造乃至重建中国文学"①的文学运动中,直接师法欧美和日本的政治小说,以小说的效用试图"改良群治"。虽然他们倡导的"新小说",一直以来在学界颇有微词,认为他们的文学改良是"新瓶装旧酒"。但可以肯定的是,梁启超的"少年强则国强"的政治倡导和《少年中国说》的文学实践,带领了一班人开始关注青少年群体。如吴趼人的《二十年目睹之怪现状》就是从一位叫"九死一生"的十五岁少年"我"的叙述视角讲的故事。不过,由于他们过于高远的政治理想,他们

---

① 陈平原:《中国现代小说的起点——清末民初小说研究》,北京大学出版社2005年版,第3页。

看到的只是"上",没能走进乡村世界里去了解和体认生活在"下"的世界里的乡民。所以,这个时期的小说中不可能出现土生土长的乡村青少年的影子。

"五四"时期,文学家们同时站在"自由""平等"的启蒙立场和现代性视野中,反对扼杀人的天性的传统文化的一切。因此,此时的文学首先关注的就是家长制男权文化在家族内部的专制权力。于是,男女青年纷纷仿效西方自由恋爱的爱情观,和自由追求理想的价值观,试图突破父权的藩篱,开辟属于自己的天地。在这种所谓的"德先生"和"赛先生"的影响下,一些知识青年在现实中仿效着做,一些小说家借助文学的宣传力仿效着写。因此,此时的文学书写了一些受家长制父权思想禁锢,但接受了启蒙思想理念的青少年知识分子试图抵制父权文化的专制权力,在自由和平等的理念中走进革命洪流中去的故事。冰心的《斯人独憔悴》中与家长制权威父亲抗衡的青年,《伤逝》里追求爱情自由却幻灭的青年男女的悲情故事,《激流三部曲》中觉民、觉慧兄弟与大家族的抗衡等等,是接受了启蒙理想的知识分子作家,通过小说以文学的诗性想象,在故事中通过人物的行动、思想和情感思考反专制文化的青少年的命运。

鲁迅的"还乡小说"从现代性启蒙立场关注并书写乡村,不能不说这种书写透着一种"旁观者清"的冷静批判,但对乡村苦难和乡民麻木状态的关注和放大,也遮蔽了乡村世界里青少年人生的丰富性。因此,鲁迅笔下乡村里的少年身上没有生动与灵气,有的是被苦难遮蔽和消磨了锐气的麻木和迟钝。如果说鲁迅笔下乡村世界里地主、士绅家族里的孩童还有一些灵气和儿童天性的话,那么乡村平民家庭里的如"闰土"般的孩童则在走向青年的人生历程中,生活的压力和苦难过早地让他们失去了生活的激情和热情。在鲁迅对乡村青少年这般理解的影响下,之后的乡土小说家笔下乡土世界里的青少年,不是因在苦难中如"冉阿让"般偷窃被处死(蹇先艾的《水葬》里的驼毛),就是因为苦难和官逼民反的无奈选择在抢劫别人之后被处死(台静农的《红灯》中的得银)。还有一些青年在苦难面前自甘堕落、酗酒、打骂妻子(叶紫的小说《星》中的陈德隆);或者轻率、鲁莽,突然做了父亲却缺乏父亲的责任和爱心,摔死自己的孩子(《生死场》中金枝的丈夫成业)。当然也有正面人物形象,有敢于在苦难和压迫中投身革命的农村青年(如叶紫《丰收》中的立秋、萧红《狂野的呼唤》中的陈公公的儿子);有为了在苦难中拯救家人被卖的女孩(如叶紫《丰收》中的英英)等。总之,这些小说中书写的乡村里的青少年,都因为苦难的境遇不得不做各种概念化的选择,他们的性格和行动大都没有剥离时代赋予他们的特质,要么自甘堕落,要么少不更事、鲁莽,要么在革命的呼唤中投身革命,是后来革命文学书写的乡土世界里青少年革命者的先驱。

在之后的解放区文学和十七年文学中,赵树理、丁玲、周立波、冯德英、李准等作家书写乡村时,主要书写的是几十年变迁中乡村青年的革命意识。从农民到革命者,是这些青年大多具有的相似成长轨迹,他们在走进农村的城市知识分子青年和革命者的鼓动下,获得了"自由""平等"等新的思想理念,于是在徘徊和彷徨之后,自觉或不自觉地进入革命阵营。他们在战争年代打敌人,在和平年代搞土改、农业合作化、人民公社等一系列运动,在不同阶段他们在农村里扮演着不同却重要的角色。但这些书写,忽略了乡土世界里的农民青年本身的思想局限和他们自身的心理和情感意识。因为知识分子作家的视角和思想的投射,并不符合他们的出身和思想,以及农民青年的心理、情感的独特性。这种用政治意识形态和革命叙事话语关照乡村世界青年男女的文学作品,如歌剧《白毛女》《兄妹开荒》和小说《红旗谱》等,虽然主题思想中有无法剥离的政治话语,但政治话语并没有左右其叙事的机制。这种对民间文艺形态的运用与激活,仍然有着对农民青年的思想缺乏深入体认的政治抽象。因此,解放区文学和十七年文学的创作主体知识分子的身份,影响了这些乡村小说中对农村青年的真实认知。

新时期以来书写乡村青少年的小说中,对青年的成长轨迹仍然存在种种认知局限,对他们的书写并没有详细的日常生活为依托,亦没有对乡村风习和传统文化的深入认知,他们的情感和心理大都是知识分子的,而非农民的。即使在《白鹿原》中,乡村世界里地主少爷革命或者堕落的选择,仍没有跳出20世纪四五十年代的革命叙事中的农村青年的概念模式。刘再复和林岗认为张炜的《古船》中写的土改运动,较《太阳照在桑干河上》《艳阳天》《金光大道》

等书写乡村土改政治运动的小说而言，"完全摆脱了政治写作"。并认为和张炜一样，在"这个时期描写农民的作家，如莫言、李锐、苏童等"的创作中，"政治的手枪已被他们抛入了精神的荒原中去，偶尔用时，其声音也是哑的。他们已经否认历史决定论，自由地展开自己独特的叙述"。① 刘再复的这一论断的确在区分新时期以来的知识分子作家创作中对乡村世界的书写，和解放区文学、十七年文学中书写乡村的革命加政治意识形态的小说时，中肯且有见地。

　　然而就张炜、李锐、苏童等知识分子作家书写乡村世界的小说和莫言书写乡村世界的小说比较来看，虽然历史决定论的政治话语在他们的小说中都失效了，但是他们对于乡村世界和农民青年的塑造，仍没有摆脱知识分子的话语范式。他们写的农民人物形象难以剥离其知识分子的思想光环，对接受教育和知识熏陶的地主少爷的书写，虽然没有将他们"妖魔化"，对斗地主的贫苦家庭出身的青年农民积极分子也没有"天使和英雄"化，但是这种书写仍然没有脱离知识分子对农民认知的概念化倾向。他们笔下的农民，没有现实世界中普通农民的真实情感和心理认知。

　　路遥的《平凡的世界》《人生》中书写了乡村农民出身的青年，在接受了一些教育以后，因为多种复杂的原因，不能在城市立足，失落中回到乡村之后的遭遇。学者们普遍认为，路遥的小说书写了城乡交叉地带的乡村知识青年在改革开放前后的复杂遭遇。然而当重新审视路遥小说中的这些青年时，发现他们是在走出农村后又无奈地回去，这和五四时期的"还乡小说"中的这类青年有些类似。只不过"五四"时期的小说中的青年大多出自士绅、地主家庭，而且他们大多是在城市已经立住了脚，有了自己的职业，是利用假期或者省亲暂时回归故里，他们其实已经成了故乡的客人。同样，不得已回乡的高加林因为已经接受了现代文明的熏陶，他的心态和情感早就不是农民的了。虽然乡村里的女青年巧珍等也具有乡村青年的特征，质朴、善良，因为热爱知识，向往都市所代表的现代文明，崇拜并热爱有知识的回乡青年。但是巧珍和《白狗

---

　　① 刘再复等：《中国现代小说的政治式写作：从〈春蚕〉到〈太阳照在桑干河上〉》，载康小兵编：《再解读：大众文艺与意识形态》，第47页。

秋千架》中的"暖"还是有差别的。叙述者对"暖"干农活时的细节描写是详尽而又真实的，对她家里的日常生活的描写也是生动形象的。而巧珍作为关照接受了教育的乡村男青年的主要参照，和被欺骗利用的弱势群体的特征设置，以及她们被无限放大的善遮蔽了乡村女青年人性的多面和复杂。

因此，与之前文学书写中的农民青少年相比，莫言对乡村男女青年的书写是全面、具体的。莫言笔下也有回乡的青年，有军官，有教师，但他们对乡村里的一切都是熟悉的，他们回乡后会很自然地融入仍然生活在农村底层的家人中间，偶尔也会参加农业活动。《爆炸》中的"我"就是这样的青年。他和高加林不一样，在家里和家人融为一体，干农活不需要学，在心理和情感上没有对农业活动的鄙夷和偏见。因此，莫言小说中的青年有农民的特质，这源于作者走出乡村的时间是在其成人以后，对于农村的农业生产和生活熟悉并理解。此外，从情感上来讲，他没有自视为知识分子而鄙薄当农民的家人，只是自然地认为他就是他们中的一分子。

## 第二节　乡村世界里的婴儿和儿童

莫言通过多部短、中、长篇小说，深描了乡村世界里普通农民家里的婴儿和儿童的日常生活，包括他们的心理、情感、娱乐、游戏，以及在家庭农业生活中的工作分工等。莫言的小说对婴孩的生命的重视与尊重，对他们生存权的强调与关注，改变了长期以来汉民族理性文化对婴儿和儿童，甚至少年的认知视角。并且改变了以往文化对孩童不通事理、缺乏理性精神等方面的主观认识。在《挂像》中，莫言借人物皮发红之口说出了他认为孩子重要的看法，"小孩的，小孩的话最难回答，连孔夫子都被三岁小儿项橐给问短了吗，何况我。"莫言在小说中对婴童的深描，源于自己的成长经历中不可磨灭且挥之不去的童年回忆。莫言对此在多个场合的访谈，以及一些传记性的文字中曾多次提及①。莫

---

① 这些文字在其获诺奖后收在《莫言文集·用耳朵阅读》和《莫言文集·会唱歌的墙》，载《莫言文集》，作家出版社2012年版。

言和很多作家一样，"声明自己与地上的信息源连在一起，即与个体无意识和集体无意识连在一起，认为那些形象是已消逝的时间在感觉中的再现，在具体的时间和地点的凝结或再现，这些过程即便不是始于天上，也超出了我们的意愿与控制，成了超越个体经验的东西"。[①]

莫言正是以自己记忆中留存的个体经验，激活了几千年以来被儒家文化遮蔽在金字塔最底层的"农"阶层里最没有话语权的孩童和青少年，发现他们，重视并书写他们。莫言站在亲历者的角度，以自己难以磨灭的童年记忆和青少年时代的成长轨迹为蓝本，虚构和想象这些原本在自由状态下不自由活着的个体。这个群体在以往文学中不被成人深入理解和认知，没有话语权的情形之下，莫言以人类学家的深描和群体展现，系统地梳理了他们的思想意识、诉求、情感和性相，以及他们在乡村世界里的生存状态。

## 一、乡村世界里婴儿的发现与深描

莫言笔下的婴儿有弃婴，有"不算条性命"未出生的，有正在分娩中的，也有懂人事、有思想有眼泪的，还有下地劳动的母亲背上的，等等。莫言的想象力的确丰富，在《欢乐》中，他从母体里的即将分娩的婴孩的视角，写了分娩过程中婴孩的感受。"母亲强韧的子宫壁频繁挤压你，你在透明的羊水里不敢睁眼，你拳打脚踢，抗拒着挤压。你听到了胎盘与子宫剥离的声音，噼噼啪啪的，像爆炒黄豆一样。你闻到了渗入羊水中的血腥味。子宫壁痉挛收缩，像直肠排泄大便一样排泄你。你尽力抗拒，但世界狭窄，无所措手足……"母亲分娩婴孩本身充满了血污和痛苦，在汉民族歧视女性的男权意识里，生孩子时流血、流羊水的不洁，以交感反应的形式影响到家里男性或者这个家庭的衰荣。因此在传统社会以及思想保守的家庭里，家里的女人生孩子男人都是要回避的，否则会染上血光之灾。巴金的《家》中觉新的妻子被送到外面生孩子就是因为这种禁忌。但是莫言一改传统的文化思维，在多部作品中深描了女人生

---

① ［意］卡尔维诺：《卡尔维诺文集：寒冬夜行人等》，吕同六等译，译林出版社 2001 年版，第 388—389 页。

孩子的过程。《丰乳肥臀》的开篇就是多声部的狂欢化叙事,其中最先映入读者阅读视野的便是上官鲁氏生孩子和骡圈里骡子生小骡子的场景。此外,在《地道》《祖母的门牙》《筑路》等短、中篇小说中亦有这样的生育场景的真实书写。其中在《蛙》中写得最多。这种书写不但通过对母亲生产的艰难过程的体认,深入理解母亲生育子女的不易,表达对母亲的尊重,而且通过对婴儿出生过程的原生态描写,也隐含着其尊重婴孩的生命和他们的生存权的人性理念。

莫言的《弃婴》和台静农的《弃婴》有些相似,都是在外工作的"我"回乡后经历的"弃婴"事件,然而两部小说的书写视角却截然不同。台静农的小说《弃婴》中的青年回乡者,以旁观者的姿态介入弃婴事件,以听故事一方接受故事内容的非可靠性叙述弥补叙述者对乡村生活认知的真实体验。对叙事者而言,没有亲身经历的事总是隔着一层,对没有亲见的弃婴也不能进行细致的书写。而且台静农的《弃婴》中叙述者由听来的弃婴故事开始,有对乡村里低微的小生命的怜悯与同情,但其真正的目的是以此反观乡村的凋敝与乡民的愚昧,并不是关注女婴本身。因此,同是写女"弃婴"的事件,莫言笔下的"弃婴"和台静农笔下的"弃婴",在展示乡村家庭生活细节,以及面对弃婴事件时家人的反应是不一样。显然,莫言的书写更接近乡村里普通民众的心理和情感意识。

在莫言的笔下,婴儿啼哭、吃奶的样子,以及饥饿、愤怒、恐惧时用啼哭表现情感的方式写得极为细致。尤其在《弃婴》中,捡来的女婴食量惊人,吃奶时脸上具有的"凶残表情",饱食之后"成熟的微笑"都符合婴童生理反应的事实逻辑。"她笑得那么甜,像暗红色的甜菜糖浆。"这里的婴儿有她自己的情感和思想,虽然她不会说话,她向外界传递信息的方式是微笑和啼哭,但她也有喜怒哀乐,以及传递这些复杂情感和思想的方式。

《金发婴儿》里的婴儿对名义上的父亲孙天球有着本能的仇视。这表现在日常生活中面对他时种种反常的举动,比如看到他躺在母亲身边时,正在吃奶的婴孩会嘶哑着喉咙拼命号哭,当孙天球离开时,他又会衔住奶头喝奶,

"还从鼻子里发出蒙冤受屈的哼哼声"，似乎这个婴孩知道这个人是害自己的亲生父亲坐牢的罪魁祸首。"这个婴孩的哭声里，则丰富地表现出了某种极端的感情。"《拇指铐》里母亲下地干活时背在背上的婴孩，莫言在小说中对其哭闹、吃奶的样子的书写是详尽的。如这个婴孩像所有的孩子一样，吃着奶睡着了的时候，母亲试图小心翼翼地把奶头从他嘴里往外拔时，他反而叼得更紧，"奶头拉得很长，像一根抻开的弹弓胶皮，拔呀拔呀，抻啊抻啊，'噗'地一声响，膨胀的奶头脱出了婴儿的小嘴。"

莫言还在《战友重逢》中深描了 20 世纪 70 年代在部队当兵的农村军人家里的贫困状况，以及不到半岁的婴孩盼盼在既没有奶粉、麦乳精，也没有松软的白面馍馍的困难生活中的生存状态。不足半岁的盼盼抱在奶奶怀里饿得哭叫声，深秋了却只穿着小肚兜光着的屁股，很饿却拒绝吃奶奶用手喂的嘴里嚼过的抹了盐的玉米面饼糊糊的场景真实又自然，"挣扎着，哭着，咳嗽着，终于把这口撒了盐末的糊糊咽了下去。"这些描述虽然有着想象与虚构的成分，但其中隐含着乡村世界里的婴孩生存的真实状态。

《祖母的门牙》中，叙述者"我"从婴孩的视角，写了因为自己出生时长了两个门牙给自己和母亲带来的灾难。当祖母根据民间迷信，要将这个刚出生的婴孩扔进尿罐里溺死时，母亲为了保护"我"便和祖母展开拉锯战。这一争抢过程是通过婴儿"我"的视角展现的。小说对婴儿心理的精细描绘逼真生动。此外，《丰乳肥臀》从第二卷开始，叙述者就是婴儿的上官金童，这种叙述方式更加深入细致地描写了婴儿的思想意识和他们的情感以及对外在事件的心理反应。这种书写填补了汉民族主流文学对婴儿的情感、心理、思想意识认识的空白。《蛙》里姑姑老了以后让姑父捏的那么多的小泥娃娃作为一个个在计划生育政策下死去的婴孩，他们在姑姑的诉说和忏悔中重生，并作为具有生命主体意识的个体受到尊重。这种书写，无疑颠覆了汉民族理性文化、父权文化制约和影响下的文学创作，以及无视婴孩生命的"集体无意识"的文化思维。

莫言在乡村世界里出生，他对民族文化对个体的影响具有强烈认知，在作品中以详尽的人类学书写,填补了文学书写汉民族乡土世界里生生不息的农民的生命特征和意识的空白,就这一点而言,将这些在汉民族文化中微不足道的生命从理性和父权文化的压制之下释放出来,本身就是巨大的贡献。

### 二、乡村世界里多面、复杂的儿童

莫言的小说对乡村世界儿童的书写与对婴儿的书写相比,要更加丰富、多面,展现了乡村世界里的儿童丰富的生命体验,以全景式的再现深描了他们的情感、心理、饮食、穿着、游戏,以及早早当家的情形等。

在莫言的儿童时代,乡村里的物质生活是困顿的,这主要表现在吃、穿方面。关于吃,以及小说中对饥饿的书写,莫言自己在多个场合曾经提及,其哥哥管谟贤在《大哥说莫言》中也说起过。叶开在《莫言评传》第一章"饥饿年代"和《莫言的文学共和国》第一、第二章中"从饥饿少年到诺奖作家""从'吃与喝'直透人性深处"中都有系统书写,而且也有多篇论文从莫言小说中的吃和饮食文化、饥饿等角度进行研究。但学者们几乎都侧重于莫言自己谈及的饥饿和吃的类似描写,以及食不果腹的苦难境遇。鲜有学者从小说中深描的孩子入手,探寻饥饿中的孩子自己对付饥饿的法子,以及他们以天性中的乐观、嬉戏淡化饥饿带来的困顿的真实生命状态。

在莫言书写儿童的小说中,写得最多的是饥饿年代儿童们的饥饿感、饮食状况,以及他们在饥饿年代的生存形态。如《飞艇》里在严寒中穿着破衣烂衫去讨饭,但仍然充满了欢乐的孩子们。小说中的姐姐每次出去讨饭前,总要很认真地收拾自己,"洗牙""抹雪花膏"。饥饿年代里,姐姐把讨饭当成了一项"事业",知道要以光鲜的外表赢得同情,会讨来更多的食物。讨饭的过程中,这群可能在知识分子、城里人眼里可怜的孩子,在自己的世界里丝毫不觉得自己是可怜的,他们唱着小叫花子编的讨饭"进行曲"快乐飞跑。又如《铁孩》中深描了大炼钢铁时代,乡村里的农民在大炼钢铁时托管在幼儿园里的孩子的生活状态;深描了孩子们被关在没有关爱和温情的幼儿园里思念父母,害怕父母死去的恐惧和担心;深描了从幼儿园出来后无人看管的到处漫游的孩子的孤独、恐惧,以及有了玩伴的孩子在野地里尽情地玩乐,玩野后乐不思蜀的真实境况。小说从孩子的视角写孩子,对孩子的心理、情感等的挖掘很有深度,同时小说通过铁孩饥饿时吃铁的夸张书写,再现了当时乡村粮食短缺的真实情形和孩子们的饥饿状态,以及在这种饥饿的情形下仍不忘玩乐的孩子的天性。

　　莫言的童年虽然恰逢新中国的困难时期,物质的匮乏和粮食的短缺让童年的莫言备受饥饿的煎熬。但作为孩子,他们调皮和喜欢恶作剧的天性并没有被饥饿剥夺。如《铁孩》里因为饥饿吃铁,却不愿和父母在一起,愿意在野地里游荡的"铁孩";《梦境与杂种》中刚上学的孩子课堂上的恶作剧,因贪吃而吃生虾、从祖父碗里偷拿虾子的孩子树根,以及他对家里由偶然事件引起的家庭矛盾的心理和感受。此外,小说还写了他和一群放羊的孩子恶作剧欺负神父,玩"老头儿看瓜"的游戏,以及他和妹妹树叶逃课时的快乐经历等。莫言自己说过,"童年生活尽管那么辛苦,那么贫困,但乐趣很多。"《红高粱》中书写了和罗汉大叔一起抓螃蟹的豆官的愉快经历。这在短篇小说《夜渔》中也有书写。《丰乳肥臀》里跟着姐姐为家人捞虾子的上官家的女儿们,在日本人侵略的枪炮和呼吁乡亲们逃难的喊声中,不谙世事、不知道生命将受到威胁,愉快地赤脚在河里捞虾,在岸边捡虾。这在成人看来有点不可思议,充满了乌托邦的幻想,但这确实符合孩子们的天性。因为孩子的世界是单纯、明净的,苦乐酸甜只有具体遭遇时才会体会到。他们对苦难的理解是感性的,有吃、有穿、有玩就是愉快的,他们没有政治家、思想家的忧患意识和饱经忧患的沧桑。因此,莫言的书写符合现实真实,真实再现了孩子们的生命形态。

　　莫言曾经这样提及他孩提时代乡村孩子的穿着:"夏天,我们男孩子,都是光着膀子上学,赤着脚,只穿一条裤头。上一年级时,许多孩子光着屁股,后来校长把家长找到学校开会,说,光着膀子上学可以,但光着屁股是不可以的。"光屁股孩子在他的不同的小说中被不断重复。《战友重逢》里,已是深秋的季节,战士姜宝珠的农村家里不足半岁的孩子"只穿着一件遮住肚脐眼的小兜兜,光着屁股赤着脚冻得冰冰凉"。《透明的红萝卜》中的黑孩在小说中一出场,就以赤脚、光背,"穿一条又肥又长的白底带绿条条的大裤头子"的装扮与读者和小说中的其他人物见面。这样穿着的孩子,在《飞艇》《麻风的儿子》《欢乐》中都有书写。

乡村里的孩子虽然衣不果腹,饥饿会不时侵袭他们,但这一切都无法阻止他们的玩乐。莫言在多部小说中同样以"非虚构叙事"的方式深描了乡村孩子的游戏活动。《石磨》中逃学的儿童"我"和珠子"弹玻璃球",《草鞋窨子》里乡村孩子"挤出大儿讨饭吃"的游戏,在《挂像》等小说中也有书写。莫言曾在日本接受记者采访的访谈《小时候的年》里详细讲过这个游戏的来源和具体玩法①。此外,在《木匠与狗》中,莫言通过小说中孩子的游戏,介绍了乡村孩子的玩具"弹弓"和孩子们"玩弹弓"的场景,这在《红树林》中也有书写。他还在《白狗秋千架》里写了乡村孩子"荡秋千"的欢乐场景。在《童年的记忆——2006 年 7 月与〈亚洲新闻人物〉记者对话》中,莫言对清明节前后村里人玩"荡秋千"游戏的景象亦作了详细交代②。而《檀香刑》对这一乡村民间游戏的表演盛况更是做了详尽书写,并通过叙述者之一的孙媚娘的视角深描了荡秋千时起落瞬间的感受,以及荡得很高时的所观所感。《三匹马》里乡村孩子在庄稼地里找乐子,拿柳条砍玉米叶子。《欢乐》中一丝不挂的孩子"打土仗",他们就地取材,"荷叶包着土,冒充炸药包"。在孩子头上"炸药包""爆炸了","沙土流到他的头上,他晃晃脑袋,全然不顾,奋勇还击着。"

当然,乡村孩子除了玩游戏之外,还有一种主要联络感情的方式,那就是打架。《因为孩子》《三匹马》《白杨林里的战斗》中莫言深描了乡村里的儿童打架的景象。因为,乡村的孩子也有自己对事件的认知,他们有自己的尊严和面子观,"面子"的文化思维赋予他们幼小的心灵对家庭的荣誉观念。在和小朋友的相处中,一旦家庭的荣誉和自己的尊严遭到亵渎或者受到歧视,他们会以打架、对骂的方式解决。如《因为孩子》中因孩子打架引起的邻里争吵及其自然和解的过程。《三匹马》里的柱子因为别的孩子说他爹死了,没有爹是

---

① 莫言:《莫言对话新录》,第 358 页。
② 莫言:《莫言对话新录》,第 460 页。

"野种"时,愤怒地朝着骂他的孩子扑上去,厮打在一起的场景。《白杨林里的战斗》是惨烈的,而且两路孩子有英雄相助,莫言把这场乡村孩子间的打架斗殴,演绎成了类似于鲁迅的小说《铸剑》中的侠客与孩子对决的奇异情节。

此外,莫言在多部小说中深描了乡村孩子的情感和性相。《初恋》不但对乡村里小学三年级的学生构成、上课景象、年龄较大的学生和班主任的冲突等进行了深描,而且深描了情窦初开的九岁男孩初恋时的情感心理。这在其他小说中也有书写,如《透明的红萝卜》中黑孩对菊子姑娘的微妙情感,《牛》中罗汉对杜五花的"爱情"等。《养兔手册》通过叙述者"我"的追忆,和《初恋》一样,写了乡村里的男孩对干部家庭出生的女孩子的仰慕与美好的情感想象。

莫言笔下乡村世界的孩子,除了具有孩子的天性,喜欢恶作剧、打架、嬉戏,有自己朦胧的爱情之外,多了一种"穷人的孩子早当家"的责任意识。《拇指铐》里八岁的孩子阿义,大清早给母亲买药,却被人用拇指铐铐在一棵树上,在没人能打开拇指铐的情形下,磨断手指给母亲送药。《麻风病女人的情人》中,男孩"社会",周而复始地用白菜疙瘩投掷村人以保护母亲。《梦境与杂种》中的女孩树叶,保护母亲、哥哥,为减轻家里的负担,主动辍学,帮助家人供哥哥上学。《粮食》里的梅生,是饥饿年代为家人找野菜,因为地里能吃的野菜已经吃光了,挖不来野菜遭母亲打骂,却体谅母亲的懂事女孩。《四十一炮》里在父亲和别的女人私奔以后,帮助母亲收破烂维持生计,虽有怨言但仍任劳任怨,以超出一般孩子的忍耐力忍受着生活强加于他的苦难,帮助母亲在乡亲们面前"争面子"的罗小通。《大风》里和爷爷一起为家里找"草",遭遇大风侵袭时担心爷爷的孩子。

当然乡村世界里的孩子也有委屈、孤独,有不被理解和信任的痛苦和烦恼。《铁孩》中父母不能照看的孩子在野地里漫游的孤独与恐惧。《梦境与杂种》《嗅味族》里不被大人信任,反遭打骂的树根和好汉。《枯河》《罪过》里缺乏关爱,被冤枉的孩子小虎和大福子,他们的痛苦不是被打的肉体的痛,而是不被至亲的父母理解和信任的痛。《透明的红萝卜》中的黑孩可怜、孤独,缺乏家人的关爱,在继母的打骂中失去了言说的能力,但他的失语让他的心智更显聪敏,在孤独中渴望关爱。《四十一炮》里孩提时代的罗小通,父母情感的失和,父亲和别的女人私奔后帮助母亲,却不被母亲关爱和理解,常吃粗茶淡饭,常被母亲打骂的苦恼和辛酸。小说中罗小通丰富的情感世界和心理意识是真实的,他的孤独、痛苦的体验也符合乡村孩子的心理、情感和思维意识。

因为莫言自己小时候曾是一个不招人喜欢的孩子,用他自己的话说,就是"饶舌,嘴馋,处处讨人嫌"①,所以他在小说《大嘴》《牛》《生死疲劳》中写了话多给家里带来祸患的"大嘴",话多处处挨骂的孩子"罗汉"和"莫言"。莫言说:"我母亲从小就教育我少说话,我也改名'莫言'自警,但总是管不住自己的嘴巴,得罪了许多人,找人家恨我,修理我……"②其实莫言塑造的话多的孩子在乡村世界里是多见的,这样的孩子不止莫言一个。虽然在多部小说中,莫言将自己的经历投射到小说中的人物身上,如《牛》中的罗汉、《挂像》中的皮钱、《大嘴》中的大嘴等,但这并不是莫言想象枯竭后的自我重复,而是以不断增值的情节以小说的形式与现实关联。

莫言笔下乡土世界里的孩子,虽然被严厉的父亲和其他家里的年长者管制、打骂,但他们有孩子的天性,贪玩、好吃、喜欢恶作剧,他们忙里偷闲嬉戏玩乐。当然在孤独、苦难的境遇中,他们有遭误解、不被信任的痛苦。有敏感的心思和智慧。但是他们大多天真、单纯,不理解大人世界里的是是非非,也不知道苦难的真正含义。总之,他们的世界是丰富多元的,他们虽然没有城市孩子物质充裕的生活,但他们有从野地里找食吃的聪明、智慧和欢乐,以及为此而获得的成就感和满足感。他们以自己的方式思考、生活。这就是莫言人类学书写中乡村世界里的孩子和他们的世界,这种书写填补了汉民族文学亘古至今基本未曾改变多少的不关注乡村孩子生活、情感丰富性书写的空白,以详尽、细致、深入的类似于人类学者田野调查后的深描,激活了一个被主流文化遗忘的,在汉民族具有普遍性的群落——乡村世界里的边缘群体——孩子的生存样态。但是莫言与需要进入其他族群、群落进行田野调查,以获得关于他

① 莫言:《莫言对话新录》,第460页。
② 莫言:《莫言对话新录》,第460—461页。

们的人类学资料,以协助他们研究"他者"民族的人类学家却有本质区别,因为他的小说中深描的不是"他者",而是他本人,以及他熟悉的生于斯、养于斯的乡村世界的邻居、发小、玩伴。因此,对他们情感和心理以及文化思维的认知而言,莫言是有优势和深度的。

### 三、"轻"的书写与"重"的品质

#### (一)"轻"的书写与存在的"轻"

这里的"轻"借用的是卡尔维诺在《美国讲稿》中关于文学的轻与重的批评话语。卡尔维诺在说明文学"轻"的倾向时,从三个层面进行了说明①:一、减轻词语的重量。从而使意义附着在没有重量的词语上,变得像词语那样轻微。二、叙述这样一种思维和心理过程,其中包含着细微的不可感知的因素,或者其中的描写高度抽象。三、具有象征意义的"轻"的形象。莫言的小说中就词语的重量而言,诸如前面分析的,莫言小说是没有抽象思想,只有丰富的想象力和成长经历中的记忆碰撞之后的没有分量的词语建构的文本世界。意义就在故事讲述中的字里行间,像词语那样轻微,不可见却有足够的分量。

莫言对于乡村世界里的孩童的书写,虽然不同的小说,叙事方式不一样,但使用的大多是这种语言。就莫言叙述的思维和心理而言,他的如塞万提斯书写堂吉诃德大战风车般看似"无足轻重"的语言,寥寥几行就书写完毕的情节比比皆是,但却在细微中体现思维的深度和缜密。这样的思维和心理同样被莫言用在多部小说中建构不断重复出现的卑微的孩子形象。小虎、大福子、大嘴等等人物名单中的一大串孩子,和把风车当魔鬼的堂吉诃德一样,无足轻重却让读者记忆深刻。此外,这些孩子都是一个个具有象征意义的"轻"的形象。《枯河》中的小虎在树梢爬行自如的"轻"和大福子被父亲用脚踢起来的"轻",笔墨很少,寥寥几行,却在读者心里挥之不去。

莫言通过多部小说深描的乡村孩子的生命是卑微的,他们存在的"轻"表

---

① 〔意〕卡尔维诺:《美国讲稿》,载吕同六等译:《卡尔维诺文集:寒冬夜行人等》,第331—332页。

现在他们成长的各个阶段。虽然因为义理婚姻传宗接代的主要目的,生育孩子是父母在婚后的主要责任和义务,但和"生"的迫切性相比,孩子在孕育阶段与生育之后的"养"阶段是不被重视的。当然,在医疗条件贫弱的乡村,他们随时遭遇的不期而至的死亡,以及由此导致的孩童生命的卑微大多是非人为因素造成的。受重男轻女观念的影响,可能男孩在出生的那一刻,因为性别优势暂时会被看重,如《地道》中刚出生的"双腿间凸着的"男孩性征的"肉芽芽"的男孩、《丰乳肥臀》中的上官金童、《筑路》中龙凤胎之一的男婴、《爆炸》中乡卫生院刚出生的男婴,他们让家人和旁观的陌生人欣喜并羡慕不已。而女孩在出生的一瞬,其存在就已经"轻"得无法言说。《蛙》中的陈鼻在看到妻子王胆用生命换来的还是一个女儿时的痛苦和绝望,以及对费了九牛二虎之力得来的生命弃之不顾的行为,是女婴生命卑微和"轻"的不可言说的明证。但是在"养"阶段,出生时"重"的男孩和"轻"的女孩一样,在父母繁重的养家重担中几乎都被忽略。

费孝通认为,父母对孩子的抚育包括两个部分:一部分是给孩子生理上的需要,一部分是给孩子社会上的需要。在其他动物只有生理性抚育,而没有社会性抚育,但在人类则两者同样重要。在生理性抚育过程中,孩子饿时给乳汁,冷时给予温暖,在这个过程中孩子会得到生理上的满足,引起的是亲密的感情。[①] 但值得注意的是,汉民族的父母对孩子除了生理性的抚育之外,社会性的抚育却很少。在他们的观念里,只要给孩子足够的吃喝,冻不着,有比较好的物质保障就足够了,至于孩子在成长过程中的精神需求和爱的需要,他们不能理解,基本上也很难给予。不过,父母(尤其是父亲)也会格外关注孩子的某些方面,如孩子的行为被认为触犯了家庭利益,或者让家庭的面子受损时,会以打、骂的暴力方式显示其家教的严厉。《嗅味族》《枯河》《罪过》《梦境与杂种》《欢乐》《挂像》等小说中男孩子的遭际就是如此。鲁迅早就指出,"中国的孩子,只要生,不管他好不好,只要多,不管他才不才。生他的人,不

---

费孝通:《乡土中国 生育制度 乡土重建》,第242页。

负教他的责任。虽然'人口众多'这一句话,很可以闭了眼睛自负,然而这许多人口,便只在尘土中辗转,小的时候,不把他当人,大了以后,也做不了人"。①

因此,乡村世界里的孩子,在日常生活中只要不闹事、不闯祸,在放学、放假期间能在父母需要帮忙的时候做一些力所能及的事情,基本就可以了。孩子一旦离开父母的怀抱,父母不会以爱的名义去爱抚孩子,亦不会亲密地拥抱孩子,更不会对孩子不时地说"我爱你"。除了吃在一起,睡觉在一起,其他时间他们都是被父母从情感上放逐的。尤其是父亲,因为家庭分工的固有模式,父亲一般是不会居家做家务、照顾孩子的。相对而言,他们和母亲的交流要多一些。诸如在前一章父子关系和母子关系的研究中指出来的。在日常生活中,父亲一般都扮演严厉的角色,平时和子女交流不多,一旦孩子犯错误,便不是责备就是打骂。而和孩子接触多一些的母亲,虽然对孩子的情感、思想等会了解一些,但她们也很少和孩子有亲密的接触,更不用说时不时地拥抱、亲吻孩子,并和他们一起嬉戏玩耍了。

当然,这种对孩子精神层面需求看得轻,以至于孩子的思想和精神不被重视的成长中被忽略的"轻",有着根深蒂固的文化传统。最直接的原因就是父权文化思维。在家里,作为家长的父亲必须是家里的权威主体,他对孩子的教育大多是管制而非亲情的关爱和理解。"在最专制的君王手下做老百姓,也不会被一个孩子在最疼他的父母手下过日子更难过。吃的、拉的,哪一件事不会横受打击?要吃的偏偏夺走,不想吃的苦水却会拧着鼻子灌。生理上的节奏都说不上自由,全得在别人的允许之下进行。从小畜生变成人,就得经过这十万八千个魔劫。人类创造了文化,文化就是一个担子,孩子们怎能不受罪?"②

西方学者从注视者的角度指出,中国父亲对孩子的童真是"茫然无知"的,"这并不意味着他不喜欢自己的孩子,相反他对孩子的挚爱极为显明而真

①　《鲁迅全集》(编年版)第1卷,人民文学出版社2014年版,第586页。
②　费孝通:《乡土中国　生育制度　乡土重建》,第240页。

实。但他对孩子的喜爱完全出自一种做父母的本能,而不是对孩子内心世界的一种充满智慧和同情的欣赏。他不仅对此茫然无知,而且即使给他指出应当关怀童心,其中的深意他也无法理解。对于外国人的这类启发,中国人会一致回答道:'为什么? 他还只是个孩子。'"①

乡村世界里的孩子在成长阶段的"轻"就源于这种不被理解和尊重。《罪过》里的大福子和小虎的遭遇很像,但自始至终,沉浸在失去小福子的悲痛中的父母,都没有试图问问大福子事情的真相。因为理性认定孩子具有非理性特征,所以一旦孩子发生了什么不好的事情,做父母的都不会试图与孩子沟通与交流便可以想当然的定罪。孩子的情感和心理、想法完全被忽略。父母一直自认为大福子是个傻子,因此从来就没有试图真正地走进孩子的心理和情感的深层,从生理的安抚和爱中真正理解孩子。小说中,莫言从大福子的视角揭示了父母的失职,以小福子之死为契机,莫言放大了乡村世界里被父权文化遮蔽的孩子的心理和情感。任何一个在汉民族父权文化浸润下的乡村世界里的孩子,因为权威的家长管制的存在,以及被作为小畜生而非真正意义上的人的文化思维,使他们无论如何也不能获得被尊重和被理解的生存权。因此,他们的生命和存在在成人世界是卑微的,是"轻"的不被关注的。

诸如《罪过》结尾杂耍班的两个孩子,他们生命和存在的卑微呈现在他们似乎不是有生命尊严和主体意识的人,而是类似于猴子、狗熊或者其他动物一样的奇异动物。乡村世界里孩子生命的卑微和被漠视就这样呈现在叙事文本的世界里。没有母亲的拥抱和亲吻,亦没有父亲陪伴的嬉戏玩耍。"对大多数中国孩子来说,自己的家并没有什么吸引力。只是出于自我保护的本能,当他们在外面都遭到打击时,才会赶快往家里奔,而这种本能与动物并无二致。"②

(二)从"轻"到"重":记忆、创伤与见证

莫言的小说为乡村世界里的婴童微不足道的存在提供了一个述说的场域。这些孩童在文化和日常生活中存在的"轻",以及以往文学文本不予书写

---

① [美]明恩溥:《中国的乡村生活》,第 161 页。
② [美]明恩溥:《中国的乡村生活》,第 161 页。

和关注的"轻",在莫言的小说叙事中被打破。他在多部小说中对这些被忽略的"轻",即这些远离社会中心和被排斥在成人世界之外的孩童的书写,不是偶然,也不是心血来潮,这里有着某种机缘。莫言的这种对边缘存在的书写除了受到文化上的后现代主义思潮的影响和文学上的后现代主义文学打破宏大叙事关注边缘群体的机缘之外,还有一个和他本人更切近的机缘在其书写这些卑微的孩童的过程中起了重要作用。这个机缘便是他童年的记忆。"对亚里士多德而言,他所谓的确切意义上的记忆也就是'记忆基质'而已,它只能保存过去、再现记忆,而有'意识的记忆'则要主动地召唤过去。"①莫言在小说叙事中,童年的记忆是"有意识的记忆",因为这种记忆在主动地召唤过去。正是因为这种主动的召唤,才使得乡村世界里的孩童借着莫言的回忆成了过去生活的见证。这就是他们通过莫言的小说从"轻"到"重",从不被书写到不断重复书写中的增值与召唤。

如果深入阅读莫言在《会唱歌的墙》中对乡村的山、池塘、河,以及河里的鱼的回忆;在《草木虫鱼》中追忆的六到八岁时与村里的小伙伴四处游荡觅食吃的快乐经历;《吃事三篇·吃相凶恶》里对 1960 年饥饿的回忆;《童年读书》中对童年时期在村子里到处找书读的经历的追忆;《说过年》中乡村小孩子玩的"挤出大儿讨饭吃"游戏的记忆等自传性文字和他在很多访谈中对童年生活的追忆,就能够明白他小说中的乡村世界里孩童的书写,就是童年经历和印象有意识呈现在个人记忆中的自己和玩伴。而这些文字却成了小说中的孩童被深描的见证和史料。

莫言不是历史学家,他不需要以历史学家的客观性描述建构历史。但他却和历史学家一样,通过文字在建构种种使读者对过去产生意义的反思。可见,"意义和形式不在事件之中,而在使这些事件成为历史事实的机制里"。②

---

①　[法]雅克·勒高夫:《历史与记忆》,第 73 页。

②　[加]琳达·哈钦:《后现代主义质疑历史》,载王逢振:《西方文论选:2003 年度新译》,漓江出版社 2004 年版,第 42 页。这里的琳达·哈钦和后面注释中琳达·哈琴是同一人,只不过译本不一样,译的不同,笔者忠实于所引用文本的译法。

乡村世界里孩童的"轻"和卑微就在这些成为历史事实的回忆中的事件的机制里。因此,莫言在给自己的童年和记忆一个说法的同时,给了乡村世界里的孩童出场的机会。当然这种出场机会的赋予,不是一部而是在多部小说的不断重复中显示了历史和文化给予他们的无足轻重的"轻"的沉重感,这是一种反讽,是对一个民族集体对一个群体生命漠视的反讽。"既然过去是无法消除的,解构它将导致沉寂;但却不是单纯地返回过去,而是带着嘲讽。"①

《透明的红萝卜》中卑微地存在着的黑孩,他的卑微存在是莫言曾经同样的经历和遭遇中现实世界中卑微的乡村孩子存在的"轻"的见证,也是对无视孩童的主流文化的反讽,孩子的自尊还不如地里的一个萝卜。黑孩是童年莫言的创伤性经历在文本记忆里的镜像。"创伤可以被视为一个幽灵","幽灵"是人根本看不见血肉之躯的存在,它不是一个物,它反复出现,我们看不见它,它却无时不在注视着我们。莫言童年的创伤是他的记忆里挥之不去的幽灵,看不见,却无处不在,并经常缠绕着他,使他无法呼吸。所以,他需要让幽灵以其他的形式现身,以缓解对自己的缠绕。这就是他在多部小说中重复书写被打、不被理解、内心孤独苦闷的乡村世界里的孩童的原因之一。"所有这些经历……都存在于记忆之外的某个地方,又同时存在于心理之中。"②事情发生后在主体的无意识中留下了印记,于是主体不断地述说,做到让其反复回归,如祥林嫂失去儿子后的反复述说,也如拉斯科涅科夫的母亲在儿子被判流放后的反复述说。莫言是智慧的,他之所以被世界文坛公认,原因之一便是他的这种反复述说的叙事机制,这是缓解记忆和创伤缠绕的人类经验的独特叙事方式。创伤具有群体意义,任何个体或者民族都会或多或少地遭遇。莫言以其多部小说中书写的众多乡村世界里的孩童来反复回归他的童年创伤和其他记忆,与此同时,给人类展示一种拆解创伤的文学述说模式。

因此,在莫言的小说世界里占有主要席位的孩子,是莫言自己的记忆和创

---

① [加]琳达·哈钦:《后现代主义质疑历史》,载王逢振:《西方文论选:2003年度新译》,第45页。

② [英]朱利安·沃尔弗雷斯:《21世纪批评述介》,第172页。

伤的见证。乡村孩子生命的卑微和"轻",在一己的述说中显示了反讽和批判的深刻印迹。谁造成的创伤?童年记忆里对孩子的不尊重和漠视该由谁来负责?这一系列的追问,不只是为莫言以及乡村世界里的孩子,也是为了更多不仅在乡村而且在城市里的,以及所有在一种特殊的文化境遇里不被重视的生命个体的追问。《枯河》《罪过》等多部小说中莫言不断重复男孩被打的故事,通过情节的复制和增值隐含着对父权文化影响的不可逃避的"重"的思考。这种"重"在日常生活中对孩童的压制、蔑视和忽略,是导致乡村儿童失去自我、缺少反抗意识的直接原因,而不是"种的退化"。因此,莫言"轻"的书写中呈现的"重"的思考,和鲁迅《风波》中重量不断减少的几代人的设置具有同样的隐喻,即对父权、族权对后代的生命力压制的反思与批判。

可见,莫言的人类学书写中被"重"的理性文化和父权文化忽略的"轻"的孩童,成了小说中照亮文化缺陷的明灯。因为乡村里的乡民没有外来文化的观照,他们在老祖宗以"集体无意识"的先天遗传和后天生成的文化思维里固守一隅。因此,在只有权力主体掌控的世界里,作为施为者的文化主体是不能以"旁观者清"的姿态审视自己的,他只能沉浸在"当局者迷"的理性思维里自以为是。因此,在莫言的小说中叙述者非自觉地赋予孩子一种区别和观照力,叙事文本中的孩子是强大的父权文化与理性文化语境中的一抹彩色。

此外,莫言在《蛙》和《弃婴》中书写的那些堕掉的婴儿,也通过小说的文本向世界发声,叙述者以独特的理性归纳的方式追溯他们的历史。这些无足轻重的生命在小说中获得了优先权,并以鬼魂和幽灵的方式诉说被"轻"的历史。"弃婴"不是一个在一隅的文化里没有生命权的女婴的创伤,而是一个群体、一个民族的创伤。虽然"创伤的主体静止不动,无法走出创伤留下的挥之不去的结果"①。但它的"轻"的历史存在,让过去的经历永远在过去徘徊,挥之不去。莫言以"轻"的语言和形象,以给他们立言的"重"的文学虚构与表达,对这些"轻"的甚至不被视作生命的个体抚慰的同时,也是对民族文化

---

① [英]朱利安·沃尔弗雷斯:《21世纪批评述介》,第178页。

"重"的反思,这些文本世界里的婴孩通过对自己平静的安息的牺牲,以在旷野里游荡的方式发出的呐喊召唤众人反思民族文化的痼疾。

(三)伦理召唤与"重"的反思

伦理召唤在这里再次出现,是因为和母亲的重要性一样,对被民族集体所"轻"的孩童的书写和关注,以及在关注的同时反思"轻"背后厚重的文化原因,是作为书写他们的作者的一种良心和责任。正是这种对民族的未来和文化痼疾的负责任的反思式召唤,显示了作者的伦理意识和道德责任。莫言的小说中书写的乡村世界里孩子的多面性,激活了乡村世界里这一微不足道的、被根深蒂固的理性文化和父权文化遮蔽在成人世界边缘、有着和成人一样的"人"的复杂内涵的生命体——婴孩。在叙事过程中,叙事者不再是知识分子和有着成人的理性和知识体系的政治、道德权威,他们是站在和权力主体平等对话的立场带有挑战性的叙事声音。

在传统小说叙事中,"权威叙事居于主导地位,其口气就像父亲、家长、领导人或教师;他们代表了'官方的态度',受政府资助并与之有密切的联系;他们把自己看成是观点和立场的正确阐释者。其他一些带有挑战性的声音不容易形成气候,因为他们各行其是,具有某种(形象地说)'标志性'的色彩,它们是另类,并总是回应主流官方话语的声音"。① 正因为传统文化理念中这种叙事权威的主导立场,婴童的主体意识成为被遮蔽的另类声音。莫言的小说叙事并没有优先确立一种权威叙事的标准,而是用对话的平等立场给予另类的声音述说自身的话语权。这种立场的获得,就为乡村世界里这些不被理性文化重视的另类声音,从自己的视角看待理性文化强加于他们的不平等的叙事提供了契机。这也是莫言在很多小说中将叙事者设置为儿童的初衷和目的。在《四十一炮》《嗅味族》《五个饽饽》《飞艇》《牛》《罪过》《祖母的门牙》《挂像》,以及《爆炸》《丰乳肥臀》中,莫言全部或者在一些章节中设置了儿童的叙事视角,这是莫言试图引起读者关注乡村世界的孩童,颠覆传统叙事权威的叙

---

① [美]伊万·布莱迪编:《人类学诗学》,第 178 页。

事策略。因为在莫言的意识里,孩子的视角更能穿透成人世界里的薄雾,看到文化的更深层。因此当莫言被问及小说创作的"儿童视角"时,莫言说:"儿童视角,更加本真率直,不加掩饰。在孩子的眼睛里,也许更能发现世界的真相。我喜欢用儿童视角写作。"①

叶开在《莫言评传》中指出,"在莫言的小说里,他总是表达一种要回归过去,重返婴儿时代的愿望……莫言的小说里常常出现一种鲜明的对比模式:过去和现在的对比,儿童世界和成人世界的对比。过去的世界是野性的、充满蓬勃生命力的,现在的社会是温顺的、生命力萎缩的;儿童世界是单纯的、友好的、色彩缤纷的,成人世界是复杂的、邪恶的、杂色交加的。"②这里叶开对莫言小说世界的区分过于绝对,说小说中"过去的世界是野性的、充满蓬勃生命力的,现在的社会是温顺的、生命力萎缩的"未免牵强。而对"儿童世界是单纯的、友好的、色彩缤纷的,成人世界是复杂的、邪恶的、杂色交加的"二元划分也显得过于绝对。因为莫言笔下的儿童世界和成人世界并非是截然分离的,在儿童的世界里总有父权的阴影笼罩。莫言对这种阴影笼罩的反思,就是其小说中"轻"的语言和人物形象背后呈现的"重"。这种"重"的反思并不是小说文本中本身具有的抽象意义,而是透过书写的"轻"看到的分量和沉重。正如米兰·昆德拉的叙事策略所显示的,作者本人和其他知识分子被政治迫害的流亡经历的"重",透过轻盈的跳着圆舞曲不断飞升的人物形象和不可遏制的女大学生的笑的"轻"来展现,但这种"重"不是昆德拉强加的,而是读者通过对小说中的语言和形象的"轻"思考后的"重"的认知。

这种反思和认知就是对不关注儿童的独立性和生命主体意识的主流文化的反讽和质疑。梁漱溟说过,"如果有人问我:中国文化的特点和长处在哪里? 我便回答:就在这里,就在能发挥人类的理性。我尝说:中国文化是人类文化的早熟(作者原注:见《东方文化及其哲学》),现在更正确地指实来说,那就是人类理性开发得早,想明白中国过去的文化,及中国未来的前途,都要先

---

① 莫言:《莫言对话新录》,第 282 页。
② 叶开:《莫言评传》,第 6 页。

明白这个东西——理性。"①"人为了个人生活的健全必须维持社会的结构的完整。"②而一个完整的社会结构是由孩童、成人、老人这样的完整组合所建构的，但是在儒家的文化思维里，因为过于强调理性，对与理性相悖的人、物都是忽视的。所以汉民族的文化里是没有缺乏理性的孩童存在的场域的。因为"就个体生命说，理性的开发随年龄和身体发育、生理心理的成熟而来"③。所以，就儿童和少年的以上生理和机体发育的实际性情形而言，他们是不具备理性思维的。

当然文化对理性的强调本没有错，正如但丁在《飨宴》中所言，"去掉理性，人就不再成其为人，而只是有感觉的东西，即畜生而已"。然而，从人类理性意识萌发开始，就潜藏着不平等。虽然人文主义和之后的启蒙主义都强调平等，文学也通过多种形式强调阶级平等，但17世纪的古典主义文学过于强调理性和王权、宫廷，布瓦洛的诗学理论对于平民的歧视是西方文学以理性的名义造成极大不平等的最好证明。而汉民族的"理性"文化，源于先民早早萌发的忧患意识，也源于先民强调的诸如责任感和个人的德性修养等"德性"。因而，先民为了躲避苦难，从对自己外在行为的谨慎转向内心的德行规约，使得人的精神由散漫而集中，并在消解自己的官能欲望方面显示了作为主体的人的积极性和主动性，这也没有错。但其在后来的发展中，为了维护某一阶层而以此为借口排斥其他群体的理性思维却无意中扼杀了文化的多元共生。理性文化对"知识者"理性的强调造成了阶层、性别、年龄、物种等的不平等，在"理性"的另一极的"非理性"被遮蔽和忽略，列入这一级的名单很长，而在这长长的名单中，儿童自然在其中。然而就人发展的一般轨迹而言，没经历孩童的人生体验，过早地跨入成人的行列，这个人本身发展是不完善的。这就是对汉民族是一个早熟的儿童的反讽。因为早熟，所以他无从体验孩童的天真、真挚的不加任何粉饰的心理和情感。这样一个没有体验过孩童成长经历的民族

---

① 梁漱溟:《乡村建设理论》,第39页。
② 费孝通:《乡土中国　生育制度　乡土重建》,第160页。
③ 梁漱溟:《乡村建设理论》,第39页。

自然对孩童的一切都是陌生和无知的。因而,一个只崇尚理性而缺乏感性认知的民族,是无法体验和认知孩童的思想和思维的。这就是莫言"轻"的文学书写中对"重"的儿童想象性书写的第一层"重"。

此外,汉民族强大的父权文化以及家本位的社会形态,在家庭内部具有家长权威的"父"遮蔽了孩子的思想和意识的同时,忽略了孩子的存在,这就是莫言小说"轻"的书写揭示的第二层"重"。虽然人和其他生物一样,生命是有周期的,人类的新陈代谢,是通过新生命的孕育和衰老的生命机体的死亡来实现的。但是汉民族的理性文化和男性特质的父权文化中"孝"的文化思维,遮蔽了孩童的存在,而过于关注即将走向生命终点的老人。孔孟的"孝"的思想过于强调下对上的尊崇和重视,忽略了上对下的重视和理解。因此,在我们的文化思维里,父权过于强调"父"而忽略了"子"。在强大的家长制权威的统摄下,子孙是被压在文化高墙内的一个存在的"无"。全知全能的家长一方面需要他们传宗接代,为家族生命的繁衍献出一切,并为维护家族的体面努力;另一方面不尊重和重视他们的存在,同时又以极不信任的姿态要他们保持沉默。

《枯河》里的小虎、《罪过》里的大福子在自己遭遇了冤屈之时,甚至没有辩解的权利,是因为文化早就预设了淘气的孩子一定是嫌疑人的先见。因此,先入为主的成人思维早就判定的有罪事实,是扼杀这两个孩子生命的动因。正如默尔索杀人的原因和事件的因果在其判刑的过程中并不重要,重要的是其不信仰宗教的事实,这就使得具有先入为主的宗教思想的权力主体提前预设了其魔鬼撒旦的本性。至于他本人的思想、人品和平时的作为,以及为自己辩解的声音都是没有任何作用的。强大的权威压制了弱小的个体的存在,权威主体所拥有的偏见就是子孙生死的决策器,卡夫卡的《判决》中那个被父亲判为"死刑"的青年也是如此。因此,这种父权的文化背景,给子女提供了一个存在但又不能存在的悖论生存空间。他们的存在是矛盾的,正如科利所言,"它似存在似不存在;既为真理,亦为谬论"。

因此,莫言通过自己的记忆和创伤中的见证,让遮蔽在汉民族理性文化和父权文化强大阴影里的,从古到今的主流文学中没有真正被关注和书写的孩子现身,并引发读者"重"的思考。然而通过"重"的文化的双重反思,回归到现实生活时仍然沉重地发现,乡村世界里的孩子在未被书写和激活之前,虽然卑微的"轻"的不能言说,但却一直存在着。正如梵高《农鞋》中的农妇,她就存在于她穿过的在泥地里走过沾了泥土的鞋子的符号里。梵高发现了她,海德格尔揭示了她的存在。但在此之前她是被遮蔽的。汉民族乡土世界里的孩子和"农妇"一样,在生他养他的乡村和父辈们被主流文化遮蔽的同时,他们也被遮蔽。但是要知道"中国农村各地的孩子多得不计其数,其中多大多数孩子在绝大部分时间都忙于干活,有必要的话,就连非常小的孩子也不能闲着⋯⋯如果他是一个农民的儿子,一年中大部分时间他都要忙着帮父母种地⋯⋯即使到冬天地里的活全忙完了,也不能闲着,还有拾柴和积肥这样两样活随时等着孩子们去干。"虽然之前他们是存在的,他们从属于他们的存在之中,但是他们在表达之初,没有诞生在这种文化的年轮里。莫言的小说以其不经意的语言和"作为老百姓的写作"的"轻"填充了这一空缺的"重",以其书写方式的多样性,书写了他们的多元存在,将这样一个符号性的没有被深入表征过的边缘社会里的边缘群体,以系统的全方位观照展示在世人面前。这种书写让读者通过文字的触碰,深入成人世界里他们的名正言顺的存在,让世人理解和知晓他们就是他们存在的最初。①

这也透出了莫言对乡村和童年记忆赋予他一切的感恩的"重",他知道他成名的背后是赋予他丰富想象力的乡村和玩伴的"重"。所以他毫不讳言:"对一个作家来讲,童年少年时期非常重要,而且命运的力量比教育的力量要大得多。如果不是命运把我降生在这样一个村庄,如果不是生活把我放在那么艰苦的条件之下,那我的想象力无论多么丰富,那我也不会写出《透明的红萝卜》那样的作品。"②因此,在费孝通和冯友兰等汉民族的文化人类学家研究视野中偶尔从理论上提及的乡村世界里的孩子,在莫言的小说里从幕后到台前,以他们普通又独特的生命形态成了见证乡村儿童生命形态的最好的人类

---

① ［美］明恩溥:《中国的乡村生活》,第163页。
② 莫言:《碎语文学》,作家出版社2012年版,第39页。

学史料。因为在以往的主流文学中没有他们的身影、他们的情感和心理的书写，没有他们性相的揭示。这里众多的"没有"不是因为他们不具有人所共有的一切属性，而是因为他们作为人的属性被压制到最小，被理性文化和父权文化浸淫的文化思维遮蔽了。

莫言正是在西方现代主义文学和后现代主义文化、文学排斥"中心"，书写边缘群体的思维逻辑的影响下，在小说中深描了乡村世界里的孩子从婴儿到青年阶段思想的丰富性和复杂性。因此，莫言的书写，是汉民族文学的进步。正如乔伊斯在《尤利西斯》中，通过叙述者指出来的，"最精通教义故最能赢得众人尊重，精神崇高且值得骄傲之人士所经常倡导，并得到社会之公认之见解乃是：只要其他情况未起变化，一个民族之繁荣并非取决于其表面之光辉，乃取决于该民族对繁衍子孙所寄予之考虑及改进之程度。缺乎此，即构成罪恶之根源……倘有人于此主张毫无所知，彼对诸事之认识（即有识之士视为裨益良多之研究）必极为肤浅，绝非贤人也。"莫言的书写，将文化对乡村孩童的歧视和遮蔽重置在文学虚构的编码中，以诗性的表达见证了他们存在的合法性。

## 第三节　莫言人类学书写中的乡村青少年

莫言小说中对青少年的人类学书写和对婴孩和儿童的书写一样全面而深入，他们的情感、性相、日常生活、婚姻、爱情，以及他们的出路与人生抉择等都在文学叙事中呈现。文字叙事中的青年已经摆脱了婴孩的懵懂无知和天真单纯，他们不会在偶尔卷入成人世界后全身退却，他们在遭遇冤屈和不平时与家人理论，以自己的方式反抗作为家长的父辈；他们已经有了成熟的情感取向和性相，他们有对异性的渴望，他们会对自己爱恋的对象有所暗示，并在这种欲望的驱使下做一些越轨之事；他们有了对自己人生之路的追求，不愿待在乡村，并在家人的支持下想方设法通过考试、当兵，或者招工走出农村，过城里人一样的生活。总之，莫言小说中的青少年，是一个值得分析和研究的群体，他

们的人生之路和成长轨迹的变迁代表了汉民族农业社会中这一群体的多面性
与复杂性。

## 一、乡村青少年的日常生活和情感

莫言书写了乡村青少年的成长轨迹中的种种,他们的智慧、胆识,他们的
屈辱、痛苦;他们在物质匮乏年代的娱乐,在野地里寻食的愉快经历;他们对性
的懵懂与渴望,他们对爱情的理解、爱的执着与痛苦,他们的爱情经历等。
《丰乳肥臀》里上官家性格各异的女儿们,成长轨迹中有战争、政治运动、经济
体制变革,但这丝毫不影响作者对她们丰富的生命状态和存在状态的深描。
她们不像以往小说中图解历史与政治话语的概念化符号,而是有着丰富的生
命、情感、心理体验的人类个体的代表。她们和《百年孤独》中不断死去又不
断出生的见证了布恩迪亚家族历史变迁的布恩迪亚家族的几代子嗣一样,见
证了汉民族从抗战到改革开放几十年的历史变迁,以及在这一漫长的历史变
迁中,农村青少年的成长轨迹。她们没有革命和政治的聚光灯照耀,是不涂抹
革命脂粉的乡村青少年。

（一）乡村青少年的屈辱与痛苦

乡村青少年的情感世界是复杂的,他们有他们的辛酸与痛苦,有受人欺
负、被侮辱时的愤怒与反抗。《麻风的儿子》《姑妈的宝刀》中和大人一起割麦
的麻风女人的儿子张大力,作为昔日的"孩子王",在被人歧视时以吃牛粪发
泄不满与愤怒的痛楚;《模式与原型》里受人歧视,让人欺负、取乐,但又极好
面子,有自己性相的"不良少年"狗的痛苦与无奈;《战友重逢》里早早出来在
饭馆帮人送饭挣钱,被人打时告饶,打完跑走时谩骂打人者的貌似阿 Q 的 15
岁少年的痛楚;《球状闪电》中因为疾病,受邻居嘲笑的尿床少年蝈蝈的无奈
和羞耻;《大嘴》中"文化大革命"时期努力挣脱出身的阴影,想和贫农的孩子
一样被重视、出人头地的大嘴的哥哥,在其理想因为父亲的一点点"劣迹"不
能实现的痛苦,和在此过程中,对父亲的"恨铁不成钢"的心理与情感等。莫
言对乡村青少年的屈辱和痛苦是熟悉的。但是莫言并非在诉一己之经历,而

是借文学叙事,让个体在成长中遭遇的屈辱和痛苦,在小说中以众多人物形象集束式的述说和倾诉,表达自己的同时,记录乡村青少年的集体记忆。

莫言在《欢乐》中对复读多次却没能考上大学的青年永乐的心理意识进行了深描,如其一次次落榜,陷入兄嫂和婆媳矛盾时的屈辱、痛苦、无奈、孤独,以及觉得没有生的希望想自杀时的心理意识等。虽然加缪在《西西弗斯的神话》中将自杀上升到了形而上的立场,认为"真正严肃的哲学问题只有一个:自杀。判断生活是否值得经历,这本身就是在回答哲学的根本问题。"①但永乐的自杀却是形而下的,就是因为复读多年仍然考不上大学,在母亲的期望、哥哥的无奈、嫂子的鄙视与谩骂中,在强大的"面子"文化的影响下,在陷入绝望的境地后,判断他的生活不再值得经历的自然选择。这就如几千年前的诗人屈原一样,既然活着"济世"的愿望一再受挫,生活还要如何经历下去? 汉民族没有宗教信仰,在遭遇苦难和挫败的时候自然找不到可以诉说,并期望被拯救的最后稻草——上帝。因此生命权对于乡村世界里无足轻重的青少年而言,似乎也是无足轻重的。当然也有在这种绝望的境遇中的青年,在强大的"孝"文化的心理规约中,判定生活因为父母仍然可以值得经历时,会忍辱苟活。《蛙》中被毁容的陈眉,之所以没有自杀,像黑夜里的幽灵一样,不敢以真面目示人、示己的苟活,是因为那一大写的"孝"字。

《天堂蒜薹之歌》里陷入换亲痛苦中的女青年金菊,虽在经历了父亲和兄长打骂的痛苦后,在爱人的帮助下,逃离了换亲的魔窟,最后却因为家庭变故,选择了自杀。其男友高马曾经的当兵经历虽使他有了乡村青年没有的胆识和魄力,但在专制和强权大于一切、权大于法的现实困境中,却成了献在权力不公的祭坛上的牺牲。高马就像《局外人》里的默尔索,其犯法与不犯法,与法律无关,而是道德的偏见与宗教将他们放在世俗的祭坛上。

《翱翔》里的女青年燕燕和金菊一样,在反抗义理婚姻的同时反抗家长制权力。但燕燕的反抗富于神话色彩。这是莫言叙事的策略,以言语和形象的

---

① ［法］加缪:《西西弗斯的神话:加缪荒谬与反抗论集》,杜小真译,陕西师范大学出版社2003年版,第1页。

"轻盈"反讽和思考"重"。莫言让燕燕在新婚之夜用"飞翔"逃避婚姻的方式,反抗乡村世界普遍存在的"换亲"的包办婚姻的"重"。燕燕的"飞翔"像《百年孤独》里的俏姑娘雷梅苔丝那样,虽然莫言在这里让燕燕模仿雷梅苔丝,但雷梅苔丝的"飞翔神话"的原型是马尔克斯和人私奔了的邻居女孩,所以这位私奔了却被家人说成是飞上天了的拉美少女,遥远地为汉民族乡村世界里备受换亲煎熬的不能私奔的女子提供了逃婚的"飞翔"之路。燕燕以飞翔的姿态试图暂时摆脱不幸和痛苦的方式,类似于萨满教教徒在摆脱干旱、疾病等不幸时的巫术思维,以减轻自身重量飞到另一个世界去的巫术想象,寻求战胜困难的力量。莫言的这种书写和设置具有人类学的意义,因为不时遭受困难和痛苦是人类永远不可改变的常量,文学和宗教一样在以自己的方式试图缓解人类的这种境遇,"文学不停寻找的正是人类学上的这种常数"。①

（二）乡村青少年在日常生活中的智慧、胆识与善良

虽然乡村青少年在复杂的成长境遇中会遭受众多屈辱和痛苦,但他们在各种境遇中也会以积极的姿态存在并生活着。莫言在众多小说中对此进行深入书写。《姑妈的宝刀》里吃不饱穿不暖,但活得有滋有味,对生活充满了希望,有奔头的少年们愉快的日常生活经历,是乡村青少年生命形态丰富性的见证。这些少年在闲暇看铁匠打铁,跟着"孩子王"张大力在放牛割草的间隙,"偷瓜、摸枣、捉鱼、游泳、打架","挖陷坑"陷害人,烧麦粒、烧玉米、烧地瓜、烧豆子,烧吃蚂蚱,下河摸鱼,听、讲故事等。这种书写,彻底颠覆了"五四"以来知识分子写作中对乡村困难境遇中少年的苦难想象。而且莫言的书写更符合乡村人生活的真实逻辑,因为仁慈的大自然本身赋予乡村少年众多的天然饮食,再加上农民在土地里种植的庄稼,都在某种程度上填补了物质匮乏。《战友重逢》中河边垂钓的十二三岁少年"我"和"钱英豪"也是作者深描的具有类似特征的形象。莫言小说中在困难时代的个体生命力仍然充沛,那些以自己的智慧活得有滋有味青少年形象设置,是叙事策略,也是以文学缓解苦难的人

---

① ［意］卡尔维诺:《美国讲稿》,第343页。

类生存策略。卡尔维诺说："文学是一种生存功能,是寻求轻松,是对生活重负的一种反作用力。"①

莫言在小说中也深描了不但有智慧和胆识,而且有为家人付出、讲义气的具有美好心灵的乡村少男少女。《丰乳肥臀》中在困难年代为帮母亲看病,帮兄弟姐妹度过荒年卖身,像极了《罪与罚》中的索尼亚的上官想弟;困难年代不忍心拖累母亲,心疼母亲每天用喉咙偷粮,实在听不下去母亲吐粮时干呕的声音而自杀的,像《哈姆雷特》中美丽的奥菲利亚一样有着浪漫的死亡场景的上官家的"八妹"。小说《白棉花》里强悍、聪明、有智谋,而且重情重义的农村少女方碧玉;《冰雪美人》里敢于和传统社会对女性的规约叫板,个性、敢于挑战世俗偏见,被学校开除的少女孟喜喜;《普通话》里敢于抵制传统的教育理念,给学生教授普通话的解小扁。虽然解小扁遭遇了地方强权的迫害,但她努力大胆地为乡村孩子传播和普及普通话的行为,以及在此过程中表现出来的勇毅是值得称道的。《梦境与杂种》中,为了帮扶家人度过灾年,扶持哥哥上学,在河里摸虾,像《粮食》里的母亲一样用喉咙偷粮养活家人的少女树叶。《售棉大道》里敢说敢当、心胸宽广、助人为乐、聪明伶俐的善良姑娘杜秋妹,以及爱唠叨,但厚道、体贴、想事周到的善良青年"车把式"。此外还有《金鲤》中为了救人牺牲自己的有着美丽心灵的乡村少女金芝;《一匹倒挂在树上的狼》里和母亲一起勇斗钻到家里的狼的乡村少年许宝;《四十一炮》里帮助母亲和老兰出谋划策的乡村少年罗小通;等等。

(三)乡村青少年朦胧的性意识和爱情

虽然乡村里的少年没有城市里的孩子通过影视和图书开启性意识的现代方式和媒介,但乡村亦有乡村的方式。莫言在众多小说中深描了乡村青少年的性启蒙和性意识。《爱情故事》《草鞋窨子》《模式与原型》《牛》《你的行为使我恐惧》《姑妈的宝刀》《丰乳肥臀》等小说中,深描了多元复杂的乡村青少年的性是如何启蒙的。《爱情故事》中郭三对"小弟"讲的妓院的故事;《草鞋

---

① ［意］卡尔维诺:《美国讲稿》,第343页。

窨子》中在大人们的闲谈中性被启蒙的少年;《模式与原型》中的狗和《牛》中的罗汉,在有些"坏"的大人们的教唆和在放牛过程中在牛的性启发下获得了性知识;《你的行为使我恐惧》《姑妈的宝刀》中早熟的青年对小一些的少年的性启蒙;《麻风的儿子》中在老猴子大爷讲的对付女人的办法中被启蒙的追求异性的小青年;等等。

此外,乡村里的少男少女有自己对爱的理解、爱情的执着与对爱情的渴望。《司令的女人》中的叙述者"我"说:"我的青春期过的真是艰难无比。"莫言以文学再现,在深描乡村少男少女的爱情和性的懵懂时,注重以各种表现手法深入他们的情感与心理、意识的深处。《司令的女人》中的"我"对女知青的痴迷、单相思,以及深陷其中的心理、情感,付诸行动后做的傻事,以及家人和邻居对此的取笑等。《透明的红萝卜》中的石匠、铁匠和菊子姑娘的三角恋情,三位青年爱的心理和情感,以及在爱的心理的驱使下含蓄地表现出来的爱的萌动,与欲望得不到发泄产生的巨大破坏力对三人造成的伤害。《春夜雨霏霏》中新婚的妻子思念丈夫,作者深描了乡村世界里夫妻两地分居,独守空闺的女青年对丈夫爱的复杂心理和对性的渴望;《白鸥前导在春船》中大宝和梨花的爱情,大宝表达爱情的方式,求爱过程中的任劳任怨等。

当然,在乡村世界里,因为包办婚姻存在的普遍性,青年男女有情人不能成眷属的悲剧,和青年男女大胆地和家里的家长作斗争反抗包办婚姻,都是莫言在小说中深描的。《石磨》里的"我"和珠子青梅竹马长大,一起逃学、打架,帮助母亲推磨,长大了后产生了爱情,有勇有谋地反对包办婚姻,最终幸福地结合。当然和"我"与珠子抗拒包办婚姻,幸福地生活在一起不一样,另一些乡村青年,如《天堂蒜薹之歌》里的金菊和高马在抗拒家人包办的换亲婚姻的过程中,两人却因反抗的私奔遭遇了毒打和折磨;而《筑路》里相爱的男女青年,却因为无法抵制包办婚姻,以喝农药自杀的悲情方式抗拒包办婚姻。

莫言在小说中还书写了单相思的女青年大胆追求爱人,表示爱意后成功嫁人的故事。《球状闪电》《爆炸》《蛙》中大胆向自己喜爱的男子表达爱意的女青年茧儿、玉兰、王仁美等。她们在追求爱情的过程中,没有城里知识女性的矜持和高傲。虽然她们具有的思想和观念,让她们不可能和知识女性一样在经营婚姻的过程中重视爱的表达,或者打扮自己取悦爱人,或者制造浪漫气氛。但她们用她们母辈们的方式,以朴素的爱和操劳默默地帮助爱人,恪尽本分,相夫教子,赡养公婆。这就是典型的乡村女青年爱的表达方式,虽然有不得已时破罐子破摔的大胆,但也有自己的责任观和对爱的理解。《梦境与杂种》中父母收养的妹妹树叶,对叙述者"我"树根大胆的爱情表白,以及未婚先孕后独自承担责任,选择跳河自杀的悲剧。《丰乳肥臀》中大胆追求自己的爱情的上官家的女儿们。虽然在革命年代的乱世,情感和爱情比较复杂,青年男女在一起的生理欲望超越了爱情,但这些女孩子们大胆追求爱情,反对母亲包办婚姻的胆识与魄力在革命年代的乡村具有历史的真实性。虽然作者在处理这些少女的爱情时,借鉴了《百年孤独》里布恩迪亚家族里的少男少女追求爱情的奇特方式,但这也符合汉民族战争年代的历史语境与事实逻辑。战争年代道德伦理规约的相对松弛,为这些男女青年提供了相对自由的恋爱空间。

在莫言的书写中,与乡村女青年单恋追逐爱人,最后修得正果,或者结婚生子,或者得到爱人相比,乡村男青年的爱情之路就不那么平坦了。他们要么单恋,追爱受阻,要么在相爱的过程中失去爱人。《你的行为使我恐惧》中十三岁少年吕乐之对小蟹子的单恋,及其追求的失败与执着便是明证。吕乐之以放学回家放羊为掩护追逐小蟹子,羊都掉河里了,爱人却没追到,而且在表白之后被骂"流氓",但仍然执着地爱着对方。《白棉花》中"我"对方碧玉的爱情,因方碧玉和别人的爱情悲剧而终结。《冰雪美人》里"我"对孟喜喜的单相思,爱还没有说出口,爱人却因为叔叔的救治不及时失去生命。《模式与原型》中的主人公"狗",向暗恋对象表达爱意,结果却遭打骂。

莫言在其小说中,也书写了乡村世界两地分居的年轻夫妻,在丈夫只为照顾母亲而缔结的义理婚姻中,牺牲自己的青春和幸福的年轻妻子。《金发婴儿》中黄毛对紫荆的爱情。这对青年男女的不伦之爱虽然触犯了刑律,但莫言在书写他们时充满了同情。一个不被丈夫爱,从丈夫那里得不到温情、不幸的青年女子,遭遇热情追逐、勇敢表达爱意的小伙子,在一次次躲避、退让之后终于陷了进去。莫言在《金发婴儿》中处理此种题材时矛盾复杂的心情，和但丁对乱伦犯了淫邪罪的叔嫂保罗和弗兰彩斯卡的复杂情感很相似。相对而言，不同民族不同时代的不同作家笔下的这种书写，一边是宗教与道德、法律，一边是真挚的爱情，孰对孰错作者没有妄下断语。《神曲·地狱》里的叙述者"我"以心疼致昏迷，以无言的昏倒在地的激烈反应曲折地表明自己的态度，《金发婴儿》里莫言最后设计孩子被掐死的结局，在惩戒了年轻母亲的出轨的同时，表明了他对此事的态度。

## 二、乡村青年的人生选择和出路

莫言在多部小说中深描了乡村青年高考、参军、招工的艰难与不易。莫言在不同的小说中，设置了众多的叙述者并借助文本和话语，把自己曾经的经历从过去召回到故事的当下，这种"当下"在书本世界里成了永远的"当下"。从人类的视域看，莫言对汉民族乡村世界里的青少年人生抉择的书写，超越了民族获得了一种人类的情怀。因为就人的发展阶段而言，青少年阶段的人生选择是连接过去通向未来的关键时期。

莫言的小说书写的乡村青年人生抉择，是作为生命个体的人，在人生发展轨迹中普遍面临的问题。莫言站在世界文学的视域中，填补了汉民族文学中书写青少年人生抉择的空白。在莫言的青年时代，农村青年走出农村的人生抉择，一般有三种：一是通过中考或者高考，进入高一级的学府深造，毕业后国家分配一个"铁饭碗"；二是城里的工厂到乡村招工，或者临时工或者合同工；三是参军，通过当兵这一途径，走出乡村。莫言在青少年时期和很多农村青年一样，离开乡村在城市谋一个职位或者找份差事是切实的人生追求。莫言在和大江健三郎的访谈中，谈及他当时想离开乡村的迫切心理："当时我想，如果有朝一日能离开这个村庄，我永远都不想回来了"①。

当然莫言想走出乡村的抉择并不是他一己在当时面临的人生问题，而是

①　莫言：《莫言对话新录》，第519页。

乡村青年这一群体普遍遭遇的问题。这和西方19世纪的虚构叙事中书写的诸如拉斯迪涅等青年,想从外省进入巴黎的书写有同样的历史语境。在和莫言的谈话中,王尧也谈起类似的话题,他说:"'文革'后期许多农村青年都想往外走。我在1975年到镇上读高中时,想到的是高中毕业后如何让不回乡。但当时并没有多少可以选择的道路,现在我们的孩子已经无法理解我们那时选择人生道路的痛苦。"可见,在那个时期青年的人生抉择中,如果第一条路走通了,像王尧、莫言的大哥管谟贤,考上大学,算是比较彻底地跳出了农门。如果第一条路走不通,就要想办法走第二条路,但对于乡村青年而言,这条路实在是难有机会走,即使有了,如果临时工不能转正,迟早有一天会再回到乡村。《人生》中的高加林的人生遭遇是这类青年命运遭际的代表。如果转正了,即使"不是全民所有制,是集体所有制,但是它也很保险了,第一,永远不会被下放,第二,退休可以吃劳保,每个月能够拿33块钱,而且每个月有固定的口粮,农业是丰收还是歉收已经不影响他了……我们这些合同工,梦寐以求的就是能够转正……"①但如果"转正遥遥无期,我想当兵也是我的一条出路"②。叶开在《莫言评传》的第三章"出走年代"里,详细描述了莫言的当兵和招工的多次"回炉"。认为莫言一次次报名参军,一次次被刷下来,就像《欢乐》中的永乐一次次"回炉"参加高考,一次次失利一样。莫言就是这样将自己的遭遇进行变形和想象,在小说中,生动形象地书写乡村里和他一样的农民青年的人生选择中的各种际遇和样态。

（一）上学,参加高考

汉民族传统社会中的科举取士,"学而优则仕"的文化观念,和"五四"借鉴西方学得的学院教育模式,以及新中国成立以来的中考、高考等教育体制,使得受教育群体不断扩展。中考、高考成了乡村青少年走出乡村向知识分子阶层迈进的必经之路。传统社会的大家族,"全族人合力供给一个人去上学,

---

① 莫言:《莫言对话新录》,第48页。
② 莫言:《莫言对话新录》,第50页。

考上了功名,得了一官半职,一族人都靠福了"。① 在新中国成立后的乡土世界里,一个扩大家庭也会奋力供一个人去读书,并参加中考或者高考,考上了就有了"铁饭碗",或许能"一人得道鸡犬升天",不但能给家庭带来物质上的改善,而且能光耀门庭,能带动后代子孙走出乡村。因此,对农民的孩子而言,参加一个能决定一个家族命运的考试,而且能够在考试后考上一个能提供"铁饭碗"的学校,将是其个人人生和家族命运的转折点。《欢乐》中鲁连三的三儿子考上大学,鲁连三就能"等着儿子上出大学来,大把大把的挣钱",鲁连三和老伴儿"就净等着享福"。

在《欢乐》中,莫言借永乐"回炉"的学校校长的话,说出了高考对乡村青年的重要性,"这一条最重要,是歪倒磨砸在碾上的大实话,你们都是农民的孩子,要想跳出农村,只有升学这一条路。"汉民族从隋朝开始有一千多年历史的"科举取士",到新中国成立后的"国考",是寒门子弟跳出农门的唯一途径。因此,在汉民族的乡土文化语境里,由于官本位文化和"面子"文化的根深蒂固,以及乡村物质条件的困顿,很多家庭非常重视子弟能够通过考试,走出农村,拥有一个国家分配的"铁饭碗"。

《欢乐》是莫言叙事的文体创新和实验的杰作,小说通过第二人称"你"的限制性叙事视角,通过叙述者永乐的意识流,深描了乡村青年经过五次"回炉",最终没考上大学也没考上中专,在困顿的生活和巨大的负罪感中喝农药自杀的故事。永乐的遭遇虽然充满戏剧性,但确实再现了当时千千万万的高考学生在"千军万马过独木桥"的激烈竞争中,乡村青年在家人的支持下,想跳出农门的迫切心理与情感。乡村青年参加高考,考上"管它中专、大专,考中了就跳出了这个死庄户地,到城镇里去掏大粪也比下庄户地光彩……庄户孙! 你们考中了是你们的福气,父母亲也跟着沾光。"在《普通话》中,考上了中专的解小扁,成了全村人的荣耀。可见,汉民族对"士"的文化情结,对权力膜拜的官本位文化,皇权统治时代科举取士遗留下来的"集体无意识",并没

---

① 费孝通:《皇权与绅权·论绅士》,第7页。

有随着皇权统治的消亡而消亡，而是将其魂魄附在高考上，多少少男少女为其"抛头颅，洒热血"。"考中了成人上人，出有车，食有鱼，食不厌精，脍不厌细，书中自有颜如玉，学而优则仕！考不中进'人间地狱'，面朝黄土背朝天……"因而落榜生对乡村和土地充满仇恨，"我不赞美土地，谁赞美土地就是我不共戴天的仇敌"。

因为将高考看得过重，很多学子往往在考试时因过度紧张出现"高考综合征"。《球状闪电》里的蝈蝈，一上考场就有尿迫感，但却尿不出一滴尿，如此折腾，本来学得不错的他三次高考失利，不得不回家务农。《欢乐》中和永乐同一考场考试紧张过度的晕过去女生，让本来就紧张的永乐亦受到影响，考试时大脑一片空白，再次名落孙山。

其实，在20世纪八九十年代的农村，高考"回炉"的现象很普遍，有的年龄很大了还在复读参加高考。甚至有些青年比莫言小说中的永乐还夸张，八次参加高考，大家将其俗称为"八年抗战"。在此过程中，家人通过多种方式，甚至求仙问道、修坟改风水等方式，期望通过非自然力的福佑，出现奇迹。可见，这些学子和家人为了考试成功，付出了很多努力。但这一反复的过程，对学子而言身心和情感都要遭受巨大的压力。莫言对此深有了解。《欢乐》可谓是对当时在巨大的各种压力和亲人的复杂心境中"回炉""复读"的乡村青年的各种遭际、心理、情感等生动再现的一部史诗般的小说。《欢乐》中的叙述者永乐对"回炉生"痛苦的体验，家里哥嫂的怒骂，母亲的无奈和希望，几难选择，和学习的烦恼、一定年龄后男性青年性的饥渴，学习压力过大而导致失眠的痛苦等，都在很大程度上从人类学视角记录了特定的时代语境下的青年群体曾遭遇过的群体性事件。

因此，《欢乐》以其深如全面的书写，以人类学的深描，以意识流小说的文体技巧，将乡村青年如何和家人一起角逐高考，对高考成功的期待，以及高期待下事与愿违后的痛苦，和在这一过程中，参加"回炉"的学子们的心理、情感、观念和意识，家人、老师和学校对高考的态度等书写的淋漓尽致。莫言深描的高考扩招之前的乡村子弟与高考的复杂关系，再现了乡村青少年想通过高考跳出农门的艰辛与努力,以及家人对此的重视程度等,这种对已失去了的文化景观的激活和再现,具有保护非物质文化遗产的价值。

(二)招工进城与创业

中国的城乡差别,使得很多乡村里的年轻人都想走出乡村,进入城里。路遥在《人生》《平凡的世界》中对此曾做过书写。和路遥一样,莫言对中国的城乡差别深有体会。但和路遥不一样,莫言因为小学就辍学的成长轨迹,使他没法像他哥哥,以及如路遥一样的乡村青年那样,通过"国考"跳出农门。因此,他对乡村青年在这条路上的艰难选择的体验、印象等,和路遥等知识分子作家的体验又是不一样的。

在和大江健三郎的谈话中,莫言曾这样描述:"中国的城乡差别是比较严重的,城市和乡村明显地形成了两个不同的阶层。在过去的年代里,差别主要表现在经济上。城里人无论是荒年还是丰年,每个月都可以凭证购买粮食,不存在饿肚子的危险。而农民收成不好就要饿肚子,没有人管你。也许不是不想管,而是根本管不过来。城里人可以享受公费医疗,拿退休金,而农村则没有人管。这跟我国建国以来重视工业轻视农业,重视城市轻视乡村,重视工人轻视农民的政策有关。"①正是因为国家政策的倾斜,在莫言还未走出乡村的青少年时代,因为辍学不能考大学的事实,使他不再考虑第一种走出乡村的人生选择——高考,他知道他不可能像大哥管谟贤那样通过上大学跳出农门。而且因为家庭出身的限制②,莫言在当兵不能的情形下,在叔叔的帮助下进了棉油加工厂当合同工,做了三年半的工人。并在此期间,因各种机缘,如愿当兵,因此,棉花加工厂的经历可以说是莫言跳出乡村的人生的转折的开始。

莫言的经历代表了 20 世纪 70 年代很多乡村青年的经历。虽然时过境迁,但莫言的经历以及他在作品《白棉花》中深描的"我"和方碧玉等乡村青年

---

① 莫言:《莫言对话新录》,第 525 页。

② 在和王尧的谈话中,莫言对此有详细的言说,详见《莫言对话新录》,第 2—3 页;莫言的大哥在《大哥说莫言》中也有提及,叶开在《莫言评传》《莫言的乡土共和国》中都有提及,所以在此不再赘述。

招工进城的经历在当下具有人类学价值。当然在改革开放以后，市场经济的发展，为农民进城提供了多种机遇。城市里私营经济的出现，提供了很多就业岗位，而且在乡村里很多家底殷实一点，或者敢于闯荡的有志农民开始自己创业，慢慢地将自己的事业扩展到乡村之外的城镇。这种情形之下，很多农民走进城市，成了"农民工"这一中国当下特有的群体。但是，20 世纪 70 年代末、80 年代初，改革开放后商品经济的发展还未充分显示出个体和私营业主获取巨大财富的实绩，乡村里的农民仍然固守着传统的观念，重农抑商，对土地充满眷恋，看不起商人，乡村里的年轻人并未想着要通过自己的智慧和聪明才智，依托经济体制改革的大潮，走出乡土，从事经济活动。因此，对他们而言，要么当兵，要么招工进城，是最好的人生抉择。

当然，历史大潮不可逆转，作为一个对社会发展的分分秒秒都关注的作家，莫言的书写是剥离不掉现实生活的烙印的。因此，在他的很多小说中，都涉及了乡村青年在考不上大学、招工不可能、当兵亦无望之时，改革开放给乡村青年们提供了另一条走出乡村的路，即自己创业，从事个体经营等经济活动。《球状闪电》中的蝈蝈在城里上学的同学毛艳的鼓励下，勇敢地办奶牛场自己创业，的确是乡村青年的又一种选择。《流水》中的牛青和牛玉珍兄妹，在乡镇开始工业化进程的早期，适时地在镇子上开饭馆做生意，带动了几乎全镇的人开始从事这种个体活动。《枣木凳子摩托车》中的叙述者则感受和捕捉到改革开放之后传统乡村的技艺所受到的冲击。在《生死疲劳》《丰乳肥臀》《四十一炮》《蛙》等长篇小说中，莫言对改革开放之后，乡村青年到城市的创业活动都有书写。当然，因为莫言自己对这类经商活动的隔膜，他笔下的这种书写不是很深入。但对于做了这一选择的农民的心理、情感的变迁，以及乡村的个体商业经营对父子两代人的观念和思想，以及日常生活的影响，书写还是深入细腻的。

（三）参军当兵的人生选择及其之后的种种

莫言自己招工进城和当兵的经历，充满戏剧性。但当兵的人生际遇，对莫言如同《红与黑》中的于连做小家庭教师的经历一样，是其人生的转折点。莫言对于自己当兵过程中的戏剧性巧合、自己的努力，以及当兵之后的际遇等都记忆犹新。当然，莫言的当兵之路也代表了很多当时的农村青年参军入伍的人生选择。莫言不仅在各种访谈和公开场合谈及自己的当兵经历的曲折与戏剧性，和当兵之后的各种遭遇，而且也在很多作品中将这种经历进行了具体的深描。诸如《战友重逢》《丑兵》《黑沙滩》《金发婴儿》《爆炸》《蛙》等小说中对军人生涯及军人的情感、性相，以及他们在农村的家人的生活状况等都有深描。莫言的经历和小说，为读者和后人了解那个时代乡村青年的人生选择的各种复杂性，以及选择过程中作为个体的当事人的心理、情感等具有人类学价值，这些经历和文字作为一种非物质文化遗产，是见证这个时期这个群体的不可复制的人类学史料。因为的确"在那个时代，参军是乡村青年想得到的最好的出路之一"①。

《战友重逢》深描出身于农村的士兵，在别人的艳羡和嫉妒中，以跳出农门的喜悦义无反顾地出外当兵的真实生态。但当兵之后，真实的军队生活并没有想象的那么美好，而且军队丰裕的物质生活更加衬托出在乡村生活的家里人的困顿。因此，当兵之初的荣光和喜悦往往被真正的现实击得粉碎。同时，在军队腐败的政治生态中，这些没有任何权力依附的农村出身的军人，在入伍多年后仍然是普通士兵，他们期望彻底跳出农门的提干、上军事院校等梦想，往往亦被现实击得粉碎。不得已退伍返乡，返乡之后再要重新融入乡村生活时，从心理到情感都难以适应。这就像曾经在战场上驰骋，并获得荣誉的塞万提斯一样，战场上的勇敢和以此获得的荣誉终究成了过眼烟云，但他并没有因此而获得高规格的礼遇，反而处处碰壁，遭遇苦难。这些其实就是莫言本人对曾经的当兵经历在回忆中的升华和重构。而且，莫言在这篇小说中通过战友的追忆，真实书写了农村退伍军人回到农村后的孤苦生活和他们在巨大的心理落差中的各种病态和苦难。《欢乐》中疯了的高大同，《断手》中的苏社也是这类人物形象的代表。

---

① 叶开:《莫言评传》，第 150 页。

此外,莫言在《战友重逢》《金发婴儿》中深描了部队里的农村士兵的爱情和性相。因为军队里男女比例失衡,年轻战士在情窦初开之时缺乏恋爱对象而产生的情感困境,以及他们对女性的性渴望的书写具有人类学意义。而《战友重逢》《爆炸》《蛙》等小说深描了当兵在外的丈夫和农村的妻子、孩子的关系,妻子的怨与恨,与孩子的生疏等。这些书写是多面而又深入的,没有一位知识分子作家站在这样的视角和角度如此深入、真实地书写农村兵及其家人的心理、情感和生活状况。

雷蒙·威廉斯曾经感叹盖斯凯尔夫人在其小说《玛丽·巴顿》中对工业社会穷苦阶层的真实书写,他说,"很少有人像伊丽莎白·盖斯凯尔那样对工业社会阶层的痛苦如此深刻地感同身受。作为曼彻斯特市一位牧师的妻子,他亲眼目睹了穷人的苦难,而不像其他很多小说家那样,是通过报道或偶尔拜访得知的"。① 莫言作为作家,在《战友重逢》等小说中对农村出身的军人及其家庭情况的深描,和盖斯凯尔夫人笔下的英国工人一样符合事实逻辑。当然,莫言和盖斯凯尔不一样,他不是作为旁观者,而是作为亲历者,感同身受地书写那些为维护汉民族的和平事业而牺牲生命和家人幸福的农村军人群体,及其家人在农村的生存状况。他是作为亲历者把在现实生活和真实的情感经历中获得的切肤体验,通过艺术想象与加工写出来的。所以,他写的不是作为旁观者的他目睹的,而是他及其身边的战友亲身经历的。因此,他笔下的青年军人不是图解式的虚构形象,对他们的经历和体验的书写也不是凭空想象后的虚构,而是在对亲身体验的经历追忆基础上的符合事实逻辑的书写。

这种符合真实逻辑的书写在《金发婴儿》中也有体现,这部作品真实而深刻地深描了军队里的年轻战士的性相,以及两地分居造成妻子的性困境而产生的伦理悲剧。莫言在这类小说中关注的群体,是农村出身没有受过多少教育,但期待通过当兵这条路跳出乡村的青年。在今天,军人及其家属的此类问题得以解决和考虑。因而,历史的发展证明,莫言的书写和思考具有前瞻性,

---

① ［英］雷蒙·威廉斯:《文化与社会:1780—1950》,第100页。

这种问题在若干年以后被决策者重视,并以法律和政策的形式进行解决。

### 三、自由与不自由的生存状态与主体意识

莫言对于乡村青年的深描,看似是故事和其中的事件在述说青年,但其实是他让文本中的青年通过故事述说"过去"。但这中间充满了莫言式的叙事智慧,即用多元的叙事技法,意识流的、元小说的,或者多声部的,或者花开多朵各表一枝的结构模式,在多个文本中通过情节或者故事的增值性重复,在众多相似的不自觉呈现中,自觉地将读者带入文化根基中,探寻其中的内涵和意蕴。当然莫言的小说正如他自己所言,其中并没有但丁式的抽象的思想,也没有狄更斯和萨克雷的长篇大论的说教,文本叙事中有关乡村的书写几乎全是歌德式的亲历和记忆中的印象。文本中呈现的感性印象大于理性分析,但是莫言对题材的处理还是煞费苦心的。文本要表达什么、述说什么、意图何在?小说中的每个事件、事件中的人物,以及事件中互相关联的因果等,诸如此类都不是小说通过抽象的理性分析,而是通过缜密的事件编排和有些口语化的语词直接传达出来的。正如前一章分析论证的,莫言在以他所认为的"轻",以及读者初读小说文本时感到的"轻",促使读者思考众多由小说中的故事和人物形象的"轻"表达的"重"。他在很多小说中深描乡村青少年,看似不经意的向读者传达源自于自己回忆中的感性经验,实际潜藏着他建立在自己的生存经验和生命体验之后所要言说的"重"。

在莫言的众多小说文本中,具有不断重复的相似情节。所以很多批评者认为"文本重复是莫言小说的内伤","莫言的创作域非常狭窄"。但通过对莫言所有小说的细读、精读,以及对其文本世界深描的乡村世界里的种种书写的深入挖掘和解读,发现莫言小说的"文本重复"不在叙事艺术层面,而在内在的题材和情节层面。而题材和情节的重复并不是莫言小说创作的败笔,其实是莫言的叙事策略。因为这些重复现象衍生着更为复杂的意义。莫言在多部小说中对不同的青年人物形象相似境遇的重复式书写,"组成了作品的内在结构,同时这些重复还决定了作品与外部因素多样化的关系,这些因素包括,

作者的精神或他的生活,同一作者的其他作品、心理社会或历史的实际情形,其他作家的其他作品,取自神话或传说中的过去的种种主题,作品中人物或他们祖先意味深长的往事……"①

莫言的小说对于乡村青少年的深描,是他的精神和生活,以及他曾经生活的社会心理和历史的实际情形影响的揭示,也是对作品中的人物和祖先创制的根深蒂固的文化不自觉思考的结果。在中西方文化的传统视域中,青少年文化"是一种附属于主流文化与父文化之下的一种亚文化,而且被更广大的社会当成是一种'公害'或'越轨'文化"②。汉民族的父权文化,"君为臣纲,父为子纲,夫为妻纲"的伦理规约,形成了一个从上到下服从和管理的结构模式,这种服从和管理对"下"而言,不仅表现在外在行为和行动上的服从,而且表现在内在思想上的服从。

(一)自由与不自由的生存状态

汉民族的青少年一直以来都在儒家理性文化、家长制父权文化的制约下,成了被压在肥大的多层皮袍下的卑微的"小",他们的主体意识和独立思考的精神被限制,甚至被扼杀。他们的生存状态在自由与不自由的两级,即需要管制和教育时的放任,和需要自由时的管制,这种矛盾夹缝中的生存状态让他们的人生充满悖论。

汉民族乡村世界里的农民作为深受儒家文化影响的一个群体,他们有对主流文化坚守的执着与认真,但同时因为条件所限,在执行文化规约的一系列规范的过程中,执行和实践往往做不到统一。帝王、官宦、士绅,地主家里的王子、公子、少爷、小姐,平时在父亲忙于在外处理政务、工作的时候,家里除了有母亲之外,还有家庭教师、保姆、书童的陪伴和监护,即使母亲要管理家务监管不力,也有家里的这些被长辈赋予了某种监督功能的杂役人员监督其苦读诗书,并且在行为上有服从长辈的规定和儒家的文化伦理规约。因此,较这些青

---

① [美]J.希里斯·米勒:《小说与重复》,王宏图译,天津人民出版社 2008 年版,第 3 页。

② [英]安·格雷:《文化研究:民族志方法与生活文化》,许梦云译,重庆大学出版社 2009年版,第 51 页。

年子弟的不自由而言,乡村世界里的青少年在日常生活中似乎拥有的自由要多得多。因为父亲在外从事农业生产或者做一些养家糊口的营生,平时和孩子相处的机会都少,更不用说时常出现在孩子周围监督和管理,乃至教育了。当然在父对子的管理过程中,父亲以上压下的不交流、沟通的打骂教育模式,和少男少女潜意识里具有的下对上服从的伦理规约,在一定程度上影响了青少年的行为举止和他们对自由的自我管控。正是因为父亲主外的事实,造成在子女成长中的缺席,使得在日常生活中,子辈和母亲相处的较多。但乡村世界里的母亲不但要操持家务,还要孝敬丈夫的爸爸妈妈,甚至在农忙时也要和丈夫一起从事农业生产活动,所以母亲其实和孩子们相处的时间也是相当有限的。总之,正是这样的原因导致在现实生活境遇中,乡村世界里的孩童和青少年自然在日常生活中有相当多的自由空间。

《丰乳肥臀》中上官家的女儿们,父亲和祖父母忙着打铁挣钱,母亲不但忙着怀孕和生育,而且还要帮公婆和丈夫打铁、做饭,家务活繁多,没有多余的精力去管理和教育孩子。因此,这些姑娘们在日常生活中自然是相对自由的。她们大的带小的,大的小的一起做事、谋食,饿了、渴了自己解决,是比较自由的生活状态。乡村青少年自由的生活状态在传统社会是那般,在新社会还是那样。《梦境与杂种》中的树根、树叶,在新中国虽然有免费的学可上,但是不愿上学逃学时,父母仍然像传统社会中的父母那样对他们疏于管理。《白杨林里的战斗》中打架的两队少年,《模式与原型》里的狗,《四十一炮》里的罗小通和同父异母的妹妹,《你的行为使我们恐惧》中的吕乐之和他的同学们,《蛙》中的学生时代的万小跑、王脚、肖上唇等吃煤的乡村少年,《天堂蒜薹之歌》中的高马,《麻风的儿子》中的张大力和伙伴们等,他们在无人管理的状态下自由地打架、逃学、恋爱、玩乐。但是,不管是哪个民族的青年,作为生活在一定文化和境遇中的个体,文化和境遇赋予的潜在规约,成了约束他们心理和情感层面正常发展的深层机制。因此,任何自由都是相对的。

由于儒家"孝"文化和家长制父权文化的根深蒂固,汉民族的青少年在成长经历和人生选择中拥有的自由和其他很多民族的青年相比,自然要少得多。

因为在这个民族,作为子辈的青年不仅是他自己的,而且是父母的,是家庭的。一旦到了一定的年龄,他们被认为可以作为一个"人"被关注的时候,他们自由的生活状态就会被多种义理所限制。正如萨特所言,"人是自己造就的,他不是做现成的;他通过自己的道德选择造就自己,而且他不能不做出一种道德选择,这就是环境对他的压力"。① 强大的父权文化没有给予汉民族的青年遭遇种种选择时忧虑和彷徨的机会,他们在父辈和家庭的安排下沉重地选择。有条件的求学考取功名,或者参军当兵,或者参加城镇招工跳出农门,一旦这些都做不到,男孩子便要通过媒妁之言、父母之命结婚生子,传宗接代。

莫言人类学书写中的青少年自由与不自由的生存境遇,符合现实社会的事实逻辑。这些青年看似自由,诸如他们的情感、欲望、性相,他们的日常生活中在家里的存在状态等。但他们却在人生的某一时刻失去自由,和传统社会里的"士"及其以上阶层,以及乡村里地主家的少爷们一样,有爱的不自由,表达思想的不自由,选择自己人生出路的不自由等。

莫言小说中的乡村青年自由与不自由的状态,首先表现在他们的人生选择层面。梁漱溟说:"中国人恰介于自由与不自由之间——他未尝自由,亦未尝不自由。"②作为个体的人有自己选择职业的自由。但汉民族乡村世界里的青少年在这样的人生抉择中,和婚姻一样,没有自由选择的机会。纵观人类历史发展中的人的发展史,人的自由的赋予和获得是建立在民主之上的,而"民主始于不得不承认旁人"。但"恰好是先自动地承认了旁人为何能这样呢?要知'行于家人父子间者为情,而存于集团与集团之间、集团与其分子之间者为势'。(见第十章③)在情如一体之中,时或忘了自己而只照顾旁人。"④因此,汉民族家长制父权文化规约下的青少年,在职业选择这种很个人的事情上,先要"照顾旁人"。在家族自由大于个体自由的情形之下,"整个家族的荣

---

① ［法］让·保罗·萨特:《存在主义是一种人道主义》,周煦良译,上海译文出版社 2005 年版,第 26 页。

② 梁漱溟:《中国文化要义》,上海人民出版社 2011 年版,第 233 页。

③ 这是作者原注,"第十章",指的是引者引用的《中国文化要义》的第十章。

④ 梁漱溟:《中国文化要义》,第 234 页。

誉重于个人的荣誉,促使个人为了他的整个家族进行奋斗,以其自己的功名来带动全家流动到上层社会"。①

当然,除了家长制父权文化在青年人生选择过程中的限制之外,"学而优则仕"的文化思维,以及科举取士的考试制度,"给中国传统社会结构及其功能极大的影响"。② 这和伦理社会的文化义理一起是造成青年选择不自由的主要原因。"在伦理情谊中,彼此互以对方为重,早已超过了'承认旁人'那句话,而变成'一个人似不为其自己而存在,乃仿佛互为他人而存在者'……"③《欢乐》中的永乐在多次"回炉"高考"及第"的选择中,自由是很有限的。因为他的高考,与其说是自己的,还不如说是母亲和哥哥的,是家族的。正因为这样,这个贫穷的无法想象的家庭,才会顶着巨大的家庭矛盾和经济困窘的压力支持他五次"回炉"。因此,永乐一次次回炉参加高考是"学而优则仕"文化思维在乡村的潜在影响,而且这种文化思维和"孝"文化、"面子"文化等都是限制永乐人生选择的砝码。因为,考试成功不仅是作为青年的永乐的梦想,也是家人的梦想。母亲修坟改变风水,哥哥大老远为其送吃喝,看似是一家人之间的关注和关心,实则加重了其自由选择的砝码。背负着母亲和哥哥的恩情和厚望,以及整个家庭的荣誉和面子,永乐遭遇了和萨特的《存在主义是一种人道主义》中参军与否的青年一样的选择困境。不过萨特笔下的那个青年是自己人生选择的主体,并不是母亲或者国家。而永乐只是家族选择中的一个棋子,选择的权力主体是无形的传统和有形的家人。

因此,文化的重担和伦理情谊的社会关系网是永乐选择的困境,多次高考不中,心里背负的沉重负罪感与痛苦,成了阻断他生命活动难以言传的"苦情"。因此,永乐的经历既有典型性又有批判性。在中国 20 世纪八九十年代的现实语境中,乡村青年在初三、高三多次"回炉"参加中考和高考是很普遍

---

① 翟学伟:《中国人的脸面观:形式主义的心理动因和社会表征》,北京师范大学出版社2011 年版,第 137 页。

② 翟学伟:《中国人的脸面观:形式主义的心理动因和社会表征》,第 137 页。

③ 梁漱溟:《中国文化要义》,第 237—238 页。

的事情。莫言对于这一事实的文学再现,将笔触指向边缘世界里的边缘人,让他们在永乐人生选择自由与不自由的悲剧中述说过去,客观再现他们生存境遇中的不能承受之重。

其次,乡村青年的自由与不自由的状态,也体现在他们的情感和婚姻抉择方面。这些青年在情窦初开之时,因为家人的不关注可以自由地想象自己的恋爱对象,如《白棉花》中的"我"对方碧玉的想象和暗恋,《冰雪美人》中的"我"对孟喜喜,《杂种与梦境》中的树根和树叶两个人的相互爱恋,《模式与原型》中的狗对女知青的暗恋,《生死疲劳》中西门金龙与互助、合作姊妹的情感纠葛等,都在重复地讲述乡村里的青年男女自由的爱恋状况。但是在这种自由的爱的想象背后是婚姻义理规约的不自由。《球状闪电》中的蝈蝈,《金发婴儿》中的紫荆和孙天球,《丰乳肥臀》中的上官寿喜和鲁璇儿,《扫帚星》中"咱家"的父母,《蛙》中的万小跑,《檀香刑》中的赵小甲和孙媚娘,虽然几部小说中故事发生的时代有传统社会也有现代社会,但地域空间的恒定性使得他们选择结婚对象时遭遇的问题极其相似。故事设置在传统社会的上官寿喜和赵小甲在选择结婚对象时的不自由是不言而喻的,而生活在现代社会的蝈蝈、万小跑、孙天球、紫荆也和他们一样遭遇了不自由的困境。蝈蝈因高考不中,不得已在父母之命、媒妁之言的规约中结婚生子,履行传宗接代的义理。而且在结婚对象的选择中他几乎没有任何自由。"咱家"的父亲、万小跑等也都有类似的遭遇。而且他们在遭遇这些不自由时,在婚前都要听命于父母,顺从地和家人安排的结婚对象结合。

是什么让这些青年能够这样和自己的人生开玩笑,并能在选择中不顾及自己的情感和幸福,违心地和自己并不爱的人结合?这便是儒家文化的"中庸""忠恕""至诚"等深层文化结构作用和影响的结果。这种文化上的"集体无意识"在社会和家庭内部产生了不平等的同时,制造了不自由。"中国人在他生活上没有认识自由,没有确立自由,这确乎是不能否认的;这是一个缺短,我们应当补充。中国人对自由虽不起兴味,而大体与中国精神并不冲突,没甚问题。但是真的就不冲突没甚问题了吗?还有问题,还有冲突的地方!不过我们可以想法调和。"在汉民族已经把自由看作是团体给个人的,你自己可以有自由,但"你若违背了团体为希望发挥你的长处才许给你自由的意思,而去自由的时候,那么,团体就可以干涉你,不让你自由。简言之,你对,就许你自由;否则就不能自由。"所以在汉民族,个体想要自由是有条件的,即你要的自由必须合乎"中庸"的文化思维。

（二）"中庸"的文化思维对青年自由的扼杀

"中庸"是儒家核心伦理观之一,是"仁"在日常生活行为中的实现。这种强调不偏不倚、过犹不及的文化思维,在几千年的帝制统治中维护了统治阶层上对下的管制与下对上的服从,这也在表面上形成了泱泱中华大国,统治有序,君臣有礼,长幼有序,上下一派和谐的局面。但是,"中庸"思想和"仁政"的统治理念,在表面一派和谐的深层潜藏着专制和众多的不平等。就"中庸"的字源意义来看,"庸",《说文解字》里解释:"庸,用也",对"用"的解释:"用,可施行也"。根据徐复观的研究,从《论语》中的"行有余力"的"行",《国语·齐语》"君之庸成也",《庄子·德充符》"其与庸亦远也"中"庸"的"凡庸"之意,到朱元晦"庸,平常也"中的"平常"的解释①,朱元晦的"平常"二字,"极为妥帖,惜尚不够完全;完全的说法,应该是所谓'庸者',乃至'平常的行为'而言"②。而"平常的行为","是指随时随地,为每一个人所应实践、所能实现的行为。坏的行为,是人与人互相抵牾、冲突,这是反常的行为,固然不是庸。"③徐复观对"中庸"的解释,其中对"平常"与"反常"的"坏"的行为的评判可以看出,儒家伦理早就规定了人应该谨慎地约束自己的行为,不能超越统治阶级所规定的"庸"的"平常"。徐复观还指出,如果社会中的每个人"各顺其意志以表现与日常生活中的,常是混乱、冲突、矛盾,与中庸之道,可谓大相径庭。"④因此,《礼记·中庸》中规约,"是故君子戒慎乎其所不睹,恐惧乎其所

---

① 徐复观:《中国人性论史》,华东师范大学出版社 2005 年版,第 70 页。
② 徐复观:《中国人性论史》,第 70 页。
③ 徐复观:《中国人性论史》,第 70 页。
④ 徐复观:《中国人性论史》,第 76 页。

不闻。"因此,君子和小人不一样的是,君子能随时随地约束自己的行为,甚至在独处时"慎独"。

"中庸"的文化思维,以及其中包含的复杂的"仁治"的理念,从道德和行为上约束人们行为的同时,形成了"看重理性,贤智领导"和"尊敬亲长"的等差秩序。但在这看似自然的、不可磨灭的、天然的,看似与平等不冲突的等差秩序背后,失却的是个体对平等、自由的追求。乡村世界里的青年为什么会牺牲自己的情感和一生幸福和自己不爱的对象结婚,答案就在这里。孔子说:"回之为人也,择乎中庸,得一善,则拳拳服膺,而弗失之矣"。而其中"得一善,则拳拳服膺"中由"中庸"到"善"和"服膺",以及由此衍生的"忠恕""至诚"等权力话语,在"君/臣、父/子、夫/妻"三对构成汉民族基本人际关系网络的二元对立结构中,为了让后者发自内心地衷心信服前者,从而在尊重与面子的冠冕堂皇的理由下形成了一套压制、管制权力模式。

鲁迅在《由中国女人的脚,推定中国人非中庸,又由此推定孔夫子有胃病》中说:"我中华民族虽然常常的自命为爱'中庸',行'中庸'的人民,其实是颇不免过激的","然则圣人为什么大呼'中庸'呢? 曰:这正因为大家并不中庸的缘故。人必有所缺,这才想起他的需⋯⋯"鲁迅的话不免有些偏激,相信历史上有很多正人君子是讲中庸的。但话说回来,被孔子视为中庸的楷模的圣人,往往做过犹不及的事情,要臣子服从和忠恕、至诚的帝王,往往出尔反尔,多少忠臣良将在效足了犬马之劳之后,命也随之不保。"君/臣、父/子、夫/妻"的二元中,前者未必讲中庸,但后者被限定必须要讲。"中国人之尚平等与西洋也不同;西洋人之要求平等是从个人出发,都是说我应当与你平等,你不能不给我某种地位、某种权利等等,中国人则掉过来,平等从人家来说,不从自己主张。在中国人自己没有我与你平等的意思。"①徐复观说,"中庸是不偏、不易,所以中庸即是'善'"。这种"善"的道德的良性标准,是汉民族的青少年在成长中始终要践行的"中庸""忠恕""至诚"的规范。他们处于被管制

---

① 梁漱溟:《乡村建设理论》,上海人民出版社 2011 年版,第 149 页。

者的不平等的地位而不能有所抗争，因此失却了话语权，从而失去了精神和心灵的自由。

为了在服从与屈从中让屈从者心甘情愿、心悦诚服地接受管制，文化规范的制定者们还在屈从的不平等中渗透了"德性"的评判标准，即你要是服从和忠诚，你就是"君子"，否则就是"小人"。因此孔子说，"君子依乎中庸，遁世不见知而不悔，惟圣者能之"。这种规约从文化的深层心理结构内部，成了约束权力金字塔的每一层级好面子的"君子"们表面的"谦恭"和"温顺"。而君子和小人的二元对立，其实是儒家文化很早就确立的褒扬一方、贬抑另一方的不平等思维模式的基础。君子是理性的典范，是高人一等的众人仿效的对象。既然要被主流话语和文化认同，再有思想的人也不能逾矩，即使"下"有不一样的看法和观念，也不能堂而皇之地提出来。因为这是以下乱上、肆无忌惮的坏的行为，是小人所为。因为孔子有言"小人之反中庸也，小人而无忌惮也"。

因此，儒家"中庸""过犹不及"，下对上"忠恕""忍让""屈从"的文化思维，扼杀了青少年获取自由的动机和自由思考的能力，使得他们的人生概念里没有"自由"二字。此外，汉民族儒家重个体的外在德性修为的文化规约，从文化心理上也限制了青年，尤其是那些具有治国安邦厚重使命的集体无意识的青少年。

如上所述，儒家由"中庸"到"服膺"、"忠恕"和"善"的文化和道德规约，从文化深层的心理结构层面限制了汉民族乡村世界里的青少年多种选择的自由。他们在服从和忠恕的内在心理机制的约束下不敢逾矩的行为和德行操守，使他们失却了作为个体的主观意识和独立思想。当然，对于青年而言，这无疑不是先天留存的，而是后天的文化生成的。在传统社会，乡村里的地主阶层，城镇中的士绅和官僚及其以上阶层的孩子，从小就开始接触并在先生的要求下背诵古代典籍，死记内容是必需的。但对内容要传达的观念却不求甚解，也不要求有独立的、有创造性的见解。这种没有任何创造性的学习方法和教育机制，以及家长制父权文化不重视开发孩子的智慧和孩子敏感多思的天性的理性文化思维，扼杀了从孩子到青年这一成长阶段的独立思考问题的能力。

（三）莫言小说中的乡村青年对自由的追求

莫言在小说中赋予了乡土世界的青少年思考和表达自己见解的独立意识和思维能力。《欢乐》中的永乐终以自绝的方式，向新时代的国考"高考"和母亲以及兄长为代表的高高在上的权力主体发出了抗议；《翱翔》中的燕燕在新婚之夜以翱翔的独特方式抗议母亲和兄长的包办婚姻；《天堂蒜薹之歌》中的金菊在面对父亲和兄长安排的"换亲"逼迫时，在爱人高马的鼓励下，敢于表达自己的见解寻找真爱，以自己的方式反对不合理的婚姻义理。而小说中的青年高马，因为曾经的当兵经历，在了解新时期的《婚姻法》的基础上，敢于和金菊的父兄叫板，追求爱情自由。尽管被毒打，但仍然坚持自己的想法。后来两人以私奔的方式抗拒这种在不平等的强权压制下的换亲闹剧。

《透明的红萝卜》中的黑孩，也在以无声胜有声的方式表达自己的爱情。他在面对善良的菊子对自己的关爱时，产生了爱恋的情感。虽然他不明白那种微妙的情感是什么，也无法像小石匠一样用言语和行动表达对菊子的爱意，但他也以自己的方式表达他的情感。在工地上的妇女，包括菊子走了以后，"他很准地找到了菊子姑娘的座位，他认识她那把六棱石匠锤。他坐在姑娘的座位上，不断地扭动着身体，变换着姿势，一直等调整到眼睛跟第七个桥墩上那条石缝成一条直线时，才稳稳地坐住，双眼紧盯着石缝里那个东西……"因为那个地方塞着菊子给他包过手的手帕。后来在小铁匠和小石匠打架的过程中，黑孩没有帮助平时对他照顾有加、护着他的小石匠，反而跑去帮助打他、骂他的小铁匠，看似违背情理，但也在情理之中。因为在对菊子的情感角逐中，他和小铁匠一样是失败者，他虽小但内心还是对小石匠有因爱而生的妒意。这里的黑孩始终是失语的，大家以为他是哑巴，也认为他是傻子，但莫言在这个用自己的失语抗拒着"长"的管制权力的孩子身上，寄托了深刻的文化思考。在主流文化的边缘失语的乡村世界里边缘的少年、青年，在成人的眼里是没有任何主体意识的，他们虽然有言说的能力，但他们基本上是失语的。失语的黑孩，其实以他内心充满思考的力量和言说的能力抗拒权威。这如《俄狄浦斯王》中瞎眼的先知忒瑞希厄斯能看清明眼的俄狄浦斯看不到的真相一样,黑孩从孩子的视角洞穿成人世界里的一切。他对后母的作为、工地队长的私心,和铁匠师徒暗中的较量,以及菊子和小石匠的爱情、小铁匠的妒意都是明了的。这种明了的见证,是小说最后他偷了萝卜被大人辱骂并剥去裤子时眼里的泪水,这泪水便是作者莫言对冷漠的理性文化和成人世界的批判与反思。

因此,虽然在莫言的小说中,乡村里的青少年群体和孩子都遭遇了管制,具有不能自由表达自己的思想与见解的共同精神结构。但是莫言站在他们的角度,写出了在遭遇不平等时,都有的主体意识和对自己境遇的思考能力。如《檀香刑》里的孙媚娘孩童和少年时期,在母亲和父亲的关系中,以及后来母亲去世后和父亲一起生活时对父亲的作为、对父亲的再婚等都有自己的思考和见解。但囿于"中庸""忠恕"等深层文化结构和"孝"的义理和文化规约,她不可能像哈姆雷特或者《十日谈》中的绮思梦达那样理直气壮地表达见解,也不敢公然责备父亲并质疑父亲的权威。然而在父亲后来落难之时,虽然她从内心里对父亲所做之事有众多的不满和意见,却不计前嫌地以自己最大的能力挽救父亲。因此,在各自的故事轨迹中,她和金菊一样,有独立思考的能力和面对苦难时的勇气和胆识。

《四十一炮》中的罗小通,因为是故事中叙述者之一,所以他不但能自由地表达他的想法和观点,而且还能站在自己的立场审视父母和第三者黑骡子姑姑的情感经历。小说的叙事视角虽然不断变换,但始终有一个不断成长,由孩子到少年到青年的罗小通的叙事视角,这种叙事角度可以让读者完全站在他背后,看、听他的所思所想。乡村世界里的孩子、少年、青年,在罗小通的叙述中站在主流文化面前,以自己的思维和思想意识的复杂性反思和见证了被主流文化的代表"长"们压制着的"幼"的存在和思维的合理性。所以,在整个小说叙事中,作者赋予叙述者罗小通独立思考和解决问题的强大能量。甚至成人世界里的"智囊"老兰都没有当他是"幼"不予重视,而是充分地尊重并利用他的智慧和胆识。莫言颠覆了边缘世界里的边缘群体不能独立思考且没有主体意识的文化偏见,就像杜拉斯在《副领事》中让一个做了错事,怀孕以后被父母赶出来的无名无姓的女乞丐作叙事主体一样，在小说叙事中让罗小通占据主导地位，让他以自己的思考和行动述说自己，并以此解构主流文化强加给边缘者的不自由和不平等。

此外，莫言的小说中乡土世界里的青少年像方碧玉、孙媚娘、上官家的女儿们、王仁美、金菊、高马、小石匠、菊子、吕乐之、永乐、鱼翠翠、解小扁，以及说不出一句话，用自己的微笑和锲而不舍的追逐跟着回乡上尉的怀抱鲜花的女人等一起勇敢地追求自己的爱情和幸福。他们有表达自己、述说自己的愿望和思考的能力，她们渴望爱和被爱，同时也以自己的努力主动追求幸福。虽然她们没有罗密欧与朱丽叶花前月下的浪漫、甜美，没有华丽的盟誓言辞，但他们却以自己的方式守卫自己爱的权力和尊严。《白棉花》中的方碧玉虽然被乡村里的"官员"村支书限制了追逐爱情的自由，但在遇到心仪的对象时仍然敢爱敢恨，比作为男青年的叙述者"我"还要大胆。"我"虽然从小就喜欢方碧玉，但始终不敢表达，只能眼睁睁地看着方碧玉与李志高谈情说爱。方碧玉后来的作为更有胆识和魄力，在和李志高的事情被发现，爱人退缩并将其抛弃之后，却以自己的聪明和智慧报复那些在她爱的道路上设置障碍爱管闲事、瞧不起农民的正式工。《普通话》中的解小扁，以对知识和文化的执着，坚持自己的想法，虽然遭到了迫害失去了言说的能力，但她的斗士式的姿态证明了乡村少女追求自由的勇气。

方碧玉、孙媚娘、上官招弟、上官来弟、解小扁等女青年，不管小说故事发生在传统社会还是现代社会，她们身上都具有追求自由的主体意识。汉民族的传统社会里不乏有武则天、花木兰等具有胆识和气魄的女中豪杰。莫言以对这些女性的成功书写激活了古代有胆识、智慧、勇毅的女勇士们身上所具有的女青年与生俱来的气质特征。她们以抵制父权为代表的男性权威的独特姿态，在男权特质、崇尚男性气质的乡村世界的一隅，演绎了和华裔女作家汤婷婷《女勇士》中的女勇士们有着相似文化意蕴的女性故事。

因此，在莫言的小说中，传统社会里出身于乡土世界的少男少女具有以往主流文学中的青年所没有的哲思与智慧，以及追求自由的主体意识。这主要源于两个方面,首先,是因为为了符合这些青年男女存在的事实逻辑,莫言在小说中赋予他们和中年人一样的理性、情感、智慧,以及其他人性的多面。其次,源于乡村世界里的青年男女在不自由的存在形态中自由的生命状态。因为乡村世界里背负厚重的家庭责任的父辈们,因为养家糊口的耕作和其他营生,以及传统文化赋予的不关注和关爱孩子的成长的点点滴滴的文化思维,使得这一群体成了被文化和家长忽略了的存在。在平时的日常生活中,他们是被散养的,身体的发育成长,生理的变化,以及心理和情感的诉求都被忽略。但恰恰是这种尴尬的生存状态,以及处于边缘世界的乡村,没有条件系统接受古代典籍等书本上的传统文化教育的边缘群体,成了解构家长制父权文化对青年的思想和人性禁锢的一个缺口。正如琳达·哈琴所言,"处于中心之外,位于边界或者边缘上,既置身其中又置身其外,等于拥有不同的视点"。①

---

① [加]琳达·哈琴:《后现代主义诗学:历史·理论·小说》,李杨等译,南京大学出版社2009年版,第92页。

# 第四章　乡村世界里的农民和动物

农民和动物有一种天然的联系，就家畜而言，它们既是生产工具、生产资料，也是合作伙伴和亲密的伴侣；就乡村世界里的其他动物而言，因为在长期的农业生产和生活中和人的密切关系，先民们在万物有灵的巫术思维的影响下，赋予它们各种超自然能力。这些动物作为乡民的心灵和情感意识中超自然的存在和力量，在缓解他们的焦虑和无助感，为他们提供心理抚慰等方面有着重要意义。这一章就从这一视域出发，从农民与家畜、乡村动物崇拜两个层面探寻莫言人类学书写中的农民与动物。

莫言的小说不但深描了乡村世界里的人，而且深描了动物。在莫言的小说中，人和动物的关系是和谐的，这些动物除了和农民的生产、生活密切相关的牲畜之外，还有狐狸、狼、野猪、猫、刺猬、猴子等野生动物，甚至苍蝇。莫言说："我的早期作品里还写过麻雀、马、刺猬，还有羊，甚至写到猴子。"当莫言被问及小说里经常出现动物的形象，以及小说里的动物和他接触过的动物的关系时，莫言说："这在我的记忆、回忆当中是一个主要的组成部分。"[1]他后来又在多个不同的场合提及小说中的动物书写。他说："我也是一个爱在作品中表现动物的人，这可能跟童年的生活有关。""因为童年的生活经历，我常常觉得一动笔，动物就会冲着我跑过来，手跟不上思维，而涉及人的故事和情节时，反而会停下来想一想。"而《生死疲劳》就是"一部以动物为主角的小说"[2]。卡尔维诺对未来文学作品的预想是"让作者能够超出自我的局限，不

---

[1]　莫言：《莫言对话新录》，第 368 页。
[2]　莫言：《莫言对话新录》，第 370 页。

是为了进入其他人的自我,而是为了让不会讲话的东西讲话,例如,栖在屋檐下的鸟儿,春天的树木或者秋天的树木,石头,水泥,塑料……这难道不是奥维德论述形式连贯性时追求的目标吗？这难道不是卢克来修把自己与自然、与一切事物等同起来时所追求的目标吗？"

　　莫言的小说将动物放置在和人平等的立场和视角,让这些在乡村里不能言说自己却和农民的日常生产、生活密切相关的生命体说话。就汉民族的文学而言,这种书写是和世界文学接轨,跳出了"人类中心主义",关注自然、关注人之外的其他生灵的开始。就人类而言,莫言的小说通过对农民在日常生活中和动物和谐关系的书写,在深入把握和认知与人类相关的其他物种的心理和情感的同时,具有探寻人和动物和谐共处的人类学意义。

## 第一节　农民与动物关系书写的文学史回顾

　　莫言小说中对农民与动物关系的深描,和他对乡村世界里农民家庭伦理关系以及对婴孩、青少年的系统、细致而又深入的书写一样,发现了日常生活中的农民的同时,呈现了汉民族乡土世界里的乡民和动物的密切关系,以及他们的动物崇拜,和这种崇拜中彰显的乡民们朴素的文化思维。在回顾以往的文学对农民与动物的书写之前,先就莫言研究中有关莫言小说中的动物相关研究的文章做一简要梳理。与莫言小说研究的繁荣局面和莫言的很多小说对动物的深描相比,学界有关莫言小说中农民与动物关系的研究成果却比较少。其中只有张寅德的《生物的小说:莫言作品中的人和动物》①、管谟贤的《读〈牛〉说牛》②、孙芳薇的《论〈红高粱家族〉中的动物意象》③、蒋卉的《论莫言小说〈蛙〉中的"蛙"的意象》④、肖楠等的《管中窥豹——〈白狗秋千架〉中白狗

---

① 张寅德:《生物的小说:莫言作品中的人和动物》,《中国视角》2010 年第 3 期。
② 孙惠斌:《莫言与高密》,中国青年出版社 2010 年版,第 133 页。
③ 孙芳薇:《论〈红高粱家族〉中的动物意象》,《北方文学》(下半月)2012 年第 9 期。
④ 蒋卉:《论莫言小说〈蛙〉中的"蛙"的意象》,《百色学院学报》2012 年第 6 期。

形象分析》①等不多的几篇文章。张寅德在《生物的小说:莫言作品中的人和动物》中认为,莫言的想象世界是建立在一种新的人文主义和人与动物紧密相连的社会之上的,而且正是这种紧密关联才使人成为人,认为莫言的作品表达了人与其他动物之间的界限的伦理观,表达了一种所有物种共存共生的观念。

张寅德从莫言小说中的动物和人的关系切入,从国外学者的视角研究了莫言小说中的动物书写对人类中心主义和种族中心主义模式的颠覆,也看到了在汉民族乡村社区里,"人与动物间的相互纠葛往往呈现出杂居的模式,在这个社区里,人与动物混居或者作为动物而生存"。② 莫言的小说对动物的书写,以及对人和动物的密切关系的书写,是否是他有意识地要突破人类中心主义或者种族中心主义,这个自然不得而知,但小说的确打破了人类中心,看到了乡村里的动物的独特价值和文化意蕴。尽管乡村世界里的动物与乡村和农民紧密相关,但在以往汉民族的文学书写中,鲜有作家将这些动物放置在农民的日常生活中深描。

## 一、古典诗词中对六畜的文学想象

在汉民族抒情诗悠久的历史长河中,和农耕文化密切相关的六畜在诗人墨客的笔下不断被演绎。然而这些动物在诗歌中不是农业生产和农民日常生活中不可或缺的生产工具、生产资料和伴侣,而是诗人们寄托理想托物言志的独特意象。以下将通过具体的文学史梳理,探寻古典诗歌和文学对六畜(牛、马、驴、猪、羊、狗)的文学想象。

汉民族的农耕文化,牛在农业生产、生活中的重要性,产生了源远流长、丰富多彩的牛文化,与"牛"有关的生肖故事、书画、成语、谚语、诗歌、民间故事等数不胜数。关于牛的书画更是数不胜数,如唐代画家韩滉的《五牛图》,就

---

① 肖楠等:《管中窥豹——〈白狗秋千架〉中白狗形象分析》,《青春岁月》2013 年第 9 期。
② 宁明编译:《海外莫言研究》,山东大学出版社 2013 年版,第 102 页。

被誉为"中国十大传世名画"。就文学而言,汉民族是诗歌见长,因此虽然在主流作家的创作中,鲜有作家从农民的视角书写牛以及牛和人的关系的,但很早就有咏牛的诗句,如《诗经》《小雅·无羊》中"尔牛来思,其耳湿湿……或降于阿,或饮于池,或寝或讹"。此外有唐代诗人元结的《将牛何处去》、陆龟蒙的《五歌·放牛》、刘叉的《代牛言》;宋代陆游的《饮牛歌》、梅尧臣的《牛衣》、李纲的《病牛》、雷震的《村晚》、孔平仲的《禾熟》;明代诗人高启的《牧牛词》;清代王恕的《牧牛词》、袁枚的《所见》等。在汉民族的民间故事中,也有很多关于牛的童话、故事。如《牛王撒草效人间》《降牛耕田》《老子降青牛》以及"牛为什么没有上门牙"的传说、"牛恋"等。

汉民族的农业文化不仅孕育了丰富多彩的牛文化,也孕育了丰富多彩的马文化。关于马的成语、诗词、书法、绘画等不胜枚举。汉民族的文人骚客注重诗词歌赋,不注重叙事的小说。虽然在魏晋南北朝时期就有了小说的前身——志怪、志人传奇等,但小说这一文体在明末清初的时候才被重视。因此,虽然汉民族的马文化源远流长,但在主流文学中写马的小说并不多见。不过和诗人对牛的关注一样,亦有很多诗人在诗歌中书写马。唐代的很多大诗人如王昌龄、李白、王维、白居易、韩愈、杜甫等的诗歌作品中,都有咏马、赞马,或者借马抒发情感的诗歌;宋代也有诗人如辛弃疾、陆游等人在诗歌中让马入诗。在比较文学的主题学研究中,一些研究古代文学的学者,将汉民族古典诗词中的马的意象作为自己的主要研究内容进行研究,并取得了丰硕的研究成果。可见,汉民族主流文学中对马的书写还是多见的。当然不但在主流文学的诗词歌赋中有写马的名篇,在汉民族的民间故事和传说中也有关于马的故事。

其实,汉民族乡村世界里以家为本位的农业生产方式,以农耕为获取生产资料和生活的物质资料的主要方式,长期以来除了形成源远流长、丰富多彩的马文化、牛文化之外,因为农民和驴更亲密的关系,同样形成了更加丰富的驴文化。比起牛的敦实、倔强、厚重,马的神圣与英雄主义色彩,驴子则更接地气一些,它任劳任怨、忍辱负重,以自己的死心眼和无怨无悔,在几千年的农业发展史上,为汉民族的农耕文明作出了默默无闻却巨大的贡献。如果说同是四蹄动物,马在庙堂,驴子则在民间。关于驴的叙事文学相对牛、马而言要多一些,除了民间流传一系列关于驴的故事之外,主流文学中也有关于驴子的故事和诗歌。如柳宗元的《黔之驴》就是脍炙人口的关于驴子的名篇。在诗歌中,与驴有关的诗篇也有很多,如大诗人白居易的《岁暮寄微之三首》《酬寄牛相公同宿话旧劝酒见赠》《伤友 又云伤苦节士》等,杜甫的《示从孙济》,李贺的《出城》《苦昼短》等,陆游的《自嘲》《剑门道中遇微雨》,苏轼的《和子由渑池怀旧》等诗篇。当然除这些名家大诗人的诗歌之外,还有一些无名氏与驴有关的诗歌,在此不再赘述。这些文人将驴入诗,大多都是以驴起"兴",或者以驴为意象抒发自己的忧思和情感,驴子只是道具。诗歌中的驴子如此没有自己的地位,在叙事故事的《黔之驴》中,驴子就更加不堪了。

因此,主流文学中的驴子,和与农民有关的、在农事活动中起着主要作用的驴子大相径庭。当然作为农耕民族的汉民族因为和驴子的密切关系,有关驴子的成语、书画也不在少数。可见,汉民族的农耕文化孕育了丰富的驴文化。此外,中华民族的解放战争的历史证明,在战场上,马载着战士驰骋疆场表现出浓郁的英雄主义和悲情主义色彩的时候,驴子则在后方,默默地帮着支援前线的农民兄弟驮着粮食等物质资料,默默地做着自己能做的一切。但是,在如此丰富的驴文化中,鲜有学者走出庙堂去书写农业生产中的驴,书写和农民紧密相关的驴。

猪与牛、马、驴一样,是汉民族乡村世界里的乡民不可或缺的物质资料。在农民的心目中,猪全身是宝。在《生死疲劳》中,叙述者之一的西门猪通过猪的视角,指出"一头猪就是一座小型化肥厂,猪身上全是宝:肉是美味佳肴,皮可制革,骨头可熬胶,鬃毛可制刷子,连我们的苦胆也能入药。"因为猪的这些特性,具有悠久农业文明的汉民族蓄养猪的历史也很悠久。在《诗经》中的《大雅·公刘》中就有"执豕于牢"的诗句。可见,在远古时代,汉民族的祖先就开始驯化并圈养猪,并以此为佳肴。考古发掘也证明汉民族在距今约6000年到1万年的新石器时代,原始人蓄养的家畜中就有猪。而且还有学者指出,在远古时期汉民族的祖先将猪作为图腾崇拜。黄守愚在《中国人:猪之传人》一书中,通过对考古发掘的与猪有关的文物考察,指出汉民族上古时代就有猪灵崇拜,而且这比伏羲的蛇灵崇拜、葫芦灵崇拜还要早,并认为猪八戒"天蓬元帅"戏嫦娥的原型就是大禹和涂山氏,而"蓬"就是阴阳相交的双头猪。在主流文学中,虽然鲜有诗人书写猪与汉民族农业生产、生活的关系,但很多诗人让猪入诗。如唐代诗人罗隐的"鸡肋曹公忿,猪肝仲叔惭"(《寄洪正师》),杜甫的"羌父豪猪靴,羌儿青兕裘"(《送韦十六评事充同谷郡防御判官》),白居易的"今食且如此,何必烹猪羊"(《二年三月五日斋毕开素当食偶吟赠妻弘农郡君》),薛能的"敢向官途争虎首,尚嫌身累爱猪肝"(《洛下寓怀》)。此外,李商隐、王绩、韩愈等诗人各有多首诗提及猪,在这里不再赘述。

汉民族具有悠久丰富的羊文化,对此郑州大学的王保国在其文章《羊文化——中国传统文化的新诠释》①中进行了系统研究。王保国认为,"中国传统文化从诞生时起就与羊有着密不可分的关系,查阅有关'羊'的大量考古与文献资料,我们发现,'羊'已经远远不再是一种作为生物的存在,而是作为一种观念或者说精神渗透进中国传统文化的方方面面,它甚至渗透进传统中国人的性格中,并在极大程度上准确地表达了传统中国人的思维方式和行为方式。"并指出,"大量的考古报告表明,羊早在新石器时代已经是人类的伙伴。"接着,王保国通过对"羊"的字源意义的考察,从四个方面系统梳理了羊与中国的几种文化的密切关系:第一,羊食为養——羊与中国传统膳食;第二,羊者祥也——羊与中国传统宗教信仰;第三,羊大为美——羊与中国传统审美取向;第四,羊言为善——羊与中国传统道德标准。王保国的研究细致深入,从羊的字源意义多个层面探寻了羊文化的悠久历史。但是,这种探寻将羊放置在主流文化层面,并未探究羊在农业文化中的主要意义,以及羊与乡村世界里的乡民之间的密切关系。

同样,在汉民族古代的主流文学中,早在《诗经·豳风·七月》里就有"四

---

① 王保国:《羊文化——中国传统文化的新诠释》,《中州学刊》2006 年第 3 期。

之日其蚤,献羔祭韭""朋酒斯飨,曰杀羔羊"的诗句。《甫田》中又有"以我齐明,与我牺羊,以社以方",《我将》中有"我将我享,维羊维牛,维天其右之"。这些诗句从祭祀或者饮食的角度书写羊与周代先民的密切关系。而在《诗经·召南》中有"文王之政,廉直,德如羔羊"的说法,这是以羊的温柔敦厚阐释汉民族理性文化中的"德"的修为。之后,有很多主流诗人从各自的角度让羊入诗,如曹操的《苦寒行》中"羊肠坂诘屈,车轮为之摧"。李白的《将进酒》中"烹羊宰牛且为乐,会须一饮三百杯"。白居易的"羊角风头急,桃花水色浑"(《送友人上峡赴东川辞命》)、"马蹄冻且滑,羊肠不可上"(《初入太行路》)、"羊公长在岘,傅说莫归岩"(《奉和汴州令狐相公二十二韵》)等诗句。孟浩然的"羊公碑尚在,读罢泪沾襟"(《与诸子登岘山》)、"羊公岘山下,神女汉皋曲"(《初春汉中漾舟》)等。这些诗人都是从文人作家的角度,借羊抒情,托物言志。不过,虽然诸如此类的诗歌不少,但却鲜有诗人从农民的视角书写羊在乡村世界里和农民、农耕文化的关系。

狗作为六畜之一,在乡村世界里和牛、马、驴等大型生产资料不同,也不同于猪和羊等为农民提供肉食资料的家畜,它的驯养和豢养,主要是为了保障农民的财产和人身安全。虽然在汉民族的主流文学中,不少诗人墨客将狗(犬)写入诗里,如李白、张籍、李贺、陆游等,将其作为表达情感的一种动物意象,但是在叙事文学中鲜有古典作家书写狗。

## 二、主流文学对农民与家畜关系的有限书写

《丰乳肥臀》的开篇,女人和母驴在一个院子不同的房间同时生育。女人上官鲁氏在一个房里要生孩子,而在另一个房里母驴要生骡子。但小说中的一系列情节说明女人生孩子还不如一头驴子生骡子重要。驴子难产要请专门给驴子接生的"兽医",女人生孩子却要自己努力。这个富有戏剧性的开端,虽然有些夸大作为家畜的动物在农民家里的地位,但的确呈现了一种事实,即父权制文化下女人的生命还没有家里的驴子重要。在女人生命的"轻"和卑贱中潜藏着驴子作为主要家畜对一个乡村家庭的重要性。《生死疲劳》中由

西门闹转生的西门驴刚出生时,主人就像迎接初生的婴儿一样迎接它。迎春轻柔的擦拭,"仿佛擦拭着她亲生的婴儿",发自内心地热爱和赞美着:"可爱的小驹子,亲亲的小东西,你长得可真是好看,瞧这大眼睛,蓝汪汪的,瞧这小耳朵,毛茸茸的。"在小驴的"母亲"死后,迎春眼里"盈着泪水"一边温情地喂食一边絮叨:"可怜的小驹驹,刚生下来就死了娘"。农民与牲畜的亲密关系显而易见。

当然,作为一个农业民族,在文学起始的地方对农民与动物的关系就有书写和记录。在《诗经》中,有一些反映汉民族农耕文化起源的诗歌,如《大雅》中的《生民》《公刘》《载芟》《良耜》等。当然《豳风·七月》作为学者们公认的汉民族的农事诗,有对于农事活动的详细记载,并且表明"昆虫和候鸟的鸣声自古就是农人们了解物候时令的主要依据"①。而且这对后世的农人在农耕活动中按照动物和候鸟的活动规律安排农事生产奠定了基础。在《生民》中后稷出生被母亲姜嫄抛弃之后,有牛羊喂乳,鸟儿展翅保护。汉民族的祖先和动物和谐相处的景象也以文学的形式被生动地演绎。《公刘》中不但写了公刘参与农事活动,写他开垦荒地种植粮食,建宅安家,还写他建宅安家后"把猪赶出圈"。可见在上古时汉民族的祖先就已经在家里将猪作为牲畜进行养殖。汉民族农耕文明和动物、牲畜的和谐关系由此可见一斑。

尽管农民与家畜的关系如此亲密,但在先秦以后的主流文学中,对此的书写却极为有限。当然这也有文化的根源。因为儒家文化的创始人孔子对"稼穑",即农事活动不重视,以及对"劳力者"之一的农民的轻视,使得乡村里的一切都被遮蔽在主流文学的表现视域之外。可见儒家重"文"的文化思维遮蔽了乡土世界里的农耕文明的同时,也遮蔽了与这种文明息息相关的家禽、家畜对乡民的日常生活和农耕活动的主要意义。当然也有一些诗人会将这些家畜入诗,作为表达其情感的一种意象,但这些家畜的意象却和农业生产、生活的关系不大。虽然在一些"田园诗"中有对农事活动的书写和浪漫的想象,但

---

① 刘宗迪:《失落的天书:〈山海经〉与古代华夏世界观》,商务印书馆 2006 年版,第 53 页。

这些想象又很少涉及家畜与农业生产、乡民生活的关系。

"五四"以来的文学中，因为知识分子作家对乡村世界里的乡民生活和农耕活动的隔膜，鲜有作家涉猎农民的日常生活和动物的关系，以及家畜在农事活动中的主要性。当然也有作家写了自己童年记忆中乡村农民和牲畜的关系。萧红的《生死场》中写了吃饱了睡在榆树荫中没有按时回家，给家人添了众多烦恼的山羊；写了麦场上等待安石磙碾场的老母马，和摇着尾巴跟在母马身边的小马及母马碾场的场景。因为母马太老了，干活不好使，主人再怎么用耙子、皮鞭抽打它也静静地停在那里。这匹老母马最终要被送去屠宰，被"下汤锅"，主人二里半悲痛地"痉挛着了"。马也通人性，看着悲伤的主人，"它的眼睛哭着一般，湿润而模糊。"就这样，这匹老马行在前面，"一步一步屠场近着了；一步一步风声送着老马归去。"萧红对于乡村生活的记忆清晰而细密，女人的温情与怜爱让她对记忆中的这匹老马难以忘怀。农民与牲畜的亲密关系在萧红的记忆里是悲痛的二里半，哭着的王婆，悲伤的老母马。乡间里的"牛和马不知不觉中忙着栽培自己的痛苦"，他们和人似乎有着相同的苦难，"在乡村，人和动物一起忙着生，忙着死……"其实，在 20 世纪三四十年代写乡村世界的小说家中，萧红笔下的乡村是最动人的，至少她对乡村世界里的动物和乡民的悲惨生活的情感认知是真实的，对乡村世界里的动物与人的关系，以及牲畜等动物对农人的重要性的体认也是深入的。

在解放区文学和后来写土改的文学中，很少有作家在文学作品中书写农民与牲畜的密切关系。虽然在土改文学中，书写了分土地、分牲畜的场景，以及在分的过程中农民对要获得的牲畜的心理期待。但因为知识分子的身份和他们对农民真实的农事生活和心理、情感体认的缺失，以及革命与政治意识形态的影响，这些作品写乡村时，和同时代的其他文学一样，真实的乡村被革命与政治话语的时代共名遮蔽了。十七年文学和"文革文学"中，对革命和战争的追忆仍然是这一阶段文学的主流，而对于缔造了"大跃进"的农业生产神话的农民和家畜，没有人真正认同和关注。既然这样，这些家畜和农民、乡村一样，在日常生活和农业生产、生活中的真实情形自然无人问津，也很少有人走近他们,去了解他们之间的关系,更不用说通过文字的形式和文学的诗意表达去再现了。

新时期以来"伤痕""反思""寻根"等被冠上了这么多名号的文学思潮,基本上是上山下乡的知识分子青年的倾诉文学,既然是他们倾诉,文学中的主角大多是曾作为"知青"的作家自己,他们自然不会在自己"蒙难"的梦魇一般的岁月中去认真体察乡村里的农民在日常生产、生活中和动物的关系了。即使有对乡村动物崇拜的认识与观察,也不会站在农民的角度尊重他们的信仰和风俗,只会觉得那是封建迷信并加以唾弃和鄙视。当然也有作家低下姿态,真心诚意地想走近农民,如韩少功。虽然韩少功在《爸爸爸》中对乡村人和文化的体认是知识分子的,猥琐的丙崽和他的妈妈,以及其他民风粗野的乡民在他眼里如同怪物。但却在《女女女》《马桥词典》《归去来兮》等小说中站在乡民的视角,体认他们及其他们的习俗、信仰。但即便有这种立场和视角,在《马桥词典》"黑相公△"的词条中,也仅仅从知青的旁观者视角,很有限地写了乡民在晚间围猎"山猪"的声音和场面,及其受到的惊吓。而对于"马桥"这个地方的农民在日常生活和农事活动中和家畜的关系则几乎没有关注和任何书写。

陈忠实的《白鹿原》中的"白鹿"精灵是白嘉轩在父亲死后遭遇一系列变故,在人力和人事无力挽救其困境时,叙述者安排的一种超自然力,这是汉民族西北乡村动物崇拜与民俗信仰的典型案例。除此之外,作为地主的白嘉轩与帮助他从事农业生产的牲畜的关系是亲密、和谐的。虽然平时套马或牛犁地的是长工鹿三,但作为一家之主的白嘉轩对马、牛就像对家人一样。比如在家里种罂粟发家之后的第一件事,就是修马圈。这部小说对农民在日常生活和农业生产活动中与牲畜、家禽的密切关系都有涉猎。如日常饮食中吃的猪肉、鸡肉、鸡蛋,像主人的警卫一样看家护院的狗,农业生产中马、牛的主要作用等。然而,小说中对这些方面没有深描,也没有站在动物的视角深描人和动物的和谐关系。

贾平凹的商州系列小说中的狗、猪、猫、鸡等动物,作为西北农村农民家里不可或缺的表征符号,一样也没少,但"全知全能"的叙述者着重讲述的并不是它们。叙述者似乎觉得有了这些表征的符号,故事中的家庭和人就更有乡村世界的农民家庭和农民的样子。但是这些符号并没有掩盖建构故事的作者的知识分子身份对乡村书写的隔膜感。如小说《鸡窝洼人家》中,虽然有鸡、猪、狗、牛、猫等家畜、家禽,小说也开门见山地写了猎狐的禾禾和猎狗"蜜子"的亲密关系,也会在其他地方不时提及。但纵观全篇小说却发现,乡村世界里的禾禾、回回、烟峰、麦绒等人物形象并不是成天在土地里经营的农民,他们更像从城里到乡下串门,专门猎取艳情趣事的人。此外,还有一些被纳入底层文学的短篇小说,如杨争光的《公羊串门》由羊的"爱情"引起的两个家庭里的血腥纠纷,以及刘恒的《狗日的粮食》中天宽女人瘿带从骡子的粪便里淘"碎玉米粒儿"的场景,看似有限地书写了农民与牲畜的关系,但这些小说要么关注的是乡村里底层农民的愚昧、野蛮和不懂法酿成的悲剧,要么写农民在饥饿年代的苦难,并没有写动物与乡村世界里农民实实在在的关系,以及动物在农民生活中的重要性。

在新时期以来的文学中,有些作家在书写乡村生活时,狗作为乡村生活的一种和牛、马、羊、鸡等家畜、家禽一样的符号表征,不断地被书写。除了贾平凹的"商州系列"中对狗的书写之外,雪漠写甘肃农村的小说,以及一些写乡村世界的底层文学都有对狗的书写。但这些作品中对狗的书写没有细腻的情感介入,大多数作品中的狗只被想象为农民日常生活中的工具。在这些书写中,张贤亮的《邢老汉和狗》中,大黄狗和孤独无依的邢老汉的关系书写最值得称道。这篇小说中的狗与邢老汉救的要饭女人形成了对比的两极。女人因为富农的身份,以及家里老人和孩子的牵绊,让老汉体味了一阵有妻子的温暖生活之后,不得已离他而去。但这只黄狗却不离不弃地陪伴着老汉。而且这只狗善解人意,知道邢老汉的口粮不多,所以从来不在家里吃饭,总是在外面找野食吃,吃饱了再回来。虽然小说写的是女人和老汉的故事,狗的故事只是人的故事的陪衬,但张贤亮笔下的狗和老人的故事里饱含着超出了人与人关系的人狗之谊的真情。

### 三、中西方文学对农民和牲畜关系书写的结构性对比

动物的边缘性地位不管是东方的中国还是西方,这是自古就有的。澳大利亚生态女性主义理论家薇儿·普鲁姆德对人和动物的二元关系有过比较系统的研究。在其理论建构中,她详细梳理了西方文化中相互关联和相互强化的一系列二元结构中的有关人和自然(动物)的二元对立:文化—自然、理性—自然、理性—动物性、人—自然(非人类)、文明—自然等①。她认为这种二元论概念体系中的多种构成在人类文化中的出现,虽然具有进化的历史顺序,但作为理性对立一级的动物(理性—动物)是从 14 世纪殖民征服时期开始被推向历史前台的。

早在古希腊时期,柏拉图就认为自然界的动物和女性与"奴隶、坏人、疯人、怯懦者类似,所以不能对他们进行模仿。"同样,"自然界的牛叫"和"河流的声音、海啸声和打雷声也不能模仿"。② 亚里士多德对人和动物关系的思想,继承了柏拉图的观点,他在《政治学》中指出,人和动物的二元关系中的动物是和奴隶一样的低劣者。他指出:"很显然,灵魂统治肉体、心智和理性的因素统治情欲的部分,这些都是天经地义的;相反,如果两者之间平等甚或让低劣者进行统治,就是大逆不道了。动物与人的关系也是同样的道理。因为驯养的动物比野生的动物具有更为良好的本性,假使所有驯养的动物都受人统治的话,它们的本性会变得更好……因此,在存在着灵魂与肉体、人与动物的差别的地方,那低劣的一方天生就是奴隶。对于那些低劣者来说,服从主人的统治对他们自己更为有益。对于那些可以成为奴隶因而确实隶属于他人的人,那些可以理解理性原则但是本身却不具备此种原则的人,天生就是奴隶。而较低级的动物甚至不能理解这样的原则;他们服从本能而生

---

① [澳]薇儿·普鲁姆德:《女性主义与对自然的主宰》,马天杰等译,重庆出版社 2007 年版,第 30 页。

② 任红红:《后现代主义小说的多元建构——〈法国中尉的女人〉的形式研究与文化批评》,中国社会科学出版社 2013 年版,第 210 页。

活。确实对奴隶和对家畜的使用并没有多大差别,因为二者都是靠身体来满足生活的需要……"①

虽然亚里士多德师徒将动物放在二元结构中低劣的一级进行批判,而且认为还不能在文学作品中进行模仿。但是在古希腊社会的早期,在以海洋文明为主,辅之以农耕生产、生活的古希腊先民,在其农耕文化中就确立了和牲畜的密切关系。虽然受土壤和气候的限制,古希腊人的主要农作物不是小麦、谷物等,而是葡萄和橄榄,并产生了酒神崇拜的文化。但是,有农耕文化就有人和动物的和谐关系,所以在古希腊文学中,对人和动物和谐关系的书写很多。如古希腊神话中神、人在变形后,往往成了与人的农耕生活密切相关的动物。天神宙斯的变形多种多样,不但会变成天鹅,还会变成牛(《欧罗巴》),而且他把他看上的人间美女伊娥也变成小牛(《伊娥》),以躲避他的妻子赫拉的追查与对伊娥的迫害。《荷马史诗·奥德赛》中反映了希腊贵族家庭中的家畜的养殖情况,奥德赛的家里就有专门的牧羊人、牧猪人。古希腊悲剧《俄狄浦斯王》中也有专门给国王放牧的牧羊人。牧羊人的角色一直到文艺复兴时期的文学中都有,在《堂吉诃德》《十日谈》等小说中,很多故事都是牧羊人的故事。古罗马诗人维吉尔在《牧歌》中写道:"看,耕牛已经回家,牛轭把犁悬起"②、"牧牛为畜群增光,谷子为肥沃的田野增光……常常我们在田里种下丰满的大麦,却长出了没有用的莠草和不实的萧艾"③。可见,在西方资本主义大机器生产形成以前,西方人的农业生产和生活与猪、牛、羊、马密切相关。正因为如此,西方文学中很多作家都想象并书写了农事活动中和农民密切相关的家畜。

汉民族古代文化很重视"自然","一切以自然为宗。仿佛看重自然,不看重人为。"④《四书》上说:"天和言哉?四时行焉。""致中和,天地位焉,万物育

---

① [古希腊]亚里士多德:《政治学》,转引自[澳]薇儿·普鲁姆德:《女性主义与对自然的主宰》,第34页。

② [古罗马]维吉尔:《牧歌》,杨宪益译,上海人民出版社2009年版,第21页。

③ [古罗马]维吉尔:《牧歌》,第41页。

④ 梁漱溟:《中国文化的命运》,中信出版社2010年版,第13页。

焉。"不过话虽这么说,但在真正的汉民族的文化视野里,动物只是人的情感表达所托的物,作为有着自己生命本体意义的动物是被忽视的。《山海经》中龙、蛇、凤鸟、玄鸟、鸾鸟、百兽、九尾狐、大蟹、比翼鸟等是先民崇拜的图腾,是被想象之物,很多动物在现实中并不存在。但在《山海经·海内经》中有这样一段描写:"帝俊生三身,三身生义均,义均是始为巧倕,是始作下民百巧。后稷是播百谷。稷之孙曰叔均,是始作牛耕。"可见,《山海经》中对汉民族的祖先用牛耕种农田早有记载。

尽管《山海经》《诗经》等文献中,对汉民族的祖先在农事活动和日常生活中与家畜的关系早就有记载,但在儒家文化开始主导汉民族主流文化之后,在文学表现领域,作为真正书写对象的乡土世界、农民和牲畜却是罕见的。因为"官本位文化"和对"士"的重视,一般的乡村里识文断字的读书人的眼界都是向外和向上的,他们不会向下看底层的乡民和牲畜是怎么相处的,自然也看不到牲畜的人性化特征和乡民与它们的亲密关系。梁漱溟认为在儒家领导下,中国人已经养成了一种风尚或民族精神,其中之一便是"向上之心强"①。梁漱溟认为这里的"向上心"是不甘于错误、是非中好善服善、要求公平合理、拥护正义、嫌恶懒散而喜振作之心等。所有这些内容所指都是儒家文化规定的所谓"君子"在日常的行为中要遵循的规范,从事"稼穑"的农人作为"小人"被认为是不会有这些行为的自觉的。

正因为这种先入为主的道德规约将乡村世界里的农人排除在"上"的范畴之外。所以,努力获取知识想跳出乡村的知识分子在"向上"的人生追求中自然看不到乡村及其这里的一切。高加林、永乐、鲁连三的小儿子等即将走出乡村或者没有走出乡村的"小知识分子",对土地和农业生产活动的厌倦就是明证。既然离开了,谁还会认真地铭记着土地和牲畜呢?而本就在官宦之家或者城市里的知识分子,是没有稼穑和牲畜的认知概念的。而与牲畜关系密切,"日出而作日落而息"的乡民,斗大的字不识一个,纵使有关于他们和牲畜

---

① 梁漱溟:《中国文化的命运》,第57页。

关系的几百车的话也没法变成文字。在这种情形下,农民和牲畜的耕作场面,农民和牲畜的关系,牲畜在农民心目中的地位更没有人去关注并书写。

因此,莫言的小说中对农民与动物关系的深描,及其对农业文化视域内的六畜和乡村动物崇拜的书写,在乡村世界里的一切在现代文明的侵蚀下逐渐失去之时,在文学想象与虚构的视域内,以文字的形式永久记录符合乡村文化事实逻辑的文化遗产,具有深刻的人类学价值和意蕴。

## 第二节　农民与家畜的密切关系

由于农耕文化中的牛、马是农民的主要生产工具,所以汉民族乡村世界里的乡民和动物尤其是和家畜、家禽的关系很密切。19 世纪末,在美国传教士明恩溥眼里农民家的院子是这样的:"小庭院一片混乱。阿狗、阿猫、小鸡、小孩在非常有限的范围内玩耍……如果家里有牲口,一般安置在院子里,不使用的时候,就在住宅前面用一根短绳将其系在一个深载于地下的桩子上。猪被安置在一个深坑里,为了防止塌陷,坑的四壁是用砖块砌成的。猪能够爬过一段较陡的台阶进入坑边的猪窝。在许多地区,还有两层的猪窝呢!"[1]在乡村里,人和动物的关系是和谐的,这不但反映在人和动物混居的居住环境中,而且村子周围的一些人工水塘等场地,亦是农民的孩子和家畜、家禽们共同嬉戏玩耍的去处。明恩溥在描述他看到的山东等乡村里的乡民建房取土后留下的一个个深坑时写到,"这些土坑又将附近区域的地下水汇集到一起,从而成为鸭、鹅、猪戏水的场所,在夏天,甚至光屁股的小孩也在其中。"明恩溥眼里乡村人和动物的混居生活状态,在莫言的小说中不但有精细的描述,同时莫言也通过其他方面以自己的生命体验和人生阅历,深描了农民与家畜的密切关系,以及农民对一些和农业生产、生活密切相关的动物的朴素信仰和崇拜。

莫言的很多小说都涉及牛、马、驴、猪、羊、狗。这类小说除了长篇《生死

---

① 　[美]明恩溥:《中国的乡村生活》,第 11 页。

疲劳》《食草家族》《丰乳肥臀》《红高粱家族》等之外,中、短篇就更多了。短篇小说从 1985 年写的《白狗秋千架》开始,到《三匹马》《马语》《木匠和狗》等;中篇小说从 1985 年写奶牛的《球状闪电》始,之后的《筑路》《狗道》《你的行为使我们恐惧》《怀抱鲜花的女人》《模式与原型》《牛》《梦境与杂种》等,这些小说要么主要写家畜,要么涉及家畜。此外,在多篇散文随笔中也有此类书写,如《我和羊》《马蹄》《狗、鸟、马》《狗文三篇》《我家的杂种狗》等。同样,在其创作杂谈中,也有多篇访谈涉及动物。如在他和别人的访谈中,在谈及童年的经历时,他都会谈及动物,这样的作品最值得一提的是《莫言谈动物》。总之,几乎"在莫言的所有作品中,都可以看到人与动物的共存,甚至他们的交流"①。

《金发婴儿》中紫荆家的院子里鸡圈、猪圈和人住的房子在一起,瞎眼的婆婆能听到儿媳妇在院子里的走动声,和猪在猪圈里的折腾声,鸡舍里的鸡鸣等。《丰乳肥臀》中上官家的院子里,驴圈、打铁铺、人住的房子等并置在一起,这厢女人在生孩子,那厢驴子生骡子。虽然这样杂居,但乡村人的家并不像玛格丽特·杜拉斯小时候的想象中那样肮脏②,孩子也不会一接触动物就会染上不卫生的病菌死去。因为,虽然人畜杂居,但如明恩溥多年在中国农村生活后体认到的,他们各有各的地盘,畜类在自己的圈里是不会越界的。这种人畜共居的院子还是干净整洁的,乡村人有自己的卫生习惯。

乡村世界里的乡民世世代代和畜类生活在一起,畜类各司其职,帮忙种地的帮忙种地,提供肉食、蛋、奶的提供这些,多余的卖了可以给乡民带来一点额外的钱财。然而这种和谐的人畜共居的生活模式,以及人畜和谐共存的关系,在汉民族的官方文化生成以后的古典文学中却是很少书写的。虽然《诗经》中的《郑风·女曰鸡鸣》中夫妻二人在院子里的鸡叫声中醒来的对话,虽然不见鸡,但人声、鸡鸣相得益彰,显示了乡村里人禽共居一院的和谐画面。但在之后主流文化熏陶下的"士"阶层的文学作品中,这种书写就很少了。正如在

---

① 宁明编译:《海外莫言研究》,第 103 页。
② [法]贝尔纳·阿拉泽:《解读杜拉斯·中国的小脚》,第 10—11 页。

第一节系统论述的,虽然"士"阶层的诗人们会将动物入诗,借物寄兴抒发自己的情感,而这无论如何也和乡村里的乡民们扯不上丝毫关系。虽然陶渊明的《归田园居》中有"躬耕"的想象,但这也是"文圣"仕途不济之时的暂时逃遁,这种书写跟"士"阶层不屑的农民亦没有半点关系。

费孝通的《乡土中国　生育制度　乡土重建》是作为人类学家的他在深入的田野调查之后,对汉民族乡土中国做的人类学研究。但在这本研究中国乡土社会的专著里,没有乡村世界里的乡民和牲畜关系的书写。美国学者明恩溥的《中国的乡村生活》的第二章"乡村结构"、第五章"乡村渡口"部分,写到了拉马车的马,指出这种马车还可以用其他牲口如骡子、牛、驴子代替,并比较细致地描述了这些牲口是如何被渡过河的,以及在渡河过程中会出现的意外。在第十三章"市场与集会的协作",他写到"在使用牲口干农活的地区"具有的"牲口集市",在这里"大批牲口不断地被转手"[1]。不过作为"注视者"的明恩溥是不可能走进真实的乡村世界,深入地见证汉民族乡村社会的全部的。他最多只能做到人类学家吉尔兹做到的那样,"既不以局外人自况,又不自视为当地人;而是勉力搜求和析验当地的语言、想象、社会制度、人的行为等这类有象征意味的形式,从中去把握一个社会中人们如何在他们自己人之间表现自己,以及他们如何向外人表现自己。"[2]

因此,莫言的小说叙事与费孝通和明恩溥的人类学书写不同,对乡村世界在真实的事实逻辑基础上的虚构与想象,是详尽的,具有吉尔兹要求人类学家做到的深描特点。他对农民和动物的关系,六畜与农民的关系,六畜在农民的生产和日常生活中的主要意义等都有深入描写。更主要的是,莫言打破了人类中心主义的视角,从这些家畜的视角详尽地描述和书写它们的心理、情感、性相等。除此之外,莫言还通过建立在真实逻辑基础上的想象化虚构,书写了其他动物在乡村世界里农民的日常生活中的存在事实,以及和他们生产、生活

---

① ［美］明恩溥:《中国的乡村生活》,第96页。
② 转引自叶舒宪:《文学与人类学——知识全球化时代的文学研究》,社会科学文献出版社2003年版,第38—39页。

的息息相关性。

### 一、莫言小说视域中的农民与牛、马、驴

莫言在和《中国空港》的记者赵美学的访谈中,被问及《生死疲劳》"为什么会选择驴、牛、猪和狗"时回答:"因为这部小说写的是农村和农民,驴、牛、猪、狗,都是跟农业社密切相关的。另外,我在农村生活了二十年,放过牛、驴,养过猪、狗,对这些动物的习性十分熟悉。我放过的那些牛的面目和个性,就像我的朋友一样,在我的脑海里留有鲜明的印象。"①此外,莫言在和孙郁的访谈中,谈起《生死疲劳》时,说他"对这部小说里面所描写的几种动物非常熟悉。小说里的牛啊,驴啊,猪啊,狗啊,我确实是跟它们打了大概有二十年的交道,我多次讲过我和牛的关系,我从五年级被赶出校门,就与牛一起待了两三年,与牛有一种心灵上的沟通。"②从莫言在很多场合谈及的和动物的密切关系可以看出,对于儿童、少年、青年时期的农民莫言而言,他与家畜的关系比和人的关系更要亲密。这其实也证明了在汉民族广阔的乡村世界里,因为农耕生产、生活的需要,农民和家畜、家禽的关系是非常密切的。

莫言说:"每个作家都有自己与大自然交流的方式。就我个人而言,作为一个孤独的少年,与牛羊、树木一起伴随那么长时间,在和外界没有交流的情况下,我一年有六个月的时间都在一片荒凉的草地上,与鸟、草木、牲畜相处,因而对我想象力的培养,对纯粹的自然物的感受与一般作家不太一样,这可能是我的小说里有青草、水的气味的原因吧!"③正是因为莫言对自然界中的动物有深入体认,所以他笔下的动物也透着智慧和人性。

莫言的人类学书写中农民与牛、马、驴、猪、羊、狗等六畜的关系,主要表现在农民对这些动物们理解与喜爱的情感,对它们生活习性的熟悉,以及乡村世界里的孩子与这些动物的亲密关系等方面。"在莫言所有的作品中,都可以

---

① 莫言:《莫言对话新录》,第186—187页。
② 莫言:《莫言对话新录》,第208页。
③ 莫言:《莫言对话新录》,第410页。

看到人与动物的共存,甚至他们的交流。"①

（一）"人畜一理":农民与牛

正是因为牛在乡村世界里的农耕生产和农民日常生活中的主要性,莫言在多部小说中对牛有详尽的书写。《蛙》中的叙述者说"牛可是农民的命根子"。莫言在和别人的访谈中多次提到牛,在很多小说中深描了农民与牛的关系的方方面面。莫言说他从小放牛,因此,对牛的情感非同寻常。就像他说的,他不但非常熟悉牛,而且和牛有一种心灵上的沟通。他说:"我小时放的那些牛,一头头都有性格,有的天真活泼,有的老奸巨猾"②,"看到牛的时候马上想到我小时候在老家放过的牛,我放过的几头牛我是牢记在心里的,就像村子里的叔叔大爷一样。我们家哪一年养的哪一头牛,那头牛有什么特点,性格怎样,我记得清清楚楚"③。他还说:"牛是非常懂事的,能够看懂我的心灵。"④因此,乡村里的牛虽然是"大家畜,是生产资料",但在叙述者的眼里它不是动物,而是和华兹华斯笔下的"布谷鸟"、雪莱笔下的"云雀"一样,是类似于人,和人平等的生灵。《牛》中的小叙述者罗汉在三头牛被阉割了之后,在遛牛的过程中,深深理解牛的痛苦,同情可怜的牛,和牛对话。牛用自己眼里的泪诉说它们的委屈与痛苦。于是,在晚霞中遛牛的不愉快的孩子和被遛但更不愉快的牛一起漫步,同病相怜,惺惺相惜。

牛被农民热爱和重视,因为牛是他们农事活动中的好帮手。莫言在《生死疲劳》第十六章"妙龄女思春芳心动　西门牛耕地显威风"中,通过西门牛帮助单干户蓝脸和农业社的社员犁地比赛过程的场景书写,深描了牛犁地架的传统的木犁和现代的铁犁,以及犁地的精细场面和动作。从故事中读者知道了犁田时扶犁的人必须是有经验的老把式,他们在犁地前先要调整犁、检查牛身上的套锁。开始犁地时,扶犁的农民会挥舞起搭在肩膀上的长长的牛鞭,

---

① 宁明编译:《海外莫言研究》,第103页。
② 莫言:《莫言对话新录》,第360页。
③ 莫言:《莫言对话新录》,第363页。
④ 莫言:《莫言对话新录》,第480页。

嘴里喊着"哈咧咧咧～～"的"漫长的,但牛能听懂的命令",在牛拉犁人扶犁的默契配合的前行中"泥土像波浪一样从犁铧上翻开"。蓝脸作为小说中莫言塑造的极有经验的农民代表,因为有丰富的犁地技术经验,所以他在扶着犁就着牛的拉犁节奏扶犁前行的过程中,还不时地"摇提着木犁的把手,以此减少阻力",这样不但耕得快而且还能减轻牛的负重。

其实,通过对犁地过程的了解,可以发现农民和牛在协作中建立起来的关系,已经超越了人和动物的二元关系。长期密切合作的默契感,使人和牛之间产生了一种复杂的情感关系,人对牛的关爱、理解就萌发在牛以自己的辛劳和任劳任怨无私地帮助人的耕作过程中。因此,对一位具有家长权威的男性农民而言,牛在他们的心目中绝不亚于家里没有爱情只有"义理"婚约的妻子;对孩子而言,他们对牛的情感和依恋绝不亚于忙于劳作事务和家务,而很少和他们沟通的父母或者其他家庭成员。因为他们没有机会,也没有那种可以交流和沟通的文化语境在亲人面前倾吐心声,但他们却有机会在失意、孤独、痛苦时对牛倾吐心声。因为牛是一个安静的倾听者,也是亲密的伙伴和朋友。

正因为这种不同寻常的关系,乡村世界里的农民赋予了牛丰富的人性特征。在小说《牛》中,莫言通过小叙述者罗汉的视角,细致地描写了通人性的牛躲避阉割时的"聪明与灵巧"。因为在农民的心目中,牛是通人性的。在《蛙》中,莫言写了通人性、舐犊情深的母牛。母牛在难产的时候和女人一样痛苦,当被难产折磨的母牛看到"姑姑"给它接生时,居然"两条前腿一屈,跪下了。姑姑见母牛下跪,眼泪哗哗地流了下来。我们的眼泪也跟着流了下来。"莫言的这种描写似乎有些夸张,但是这符合人与牛亲密关系的情感逻辑。事实上,在乡土世界里,农民在平时和牛的亲密接触中,熟悉了牛的脾性和习惯,和牛有深入的交流,不再当牛是动物,而是当作和人类有类似情感和思想的生灵。当母牛生下小母牛后,父亲异常兴奋。这和乡村里根深蒂固的重男轻女的思想形成鲜明对比。母牛生了小母牛农民就高兴,是因为小母牛还会繁殖小牛,所以母牛比公牛好。在小牛生下来后,母牛忘记了自己的苦痛,就像人母一样爱抚小牛,用舌头舔去小牛身上的黏液。当母牛舔遍小牛的身体时,小牛抖抖颤颤地站起来了。在汉民族以往的小说中,没有作家如此深入细致地书写这些关于牛的情感的细枝末节。因为只有农民和那些与牛有着密切关系的人才了解牛的心理和情感。

因为农民和牛深厚的情感关系,莫言不但赋予了牛人性,而且凸显了爱牛的农民视牛如人的平等观。《生死疲劳》里,西门牛因为"念旧"不耕农业社的地,被西门金龙暴打一顿还卧地不起时,很多社员拿着鞭子抽打它,让其起来,叙述者蓝解放用哭喊、哀求的方式保护牛,甚至"想扑上去救你,想伏在你的背上,分担你的痛苦"。蓝脸在西门金龙打牛的过程中,在被人拽着的时候,用"脚踢、牙啃的"方式试图挣脱去救牛。西门牛以自己的倔强,以杀身成仁的方式忠实于主人蓝脸,死也要死在主人单干户蓝脸的地里。蓝脸看着被折磨、毒打的牛的痛苦挣扎,在无法阻止暴行的情形下,"趴在地上,双手深深地插进泥土里,脸也扎在了泥土里,浑身抖着,犹如疟疾发作。我知道我爹与牛忍受着同样的酷刑。"在牛被折磨死后,其他农民想拿着刀子赶来抢牛肉时,看到蓝脸"双眼流出的血泪和他满嘴的泥土,便悄悄地溜走了。"叙述者蓝解放看着牛被施以如此酷刑,批评人的残忍的同时,站在牛的角度喊出了"人们,不要对他人施暴,对牛也不要;不要强迫别人干他不愿意干的事情,对牛也不要。"小说中西门金龙和村民打牛的场景显然是作者在虚构和想象的基础上,还原的一种近似现实的真实。因为在乡村世界里,牛不但是人的伙伴,同时也是低人一等的动物,在牛不愿意干活时,农民会以暴力的方式逼牛干活。这在乡村里是很普遍的。但在莫言的观念中,牛和人是平等的。因此,在《蛙》中当万小跑的母亲请"姑姑"给难产的牛接生,"姑姑"认为牛是畜生不能接生时,母亲说"人畜是一理",认为牛的生养和人是一样的。

莫言以其普世性关怀,以平等、博爱的理念尊重乡村里的牛这样的生灵。这当然是有文化渊源的。在汉民族长期的农耕文化变迁中,牛被赋予人性,除了牛和人具有某些相同的情感,在民间故事中想象的牛与人、牛与神本是相通的深层心理结构之外,在乡村里还流传着人转世为牛的民间传说。这说明在农民的心里牛不是一般的动物,除了不会说人话之外,它具有很多人的特征。

在《生死疲劳》的六道轮回的大框架中,西门闹轮回为牛的故事衍生了犯了错被儿媳看到,觉得丢了面子自杀的爹轮回为家里的牛的小故事。这个故事是"牛犟劲"故事开始之时,蓝脸在买到和第一部中死去的西门驴的眼睛一样的西门牛之后,欣喜之余给叙述者蓝解放讲的民间故事。可见,莫言的小说文本叙事内部人牛轮回的故事,不但有宗教的神圣背景,同时也有民间故事原型。

正是因为农民对牛的人性化特征的想象与理解,使得他们在与牛相处的过程中积累了各种关于牛的丰富经验。比如,农民在漫长的历史变迁中掌握了一套独特的、物理的、非医学控制牛生育的方法。在《模式与原型》中,莫言通过叙述者"狗"的视角,写了放牛的具体经历,并且写了有欲望的牛,"起性的母牛"和发泄欲望的公牛。在农业社时期,要是牛繁殖的过多就没有吃的东西,所以这些牛要被阉割。但在阉割牛的医学方法传到乡村以前,农民用的都是一些老法。其中比较古老又传统的土法是"捶牛"①。但这种方法太残忍,正如《牛》中的兽医老董说的:"那种野蛮的方法,早就被我们淘汰了;旧社会,人受罪,牛也受罪。"还有一种预防牛交配怀孕的方法就是给公牛的腿"绊腿索"。当然,也有一种临时避孕的方法,是不得已的选择,就是在人不注意的情况下牛在野地里交配后,放牛的人就要追着母牛跑,颠出其体内的精液,防止怀孕。最科学也最现代的一种方法就是阉割公牛。这在《牛》《爆炸》等小说中都有详细描写。可见,乡村社会里的人要计划生育,牛也要节育。少年时代的莫言不但熟悉乡村世界人的计划生育,也熟悉乡村世界里的人控制牛的性欲的方法。这些书写具有人类学价值,同时又是非物质文化遗产保护难得的文字媒介。

此外,莫言还写了有关牛的日常经验。比如在阉割牛的过程中,一定要注意牛的生殖器里面的血管,如果牛交配太多,生殖器里的血管粗了,就要注意阉割过程中牛的大出血。《牛》中的牛"双脊",就是因为这样才在阉割后失血

---

① 在小说《牛》《模式与原型》中,莫言分别通过人物"董大爷"和"周五"详细描述了捶牛的过程。分别见中篇小说集《师傅越来越幽默》,作家出版社 2012 年版,第 4 页;《怀抱鲜花的女人》,作家出版社 2012 年版,第 523 页。

过多死去的。还有刚阉了的牛是不能趴下的,趴下的话会把伤口挤开,造成出血导致死亡。所以要人牵着不停地走,而且遛时不能让牛受凉,要在牛背上搭个东西取暖。此外,刚阉割了的牛还要进补。莫言在《弃婴》《爆炸》《牛》等小说中多次描写遛刚阉割了的牛的情节,前两部小说中都细描了叙述者的"母亲"踩着小脚遛牛的情景。《爆炸》中的母亲因为没拉好牛,牛趴在了地上,就遭到了丈夫的打骂。此外,农民在选牛、买牛的过程中,也要有经验,否则不懂买了不好的牛会吃大亏。《生死疲劳》中,读者可以跟着叙述者蓝解放和他的父亲蓝脸一起去买牛,透过牛的毛色、眼睛、四蹄就能看出牛是否有速度和力量,并了解了蒙古母牛是怎样的体貌特征,具有哪些特点等。而且还了解了一种"热鳖子"①牛。

莫言笔下的牛和人在平等的场域内对话,在生态批评和甚嚣尘上的保护自然的全球化文化语境中,莫言以后现代主义者破除中心的立场,赋予乡村里耕地的牛以话语权。他让它们和人一起平等交流和对话,将它们的存在呈现在文学文本中的同时,让它们站在汉民族乡土文化的主体立场,彰显它们存在的合理性与重要性。莫言的小说,终于让这一在汉民族的农耕生活中起了重要作用的牛完成了它的华丽转身。虽然这是机械化与现代农业生产的语境中牛的华丽谢幕,但是作为几千年农业文明史上的一颗耀眼的星辰,莫言的书写以文字的形式在缅怀这些已经在乡村世界里不多见,将来可能只能在动物园里见到的生灵的同时,以人类学的深描,为后人留下了丰富、翔实的在官方历史和文化中看不到的非物质文化遗产。

(二)"是马非马":农民与马

莫言对马和对牛一样,亦有深厚的感情。在日本札幌的访谈《小时候的年》中,当被记者问在札幌的见闻是否勾起他小时候的事时,他说看到牛就想到小时候的牛,"看到马的时候也会想起很多马的故事,我的小说里面写过很多马,也写过日本士兵骑的大洋马,也写过我的村庄附近的农场里那几匹进口

---

① 莫言在《生死疲劳》中有两个地方(作家出版社 2012 年版,第 104、139 页)讲了"热鳖子"牛的特征。这种牛是干不了活的,尤其在夏天,有点像得了气管炎和癫痫的人。

的良种马。我把我写过的马,和在世界许多地方见过的马,都与日本马场里喂养的英国纯血马进行了比较,而且我也想到了汗血马,即阿尔捷金马,想到了远古神话中那个马与少女的故事,想到了《庄子》的名篇《马蹄》,想到了徐悲鸿笔下的那些瘦马,想到了动画片《大闹天宫》中孙悟空管理的那些天马,想到印象最深、最有细节的是我们生产队里那匹任劳任怨的瞎马,想到他被牛虻叮咬时身上皮肤的颤抖,就像威风吹过,水面上出现的细小波纹……"①

莫言在很多小说和散文、随笔中写马,这除了汉民族的马文化的影响之外,直接原因就是他在乡村里的生活经验。莫言的爱马和爱牛一样,爱它就给它自由。因为他眼里的这些动物不是动物,是和他平等的生灵。《生死疲劳》里的西门牛在蓝脸那里是自由的,没有扎鼻环,因为蓝脸不把它当牲口,而是当朋友。所以它能自由并且很用心地犁地。莫言对马,亦是如此。就像他在《马蹄》中谈及的诡辩者公孙龙子"白马非马"的伟大命题,亦谈了自己的"是马非马"的想法。莫言对失去自由的马,和对骑在马身上不爱惜马的农民"骑士"的无奈一样,他笔下的马"是马非马"。在《马蹄》中他先从庄子马蹄篇中写马的典故谈起,认为:"马本来逍遥于天地间,饥食芳草,渴饮甘泉,风餐露宿,自得其乐,在无拘无束中,方为真马,方不失马之本性,方有龙腾虎跃之气,徐悲鸿笔下的马少有缰绳嚼铁,想必也是因此吧。可是人在马嘴里塞进铁链,马背上压上鞍鞯,怒之加以鞭笞,爱之饲以香豆,恩威并重,软硬兼施,马虽然膘肥体壮,何如当初之骨销形立也。"②然后叹息见到的马的不自由,以及对它们无尊严活着并死去的悲剧的无奈。

莫言的爱马既有传统农业文化根深蒂固的影响,亦有后现代主义文化破除中心和二元对立的强烈意识。他骨子里对自由的追求表现在对马等动物的想象中。这也源于农民的思维认知里对马的观念。他们没有人/马二元对立中人高于马的观念,有的甚至认为人不及马。诸如《三匹马》中作为农民的刘起,爱马如己,在他的心目中妻子、儿子都不如马重要。刘起对妻子呼三喊四,

---

① 莫言:《莫言对话新录》,第 363 页。
② 莫言:《会唱歌的墙》,作家出版社 2012 年版,第 11 页。

动辄打骂，为了攒钱买马，气走了妻子，对妻子带走的儿子亦是不管不问。但当他看马时，"眼睛一会儿大一会儿小，目光迷离恍惚又温柔"。马在刘起眼里不是马，更像是情人。他还要赶着"马情人"到一年没见的妻子面前炫耀。因为当作情人，马其实和他并不平等，因为马和妻子一样就是用来骑的，用来打骂的。虽然妻子骂马时，激怒了这个汉子，还要动手打一年没见面、独自带着两个孩子的妻子。但妻子不回家激怒他时，他又打马撒气。恋马、爱马，"是马非马"，妻子、马都是他的附属品。

农民与马关系的亲密性，在莫言的多部小说中表现在各个层面。当很多批评家认为莫言在《红蝗》《欢乐》中写的一些东西过于肮脏、低俗之时，莫言通过乡村里农民对马粪的态度，阐释他对这种书写的理解。"《红蝗》《欢乐》，实际上是对整个社会上很多看不惯的虚伪的东西的一种挑战，并不是我真的要歌颂大便。这里面所谓的大便，其实像马粪一样，并不脏，我们农民经常可以用手来捡马粪蛋子，特别是要劳动播种的时候。"[1]

《马语》是莫言深描人马亲密关系的具有代表意义的小短篇。叙述者"我"在梦里见到了三十多年前的老骒马，这匹马在梦里和"我"对话，诉说自己。我见马的第一反应就是惊喜和意外，"我从草垛边上一跃而起，双臂抱住了它粗壮的脖子。它脖子上热乎乎的温度和浓重的油腻气味让我心潮起伏、热泪滚滚，我的泪珠在它光滑的皮上滚动。"马诉说和回答的是"我"小时候曾问过它千遍万遍的问题，"你的眼睛是怎么瞎的?"马的眼睛如何瞎的故事意味深长，是有关"马恋"的故事，可见马对主人的忠贞绝不亚于汉民族主流话语中的贞妇。

莫言在《生死疲劳》中没有将马设置为西门闹轮回转世的动物，但却在长篇《食草家族》中多次详尽地书写马。《食草家族》开篇，就写到居住在城市的叙述者"我"对几十年故乡青石板路上响起的"美妙的音乐"般的马蹄声的怀念。后来他出现了幻觉，把一位夜行的黑衣女子看成了故乡高密县衙门前青

---

① 莫言:《莫言对话新录》，第 207 页。

石板道上奔跑着的黑色的、绿色的、金色的、蓝色的"小马驹"。结果被女子扇
了两个耳光。"马驹就像一个初生的婴孩。"这部小说的叙事艺术具有后现代
主义小说的特点，人物的意识流和现实交互出现，乡村与城市、过去与现在、记
忆与现实相交织，编织了一张网状的密集叙事结构。如果说莫言的人类学书
写中的牛接地气，和农民的生产、生活关系密切相比，马则要形而上一点，因为
"马有龙性"①。在汉民族的图腾崇拜中，马具有某种超自然力，神圣、庄严。
如《西游记》中唐僧的坐骑白龙马，是具有神力的龙宫太子。《马语》中如女人
一样贞洁的恋着男主人的马。《食草家族·红蝗》中神秘的从遥远的古代故
乡青石板路上传来的美妙如音乐的马蹄声，和四老爷梦中迎面而来的神样的
没备鞍鞯、身上骑着红胡子老头的通红的马驹子。

　　莫言小说中的马不但有神性，而且也有着和人相通的情感禀赋。在《食
草家族》中，马是有母性的。因而对依恋母亲却不能靠近母亲的孩子金豆而
言，马似乎就是妈妈的化身。他心疼被人折磨的马，其实是心疼失去自由，精
神上被折磨的妈妈。如在小说第二梦"玫瑰玫瑰香气扑鼻"中，支队长的坐骑
"红马"被黄胡子死命折腾时，看到"马眼里的悲哀"的孩子"心中冰凉"，为保
护马哭着求情。这里的马有人的情感，也有忍耐痛苦和折磨的坚韧。"ma！
ma！ma！我是不是在呼唤一匹马？我难道是在呼唤母亲？""ma"与妈的音
似，传递着马身上的人性特征的讯息。小说中金豆的娘"她"与红马是金豆
"ma！ma！ma！"的内心神秘回音的对象。马的漂亮的马铁、新上了蜡的鞍
具，赛马中红马的意识流彰显的是被暗算身上扎了针时的坚韧与无奈。人马
同心，马的痛苦与金豆的焦急与痛苦在故事中相交织。小说中也深描了马的
各种神态，悲痛时紧闭的双眼，愤怒时昂起的头、翕动着喷气的鼻孔、咧着嘴露
出的雪白的马牙等，可见作者对马细腻、真实的情感。

　　莫言笔下的马是灵动的，它们不但具有人性，甚至具有比人更美好的品
行，身材矫健，性格坚韧、忠贞。它们在两个层面与人关系密切，一方面是骑士

———————

　　①　莫言：《食草家族》，作家出版社 2012 年版，第 136 页。

的主要标志,没有马骑士就是不能称之为骑士。在汉民族战争年代,战马和战士一起驰骋疆场,英雄的战士与英雄的战马关系密切。另一方面,在汉民族乡村世界的农耕文化和生活中,马和牛一样是大生产资料,是农民的主要帮手。

(三)"待驴如子":农民与驴

在莫言的小说中,相对牛和马出现的频率,驴出现的要更频繁一些。莫言除了在《生死疲劳》中大篇幅地书写驴子和农民的关系之外,在《食草家族》《丰乳肥臀》《红高粱家族》《野种》《白杨林里的战斗》《梦境与杂种》《小说七段》等长、中、短篇中都有书写。其实对乡村世界里的农民来说,牛和马算是大牲口,他们不容易获得。尤其是在传统社会,即便像上官吕氏家,除了土地之外还可以通过打铁的技艺赚取一点闲钱的人家,家里比较富足也只能得到一头驴子,更不用说一般的农民家庭了。在新中国成立前的农村,土改时期农民会通过分地主财产的方式得到他们热爱但之前永远无法得到的马或者牛,因为在封建社会,对作为佃农的农民而言,要得到一头属于自己的牛、马或者驴子是难以想象的。当然在新中国成立后的乡村里,像莫言的爷爷和《四十一炮》里杨玉珍的父亲那样因节俭、农事做得好,结余一些闲钱置一些地,在土改时被划为富农的家庭,虽然买不起牛、马,但或许可以买得起一头驴子。驴子的劳动能力、行走能力不及牛、马,但却比人力强很多。所以在乡村里,驴子和农民的关系更密切。

在小说《野种》中农民王金生的"黑叫驴",帮着民夫往前线给解放军运粮的时候,被打乌鸦的连长和指导员误打致死。驴被打伤后其主人王金生伤心哭泣。一个受"男儿有泪不轻弹"的阳刚男性文化熏陶的老男人,居然痛哭失声如婴儿。在驴要死时,王金生更是痛苦欲绝,摸着驴的肚皮哭叫"我的驴",其情状似哭即将死去的父母或其他亲人。当别人劝他"别哭了,不就是一头驴吗",他回答,"俺家里拉犁推磨全仗着这头驴啊!"主人公"父亲"为了劝慰他,说给他在战场上缴获一头骡子代替死去的驴子时,王金生还是执着地想要驴而不要骡子。可见,驴子对农民的重要性,农民对驴子的情感是不言而喻的。在莫言的记忆中,对农民而言,驴子甚至比儿子都重要。他曾经举过一个例子,即在多子家庭里,儿子和驴子都被抓走时,老母亲最后的要求是"儿子可以不还,驴一定要还"①。

在《野种》的故事进程中,因为送粮队伍缺粮,为了让民夫有力气尽早把粮食送到前线,队伍决定杀一头小驴子充饥时,"父亲"决定献上发给自己的坐骑"蛋黄色小毛驴"。但驴的主人不同意,说"这驴是俺七婶的命根子,像女儿一样。""父亲"以"女大要出嫁"的话劝驴子的主人,并和驴子进行交流沟通,最后驴子自己同意为革命献身。小说将驴子人化,"父亲"与驴的情感交流显出他对驴子的理解。小说中的人杀驴虽然有不得已的苦衷,但驴也显出了一种"杀身成仁"的英雄气概。其实,不管是牛、马,还是驴子,他们在为主人付出,任劳任怨、忍辱负重地做着一切的时候,在成全别人的同时最大化地消耗自己的生命。这种精神是站在人的视角的人看不到。莫言赋予驴与人对话的平等视域,为无数类似的生灵寻求发声的机会,让它们身上具有的比人性更美、更好的东西得以彰显。

可见,在这部小说中战争年代走出田间地头帮农民驮运东西的驴,被莫言赋予了人性光辉。同时,在其他小说中,莫言也细致地书写了农民与驴的亲密关系,和农民对驴的类似于对人的温情与关爱。诸如此部分开始时论述的,《丰乳肥臀》颇为吸睛的生头胎的黑驴受到的关爱和重视比生了几个女孩的农村妇女上官鲁氏多得多。在驴难产的过程中,强悍的女人上官吕氏,将驴比作和她一样的女子,并比对儿媳都体贴的语言温柔地安慰驴、抚摸驴的肚腹,低声念叨。仿佛生产的不是驴,而是自己心爱的女儿一样。驴也像人一样,在生不出孩子,痛苦至极即将死去的时候,眼里涌出了泪水。关于驴子生产的痛苦过程,莫言还在小说《梦境与杂种》中书写过。两部小说中的驴子都生的是骡驹,驴妈妈以自己的死换来这种体态本身就大的"孩子"的生,母亲的伟大,在驴的身上也得到了反映。在《生死疲劳》中,生下转世轮回的西门闹的西门驴也遭遇了难产,西门驴的生是用母亲的生命换来的。

---

① 莫言:《莫言对话新录》,第29页。

《生死疲劳》中的西门驴，一降生就看到了主人蓝脸和妻子迎春"满脸喜气"的脸。而迎春待它就像对待初生的婴儿，这在前面已有论述，在这里不再赘述。总之，在农民的心目中，驴子就像人一样，在被打伤时，主人担心、心疼地就像是自己的孩子受了伤，甚至更甚。在日常生活中，农民更是"待驴如子"，给驴挂掌的神圣仪式，不亚于古代社会官宦之家少年的冠礼。当然乡村世界一般农民的孩子是没有这种神圣的礼遇的，所以乡村世界的驴子比孩子都要金贵。虽然莫言给这头有着西门闹的思想的黑驴以人的充分特征，但这些都是通过驴子的形体和行为、习惯表现出来的。如果没有对驴子的习性和性情细密与深入的体认，人和驴思想与行为交织中建构的和谐，是不可能处理的如此妥帖的。因此，莫言笔下有西门闹思想和意识的驴子，是一头和人平等对话的驴子代表在以人类为中心的世界里寻求话语权的一种独特表达。但它的情欲，它对主人的感情等，却都是符合驴子的生活和行为逻辑的。

当然，在乡村帮助农民干农活的驴子，在莫言的笔下和农民的关系是多元的。它们不仅在田间地头帮农民做农活，而且在石磨旁边帮人拉磨，或驮着主人给主人当腿，或者帮着主人的孩子打架。因此，莫言笔下的驴子是非常能干的，每一匹驴子都有自己独特的个性。《食草家族》里驮着被四老爷休了的四老妈的驴子，像凯旋的战士一样驮着虽休犹荣的骑在它身上突然呈现出"观音菩萨般的面孔、那副面孔上焕发出来的难以理解的神秘色彩"的四老妈在胡同里奔跑，合着祭蝗大典的古老乐曲呼啸而过。《红高粱家族》里"我外祖父"牵着接"我奶奶"回门的小毛驴，"外祖父""喝得东倒西歪，目光迷离"，"小毛驴蹙着长额，慢吞吞地走，细小的蹄印清晰地印在潮湿的路上"。小毛驴不时会升出方方正正的头啃食路边的小草，而已为人妇的奶奶也被路边的余占鳌"啃食了"。三天后，已经收获了情爱的奶奶的倩影映在小毛驴水汪汪的眼睛里，注视着奶奶的毛驴澄澈的眼睛里，"漾出聪颖灵悟理解人类的光辉"。这里的小毛驴是通人性的，奶奶的情爱秘密藏在她的心里，也映在了小毛驴的眼里。载着奶奶却啃食路边小草的小毛驴映射奶奶的不伦恋情。莫言对小说中这位义理婚姻的牺牲品的传奇女子的出轨之事没做任何评判,却似乎将评判的权利交给了他赋予人性的小毛驴。于是在开满小白花的路上驮着奶奶悠闲行走的小毛驴,合着高粱深处伟岸坚硬的男性歌喉唱出的高歌,与人驴和谐行走的场景,载着爱、恨、罪孽、幸福、忏悔等复杂情愫的画面,荡涤着人性的复杂。

在《白杨林里的战斗》中,敢和乡村里的土霸王村书记叫板的"黑叫驴",虽然作者对它的着墨不多,但它的拉磨拉犁时胜过两头驴的体力,和敢咬书记儿子的"英雄举动",以及其咬人后"呲着白色的大牙笑"和书记的儿子"咧着红色大嘴哭"的对比场景,就像雨果的《巴黎圣母院》中爱斯梅拉达的外在美和卡西莫多外貌的畸形的丑对照一样鲜活生动。这种将驴与人放在同等的地位的叙事策略,彰显了莫言书写驴子时视其为"非驴"的平等视角。

## 二、物质资料与伴侣:农民与猪、羊、狗

莫言在小说中通过人类学的深描,和牛、马、驴等大型牲畜的书写一样,还写了猪、羊、狗等小型家畜和农民的密切关系。但这些动物和牛、马、驴等生产资料不同,它们的主要用途是给农民提供一些物质资料,比如肉、蛋、皮、毛等。而且在很长一段时间内,包括现在,农民养这些家畜主要是为了获得一些额外收入以贴补家用。

(一)"伴侣"与"食材":农民与猪

在汉民族的乡村世界,猪和农民的关系亲密。但在异文化者眼里,猪人混居的状态,以及养猪的猪圈环境,都备受争议,并由此联想乡村人肮脏、不讲卫生等。但作为传教士的美国人类学学者明恩溥,因为在中国乡村待的时间较长,对乡村世界有较深入、细致的体认和理解,所以在写到一个院子里,人和猪和谐共居一处时,没有好坏的价值判断,仅仅作了正面、客观的描述,形成的是一种尊重、平等交流和对话的亲善关系。然而在5岁的玛格丽特·杜拉斯的眼里,因为在中国云南短暂的旅行观感,在那里看到的中国人圈养猪的情景让她对中国产生了很不好的印象。"我看到土夯的笼子,只有一间,用一块离地

一米高的木板盖着,下面总是圈养着两三头猪……"①而且,在杜拉斯的眼里,这些猪是残忍的,他们是重男轻女的父母杀死女婴的帮凶。作为注视者的儿童杜拉斯对汉民族的他者文化是一种"憎恶"的态度,"'与优越的本土文化相比,异国现实被视为落后的'。在憎恶心理的驱使下,注视者在极力丑化、妖魔化他者形象时,也建构了一种凌驾于他者之上的无比美好的本土文化幻象"。② 因此在杜拉斯的异文化观照中,汉民族的家畜——猪是残忍而肮脏的。

但是作为汉民族乡村世界里不可或缺的一种家畜,和牛、马、驴为农民在农业生产中提供帮助不同,猪和羊、鸡、鸭等动物主要是作为提供肉食的家畜饲养,而且它们也是经济动物,农民可以把自家吃不了或者专门饲养的这类家畜等销售出去,换取一些额外的钱财。因此,猪对于农民而言是非常重要的。这种重要性,在农村里生活了二十年,家人都在乡村的莫言是有深刻理解与体认的。不过和对牛、马、驴的喜爱相比,可能因为猪的居住环境的特殊性,莫言对猪的感情更为复杂一些。《生死疲劳》里西门闹意识到自己又被阎王欺骗,投生为猪的时候,第一反应便是"我的心中充满怒火,恨老奸巨猾的阎王又一次耍弄了我。我憎恨猪,这肮脏的畜生。我宁愿再次为驴、为牛,也不愿意做一只在粪便里打滚的猪。"当然这只是叙述者西门闹投生为猪后对猪的看法。就大多数农民来说,他们对猪的热爱不亚于对牛、马、驴等大牲畜的热爱。接生的黄互助就像迎春曾经擦拭西门牛那样"动作轻柔"地擦拭猪十六。西门宝凤在帮助担心吃猪奶会让自己失去人性,拒绝吃奶的猪十六吃奶时,就像对待婴孩一样,给它搔痒,抚摸肚皮,并且温柔地称呼其为"小宝贝",劝慰它:"不知道妈妈的奶好吃,尝一尝,来,尝一尝,不吃奶你怎么能长大呢?"在猪十六被摔晕时,西门宝凤更像对待人一样给它看病,认为"在我的心里,畜生和人没什么区别。"不过,客观来讲,农民养猪不仅仅为了满足自己的饮食需要,更是为了换钱贴补家用。这也是农民很在意猪的一个主要原因。《挂像》中

---

① ［法］贝尔纳·阿拉泽等:《解读杜拉斯》,第 10 页。
② 曹顺庆:《比较文学教程》,高等教育出版社 2006 年版,第 130 页。

皮发红家的猪生病时,一家人着急上火,找兽医、人医打针吃药,伺候的比人都周到。就是因为这只猪已经长到了二百斤,"能卖一百多元,在那个年代里,一百多元,可是一笔大钱"。

因为莫言在家里有帮助家里人养猪的丰富经验,所以他笔下猪的日常生活符合现实生活的真实逻辑。《生死疲劳》里的猪十六和哥哥姐姐们一起挤食母乳,争来抢去,互不相让,大的将小的挤到一边,都想独占母乳的场景描写情趣盎然。在西门金龙要把其他小猪从母猪的怀里挪走时,母猪护崽情深,用自己的方式保护小猪的场景也自然生动、合乎常理。西门白氏拿着木勺舀着米汤往石槽里倒猪食,母猪前腿扶着圈门立起来吃食的场景和隔壁小猪吃食时呱嗒呱嗒的吃食声,仿佛让人置身于几十年前乡村里农业社的猪圈前,看着一群生龙活虎的大小猪们一起欢快吃食。在一批猪的新伙伴到来时,被人抓住往新地方搬的过程中,猪以为要拉它们去屠宰场,四处逃窜,人抓猪跑、猪躲人抓时发出尖声嚎叫的场景;西门白氏冬天担着两桶饲料,小脚在雪地上蹒跚给猪喂食,猪争食吃的场景,描写生动自然,富有生活质感。此外,莫言还深描了猪的性欲,虽然猪和人一样,到一定的阶段就做一定的事,但猪的性与婚姻没有关系,它们的交配似乎不受外在人为力量的限制,它们会在种群内部发动争夺母猪的战争。因而猪的婚恋自由似乎是对乡村世界婚恋不自由人的反讽。而小说中精彩纷呈的猪之间的"抢亲"方式,有点像人类未进入文明时代抢夺婚恋对象的择偶方式。莫言在小说第29章,通过叙述者西门猪的视角对此进行了深描,为读者了解乡村里作为家畜的猪食欲之外的性欲提供了翔实的文字史料。

莫言在《生死疲劳》"猪撒欢"部分,深描了"文化大革命"时期特殊的政治生态下农村养猪的场景,不但进一步深化了农民与猪的紧密关系,而且细致地书写了"文化大革命"时期农村养猪场的政治生态,间接彰显了乡村这一时期的政治气候。而对后来养猪场出现猪瘟,导致大批猪死亡的场景书写,和为了杜绝瘟疫传播,官方指导农民集体出动掩埋死猪、处理死猪的行动方式,同样具有历史真实性。当然,在莫言的观念里,猪和牛、马、驴一样是通人性的,猪十六作为西门闹转世的猪,它身上本来就具有人的意识和思想,莫言对此处理得很好,小说中人的思维、猪的行为、动作的设置合乎真实。同样,《金发婴儿》中紫荆养了两年的大猪,与紫荆和黄毛的"战争"场面的书写,让本身已经失却了图腾崇拜野性与繁殖力象征的猪,一下子体现出生命的野性。

此外,因为农民养猪为了"食"的目的性,决定了猪被宰杀的结局。所以,莫言也在多部小说中还原了农民自己独有的杀猪方法。这在环保人士眼里似乎有些残忍,但乡村世界里的农民世世代代就是这样杀猪食肉、卖肉的。短篇小说《屠户的女儿》通过屠夫的父亲和女儿乱伦生的鱼尾巴小女孩香妞儿的叙述视角,深描了专门以杀猪、卖猪肉为生的农民屠户杀猪、卖肉的过程。乱伦生鱼尾巴孩子的想象与虚构,莫言很显然受了马尔克斯《百年孤独》中乱伦生猪尾巴孩子的影响,这与论题无关,不再赘述。小说中杀猪卖肉的屠户的猪不是自家养的,而是从附近的农户家里收的。小说深描了农民杀猪时怎样将猪捆绑、放在案子上,在猪叫时怎样将其打昏,怎样动刀杀、接猪血、分割尸体等。"外公"秦六用的是不剥猪皮的老式杀猪法。这种方法是猪被杀死后,抬到木板上,"外公用刀在猪腿上切一个小口,憋足气,往里吹——猪腿鼓起来了,猪肚皮鼓起来了——我外公吹一口气,就用手捏住刀口,再运气,再吹,他的气息真大,一会儿工夫,就把只猪吹得像个大皮球一样……"然后就是给猪褪猪毛,最后出现的是光光的带着猪皮的干净的猪。怎么褪猪毛在小说中也有细致书写。在《四十一炮》中,叙述者之一的罗小通,通过对个体屠宰户成天乐的回忆,又一次以追忆的方式深描了农民的这种老式杀猪法[1]。老式杀猪法是剥猪皮的,怎么剥猪皮在这篇小说中也有详细描述[2]。此外,小说对农民在集市上挂猪肉、卖猪肉的场景也有深描[3]。

莫言对农民与猪的关系方方面面的人类学深描,保存了汉民族农耕文化的很多知识。因为改革开放以后的乡村,部分农民除了养猪满足自己的饮食

---

[1]　莫言:《四十一炮》,作家出版社 2012 年版,第 244 页。

[2]　莫言:《与大师约会》,作家出版社 2012 年版,第 161—162 页。

[3]　莫言:《与大师约会》,第 159 页。

需要之外,诸如莫言小书中的书写的,养猪是一件辛劳的差事,所以很多农民早已不在家里养猪了。养猪、杀猪早已是企业或者专门的屠宰公司来做了。就像《四十一炮》中老兰的村办屠宰企业那样,人们开始用现代的、车间作业的流水线方式杀猪。农民自家杀猪的那种传统方法即将或正在逝去。在莫言之前,还没有一位作家站在农民的视角,如此细致、全面地深描农民养猪、杀猪、卖猪,以及农民和猪的亲密关系、农民对猪的复杂情感。因此,莫言通过小说文字叙事的形式,激活并留存了即将逝去的乡村猪文化,用纸媒的形式保存了汉民族的农耕文化的一个主要侧面。

(二)羊/人关系中羊的优越性

莫言在众多小说中写到羊,在散文和访谈中都提及他在乡村放羊的经历。《你的行为使我们恐惧》和《初恋》中拿放羊当挡箭牌,以放羊为借口追求自己心仪女孩的场景,都细致地描述了乡村里的孩子和羊的密切关系。这当然也是莫言自己的经验之谈。莫言不仅知道如何放羊,还熟悉羊的种类。在散文《我和羊》中,莫言说:"羊的种类繁多,形态各异,但给我印象最深的是绵羊。二十年前,有两只绵羊是我亲密的朋友。"①莫记忆中的两只羊,谢廖沙和瓦丽娅不仅仅是羊,它们同样具有人的特性,一只像公社里的干部骄傲自大,是"俊美的少年形象";另一只是丰满、斯文的大闺女。谢廖沙为了保卫自己的爱情,像一位绅士一样迎战老公羊。这篇散文中的羊被赋予人性,和人不但平等,而且还让人艳羡。小说中作为人的叙述者小莫言因为羡慕羊吃青草,都尝试吃草。而这两只羊也是其他孩子追捧的对象。这种羊/人的二元关系中羊的优先性,颠覆了常规权力话语体系中人优越于羊的思维模式。

莫言的小说讲他的童年故事,本雅明说:"讲故事的人取材于自己的亲历或道听途说的经验,然后把这种经验转化为听故事人的经验。"②正因为莫言对乡村里的孩子们放的羊是熟悉的,所以《梦境与杂种》中的叙述者"树根"也

---

① 莫言:《会唱歌的墙》,作家出版社2012年版,第1页。
② [德]汉娜·阿伦特:《启迪:本雅明文选》,张旭东等译,生活·读书·新知三联书店2008年版,第99页。

熟悉羊的习性和情感。他"上午放羊下午还放羊"。在树根眼里羊就像调皮的孩子，它们之间也有爱、冷淡等情感。在故事讲述中叙述者对羊的性欲和需要伴侣的冲动，羊在和同伴长期厮守中产生的"爱情"都有细致书写。除此之外，羊还是人的榜样，羊之间的互相需要启发了作为人的莫洛亚神父，"羊都能结婚，人更能结婚"。这看似是对动物的羊和人之间的平等设置，却显示了莫言对羊的青睐，他似乎认为羊甚至要高人一等。因为羊在被放的过程中，自由恋爱产生的爱情，比不能自由恋爱结合的树根和树叶似乎要幸福很多。乡村里的羊是自由的，它们可以青梅竹马，可以谈情说爱，可以"婚前"发生性行为而不受伦理的规约，但人不行。树叶和树根因为青梅竹马两情相悦，未婚而先尝了禁果，未婚先孕的树叶不得已选择了跳河自杀。小说中羊的各种行为透视着乡村世界里羊和人真实存在的生态，它们作为人的伴侣被农民热爱，作为家里的生活资料被重视，作为动物它们又具有人所没有的自由。

在农民的观念里，羊和牛、猪等家畜一样浑身是宝，肉可以吃，毛和皮可以保暖，羊奶可以喝。羊毛还可以深加工做其他生活用品，所以农民会在一定的季节定期地给羊剪羊毛，一方面让羊凉快舒服，一方面为自己获得一点赚取钱财的物资。当然，剪羊毛也是技术活，对此莫言在小说中也有书写。《梦境与杂种》中树根的爷爷的两只羊的毛剪了一些再没剪，让羊看起来丑陋无比。《你的行为使我们恐惧》中的吕乐之的姐姐和母亲一起给羊剪羊毛的景象描写得生动形象："可怜的羊被捆住四蹄，放倒在地上，听凭着那两个女人拾掇，咔嚓咔嚓咔嚓，一片片羊毛从羊身上滚下来，显得那么轻松。羊也许是因为舒适哼哼着。它忽然扭动起来，你姐姐下剪太深。剪去了羊身上的一块肉。"羊被剪伤，母亲骂姐姐，姐姐不愿意赌气离开家，从此再也没回来。"羊的叫声是凄凉的民歌的源泉之一"。在《梦境与杂种》中，莫言还通过叙述者树根的视角，细致地讲述了莫洛亚神父挤羊奶的过程，以及这一过程中人与羊的默契配合。

莫言熟悉羊的一切，他和羊是亲密的朋友，羊给他童年孤单的生活增添了色彩，他也赋予羊和人平等出场的机会。因此，他的人类学书写中的羊是人的朋友、伙伴。羊这一温柔敦厚的生灵在汉民族的乡土文化里,以自己的姿态缓缓走出乡村,走进莫言的书本世界里,因此也和莫言一起走向了世界,以自己的现身说法,建构汉民族乡土文化的独特景观。

(三)卫士与伴侣:农民与狗

莫言曾写过一篇《狗的悼文》,悼念他家曾养过的一只看家护院、对他的妻子忠心耿耿,但却因为咬了他,不得已被打狗的人处理了的狗。在这篇文章的开头,莫言对人与狗的关系的历史进行了简单追溯,并哀叹狗失去野性被人驯养不知是文明还是堕落。他指出,古往今来写狗的故事层出不穷,而且狗也分三六九等,还讲了现代人养的宠物狗等。

在莫言的人类学书写中,狗是一种通人性、忠诚、善解人意的动物。狗与农民的日常生活关系密切,农民与狗建立了深厚的感情。在农民的心目中,狗不但能看家护院,保护家里的财产和人身安全,还是人的忠实伴侣。和其他家畜一样,狗也浑身是宝,肉可食、皮可以做皮衣、当褥子防风寒。因此,莫言在很多小说中都写到了狗,如《白狗秋千架》《筑路》《怀抱鲜花的女人》《战友重逢》《屠户的女儿》《蛙》《四十一炮》《红高粱》《生死疲劳》《檀香刑》等。

2002 年在和莫言的对话中,大江健三郎谈及正是因为他对农村的记忆里有狗被带走杀死的心灵创伤,所以他写的第一篇小说就是杀狗人的故事。他认为莫言的《白狗秋千架》让他有了一种怀旧的情绪,而且他还把他和莫言的两篇写狗的小说放在一起进行比较。莫言也讲了他听说的一条通人性的狗的故事①。在谈及《白狗秋千架》的构思时,莫言说这部小说受到川端康成的《雪国》的影响,因为《雪国》里提到了一种黑色的大狗。在这种黑色大狗的激发下,他想到了原产于高密东北乡的全身雪白的大狗。虽然数代以后这种很纯的狗已经没有了,但《雪国》里的黑狗帮他确定了《白狗秋千架》由白狗进入叙事的结构模式②。

在《白狗秋千架》的开头,莫言首先通过叙述者"我"介绍了这种大狗。其

---

① 莫言:《碎语文学》,作家出版社 2012 年版,第 25 页。
② 莫言:《碎语文学》,第 44 页。

后故事由一只等他的白狗开始,"我"通过白狗见到了小说的女主人公"暖"。这只狗伴随着男女主人公"我"和"暖"一起成长,见证了他们之间的初恋,也见证了灾难与分离,却将人生中年的"我"挡在了回乡的路上,引"我"又一次走向同样已经中年的初恋"暖"。这只狗的作用有点像但丁在人生的中年在黑暗的大森林里迷路时挡住他去路的狼、狮、豹,如果没有这些动物的阻挡,男主人公"我"和但丁都不可能再次与初恋相聚。这只通人性的大狗,在女主人公"暖"瞎了一只眼对爱情的幻想破灭后,陪伴她一路走来。这只狗是女主人的伴侣,也是她交流与倾诉的对象。这只白狗显然和《邢老汉和狗》中的那条狗不一样,这只狗不是男人和女人故事的陪衬,它是作者设置的一个主要形象,没有它叙述者"我"和"暖"就没法在分别多年后再次相遇,故事结尾处也不可能再在一起,它是一个中介,类似于《西厢记》中的"红娘",作为"暖"和叙述者的伙伴和亲密朋友,分享他们的秘密。而邢老汉的狗则只是孤独老人的一个反衬,它不具备人的特征,因为小说的意蕴彰显的是一个孤苦伶仃的老人只能和狗相依为命,他孤独的生命状态就呈现在陪伴他的这样一只没有被赋予人性特征的狗的存在中。

同样的女人与忠实的狗的故事在《怀抱鲜花的女人》中继续,这里也是狗、男人、女人的三角叙事。小说中通人性的狗知道女主人对男子的依恋,它也努力试图为女主人找一个可以交付终身的对象,所以它就像一只"奸诈"的智者,在男主人公"我"一次次试图丢下女子逃跑的时候,帮助女子想方设法留住男主人公。姑娘走到哪里狗跟到哪里,男人打了女子,先是狗发出哀鸣,然后才是女人低沉地呻吟和眼里盈出的泪水。这只狗似乎和这位失语的女子是一体的,无法言语和不能言语的狗和女子,什么都懂却什么都不能说,女人和狗,狗和女人已经失却了明确的界限。这就是莫言笔下通人性的狗与失却了话语权的像狗一样不能言说的女子的故事。这样忠实、通人性、护主的小狗在《屠户的女儿》中又一次出现,它听得懂女主人的安排,恪尽职守地守卫家和鱼尾巴女孩。小女孩被别的孩子骂"妖精"时,女孩眼里的泪,小狗眼里的泪,小狗替小女孩舔拭腮上的泪的温暖画面,以狗对人的温情与呵护映衬人的野蛮与兽性。这里人与狗的错位，彰显了莫言对人的理性的怀疑，人有理性却伤害同类，狗无人性却保护人。很显然，莫言通过狗身上的温情与慈悲，观照和弥补人与人之间冷漠的关系。《怀抱鲜花的女人》中上尉的父亲和其他人对女孩的伤害，和忠实守卫失语的女孩的黑狗形成了鲜明的对比。莫言在人/狗的关系中，以狗和人的亲密关系怀疑人的理性和优越性，他以放置在道德制高点具有人性特质的狗的双眼和呻吟反思人的兽性。

这种患难中的主人与狗的主仆关系，在《蛙》中陈鼻和他的狗身上继续。陈鼻和狗就像堂吉诃德与桑丘，就像原本清醒的堂吉诃德，因为沉迷于幻想而暂时失却理性时与清醒的桑丘搭档出场的主仆一样。以上小说中的狗就是生活中缺失了依靠的弱者"人"的忠实仆人，在旁边默默地保护主人。狗的忠实、重情和通人性显然超过了之前的牛、马、羊、猪、驴。其中和狗的默默守望相类似的羊，以其温柔敦厚和沉默寡言得到主人的呵护大于对主人的呵护。狗却以其无声的眼神的注视，在和人进行心与心交流的同时，尽其全力像沙威忠诚地守护法律而不知变通一样，忠诚地守护主人。这在《生死疲劳》中继续演绎，狗小四虽然有自己的狗生活，但在人的世界里却是遭遇婚姻变故的女主人黄合作忠实的伙伴和战友，也是这位不幸但好强的女人的倾诉对象。狗小四深深地理解女主人，保护主人的儿子蓝开放。在家里的男人为寻求爱情丢下母子，出轨不在场的情况下，是这只小狗暂时帮助了患难的母子度过生活的难关。虽然这只狗和主人都已经离开乡村到了城里，但狗不像人会在城市的花花世界迷失自己。这里的狗小四和蓝解放是狗与人的二元项中，具有可比性的二元。狗小四是被赋予浓浓人性的温情与责任意识的"人"，蓝解放作为人夫、人父，有人性却残缺了作为人的责任意识。

此外，在莫言的心目中狗是通人性的，《筑路》中孙八钓的白荞麦家的狗，在被钓后叙述者设置了一段人与狗的对话，看似是狗被人钓了，其实却印证了人在狗面前的卑微。孙八觉得这条狗狡猾无比，是"魔鬼一样的畜生"。于是他内心已经被狗打败了，这只狗趁机为它祖先的被驯养咒骂人类。因此在这场人与狗的交锋中，人其实败给了狗，人仅凭自己的暴力暂时降服了狗，狗却并没有在人面前屈服。此外,这篇小说中还写了狗主人白荞麦对狗的依赖,和女人与狗的亲密关系。狗在保护女主人安全方面可以说做到了尽忠职守。而失却了狗的白荞麦哭狗、骂人、打人的场景也是逼真生动的。乡村世界里农民与狗血浓于水的密切关系就是这样。这里当然也继续了强者的狗与需要保护的弱者的女人主仆关系的表层结构。

当然,狗的通人性取决于狗的聪明与智慧,它以无言的行为和眼神,以自己行动的决绝和执着表征着它内心复杂的情感反应。《红高粱家族》中第三章"狗道"中人狗大战、狗与狗大战中,狗的智慧、协作的团队精神、机敏、狡猾,以及因为争夺"性伴侣"而发生的内讧导致队伍涣散等,绝不亚于姜戎的《狼图腾》中的草原狼。当然这些狗身上显示出如狼的野性,是战争年代吃人肉、喝人血后的性情改变,也是莫言赋予了狗回归狗性,对人类奴役的报复,"回想起当初被人类奴役时,靠吃锅巴涮锅水度日的凄惨生活,它们感到耻辱。向人类进攻,已经形成了狗群中的一个潜意识"。① 狗以它们对人的刻骨仇恨向人类彰显自己被驯服前的威猛与智慧。

虽然在日常生活中,狗是人忠实的仆从和卫士,但是人类同样将其杀戮烹煮,将其作为和猪羊一样的美味佳肴大快朵颐。如《檀香刑》中的狗肉西施孙媚娘的狗肉,《四十一炮》中罗小通视角下和他对话的那些美味的狗肉等。但对于自己的牺牲,莫言小说视域中的狗也是心甘情愿的,它们热情地呼唤罗小通吃它们便是明证。因为被人吃也是狗忠于人类的一种方式。就像《野种》中那头在战争年代为民夫们奉献自己的驴子一样。"杀身成仁"也是狗忠实于主人的另一选择。可见莫言对狗在乡村世界里农民的日常生活中的主要意义是有深刻体认的,因此他对于农民与狗的关系的深描在深刻中透着精细。总之,他将狗从与人的二元对立中弱势的一极释放出来,让狗在人类的世界里,以其忠实、温情、智慧和坚守,反观具有理性的人的非人性特征。这也是对汉民族当下的众多现实问题的反思和批判。他赞扬狗性中的光辉,批判人性

---

① 莫言:《红高粱家族》,作家出版社 2012 年版,第 196 页。

的堕落。

因此,莫言对狗和乡村世界里的人的关系书写,以及对人性的反思和批判不但有着形而上的哲理意味,同时也透着浓浓的生活与现实的意味。这种人类学的深描,为汉民族乡村世界里即将失去狗和人和谐生存的景观唱挽歌的同时,用文字的形式保存了这些非物质文化遗产。

### 三、农民与家畜关系人类学深描的价值和意义

如上所述,莫言人类学书写中深描的乡村世界里人与家畜的多元关系,从一个文化持有者的内部视角和文化对象的内里体察了这些琐细的地方性知识。他拥有的这些知识具有一般非此族群的人类学学者研究这个族群过程中难以获得和拥有的所有感知,因为没有对当地文化深入认知时"异文化"的"前知识结构"的过滤和影响,所以避免了作为这一族群的"注视者"的主观立场和判断。因此,莫言在琐细中把握了乡村世界里人畜关系的实质和深层结构。人类学的研究是一项非常"精微细致的工作",很多人类学学者一般很难做到入乎其内,"人类学学者在很大程度上并不能感知一个当地人所拥有的感知"。① 莫言对汉民族乡村世界出于内而出乎其外的优越性,为乡村世界的研究者们提供了丰富的人类学知识。

(一)走出道德理性的"向上追求"与"眼光向下"

莫言对乡村世界里的农民和六畜关系的深描,不仅以文学的形式通过纸质媒介再现了丰富的地方性知识,而且通过文学对乡村知识的追求,抛弃了束缚以往文学书写的旧传统,显示乡村知识的自然属性,打破了"文圣"对道德理性的"向上追求",书写被主流文化视为"贫贱"和"下"的农民和六畜。乡村世界里的六畜为汉民族的农耕文化和历史发展所作的贡献是难以估量的。上至帝王、官宦、士、商人之家的饮食中肉类的提供,下至乡村世界里耕作的伙伴和帮手,以及其他农业活动中强大辅助作用的提供,牲畜们以自己的牺牲和

---

① 叶舒宪:《文学与人类学——知识全球化时代的文学研究》,社会科学文献出版社2003年版,第38页。

任劳任怨的辛劳推动着人类社会的演进。然而,它们的存在却是被漫长的"人类中心主义"的历史遮蔽、失语的历史。它们无法言说自己,主流文化在遗忘乡村的时候也将其遗忘。其实,在人类历史的演进中,人类以自己所谓的理性和道德遮蔽了很多存在物的存在。理性看似是人的一种财富和独特的拥有,理性文化作为人的一种向上的追求,似乎彰显着人的文明与进步,但这种进步的所谓文明其实遮蔽了一系列的"他者"。

莫言对于乡村世界的书写,对农民与动物关系的深描,其实也符合全球文化和学术语境"眼光向下的革命"所引发的文化研究和文学书写中"眼光向下"的知识转型的大潮流。"眼光向下"的知识转型也是西方学者在"眼光向外",发现西方以外的其他民族的文化和知识后的又一次转换。这也是以无文字的所谓原始文化为研究对象之一的人类学所引发的重大变革。文化研究的"眼光向下的革命"对下层社会生活的关注,对欧美之外其他异民族文化的关注,也引起了文学创作领域的变革。一系列在殖民历史上失语的民族的诗人、作家在全球文化"向外""向下"的视角转向的影响下,开始关注本民族传统文化,在符合本民族文化事实逻辑的基础上通过文学的虚构和想象,书写自己民族的历史和文化,以文学的形式让本民族的文化发出声音。莫言对汉民族乡村世界的深描也有这种意义,让在主流文学中遮蔽了几千年的乡村发出声音,让世界了解汉民族的乡村和农民,以及他们的文化。因此,莫言的书写不仅是汉民族文学的进步,而且撵上了世界文学的步伐,和玛格丽特·杜拉斯、多丽丝·莱辛、博尔赫斯、马尔克斯、略萨、托尼·莫里森、奈保尔、拉什迪等世界级的文豪站在同一地平线上,以故事的形式关注本民族限制在理性话语之外的不被关注的群体。

要了解汉民族主流文学的"眼光向上"的文化根基,必须追溯儒家道德理性的文化规约。格尔茨说过:"我们的思想、我们的价值、我们的行动,甚至我们的情感,像我们的神经系统自身一样,都是文化的产物。"①作为人类个体的

---

① ［美］克利福德·格尔兹:《文化的解释》,译林出版社 1999 年版,第 55 页。

人是在文化模式的指导下生成的。正是民族文化模式的特殊性生成了各个民族的个体人的特殊性。孔孟作为儒家文化的创始人，他们的一系列倡导作为符号源奠定了汉民族儒家文化的基础。他们对"仁""义""礼""智"的阐发，从原初看，对人的德性有很好规约。所谓不忍之心、恻隐之心的仁者爱人的"仁"，服从等级秩序"敬人"的"义"，恭敬、辞让的"礼"，明辨是非的"智"等，都是对人的道德理性的界定与规约，就是让人成为谦谦君子，爱人、敬人，明辨是非。但在实践与执行的过程中，往往因为人性的复杂，情感、情谊的错综，君臣、父子、夫妇伦理的规约，使得这些道德修为显得尤其复杂。再加上能够习得并认真钻研这些道德学问的知识分子，总是有着向上的追求，他们的明智，"爱"与"敬"的对象往往也是朝上的。想跻身于仕途的"君子"们想进入这样的圈子，必须要有向上追求的目标和用儒家的文化"律法"规范自己平时行为的决心和意志。这就是君子和圣人要追求具有"善、信、美"价值标准的道德理性。儒家所尊崇的"不是天，不是神，不是君主，不是国家权力，并且亦不是多数人民，只有将这一些（天、神、君、国、多数），当作理性的一个代名词用时，儒家才尊崇它"①。梁漱溟认为这就是"理性至上主义"，它所要达到的就是和谐、中庸。

　　汉民族的祖先过早萌发的忧患意识，对人的道德理性的内在规约，形成了对"知道标准规范知识的特殊人物""君子"的崇尚。因此这类人被认为是道德理性的代表，是权威的，他们"代理大家执行社会共同意志"。孔子便是这种"文圣"的代表。这种文化思维在尊崇"规范知识"的同时鄙视自然知识。因为"规范知识"是《论语》式的文献提供的"知"，自然知识则是分辨五谷的"老农"应有的，对于知识者是不必要的。因此在孔子的思想体系中，自然知识和农民是没有价值的，作为"上"，"在他们之下的是'民'，民是种田种菜的人。在上的人所要的是活的这些民的敬服，方法是好礼、好义、好信"。② 知识者是拥有"礼、义、信"的规范知识的人，他们不必劳作，劳作的是利用自然来

---

① 梁漱溟：《中国文化的命运》，第57页。
② 费孝通：《皇权与绅权·论"知识阶级"》，岳麓书社2012年版，第11页。

生产的农圃百工。因此,孔孟对"农"的"下"的层级定义早就限定了劳力者的生活轨迹。农民是不懂礼、义、信的小人,是不值得考虑的,君子不学稼,更不能向下向农民学习,而应该向上做大人物。

这就说明在儒家文化的起点上,孔子对追求"礼、义、信"的群体早就做了规约,而农民是不可以有这些追求的。而这种文化规约下的知识分子的文学中农民和他们的牲畜是不会出现的。可见,理性文化造成的阶层的不平等延展到了种群的不平等,正如但丁在《飨宴》中界定理性时,将畜生放在了与人相区别的非理性的一级一样,这种界分本身就是有问题的,根源便是"理性中心主义"和"人类中心主义"。这种由道德理性造成的不平等,将农民和乡村遮蔽在被鄙视的一极,当然也就不会以平等的视域观照乡村里的六畜。这种思维长期以来制约着知识分子的创作,这也是文学对乡村世界的动物有限书写的根本原因。

正是因为汉民族的士及其以上阶层,总是把儒家对"君子"的规约作为自己人生追求的目标,道德理性的向上追求使他们不会躬下身子走进乡村世界,去深入、客观地体认他们所拥有的文化与知识赋予他们认知的"乡野村夫"的"下"的世界。费孝通认为汉民族的乡土社会是有语无文的。"中国的文字并不发生在乡土基层上,不是人民的,而是庙堂性的,官家的。所以文字的形式和文字所载的对象都和民间的性格不同。"①莫言的书写打破了文学史的这种书写格局,以乡村里的农民和六畜的关系为其书写视域,让他们在历史语境中获得话语和言说的权力。因为乡村世界的历史不仅是作为人的农民建构的,也是与农民和农耕文化密切相关的六畜建构的。这种书写成就了一种经验真实的历史,超越了人的主体性地位,将农民放置在乡村社会和自然的复杂关系中,在理所当然的重复与重构中不失其真。这亦是后现代主义的视点,以文化相对主义的立场,关注多元而不是一元。

在传统社会的乡村世界,除地主之外的普通农民是没有"余力"识文断字

---

① 费孝通:《皇权与绅权·论"知识阶级"》,第17页。

的。《论语》言"行有余力,则以学文"。这里的"余力"可以解读为能够读书的精力,能够读得起书的财力。按理说有"余力"读书,走出乡村的知识分子应该以自己的对乡村的经验和记忆来书写乡村,但因为道德理性的向上追求,关闭了文学走进乡村记忆和经验的大门。因此"士"阶层以"文圣"为楷模的知识者,形成了一个共识,即官家的文章中是不可能描述乡村世界里的乡民和与他们生死相依的家畜的。

人拥有的理性越多,就越瞧不起他们认为缺乏理性的生物。动物在西方古希腊哲人柏拉图和亚里士多德的视域里就是非理性的,中世纪的但丁在论及人的理性时,就堂而皇之地指出,如果人没有理性就与畜生无异,将作为畜生的动物放在理性的另一端视之。因而,西方哲人对动物的非理性认知和歧视历经17世纪和启蒙时代,一直到20世纪才受到质疑。薇儿·普拉姆德在其生态女性主义的研究中批判西方的理性主义思维对自然的主宰,将动物放在文明和人的另一极,试图为它们翻案。在汉民族儒家道德理性的文化语境里,畜生也是非理性的代表。孔孟思想中的"仁者爱人""人皆有忍人之心""人的羞恶之心""恭敬之心""是非之心",等等,并不包括"非人"的他者。邓民兴认为,孔子的《论语》中的民权意识之一是"关爱生命,尊重民众的生命权"①。并举例说在《乡党》里记述孔府的马厩失火,"子退朝,曰'伤人乎?'不问马"。并以此肯定人拥有的是生命,马是人的附属物。邓民兴以此得出结论,孔子尊重人的生命权,不重视财产。可见,在孔子的眼里,作为畜生的马是没有生命权的。这种认知自然影响了几千年来受儒家文化影响的士及其以上阶层的所有"君子"。在这种文化的影响下,他们认为畜生是不具有生命权和情、爱的生灵。

虽然在汉民族的主流文学的诗歌中,很多诗人会将自然界中的动植物作为意象入诗,托物言志,抒发情感。但他们书写自然中的万物,出发点是人自身,因为这些动植物作为一系列符号只是人的情感和情绪的集成物,而不是动

---

① 邓民兴:《〈论语〉的人权意识》,《西安财经学院学报》2006年第3期。

物本身。不过在莫言钟情的蒲松龄的《聊斋志异》中，作者让一个个野活的生灵托着人的形体和人对话、交流，以超自然的能力赋予他/她们人性特征。但蒲松龄的书写，仍然是以这些野生的生灵爱与自由浇自己的郁郁不得志的块垒，他们的有情有义，他们超凡的本领，都是屡次科举不第后无奈且沧桑的作者本人的幻想。现实中得不到的，在文学的梦中去表现。这也是作家创作文学的动机之一。

但莫言书写家畜，不是托物言志，也不是以动物为跳板抒发自己的忧思和情感。而是因为家畜是他的乡村经验里不可或缺的组成部分，当这些乡村经验在他的追忆中以文学的形式再现的时候，乡村社会日常生活中的主体——农民和牲畜自然出现在笔端，成了言说的主体。美国学者皮科克在研究非洲努尔人与牛的关系后指出，在努尔人所处的社会中，人和牲畜的亲密关系是根深蒂固的。这首先表现在人与人社会关系的确立，人在族群的地位，是依据他们拥有的牛的数目来确定的。"他们无法想象除此之外还会有别的确定社会关系的方法。"①莫言人类学书写中的农民和家畜就是这种关系，在乡村世界的日常现实生活中，他们和牲畜也是这种关系。

莫言的书写符合农民和动物是乡村世界整体的一部分的文化视角，其中包涵了丰富的地方性知识。莫言在故事场域内对动物言说主体的身份建构，以农民特有的表述方式确立了人与家畜关系的有效性和合理性。因为，农民和家畜本是汉民族农业生产和生活中不可剥离的主体，文学对乡村的想象中应该有两者不可剥离的关系书写。莫言小说中的此类书写，是他的乡村经验以超文本的形式存在于小说叙事的行文之中后形成的文字的痕迹。这种书写在回归原生态的自然的同时，似乎破坏了理性。但这种破坏恰好也是建构，在修补理性造成的不平等的同时，填补了前人文学给六畜述说自己生存权利的空白，见证了乡村世界在"所有生态系统中各个分支之间的相互紧密联结"②。

虽然莫言在后来攻读学位阶段有了系统的知识积累与体认，但他在乡村

---

① ［美］詹姆斯·皮科克:《人类学透镜》，第18页。
② ［美］詹姆斯·皮科克:《人类学透镜》，第18页。

二十年时间获得的原生态的乡村经验是后天的学院知识不能遮蔽的,而且在知识的强光灯的照射下,他的乡村经验更加清晰,成了他书写乡村不可或缺的介质和材料。莫言的小说对农民和家畜的这种深描是前所未有的,而这种书写也改变了前人对乡土社会"有语无文"的认知观念。

在莫言的人类学书写中,他将牲畜放置在和人平等的视角进行书写。莫言小时候和它们为伴的经历使他有能力站在这些牲畜的立场叙事。尽管作为人要真正走进这些动物,并试图彻底地解读它们的思想不太可能,但通过长时间的接触,对它们的习性、性格、情感等有深入了解却是可能的。诸如法布尔的《昆虫记》是他仔细观察、研究自然界的小动物之后的科学成果。莫言笔下的牲畜和法布尔笔下的小动物们一样,也是莫言多年与之相处、相知后,因为把握了它们具有的一系列细微的生理特征和情感特征,自然流露在笔端和文字中的艺术结果。

自然界的动物也和人一样,有它们的同情、怜悯之心。这在被人驯化了已经有漫长历史的家畜身上更明显。流传很广的"义狗救工友"的真实事件,和无数人畜亲密无间、畜生呵护人、保护人,与人和谐共处的真实事件,都可以说明他们有着自己的世界和它们对于爱的情感理解。然而,在以往尤其是主流文学中,这些牲畜仅作为人的陪衬和人寄托情思的象征符号,它们的某些和人相通的特征被放大,而真正拥有的复杂多面的特征却被遮蔽。

虽然汉民族的主流文学将牲畜在乡土世界和农民以及农业生产的亲密关联,和它们自身的存在遮蔽在理性文化的视域之外,但不书写并不意味着不存在。它们是一种存在的自由和认可的空缺。因为谁也无法在日常的生活经验层面否认这些牲畜在乡村世界里存在的合法性,以及他们帮助农民进行农业生产,在汉民族农业文明的进程中具有无可估量的价值的合理性。它们虽然在文学中缺席,但它们活着,存在着,生生不息,几乎和汉民族的历史一样漫长。因而遮蔽是暂时的。莫言对它们的书写,撕开了遮挡物,将它们放置在了人类视角的前沿。这种"前置",在汉民族乡村世界发生翻天覆地变化的今天,在一家一户的小农经济即将被机器生产取代的现代社会,在这些畜类逐渐淡出汉民族的乡村世界和人类农业生产视域的情况下,莫言的文学书写具有文化拯救的人类学价值和意义。

（二）农民和家畜关系书写中发现的"他者"

其实,深入分析莫言的小说对农民和家畜关系的深描,其首先彰显的是一种"求异"的思维。亦是作者通过文学为农民和作为家畜的动物寻找生存位置和"栖居之地"的尝试。不管文学写或者不写家畜,它们都在农民的生产生活中存在着,但长期以来这种存在却被视为理性之外的"异",失却了自己的位置和话语权,是不被关注的"他者"。其次,莫言的小说对农民和家畜关系中家畜的深描,是一种"反人类中心主义"的视角。因为他把关怀和尊重向人以外的其他生灵扩展,重视人与其他生物的关系,真正做到了对生命的尊重。因为生命权不是人类的特权。对莫言而言,乡村里的六畜不是动物,它们和人平等,它们曾经和他交流、嬉戏、玩耍,陪他度过孤独的时光。正因为它们,他的乡村经历和体验才那么丰富多彩,才充满想象的诡谲和美好,那是一个个他亲手触摸过、拥抱过的实实在在存在的身体。所以他为逝去的羊落泪,为死去的牛鸣不平。莫言对农民和六畜关系的深描,不再遵从人与动物的关系法则中,严密的等级秩序"求同"的思维,而是对惯常思维模式下的"异"的发现中的关注和认知。这个"异"就是"他者"。

"他者"在比较文学视域中是作为文化持有者的"注视者"在跨文化视域中观察和关注的异族文学中的形象,它可以是一个族群,可以是一个族群的文化,也可以是一部作品中具有和注视者不一样的文化传统的人物形象。总之,"他者"可能是一个人,也可能是一种观念、一种思想,或者是其他。但在莫言的小说中,"他者"和"注视者"没有跨文化,"注视者"是文学创作者,"他者"是作为书写对象的农民和家畜,以及他们的关系。莫言在农民和家畜关系的书写中对六畜的深描不是猎奇,而是对他所拥有的知识负责任的文学表达。他将农民和家畜放置在文学文本中,将其作为乡村世界地方性知识的载体之一进行深描,是走出了"注视者"的知识者的文化语境,真正在"他者"的视域中来回穿梭而不必转换身份的真实再现。因为他既是乡村世界的"注视者"

也是"他者",他在追忆自己生命体验和生活阅历中的他和六畜的关系,并将其扩展,在追忆中通过文学想象书写农民和家畜的关系,以及这种关系中和人平等对话的六畜。

莫言的这种书写不但打破了知识者在道德理性向上追求中的"求同"思维,而且作为"注视者"的书写者,突破了关注"小家"和小家中的"我"以及其他家庭成员的家本位文化,关注小家之外的家畜。全蔚天认为汉民族的家本位文化是中外罕见的。这种从周代开始就形成的封建宗法的家族制度,虽在商鞅变法的时候几乎解体,但在之后自汉武帝一直到当下,这种大家族制度始终牢不可破。在乡村世界,古风淳厚的一些村镇仍然有这种大家族。因此,全蔚天认为,家是每个中国人的一切,是除了一些让家族蒙羞的泼皮无赖之外的所有成员"朝于斯,夕于斯,生于斯,死于斯"的。这种家族不仅是血亲团体,而且是事业团体。"由于家族团体的上述性质,每个人的眼底必然只看见他的家。"①

冯友兰、梁漱溟、卢作孚等学者在他们的论著中对汉民族农业民族为主的家族特征有过深入研究。梁漱溟说:"家庭在中国人生活里关系特重,尽人皆知;与西洋对照,尤觉显然。"②冯友兰认为,中国传统社会以农业为主的生产生活,形成了中国人以家为本位的生产方法。"有以家为本位底生产方法,及有以家为本位底生产制度。有以家为本位底生产制度,即有以家为本位底社会制度。在以家为本位底社会制度中,所有一切底社会组织均以家为中心。所有一切人与人底关系,都需套在家底关系中。"③卢作孚认为,在中国这样的农业民族的简单的经济单位中,"一个经济单位只需要一个家庭。所以农业民族底社会生活,就是家庭生活。纵然有时超越了家庭底范围,然而亦是由家庭关系扩大底。"梁漱溟指出:"以近代西洋与旧日中国对照来看。西洋以个人直接隶国家,每个人有他一份公民权以过问国事,同时国家法律保障他的身

---

① 全蔚天:《皇权与绅权·论"家天下"》,第98页。
② 梁漱溟:《中国文化的命运》,第96页。
③ 冯友兰:《新事论》,生活·读书·新知三联书店2007年版,第43页。

体财产种种自由。在中国则有‘国之本在家’‘积家而成国’之说;法制上明认‘家’为组织之单位。”①

　　家本位的文化传统,让儒家的道德理性文化的良好规约受阻。本来仁爱之心爱人、敬人的规约对人的道德完善是有良性指导的,人在接受教育的过程中,自然而然地接受此种教育,并且潜移默化地接受影响,以完善其道德修为顺理成章。如果真的这么简单和直接,经常接受这种教育的青年子弟在长大之后,自然而然地拥有了这些修为,并将其内化为自己的行为规范,做一个谦谦君子并不是一件难事。但是,当道德理性文化遭遇家本位文化时,有一些规约就要大打折扣了。诸如,仁者爱人,首先就得爱自己以及自己家族的人。因为家本位的文化,个体要为家族负责,爱别人不是不可以,但家本位的家族伦理教育让他无法走出家庭去爱别人。所谓“恭敬之心”之礼,首先在家本位的文化里就是出自真心地恭敬、敬仰自己家族内的长于自己的若干人等,在长辈面前要懂得辞让;其次官场做官的,尊重的便是等级差序中的“上”的代表。同样,在明辨是非的“智”中,“是”与“非”往往在家本位的亲情和人伦关系面前失去正确的判断。总之,在等级有序的社会里,从外部看,道德理性在家庭内部也存在约束力,于是长幼有序的家族秩序形成了一个以“敬”和“礼”为伦理规范的金字塔结构。由此观之,一个人不管做什么,他首先代表的是家这个团体而非自己。因此,在每个人的心目中家是第一位的。这种眼界的受限,使得他看不到家之外的其他。除非在自己遭遇人生困顿之时,会以同病相怜的情感去审视和自己遭际相似的人,在一帆风顺的时候,个人的眼里是看不到别人的。

　　正因为如此,文化规约是一回事儿,践行是另一回事儿。所以汉民族的“文圣”总是有两套脸谱来对付外与内。“外”当然是家庭之外,“内”便是家庭之内了。所以,道德理性向上的追求往往受家本位文化的束缚,自由难以实现。因此,中国道德理性文化的实践者,总是从表面和内在两个层面,在维护

---

① 梁漱溟:《中国文化的命运》,第94页。

自我的同时维护理性。这就造成了一种人格分裂。表面的维护和实际的难以维护形成了某种张力，如果人情的、伦理的元素大于理性所能承受的范围，自认为具有理性的君子就会暂时失去理性而放大自身；如果情感的、伦理的元素少一些，理性方能被维护。

乡村世界里的牲畜和农民，就像莫言所写，有知识分子不了解的生命轨迹。牲畜有它们自己的绝不比人少的情感、性相，有它们的习性和生活习惯，它们亦有"礼、义、信"，那就是尊重主人，一狗、一驴或者一牛不能侍二主。它们爱人、保护人甚至强于人多倍，它们不会言而无信，因为它们始终就不能言，它们唯有以自己的行动证明自己的忠诚和对主人的仁爱之心。它们也能明辨是非，用它们眼神的交流传递它们的好恶。但它们的这些习性和性情特征，不会被知识分子关注。虽然很多农民知道，但他们不具备用文字记载和书写的能力。

牲畜是汉民族农耕文化的见证，亦是汉民族农耕文化的重要支撑，不管是大牲畜的生产资料作用，还是小牲畜在农民日常生活中的重要意义，这都应是有着悠久的农业文明的汉民族的文学家们大书特书的题材。但是，几千年的文学史，鲜有作家像莫言一样站在这些牲畜的视角，站在农民和它们血浓于水的立场如此深入、普遍地深描它们。然而，中国的农业文化如此博大和深厚，直到现在，在世界上的很多地方农业的现代化已经代替了传统的农耕文明，而在汉民族的西北、西南偏远的乡村世界，《诗经·公刘》中书写的周代祖先牛拉犁、人扶犁犁地的场景还随处可见。一位研究中国农业文明的西方学者曾这样感叹，为什么在中国，从周代就开始的小规模的刀耕火种，后来演变为一家一户的农业生产的劳动方式，经历了这么漫长的历史还没有发生很大的变迁？这就是汉民族根深蒂固的农耕文化和其孕育的乡土文化的活态非人类文化遗产。这就是莫言人类学书写中，以文字的形式记载的汉民族乡村世界里的农业生产、生活中农民与牲畜，及牲畜本身的重要性的人类学意义。一个民族有一个民族之文化，文化就留存在这些即将逝去的物质和观念、风俗之中。

## 第三节　乡村动物崇拜

莫言人类学书写中的动物,除了与农民的农业生产、生活、日常生活息息相关的家养的六畜之外,还有很多野生动物。莫言书写中的这些动物,可以分为两类:一类是仅仅把它们放置在现实生活中书写,和农民的生活密切相关,农民关注它们;第二类是一些上升到了农民的信仰层面的动物,它们被农民赋予某种超自然能力,在农民的日常生活中被农民视作神灵来崇拜,在民间有着深厚的民间文化积淀的动物。当然这两类动物也不是全然分开的,因为在日常的生活中和农民关系密切,时间久了,农民就会给他们赋予某种超自然的能力,将自己在日常生活中遭遇的,自己解决不了的问题希冀借助于这些动物的超自然能力来解决。其实这是一种朴素的神话思维。这类书写中的动物,不只是动物,它们亦是在和乡民长期关联的历史长河中,万物有灵的朴素的巫术思维赋予了各种超自然能力的动物。同时,这种朴素的信仰,在农民的日常生活、生产中帮助他们解释和控制他们无法解决的众多不确定的问题有重要意义。

### 一、汉民族动物崇拜的文学史回顾

汉民族动物崇拜的历史久远,在官方文化的意象群里就有很多动物意象,如龙、凤、鹤等。虽然这些动物在现实中并不存在,"是一种'意向性获得',即只是呈现在中国人的审美意识中的形象"。① 但也是长期以来的图腾崇拜中被祖先视为"权威、力量、喜庆、吉祥"的象征的动物意象。郑元者在《图腾美学与现代人类》中指出:"原始人又将所有能想象到的灵性力量以及那些作为人的灵性体化物的自然对象全部归结为某一特定自然对象(动物或植物),终于以幻想的形式达到了人与自然对象的一般的同一,而这个作为人的灵性的

---

① 杨乃乔:《比较文学概论》,北京大学出版社 2006 年版,第 233 页。

一般体化物的对象，就是人所具有的图腾。"因此，这些想象中的动物，在汉民族历史上作为一种文化符号表征了汉民族的文化心理。

在战国以前的农耕生产中，先民们的农耕活动还是刀耕火种，古人依据大火星的出没决定火耕的时令。汉民族对"龙"的图腾崇拜源于农耕文化中的农时和天象观测。在汉民族传统天文学的二十八星宿系统中，"大火与亢、氐、房、心、尾、箕共同组成了东方苍龙星象"。[①] 虽然从战国时期起，刀耕火种的农业生产方式早就被牛耕所取代，之后随时令而用火改火的制度也演变成了一种礼俗[②]。但是古人有关龙星天象的运行方位却被《周易·乾》系统地记载下来。在《山海经》中，对龙星与时令的关系有非常详细的描述。然而，自《易传》之后，"龙"作为君子人格的象征，开始逐渐演变成中国主流文化的图腾。尽管古人因为龙星和农业生产的紧密关联崇拜龙，但在佛教传入之后，龙才在汉民族文化中被赋予人格特征，并被赋予了一种超自然的神力。汉民族的童话《哪吒闹海》中有关龙王发怒发洪水的故事便是明证。龙会降雨的巫术崇拜，在大西北黄土高原的乡村里，一直到20世纪八九十年代还留存，陈凯歌1985年导演的电影《黄土地》，就有农民在干旱时在龙王庙求雨的仪式再现。

在《山海经》中，虽然有龙、凤、鹤、蛇等与汉民族主流文化息息相关的文化意象和其他奇禽异兽。但是《山海经》中的这些动物，并没有被赋予超自然的能力。汉民族的古典文学和其他文化典籍中的动物书写，如《庄子》中《庄周梦蝶》《濠江迎鲋》《秋水》等名篇中的动物，它们虽具有和人对话、和其他动物对话的超能力，但没有被视作某种具有灵异、妖怪等超自然力量的象征符号为人所供奉或崇拜。庄子只是赋予这些动物人的特性，像伊索寓言一样借动物喻人，并以此阐发他的哲学思考。此外，在托名东方朔的《神异经》中，也记载了一些能开口说话的奇禽异兽，但这些动物也不具有超自然力。不过，从魏晋开始，随着佛教的传入，这些动物被赋予某种神力。如《列子·汤问》篇中

---

① 刘宗迪：《失落的天书:〈山海经〉与古代华夏世界观》，第 167 页。
② 现在的寒食禁火的习俗就是春天改火礼俗的遗风。

有"以神视小虫"的故事;《古岳渎经》中的怪兽淮涡水神无支祁的故事;唐传奇《南柯太守传》中的灵异蚂蚁虽然不具有超能力,但它们却模仿人类世界建立城池等。其实,这里的蚂蚁国及其国民就是人的翻版,作者借动物世界喻人,对人进行道德教化。清人叶廷琯的《鸥陂渔话》中记载的"老妇生性爱杀蚁,临终蚂蚁爬满身"的报应故事,显然受到佛教因果报应的影响。清代小说《镜花缘》中写叙述者一行人在冒险游历中途经各种岛时,遭遇的各种奇禽异兽,以及和它们有关的一些奇闻逸事。这里各种不同岛上的奇禽异兽和《山海经》中描述的各个地方的各种奇禽异兽的书写有些类似,也有点像《巨人传》《格列佛游记》等西方文学作品中的主人公们冒险游历时,途经各种奇怪的岛屿和地方时见到的各种奇异动物、怪兽。

这些文学叙事中的奇禽异兽,要么和现实世界中的人不太相关,要么是在现实中存在却被赋予某些灵异特征。但这些动物并没有被赋予某种和人相关的超自然能力,能够给人提供心理的抚慰或者缓解他们焦虑的超能力。他们之所以奇特,就是因为它们长相奇特、行为奇特,比如会人语或者和人一样有智慧等。《南柯太守传》中的蚂蚁,它们不但像人一样修筑城池,而且像人一样生活。这些动物就像《奥德赛》中奥德赛和伙伴们回乡途中在各个地方遇到的各种奇形怪状的妖、神一样。孔子讲"子不语怪、力、乱、神"中,对君子人格修为的理性规约中,"神"的非理性的不可言说,影响了官方文化和主流文学中对神鬼灵异的记载和书写。尽管这样,志怪、志人、唐传奇因为受佛教话本的影响,亦不缺乏鬼、狐、怪、异的故事的书写。民间也有类似的故事。蒲松龄的《聊斋志异》便是民间这类故事的集大成者。在《聊斋志异》的序中,蒲松龄说:"无可如何,辄以'孔子不语'之辞了之,而齐谐志怪,虞初记忆之编,疑信之者参半焉。不知孔子所不语者,乃中人以下不可得而闻者耳,而谓春秋尽删神怪哉!留仙蒲子,幼而颖异,长而特达,能为记载之言。于制艺举业之暇,凡所见闻者辄为笔记,大约皆鬼狐怪异之事。"[1]因此,在《聊斋志异》中,有很

---

[1]　蒲松龄:《聊斋志异》,齐鲁书社2006年版,第5页。

多被赋予了超能力成仙、成妖化作人身的动物叙事。当然这些人化的动物书写,并不是因为它们在人们的日常生活中和人有某种密切的关联,而是因为人们在遭遇现实中的一些生存困境之时,在人力范围内找不到解决办法时,通过想象在意识和精神层面寻获一种能够补偿人的心理和精神缺失的象征,以达到内心的平衡和精神的抚慰,而赋予了一些动物某种超凡能力,让它们像神明一样在人有困难的时候帮助人类。因此,其实这种被人崇拜的动物的超能力的获得仍然是人作用与想象的结果。

与汉民族文学中动物的有限想象相比,在西方从古希腊文学一直到当代的漫长历史时期,动物都被赋予丰富的人性特征。古希腊文学中,有狮身人面的斯芬克斯、马人刻戎、米诺斯牛、美人鸟、鸟头狮等人的形体和动物的形体相交形成的各种奇形怪状的妖和神。《伊索寓言》中有一系列被作者赋予人性特征,借动物喻人的动物。此后在西方各个时期的文学中,都有类似的动物想象。中世纪的《列那狐传奇》、文艺复兴时期的《巨人传》、17世纪拉封丹的寓言故事、18世纪斯威夫特的《格列佛游记》《浮士德》等作品中的动物形象等,一直到20世纪还有卡夫卡《变形记》中的甲壳虫人。但是和汉民族古典文学中虚构和想象的那些奇禽异兽不一样,这些动物虽然大多被赋予了人性特征,比如会说话、会思考,有善恶之心等,但却不是都具有超能力,能给人提供帮助,人对它们顶礼膜拜,它们其实就是变成各种动物样子的人,它们没有被赋予某一些能够帮扶人类的超能力。

徐复观指出,"人类文化,都是从宗教开始,中国也不例外"。① 众所周知,在汉民族的远古时代,亦有像古希腊神话中的各种自然神灵,虽然他们大多和人不并同形同性,但却显示了他们和人类日常生活中的宗教信仰的息息相关性。治水的鲧禹、取火的燧人、射日的后羿、补天的女娲、水神共工与颛顼之争、帝俊等神话,显示了汉民族原始社会自然神的宗教信仰。当然在这些神话故事中,经常会见到一些动物。汉代的画砖上绘的"扶桑树和大羿张弓射鸟"

---

① 徐复观:《中国人性论史》,第10页。

及《淮南子》中"日中有踆乌"的神话故事中的乌鸦等便是明证①。然而汉民族作为主流文化唯一保持下来的超自然力信仰，却从殷朝开始遮蔽了神话故事中的动物崇拜。汉民族祖先的宗教生活"主要受祖宗神的支配。他们与天、帝的关系，都是通过自己的祖宗作中介人"②。周人虽然在宗教方面继续了殷"配天"，尊奉祖宗神明的信仰传统，但是有殷朝灭亡的经验教训的前车之鉴，周民族有了一种不同于作为原始宗教的恐怖和绝望的"忧患意识"。徐复观指出："在以信仰为中心的宗教气氛之下，人感到由信仰而得救；把一切问题的责任交给于神，此时不会发生忧患意识；而此时的信，乃是对神的信心。只有自己担当起问题的责任时，才有忧患意识。这种忧患意识实际是一种坚强的意志和奋发的精神"。这种忧患意识的萌发，彰显了汉民族的祖先人文精神的觉醒。

然而这种很早就萌发的人文精神和重德、敬德的理性文化的勃兴，和后来在孔孟思想基础上形成的"敬鬼神而远之"的理性文化思维，限制了汉民族精英阶层为主体的动物崇拜及其他信仰。所以在汉民族的精英阶层，帝王、官宦、知识分子除了仪式上对祖宗神灵的崇拜，和对魏晋南北朝以来从印度传入的佛教，与之前在老庄哲学基础上形成于本土的"道教"的有限信仰之外，全民信教的局面并没有形成。可见，无论是汉民族的古典文学，还是"五四"新文学以来的文学和改革开放之后的文学，鲜有作品能像莫言的作品一样如此深入、多元地书写乡村世界的乡民，及其和家畜的关系，以及"泛灵论"民俗信仰中的动物崇拜，是有深层的文化原因的。

然而在民间，尤其是乡村世界的农民，他们的信仰是多元的。除了儒、释、道的官方文化在他们道德伦理层面的浸淫和影响之外，他们还有丰富复杂的民间信仰。这除了祖先神灵的信仰之外，还有乡村动物崇拜和与动物有关的民俗信仰，以及其他的民间鬼神信仰。正如哈维兰所言，"宗教活动在社会精

---

① ［美］艾兰：《龟之谜——商代神话、祭祀、艺术和宇宙观研究》，商务印书馆 2010 年版，第 33 页。

② 徐复观：《中国人性论史》，第 15 页。

英的生活中,可能不像在农民和下层成员的生活中那么重要,因为精英们认为他们更能够控制自己的命运"。① 但在乡村,虽然没有特定的宗教仪式使得人与某些动物之间取得某种神秘的联系,也不像拉美和非洲的一些部落里那样具有一系列有组织的、对动物的超自然力量信仰和崇拜的仪式。但在日常生活中农民和一些除了家畜之外的动物的密切相关性,使他们对这些动物在历史演进中形成了不成体系的泛灵信仰。农民们泛灵信仰和动物崇拜中的动物,似乎和人一样有灵魂,它们平时和人的生活很接近,也涉及人类的日常事务。"他们或许善良,或许邪恶,或许不好也不坏,它们同样也可以是令人敬畏的、使人害怕的、可爱的,甚至是非常淘气的。由于人类行动会取悦或激怒它们,所以人不得不关注它们。"②莫言的小说中就写了一系列这样的,被人赋予了某种超自然能力,与农民的生产和生活密切相关的动物。

莫言的很多小说书写了乡村世界里的乡民对这些动物的民俗信仰和崇拜。这类书写中的动物,不仅仅是动物,它们是在和乡民长期关联的历史长河中,在万物有灵的朴素巫术思维的影响下,被乡民赋予了各种超自然能力的动物。这些动物作为乡民的心灵和情感意识中超自然的存在,在缓解农民在苦难境遇中的焦虑和无助感,在苦难境遇中为他们提供心理抚慰等方面有着重要意义。同时,这种朴素的信仰,在农民的日常生活、生产中帮助理解他们无法掌控的各个方面的不确定问题亦有重要意义。

莫言人类学书写中的乡村世界里的动物崇拜指的是农民在长期的生产生活中,对一些和他们的生产生活相关的动物的神化或者灵异化,在此基础上通过一系列仪式攘灾和乞求福佑。这些动物包括狼、黄鼠狼、猫、狐狸、青蛙、蝗虫、鲤鱼、鳖等。对莫言小说中的乡村动物崇拜进行研究的学者不多,缑英杰

---

① [美]威廉・A.哈维兰:《文化人类学》,第392页。
② [美]威廉・A.哈维兰:《文化人类学》,第396页。

的《莫言小说动植物崇拜原型分析》①和王玉德等人的《文化人类学视野下的莫言小说——兼述莫言小说获奖原因》②中关于莫言小说中的"蛙"崇拜的研究是这方面的代表成果。但是前者对莫言小说中的动物崇拜的研究仅局限于马。其实诸如前面农民与马中分析的，莫言小说中的马并没有被赋予某种超自然能力，作者更多的时候仅仅把马视作是人类的亲密伙伴，并站在马的视角体认和理解马。他的所有小说中的马几乎都没有什么超能力能够超出它们自己的能力帮人做什么。因此，缑英杰的文章并未真正涉及莫言小说中被赋予超自然力的动物崇拜。在《文化人类学视野下的莫言小说——兼述莫言小说获奖原因》中，研究者关于莫言小说中的"蛙"崇拜，关于"蛙"的超自然力的书写也没有进行系统研究。

莫言回忆自己在乡村和自然的亲密关系时说过，"一个认得点字的孩子，对外界有点认知能力，也听过一些神话传说故事，也有美好的幻想，这时候无法跟人交流，只能跟牛，跟天上的鸟、地上的草、蚂蚱等动物交流……农村是泛神论，万物都可以成精比如一棵大树，百年之后就是老树精了，我们村头就有这样一棵树。还有蛇"。贺立华等在《怪才莫言》中曾指出："高密民间有着独特的世俗文化，最突出的便是泛神论色彩的动植物崇拜意识。在民间信仰中，刺猬、狐狸、喜鹊、古树等等，常被人们视为灵异之物，受到人们的敬奉与尊崇。"

## 二、狐狸的信仰与崇拜

在莫言追忆自己的乡村生活文字中，时常会提及乡村的动物崇拜与民俗信仰，"农村对狐狸极其崇拜。农村的观念里面很多动物都是有灵性的，都可

---

① 缑英杰：《莫言小说动植物崇拜原型分析》，《河南纺织高等专科学校学报》2005年第1期。

② 王玉德等：《文化人类学视野下的莫言小说——兼述莫言小说获奖原因》，《学习与实践》2012年第11期。

以成仙……但是法力最高的还是狐狸,狐狸仙的能量很大……"①在汉民族的民间,老百姓早就将狐狸作为一种图腾进行崇拜和祭祀。在上古时代,涂山氏,即大禹妻子所在的部落就以狐为图腾。殷朝纣王的爱妃妲己就被认为是"千古第一狐狸精"。据考证,在出土的汉代石刻画像和砖画中,常见九尾狐与白兔、蟾蜍、青鸟并列于西王母座旁。学者们由此认为狐狸在先秦两汉的地位最高,是与龙、麒麟、凤凰一起的四大祥瑞之一。但是汉代以后,狐狸作为祥瑞的地位急剧下降。和狐狸有关的词大多包涵贬义,如狐疑、狐媚、狐臭之类。到了魏晋南北朝,狐狸开始被人化,不但赋予人的感情和智力,而且被赋予超自然能力。如葛洪的《西京杂记》中就有古冢白狐化为老翁入人梦的故事;《搜神记》中,谈狐狸的作品也很多。到了唐代,依然盛行狐仙小说,如《任氏》《计真》等,写的就是与狐狸有关的灵异之事。到宋朝,民间还出现了"狐王庙"。但到了明朝,谈狐的作品不再盛行。清朝,关于狐仙的故事又开始盛行,以《聊斋志异》《阅微草堂笔记》为代表。蒲松龄的《聊斋志异》可以说是写狐仙、狐怪的主要虚构文学作品。蒲松龄笔下的狐仙们,具有很多美德,比人更有人情味。但是,纵观神话和文学作品中有关狐狸的崇拜与信仰,几乎和乡村世界里的农民、农事没多少关联,看不到乡村世界里的农民对狐狸崇拜和信仰的任何文字。

唐朝的《朝野佥载》中记述,"百姓多事狐神,房中祭祀以乞恩,饮食与人间同之,事者非一主。时有彦曰:无狐媚,不成村。"可见,百姓信仰的狐狸,在汉代以后被官方文化贬抑的时候,在民间老百姓依然信奉。长期以来,通过文化、文学的演绎,狐狸一方面被当成了破坏"君子"或者"文圣"清誉的妖艳女子的代名词,受到歧视;另一方面,在民间,尤其是在乡村世界里,被农民当作主要的动物图腾信仰和崇拜。莫言的小说对狐狸的文学想象,就呈现了乡村世界的农民对狐狸的两种观念。

《爆炸》中叙述者的"姑姑"给"我"讲了"狐狸引路"的故事。虽然在蒲松

---

① 莫言:《莫言对话新录》,第365页。

龄的《聊斋志异》中,狐、龙、蛇、鼠等动物成妖成怪后会与人发生各种关系,但都不曾和乡村世界里的普通农民的日常生活,以及农事活动有多少牵连。姑姑讲的"狐狸引路"中的狐狸,已经成了乡村世界里降服"邪魔鬼祟"的吉祥动物。大爷爷半夜三更给人去看病,乡村里人烟稀少,"人只要少,邪魔鬼祟就多"。"遍野都是闪闪烁烁的鬼火。"和大爷爷一样的农民对此深信不疑。因为天太黑容易迷路,此时狐狸便会引路救人。"你的眼前,跳出一盏小灯笼,影影绰绰地照着灰白的小路,你只管跟它走,保险到家,你能听到吱吱悠悠灯笼把子响,吧嗒吧嗒的脚步声……"在人夜晚遭遇恐怖的时候,不但有"狐狸引路",还有"狐狸炼丹"。狐狸炼丹时形成的火光,以及炼丹过程中火球飞动的景象,会给那些在坟地里遭遇邪魔鬼祟的路人战胜恐惧的意志和胆量。从科学理性的角度分析,不管是邪魔鬼祟还是具有超自然能力的狐狸的出现,都是因为人在某种异常的意识中,得到的某种幻象,这种幻象让人陷入某种非理性状态中时,就会出现一些超自然景象。但是乡村世界里的人对此深信不疑,"对于自然万物的由衷喜爱,对于创造生命的活动的崇拜,人与自然间的息息相关、祸福与共,经过长期的凝聚和积淀,化为民族关于生命一体化的集体潜意识"。对此,懂得一些医学知识的姑姑都深信不疑。可见乡村世界独特的生存环境,当农民在面对自然界强加于他们的某种困境,无法用理性的知识获得解决途径的时候,便会赋予一些动物类似于神明的超能力,并对其寄予化解灾难的希望。

莫言小说中乡村世界的农民经常会和狐狸有交集。甚至在现代社会,自然生态被破坏,野生动物逐渐失去生存的场域,在乡村逐渐绝迹的情形之下,《爆炸》中的叙述者"我"大白天还能看到人们在村子里追逐狐狸,聪明、狡猾的狐狸和人斗智斗勇的场景。因此,在莫言的故乡高密东北乡,狐狸因为经常出没,在人们的生产、生活中和人都有或多或少的关联。乡村世界里的农民经常会遇到的野兽无非就是狼、狐狸。在日常的生产、生活中和狐狸的紧密关联,人就会产生关于狐狸的动物性之外的很多遐想,自然也会赋予其超自然力。农民在和狐狸长期斗智斗勇的过程中,基本摸清了狐狸的脾性,他们认为狐狸是"狡猾阴险的小人",尤其是在夜晚,它们更加机敏活跃。

在《人与兽》中,莫言就如实地刻画了被农民赋予某种超能力的狐狸,在人杀了它的孩子,在报复人的过程中的机敏、狡猾,以及它的人性特征。"狐狸在摇尾巴时,还发出嘤嘤的鸣叫,好像一个妇人在哭泣。"在和人的战斗中,狐狸不但能够识破人的行动计划,而且它"脸上的表情越来越像一个荡妇……爷爷觉得,那狐狸随时都会摇身变成一个遍身缟素的女人"。这里的狐狸除了动物性之外,已经被"爷爷"给妖魔化了。"爷爷"对狐狸脸上荡妇的表情并不陌生,主要源于农民们对狐狸变女人的超自然力故事的熟识。在《弃婴》中"姑姑"讲了狐狸报复人的故事。老头背回了受伤的狐狸要救治,被儿子一枪打死。老头相信狐狸是有超能力的,所以吓坏了,害怕死了的狐狸报复。果不其然,下到锅里的牛肉饺子变成了"驴屎蛋子",晚上家里的门窗一起响,拿枪的儿子却怎么也勾不动扳机。打死狐狸的儿子"吓草鸡了","只好给狐狸出了大殡"。这里被赋予了超能力的狐狸像人一样受到尊重,从外部看是因为人惧怕狐狸的报复,但从深层看,却是因为狐狸在和农民的生产、生活紧密关联中,与农民的生命意识和体验已经融为一体了。"对神话和宗教的感情来说,自然成了一个巨大的社会——生命的社会。人在这个社会中并没有被赋予突出的地位。他是这个社会的一部分,但他在任何方面都不比任何其他成员更高。生命在其最低级的形式和最高级的形式中都具有同样的宗教尊严。人与动物,动物与植物全部处在同一层次上。"弗雷泽曾谈及安南的渔民,因为鲸鱼让他们获得物质利益就礼拜鲸鱼。如果有鲸鱼的尸体从海上漂过来,第一个发现它的人"便要充当悼亡者,举行如同对死去的亲人一样的悼念仪式"①。

弗雷泽认为在原始社会,猎人们打猎是有禁忌的,人不能轻易地猎取大型猎物,因为它们害怕会遭致死去的大动物灵魂的报复②。在汉民族以农耕为

---

① 〔英〕詹姆斯·乔治·弗雷泽:《金枝:巫术与宗教之研究》(上),徐育新等译,大众文艺出版社 1998 年版,第 210 页。

② 〔英〕詹姆斯·乔治·弗雷泽:《金枝:巫术与宗教之研究》(上),第 206 页。

主业的乡村,虽然没有大型的狩猎活动,也没有关于狩猎的禁忌,但是因为农民对狐狸的超自然崇拜,和他们对狐狸赋予的超自然能力的信仰,以及在民间故事经常听到关于狐狸的灵异之事,使得农民始终相信狐狸是有超能力的。当然,农民对狐狸超自然能力的膜拜,源于他们对这种从远古祖先们的生活经验和精神体验的精神遗留物中获得的"集体无意识"的激活和创化①。

乡村世界里的农民一方面把狐狸当作具有超能力的动物进行膜拜,另一方面,因为汉代以来形成的对狐狸的贬义的文化意义,在承认狐狸的超能力的语境下,在评价或者认知一类迷惑男人心智的妖艳女人时会称其为狐狸精。《球状闪电》中,怀疑儿子蝈蝈被儿媳之外的女人迷住时,蝈蝈娘看到和儿子一起在湖里游泳的毛艳时产生了幻觉,觉得水里游泳的女子是一只青色的狐狸,她不但有狐狸那样的眼睛、明亮光滑的身体和白而尖利的牙齿,而且还和狐狸一样来无影去无踪,神通广大,熟知天地人事。老人觉得这个女子就是传说中的狐狸精,于是忧虑、害怕、担心儿子。《怀抱鲜花的女人》中的王四在回乡途中被怀抱鲜花的女人和她的狗追着摆脱不了,心生烦恼之时,本能地把女人和狐狸联系在了一起,认为女人就是狐狸变的,是一条狐狸精。并自嘲:"被狐狸精迷过的男人是有仙气、有灵气的男人,舆论不谴责这种男人。"

可见在汉民族的民间,称性感迷人的女子为狐狸精已经成了一种"集体无意识"。在古代"狐狸精"被称为"狐媚子"。《搜神记》中的道士说:"狐者,先古之淫妇,其名曰阿紫。"可见,将女子比作狐狸精有古老的文化成因。古人认为狐狸能够修炼成人型,而且具有性情淫荡、以美貌迷惑男子的超能力。在民间很早就有狐狸修炼成精的传说。魏晋以来的志怪小说中书写了众多民间妖艳、多情的狐狸精的故事。因此,在汉民族的民间文化观念里,性感而具诱惑力的不良女性或美丽女子被称为"狐狸精"。狐狸精也就是妖狐。许慎的《说文解字》里是这么说的:"狐,妖兽也,换所乘之。"在唐传奇中,写狐狸的作品,继承了志怪小说中对狐狸精就是具有超自然能力的妖狐的认知。同时

---

① 程金城:《西方原型美学问题研究》,黑龙江人民出版社 2007 年版,第 45 页。

被赋予色情意味,认为这种狐妖怪为了满足自己的欲望,会幻化成美丽、妖艳的女子,魅惑异性。因此,民间一提狐狸精,或者要形容一位女子是狐狸精,那首先说明这个女子德行不好来路不正,一般会对其从伦理道德层面进行质疑和批判。

### 三、蝗虫信仰与祭祀仪式

莫言在两部小说中深描了乡村世界里的蝗虫灾害,和蝗虫对农业生产的破坏与人们对蝗虫的膜拜和祭祀仪式。一部是短篇《蝗虫奇谈》,另一部是长篇《食草家族》。

在乡村世界,农民对蝗虫由虫子的动物性特征到神性崇拜物的演变,有鲜明而确定的心理依据。在传统社会,农业生产在遭遇自然灾害的侵袭与破坏时,大多是农民没有办法通过自己的能力解决的。蝗虫作为农业的重要害虫之一,蝗灾的发生和危害触目惊心。因此,农民对蝗虫首先是憎恨和恐惧。因为,一旦爆发蝗灾,其对农业的破坏是毁灭性的。但憎恨和恐惧是消灭不了蝗虫的。在传统社会,农民没有任何先进的科学方法指导消灭蝗虫。再加上朴素的思维观念,他们对于蝗灾发生的原因缺乏理性的认知,就像古代各个民族有关洪水的神话想象一样,认为雷雨或者洪水是因为人的行为得罪了某种神灵。同理,他们也认为突然爆发的蝗灾,和他们的言行举止有关,是人不经意间得罪了某方神灵,神灵降灾于他们,便派这种"神虫"来报复他们。所以,和很多民族的自然神信仰和崇拜一样,乡村的蝗虫崇拜和信仰源于人们对于蝗灾的恐惧心理。农民对蝗虫超自然能力的假设,和对这种虫子存在神力的信仰,就是在恐惧与焦虑中缓解危机、解决问题时采取的对付危机的方法。他们确信,既然是神力之下发生的灾难,当人力没有办法解决时,神自然会在得到某种利益或者报复了人之后,最终会帮人化解灾难的。

在汉民族漫长的农业文明发展过程中,蝗虫作为农业生产中的重要害虫被书写。《诗经》中就有多首诗写蝗虫。《周南·螽斯》整首诗就书写蝗虫来势凶猛的景象,以及周代先民在蝗灾来临之时,祈祷神灵帮他们整治蝗虫的心理。其实在这种具有强大繁殖力和破坏力的虫子面前,农民是无能为力的,他们只能祈祷神灵。但他们也没有在灾难面前退缩,而是想办法解决灾难。此外,在《小雅·大田》《大雅·桑柔》等诗歌中蝗虫也是频繁出现的。古典文学中书写蝗虫和汉民族的蝗虫文化,西南大学文学院的彭亚萍在其文章《蝗诗与蝗虫文化》①中做了较深入的研究,在此不再赘述。英国人类学学者王斯福对中国的民间宗教有较深入的人类学研究。他在江苏的农村做田野调查的时候,发现在一个叫开弦弓村的地方,"每个小队都供奉有一位刘皇的像,这是一位军神,保护着村民免于干旱、旱涝和蝗虫等灾害"。② 王斯福提到的这个刘皇军神就是莫言的小说《食草家族》中提及的刘猛将军,这位将军并不叫刘猛,而是一位姓刘的勇猛将军。有学者认为他的原型是南宋的抗金将领刘锜,他曾因驱蝗有功,被封为"天曹猛将军"。农民定期祭祀灭蝗英雄是农民惧怕蝗灾的心理投射。因为农业生产中最惧怕的就是虫灾、旱灾、水灾,农民认为要避免这些灾难的发生必须讨好司掌或者镇压这些灾难的各方神明。

莫言在《蝗虫奇谈》《食草家族·红蝗》中,详细地书写了蝗虫出土时的景象,以及它们给农业带来巨大灾难的恐怖场景。更难得的是,在小说中,他还详尽生动地再现了农民在看到蝗虫出土,和开始破坏庄稼时的情感反应,以及采用的土办法"吓唬"、追赶蝗虫的景象与场景。当然,在这样的一系列行为的最后,便是在"蜡神庙",即蝗虫神灵的庙上举行祭祀仪式,乞求蜡神平息愤怒,不要再降灾惩罚他们。《蝗虫奇谈》中见到蝗虫出土的爷爷,看到一团团"如牛粪、如蘑菇"的暗红蚂蚱团体从地皮上凸起,爆炸成虫的景象时,爷爷发出"出土了! 出土了! 神蚂蚱出土了!"的喊叫。可见,农民在面对这种突如其来的"灾虫"时,先是在田野里"观蝗",然后便是在自己家里摆起香案,燃香跪地祈祷,最后便是集体祭祀。祭祀的方式就是农民们去叩蜡神庙和刘猛将军庙烧香磕头,献祭讨好蝗神和民间灭蝗虫的人化了的神刘猛将军,希望他能

<hr>

① 彭亚萍:《蝗诗与蝗虫文化》,《南海航运职业技术学院学报》2008 年第 2 期。
② [英]王斯福:《帝国的隐喻:中国民间宗教》,赵旭东译,江苏人民出版社 2009 年版,第273 页。

通过神力帮助他们化解灾难。可见,农民对付蝗虫主要采用心理抚慰。但当在神庙上香磕头不起作用时,便在村里搭建戏台,"为蝗虫们献上了三台大戏"。做了这些仪式之后,地里、田野里的东西也被蝗虫吃光了,于是蝗虫们便转移了。但到了秋收季节,庄稼快熟之时,蝗虫卷土重来。农民不再观蝗,而是在各自的庄稼地里,"敲打着铜盆瓦片,挥舞着扫帚杈杆,大声呐喊,希望蝗虫们害怕",但蝗虫却丝毫不怕,吃光了所有可吃的东西。在农民的意识里,蝗虫"总是和腐败的政治,兵荒马乱的年代联系在一起,仿佛是乱世的一个鲜明的符号"①。

在《食草家族·红蝗》中,莫言通过叙述者之口又一次深描了乡村世界里闹蝗灾的景象。这次是通过叙述者四老爷之口讲述的。这里的四老爷和《蝗虫奇谈》中的爷爷一样,见到蚂蚱出土,第一反应便是喊:"神蚂蚱来了!"可见在农民的意识里,蝗虫早就成了具有某种超能力的神灵。它们来时势不可挡,破坏庄稼时农民无可奈何,离去时又不留丝毫踪影。这篇小说,详细描述了农民为蝗虫建蜡神庙,以及庙盖好之后的"祭蝗大典"仪式。在这里蝗虫和人一起参与祭祀活动,吹鼓手吹着乐器,祭奠的主持用酒祭天,焚香烧表,给蜡神献草,之后宣读《祭蜡文》。希望他尊敬和敬仰的蝗神指挥它的臣民离开此地。这两篇小说中全景式呈现了蝗虫给农业生产带来的破坏,以及农民驱赶蝗虫和灭灾的整治、安抚等手段。这些方法包括演戏、祭祀等。莫言通过这种人类学的深描,以文字的形式保存了即将消失,甚至已经消失了的农民遭遇蝗虫时的各种仪式性表演,以及对蝗虫的祭祀仪式。

《红蝗》中的农民在遭遇蝗灾时,无法凭借人力抵御蝗虫对粮食、谷物以及其他作物的侵害,在实在无计可施的情形之下,猜想可能是人的行为得罪了"蝗虫"神,所以它们才让农民遭此灾难报复人类。于是,农民通过想象修建蜡神庙供奉蝗虫神,并召开祭蝗典礼,通过在祭拜中奉献牺牲的方式,祈求蝗虫神原谅的同时表达人类对它的尊敬与崇拜,以消灾避祸,祈求福佑。同时,

---

①　莫言:《与大师约会》,作家出版社 2012 年版,第 264 页。

和这种蝗虫的灾难密切相关的还有"刘猛"将军的祭祀仪式。在这一仪式上，农民通过祭祀早已逝去的抗"蝗"英雄——刘猛将军，希望通过隆重的祭拜典礼，祈求它显现神灵的威力，帮助农民抵御蝗灾，然后达到消灾避祸的目的。这两种信仰是极具功利色彩的实用主义信仰的典型代表。但是追根溯源，这些信仰来源于道教中的驱邪、消灾的教义，只是农民对其进行了功利化的改造，使得这些教义的功用更贴近他们的生产、生活，为他们所用。可见，莫言对乡村动物崇拜的深描也是乡村世界的农民和动物和谐关系的文学想象与表达。传统社会的农民没有农药灭虫，也不轻易伤害其他动物，而是将其视为和人一样的生命有机体，崇拜并敬仰。可见，前现代社会人将自己视为自然界的一分子，在和自然界的万物和谐与不和谐的共处中获得多种丰富的经验，在此过程中，人和自然依照各自的存在形态和轨迹在对立、矛盾、斗争中共存亡。

哈维兰指出，在群体生命而非个体生命危急时刻人们就会举行大型的仪式以求减轻群体面临的危险。"这将使人们团结起来共同努力，这样，恐惧和困惑就会向集体行动和一定程度的乐观主义让步。受到危机影响的所有人之间被扰乱的关系恢复到正常的平衡状态，同时共同体的价值也得到颂扬和肯定。"①农民对蝗虫的祭祀仪式显然是这种仪式的一种。农民对蝗虫的崇拜和信仰，心理基础是农民对蝗虫造成的破坏和伤害的无能为力和恐惧。这和农民崇拜和信仰狐狸有着共同的心理基础。狐狸之所以被膜拜，首先也源于狐狸经常出没对农民财产安全的威胁。但是农民对狐狸没有正式的祭奠仪式，是因为狐狸对农业生产和农民生活的破坏之力较小，大多情形下农民可以掌控。而且乡村人长期和狐狸共处的经验证明狐狸大多时候对人有帮助。因此农民对狐狸有爱和尊敬，对蝗虫则是无奈和恐惧。可见，人们通过对超自然力的祈祷、祭祀或者以其他仪式获得神力帮助，基本上源于人们对其的无知和恐惧。不知晓的越多恐惧就越大，人们便越想乞求获得一种安全感和抚慰，以维持他们生产和生活的平衡状态。这就是乡村世界里的农民在面对蝗虫这种害

① ［美］威廉·A.哈维兰:《文化人类学》,第406页。

虫以德报怨的心理基础。

### 四、乡村世界里的农民与狼

纵观中西方文学史,在古典文学中,汉民族文学中写狼的作品较少。而在西方文学,尤其在寓言、童话故事中还是比较多的。大多作品将狼拟人化,将人的意识和思想放在狼身上,以狼喻人,反思人性。中世纪市民文学的主要代表《列那狐传奇》中的伊桑格兰狼,就是一头有力量但愚笨至极的狼的负面形象代表。总之,在西方的寓言、童话和讽喻故事中,狼一直被批判和贬抑。在但丁的《神曲》中,狼作为贪婪的象征,和狮、豹一起,出现在但丁前进的路上,挡住了他的去路。在基督教的理念中,贪婪是万恶之根,所以在但丁面前出现的三只野兽中,狼是最大的危险。可见,在基督教文化语境中,狼就是恶的代名词之一。在中华多民族的文化语境中,因为狼是农耕民族、游牧民族饲养的家畜羊、马、牛的天敌,所以在这些民族的文化心理中,狼既是敬畏的生灵,也是仇恨的对象。总之,在民族传统文化视域中,狼作为对人的生产和生活构成威胁的一种野生动物,是被贬抑的"他者"。因此,在汉民族的古典文学中对它的书写很有限。

但是,在西方后现代主义文化和文学的影响下,在其对人类中心主义反驳的文化视域中,汉民族的作家们开始和西方的作家一道反思文学创作中被贬抑的"他者"。他们在人与自然、人与动物等二元对立中,开始反思前者对后者长期以来的压制与贬抑,以重视后者为契机,将其放置在和前者平等对话的视域,甚或强调后者的独立性特征,将其作为独立的一元进行反思。这种对弱势和边缘文化的激活在质疑了文化的同一性论调的同时,强调了文化的差异性和多元性。正是在这种后现代语境中,从 20 世纪 90 年代开始,在西方作家书写边缘群体和关注弱势文化的创作视域的影响下,很多作家开始关注民族文化视域中被贬抑的动物——狼,一大批书写狼的作品和出版物如雨后春笋般出现。如王凤麟的《野狼出没的山谷》、姜戎的《狼图腾》、贾平凹的《怀念狼》、雪漠的《猎原》、郭雪波的《狼孩》、沈石溪的《残狼灰满》、刺血的《狼群》

等。一些写狼崇狼的出版物也相继出现,如《狼》《狼的故事》《狼道》《狼魂》《哭狼》《像狼一样地思考》等。

莫言的小说对狼的书写就源于这种文学语境的影响。但是莫言没有就狼写狼,他是把狼放在汉民族乡村文化的语境中,通过对狼与汉民族的主导文化农耕文化的主体——农民关系的书写,强调了狼的野性和智慧的同时,也写了狼对农民的实用价值。其实就如莫言在《一匹倒挂在杏树上的狼》开始时写的,一个个村庄都是人满为患,导致"野兽绝迹,别说狼虎,就连野兔子都不大容易看见了。大人吓唬小孩子虽然还说'狼来了',但小孩子并不害怕,狼是什么? 什么是狼?"虽然如此,但乡村世界里的农民对狼的感情还是复杂的,既爱又恨,既喜欢又害怕。和与狐狸的关系一样,农民与狼的关系亦是在长期的文化传承中形成的,农民对狼的心理的复杂性也源于其与农民的密切关系,农民对其在畏惧中形成了敬仰和崇拜的复杂心理与情感。"狼是什么? 狼是山神爷爷的看家狗! 那可不是闹着玩的……但说到底狼还不是狗。狗啥都不是,狼全身是宝,就连狼粪也是好宝。"

当然,农民心目中的狼和牧民心目中的狼是不一样的,姜戎在《狼图腾》中深描了牧人和狼的复杂关系,以及狼的狡猾、智慧、团队协作、家人情深等人性化特征。莫言的人类学书写中,也深描了农民和狼的关系,以及农民对狼的超自然力的崇拜和信仰。《一匹倒挂在杏树上的狼》是一只从东北长白山的大森林里来到山东高密东北乡复仇的狼。莫言对狼的这种虚构与想象性书写,就渗透着农民崇拜狼的复杂心理,"实在是太可怕了,实在是太可敬了"。叙述者章古巴大叔叫狼"章三",和自己一个姓,说明在他的眼里狼和人一样。而且他还深信,狼不但能听到他的话,且能全部听懂。狼和他捉迷藏,而且还故意气他。莫言站在狼和人平等的视角写狼,其中的想象与夸张自不待言,但他通过叙述者章古巴大叔对狼的膜拜性叙述,呈现了农民对狼的膜拜心理。而且在小说结束时,章古巴大叔在近乎虔敬地述说狼的身体的各个部位——狼毛、狼胆、狼心、狼肺、狼腰子、狼胃、狼肠、狼脑等的功用时,虽然有为情人一家补偿损失,为出售这些器官做广告的意味,但的确说明了作为闯荡过江湖的农民对狼的了解和深入认知。

库页岛上的阿伊努人喜欢猎熊,因为熊是他们赖以糊口的主要食物来源,"他们不仅吃新鲜的熊肉,也吃腌制的熊肉,熊皮是他们赖以御寒的衣物,熊油则是当地赋税的重要来源"。① 正是因为熊在阿伊努人的生活中如此重要,他们也认为熊被他们吃了以后能够复活,便在宰杀熊时举行一系列的仪式。这种仪式被学者们认为阿伊努人崇拜熊,或者认为熊在他们的宗教中占据重要地位等。其实这就是他们的圣餐仪式,和他们的崇拜和宗教没有关系。在汉民族的乡村世界里,农民对狼也有一种膜拜的心情。虽然人们怕狼、打狼。但是农民和游牧民族不一样,他们不轻易主动地伤害狼、猎狼。当然如果狼进犯村民,对他们的生命和财产造成威胁时,他们也会正当防卫和狼斗争。

在《小说七段·狼》中莫言对狼的书写更为夸张,是"披着羊皮的狼"的现代神话。小说中写狼为了达到自己的目的,居然像人一样给他的猎取目标——"我家那头肥猪"照相,而且变身成了人去照相馆洗猪的照片。这里的狼是狼精的现代神话,是对"披着羊皮的狼"的民间故事的后现代主义反讽式书写。狼善于伪装,让照相馆的人看不透其隐藏在背后的狼子野心,而且它以自己"无声的苦笑""无辜和无奈"的表情深入伪装自己,让人为狼打抱不平,结果造成猪死狗伤的悲惨结局。

乡村世界的农民,因为生活环境的限制,以及长期以来和狼等野生动物的密切关联,他们就像膜拜蝗虫和狐狸的一样,在恐惧中敬仰狼。"狼是山神爷爷的看家狗",因为狗和人的亲近感,体现了农民对狼的正面认知。在农民的心目中,狼的智慧和聪明是人应该崇拜的,这和西方文学语境中的狼是不一样的,"狼和小羊"中狼的凶残专横,"披着羊皮的狼"的故事中狼的伪善与贪婪等,基督教文化语境中狼的贪婪和恶,都不是汉民族乡村世界里的农民对狼的认知。虽然他们没有任何的宗教仪式祭拜狼,但狼在他们的心目中是智慧的象征。

---

① [英]简·艾伦·哈里森:《古代艺术与仪式》,刘宗迪译,生活·读书·新知三联书店2008年版,第58页。

农民对狼的朴素认知,透着后现代主义文化平等的立场和视域,他们的万物有灵的非理性认知对科学理性的冷漠与狭隘是有反思意义的。而且农民作为一个在自己的民族文化视域中失语的群体,他们的智慧就像人的视野中的狼的智慧一样被主流文化遮蔽。莫言看似在写狼,其实是在写汉民族主流文化中失语了几千年的农民群体,以及他们不被正视和理解的痛苦与无奈。这是对一种动物的呐喊,也是对一个群体的呐喊。遮蔽不意味着不存在,农民膜拜狼就是膜拜自己,这种从来不存在的祭奠仪式在莫言的小说中以文学的形式实现。哈里森认为,"仪式旨在重构一种情境,而非再现一个事物"。① 莫言正是通过文学的仪式,在对狼在汉民族乡村世界的原野上早就没了痕迹的情形之下,再现它们曾经的存在状态。

### 五、农民朴素的文化思维里的其他动物精灵

莫言人类学书写中的动物崇拜,其实就是乡村世界里世代生存的农民们朴素的万物有灵信仰。虽然乡村里的农民也受到儒家理性文化的影响,不像世界上其他民族的人那样热衷于通过很多巫术和宗教仪式,缓解他们在生存的苦难境遇中遭遇的众多恐惧和焦虑,也没有形成系统的巫术思维,但汉民族乡村世界的农民在自己生活轨迹中,形成了一套他们的动物崇拜体系。除了以上所分析的几种动物崇拜之外,还有蛙崇拜,猫崇拜等。当然,透过莫言小说中与此相关的一系列民间故事,还可以看出他们对其他动物精灵的信仰。

莫言小说《蛙》中的"蛙"所代表的动物崇拜,是学者们在莫言获诺奖之后关注的较多的。叶舒宪在 2013 年 3 月 15 日,在兰州大学给师生们做"大传统观与文化文本的 N 级编码论"的讲座时,曾以《蛙》为切入点,从人类学角度剖析了其所表现出来的文化文本的 N 级编码程序。王玉德和尹阳硕在文章《文化人类学视野下的莫言小说——兼述莫言小说获奖原因》一文探寻了"蛙"的多重象征意义,并且追溯了中华多个民族蛙崇拜的文化渊源,认为"莫言巧妙

---

① ［英］简·艾伦·哈里森:《古代艺术与仪式》,第 13 页。

地将小说的名字设定为'蛙',无形中把神话传说、生育、儿童、地方性知识紧密地结合起来,同时在小说中处处有'蛙'的存在,无论是小说中的叙述者'蝌蚪',还是作为代孕中心的'牛蛙公司',莫言将'蛙'贯穿于小说始终,用蛙的象征意义来隐喻生命,从而使得其文化内涵更加丰富、多元"①。

熟悉《聊斋志异》的读者,大都知道其中有几个故事涉及民间关于蛙的动物崇拜,包括《青蛙神》和其后面紧接着的《又》。从这些故事和一些民间故事的流传,可以发现在汉民族的民间,青蛙被视为神灵崇拜。当然这个历史可以追溯得更早,王玉德经过研究认为,"蛙的图腾崇拜起源较早,上古黄帝渔猎氏族部落就有了蛙的图腾崇拜,我们可以从距今七千多年前的半坡遗址中出土的'蛙'纹彩陶上得到印证。蛙崇拜实则为人类初民社会的生殖崇拜"。②

莫言显然受了蒲松龄的影响,在乡村世界里的农民对蛙生殖崇拜的基础上进一步扩展,将青蛙和婴儿联系起来进行书写。在《爆炸》中,叙述者"我"将听到的新生儿的哭声和青蛙的叫声联系起来。"婴儿呱了一声,又呱了一声,像吐掉了一个堵嘴的塞子,下边就咕呱连片,把产房叫成了一个池塘。"《蛙》中,莫言更是将青蛙和流产掉的无数婴儿联系起来,在"姑姑"的忏悔中作为人的生命象征进行书写。本来在汉民族的文化里不被当作人看的没出生的婴孩,在莫言的笔下有了生命的尊严,这种尊严的获得源于因为计划生育政策不得已杀婴的"姑姑"的忏悔与反思。"姑姑"就像一个杀死了无数生命的刽子手一样忏悔自己的罪孽。这种忏悔首先发生在蛙声一片的洼地里,蛙如泣如诉的呱呱声让这位用手术流产了无数婴孩的女医生感到恐惧。"常言道蛙声如鼓,但姑姑说,那天晚上的蛙声如哭,仿佛是成千上万的初生婴孩在哭……可那天晚上的蛙叫声里,有一种怨恨、一种委屈,仿佛是无数受了伤害的婴孩的精灵在发出控诉。""姑姑"被成千上万只青蛙追赶、撕扯。

其实在莫言的想象中,《蛙》中的"姑姑"内心的忏悔是被外在的青蛙的叫声唤醒的,人与动物、人性与兽性在那一刻交错,是人性唤醒了兽性还是兽性

① 王玉德等:《文化人类学视野下的莫言小说——兼述莫言小说获奖原因》,第131页。
② 王玉德等:《文化人类学视野下的莫言小说——兼述莫言小说获奖原因》,第131页。

唤醒了人性？在这部小说中，莫言站在人类的角度，反思杀婴的问题。当歌德让玛甘泪不小心溺死自己的婴孩之后，以精神崩溃导致发疯和被抓进监狱里服刑来忏悔罪孽，而这位已经精神崩溃的玛甘泪最终无法原谅自己，即使面对爱人拯救，她也愿意以死来惩罚自己。正因为这样，她被上帝原谅，被天使拯救进了天堂。在汉民族的文化里，无数的女婴惨死在父母"重男轻女"的畸形思维和要儿子的迫切心愿中，却没有人为此忏悔和赎罪。《蛙》就是一部为几千年文化中惨死的婴儿的赎罪之作，莫言借他的代言人"姑姑"的言行，深刻反思我们的文化视婴孩为草芥的思维认知。因此，这部小说已经超越了民族，站在人类的立场为民族的罪孽赎罪。

中国的很多民族都有"蛙"崇拜，汉民族的"蛙"崇拜在莫言这里进一步扩展。"蛙神"所具有的超自然力在莫言笔下化作了千万个婴孩，那些在我们的文化痼疾和政策影响下死去的婴孩，在他们不能为自己生命权的剥夺控诉和辩解的情形下，《蛙》中成千上万的声声蛙鸣为他们呼告，呼告一个民族珍视生命，包括那些未曾看一眼世界就被杀死的婴孩的生命。

此外，汉民族的"蛙"崇拜也是农民与自然界的万物和谐共存的典型例证。儒家孝文化重子孙繁衍，对于老者而言，"儿孙满堂""含饴弄孙"就是人生最后的最大乐趣和幸福。所谓"不孝有三，无后为大"说的就是孝与生育繁衍的重要关系。正是因为这种文化观，所以讲究实用功能的汉民族的先人就找了"蛙"这种具有超强繁殖力的动物，并将其神化，视为崇拜的生育偶像进行供奉和祭拜。人没有将蛙视为异类，以蛙喻人彰显的是人蛙平等的文化生态。《蛙》中万小跑家乡的牛蛙公司，美其名曰牛蛙养殖企业，实际上是"人娃"孕育公司。美女代孕，多种代孕方式满足有钱人多子多福的传统观念。汉民族对蛙的崇拜和信仰，跨越了阶层，从官宦士绅到乡村世界里的农民；当然也跨越了时间，是一种在几千年的历史变迁中绵延不绝、经久不衰的动物精灵信仰。可见，莫言人类学书写中的这些超自然力信仰，是和农民的生产和生活密不可分的实用主义信仰的文化深层结构影响的结果。

此外，莫言有多部小说写猫，写农民对猫的崇拜和信仰。这些小说有《猫事荟萃》《养猫专业户》等。在《猫事荟萃》里，莫言由鲁迅的《狗·猫·鼠》谈起，对有关猫的叙事做了一个追溯，从儿童故事《小猫钓鱼》到动画片《黑猫警长》，从古典文学《三侠五义》，到猫菜和冰岛女作家笔下被虐的猫，再到猫的叫春和恋爱，追溯到这里便停下了。紧接着小说（或者也可以叫随笔）从暗夜中猫的叫声写起。莫言应该在这里提一下鲁迅先生在《兔和猫》中关于人打猫的事，因为猫伤害了兔子，又在暗夜恋爱时发出的叫声过于让人难以忍受，所以小时候的鲁迅经常会打"配合"的猫。就因为鲁迅在《兔和猫》中对小时候打猫的经历的追忆，在"五四"时期便被他的"敌人"作为口实攻击他"仇猫"。鲁迅生气，又写了《狗·猫·鼠》作为回应。可见猫在暗夜让人难以忍受的叫声不仅让莫言有了创作的冲动，而且也曾触动过鲁迅先生的心弦。

《猫事荟萃》由一顿童年时代难以吃到的美味的饭引出的关于猫的故事。祖母给来家里吃饭的贵客"陈同志"讲民间有关猫精的故事。这个故事中有农民家里的猫，也有在朝堂上帮助皇帝抓老鼠精变的大臣的猫，还有现实中的猫。接着又从他的猫讲到了鲁迅《狗·猫·鼠》中的猫和狗，又讲他的猫和狗的故事。总之，莫言在《猫事荟萃》基本写全了汉民族有关的猫的民间故事，不用再去追溯汉民族古典文学中关于猫的各种书写了。

乡村世界里的农民对猫崇拜的契机，和对狐狸、狼、蝗虫的崇拜是不一样的。前几种动物的崇拜是源于农民的畏惧与焦虑之上的心理抚慰。当然和农民崇拜蛙也不一样，蛙被崇拜是因为从上古时代开始，青蛙就被当作神灵崇拜和供奉。而在后来的历史演变中，因为青蛙的多产使其在民间逐渐成了生殖图腾。这种崇拜和动物本身的生理特征有密切关系，加之在乡村世界里，在河里、湖里，只要是有水的地方，就有青蛙的足迹和叫声。而且青蛙又是益虫，可以在田间地头为农民杀虫灭害，这种自然的亲近感也是农民崇拜青蛙的一个主要原因。

但是和这几种动物不一样，猫在乡村和六畜一样，在很长的历史时期内被农民家养。这是因为在农民的日常生活中，它们是农民最厌恶的老鼠的天敌。农民养猫主要是为了灭鼠。这一密切关系是农民将猫作为动物崇拜的主要原因之一。当然,这也和民间一直以来对猫的敬仰有关。猫的故事在民间存在的持久性,是农民猫崇拜的一种无意识心理表征。因此,农民对猫的崇拜是后天的文化继承和积淀,猫被农民作为一种偶像原型进行崇拜。"原型作为一种可以反复再现的精神现象,总是与人类反复克服匮乏感的心理需求相关的。"①

除了蛙和猫之外,在农民的万物有灵的朴素信仰中,任何一种动物都有灵性。《金鲤》中的爷爷讲的"金翅鲤鱼"故事中美丽善良的金芝姑娘死后化身的金色鲤鱼作为一种美好心灵的象征被农民膜拜。在这里,姑娘的善良和重情重义与金色鲤鱼的外表美在农民的心理和情感中合二为一,有着灵魂和人性的金鲤和美丽善良的姑娘融为一体。讲故事的爷爷对故事的真实性是深信不疑的。

在有河的地方,农民崇拜的动物中就有水生动物。除了《金鲤》中的姑娘幻化成的金鲤而崇拜金鲤之外,鳖也被视为灵异而崇拜。《罪过》中的大福子和小福字在河边玩耍的时候,大福子想起了三爷爷讲过的关于鳖精的故事。鳖湾的河面上下棋的白胡子老头,掌灯的黑色大汉,穿红戴绿的丫头子,桃花木八仙桌。"我那时方知地球上不止一个文明世界,鱼鳖虾蟹、飞禽走兽,都有自己的王国,人其实比鱼鳖虾蟹高明不了多少,低级人不如高级鳖。"鳖精不但会下棋,而且文化也很发达。不但出才子,而且出官员。鳖精和人一样有情有义,知恩图报。显然,三爷爷对鳖精的故事也是深信不疑的,而且站在艳羡的立场讲述这种灵异动物的故事。小福子就是被鳖湾里有花无叶的红花吸引,去摘花时失足落水被淹死的。这种在冥冥中突然发生的事情让人不得不和鳖精的故事联系起来。

《丰乳肥臀》中农民对鸟仙的超自然崇拜,也是乡村世界里的农民动物崇拜的一种。三姐上官领弟在恋人鸟儿韩走后,飞身上树、飞上屋脊的情节,显然是受了《百年孤独》中俏姑娘雷梅苔丝飞翔的影响。但鸟仙附体的情节书写,却符合汉民族乡村世界里农民动物崇拜的文化思维。因为在"高密东北

---

① 程金城:《西方原型美学问题研究》,第174页。

乡短暂的历史上,曾有五个恋爱受阻,婚姻不睦的女性,顶着狐狸、刺猬、黄鼠狼、花面獾、猞猁的神位,度过了她们神秘的,让人敬畏的一生。"这里动物的神灵附在人体上的信仰,其实就是人对动物崇拜的想象。因为动物是不会言说的,人通过动物附在人体上的生动想象,是在日常生活中农民相信这些动物神灵拥有超自然能力,并对他们膜拜的基础上形成的。母亲对鸟仙附体的三姐毕恭毕敬,三姐发出的"介于鸟语和人言之间的极难辨别的声音"都说明农民对鸟仙附体一事深信不疑。叙述者上官金童是站在农民的非理性立场看待这种信仰的。村民们络绎不绝地来找鸟仙求药问卜的场景,以及鸟仙惩治坏人的书写,是莫言对乡村世界里的动物崇拜的仪式再现。

《球状闪电》中蝈蝈爹转述给蝈蝈的清朝举人和蚂蚁的故事,是一个关于蚂蚁报恩的故事。这里的蚂蚁也成了具有超自然力的灵异。此外,《球状闪电》中作者设置了多个叙述者从多种视角讲故事,其中第二个叙述者是一只叫"刺球"的老刺猬。不过这里的刺猬只是被作者拟人化了的一般动物,它并没有超自然能力,而且它的存在也是隐蔽的,小说中的其他人物几乎不知道它的存在。也没有任何人从它那里寻求抚慰和帮助。这里的刺球不同于莫言人类学书写中的六畜,也不同于被农民赋予超自然能力进行崇拜的狐狸、狼、蛙,金鲤、鳖精,和帮助举人考试报恩的小蚂蚁。它就是一只被赋予人性特征的穿着刺猬的衣服的人。莫言从动物的视角书写是他的一种叙事策略,就像他在很多小说中从儿童视角叙事一样。但莫言熟悉刺猬就像熟悉他放牛时经常陪伴他的自然界的其他动物一样,因为熟悉,所以从动物的视角叙事,又不失动物的动物性,当然这也是一种叙事的本领。不是任何一位作家都能做得到的。

动物崇拜在很多民族都有,古希腊的悲剧就起源于酒神祭祀中的"羊人之歌",阿里斯托芬的喜剧表演,"合唱队装扮成鸟、云、蛙或者蜂"。而阿里斯托芬的很多喜剧直接以动物命名,诸《鸟》《云》《蛙》等。在这些喜剧中,"人们模仿飞禽走兽,穿着它们的皮毛,惟妙惟肖地模拟着他们的动作姿态"。①

---

① [英]简·艾伦·哈里森:《古代艺术与仪式》,第24页。

而在其他民族,诸如"澳大利亚土著对袋鼠的态度、北美土著对大灰熊的态度"等,都是各个民族的生产与生活,在与动物的关系中的显现。当然汉民族乡村动物崇拜中的一切动物精灵,也是博大的农业文明发展历程中,伴随着农耕文化一代代留存下来的极具实用色彩的乡村世界里的农民信仰。

总之,在莫言的人类学书写中,乡村世界里万物有灵的动物信仰,是对生活在底层,很少被官方关注,又缺少理性思维的群体非理性信仰和崇拜的集大成式书写。之前没有一位小说家在如此众多的小说中,如此细致多元地书写汉民族乡村世界里农民的动物崇拜。农民有农民自己的文化和思维,他们的信仰和动物崇拜不被关注和书写,并不意味着他们没有自己寄托愿景、抚慰心灵创伤的超自然信仰的仪式。他们有他们自己化解苦难与恐惧的方式、方法。正是这种朴素的文化思维,才使得乡村世界里的文化繁复多样,丰富多彩。莫言的功劳不是创造了这些信仰,而是以文字的形式、文学的诗性表达记录和再现了这些信仰。

因此,莫言的文学贡献是不可估量的。汉民族乡村世界里的一切在城市化进程中逐渐消亡的时候,莫言为子孙后代记录的这种看不见摸不着,随着文化的传承者们的故去逐渐消亡的乡村动物崇拜的种种,是一笔无法估量的精神财富和非物质文化遗产。

# 第五章　乡村世界的超自然力信仰

　　莫言人类学书写中的乡村动物崇拜其实是农民超自然力信仰的一部分，鉴于莫言在多部小说中书写了不同的被农民赋予超自然能力的动物，所以将乡村动物崇拜的民俗信仰单独进行了研究。汉民族的超自然力信仰在台静农、蹇先艾、沈从文等作家的"乡土小说"中，是农民愚昧、落后的表征。但人类学家弗雷泽在《金枝》中指出，各个民族的超自然力信仰包含着各个民族的文化无意识，汉民族乡村世界的超自然力信仰，从人类的角度看，也包含着汉民族的文化无意识。

　　哈维兰将超自然存在和力量分为三类："主神（男神和女神）、祖先之灵及其他种类的灵魂"。① 其他种类的灵魂信仰也就是泛灵信仰，上一章乡村动物崇拜就是泛灵信仰中的动物灵信仰。男神和女神是原始宗教的多神教信仰的产物，古希腊、古罗马人的信仰就是有男女神的多神信仰。但是一神信仰的宗教，如犹太教、基督教、伊斯兰教等基本都是男神信仰。莫言在很多小说中深描了乡村世界农民的朴素信仰，除了动物崇拜之外，还有祖先之灵的信仰和祭祀仪式、鬼魂信仰等。这些信仰在农民的生产、日常生活中如影随形，也存在于人们的日常观念和民间传说中。莫言对此的深描是见证乡村民间文化和信仰风俗的人类学史料。

---

　　① ［美］威廉·A.哈维兰：《文化人类学》，瞿铁鹏等译，第393页。

## 第一节　礼教夹缝中的乡村超自然力信仰

莫言人类学视域中书写的乡村超自然力信仰,是汉民族这个重家的民族"家"的脉络与世系历史的体现。莫言通过文学叙事让这些仪式在文本的叙事语境中情景再现,并在不同的小说中不断重复讲述,在时间维度上显示了创作者乡村记忆中这些信仰仪式的周期反复。而这种叙事的不断重复在宏观上看,是对整个民族类似信仰的仪式性补救,是对起源的重复,如同对祖先起源的祭祀一样,让后人在这种仪式的重复和再现中回到仪式起源时的情境之中。"每一次重复都使记忆以及一种有关起源叙事的年度标记得以重复。"①

### 一、周孔礼教夹缝中的乡村超自然力信仰

在前一章,通过对莫言小说中深描的乡村动物崇拜的研究发现,在汉民族的乡村世界,农民有自己的图腾崇拜和庶物崇拜。这似乎和梁漱溟等学者认为中国文化中没有宗教的思想有些相悖。其实按照人类学家的界定,动物崇拜是泛灵信仰中的动物灵信仰,是超自然力信仰的一种,也是宗教。哈维兰认为:"宗教可以被视为一系列组织起来的、对超自然力量的信仰。这些信仰引导人们理解世界,或者帮助他们处理那些他们认为重要,但运用现有的组织技术和技巧无法解决的问题。为了克服这些限制,人们求助于超自然的存在和力量,或者试图影响,甚至操纵它们。"②

正如很多学者所言,在汉民族的主流文化语境中,虽然他们相信汉民族和其他民族一样,"文化都是以宗教开端"③,但这是在周孔教化未兴以前,最早初民们有图腾崇拜、庶物崇拜、群神崇拜,也有至今一直未断的祖宗之灵崇拜。

---

① ［英］王斯福:《帝国的隐喻:中国的民间宗教》,赵旭东译,江苏人民出版社 2009 年版,第 3 页。
② ［美］威廉·A.哈维兰:《文化人类学》,第 389 页。
③ 梁漱溟:《中国文化的命运》,第 39 页。

而自周孔礼教兴起之后,汉民族主流文化的中心便移到了周孔教化上,"祭天祀祖只构成周孔教化之一条件而已"。① 周孔礼教源于过早萌发的忧患意识和在这种危机感的过早生发中早早就有了的明德、敬德的理性精神。理性的发现让人性代替了神性,人相信没有神和其他超自然力,人仍然可以以自己的智慧完善自己。在西方,这种理性精神从中世纪末才开始萌发。梁漱溟说:"孔子并没有排斥或者批评宗教(这是在当时不免为愚笨之举的),但他实在是宗教最有力的敌人,因他专从启发人类的理性做功夫。"②

虽然孔子在删订古代典籍时,将一些"怪、力、乱、神"等宗教迷信的东西不遗余力地删减掉,但从古代先民那里就开始信仰的图腾崇拜、庶物崇拜、泛灵崇拜等宗教信仰在周孔礼教管制较少、传输有限的乡村世界里却被保存了下来。王斯福通过对汉民族民间宗教的深入研究,指出虽然中国民间信仰中的诸神都是有历史可查的传记③,但"帝国与民国政权中的官员,都对民间崇拜持怀疑态度。但这反倒把人们的注意力引向眼下的灵验上去,凭借这种灵验,民间崇拜的神得到了人们的信赖"④。因此,理性在造成不平等的同时,也因为其延伸力的有限性,在其到达不了的地方保存了文化的多样性。正是因为这种保持,才使得西方"向外"和"向下"的知识革命,在拨开了"西方中心主义"和"理性中心主义"的迷雾之后,也让世界能够看到汉民族文化的多样性。

汉民族乡村世界里的超自然力信仰就是中华多元文化中的一元。这些潜藏在民间的,不被认同却一直存在的文化因子,一直以来都是乡村世界的农民农业生产和日常生活的主要组成部分。正如前一章分析的,孔夫子瞧不起稼穑、劳力的农民,正是这种瞧不起使得乡村文化躲过了周孔礼教的彻底洗礼,留存了一些除祖宗之灵信仰之外的超自然力信仰。虽然乡村世界的这些信仰

---

① 梁漱溟:《中国文化的命运》,第39页。
② 梁漱溟:《中国文化的命运》,第45页。
③ 笔者注:如前面"乡村动物崇拜"一节中的农民在抵御蝗灾时祭祀的抗蝗英雄"刘猛"将军,以及民间对关羽的信仰等,这些是对圣者和英雄的崇拜基础上的灵魂信仰,也是"中国地方神崇拜"中的一些历史人物,他们都是有传记可查的。
④ 〔英〕王斯福:《帝国的隐喻:中国的民间宗教》,第5页。

不被主流文化认同,但对于乡村世界的普通农民而言却是日常生产、生活中不可或缺的精神支撑。梁漱溟说:"宗教最初可以说是一种对于外力之假借"。因为知识获得的不可能,以及在长期的历史演进中,作为弱势群体在被主流文化无视而失去话语权的过程中,无法从上层的"人事"中获得安全感和生命的保障,在求助自己之外,只能求助于距离他们最近、关系最密切的动植物,以及一直以来被当作神明信仰的祖先之灵,和其他鬼魂精灵。

因此,在乡村世界里,除了主流文化的影响之外,农民有自己的知识系统,他们的文化思维和日常生活紧密相关,除了大的文化传统赋予他们的人伦道德的价值观外,他们有对自然界万物和人自身的朴素的认知体系。费孝通在经过深入的田野调查后,认为乡村人有乡村人的智慧和文化,乡村世界有自己的认知空间和独特语言,"在乡土社会中,不但文字是多余的,连语言都并不是传达情谊的唯一象征体系"。① 农民的超自然力信仰就是不需要任何文字来传达的象征体系。祖先之灵的崇拜和祭祀仪式、鬼魂信仰及其他精灵信仰,就是农民在长期的历史变迁中对先民的图腾崇拜、庶物崇拜的继承和发展。农民在这一层面对传统的继承,形成自己的象征体系和文化符号。然而农民所拥有的这些不成文字的知识体系和文化符号,长期以来是被遮蔽的。

事实上,在农民的文化体系中,他们的文化理念在很大程度上是自在的、仪式化的。这些自在的、仪式化的信仰,"承担了减轻社会压力和冲突的种种功能,是一种社会'黏合剂',比如人类学家特纳就把仪式界定为'合乎规定的形式化行为。它涉及神秘存在和力量中的某种信仰'。在他看来,象征、仪式和宗教是内在地纠结在一起的,所以仪式就是已经惯例化的某些连续活动,它是特定场所里所施行的姿态、词语和对象,旨在以行为者的目的和兴趣的名义来影响超自然力的实体和力量"。②

---

① 费孝通:《乡土中国 生育制度 乡土重建》,第17页。
② [德]W.本雅明:《机械复制时代的艺术作品》,王才勇译,浙江摄影出版社1993年版,第234页。

## 二、超自然力信仰的有限想象与书写

正是因为主流文化对周孔礼教的宣扬和重视,对民间信仰持怀疑和抵制的态度,在主流的文献史料中有关民间的超自然力信仰被冠之以"怪、神"而被忽略或者删减。孔子虽然从"孝"的思想出发,谈在父母死后要守丧尽孝,但却从不谈生死鬼神,他相信人都有理性,要完全依赖人类自己。所以学者们认为,中国自有孔子,人们的信仰便受其影响,走上以道德代宗教之路,宗教在中国被替代。也因为儒家文化的这种观念,在儒家文化为核心的主流文化和文学语境中,自然看不到超自然力信仰的有关书写。而且因为孔子对农民阶层的轻视,道德理性的向上追求和家本位文化过于关注"家"的文化思维,汉民族的主流文学鲜有乡村的文学想象,也鲜有被主流文化反对的超自然力信仰。

当然在甲骨文、《山海经》《淮南子》等古典文献中,除了在前面乡村动物崇拜一节梳理的动物崇拜之外,《海外东经》《海外南经》《海内经》等中都有驱兽除害的巫术仪式书写。虽然学者认为巫术不是宗教,因为巫术是一种功利性很强以使用为目的的祭祀仪式,但这种仪式也是初民的超自然力信仰。当然类似于巫术的祛除仪式在《诗经·小雅·大田》中也有书写。在这种仪式上,巫师们"念动咒语,挥动神器",与身穿兽皮,头戴兽面,扮作害兽的样子的人对打,通过这种打斗场面的再现,隐喻正义战胜邪恶,害兽被打败,以抚慰人心。此外,在《海外南经》也有类似于《小雅·莆田》中书写的旨在求雨驱害的"方祭"仪式,《楚辞》也有神灵信仰的遗痕。甲骨文中对此亦有记载,陈梦家就曾指出,卜辞祭方与祭社性质相同,皆与求雨有密切关系。除了祈雨的仪式信仰之外,在《海外南经》《淮南子》中亦有反映"孟御除水旱虫豸之灾"而举行的祭祀仪式,《尚书·尧典》中也有详细的有故事情节的"傩仪"。当然诸如此类的书写,在周孔礼教兴起之前有很多。

先秦时期的文学,如前面提及的《诗经》中就有很多先民们祈雨驱害的仪式书写。学者们认为,屈原的《楚辞》展现的就是一个万物有灵的世界,其中有诸神、有祖先之灵,也有各种巫术。在诗歌内部诗人想象人神互通,人和被诗人赋予丰富想象的具有超自然力的各种神灵交流沟通。《天问》中也有类似的超自然力信仰的书写。诗人的这种书写是诗人在现实中绝望之后想以文学的想象与神灵沟通,倾诉悲苦。但这种倾诉一己"忧怨"的诗歌,却为后人留下了丰富的文化遗产,让后人通过文学的形式了解周代楚地的先民们的超自然力信仰的丰富与多元。

汉民族儒教兴起之后的主流文学虽以诗歌见长,但在叙事类文学,尤其是汉民族小说的雏形"志怪""志人"中有一些超自然力的书写,有灵异的动物,也有神仙眷侣。在一些民间故事中有化蝶的情人,有冤屈的魂魄对恶人的惩罚,冤情彰显时的"血上白练、六月飞雪"等,也有仙人相恋、人与动物精灵的恋情等,但这些书写零零散散,不成体系。当然这些文学想象中很少有乡村世界的超自然力信仰,他们发生在民间,但大多是一些书生、地主士绅家的公子、小姐,罕有乡村世界的农人。当然也有《天仙配》中的放牛娃,但故事的设置似乎和乡村里的农民没多少关联,只有农民的身影却无他们的内质。

蒲松龄作为追求儒家道德理想的儒生,因屡次参加乡试不中,在《聊斋志异》中写了很多鬼神怪异故事宣泄心中的忧愤与济世之志。他说"雅爱搜神""喜人谈鬼",在诗歌《途中》这样写道:"途中寂寞姑言鬼,舟中招摇意欲仙"。作为有深厚儒学修养的儒生,蒲松龄对周孔礼教自然有深入体认,他以文学来宣传儒家仁爱、德政的理想,教化人心。因此,蒲松龄的神仙、鬼怪、妖孽、动物精灵的书写饱含古代儒生的政治与道德理想。虽然在世时曾因如此书写不被朋友理解而伤心痛苦,也罕有书写乡村世界里的农人的鬼怪精灵信仰的篇目,但这种书写自然在另一层面拯救了汉民族民间超自然力信仰的种种,也为后人的类似书写奠定了基础。莫言小说中的乡村世界里的超自然力信仰的深描在很大程度上得益于这位祖师爷的影响。

清代有很多小说和《聊斋志异》一样,打破了周孔礼教对"怪、神"的"不语",出现了多部涉及超自然力书写的小说,如《西游记》里的神仙鬼怪、妖魔怪兽;《红楼梦》中的因果、转世轮回的道、佛思想;《镜花缘》中的花草仙子、怪兽等。当然,这些小说都出自儒生之手,这些儒生不事稼穑,和乡村不可能有交集,显然也不会去关注乡村世界。因此,他们所写济世也好,宣扬教化和道德理想也罢,乡村里的人和鬼都不是他们关注的。

"五四"以来的"乡土小说"对乡村世界普通农民的超自然信仰冠之以落后、愚昧、迷信等被批判,诸如冥婚、鬼魂信仰,甚至祖宗之灵的信仰也被视为旧文化封建与愚昧的代名词而被诟病。赵树理对乡村信仰超自然力的"三仙姑"的戏谑、取笑,以"含泪的笑"的方式怒其不争,哀其不幸。而在 1949 年以后的政治语境中,对伟人毛主席的偶像崇拜几乎代替了主流话语中的一切信仰。"文化大革命"时期的乡村也是偶像崇拜,就像莫言在《挂像》中书写的,村民对仍然健在的毛主席的崇拜,他的挂像几乎取代了农民信奉几千年的祖先之灵崇拜中祖先的挂像。因而在视各种信仰为封建迷信加以抵制和批判的文化语境中,没有一位作家会站在某一种客观的立场去书写乡村里的超自然力信仰。改革开放之后的"寻根文学"及其影响下的新时期文学,一系列走向民间寻找民族文化之根的小说如雨后春笋。但往往是被作为"封建迷信"进行反面书写。当然也有一些作家在人类学"眼光向下的革命"和求"异"的思维的引领之下,在文化全球化的语境中,在后现代主义关注边缘与"他者"的文化相对主义,和拉美以及少数族裔文学对各个民族文化的关注和书写等的影响下,开始真正关注和体认民族文化和乡村世界里的超自然力信仰。这为莫言书写农民朴素的超自然信仰和仪式化的活动指明了方向。

张德军在《中国新时期小说中的民俗记忆》①中,对扎西达娃、韩少功、苏童、余华、陈忠实、贾平凹、阿来、莫言、姜戎、马原等作家的小说中的藏传佛教、楚文化与民俗信奉、巫术信仰、鬼魂信仰、婚俗、性文化、女性意识、说唱文化、饮食文化、狂欢文化等多种民间超自然力信仰进行研究。这些小说对以上信仰的书写,揭开了长时期被儒家的道德理性文化和政治意识形态遮蔽的民间信仰的面纱,为世界了解中国民族文化和汉民族民间文化的多元与复杂具有

---

① 张德军:《中国新时期小说中的民俗记忆》,博士论文,兰州大学,2012 年。

不可估量的意义。但因为作家们的身份限制和对民俗信仰的隔膜与猎奇的心态，限制了他们对书写的相关信仰的深入体认。张德军的研究正如他本人所言，"在运用民俗学理论和方法对中国新时期小说的作家、作品所出现的文学现象及思潮给予重新审视与打捞"①，对中国当代文学研究范式的转换具有主要价值。但在研究的时候受制于文本内容书写以上各种信仰的有限性，没有深入系统地研究中国汉、藏等民族丰富、庞杂的民俗信仰。

　　陈忠实在《白鹿原》中对乡村世界里的民俗信仰有比较翔实的书写，如"白鹿精灵"的图腾崇拜、风水观、鬼附身后抓鬼的巫术道场等。但在研究陈忠实的小说时，张德军关注的恰恰不是这些层面，而仅仅从宗法血缘和性禁忌等层面的一些民俗表现进行研究，并未对其中典型的宗族祭祀祖先之灵的场景、祠堂处罚、鬼附身后抓鬼的道场做深入研究，当然亦没有对这些信仰背后所呈现的深层文化内蕴进行研究。他对莫言小说的研究，也仅仅停留在《红高粱》中"红"所彰显的中国情绪、"匪"彰显的民间流氓精神、"酒"蕴含的酒神文化等层面，对其很多小说书写的有体系且多元的汉民族乡村世界的超自然信仰并没有涉及。

　　诸如前两章研究所现，莫言小说人类学书写中的汉民族乡村世界里的超自然信仰是复杂、多元的，这源于莫言在农村当农民二十年对这些信仰的深入体认。"作为一个在民间乡土文化浸淫中长大，后又参军在大都市生活的作家，他（莫言）又不时脱离民间叙述的轨道，表现出现代人对发生于民间大地中的人和事的看法。通过对莫言的探究，我们不仅可以触摸到中国本土民间文化复杂性的根底，而且可以体味到源于一方水土的民间艺术想象是怎样凝聚的。"②莫言对这些信仰的认知具有作为书写"他者"的"注视者"的人类学家所没有的认知角度。莫言的农民身份，无论是其生活中亲身经历的，还是从小听祖辈、父辈们的故事时所传递的，他都是这些信仰的亲历者和见证者。所以他的书写即详尽又有现场感，他不需要转换视角和立场就能轻而易举地书

①　张德军：《中国新时期小说中的民俗记忆》，第 5 页。
②　王光东：《现代·浪漫·民间》，上海人民出版社 2001 年版，第 252 页。

写他所熟悉的这些超自然力信仰。

### 三、莫言人类学书写中乡村超自然信仰的独特性

莫言的小说就是因为能始终给人一种置身其中的真实感而获得一种人类学认知。雷蒙·威廉斯在谈及英国 19 世纪的某些小说书写工人阶层的状况时认为,盖斯凯尔夫人在描写工人们时,"始终未能给人一种置身其中的真实感",但是"不管怎样,她所描述的这些场景给人一种情感上的直觉认同,这本身就足以让人信服。"①盖斯凯尔夫人的书写不能给人一种现场感,这主要源于盖斯凯尔夫人不是亲历者,因此在写作中会不由自主地以"观察者和报道者的身份来看待这些生活场景"②。相比而言,莫言以亲历者的书写立场赋予其小说置身其中的真实感,而他同时代的众多小说家的乡村叙事中的超自然力信仰,之所以未给人"置身其中的真实感",是因为他们的叙述者和盖斯凯尔夫人一样,不是亲历者,亦是观察者和报道者。因此,这两种书写立场和视角的差异,导致了小说中再现的这些信仰所呈现的真实感的差异。

莫言人类学书写中的动物崇拜,以讲故事的口头文学的叙述特性,在文本内自为地设置了讲与听的互动模式。"讲故事艺术的一半奥秘在于讲述时避免诠释",讲故事者"能极其准确地讲述最玄怪、最神奇的事端,但不把事件心理上的因果联系强加于读者,作品由读者以自己的方式见仁见智"。③ 莫言以民间文学的讲述方式讲述汉民族乡村里的动物崇拜和超自然力信仰,其中讲故事的叙述者以自己坚信不疑的立场述说自己认同的信仰的同时,建构了乡村动物崇拜和超自然能力信仰的确定性故事文本。而且这些故事在任何时间听,都仿佛发生在当下。他们在叙述者的生命体验中被真实地感知,亦给读者亲历者的现场感。"故事不耗散自己,故事保持并凝聚其活力,时过境迁仍能

① [英]雷蒙·威廉斯:《文化与社会:1780—1950》,第 98 页。
② [英]雷蒙·威廉斯:《文化与社会:1780—1950》,第 97 页。
③ [德]阿伦特:《启迪:本雅明文选》,第 101 页。

发挥其潜力。"①《罪过》中鳖精的故事,《金鲤》中爷爷讲的金芝姑娘变鲤鱼的故事,《球状闪电》中清朝举人和蚂蚁的故事,《弃婴》中姑姑讲的狐狸精的故事,《蝗虫奇谈》《食草家族》中爷爷和四老爷讲的蝗虫崇拜,记忆中的蝗灾故事和农民崇拜蜡神、祭奠蜡神的叙述等,将个人经验在讲述中反诸于集体经验。

莫言人类学书写中乡村世界里的超自然力信仰,属于民俗信仰的一部分。根据英国女民俗学家查·索·博尔尼在《民俗学手册》中划分的三大类民俗,信仰与行为、习俗、故事歌谣及俗语,其中"信仰与行为部分包括:1.大地和天空;2.植物界;3.动物界;4.人类;5.人工制品;6.灵魂与冥世;7.超人的神灵;8.预兆和占卜;9.巫术;10.疾病和民间医术"。② 莫言对乡村世界的动物崇拜和其他超自然信仰的深描,涉及了其中的 3、6、7、9、10。其中 3 在前面的章节"农民与动物""乡村动物崇拜"已做了深入探析,在此不再赘述。其实莫言人类学书写中还有"灵魂与冥世"和"超人的神灵"等民俗信仰,以及民间故事和俗语、习俗以及疾病和民间医术等。因为其中的故事歌谣和俗语、习俗并不属于超自然力信仰,在此不再赘述。"疾病与民间医术"则可以作为乡村民间超自然力信仰的一部分进行简要描述。

在莫言的人类学书写中,农民有很多关于治疗疾病的民间偏方。比如用土止血。《透明的红萝卜》中的黑孩就用黑土止血;《模式与原型》中写的村人将土按在狗的伤口上止血,因为农民相信"街心土,治百病,真灵"。《良医》中神医陈抱缺用磨尖了头儿的铁条和麦秆草,土方排脓血;《金发婴儿》中黄毛给紫荆的婆婆用大红公鸡的血治白内障;《灵药》中的父亲找死人的胆汁为奶奶治眼睛,类似于《药》中的华老栓用夏瑜的血浸过的人血馒头给小栓治病一样。《灵药》这部小说透着鲁迅小说的影子,但这里的死者不是革命者而是地主。这样的人物设置减弱了对民间偏方治病信仰的批判力。而且和鲁迅用知

---

① ［德］阿伦特:《启迪:本雅明文选》,第 101 页。
② ［英］查·索·博尔尼:《民俗学手册》,上海文艺出版社 1995 年版,第 78 页。

识分子的启蒙视角赋予人血馒头的国民劣根性的批判隐喻不一样,莫言只是将其作为农民的朴素信仰,从治病的心理诉求出发,探寻乡村民间信仰的民俗文化意蕴。

莫言在多部小说中书写农民用动物治病的故事。《麻风的儿子》中用白花蛇治麻风病;《良医》中用黄鸡"走马黄"治病,也有用蝎子、蜈蚣、蜂窝等毒物制成的"攥药"治病的偏方;《一匹倒挂在杏树上的狼》中用土狼的各个器官治病的偏方,如用狼毛合的药治狼伤;《良医》中用交尾的刺猬治毒蛇的刺伤等。莫言人类学书写中动物治病的民间医术其实是乡村动物崇拜的另一种表现方式。以上的疾病与民间艺术中的治疗方式一样,都是农民在日常的生产、生活中总结的经验,和他们日常接触的自然万物密切相关。

总之,莫言人类学书写中的乡村动物崇拜也好,祖先之灵和鬼魂信仰也好,都深描了农民在日常的生产、生活中,对一些无法用人力解决的灾难和疾病,以朴素的日常经验和认知,寻求他们的思维能够理解和解决的方法时产生的超自然力信仰。这些仪式性的信仰,与世界其他民族的巫术信仰一样,在抚慰民众的精神和心理方面有同样的功能和作用。"一个种大麻的农民,如果他想让大麻长高就会蹦高跳舞,希望借此使大麻拔高。在德国和奥地利,许多农民相信,跳舞能促使亚麻生长,他跳舞跳得越高,或者站在桌子上倒退跳跳得越高,这一年的亚麻就会蹿得越高……马其顿的农民翻完农田之后,就会把铁锹使劲地抛向空中,在他落下时伸手抓住,同时喊道:'铁锹飞得高,庄稼长得高'……"[1]可见,世界各地的农民都有各自的信仰,他们的这些做法在文明人看来有点幼稚和可笑,但他们觉得神圣并且有作用。可见,汉民族的农民和世界上所有农民一样,有自己对自然界、对人事的朴素认知和文化思维,而且在长期的生产、生活中形成了一套属于他们的动物崇拜和超自然力的信仰体系。

---

① [英]简·艾伦·哈里森:《古代艺术和仪式》,第16页。

## 第二节　乡村祖先之灵和鬼神信仰

莫言人类学书写中乡村世界农民的超自然力信仰主要有祖先之灵的信仰、鬼魂信仰以及其他泛灵信仰。乡村自古以来都是主流文化漠视的世界,这种漠视在某种程度上成就了乡村世界农民生活和信仰的自足性。乡村虽然也会受到主流文化潜移默化的影响,但就他们的日常信仰而言,没有被儒教完全取代。因此,乡村的农民群体,仍然保持着原始宗教自然崇拜、鬼魂崇拜、生殖崇拜,以及主流文化也认同的祖先崇拜。自然崇拜是乡村人和自然和谐关系的见证,是"万物有灵论的产物。自然界的日月星辰、山川湖海、风雨雷电、动物植物、圣火灵石、社和稷(即土地和谷物)都成了原始先民膜拜的对象"[1]。前一节研究的乡村动物崇拜其实是自然崇拜的一部分。

乡村世界的生殖崇拜除了信仰一些能够福佑人儿孙兴旺的神灵之外,农民的生殖信仰中也有动物崇拜。如小说《蛙》中展现的乡村生殖崇拜的图腾就是青蛙。这种崇拜也有深刻的文化渊源,可在古代出土的器物上的"蛙像"和民间传说中关于蛙的故事中探寻。在莫言的小说中,除了乡村动物崇拜之外,深描的成体系的信仰便是祖先之灵信仰和鬼魂信仰,还有一些农民在日常生活中的禁忌和以各种方式在日常生活中随时出现的其他精灵信仰。这一章将着重分析莫言通过小说文本再现的乡村祖先之灵的崇拜、信仰,以及鬼魂和其他信仰。

### 一、葬礼仪式与祖先之灵的信仰与祭祀

在世界各地有着各种各样的祖先之灵信仰。"古代先民认为人死后,灵魂不灭,对死者不祭不祀必有灾祸降临,被祭祀者都爱他们的供养人,保护祭

---

[1]　吴光正:《中国古代小说的原型和母题》(文学人类学论丛),社会科学文献出版社 2004 年版,第 2 页。

祀者。"①而且因为祖先之灵的信仰和周孔礼教倡导的"孝"紧密关联,所以这一信仰就成了汉民族唯一被主流文化认同的超自然力信仰。这一信仰在汉民族有几千年的历史。从殷朝开始,殷人就将祭拜祖先作为一种宗教仪式,对祖先的祭拜代替了对其他神的祭拜。因为孔子"不语怪、力、乱、神"的倡导,汉民族主流文化视域中信仰的神就由祖先来替代了。在殷人的祭祀中"自帝喾之下,所有先王、先公先妣,皆在同时祭祀之列。盖以此等祖先,既皆在天上管领人间之事,自应无所不祭;此完全为宗教上之意义"②。因此,李亦园指出,"早在殷商时代以前就有很完整而系统化的祖宗崇拜仪式存在"。③ 之后,从周朝开始,对祖宗的祭祀,已经由宗教的意义转向了道德的意义④。

对汉民族而言,对已故祖先之灵的祭拜和信仰,是亲子关系和"孝"的延续,是对姓氏和祖先的认同。人类学家史璜生认为,"在以亲属组织为基础的社会里,因为要延续世系族群,所以发展出祖灵崇拜的信仰。在祖灵崇拜的社会里,每一个人在世系里的地位都不会因死亡而失去,过世的人都借着祖灵崇拜而继续在自己的亲属群体中发生作用"。⑤ 这就要求子女在父母离世后,如果有能力就要举行隆重的葬礼,而且要通过一系列严肃、庄重的葬礼仪式祭奠亡灵。孔子曾要求父母去世后,子嗣要守丧三年。这里的守丧就是守父母的牌位所供奉的灵堂,其实就是守父母的灵魂。这样做是因为"子生三年,然后免于父母之怀"。孩子在父母过世后,陪伴父母的灵魂三年,目的就是回报父母的养育之恩。当然,在孟子那里已经对孔子要求守灵三年的要求做了变通,再后来守灵的时间逐渐减少。到了现代社会,除了父母刚去世时的一些葬礼的祭祀仪式之外,就是每年的一定时期去先人的墓地焚香、烧纸钱、祭拜。

陈忠实在《白鹿原》中就有白、鹿两个大地主在他们共同供奉祖先灵位的

① 《中国节俗文化》,外文出版社 2011 年版,第 5 页。
② 徐复观:《中国人性论史》,第 19 页。
③ 李亦园:《宗教与神话》,广西师范大学出版社 2004 年版,第 156 页。
④ 徐复观:《中国人性论史》,第 19 页。
⑤ 李亦园:《宗教与神话》,第 8 页。

祠堂里举行祖先之灵的祭祀仪式的书写。但这是对传统社会乡村世界里的以地主为代表的大家族的祠堂祭祀仪式的书写，而普通农民没有祠堂，他们如何祭祀祖先，以及他们的丧葬礼仪也就鲜有书写了。但莫言的此类人类学书写填补了此类空白。

莫言通过一系列小说，翔实地书写了乡村世界里的葬礼。首先，老人的去世拉开了祖先之灵祭祀仪式和各种信仰的大幕。因为相信人死了灵魂仍在，所以农民有一种朴素的信仰，认为善人在临死的那一刻是幸福安详的。这是因为善良的老人，"生前积下善功，才能这等仙死"。《秋水》里的爷爷"死得非常体面，面色红润，栩栩如生，令人敬仰不止"。《大风》中的爷爷没得什么病，"临死没遭一点罪，这也是前世修的"。农民的这种信仰，当然是受了佛教"因果报应"宗教理念的潜意识影响。但这不是个别农民的看法，而是他们的普遍信仰。因此，这种信仰也是农民灵魂有知的超自然力信仰的一个方面。乡村世界的农民非常在意人刚死后的葬礼仪式，这种仪式一方面是生者对死者寄托哀思的方式，并以此在隆重的葬礼中彰显子女的孝道，是"面子"文化的另一种表现形式；另一方面也是生者抱着美好的愿望，希望通过这种仪式让死者的魂灵得以安息的心理寄托。这种仪式和西方基督教文化里死者的葬礼仪式上的安魂弥撒有着同样的意义。

莫言为了避免在多部小说重复，在深描葬礼仪式时，用了一种类似于巴尔扎克的《人间喜剧》中的"人物再现法"的技巧，当然他这里再现的不是"人物形象"拉斯蒂涅之流，而是葬礼的各部分场景，应该称为"葬礼场景再现法"更为恰当。这种叙事方法，就是通过多部小说中互不重复的葬礼仪式，在不同阶段以不同场景的不同呈现，全方位呈现乡村世界里的农民在老人去世后所作的一系列与祖先之灵信仰有关的祭奠仪式。这些小说依次排列为：《秋水》《大风》《四十一炮》《司令的女人》《蛙》《挂像》《五个饽饽》。《秋水》和《大风》书写了老人去世的场景和一些朴素信仰；《四十一炮》中翔实再现了人刚死下葬前的纷繁复杂的葬礼仪式；《司令的女人》中通过吴巴娘的送葬仪式，填补了《四十一炮》中因为杀人事件而中断了的送葬场景；《蛙》深描了死者下葬后三天,生者在死者坟上继续做的一系列悼念和祭奠仪式,以及在家里遭遇一些重大事情时在祖先的坟前烧纸钱,邀请亡灵返家的仪式;在《挂像》《五个饽饽》和随笔《谈过年》中详细书写了重大的节庆时期对祖先亡灵的邀请和祭奠的仪式。如果将这些小说中的任何一部单独分析,都不能完整再现乡村葬礼的完整过程。

《四十一炮》中深描了人刚去世后葬礼前的准备、灵堂的陈设和祭拜仪式等。老兰老婆的葬礼,正厅里设的灵堂,灵堂之上的陈设,以及披麻戴孝,在棺材前守灵的孝子孝女,旁边专门记账收礼钱的人,用"方孔铜钱团的纸凿"敲打黄表纸做纸钱和冥币的人,棺材前烧化纸钱的纸盆,以及孝子孝女在纸盆里烧纸的场景。"西厢房前"摆成一排的具有各种造型的纸活,桌上做法事的和尚们敲的木鱼、铁磬、铜钹,以及和尚们做的法事,吹喇叭、唢呐的吹鼓手奏出的乐曲,"隆重的祭棺仪式"等。但是最后的起棺和送葬仪式被老兰媳妇弟弟的哭闹,以及随之发生的"父亲"杀"母亲"的血腥事件所打断。而这些在《四十一炮》中中断的仪式在小说《司令的女人》中吴巴娘的送葬中继续呈现。

《司令的女人》吴巴娘的送葬仪式,送葬队伍中的孝子孝媳的举止,看客乡亲们的表现,安葬后孝子、孝媳的哭泣场景等一应俱全。"棺材在前孝子在后。喇叭悲鸣,锣声破裂。吴巴这兄,披麻戴孝,手持柳棍,大声哭嚎……送葬队伍,拖泥带雪,观葬乡亲,交头接耳,听不清楚,说些什么。棺材入土,堆起坟包。吴巴前妻,跪地哭叫。白色孝衣,滚满了黄泥,两只老手,拍打雪地。几个娘们,上前拉她,刚刚拉起,她又趴下。"至于吴巴娘下葬之后,孝子们在之后的短时段内要做什么,在《司令的女人》中再没下文。莫言的小说在这种葬礼相关仪式的再现中,始终给读者一种预知后事如何,且听下篇分解的叙事策略。因为每部小说对在其他小说中已经详细描述过的葬礼仪式的部分,作者会一笔带过,大多从中断的地方开始深描。《蛙》中的葬礼仪式和送葬仪式的场景没有细致铺陈,但重点写了万小跑及其他亲属朋友,在母亲的葬礼之后三天圆坟的场景。作者通过这种书写很巧妙地将葬礼后和葬礼中的祖先崇拜的主要仪式全景再现。万小跑的母亲下葬三日,"按旧俗是'圆坟'的日子,亲朋好友们都来了，我们在坟前烧化了纸马纸人，还有一台纸糊的电视机……按照一个本家长辈的吩咐，我左手一把大米，右手握着一把谷子，绕着母亲的坟墓转圈——左转三圈后右转三圈——一边转圈一边将手中的米、谷一点点撒向坟头，心中默默念叨着：一把新米一把谷，打发故人去享福……"而且在乡村世界里，在一些特殊日子，农民还要去祖先的坟上去告知。在《蛙》中万小跑和小狮子再婚的婚礼前一天，叙述者深描了万小跑到母亲和前妻王仁美的坟上烧纸钱、祭拜的场景。"按旧俗，我到母亲坟前烧'喜钱'，这大概是以此方式通知母亲的亡灵，并邀她来参加我的婚礼。"点燃纸钱后，坟地里出现了小旋风，"我"便以为这种无法解释的超自然现象是母亲在天之灵的回应。这股风又转向了王仁美的坟头，于是他又祭奠前妻，悼念并邀请前妻的亡灵参加他的婚礼。按照农村的风俗，男女在再婚前有必要告知去世的妻子或者丈夫再婚的消息，意味着征得他们的同意。否则会在再婚后遭遇麻烦。这也是一种信仰仪式中的心理抚慰。其中呈现着民俗文化对乡村夫妻的婚约的规定和保护。

在乡村世界里，对祖先亡灵的崇拜与信仰，先人刚去世时的葬礼仪式非常重要，要给亡灵一种入土为安的祭奠礼仪和仪式。在这些葬礼仪式之后的日子里，孝子贤孙们"还得在灵魂的世界里供养他们，每年在父母生忌和死忌给他们供奉食物、纸钱和香烛。此外人们还在一年中定期集体地祭拜世系群中所有的祖先"[1]。汉民族的农民除了在先人的忌日焚香祭拜之外，在一年之中特定的节日，诸如清明节、中元节、寒衣节也要以各自不同的仪式祭祀死者。清明扫墓期间，生者要到死者的坟上进行祭拜、烧纸、焚香，也会将自己准备的死者在死人的世界里需要的物品，以烧纸活的形式焚烧，以示关怀。中元节又称盂兰盆节，有放河灯拯孤照冥的习俗。在台静农的《红灯》中，得银被杀之后，没纸做灯的得银的娘只能从墙上撕了点红纸，糊河灯，放河灯超度儿子的亡灵。寒衣节时人们往往会在祖先墓前焚化纸衣，或者在街头巷尾焚烧纸钱。

---

① 　[美]威廉·A.哈维兰：《文化人类学》，第395页。

这些日子之外,春节,也就是汉民族的农历新年,是生者和死者在家里团聚的重要日子。生者通过一定的仪式邀请祖先回家过年。"除夕下午,男孩子就去祖先的坟墓前烧纸磕头放鞭炮,意思就是要请祖先回家过年。"在家里,也要挂起放置祖先灵魂的"家堂轴子"。"所谓'轴子',实际上就是祖先的牌位。是一张很大的扑灰年画——高密特有的一种年画——上面画着一些穿袍戴帽的官员,象征着官宦人家,巨大的门口有小孩子放鞭炮,还有青松、仙鹤、麒麟。画面的上方印着很多格子,格子里填写着祖先的名讳。"① "一般上溯到五代为止……春节期间悬挂在堂屋正北方向,接受家人的顶礼膜拜。一般是年除夕下午挂起来,大年初二晚上发完'马子'之后收起来,珍重收藏,等到来年春节再挂。但在关东地方,却在过完年之后,将其焚烧,来年春节前,再'请'一张新的。家堂轴子,不能说'买'"。② 挂好了轴子,请来了祖先,则要摆供。"家堂轴子前面的桌子上,竖着十几双崭新的红筷子,摆上八个大腕,碗里盛着剁碎的白菜,白菜上覆盖着鸡蛋饼、肥肉片之类,碗中央,栽着一棵碧绿的菠菜。桌子一边,摆放着五个雪白的大馂馎;桌子另一边,放着一块插着红枣的金黄色年糕。桌子最前面,是一个褐色的香炉和两个插上鲜红蜡烛的蜡台。"③

虽然并不是所有地方的农民在过年的时候,会在家里通过挂"家堂轴子"给祖先的灵魂一个暂时安歇的地方,但是除夕祭祖仪式却是汉民族每个地方的人都必做的一件和祖先的灵魂相约、相聚的大事儿。"按照中国传统习俗,腊月三十这一天夜里要举行祭祖仪式,一般人家在堂屋正面墙上挂祖宗的影像,下设供桌,摆上香炉,蜡扦和供品。汉族人祭祖的供品是大碗的鱼肉。南方籍的人家更讲究了,要用八碗大菜,中间设火锅,并为各灵位设杯箸。满族旗人祭祖用的供品是核桃酥、芙蓉糕、苹果蜜饯,除夕夜和正月初一还要供素馂馎(即饺子)。在除夕之夜,全家人要依次在祖宗像前烧香叩头。王公贵族

---

① 莫言:《会唱歌的墙》,作家出版社 2012 年版,第 315 页。

② 莫言:《与大师约会·挂像》,作家出版社 2012 年版,第 489 页。

③ 莫言:《与大师约会·挂像》,第 490 页。

家的祭祖仪式在专设的家祠内举行，场面十分盛大。"①《白鹿原》中白、鹿两姓的祠堂祭祀，是汉民族乡村世界里地主、乡绅等大家族祭祀的文学表达。当然这样的一些仪式，在乡村里保存的相对完整，但是在城市里，传统节俗的一切基本消失殆尽。就连追根求本的祭祖仪式也逐渐被现代人淡忘。莫言小说中对汉民族乡村世界的葬礼仪式、祖灵祭拜仪式的程式化书写，具有鲜明的人类非物质文化遗产保护的价值。

综上研究发现，莫言似乎有意识地通过小说、随笔等，在互相不重复的精心设计中，通过"场景再现"的方式，通过多部小说的宏阔叙事和描述，全景式再现汉民族乡土文化景观中很重要的祖先之灵崇拜的祭祀仪式。他的小说对这些仪式的文字再现，保护了汉民族文化中非常重要的葬礼仪式的民俗文化。因此，他的书写，不仅具有人类学价值，而且具有保护非物质文化遗产的价值。

### 二、故事讲述中的鬼魂信仰

汉民族乡村世界的超自然力信仰和崇拜，除了祖先之灵的信仰和泛灵信仰中的动物崇拜和信仰之外，还有其他信仰，这类信仰在莫言的人类学书写中主要表现为鬼魂信仰。"森林中也可能充斥着各种各样无所附着、四处游荡的灵魂。泛灵信仰所涉及的灵魂种类繁多，各不相同。不过一般而言，它们比男女诸神更接近人们的生活，也更多涉及日常事务。他们或许善良，或许邪恶，或许不好也不坏。它们同样也可以是令人敬畏的、使人害怕的、可爱的，甚至非常淘气的。由于人类行动会取悦或激怒它们，所以人们不得不关注它们。"②鬼魂信仰就是对人死灵魂不灭的想象的结果，因为相信人在肉体消亡之后灵魂不灭，会以没有实质的肉体的灵的形式，存在在现世世界。人们之所以有鬼魂信仰，是因为他们相信鬼魂会对人事进行某种干预，因而膜拜鬼魂以求逢凶化吉。其实前一节研究的"祖先之灵"的信仰也是鬼魂信仰，但因为祖

---

①　《中国节俗文化》，第 19 页。
②　［美］威廉·A.哈维兰：《文化人类学》，第 395 页。

先灵信仰是生者对祖先"孝"和亲情伦理的延续,因而对祖先灵魂的尊崇和信仰要正式,且比其他的鬼魂信仰重要得多。

汉民族因为早熟的理性文化和人文精神的过早萌发,主流文化中除了祖宗神或者祖先之灵的超自然信仰之外,并没有形成全民信仰某一种宗教的文化理念,也没有形成对理性文化所不屑的非理性超自然力信仰的文化观。因此,在汉民族文学中,鬼魂堂而皇之地出现在文学叙事中还是比较罕见的。元杂剧《窦娥冤》虽然在窦娥冤死以后,她的冤情以血上白练、六月飞雪、三年大旱的因果报应得以彰显,但是窦娥的冤魂并没有像《哈姆雷特》里哈姆雷特父亲的亡魂一样在亲人面前诉说冤屈,揭示真相,让生者为其报仇雪恨。

与汉民族文学很少书写鬼魂相比,西方从古希腊早期的《荷马史诗》开始,就有此类书写。而且这一书写传统由古希腊传入古罗马。古罗马诗人维吉尔在《埃涅阿斯纪》中也有此类书写。情节结构一般都是活着的英雄主人公,在漫游中游历地狱,与死了的魂灵对话,并和他们交流探讨人生问题。比如《奥德赛》中,奥德赛游历地府,和死去的希腊众英雄阿基琉斯等见面,探讨生死的问题。维吉尔在《埃涅阿斯纪》模仿这一情节设置,其中出现了埃涅阿斯游历地府和死去的亲人见面聊天,展望古罗马未来的场景。之后,在基督教文化形成以后,西方人因为对来世的期许和信仰,更加相信鬼魂的存在。但丁在《神曲》《地狱》《炼狱》中想象和虚构的亡魂们在三界接受各种惩罚的画面,就和佛教壁画和变文故事中演绎的鬼魂上刀山下火海,接受各种惩罚的痛苦场面一样真实,读来使人触目惊心。《地狱》中对自己施了暴力罪"自杀"的魂灵,他们变成枯树的枝丫,因为诗人无心的伤害后冒出的黑烟、滴着的黑血,和他们凄厉的惨叫,真实得让读者心生畏惧。

文艺复兴时期,莎士比亚悲喜剧世界里有鬼魂的诏命(《哈姆雷特》),有林中淘气顽皮的精灵(《仲夏夜之梦》),还有邪恶的林中女巫(《麦克白》)。可见,西方世界相信游荡的鬼魂、精灵无处不在。一直到18世纪,歌德的《浮士德》中,女鬼、女妖仍然"猖獗",群魔在夜间的舞会上乱舞的场景和天使们拯救鬼魂的场面读来更是生动精彩。还有19世纪英国女作家艾米利·勃朗特的《呼啸山庄》，在荒原上飘荡、深情呼唤爱人的凯瑟琳的亡魂，和她试图进来使劲拍打窗户的小手，不但让他的爱人希思利克夫痛哭失声，也让每一位读者为之动容。这一系列作品体系化和程式化的鬼魂书写，证明着西方人对这种超自然力的信仰。

汉民族的主流文化里没有男神女神，也鲜有男鬼女鬼。但是在民间却不是这样的。几千年的历史变迁中，一直失语的老百姓在复杂的生存境遇中，用他们自己长期以来形成的一系列超自然信仰来排遣生活的苦难。莫言小说中的乡村的鬼魂信仰，就是农民这一群体信仰的集合。他们相信鬼魂的存在就如同相信祖先魂灵的存在、动物有灵一样。二代华裔女作家汤婷婷的《女勇士》中的压身鬼，是南方鬼故事的一个典型范本。在北方的乡村世界里，很多鬼魂在野地里游荡，他们让人恐惧的同时为农民单调的生活带来很多新鲜和刺激，也为他们茶余饭后注入了很多货真价实的谈资。《白鹿原》中鬼魂附在活人身上的书写一点儿都不夸张，农民对此深信不疑，而且这不是一个地方在某一短暂的时间里的信仰，而是长期以来，在很多地方普遍信仰的鬼魂附体之说。

莫言的小说中，讲了很多在乡村长久流传且具有强烈的民俗意义的鬼故事，这源于农民的超自然信仰。这些鬼故事本身早就作为一种"集体无意识"，浸染了汉民族乡土世界里农民朴素的文化思维。农民在日常生活中对人有灵魂的认知和对人生问题的朴素想象，形成了丰富多彩且精彩纷呈的鬼故事，并形成了相信鬼魂存在于现实世界的集体认知。小说《奇遇》中，回乡探亲的"我"在走夜路时"怕鬼"的心理现实，就源于乡野鬼故事的耳濡目染。这个故事在读者阅读的过程中，仿佛后背透着丝丝凉意，恐惧感自始至终从文本内的叙述者"我"传给了其他听叙述者"我"讲鬼故事的读者。这里的鬼故事是只有"两个货挑子和两条腿移动，上身没有……"的"货郎鬼"的故事，和脸上只有一张红嘴的女"光面鬼"的故事。此外，因为农民对鬼魂存在的确信，在民间对此有语言禁忌。事实上已经碰到了赵家三大爷的魂灵的"我"，也因为对鬼魂的半信半疑而吓得冷汗把衣服都濡湿了。但是却在家人面前故作轻松地说:"我一心想碰到鬼,可是鬼不敢来见我。"母亲的责备便是对鬼的语言禁忌,"小孩子家嘴不要狂"。事实证明,他的确因为"狂"而真的遭遇了鬼。

《我们的七叔》中,"文化大革命"的特殊年代,一群充满革命激情的少年押着"为党国立过功"的老革命战士七叔批斗,并且要押解到公社关押时,在夜路中遭遇了灵异事件。押解七叔的人马和"身上油光闪闪,牛的眼睛里眼泪汪汪"的黄牛,以及有老妖一样眼睛的牵牛老头和有"鬼精灵"眼睛的拿着棍子赶牛的孩子,七次超越七次相遇。在第七次相遇时黑暗的四周"全是嘿嘿的冷笑声"。这一灵异事件让老革命七叔度过了一劫,那个负责押解七叔的革命领导却在第二天发着降不下来的高烧"立马逝世"。乡村世界里的农民在以自己的一己之力抗拒不了外在的压迫和欺凌时,始终相信好人有好报、恶人有恶报的因果观念,以神奇的超自然力缓解苦难和焦虑。

莫言小说中的鬼故事大多通过文本内的叙述者,以听和讲互动的口头故事的讲述形式讲出来。本雅明曾经不无伤感地说:"讲故事的艺术行将消亡。我们要遇见一个能够地地道道地讲好故事的人,机会越来越少。"①莫言却是这样一位难得的会讲故事的小说家。他在小说中讲的鬼故事,都是他从小从乡邻、祖辈那里亲耳听来的,而且有些听过无数遍,当他的这些记忆有了一个排遣通道的时候,成长过程中获得的这些经验赋予他的这些资源便如瀑布一样倾泻而出。"讲故事的人取材于自己亲历或道听途说的经验,然后把这种经验转化为听故事人的经验。"②在《金发婴儿》中,紫荆和婆婆的单调生活被黄毛所充实,在婆婆心情不好的时候,黄毛便和老人互相给对方讲起了故事。黄毛讲的是女勾死鬼的故事,就是女人爱孩子被勾死鬼制造的胖娃娃的幻境所迷惑,一头栽进井里被淹死了。

莫言的小说中有很多长了翅膀会飞翔的人的故事,《球状闪电》中会飞的老头,《丰乳肥臀》里"鸟仙附体"后会飞的上官领弟,《翱翔》里不满包办婚姻

---

① [德]阿伦特编:《启迪:本雅明文选》,第95页。
② [德]阿伦特编:《启迪:本雅明文选》,第99页。

而会飞翔逃离婆家的燕燕等。这种飞翔的人物形象设置显然受了马尔克斯的《百年孤独》的影响。作者试图将这种飞翔的特技移植到中国汉民族的乡村世界里,让这些人暂时躲避爱的苦闷与生的艰难。这种本身有着超自然想象色彩的人物设置在小说中就制造了一种神秘的氛围。作者似乎还觉得恐怖和超现实得不够,于是又像莎士比亚一样在恐怖的松林里设置了冷笑不断的精灵鬼怪。燕燕的新婚丈夫洪喜在其他人离去、夜幕降临之时感到了恐惧,"松林里似乎活动着无数的精灵,各种各样的声音充塞着他的耳朵。头上冷笑不断,每一声冷笑都使他出一身冷汗。他想起咬破中指能避邪的说法,便一口咬破了中指"。这招似乎灵验了,他的昏昏沉沉的头脑开始清晰了,于是他看到"一座座坟墓、一尊尊石碑还清晰可辨⋯⋯"这是现代发生的故事,虽然不具备制造鬼故事的语境,但鬼的确在这里存在。

《翱翔》中的人物洪喜恐惧感的产生和《奇遇》中回乡探亲的"我"一样,因为在他们心理意识的深层都有对鬼魂超自然信仰的"前理解结构"。这也取决于日常生活中,作者莫言在听他人讲的鬼故事时所受的浸染,以及农民自身深信不疑的鬼魂存在的合理性认知。这种认知源于人对自己和自然的理性认知的匮乏,以及由此产生的不安全和焦虑感。于是人试图去克服和战胜这种恐惧感,"这种克服与战胜,一是创造实体的环境,用以改变人类的生存状况和处境,达到运用人特有的创造去完成自己的完整性目的;一是人在一时不能完全达到实在地改变现实环境时,还要创造幻境,以求得心灵的安宁和精神的寄托"。①

《拇指铐》中的阿义,被铐在林子里一整天,同样是傍晚的树林,阿义仿佛进入了妈妈曾讲过的阴曹地府,"各种各样的鬼,有的从树上跳下来,有的从地上冒出来,有牛头,有马面⋯⋯"阿义眼中的鬼和精灵,其实是他处于绝望境遇的象征,以及极度疲劳和饥饿困境中产生的幻境,而这些鬼、牛头、马面的幻觉的产生,源于母亲讲过的阴曹地府里的鬼故事。这种幻境让他产生恐惧

---

① 程金城:《西方原型美学问题研究》,第 173 页。

之时想到了母亲,因为他觉得这些精灵中有母亲。因此对母亲的爱和"孝"让他获得了力量,加之遥远的女人的哭声和歌唱的男声,他开始忘却疼痛而咬断了被铐着的手指。阿义在苦难的境遇中和幻境中的精灵交流,使他获得了新生的力量和勇气,这就是宗教产生之初的作用。希伯来人在长期的颠沛流离中,在不断遭受异族欺凌和压迫的漂泊中,或许真的在某种绝望的境遇中遭遇了能够让苦难和绝望得以安宁的幻境。他们的祖先可能和阿义一样得到了神示,从此便相信那种启示,并以此为契机,寻求现实的苦难境遇中暂时的超脱与安宁,并将希望寄托于来世,相信信仰的抵达之日和上帝凯旋之后的光明之途。

莫言的小说中,对人死后灵魂还在,并且在鬼的世界里和活着的人一样生活,最精彩的莫过于《战友重逢》中生动书写的鬼世界了。"我"回乡途中,在抵达故乡的河边遭遇山洪被淹死。这种被淹死的状态叙述者并没有明确告诉读者。这种被自然灾害淹死人的事件,被莫言赋予了鬼的某种超自然作用。显然,"我"被淹是死了13年的战友的鬼魂设的"圈套"。而且和但丁《神曲·地狱》中,但丁制造的叙述者"我"仿佛身临其境的真实感受很相似,写"我"在树枝上攀越时想:"如此细软的枝条能承受我沉重的身体吗?"文本中作为叙述者的"我"似乎始终不知道自己已经死了。但读者却能从一些语句的暗示中读出,"适才那个从石桥上跌入河水的少校,已经沿着河底,滑行到树冠前的平坦河床上。"这篇小说对死人世界的书写,就像胡安·鲁尔福的《佩特罗·巴拉莫》对死人世界的书写一样,死人们追忆往昔,生动地描绘着活人和死人世界里的一切。

此外,莫言还在多部小说中对农民对鬼魂的其他信仰进行了书写,比如农民相信坟地里"鬼火"的存在(《爆炸》);相信"萤火虫是鬼的灯笼";相信死人世界和活人世界一样,有烦恼、悲伤,死了的人能够感知活着的人,而且死人能看到活人看不到的东西,"死后"的世界也很麻烦(《战友重逢》);相信"鬼是不留脚印"的(《挂像》),也像西方人一样认为死了的人是没有影子的,在但丁的《地狱》中也有类似的描写,但丁在地狱被亡魂们认出是活人,就因为但丁在有光的地方有影子；死了的人给生者托梦,告诉生者自己死去的消息(《天堂蒜薹之歌》中金菊死时给高马托梦);死了的人出现在惦记她的还不知道她死去的儿子的梦境里,一反病态,像好人一样带着儿子飞升(《拇指铐》);在上坟时,生者和死者的对话与交流(《我们的七叔》)等。总之,在乡村里,农民相信人死后还有魂灵,因此鬼魂对于农民而言,似乎比高高在上的那些人间的所谓"青天大老爷"还要亲密,这些魂灵在农民的日常生产、生活中无处不在。鲁迅说过,"人民之于鬼物,唯独与他最为熟稔,也最为清亲密,平时也常常可以遇见他。譬如城隍庙或东岳庙中,大殿后面就有一间暗室,叫做'阴司间',在才可辨色的昏暗中,塑着各种鬼:吊死鬼,跌死鬼,虎伤鬼,科场鬼……"①

### 三、讲故事的人与追忆中的乡村其他超自然信仰

莫言人类学书写中乡村世界里农民的超自然力信仰,除了祖先之灵的崇拜和鬼魂信仰之外,还有一系列不成体系的朴素的民间信仰。莫言对农民朴素的认知和观念是熟稔的,他不需要刻意像列维・斯特劳斯或者弗雷泽,甚或中国的人类学家和民俗学家那样,费心、劳神、劳力地走进要研究的对象中去,刻意地做人类学、神话学、民俗学的田野调查,去了解和认知农民的朴素信仰和习俗。因为他就是农民的一分子,农民有的经验他都在乡村生活中不经意地获得了。

如果说莫言是一个讲故事的大师,成就他大师的大部分是农民和乡村赋予他的经验。他的小说中的故事和故事中普通农民的信仰和知识,就流淌在他的记忆中,而这些记忆不仅是他的记忆,而且是一个群体的记忆。"记忆创造了传统的链条,使一个事件能代代相传。"②而"伟大的讲故事者总是扎根于民众,首先是生根于匠艺人的环境"③。马尔克斯在获诺贝尔文学奖之后接受采访,当被问及他的小说中魔幻故事从何而来时,他指出这些就来源于他从小

---

① 《鲁迅全集》(编年版,第4卷,1926),人民文学出版社2014年版,第47页。
② ［德］阿伦特编:《启迪:本雅明文选》,第108页。
③ ［德］阿伦特编:《启迪:本雅明文选》,第111页。

听的外祖母讲的故事和周围的邻居家发生的形象色色的事件。而且他祖母给他讲那些奇幻的故事时深信不疑的语气也影响了他的创作。因此,他的小说中对奇幻场景和人事的不动声色的书写和讲述,在让读者仿佛置身于魔幻世界的同时,又丝毫不会怀疑这些事件的真实性。

因此,对于作家而言,要想讲好故事,自身经验和赋予他经验的成长经历及人生阅历非常重要,而这些都是莫言所置身于的乡土和农民经验赋予他的集体无意识。"一个讲故事大师的共同之处是他们能自由地在自身经验的层次中上下移动,犹如在阶梯上起落升降。一条云梯往下延伸直至地球脏腹,往上直冲云霄——这就是集体经验的意象。"①莫言笔下随手拈来的有关乡村世界里农民的各种超自然信仰和民俗禁忌,并不是莫言的创造,他仅仅是在继承中激活了这些被启蒙话语视为落后、迷信的朴素信仰。诸如《翱翔》中的男主人公洪喜,在傍晚的松林里感到恐惧的时候,想起了从小就听说的避邪方法,咬破中指。这在《麻风的儿子》中也有书写,张大力在遇到狐妖时,也是"一口咬破中指,大吼一声,将指上的血淋过去"。在《草鞋窨子》里"我"被警告,"中指上的血千万不能乱抹,它着了日精月华,过七七四十九天,就成了精了。"农民之所以在遇到"邪魔鬼祟"的时候咬破中指避邪,就是因为在日常的耳濡目染中他们对此深信不疑。因为他们坚信手指的血有"神力",可以让鬼怪害怕,也可以让扫把成精,在墙根跳动。

这些民俗信仰是农民在长期的生活经验中获得的,这些知识不是某一个人的经验,而是被农民在长期的生产、生活中赋予了某种神秘意义的信仰,作为长期以来形成的一些小"原型"在民间流传,被世代传承。洪喜、张大力等虽然是莫言创造出来的人物形象,但在民间和莫言一样的所有农民,洪喜也好,大力也罢,他们从小到大都浸淫于这些信仰的神秘氛围中,它们生成了他们的生活经验的部分。

正如薛月兵指出的,"莫言笔下的乡间社会也并非愚昧、野蛮、落后的代

---

① ［德］阿伦特编:《启迪:本雅明文选》,第112页。

名词。作者主动放弃同时代作家津津乐道的负有启蒙与拯救任务的知识分子地位,沉潜于民间,与笔下人物一同存活于喜怒哀乐、悲欢离合的故事中,摒弃了先进—落后、文明—野蛮、拯救—受难的二元对立模式,把双方杂糅起来呈现出一幅洋溢着人性光辉又不乏阴暗面,饱胀着生命力量又不乏暴力冲动,蕴涵人间温情又不乏狭隘自私的乡间图景"。① 莫言在书写乡间的一切超自然信仰,和一系列理性不能解释但农民却深信不疑的信仰时,就像马尔克斯一样站在信仰者的视角进行书写。莫言的观念里没有文明与野蛮的现代认知,他只知道这是他从小就听说的,并在他的乡邻的朴素观念和意识中一直存在,并被相信的信仰和生活常识。

这和超然于这种信仰之外的具有理性的知识分子对此的认知显然有区别。在台静农的小说《红灯》中,写得银的娘在得银死后在阴灵节放红色的河灯超度得银,作者自己并不相信得银娘会看到死去的得银,所以他这样描述,"得银的娘在她昏花的眼中,看见了得银是得到了超度……"这里的"昏花的眼"就将一切非理性认知排除在外,前提的预设告诉读者在正常的情形之下,生者看见死者是不可能的。但在莫言的《奇遇》《我们的七叔》等小说中,莫言和已经故去三天的赵三大爷聊天,和死去的七叔一起在坟前喝酒拉家常。这些非理性情景的书写,如果是台静农写,前面必须要预设一个前提,那就是眼睛忽然花了的某某,仿佛看到了死去的某某,或者在梦里和死去的人聊天、喝酒等。这种在叙事过程中叙述语气和视角的不同,彰显的是作者在处理题材时立场和价值观念的不同。

可见莫言的立场和价值观跳出了启蒙的视野,和马尔克斯等拉美作家一样,没有用知识分子或者是白人中心主义的现代理性审视乡村的民俗文化和信仰。他们对各自民族民间广为流传的超自然信仰进行过滤和反思,几乎原封不动地将他们听到的、看到的,以及耳濡目染中经历的,通过他们的作品呈现出来。

---

　　①　薛月兵:《欲望狂欢迷失——试论莫言小说中的欲望化书写》,载李斌等主编:《莫言批判》,北京理工大学出版社 2013 年版,第 208 页。

莫言始终深信不疑地认同风水观，而这一信仰如中国千千万万开始在乡村，后来因为迁居或者工作到城市的所有人一样，根在乡村，却遍地开花。若结合前些年在互联网疯传的某风水大师如何被众明星或官员信奉并吹捧的真实事件，就能理解莫言小说中乡村的风水信仰。《普通话》中的女主人公考上了中专，村书记相信"咱们村，风水动弹了"。《蛙》中公社的书记们出事，农民就认为是"公社大院的风水不好"，因为"从古到今，衙门口，朝南开，可咱们公社大门口朝北开，正对着大门口的，就是屠宰组，整天白刀子进红刀子出的，血肉模糊，煞气太重"。还说："风水是大事，不怕你硬，再硬你也硬不过皇上吧？皇上也得讲风水……"《欢乐》中的永乐，多次"回炉"考不上大学，别人便说："考大学？那么容易，你爹的坟头没占着好风水，考白了头你也考不上。"于是永乐的娘便请风水先生给他爹修坟，改风水。鲁连三家的老三考上了大专，他爹便说祖先的坟上"土潮融融"，"茔顶上热气腾腾，我就知道，风水使了劲了"。《流水》中城里来的女工穿泳衣下河洗澡，牛阔成愤怒地骂道："完了，完了，马桑镇的风水被这些臭娘们儿给败坏了，败坏了。"

在传统社会，上到皇帝下到底层的平民，都深信风水在人的运势上的作用。乡村世界里的农民，对此更是深信不疑。当然风水作为一种官方和民间都热衷的非理性信仰，在历史上给其最早下定义是晋代的郭璞。郭璞在《葬书》中是这样定义风水的："葬者，乘生气也，气乘风则散，界水则止，古代汉族人民聚之使不散，行之使有止，故谓之风水，风水之法，得水为上，藏风次之。"因此，风水之术也被称为相地之术，人们在意风水，就是在对居住或者埋葬死者的地方进行选择时，通过对一系列相关规律的认知，和对宇宙变化规律的处理，最终达到趋吉避凶的目的。《白鹿原》中白家的飞黄腾达的运势，就开始于白嘉轩将父亲的坟迁于他偶然发现的白鹿精魂的出现之地。可见，在乡村世界里，农民从地主到一般农民，风水是他们深信不疑的超自然信仰。

此外，大到一个民族小到一个社群，因为居住环境和生存观念的不同，从古到今，都会形成一些"禁忌"。弗雷泽认为，"在野蛮人或未开化民族看来，事物和语言，同人一样，都可以暂时地或永久地赋以禁忌的神秘性能，因此就可以在或短或长时期内从日常生活习惯中予以摒弃"。① 弗雷泽在《金枝》中研究了很多他认为是未开化民族的禁忌,有行为禁忌、禁忌的物和禁忌的语言等。其实,在汉民族乡村世界农民的日常生活中也有很多禁忌,如月经禁忌、饮食禁忌、器物禁忌、语言禁忌等。莫言的人类学书写中对乡村世界里的一些禁忌也有涉猎,但不是很系统。如"中指上的血不能乱抹""黑夜吹哨招鬼""早晨出门,就碰到一只兔子,知道今日没什么好运气"、禁止女孩子裸身下河、"猫头鹰叫死人"等。这些禁忌信仰,和农民的日常生活密不可分。当然,这里的有些禁忌,并不是汉民族的农民独有的,比如血的禁忌,即血不能洒在地上暴晒,或者让血暴露在某个地方,或者血不能滴到地上等等②。

当然莫言后现代主义的无所谓中心和主流的书写立场,以及对乡村和农民的深入认知和理解,和充满种族偏见的"注视者"的弗雷泽不一样。因为,弗雷泽的人类学研究是充满种族优越感的他对其他他并不了解的族群进行的猎奇式的研究,他将这些族群称之为未开化的民族,本身就具有强烈的种族偏见。而且因为他对很多民族的文化和禁忌因理解得并不深入,所以对很多文化现象的理解有偏差。但他的研究对整个人类学而言,对于思想和观念中充斥着"白人中心主义"的欧洲学者而言,能够将研究的领域涉足那些长期以来被遮蔽的族群和他们的"非理性"信仰,让这些族群从此被世界各地的学者关注,并不断地改变立场和视角研究这些族群,具有开拓性意义。

莫言和弗雷泽有着共同的视域,莫言对汉民族乡村的人类学书写和对人类其他族群做人类学研究的弗雷泽有交集,但不同且最关键的是两者对于研究对象和书写对象的认知和立场不同。莫言对汉民族乡村世界农民的人类学书写,是一位属于这一群体,并对这一群体极为熟悉的亲历者的书写,他不用做任何田野调查,却比经常做田野调查的弗雷泽写的内容更贴近于研究对象

①　[英]詹姆斯·乔治·弗雷泽:《金枝:巫术与宗教之研究》(上),第211页。
②　弗雷泽在《金枝》第二十一章"禁忌的物"第四节"血的禁忌"中,对很多民族血的禁忌进行了考察。见[英]詹姆斯·乔治·弗雷泽:《金枝:巫术与宗教之研究》(上),徐育新等译,第215—217页。

的真实。虽然文学具有虚构与想象的特征,但对于一些经验和信仰的书写,莫言被它们所指引,是对一些即成事实的现象的罗列和再现。就这点而言,莫言的人类学书写中农民的超自然力信仰,在汉民族乡村世界里一切不断消亡的情形下,具有不可估量的价值和意义。

## 第三节　乡村超自然信仰的深层文化结构

莫言的小说因为摆脱了政治意识形态、历史共名等的束缚,获得了更加深入和有力的表现人与自然的力量。乡村世界里的动物崇拜和超自然信仰,是农民在长期的生产生活中,在和自然万物密切接触的过程中,因为自己的认知局限以及在一些难以理解的自然现象面前的迷茫和无助,在自己之外的自然界寻求一种朦胧的期待,期待求助于宇宙自然元素,或者主宰精灵的崇拜而获得某种神力的诉求的结果。

### 一、祖先之灵信仰:宗族观念和"孝"

祖先之灵信仰,即相信人是"由肉体和活的灵魂这两部分组成的"。世界上有很多民族都相信"每个人都有一个活着的灵魂,灵魂可以脱离肉体独立存在"①。哈维兰指出佩罗布斯科特的印第安人也是这种信仰。"在相信祖先之灵存在的地方,这些灵魂经常被视为仍然保有对社会的积极关注,甚至仍是社会的一分子。"他们认为,"祖先之灵在其食欲、感觉、感情和行为方面和活着的人十分相像"。②

马尔克斯喜欢的墨西哥作家胡安·鲁尔福的《佩特罗·巴拉莫》对死人的书写,说明在墨西哥的民间文化中,不但相信灵魂是实实在在存在着的,而且相信死了的人和活着的人一样有怨恨、感情和感觉。巴西作家若热·亚马多的小说《弗洛尔和她的两个丈夫》,也显示了不但有灵魂存在,而且死人的

---

① ［美］威廉·A.哈维兰:《文化人类学》,第394页。
② ［美］威廉·A.哈维兰:《文化人类学》,第394页。

灵魂和活人一样懂得爱、需要爱,有感觉、情感和性欲。这种祖先之灵信仰,在非洲的有些社会中也存在。恩格斯就曾经分析过灵魂信仰源起的社会原因,他认为:"在远古时代,人们还完全不知道自己身体的构造,并且受梦中景象的影响,于是就产生了一种观念:他们的思维和感觉不是他们身体的活动,而是一种独特的,寓于这个身体之中而在人死之时就离开身体的灵魂的活动。从这个时候起,人们不得不思考这种灵魂对外部世界的关系,既然灵魂在人死后离开肉体而继续活着,那么就没有任何理由去设想它本身还会死亡,这样就产生了灵魂不死的观念。"[①]此外,一神教信仰的民族也相信灵魂的存在。基督教就认为人有来世和现世,信仰的根基与善恶的终极托付与此相关。汉民族和其他民族一样,也相信灵魂不死之说。从殷朝开始,汉民族的古人就开始祖先之灵的祖宗神信仰。虽然他们重视天,但他们认为只有通过祖先的灵魂才能和天沟通,所以在重视天命、天道的同时,更加重视祖先之灵的信仰和崇拜。

在古代,祖先崇拜和信仰主要通过祭祀来体现,而由家族成员集体祭祀祖先的仪式则形成了重宗族亲缘关系的家族文化。《周礼·大司乐》云:"以祭以享以祀。"在《诗经》中,就有34篇和祖先祭祀有关的诗歌。在周代,关于祖先之灵的信仰和祭祀仪式已经相当完备。《礼记·大传》中说:"别子为祖,继别为宗。继祢者为小宗。有百世不迁之宗,有五世则迁之宗。百世不迁者,别子之后也。宗其继别子(之所自出)者,百世不迁者也。宗其继高祖者,五世之迁者也。尊祖故敬宗,敬宗,尊祖之义也。"可见,在汉民族古代的宗法制思想中,宗族和祖先祭祀紧密相关。

叶舒宪在《玉人像、玉柄形器与祖灵牌位——华夏祖神偶像源流的大传统新认识》一文中指出,和西方的基督教信仰中上帝的信仰相类似,汉民族有着祖先之灵崇拜的宗教信仰。西方人上教堂礼拜上帝,中国人在自己的"堂

---

① 　恩格斯:《路德维希·费尔巴哈和德国古典哲学的终结》,见《马克思恩格斯选集》(第四卷),人民出版社1976年版,第219—220页。

屋"里供奉祖宗灵位进行祭拜①。汉民族自殷朝开始,因为忧患意识的早觉,对人自身行为的自省,虽然此时的古人仍保持着杂乱的自然神信仰,但已经开始了祖宗之神的祭祀仪式。这在王国维的《殷周制度论》、徐复观的《中国人性论史》中都有探究。叶舒宪在《玉人像、玉柄形器与祖灵牌位——华夏祖神偶像源流的大传统新认识》中通过考古发掘到的表征祖宗降临的玉礼器,提出自己的假设,认为汉民族从夏开始就有了祖先之灵的信仰。因为古人相信"祖灵能够通过玉器形象得到转换和体现。如汉扬雄《元后诔》所说'皇皇灵祖,惟若孔臧。降兹珪璧,命服有常。'按照这一说法,祖灵可以从天界降临人间,其表现形式就是玉圭玉璧一类玉礼器"②。

当然在古代文献和典籍、器物以及后来的诗词中再现的祖先之灵的祭祀和信仰,大都是皇室和朝臣,或者是官宦、士绅家族的祖先之灵的祭祀,鲜有作者会将笔触伸向乡村世界,去考察普通农民的祖先之灵的祭祀典礼——葬礼,或者其他时间段的祭祀仪式。对此徐复观的一段话可以解释,他认为"在殷周时代,恐怕是因为贵族的祖先,死后还有地位,还能管人世的事,所以贵族虽然是由天所生,但贵族与天的关系,还得有自己的祖宗神转一次手。大概因为人民的祖宗,死后也和生时一样,没有地位,不能管人世的事……"③或许因为自古以来的"文圣"都认为农民的祖宗死后没有地位,人世的事都管不了,怎能在死后管事呢? 因此自认为农民即使祭奠他们的祖先也得不到福佑,所以自认为农民的祖宗之灵信仰与祭祀仪式是没有书写价值的。因此,在汉民族的古典文献典籍和文学中虽然不乏有书写皇室和朝臣,或者是官宦、士绅家族的祖先之灵信仰的文字,却鲜有对普通人,尤其是乡村世界里的农民的祖先信仰的书写。但事实是,农民不但祭祀祖先,而且比官宦和"士"阶层更加虔诚,

---

① 叶舒宪:《玉人像、玉柄形器与祖灵牌位——华夏祖神偶像源流的大传统新认识》,《民族艺术》2013 年第 3 期。

② 叶舒宪:《玉人像、玉柄形器与祖灵牌位——华夏祖神偶像源流的大传统新认识》,《民族艺术》2013 年第 3 期。

③ 徐复观:《中国人性论史》,第 19—20 页。

因为看不到"贵族神"对他们的眷顾,"所以人民只好直属于天,和天的关系,较贵族反而更为直接"。①

不管是"士"及其以上阶层的祖先之灵信仰,还是乡村世界的地主和普通农民的祖先之灵崇拜,在深层都有共同的文化心理结构,那就是宗族观念的集体意识和"孝"文化。"中国的本土宗教信仰以祖先崇拜为突出特征,将已经从现实世界中逝去的祖先之灵想象为依然存在于天国神界的有人格化主体,其意志足以支配生人的祸福命运。"②汉民族重家族、宗族的文化观念,以及家长制的文化思维是祖先之灵信仰的人事基础。任何超自然力信仰,首先是人从自身出发确立的。"对人类学来说,个体既不是机器人,也不是一个完全独立的任性小神,而是一个文化个体——既自由存在,又具体表现出置身其中的文化类型,在这一类型中,会投下他所处的特定的社会和历史时代的影子。"③汉民族原始社会末期的父系氏族社会就形成了以血缘关系为纽带,以男性为中心的氏族。这可以视为汉民族最早的宗族形态。

在真正意义上的国家没有产生之前,血缘关系密切的氏族组成共同的部落是国家的雏形。周代的宗法制就是把宗族这一社会组织与政权组织结合起来,以血缘定亲疏、定贵贱、定贫富。从《诗经》的《周颂》《雅》等诗篇中书写祖先之灵信仰和祭祀的仪式看,"西周的祖先崇拜,已不是原始意义上的祖先崇拜,而成为血缘性与政治性相结合的先王崇拜"。④ 在之后的宗族发展中,宗族观念和孝道、守丧、丧葬礼,及其后续的宗族集体祭拜祖宗神的祭祀仪式一起,形成了祖宗之灵信仰的典礼和仪式。朱熹在《家礼》中就倡导建祠庙、设祭田。由此可见,先民早期的祖先之灵信仰为后世以宗族的形式祭拜祖先之灵奠定了基础,也形成了汉民族定期祭祀祖宗之灵,并注重通过与祖先之灵

① 徐复观:《中国人性论史》,第19—20页。

② 叶舒宪:《玉人像、玉柄形器与祖灵牌位——华夏祖神偶像源流的大传统新认识》,《民族艺术》2013年第3期。

③ [美]詹姆斯·皮科克:《人类学透镜》,北京大学出版社2009年版,第53页。

④ 林文:《从〈诗经〉中的祖先崇拜文学看西周王权与族权》,《南昌职业技术师范学院学报》1995年第4期。

的沟通,祈求祖先的神灵佑福祛灾的祭祀文化。

岳庆平在《中国的家与国》①中指出,祖宗之灵的崇拜与信仰主要有以下几个方面的目的:1.慎终追远,2.奉行孝道,3.感恩报德,4.维系亲属团体,5.求祖先授福,6.怕祖先降祸。维系亲属团体,就是通过祖先之灵的信仰与祭祀让作为生者的子孙在现世团结、和睦。因而,在特定的日期,子孙后代聚在一起,或者在不同的地域步调一致地举行各种祭祀活动祭祀本族的祖先,是维持具有血亲关系的亲人关系的需要,其实也是"孝"的组成部分。而亲人之间的和睦、关爱是生者对死者最大的尊重与敬仰。"崇拜祖先在人生观方面引出的另一个至关重要的并和宗教密切相关的观念就是孝。"②一方面,宗族基础上形成的家族文化是祖先之灵信仰得以形成并发扬光大的土壤。另一方面,祖先之灵的信仰和崇拜,是孝文化在祖先故去之后的延伸。当然,先有殷周以来的祖宗神的信仰与崇拜,才有孔孟的孝文化中对子女孝顺父母直到其故去后的延伸。在父母故去后子女为了对故去的老人有所交代,"在家族中向活着的成员以示孝道,并对乡亲们显示体面"③等方面的兼顾和考虑,才有丧葬礼的一系列安排,和在之后的年月里定期在各种特定的日子祭祀祖先之灵的信仰。在这种观念的驱使下,"中国的每个宗、族、家中都有自己的宗庙祠堂和祖先灵位及墓地,人们在除了在规定的时间去那里祭拜以外,个人随时都可以去和祖先交流"。④

因此,莫言人类学书写中呈现的汉民族乡村世界的祖先之灵信仰的丧葬礼仪式,以及不同时间段在特定的日子里祭祀祖先的各种仪式,显然具有浓郁的民族文化色彩,这些并不是农民的异想天开或者是暂时的信仰,而是经过几千年的文化传承后保存下来的古老仪式。但是莫言没有像鲁迅、茅盾、巴金、陈忠实等作家一样仅仅书写官宦、士绅、地主家族有关祖灵祭祀的典礼和仪

---

① 岳庆平:《中国的家与国》,吉林文史出版社1990年版。
② 翟学伟:《中国人的脸面观:形式主义的动因与社会表征》,北京大学出版社2011年版,第112页。
③ 翟学伟:《中国人的脸面观:形式主义的动因与社会表征》,第112页。
④ 翟学伟:《中国人的脸面观:形式主义的动因与社会表征》,第111页。

式,而是用人类学深描的笔法,再现了乡村世界里的下层农民的祖先之灵祭祀的丧葬礼和其他仪式。阿根廷作家科塔萨尔在《拉丁美洲的现实与文学》中指出,在 20 世纪后半叶的拉美,一大批作家中的佼佼者不模仿外国,"不依靠输入的美学或'主义'",而是通过对拉丁美洲周围的"大部分尚没有通过语言和写作、诗和杜撰作品的创作途径得到全面的调查与考察","惊奇而又恐惧"地发现了许多拉美作家还没有通过书面的文字"真正的揭示、再现或解释"的东西。于是这些作家开始书写、揭示、解释、再现拉美的这些现实,并向世界喊话,展示拉美多彩的文化和现实。

拉美作家不但在文学形式上影响了莫言的创作,而且在书写自己民族文化的特殊风情、风俗信仰方面也影响了莫言。莫言对乡村的动物崇拜和祖先之灵信仰的系统书写和深描,将乡村一系列没有被解释、揭示和再现的真实进行再现,在揭示祖先之灵信仰的文化深层结构的同时,向世界昭示了以前未被书写的汉民族乡村世界的礼俗和超自然力信仰。莫言书写汉民族乡村世界超自然力信仰的文学文本,是了解乡土中国和生于斯长于斯的农民不可或缺的人类学史料。

## 二、实用主义信仰的文化心理

通过对莫言小说人类学书写中的乡村农民的各种超自然力信仰和动物崇拜的研究和分析,可以发现农民的信仰是多元而庞杂的。虽然像希伯来、阿拉伯、西方诸民族信奉的一神教宗教信仰在汉民族没有出现,但是汉民族上到帝王将相、知识分子,下到普通农民,却有各种各样从实用功能出发的超自然信仰。正如法学学者杨敬轩指出的,"宗教力量在中国①早早失势,使得中国宗教始终无法挑战世俗权威,也丧失了借助国家机器的力量拓展自己影响力的便利条件。而现实生活中宗教地位的低微、宗教力量的萎靡不振也使人民需要根据宗教对自己切身生活的影响来确认各路神仙的力量,再选择自己的宗

---

① 杨敬轩在这里用"中国"一词欠妥,因为在中国这个多民族国家中,有很多的民族是有自己的宗教信仰的。确切地说,应该是"汉民族"没有宗教信仰。

教信仰。许多宗教为求得发展,竭力迁就信众的口味,有时还会将信众崇拜的财神、关公等原本和本宗教毫不相干的人物引进供奉。绵软、涣散的中国传统宗教在现实面前褪去了自己神圣的光环,无力承担起引导社会改造不合理事物的重大责任"。①

杨敬轩从法学角度阐述的观点不无道理。在统治阶层过早萌发的理性精神的规约下,建立在神话思维之初的天神信仰,在早期虽然有萌芽,但却因为初民过早萌发的理性,被祖宗神信仰所替代。因而,汉民族的神教信仰终究没有像古希腊、巴比伦、印度、埃及那样形成气候。但是在人们的信仰视域中,除了祖宗之灵的基本信仰之外,从帝王将相到普通民众,乃至乡村世界的农民都有他们信仰的各路神仙、鬼魂和动物精灵。就农民而言,因为认知缺陷和理性知识缺失,再加上权力的有限性,当他们遭遇很多不可控的自然灾难时,出现了"求天天不应,叫地地不灵"的窘境。这种窘境的难以解释和苦难的难以掌控,民众便希冀求助各种让他们的内心能得到抚慰的超自然力来缓解苦难。任何宗教的起源契机都是一样的。这是农民选择那些属于他们的认知范围之内,能马上在他们的心理上取得安抚效用的信仰物(动物或植物),或者和他们生活密切相关的,日常生活中熟悉并在他们的认知范围内能够理解的神明的前提。因此,乡村世界的农民在祖先之灵信仰之外,形成动植物精灵崇拜和多神明,如财神、土地神、龙王、灶王等的信仰和鬼魂信仰。

而对于拥有统治权和话语权的帝王将相、士阶层而言,在超自然信仰的祖宗神信仰之外,信仰更多的是儒、释、道三教。因此,在汉民族的宗教信仰中,儒、释、道三教在主流话语中经常出现并被认同。儒教就不用说了,虽然有很多学者还在质疑儒家是不是可以称之为儒教,亦有学者认为儒家有自己宗教化的过程,儒教就是宗教化了的儒家。但是不管儒家还是儒教都是汉民族的官方文化信奉的主流话语。因此,上层阶级对此的信奉自不待言。相对于儒教在汉民族主流话语中的核心地位,不管是老、庄本身"反宗教意义"的道家

---

① 杨敬轩:《论实用主义信仰观对塑造我国法律信仰的影响》,《福建法学》2005 年第 2 期。

思想和理念,还是独有"天尊信仰、地狱仙界、诸神崇拜、内外丹修炼、尸解成仙"的"老、庄、文、列和魏晋玄学,与葛洪、陶弘景、寇谦之等把老庄思想宗教化的道教风貌"①的道教,在官方文化中并不像儒教,因和政治的紧密关联成为统治阶层的统治法宝,而占据核心地位。但释、道也是汉代以来的帝王将相,以及文人侠士比较尊崇的信仰,这主要源于人们对生命的质量和长度的向上追求。

道教倡导的"内外丹修炼、尸解成仙"的信仰,以及宣扬养生、长生的实用功能,成了帝王将相、文人侠士追逐的精神依托,也成了底层民众普遍信仰的宗教形式。道教除了"重生"的实用特征之外,唐宋以来的道教神仙信仰,如"玉皇大帝、东岳大帝、三官大帝、关帝、财神、城隍、钟旭等",与民俗信仰互相交叉,民众对此有天然的亲近感。他们祈求神灵护佑,总有得道成仙的幻想。此外,道教在民众心中还有驱邪、消灾、安宅降幅、预测吉凶、超度魂灵、祭神、丹道符箓等多种功能,这些也是和民众的生活很贴近,并能在他们的认知范围迅速产生心理抚慰效用的超自然功能。

同时,风水观也与道教不可分割。这本是儒家歧视甚至反对的"怪、力、乱、神"中的"怪、神",但却是追求实用效益的民众在日常生产、生活中经常遭遇苦难和灾害时,能比较快速地起作用的超自然力。因此,道教和儒教、佛教相比,因为其教义的庞杂性,不但是帝王将相和知识分子们热衷的信仰之一,也是无权无势的普通百姓在日常生活中普遍相信的。诸如风水观、财神、安宅降幅等信仰,在乡村农民的日常生活中都是非常主要的超自然力信仰的组成部分。就风水而言,如前面论及的,莫言在多部小说中都有描述,农民很看重风水的效用功能。尤其是婚丧嫁娶、考试、工作等各个层面,农民都会联想到风水。此外,农民也很看重其预测吉凶、超度魂灵、抓鬼消灾等方面的信仰。

佛教自从魏晋时期传入中国以来,就以其"组织完备,教义系统,教理发

---

① 蔺熙民:《隋唐时期儒释道的冲突与融合》,博士论文,陕西师范大学,2009 年 7 月。

达,充满着佛家的菩提智慧与人生解脱思想"①的优势,以及轮回、因果报应、天堂地狱的教义,让生活在底层的民众在精神层面获得很多实用效能。当然,佛教其他方面对民众有直接效用的教义还包括:对人生本是苦难的现实宣扬、让人看淡生死的达观和追求超脱的理想旨归等,可以满足从帝王将相、知识分子到普通民众的各个阶层的精神需求。当然和道教相比,佛教和儒教一样,可以说是统治阶层和知识分子的信仰。诸如从唐王朝一直到清朝,帝王及王公贵族信仰佛教是比较普遍的。而在民间,在乡村,佛教信仰却被和农民的生产、生活密切相关的乡村动物崇拜,以及鬼神信仰等所冲淡。不过因为人们对佛教教义的某些实用主义功能,以及对善的渴求,和佛教教义中观世音菩萨的善的化身的认知和理解,他们在遭遇苦难的时候也会祈求观世音菩萨福佑,以得到善的眷顾和消灾避祸的心理抚慰。

总体而言,农民的信仰是庞杂的,只要对自己有帮助,他们都会从实用主义的角度信奉并崇拜。他们的信仰取决于他们人生的功利目的和精神诉求。诸如在《丰乳肥臀》的开篇,上官鲁氏在难产的时候就念叨:"菩萨保佑……祖宗保佑……所有的神、所有的鬼,你们都保佑我,饶恕我吧……天公地母、黄仙狐精,帮助我吧……就这样祝祷着,祈求着……"上官鲁氏口中的各种超自然力信仰是农民多元信仰的真实揭示。这种多元崇拜和信仰,和西方人的基督教的一神教信仰形成鲜明对比。19世纪法国作家夏多布里昂的浪漫主义小说《阿达拉》中,阿达拉的母亲在难产时,祈求的只有上帝,而且为了表示其祈祷的真挚之情,不惜把即将出世的女儿的"童贞"奉献给上帝。这种出生之始母亲的祷告和给上帝的献祭,也为阿达拉的爱情悲剧埋下了伏笔。

乡村农民超自然信仰的多元性和庞杂性,源于汉民族多元信仰的实用主义本质。而且这些信仰在恒久的历史传承中,形成各自的文化结构。就鬼魂信仰而言,除了道教影响之外,汉民族的祖先在原始社会就开始信仰鬼魂。在

---

① 蔺熙民:《隋唐时期儒释道的冲突与融合》,第16页。

殷朝,殷人的原始宗教就有鬼魂信仰。如《礼记·表记》云:"率民以事神,先鬼而后礼。"但是在商纣灭亡后,周人觉得只有宗教信仰,不重视人事是不行的,于是淡化鬼的信仰,转向"既重鬼神,兼重人事"①。到了春秋战国时期,在诸侯割据、战乱纷纷、礼崩乐坏的时期,孔子就提出"未能事人,焉能事鬼"的只重人事,淡化超自然力信仰的思想,并以其独特的话语方式构建儒家官方文化和儒教的理论体系大厦。但是在民间和乡村,古人的原始宗教信仰,对鬼怪神明的超自然力信仰还是作为遗风留存了下来,并以"集体无意识"的形态恒久地弥漫在民间以及乡村。

综上分析,乡村世界里的农民的超自然力信仰,和官方文化儒教自上而下的规约一样,这些信仰充满实用色彩。在历史上或者自上而下或者在民间萌发后,经过几千年的传承和流变,形成了乡村世界里的农民多元庞杂的超自然力信仰。古巴作家阿莱霍·卡彭铁尔说:"在我看来,文化是一种知识积累,它能使人跨越时空,在两种相似或者相反的现实之间建立联系并通过与另一现实的相似性对某一可能发生在许多世纪之后的现实作出阐释。"②汉民族乡村世界的动物崇拜和超自然力信仰,是汉民族自古以来从上到下的实用主义信仰文化的有机组成,这些生存知识和经验积累,在汉民族的文化思维中根深蒂固。虽然时代在变迁,但重实用功能的文化信仰思维却是比较恒定的常量,构成了汉民族超自然信仰深厚的文化心理结构。

### 三、信仰的文化认同和功利性目的

莫言人类学书写中乡村世界的各种超自然力信仰,除了祖先之灵的信仰之外,其他信仰一直以来被主流文化和政治意识形态遮蔽。但这些信仰具有厚重的历史感。乡村和农民在自己被遮蔽、失去话语权的历史和政治变迁的夹缝中,默默地保存着自己民族久远的文化记忆。在民族历史和文化变迁几

---

① 武树臣等:《中国传统法律文化》,北京大学出版社 1994 年版,第 170 页。
② [古巴]阿莱霍·卡彭铁尔:《小说是一种需要》,陈众议译,云南人民出版社 1995 年版,第 33 页。

千年的时间长河中,当汉民族的个体试图在自己的民族历史中寻求和祖先对话的契机的时候,这种跨时空的交流可以通过乡村世界保存的超自然力信仰的文化记忆来实现。

周孔礼教兴起之前的文学和典籍书写并记载的祈雨避旱的祭祀仪式、驱虫除害的庆典仪式,在乡村一直未曾中断。因此,乡村的超自然力信仰是对先民信仰的不断重复。正是在一代代子民不断的仪式性重复中,文化才得以生成。文化就是一系列恒定的约定俗成的仪式和符号的幽灵式显现。因为对每一个生于斯长于斯的个体而言,证明自我存在的内在意识、思想和心理等内在机制和对民族文化的集体认知密切相关。格尔茨说:"人的发展几乎完全依赖于文化的积累,依赖于习俗的缓慢增长,而不是依赖于随着年龄的流逝身体器官的变化。"①

一般意义上的文化认同包括经典的、家庭的和地方的。其中家庭的和地方的文化认同比较好理解,经典的文化认同需简要解释。经典的文化认同其实给每一个个体提供了一个宏阔的文化背景。而对汉民族的每个个体而言,所谓经典的文化认同就是儒家文化的认同。这是主流文化模式赋予每个个体的根基性记忆,这种记忆不但留存在个体的头脑中,同时也为官方表征所接纳和认同。这也影响了家庭和地方文化认同。地域性的文化认同源于一些地方性崇拜和信仰,仪式和庆典等,而家庭式的文化认同在经典和地方的文化认同的大背景之下,表现在祭祖的典礼和仪式中,也显示在宗族文化和对姓氏及祖先的尊崇和认同中。

在超自然力信仰的视域中,祖先之灵是儒家文化从"孝"和家族观念出发将祖先奉为神灵的信仰模式。但这种信仰要明晰一种区分,即对一个家族来讲是祖先的神灵,在别的家族的人来说就是鬼了。虽然在汉民族多个地域中的乡村世界,所有人都会祭拜同样的神,比如灶王爷、蜡神、刘皇神等,但是对鬼和祖先两类灵物的信仰并非处于同样的关系中。对此,美国学者武雅士

---

① ［美］克利福德·格尔茨:《文化的解释》,第51页。

（Arthur P.Wolf）是这样区分的,他认为"一个特别的灵物究竟被看做是鬼还是祖先,取决于特定人的观点,一个人的祖先可能是另一个人的鬼";"'祖先即便死了,依然是个有权利和义务的人',而鬼,虽然死了,却既没有权利也没有义务。前者通常是亲戚,后者总是陌生人"。①

在《奇遇》中,回乡的叙述者在走了夜路回村时,在村口遇到了已经死去的长辈。这位长辈的灵魂显然没有被当作祖先之灵崇敬,显然将其视为"鬼",因为"我"说:"我一心想碰到鬼,可是鬼不敢来见我。"可见在经典文化认同中,超自然力的信仰有其特殊性。超自然力信仰有其地域性特点。在汉民族广大的地域范围内,不同的社群会有一些不同的信仰。然而,对其中的每个家族而言,除了祖先之灵、灶神、财神等神灵的共同信仰之外,还有自己不同的信仰。而且他们的信仰对象也会随着时间的变化而变化。"若特定的神对他的臣民很冷淡,或者对他们毫无用处,他们就会转向另一个更富同情心、更有能力的神。"②这源于无宗教信仰民族的功利性信仰心理和文化逻辑的深层结构。

此外,汉民族乡村的其他神灵信仰有门神、灶王神,还有畜神等。这些神灵和农民的日常生产生活紧密相关。在莫言的小说叙事中没有门神,但在很多乡村,农民也信仰门神。门神是村民贴在自家院落大门上的神,有记可考的男性武英雄有关羽、秦琼、敬德等。这和刘将军神一样,是对已经过世了的非祖先之灵的民间英雄的崇拜。这种崇拜源于汉民族对"文圣"之外的"武圣"的崇拜,这些神灵不但武艺高强,而且有美好的道德素养,他们不但是信仰者膜拜的偶像,也是信仰者的保护神。当然,因为他们是正义、善良和勇敢的化身,所以也是邪恶的邪魔鬼祟惧怕的对象。正因为如此,他们才会被老百姓贴在门口,用以阻挡邪恶。

农民对灶王神的信仰和祭祀仪式,体现了"民以食为天"的理念,揭示了

---

① ［美］武雅士:《中国社会的宗教与仪式》,彭泽安等译,江苏人民出版社2014年版,第151页。

② ［美］武雅士:《中国社会的宗教与仪式》,第165页。

"食"的重要性,也体现了农民在民间对权力和官位的膜拜心理。乡村世界的农民对"灶王"的祭祀仪式在莫言的随笔《过去的年》《谈过年》中都有书写。农民信仰灶神,不但希望他保佑一家人有足够的吃食,同时也因为灶神和天公有裙带关系①,是天公的弟弟,所以他可以直接向天公报告凡间的事,能够为农民和天界的最高领袖建立"情谊关系"。所以每年过年前的辞灶日是一个很重要的日子,民间俗称小年。"辞灶要有仪式,那就是在饺子出锅时,先盛出两碗供在灶台上,然后烧两刀黄表纸,把那张灶马也一起焚烧。焚烧完毕,将饺子汤淋一点在纸灰上,然后磕一个头,就算祭灶完毕。"②打发灶王上天的时候供奉好吃的,或者献上关东糖,一说是让灶王吃点甜头,在他在天公哥哥面前多说好话,另一说是用糖黏住灶王的嘴,让他说不了坏话。莫言的人类学书写中农民在"辞灶日"对灶王祭祀仪式的重视,说明汉民族超自然力信仰的功利性。这和一神教宗教信仰完全不同,因为农民更强调眼前的利益。而这种功利性祭祀方式也是通过信仰抚慰心理的方式。在这种信仰中,农民把灶王这一神灵对位于现实世界的官僚,用好吃的巴结讨好灶王,就像在现实中贿赂官僚一样。这是汉民族官本位文化对权力膜拜的信仰仪式显现。这也是官本位文化在民间的投射。

因此,纵观乡村世界里的各种超自然力信仰,不管是乡村动物崇拜中的图腾,祖先之灵的信仰和祭祀,还是鬼魂和其他朴素的超自然力信仰,都显示了农民对信仰对象的功利性情感寄托和心理想象,进而通过各种仪式和庆典获得安全感,让心理得到抚慰的同时,获得心灵的宁静与平和。乡村动物崇拜是在敬畏、恐惧基础上的对和农民的生产、生活息息相关的动物的膜拜与祭奠。比如蝗神崇拜,希望通过对害虫首领的讨好和安抚,以减轻灾祸。祖先之灵信仰和祭祀,在死者刚去世时举行的隆重的葬礼仪式,一方面是"孝"的延续,是生者对逝去的先人"孝"的体现;另一方面也是以此抚慰死者、讨好死者,希望亡灵能够保佑家族的平安,并能给生者提供福祉。当然,对于看中"面子"的

---

① [美]武雅士:《中国社会的宗教与仪式》,第144页。
② 莫言:《会唱歌的墙》,作家出版社2012年版,第264页。

汉民族的每个个体而言,给逝去的人举办浓重的葬礼仪式,还有一个主要的原因,就是怕葬礼不隆重,会让街坊四邻觉得当事人是不孝或者无情意。葬礼成为其将来在村子里能否有面子的一个重要表演舞台。

　　农民对于鬼魂的信仰,相信有鬼存在,一方面受佛教因果报应观念的影响,抱着善有善报、恶有恶报的思想,寄希望于鬼这种超自然的存在惩罚和弥补世间的不公。在小说《我们的七叔》《拇指铐》中,主人公七叔和孝子阿义遭遇困境和伤害,在凭借人力无法摆脱迫害时,以不可知的鬼和精灵的帮助,来训诫读者,善有善报,恶有恶报,不是不报,时候未到。另一方面,鬼魂的信仰也源于农民对自然的不可知力的恐惧。《翱翔》中的洪喜、《奇遇》中的"我"、《挂像》中的皮钱等,在故事中他们仿佛置身于鬼的世界,是因为他们内心对鬼的确定性认知观念和恐惧心理。而这些都和他们的现实境遇密切相关。总之,这些信仰都是个体在现世遭遇困境,又没有解决的途径时,不由自主的想象和心理认知。这和一神教信仰的信徒在日常生活中与这些灵物的心灵沟通和精神上的交流,及其之后获得的持久信仰不一样。所以,汉民族乡村世界农民的各种超自然力信仰是形而下的充满功利性的世俗信仰。

# 第六章　莫言人类学书写的文学价值

　　莫言的小说以文学叙事的形式建立了文本中具象的汉民族乡村世界。虽然它不是"非实存",但它是一个和真实生活逻辑相符的相似物,是作者记忆中的乡村世界精神结构的投射。小说中呈现的乡村世界的家庭伦理关系、婴孩和青少年的成长轨迹、农民和动物的关系、农民的超自然力信仰等是在几千年的农耕文明历程中,乡村世界长期形成的比较稳定的文化形态。如果要深入认知和理解这些具有深厚内蕴的文化因子,除非生于斯长于斯的人,或者长期在这一地方做田野调查,试图做科学研究的人类学家才能做到。但以研究为目的已经浸润了某种知识和文化的人类学家作为"注视者",在进入作为研究对象的"他者"文化时,存在文化隔阂。诸如汉民族的人类学学者费孝通,他虽然做了很多的田野调查,在此基础上对乡土文化和乡村世界农民的家庭、夫妻情感等都有深入的理解和认知,但他对农民的心声、意念和思想因为身份所限,没有深入认知和理解。这也是费孝通对其研究局限性的清醒认知。此外,明恩溥、庄士敦、王斯福、李丹等英美人类学学者,尽管都在汉民族某个地方的乡村生活过,或者做过很深入的田野调查,然而作为异文化的"注视者",虽然他们试图努力地在各自的研究视域中客观地认知研究对象,但因为文化和知识视野等众多差异,最终都没有真正进入乡村和农民的精神世界,未能深入系统地理解和认知汉民族的乡土文化。同样,因为知识和视野的局限,生于斯长于斯的农民也无法深入解释乡村世界的一切。而像陈忠实、贾平凹等作家,虽然出生在农村,但因为求学走出乡村,因为现代知识的影响和熏陶,他们的文化理念已经浸染了其他元素,不再纯粹是乡村的,他们的思想和精神世界在很多方面已经和地道的农民有了巨大差异。因此,他们文学想象中的乡村也不是事实上的乡村。

莫言和以上提及的人类学家、作家相比,是一位生于斯长于斯二十年,而且并未在外求学,却作为农民在田间地头从事农业生产,有放牛、放羊、养猪等真实的农村经历和体验的农民作家。当他走出乡村时,乡村赋予他的一切已经在他的情感和意识的深层形成了根深蒂固的"前理解结构"。海德格尔认为一个人的"前理解结构"作为先有的存在,对未来具有重要意义。如果对这一理念进行深入挖掘,就会发现其实人的"前理解结构"的形成,源头在被荣格称之为"集体无意识"的心理前结构。因为遗传导致的基因差异,以及每位个体成长的时代、历史、文化语境,家庭教育,学校教育等各方面的差异,才有了丰富多元的个体特征。而每位个体在成长中获取的各种知识和经验,和遗传的众多因子("集体无意识")的共同作用,形成每个人不同的经验和记忆,以及认知思维。这些便构成了一个人想摆脱也摆脱不了的经验和记忆。莫言的小说大多写的是乡村的孩子、青少年或者是这些群体眼中的父母长辈、牲畜、动物,以及他们情感世界里的家人、风俗和信仰。还有一些小说的想象和虚构基础,是他对当兵之后和仍然生活在农村的家人藕断丝连的关系与经历的书写。比如他发表的第一部小说《春夜雨霏霏》。因此,莫言笔下的乡村世界是他借着直觉和情感体验、成长经历等,在深入认知乡村基础上的意念和心声的自然流露。当记忆不能涵括一切,即将逃遁之时,他用文字的形式,借助文学的想象与虚构向读者传达了隶属于乡村的这些意念、心声、思想和情感。

在这种情形下,乡村世界的复杂性和地域知识的丰富性,在他的小说文本中得以前所未有的呈现,这就是他的小说的人类学意义。美国长期研究马克思主义和历史唯物主义的专家、社会哲学家李丹(Dannial Little)教授,在其将农民中国作为研究案例研究的过程中发现,"农业变迁的世界比马克思主义预言的更复杂多样:小农的经济与政治行为是以人们所没有料到的方式受规范和价值观的影响,理性思考的社会效果对思考时的制度背景更为敏感"。①

---

① ［美］李丹:《理解农民中国:社会科学哲学的案例研究》,张天虹等译,江苏人民出版社2009年版,前言第3页。

莫言小说构建的文本内的乡村世界,是在亲历基础上对农业社会规范和价值深入体认后,对乡村的地方性知识的丰富和复杂性,以及乡村人心声和情感真实逻辑的表达和思考。因此,莫言小说对汉民族乡村世界的人类学书写的深入系统研究,可以让西方人,以及世界上的其他民族更加深入地认知乡土中国。

## 第一节　多元叙事建构乡村世界的地方性知识

莫言对乡村世界的人类学书写,不仅提供了丰富的人类学知识,而且这种书写也具有重要的文学价值和意义。莫言对于乡村世界的书写是文学文本中的人类学知识的显现。因为,莫言首先是文学家的莫言而不是人类学家的莫言。而他的小说中的人类学知识就是通过其独特的"个性化叙事",以文学叙事的多元形式不经意展现出来的。莫言在写任何一部小说的过程中应该不会想着以人类学家的叙述方式书写他的小说,否则他也不会借鉴拉美作家、欧美现代主义和后现代主义的叙事技巧,在不同的小说中尝试不同的叙事技法,并能自然地将这些植根于世界文学的多元叙事艺术浸润到汉民族的乡村文化中,在文本中建构具有丰富的人类学史料价值的乡村世界。

### 一、叙述中呈现的文化

莫言小说因为其叙事艺术的多变和复杂性,是很多学者热衷于研究的领域,并将其叙事艺术称为"莫言叙事"。其实莫言的小说多元复杂的叙述艺术彰显了莫言对中西方叙事艺术的继承与借鉴。莫言小说的叙事艺术既有对西方叙事艺术的借鉴,同时也有对中国古典叙述艺术的继承。莫言对西方从文艺复兴到后现代主义的文学都有深入阅读和认知,他的小说中有拉伯雷、塞万提斯、莎士比亚的幽灵,也有卢梭、歌德、巴尔扎克、陀思妥耶夫斯基、肖洛霍夫、福克纳、昆德拉、乔伊斯、卡夫卡、普鲁斯特、马尔克斯、略萨、约翰·福尔斯、玛格丽特·杜拉斯、拉什迪等近现代世界文学名家的幽灵。在他小说创作的叙事艺术的探索中,这些世界文豪的叙事艺术的幽灵在精神和形式两个层面不同程度地显现,使得他的叙事艺术充满不可见的隐秘和难以把握的可见性。这就是莫言的小说和前人文本的"互文性"。如果将莫言的小说叙事放置在世界文学的视域中,在理解和认知了世界文学叙事艺术的发展脉络后,就比较容易理解莫言小说叙事的隐秘和难以把握的可见性了。

正是因为前人叙事艺术的幽灵在莫言小说中的不时出没,在成就了其叙事艺术的多元复杂的同时,也以独特的故事内讲述的文本构造呈现了汉民族乡村世界的孩子和男女青年在成长过程中遭遇的种种。《春夜雨霏霏》的内视角抒情式叙事,《欢乐》的意识流叙事,《枯河》《罪过》的孩子的内视角透视,《四十一炮》在普鲁斯特的意识流式的追忆和口头文学讲述方式的巧妙结合中,过去与未来相交织而形成的叙事模式,成就了莫言小说书写符合事实逻辑的乡村人从小到大的成长境遇的人类学书写。莫言以丰富的想象和细腻的情感捕捉,真实再现了乡村新婚夫妻两地分居的艰难、青年学子多次"回炉"参加高考的痛苦和无奈、不被父母理解和关爱的孩子孤独的心声和不被理解的痛楚等,这些存在于汉民族乡村人的内心深处的情感和心声,在其叙事艺术的多元尝试中得到深掘和开挖。

此外,莫言的小说对于乡村家庭伦理关系的深描,没有先预设一个道德的或者善的前提,没有具有某种权威的道德楷模的主体作为叙述者进行讲述。小说中叙述视角运用灵活、多变,叙事时序也在过去、现在的交织中打破了时间性的线性结构的僵化模式,多个叙述者的叙述视角在各自观察点和立场的讲述中,建构了复杂、立体、三维的关系结构。在这种结构内部没有善恶的二元对立,也没有好坏的绝对界限,有各种复杂人性的人物是建构这些关系的主体。《爆炸》《金发婴儿》《石磨》《模式与原型》《梦境与杂种》《蛙》《四十一炮》中,夫妻关系、婆媳关系、母子关系、父子关系互相交织、错综复杂。《爆炸》虽然是第一人称"我"的内焦点叙事,但其中穿插了故事中的多位人物的讲述,故事内人物的叙事视角和各自的不同声音形成了多元对话、多种声音,以及多声部视角共同作用,呈现了"对话体"小说的结构模式。在叙述者和人物各自的追忆中,过去的故事和现在正在叙述的故事并置,在时序的不断变迁中全方位呈现人物之间的复杂关系。

而就其小说在深描农民与动物的关系和超自然力信仰方面,莫言的叙事艺术的设置也是独特的。在故事内部,除了设计"第一人称"的可靠性叙述之外,启用了民间口头文学的讲述方式,设置故事套故事的文本结构。在故事的第二层,往往会将叙述者设为读者,让作为读者的叙述者在听类似于"姑姑""婆婆",以及其他年长的、年轻的男性叙述者以讲述故事的方式讲农民与动物的故事,讲乡村世界里的超自然力信仰的故事。在讲与听的默契配合中,与此相关的地方性知识自然地流淌在文字叙事的结构内部。这些小说包括《食草家族·红蝗》《爆炸》《金发婴儿》《蛙》等。

《红蝗》中的叙述者"我"并没有经历过去在乡村发生的蝗灾,以及在消灭蝗灾的过程中农民盖蜡神庙、祭祀腊神等事件,而是通过第二层故事内的叙述者"九老爷"的叙述视点全方位呈现的。而在第一层故事视域内,在城市里工作因看到报纸上关于家乡的蝗灾信息的"我",在其中起的是转述故事的作用。《四十一炮》中的葬礼仪式也是在第三人称叙述者罗小通以"我"的第一人称的观察点讲的故事中呈现的。在小说内部,老和尚和罗小通很好地体现了本雅明说过的话,"听故事的人总是和讲故事者相约为伴,甚至故事的读者也分享这份情谊"。① 本雅明认为死亡是讲故事的人叙说世间万物的许可。② 但就莫言而言,离开乡村和曾经乡村记忆的刻骨铭心,使他和普鲁斯特一样,对记忆的回溯可以发生在人生的任何阶段。因为,其讲故事的知识和智慧源于其真实的人生。正是在对真实的人生的讲述中,乡村世界的真实逻辑才以回忆的方式在文本中再次呈现。这就是本雅明强调的"讲故事者有回溯个体人生的禀赋(顺便提一句,这不仅包括自己经历的人生,还包含不少他人的经验,讲故事者道听途说据为己有)。他的天资是能叙述他的一生,他的独特之

---

① [德]汉娜·阿伦特编:《启迪:本雅明文选》,第110页。
② [德]汉娜·阿伦特编:《启迪:本雅明文选》,第105页。

处是能铺成他的整个生命"①。

## 二、叙事视角的形式探索与乡村地方知识的客观呈现

正如前面所分析的,莫言小说的叙述视角是多元的,有第三人称的全知全能的叙述视角,有内焦点叙事的第一人称叙事视角,有第二人称"你"的叙述视角,还有多种叙事视角在一部小说中互相融合,共同建构乡村地方性知识的全面、复杂性。此外,莫言小说叙事视角的多元性,还表现在各种观察点多元叙述者的设置。在文本内部站在不同观察点的叙述者既有人又有动物,既有活着的人还有死去的人,既有大人也有孩子,既有不会说话但却会和着作者述说的婴孩,还有在母腹中没有出生的婴孩和已经死去的婴孩。他们都是叙述者,在莫言的小说文本中,在故事视域内喋喋不休、迫不及待地讲着乡村的故事。正是在如此多元的叙述者的不同观察点的讲述和叙说中,乡村世界的地方性知识以人类学者无法获得的真实逻辑呈现在小说文本的叙事进程中。

莫言的小说《欢乐》中深描了乡村青年在人生抉择过程中缺乏主体意识的不自由状态,以及多次参加高考不中,背负沉重的道德和荣誉义理的包袱喝农药自杀的故事。这个故事看似写的是一个青年的遭遇,却映射了特定年代乡村青年为了通过高考跳出农门的真实历史境遇。这是乡村人和在当下生活在城市里的不少人的真实体验和经历。这也是一个陈旧的话题,但这个话题却像范进中举的故事一样在汉民族所有人的心理和情感中打下了沉重烙印。路遥在《人生》中就写过类似的故事。可以说,一个人的故事就是一个民族所有人的历史。但如何让一个陈旧的话题重新焕发出新的生命力,莫言在小说叙事中的确花费了功力。小说借鉴了法国新小说派作家米歇尔·布托尔的小说《变》中的"你"的第二人称叙述视角和意识流小说的结构模式,通过看似有限却可靠的叙述者的意识流,逼真呈现了乡村青年在成长中的尴尬和不如意的符合真实事件逻辑的人类学史料。

---

① ［德］汉娜·阿伦特编:《启迪:本雅明文选》,第118页。

　　布托尔是一位在文学上勇于探险和尝试各种叙事形式和技巧的作家。但是他多种叙事技巧尝试的目的却是"企图在有限的时空内表现全部真实"①。莫言也是在小说叙事艺术上大胆探险的勇者,在汉民族文学中没有"你"的这种限制性人物观察点的情形下,他感受到"你"的第二人称的叙事视角在叙事中更能表现真实,于是也用这种视点尝试在小说时空变化多样的结构布局中,力求客观冷静地描写外部世界,冷静精细地刻画人物心理意识的流动。但莫言对于"你"的视角运用仿佛比布托尔更加娴熟,因为故事来源于真实的文化语境,情绪和心声的表达又是迫切的。如《欢乐》中的"你",完整地展现了站在隐含叙述者"我"的对面的另一个叙述者永乐的内心独白和意识流。这里的"你"是通过没有在文本中现身,却如影随形,且对"你"了如指掌的隐含叙述者"我"的对照下出现的。而"这一'你'就是伪装的'我',一个对他自身说话的'第一人称'"。但这种叙事视角却在"采用一个与人物相关联的叙述者,等同于'用第一人称'叙述的人为模式,它设法消除不做声的'纯粹'的第一人称聚焦所涉及的第一人称的声音"的同时,消除了第一人称过于主观的叙事声音,使得故事显示出一种更为客观真实的艺术效果。

　　当然,莫言在《欢乐》中用第二人称的叙事视角显示了汉民族青年在自己人生选择境遇中的不自由状态,和缺乏主体性意识的事实。因为"你"在具有主体意识的潜在的"我"的映照中才具有行动的主体性,并由此显示了"我"的主体性的同时,"你""被从其他人中分割开来,或者将他们分割出去"。因此,"代词'你'变成了一种疏远间离的提示、主体性倒退"②。小说故事中的人物"你"——永乐,在封闭自己内心的同时,将自己隔离在其他人物之外,如母亲、哥哥、嫂子、老师、同学等,以及嫂子因超生被抓计划生育的事件,他也置若罔闻。这些是影响他自由的因素,也是让他失去主体意识的无法承受的生命之重。因此,在这部小说中莫言选了这样一个叙事视角,在显示其叙事艺术创

---

① 罗钢选编:《后现代主义文学作品选》,高等教育出版社 2002 年版,第 103 页。
② [荷]米克·巴尔:《叙述学:叙事学导论》,谭君强译,中国社会科学出版社 2003 年版,第 35 页。

新性的同时,恰当客观地表现了乡村世界青少年成长路上的艰难与窘迫。这既是叙事艺术的探索,同时也是努力将自己记忆中的乡村历史客观呈现的迫切心态。

莫言小说中叙事视角的多元和奇特,还表现在多次使用动物视角。莫言将动物作为叙述者,并以动物"非人"的叙事视角写人,这本身就是一种力图客观书写"人事"的努力。因为在人的限制性视域中,作为"他者"的动物具有一种"旁观者清"的姿态。《马语》中马的视角也好,《生死疲劳》中牛、驴、猪、狗的视角也罢,要用动物的叙事声音讲人和动物的故事,除了有丰富的想象和掌握西方文学以动物为主人公叙事的范式之外,还要有对这些动物深层情感和心理的认知。莫言在乡村放牛、放羊,以及和其他牲畜密切生活的现实基础,成就了他的这种叙事视角的独特性。因此他在小说中预设的符合动物情感事实逻辑的叙事声音,在改变了西方文学将动物拟人化的叙事机制的同时,揭示了乡村世界的农民和动物的密切关系。而且动物的叙事视角和在故事内部发出的动物声音,减少了人的主体思维对世界的主观认识,同样为表现乡村世界的人类学知识提供了客观的视域和立场。

莫言小说叙事视角的奇特性还表现在采用了婴儿的叙述视角。即叙述者站在婴儿的观察点讲故事,并从婴儿的视角看成人的世界。虽然乔伊斯在《尤利西斯》中专门以一章的篇幅书写正在分娩的母亲的痛苦和初生的婴儿,但也没有从婴儿的视角观察世界。莫言在《祖母的门牙》《天堂蒜薹之歌》《丰乳肥臀》等小说中都运用了这种视角。《祖母的门牙》中刚出生就因为长了门牙差点遭受厄运的叙述者"我",《天坛蒜薹之歌》中还在母腹中未出生却因为母亲的自杀而充满仇恨的婴儿,《丰乳肥臀》中的上官金童的叙述视角的设置等,在体现莫言作为成人对孩子理解和尊重的价值立场的同时,显示出了其在叙事艺术上更大胆的尝试。因为人对母腹中还未出生的婴孩的各方面知识,比儿童更有限。小说在文本内部描述和讲述的是谁的故事?读者在依赖谁的眼睛在故事的空间中行走?在人物的内部还是外部?这就是作者在小说内部设置观察点时要考虑的。婴儿的叙述视角在构建文本世界的过程中,引领读者行走的是婴儿。读者通过婴儿的眼睛看到的是婴儿般单纯,还没有如成人一般复杂,和充满道德倾向的渗透了过于复杂的情感倾向和价值判断的立场。这也显示了莫言想通过叙事技巧多元尝试,让他的小说以更少的主观性情感介入,客观呈现乡村世界的人的生存状态的努力。

此外,莫言在《天堂蒜薹之歌》中设置的看似具有全知全能的观察点的叙述者,却在小说中不具备全能的道德领袖的掌控力。因为这种在西方小说中具有全知功能,包括评判故事内人物行动和行为的道德立场的叙述者,却对高马和金菊的恋爱和私奔没有持任何道德判断。虽然这对青年男女的举动在小说故事内的特定历史时代是不可想象的,是要受到惩罚和谩骂的苟且之事。但叙述者却没有任何道德判断和说教,而是将这一全能的功能转移给了故事中的人物:金菊的父亲和哥哥。他们对两人的毒打和惩罚代表了乡村道德对此事的价值判断。因此,小说中的人物以自己的言行举止述说自己的同时,在自我证明中建构乡村人的价值和道德观念。

因此,西方经典叙事学学者热奈特、托多罗夫等给叙事视角分类时,选取的具有典型性的 19 世纪西方现实主义的文本,以其中全知全能的叙述视角的叙述者所具有的功能,在莫言的小说中失去了独断性。可见,莫言的小说叙事中叙述视角的设置,既借鉴了西方人讲故事的方式,同时又在自己的文化和文本语境中对其进行质疑和颠覆。文本内的叙述者往往让位于人物,让人物在自己的行动和故事事件中言说自己。因此,莫言质疑和颠覆的方式就是通过建构乡村世界地方性知识的农民自己的言语和行动,以及他们对于事件的认知立场和处理方式以文学形式显现的。

莫言小说中不同的叙述者所显示的不同观察点,从多个方面讲述、描写了乡村世界的种种知识,正是这些多元的叙事视角和叙述者"非主体性介入"式的多元表达和呈现,才使得小说以其文字叙事的方式在文本内建构了映照现实的乡村世界,且为读者提供了丰富、客观且能够客观认知和理解乡村人和动物的地方性知识。

### 三、"不自然叙事"建构乡村世界的真实逻辑

莫言的小说以其独特、多元的叙事视角,以现在、过去、未来时序错乱和颠倒,死人和活人、出生的和未出生的、人和动物同时在各自的文本中出现,并以各自的叙事视角和立场发出各自的叙事声音的空间结构,建构了汉民族乡村世界在一定历史时代和境遇中真实自然的文字景观。这种被国内学者命名为"莫言叙事"的多元叙事方式,可以称之为"不自然叙事"。"不自然叙事"是对比按照所谓的"理性时间"讲述故事,和符合现实时间结构的故事讲述模式的"自然叙事"而言的叙事方式。"自然叙事"的"叙事特征是作家在'模仿论'创作理念的指导下,理所应当地把文学文本当作真实世界的反映和参照,叙事逻辑符合现实生活的物理时间和空间观念,虚构人物以假定的故事和心理等同于真人,以真实世界为叙事原型进行创作的叙事。经典叙事理论的研究对象也是'自然叙事'。在传统叙事文本中,被投射的故事世界的时间和空间是协调一致的,里面的人物以及产生叙事的行为都同真实世界的'认知草案'(scripts)和'图式'(schemata)紧密关联"①。

而与自然叙事相比,"不自然叙事"的"叙事中充满了非自然因素。很多叙事违背、游戏、嘲弄、戏耍或者实验一些(或者所有的)关于叙事的核心假设。更具体地说,他们有可能彻底解构了'拟人化的叙述者'(authropomorphic narrator)、传统的人类叙述者以及同其他相关的心理,或许他们超越了关于时空的真实世界的概念,并由此将我们带入了概念可能性的最遥远之境"②。理查森将"不自然叙事"定义为"违背传统现实主义参数的反模仿文本,或者是超越自然叙事规约的反模仿文本,也就是破坏读者'模仿'感觉的文本"③。本人曾在专著《后现代主义小说的多元建构:〈法国中尉的女人〉的形式研究

---

① 任红红:《后现代主义小说的多元建构:〈法国中尉的女人〉的形式研究与文化批评》,第4页。

② 唐伟胜:《叙事》(中国版·第三辑),暨南大学出版社2011年版,第4页。

③ 唐伟胜:《叙事》(中国版·第三辑),代前言第3页。

与文化批评》中系统分析了英国后现代主义小说《法国中尉的女人》的"不自然叙事"特征。

莫言小说的叙事艺术和《法国中尉的女人》的"不自然叙事"相比更加多元。其前期的小说大部分呈现的是"自然叙事"的叙事格局和模式。《春夜雨霏霏》中女性意识独白的小说模式具有中国"五四"时期郁达夫的《沉沦》所展现的日本私小说的特质。而在其获诺奖之后,由作家出版社出版的小说集《白狗秋千架》《与大师约会》《怀抱鲜花的女人》中的几乎所有作品的叙事艺术呈现"自然叙事"特征,即在模仿现实世界的时空观和人类叙述者的自然要素中,在作者对以往乡村体验和经历的追忆中,深描了自然的、符合乡村社会生活真实逻辑的乡村图景。

然而,莫言在其尝试多种叙事技巧和努力尝试多种叙事实验的过程中,在借鉴其他民族的小说叙事艺术的基础上,很多小说显示了"不自然叙事"的显著特征。其中最能显示其叙事形式从"自然"到"不自然"过渡的小说是其成名作《透明的红萝卜》。之后,在其叙事创新和尝试一发不可收拾的情形下,很多小说显示出了叙事形式上的"不自然特征"。正如莫言自己所言,《红高粱》的叙事艺术只受了马尔克斯的《百年孤独》的启发,但其叙事艺术受《百年孤独》的影响不是很大,反而是《丰乳肥臀》在人物设置、故事的史诗性格局等层面显示了和《百年孤独》的某些相似。《百年孤独》是客观的类似于传统小说的"全知全能"的叙述者在故事内外自由出入讲的故事,但因为小说内部自然时间的进程中不断交织着过去和当下,甚至未来的多元时序,使得小说中叙述者的观察点也在发生不断的变化。而莫言的《红高粱》中"我爷爷"和"我奶奶"的叙述视角因为和叙述者"我"的密切关联,这种过于主观化和具有较强人物主体情感意识的叙事视角,在躲避主观性叙事中不可避免地充满过多的主观意识。当然这种叙事视角和故事时序的不断变化,显示了其叙事艺术尝试的成功,及其对后来文学的深刻影响。莫言的这种尝试,一方面打破了以往革命文学政治共名的话语;另一方面,通过多元并存的叙述者对历史的不同认知,在众声喧哗中建构了乡村世界知识的丰富和多元。这种书写方式对此后的本民族文学产生的深刻影响,在洪峰讲述东北人家"家族秘史",透着作者本人的叙事革新实验意识的后现代主义小说《瀚海》中有重要体现。

莫言的中篇小说在其叙事革新中呈现的"不自然叙事"特征,除了《透明的红萝卜》之外,收在《欢乐》小说集中的几部中篇,《球状闪电》《金发婴儿》《爆炸》《欢乐》《野种》《你的行为使我们恐惧》等,都显示了莫言努力尝试新的叙事技巧的多元实验。就叙事视角而言,就尝试了看似"全知全能"的处于各个观察点的叙述者讲述黑孩故事的"非全知全能"性。这在对西方经典叙事学"全知全能的"叙事视角的功能进行颠覆的同时,还在《欢乐》中尝试具有非主体意识的第二人称"你"的叙事视角,以及《爆炸》中非人类的动物刺猬的叙述视角,和其他人类叙述者的混合叙述视角。而在《你的行为使我们恐惧》中设置的"我们"的群体性视角和"你"的第二人称叙述视角的混合叙述,对乡村视域内相关知识的全方位提供具有革新意义。此外,这些小说还尝试了一部小说多个叙述者站在不同的观察点讲述同一个故事的多声部叙事模式。

莫言的这些叙事试验,一方面打破了他自己之前小说的自然叙事范式,另一方面,在多元共存的不自然叙事的叙事话语中建构了更加丰富的乡村世界地方性知识。如乡村青年的人生选择和情爱不自由的状态,有序无爱的义理婚姻和无序的夫妻关系,孝的义理规约下父子、母子关系的真实情状,和符合现实逻辑的乡村家庭成员关系等人类学知识,在"不自然叙事"的多元尝试中表现得更加具体和详尽。

而其长篇小说《生死疲劳》,在戏仿汉民族古典文学章回体小说的结构布局的同时,借鉴并尝试西方文学非人类的动物视角和已经死了的叙述者讲述生前故事的客观冷静的叙述方式,并在文本内部将故事分成了多个层次。这种"不自然叙事"的形式试验,看似在叙事表层有一个六道轮回的佛教的宗教结构,但这其实是莫言的叙事策略,他试图在宗教的结构背景中尝试多层次叙事的叙事技巧,以及通过这种不受限制的具有人的意识的动物叙述者不时对过去追忆和对当下观察和审视,以比较清醒和客观的姿态,深描某一阶段乡村世界的农民的历史活动的荒谬和真实,乡村人的家庭伦理,他们和牲畜关系的多元、丰富性。

《檀香刑》就叙事艺术和书写的内容而言，似乎是莫言试图退回本民族和地方性民间叙事"猫腔"的成功尝试，但其中不同的叙述者以几个声部和不同的人物视角建构同一个故事的方式，仍然具有世界文学的叙事特性。这种"不自然叙事"的叙述逻辑，在看似反常的叙事方式和不稳定的故事时空中，在不符合现实世界的模仿框架的叙事形态中，显示了乡村世界家庭成员间的伦理关系，如赵甲父子、孙媚娘父女、赵小甲和孙媚娘夫妻，以及孙媚娘的父亲孙丙和其后母等关系组合的真实生态。

《生死疲劳》和《四十一炮》都是故事套故事的结构模式。《生死疲劳》是打破生死界限、过去和现在并置或者交替出现的时空结构。《四十一炮》的结构，是打破过去和现在的时间结构形成的过去和现在并置或者交替出现的空间叙事。《生死疲劳》的叙述者非人类的设置，叙述者、讲故事者、听众的多角色重合，时空穿越的跨时空特征，都显示了"不自然叙事"的艺术特征。小说设置了在故事内外有着共同历史记忆和情感认知的同一个叙述者的不同身份，西门闹和他多次轮回转世后的西门牛、西门驴、西门猪、西门狗等，从多个观察点在时空穿越中，和另一个叙述者蓝解放一唱一和的讲述者与听众的密切配合中，引领读者走进他们的叙事圈套，同时以"不自然叙事"彰显乡村世界"自然"的地方性知识。

《四十一炮》中设置了一个叙述者和两个叙述层次。在小说叙事的第一层故事的叙述者也是讲故事者——罗小通，他在遭遇了一系列家族变故后，此时已经退出了自己的历史，在破庙里给老和尚讲自己的历史。第二个故事层次，他看似是第三人称的"全职全能"叙述者，却因为孩子的身份从旁观者逐渐过渡到当事人。但他对父母情感和家庭伦理关系和乡村发生的事件认知，始终没有超越孩子的认知立场，即他并不是"全知全能"的上帝式的观察者。《四十一炮》打乱自然时序，过去、现在的杂乱并置，叙述者、讲故事者身份的不断变换、故事层次的不断变幻、多位叙述者的设置等显示了其"不自然叙事"的特征。但通过罗小通的"全知全能"却又有限的旁观者视角讲述的自己和其他人的故事,客观呈现了乡村孩子成长的境遇和其家庭内部父母、母子和父子关系的真实逻辑。此外,小说内部叙述者讲的故事和故事内部作为叙述者的故事不时交织,以亲历者的讲故事的方式深描了乡村家庭伦理关系的有序和无序,以及乡村经济、历史、政治变迁中的复杂性,和人性在金钱面前的堕落。

因此,莫言的小说在多元叙事技法的尝试中,用"不自然叙事"的艺术形式建构的乡村世界的地方性知识是符合现实逻辑的。作者在设置人物、叙述者和故事时的态度、人物和叙述者的话语和行为,以及小说叙事的文字记录的,与文本中的叙事效果呈现的都是乡村地域性文化和知识。因此,对莫言小说的分析不能只关注其独特的叙事,"这种把艺术客体和它的创造者和它的观众和文化割裂开来的做法,显然是不现实的"。① 因为对文学而言,形式是以文本世界为主要形态,创造文本中的叙述者、人物,这也为故事、文化得以留存提供了舞台和载体。所以叙事艺术和形式是构成读者感知现实的力量。此外,不能离开小说中的叙事因素,仅研究小说中的乡村世界的地方性文化。因为作家试图利用自己的生命体验和生存经历创造他文本内和自己曾经生活的世界相对应的想象和虚构中的世界,而读者则认为自己可以在多作品的阅读中发现这个世界。但文学世界不是没有任何美感和文学审美特质的知识和人物故事的堆砌,而是在作者叙事艺术和形式探索中建构的具有某种特质和美感的符合现实逻辑的艺术世界。莫言的小说同时具有这两种特质。这成就了莫言小说的人类学书写的文学价值。

总之,在莫言的小说世界中,人类学家追求的,但未必能深入挖掘的地方性知识,不是他以人类学家的客观性深描发现的,而是通过文本叙事彰显的"个性化叙事",以多元复杂的文学想象和表达建构的。莫言小说的叙事艺术虽然重要,但只玩弄叙事技巧,而无内在气质和内蕴的文学并不是真正的艺术。然而,虽然小说的思想和内蕴也很重要,但如果像狄更斯和雨果那样因思

---

① ［美］莫瑞·克里格:《批评旅途:六十年代之后》,李自修等译,中国社会科学出版社1998 年版,第 56 页。

想的表达和说教过于迫切,大于文学性或者盖住了文学之所以为文学的艺术特质的话,这样的文学也不是好文学。莫言的小说在不断变换的多元叙事艺术的尝试与变迁中,在对生活直觉印象的艺术呈现中,在深刻体会和认知乡村世界的农民的心声的基础上,将其扩展,在讲述自己的历史的同时讲述他人的历史,个体性和普遍性在文本中和谐交融。其小说文本也在文学的虚构与想象中构建了乡村世界的人类学景观。"大多数素材可以说是根据人类的'事件逻辑'的要求而构成的。"①在这种情形下,毫无疑问"叙述的人工产品也同样充满着文化","叙事是一种文化理解方式"②。

## 第二节　深描乡村的世界文学视域

莫言对于汉民族乡村世界的人类学书写,是面向乡村本身的书写。乡村不再是主流文化不屑和歧视的劳力者和无知识者生活的粗鄙、野蛮的空间,也不是启蒙话语背景中需要启蒙的场域,它就是乡村自身样态的呈现与展示。莫言的小说对乡村世界和乡村人及其文化景观的深描,"让人从显现的东西本身那里如它从其本身所显现的那样来看他"。③ 莫言是乡村世界的注视者也是他者,他和马尔克斯、略萨、托尼·莫里森、拉什迪等后现代主义小说家一样,在文学书写中思考自己的同时,思考与自己密切相关的地域文化的独特性。他作为注视者有清醒的旁观者的立场和视角,但却也有作为被注视者称为他者的非他者的乡村人自身的文化机制。

### 一、人类学和后现代视域中书写边缘的文化契机

诸如前面相应章节的部分内容,在追溯汉民族以往主流文学对乡村世界

---

① ［荷］米克·巴尔:《叙述学:叙事学导论》,第 212 页。
② ［荷］米克·巴尔:《叙述学:叙事学导论》,第 263 页。
③ ［德］马丁·海德格尔:《存在与时间》(修订译本),陈嘉映等译,生活·读书·新知三联书店 1987 年版,第 41 页。

的有限想象和书写的研究后发现的,乡村的地方性知识在本民族的文化语境中被遮蔽,以至于乡村和农民的真实存在快被遗忘的时候,莫言以自己的文学想象对此进行了全方位的关照和书写。莫言的小说以文字叙事的形式对被遮蔽在主流和中心之外的世界和地方性知识的深描,是 20 世纪以来世界文学关注边缘、关注弱势群体的全球化视域在中国文学中的延伸。

在西方文化语境中,19 世纪末泰勒的《原始文化》一书对西方之外的民族文化的认识和研究标志着西方学者走出西方,探寻西方文明之外其他民族文化的开始。自此以后,在人类学家的研究和田野调查中,"被西方贵族化文史哲学科和社会科学所普遍遗忘掉的一些弱势文化和边缘文化,也开始首次进入到西方的知识视野中来"。① 当然,早期的人类学家关注西方之外的他者,主要还是猎奇的心理,仍然没有走出"西方中心主义"。泰勒称其他民族的文化为"原始文化",弗雷泽在《金枝》中将研究对象称之为"野蛮人",就是明证。当然,尽管如此,人类学对西方知识圈关注西方以外的异文化还是起了导引作用,也对 20 世纪以来的西方理论思潮和文学上的现代主义和后现代主义关注他者,奠定了理论和实践基础。

20 世纪五六十年代,西方思想界在有东方犹太文化背景的德里达的解构主义思潮的冲击下发生了剧烈的震荡。德里达的解构理论绘制的"是一个没有本源、没有等级差别、平面、动态、多元化的世界"②。解构主义对西方各种"逻各斯中心主义"的拆解,在文化研究和文学批评领域催生了以萨义德等学者为代表的反西方霸权主义的后殖民主义理论思潮。这种思潮及萨义德本人"东方主义"的理论话语,让西方人和在西方的东方学者真正反思自己对西方之外的文化的认知视野。

而几乎与此同时,在西方文学视域中,很多作家开始质疑和批判现代主义精英意识,书写精英以外的大众和世俗文化,以及其他被主流话语遮蔽的他者,在戏仿和解构经典的过程中发起了后现代主义文学思潮。美国后现代主

---

① 叶舒宪:《文学人类学教程》,第 46 页。
② 肖锦龙:《德里达的解构理论思想性质论》,中国社会科学出版社 2004 年版,第 26 页。

义小说家巴塞尔姆、约翰·巴思、纳博科夫、品钦,英国的小说家约翰·福尔斯,德国的格拉斯、克里斯塔·伍尔夫,意大利的卡尔维诺、艾柯等就是这类作家中的先行者。他们的小说不再书写现代主义及其以前文学热衷书写的"重",而是在叙事艺术多元探索和尝试的"不自然叙事"的形式革新中,书写被以前的主流和经典文学遮蔽的"轻"的他者。而一些曾经接受过西方教育且有本民族文化积淀的亚洲、拉美、非洲的非西方作家,在本民族文学的创作视域中,开始走出西方的影响,关注本民族文化和历史,并对曾经在殖民语境中处于边缘、失语的本民族历史和文化进行反思和书写。如马尔克斯、博尔赫斯、略萨、卡塔萨尔、胡安·鲁尔福等拉美作家,印度本土作家阿兰达蒂·洛伊等,在小说中书写本民族文化,让这些被西方殖民文化和主流文化遮蔽在边缘的本民族文化发声。还有一些有流散背景的少数族裔作家,在本族文化和居住地文化的夹缝中,反思和书写曾经被西方遮蔽的本民族或者流散地文化。这些作家包括印裔作家拉什迪、奈保尔和美籍非裔作家托尼·莫里森,南非英裔白人作家约翰·马克斯韦尔·库切,美籍华裔作家汤婷婷,和有印度流散背景的法国作家杜拉斯、非洲流散背景的英国作家多丽丝·莱辛等。

## 二、边缘文化书写的世界视域

莫言的小说对汉民族乡村世界的书写,和以上作家的文学创作都有一个的共同的特征,就是在对西方文化之外的民族和地方文化思考和认知的同时,给他们发声和诉说自己的机会。莫言和很多前面提到的作家一样,在书写本民族内部被主流文化遮蔽的边缘文化的同时,建构了人类各民族文化的多元景观。

莫言在小说中和马尔克斯等拉美作家一样,激活了被汉民族主流文化遮蔽在边缘的乡村世界里的地方性文化。比马尔克斯更早,并影响了马尔克斯的文学创作的拉美作家豪尔赫·路易斯·博尔赫斯,在小说《神的文字》中书写和思考自己民族的文化。他通过小说中的叙述者,把对本民族文化的反思和魔幻现实的叙事技法融为一体,跨越了接受西方文化教育的精英知识分子的文化身份，认同在被征服和被殖民历史中失语的本土文化。博尔赫斯的图书馆生涯使其涉猎了广泛的异质文化，但也使其更深入地体认了本民族土著文化的宗教仪式，并通过独特的表现形式在其小说中传达了属于自己民族的地方性知识和文化。

莫言在小说中通过深描汉民族乡村世界的超自然力信仰，展现了乡村世界对祖先之灵和鬼魂的信仰，并在《生死疲劳》中打破生死、人与动物的界限，以"不自然叙事"的艺术探索和尝试，表现了汉民族乡村世界的农民的农业生产、生活。墨西哥作家胡安·鲁尔福的作品在形式层面具有鲜明的后现代主义叙事技巧。在文化层面，蕴含了大量印欧混血的墨西哥文化气息。其作品《佩特罗·巴拉莫》不仅是 19 世纪末叶墨西哥现代化进程中农村生活的写照，也表现了墨西哥人的超自然力信仰，如宿命轮回、孤魂野鬼，以及按照日落日出、冬凋夏荣等自然规律推想人的死后复生、灵魂不灭等信仰。小说文字叙事构建的叫科马拉的废弃的农庄里忽隐忽现的幽灵似的人物，超越了时间与空间，模糊了生与死的界限，既荒诞离奇又真实可信。因为在墨西哥民间文化中，鬼魂被认为实实在在存在着，显示了墨西哥乡村文化特征性。这些小说用书面文字的形式向世界、向异质文化展现了独特的拉美文化。加拿大学者阿尔维托·曼古埃尔认为，正是通过拉美的这些成功的小说家们，"我们了解了西方文化教我们否认的人民的生存状况，这些人的历史被局限在充满杀戮的游牧部落故事、野蛮的习俗以及在胜利的征服者下蒙尘的失落的文明……他们一直为人忽视，直到一页页的文学作品提醒我们他们的存在"。①

莫言乡村世界的人类学书写展现了乡村世界的婚恋观、家庭伦理关系、青少年的生存状态。莫言的这种书写和印度当代小说家阿兰达蒂·洛伊通过小说思考印度的婚恋文化、宗教文化，以及呈现和反思在等级文化规约下青年男女的生存状态等一样，在对各自民族个体的日常生活进行书写的同时，关注地方性、民族性边缘文化。洛伊的小说《微物之神》表现了印度本土文化元素，

---

① ［加拿大］阿尔维托·曼古埃尔:《恋爱中的博尔赫斯》，王海萌译，华东师范大学出版社2007 年版，第 104 页。

不平等的婆罗门种姓制度,对贱民的歧视,贱民自身根深蒂固的卑贱观念、婚恋文化等,并对印度的宗教文化与民间信仰进行了书写和反思。这部小说在以清醒的文化立场反思印度民族文化的同时,以其独特的叙事方式表现了被宗主国文化遮蔽在边缘的印度本土文化。此外,印裔作家拉什迪的后现代主义小说《午夜的孩子》,以其独特的文化立场,书写和反思印度民族的宗教与文化,在继承本土作家关注现实与历史,关注小人物命运书写的同时,借鉴并运用后现代主义的"不自然叙事"的创作理念,再现了印度民族文化的众多侧面。总之,莫言和拉什迪、阿兰达蒂·洛伊一样,在小说中以各自不同的表现方式,激活和反思了本民族的地方性文化和知识。

莫言的小说通过对汉民族乡村世界的关注和书写,在为乡村立言,让农民发声的同时,以文字叙事的形式重塑乡村文化在汉民族乃至中国文化变迁历程中的合法地位。莫言的努力和美籍非裔作家莫里森一样,莫里森也通过自己的小说在美国种族歧视话语背景中挖掘非洲文化的尊严和优越感,为非洲民族文化立言,让其在西方文化的夹缝中诉说自己。莫里森的小说《沥青娃娃》,通过对具有非洲文化意蕴的民间故事的重写,激活本民族民间文化的同时,以高蹈的姿态述说作为黑人民族的优越感。在这个故事中,作者将"沥青娃"和"黑鬼"同样的一个践踏非洲人尊严的种族歧视的词汇神圣化,在重写民间故事的同时,书写了非洲的神秘文化,如非洲人对梦的解析、泛灵论观念、巫术、生死轮回等,以独立于西方的文化姿态破除白人中心主义的逻辑与理性,重塑非洲文化在美国文化建构中的作用和价值,为人类多元文化景观的建构作出了独特的贡献。

因此,莫言对汉民族乡村世界地方性知识的书写和农民的发现,和前面这些作家书写和反思本民族文化一样,在发现边缘、书写弱势的世界文学语境中,前置了被主流文化遮蔽的乡村文化景观,向世界发声,表现乡村文化的独特性及其在汉民族历史进程中的价值和意义。汉民族乡村世界在本民族文化语境中被遮蔽,就历史发展而言是可以理解的。因为任何民族的文化都有优劣、好坏、重要和非重要之分,汉民族文化也不例外,因此文化的等级差异是历史造成的。萨义德认为文化一向都涉及等级制，"它把精英与平民、优秀者与欠优秀者以及诸如此类的人等分别开来，也使某些思维风格和模式压倒其他的风格和模式"。① 但是当人类的文明演进到一定阶段和时代之后，如果在一个民族内部仍然具有等级的文化分野，而且鲜有人认识到这种分野的不公正和不平等，那就说明这个民族出现了问题。就人类而言，如果世界范围内的文化等级差异仍然被认同，人类和族群仍然被划分为三六九等，文化也与此对应被划分，这个世界就出了问题。

当别人指出《透明的红萝卜》受到《百年孤独》影响时，莫言认为这是"冤案"，因为他写"红萝卜"时《百年孤独》在中国尚未出版。但对于其中"某一点上的相撞"莫言分析时说了这样一段话，他说："中国文学和世界文学从来就不是完全不相及的风马牛，好像冥冥之中有一个本质的东西操纵着不同民族作家的创作，那就是作家对人类的思考，对世界的认识，对自我的认识，以及在艺术天地里的相撞。"②莫言的这段言辞很恳切，是对别人说他借鉴《百年孤独》的比较激动的辩解，但其中却反映了其小说的世界性，即文学是"作家对人类的思考"。莫言的小说通过对汉民族乡村世界一隅的农民的思考，以人类的情怀关注这一在主流文化和文学中一直以来都在失语的群体，他是以世界范围内当代文学关注全人类的立场和视角，以人类学家关注长期以来在人类历史和文化中被"西方中心主义"和"理性中心主义"遮蔽在边缘的"异"文化的立场，通过文学的形式发现乡村和农民的人类情怀而进行文学的想象和虚构，讲述他的乡村和农民的故事。

莫言和前面提及的享有世界性声誉的作家一样，以前所未有的叙事艺术革新和探索的勇气，书写汉民族乡村世界的地方性知识和文化，具有为本民族文化立言和建构人类多元文化的双重价值。如果汉民族乡村文化和拥有这些

---

① ［美］爱德华·W.萨义德：《世界·文本·批评家》，李自修译，生活·读书·新知三联书店 2009 年版，第 15 页。

② 莫言：《从〈透明的红萝卜〉谈起》，载冉淮舟：《屋下碎语——关于文学的思考》，解放军出版社 1987 年版，第 82 页。

文化知识的群体在本民族都不被关注和书写,并且视其为愚昧、落后和无足轻重而被遮蔽,何谈世界关注呢? 因此,莫言对乡村世界的人类学书写有两层意蕴:第一层,他和世界范围内前面提及的那些获得了诺贝尔文学奖,和没获诺贝尔文学奖但却有着人类情怀,关注边缘和弱势的世界顶级作家一样,拥有发现边缘和弱势群体和文化的眼光与真心,这是一种关照人类普世性问题的宏阔视野;第二层,他以其人类学的深描,用文学叙事的想象和虚构,在既具有艺术美感又符合乡村文化和知识的事实逻辑的文本内部,建构了与现实中的乡村世界相对应的纸上乡村世界。所以,莫言的小说书写乡村世界的视野,既具有人类学的"求异"思维,关注边缘文化和弱势文化的理论探索和田野调查的特征,同时又具有世界文学视域中的后现代主义文学书写边缘文化,以文学的文字叙事建构边缘文化的特征。

汉民族乡村世界就像《鲁宾逊漂流记》中的"星期五",当刻画这个人物的西方人开始认知"星期五"的人类共有特征的时候,作为人类一个族群代言人的莫言作为曾经的"星期五"中的一员,以亲历者的追忆和大胆的叙事实验深描了"星期五"本身所具有的丰富的人类特征。人类文明在世界范围内的发展,照亮了曾经被遮蔽在边缘的"星期五","星期五"也以自己丰富的文化和知识回馈丰富的人类世界。这就是莫言小说的人类学书写的世界性意义。

### 三、书写边缘群体的人类情怀

莫言的小说在全球文化和世界文学建构多元平等的理想蓝图中,站在人类的一隅,书写被汉民族主流文化遮蔽、也被人类文明遮蔽的乡村世界,在向世界展示汉民族文化多元性的同时,建构了人类文化的多元性。但文化"并非一系列自由流动的观念与信仰,文化也不是某个伟大艺术或文学作品经典的显现"①。因为,莫言通过小说深描的乡村文化是具有先在性的,它本身存在的优先性赋予了莫言小说呈现它的权力。因此,莫言的小说对其不是创造

---

① [英]安·格雷:《文化研究:民族志方法与生活文化》,许梦云译,重庆出版社 2009 年版,第16页。

而是激活和发现。那么是谁生成了这些文化？是人、自然、社会的发展变迁和人类的日常生活的方方面面。泰勒认为文化包含以下要素："知识、信仰、艺术、道德、法律、风俗，以及作为社会成员的人所获得的其他任何能力和习惯。"①泰勒分析的文化各要素，每一个都和人有关。因此，文学作品对文化的显现离不开生成文化的主体——人。莫言对于乡村世界的边缘文化的书写和显现，就是通过乡村里的农民，以及他们的风俗、观念、道德、情感、日常生活、经验等显现的。当然乡村社会的农民也有等级序列：人/自然、长者/后辈、男人/女人、成人/孩子、正常人/非常人等。

莫言对乡村世界农民的书写和发现，正如前几章分析的，打破了主流文化和文学长期以来对乡村人真实生存状态的不了解和遮蔽，前置了乡村等级序列中被遮蔽的后者。莫言的小说对乡村里的所有边缘者如女人、孩子、非常人等，甚至和农民密切相关的家畜都进行了前所未有的深描。莫言的这种书写，一方面继承和拓展了"五四"以来的乡土文学对乡村世界的父权文化、夫权文化对女性的压制的文学想象；另一方面也深描了前人未曾在作品中深描的乡村婴孩、儿童，甚至青少年。莫言的这种书写一方面源于他在乡村的成长体验以及乡村记忆，另一方面也受到了20世纪以来的世界各民族文学书写被主流和中心遮蔽的边缘文化时，在文字叙事中对边缘群体书写的影响。

莫言对乡村世界家庭伦理关系深描中呈现的父、母、子三角关系中弱势的母亲和子，在夫妻关系书写中呈现的弱势的妻；在深描乡村婴孩和青少年的成长轨迹时对婴孩和青少年的情感、性相，以及他们在各种压制中不自由的尴尬生存状态的呈现；在农民与动物的关系书写中，对家畜以及其他动物在乡村的存在的呈现等，都证明莫言在关注乡村世界、深描乡村文化时，乡村文化就呈现在对这些边缘群体的多元书写中。

莫言对于这些边缘群体的书写，在世界文学范围内，和杜拉斯、莱辛、格拉斯、门罗、拉什迪等作家一样，在质疑中心和主流的同时，从边缘出发对遮蔽在

---

① ［美］詹姆斯·皮科克：《人类学透镜》，第4页。

"中心"之外的不在场、失语的群体进行文学呈现，给他们言说的场域，让他们诉说自己。莫言和这些作家一样，通过文学的虚构与想象，在自己阅历和体验的基础上，在文本中呈现以前处于主流话语的精英文学不屑表现的边缘群体，如同性恋、精神病人、囚犯、乞丐、单身母亲、自由女性、乡村母亲、婴孩、侏儒等。现实主义、现代主义文学写作由于受西方文化、哲学话语二元对立模式，如灵/肉、轻/重、不正常/正常、非理性/理性、混乱/整一、女人/男人、儿童/成人、私生子/婚生子、读者/作者等思维定势的影响，贬抑、忽略甚至歧视前者，关注、书写后者，形成一元性话语立场。后现代主义小说及其之后的东西方文学一反传统小说的表征规范，将压制在边缘的前者进行书写，这种表现不是站在正统文化的角度斜视或俯视，或去压制、贬抑，而是站在这些群体的话语立场叙事，在呈现他们的同时还原了人类本来就有的多元样态。

莫言在小说中深描了乡村世界里的母亲、单亲母亲，以及在婚姻义理的名义下在无爱的婚姻里痛苦挣扎的妻子，并以多元的叙事技巧在小说中用描写、话语、故事层层深入地书写母亲在日常生活中的种种。莫言的这种书写借鉴了马尔克斯在《百年孤独》中对母亲乌苏拉的书写，和其曾经的生活中对乡村母亲智慧的深入认知和刻骨体验，及与母亲的密切关系中对母爱的真实体验，这些使得他能得心应手地在多部小说中，将遮蔽在男权文化和夫权文化之下的乡村母亲前置。

莫言的这种书写，同时也呼应了西方女权主义对女性在社会、家庭中地位的重新思考和关注的文化契机，呼应了世界文学范围内作家们开始关注并书写边缘女性的文学契机。女权主义批评家桑德拉·吉尔伯特和苏珊·格巴在1979 年写的女权主义名著《阁楼上的疯女人——女作家与 19 世纪文学想象》，通过对西方 19 世纪及其以前的男性文学中的两种真实的女性形象的梳理与研究，指出在男性作家笔下，女性要么是天使，要么是妖妇。这种女性人物形象的塑造背后，隐藏着男性父权制文化对女性的歪曲与压抑。当然，这些女性虽然被书写得不好，但至少被书写了，还有一些女性群体从来不被书写，比如女乞丐、单身妈妈等。

　　和莫言笔下的乡村母亲、妻子一样，这些在现实中一直存在，却被视为另类不被书写和重视的女性群体，以常人难以想象的艰难和坚韧，在人类的一隅默默存在，直到被作家写进文学。这些作家有玛格丽特·杜拉斯、多丽丝·莱辛、汤婷婷、阿兰达蒂·洛伊、约翰·福尔斯等。杜拉斯笔下的疯女孩、无名的女乞丐、为抚育子女好强且苦苦支撑的单亲妈妈；莱辛笔下的非洲少女妈妈、单亲母亲、自由女性；汤婷婷小说中的"女勇士"；洛伊笔下的因为传统的婚恋文化仓促结婚后在不幸的婚姻里苦苦挣扎的、寡居后爱上"帕拉凡"的母亲；约翰·福尔斯的小说中的女佣等，和莫言小说中深描的汉民族乡村世界里的母亲一样，她们不但被书写，而且在作品中被赋予话语权。

　　当然莫言在小说中除了给乡村母亲、妻子等女性优先权之外，还给一直以来被理性文化遮蔽在边缘的婴孩和少年优先权，给那些常人眼里的非常人以优先权和话语权。如长翅膀的老头、飞翔的少女、只吃母乳不能吃饭有"恋乳癖"的男子、变成鸟仙的少女、有特异功能的男孩等。莫言小说中书写的类似的边缘人，在马尔克斯的《百年孤独》中也有，如吃土的女孩、会飞的少女、长猪尾巴的孩子、突然失忆的马孔多人等。此外，卡尔维诺的小说中也有此类"轻"的人物，如在战争中被炸成两半的子爵、树上的男爵、不存在的骑士。这些被关注和书写的边缘人还有格拉斯的《铁皮鼓》中的侏儒；拉什迪的《午夜的孩子》中有特异功能的孩子；莫里森笔下向母亲索命并一直在成长的"宠儿"的魂灵和沥青娃娃等。因此，莫言和这些取得了世界声誉的作家一样，以这些群体的非常态存在，在各自的书写视域中思考文化和权力的常态强加于每一个个体的非常态。

　　总之，莫言笔下乡土世界及其中不再沉默的边缘群体，和世界文学中以各种奇特的形式出现的边缘群体一样，一方面他们以各种不同的形态呈现各个民族和地方文化的多元性；另一方面他们也以独特的方式消解权力和文化强加于他们的种种。后现代主义文学对边缘文化的呈现，就是通过世界文学视域中一个个曾经被压制失去了话语权的，被赋予了言说权力的不再沉默的边缘群体，以他们各自在文本内部的表现、情感和心理的呈现，生存状态的被揭示,建构人类文化的多元景观的。莫言说:"我觉得所有文学它首先是世界的、是人类的,然后才是民族的。"①莫言的小说对汉民族乡村世界里的边缘群体的书写,在这一视域中,获得了与世界文学对话的平台。这也是其小说人类学书写的世界意义。

## 第三节　新时期文学语境中莫言人类学书写的文学价值

　　莫言的小说对汉民族乡村世界的人类学书写,是对日常的、平淡的、普通人的平凡生活的文本呈现。莫言的这种书写,和他同时代的很多作家一样,显然受到 20 世纪 70 年代末传入中国的拉美文学关注地方文化、关注民族文化独特性的影响。当然可以更确切地说,莫言的小说以文字叙事的形式对乡村世界如此深入系统的书写,也和"寻根文学"用文学的形式寻找民族的文化之根有密切关联。虽然寻根文学的当事作家,如韩少功等并不承认当时是以一种主动追求新思潮的意识去开创一种新的文学创作动向或者思潮的。但当时的确是在众多文学实践的引领之下,在伤痕的揭露和对"文化大革命"发生原因的反思之后,很多作家继续鲁迅等作家开创的,对在政治革命和敌人的入侵中中断的"国民性"问题的启蒙式思考和书写。很多作家在对自己经历的追忆与反思中,在对"文化大革命"发生深层原因的探索和开挖的不自然追求中,自然地用文学的虚构与想象思考文化的因素对人性的影响。

　　随着文学与政治亲密关系的瓦解,作家们开始思索文学自身的独立性价值,这就是之后在西方现代主义、后现代主义、拉美文学等多元影响之下尝试多种叙事技巧的"先锋文学"发生的契机。但在这种自觉追求的叙事探索和尝试背后,有着不同成长体验的作家,却不自觉地思考叙事技巧的多元探索,和思考之后开掘民族文化根性的问题。于是"寻根文学"和"先锋文学"开始

---

　　①　莫言:《莫言对话新录》,第 148 页。

交融,西方现代主义文学的精英意识和后现代主义文学颠覆传统文学观的叙事创新和探索,在格非、残雪、马原等作家的山上的小屋里和傻子诗篇的冈底斯诱惑的虚构中开花结果的同时,现代主义文学关注普通人琐碎的日常生活,遭遇后现代主义文学追求多元文化书写、书写边缘文化和群体的探索和实验,在莫言、洪峰、扎西达娃、阿来、张承志等作家的叙事试验和探索中发现了民族文化和地方性知识。

## 一、多民族文学视域中深描汉民族乡村世界的意义

莫言的小说书写汉民族乡村世界,和扎西达娃、阿来、乌热尔图、张承志、霍达等少数民族作家书写各自民族族群的生存状态、日常生活、信仰等,一起构建了中国多民族族群文化的多元特色。

藏族作家扎西达娃的《西藏,系在皮绳结上的魂》《骚动的香巴拉》等小说和阿来书写藏族"秘史"的小说《尘埃落定》《格萨尔王》等,以及鄂温克族作家乌热尔图被称为"一部色彩瑰丽的鄂温克民族生存简史"的小说集《萨满,我们的萨满》,和回族小说家霍达的《穆斯林的葬礼》、张承志的《心灵史》等都以文学叙事的形式书写各民族文化。如果将莫言的小说放置在中国这个多民族国家的民族文学视域中的话,莫言的小说对汉民族乡土世界的深描,和少数民族作家对本民族族群知识的深描一样,在从作家的个人记忆到民族集体记忆虚构与想象的文学表达中,重构各个民族的"人",曾经拥有现在仍然普遍存在的生活状态、生存经验和生命体验。

这些小说大多是从作家个体的家庭记忆入手,以具有广泛的民族意识和记忆的族群成员的形式叙述故事,故事模式和情节在文学叙事的自然流淌中,提供各种相关族群的地方性知识和形形色色的文化。这些存在于叙述中的零碎知识,是以故事的形式对各自民族的主流观念、生存状态、伦理关系、信仰等的添漏补缺。从个人记忆到族群的集体记忆,呈现了这些作家关注各自民族文化的人类情怀。莫言的小说以故事虚构域内的叙述者或者讲故事者的个人故事开始,乡村世界里的人、人际关系、人与动物的关系、人的信仰等从个人生

存的空间之一的家庭中流淌出来，"家庭记忆不是基于他的故事的完整性，而是基于回忆实践的完整性和重复性"。① 虽然有的家庭本身并不完整，甚至分崩离析，诸如《四十一炮》《丰乳肥臀》《红高粱》《檀香刑》等，但这是已经超越了家庭的个人回忆而杜撰的一种符合事实逻辑的集体记忆和历史。

阿来的《尘埃落定》中"傻子"少爷的个人回忆中，他的家族故事和围绕在其周围的农奴的家庭记忆，虽然因为叙述者视角的有限性，家族的秘密并没有昭然若揭，但这种依赖于家族生成的个人记忆规定了人的本性和信仰的同时，也赋予故事一种建构民族集体记忆和历史、文化的特殊功能。《丰乳肥臀》和《尘埃落定》一样，有孩子的视角中成人世界的复杂和模糊不清、不确定性，也有族群历史和文化的独特符号表征。《尘埃落定》中因为母亲土司太太的身份和家奴的侍奉限制了亲密的母子关系和母亲对儿子的情感，母子之间存在着和汉民族士绅家庭内部母子关系同样的心灵隔膜。《丰乳肥臀》中传宗接代的义理，好不容易获得儿子后对儿子的重视，以母亲对儿子恋乳的"饮食洁癖"的无限制纵容和溺爱，显示了乡村贫困母亲与子女的亲密关系，以及母亲在和儿子亲密的亲子关系中，对儿子心理和情感的深入认知。

霍达《穆斯林的葬礼》中的故事，是走出家庭又回归家庭的个体记忆呈现的民族集体记忆，个人爱情的悲剧显示了族群的信仰对于个体生命与情感的限制。小说中的个人已经不是个体意义上的主体，而是民族文化和信仰中保持和维护信仰及文化的主体。个人的记忆里浸润过多的集体记忆，虽然文本内部信仰的知识是零碎的，但在文本之外本身就存在的穆斯林民族的宗教信仰是整一、宏大的。在这种信仰之下，个体是渺小的。青年男女的爱情就是这种渺小之下的一个暗影，可以有自己的追求，但却不能逾越宗教规约。因此，和《穆斯林的葬礼》中的青年男女的爱情悲剧中浓郁的悲剧意识和神圣性相比，莫言小说中众多青年男女的爱情就显得相对自由。虽然有婚姻义理规约下的不自由，但在不自由中还有自由的空间。孙媚娘和戴九莲的越轨、方碧玉

---

① ［德］哈拉尔德·韦尔策：《社会记忆：历史、回忆、传承》，季斌等译，北京大学出版社2007年版，第165页。

的"奇死"、金菊的私奔和燕燕的翱翔，都是作为虚构主体的莫言为这些农村少女寻求爱情自由的隐喻。因为没有约束心灵自由的宗教信仰，所以对不成文的道德规约和家长家法的反叛似乎要容易得多。

张承志的《心灵史》因为信仰的神圣和不可亵渎不敢贸然作评，但其中信仰者的心灵独白和对族人的爱、对历史上曾发生的异族对本族信仰和尊严的践踏、对生命的残杀是叙述者挥之不去的痛和伤痕，这是读者最为清晰的感受。这在《金色牧场》中也有显现，当然《金色牧场》不时穿插的知识分子叙述者的留日经历和知青经历，冲淡了信仰的沉重和对族人被杀后不可忘却的记忆。莫言的小说《蛙》也是一部具有深刻反省意识的小说，女主人公"姑姑"因为不得已杀害无数个婴孩之后的忏悔，是对崇尚生育和多子多福，但却没有尊重生命意识的汉民族文化的反思。一个个神态各异、千人千面混合着死去婴孩的经血和生命的小泥人，与暗夜在墓地里跳跃、池塘里"哇哇"啼哭的无数个婴孩精灵的悲鸣和哭诉，是反思汉民族生命观最真实的图像和声音。因此，这部小说不仅是对计划生育政策的反思，更是对汉民族的生命意识和文化的深沉反思。

乌尔热图的小说集《萨满，我们的萨满》中鄂温克族人和动物的关系，狩猎民族与动物的心心相印，和莫言笔下汉民族乡村世界里农民的动物崇拜，以及农耕文化孕育的农民和六畜的亲密关系，都是人与自然和谐关系的自然呈现。农民敬仰蝗虫，但在饥饿时以蝗虫为食，和鄂温克人敬仰自然，并从大自然中获取食粮的狩猎风俗，是原始社会狩猎采集者在饥饿边缘挣扎时，不得已选择的独特谋生方式在现代的印迹的生动表征。

莫言认为小说首先是人类的，其次才是民族的。阿来说："我写藏族文化，不只是关注了藏族文化，文学应该关注全人类全宇宙的情感、命运。"[①]这是因为"人类是相似的，人类的精神是相通的，是可以用艺术的'通用'语言进

---

① 明江·阿来：《民族文学表达的不是差异性》，《文艺报》2009 年 4 月 9 日。

行交流的"①。可见,不管是莫言、阿来,还是张承志、霍达、乌热尔图,以及其他许多新时期以来书写本民族文化和地方性知识的作家,他们都在以人类的情怀和文学艺术的"通用"语言书写民族文化。他们和世界范围内的各个民族的作家一样,在以文字叙事的形式和文学的诗性表达,在审美的观照中反思和书写曾经被遮蔽的族群文化和地方性知识。因此,这些文化不再是宏大的民族史诗中高远的神的文化,而是普通人日常生活和经验中的文化和知识体系。

## 二、超越"底层书写"的当代文学视域

莫言小说中书写的乡村世界的农民,也是"底层文学"书写中出现的很普遍的一个"底层"。但就"底层书写"而言,书写者本身并非真的如莫言一样就是其中的一员。很多以乡村和农民为书写对象,写了"底层文学"的作家,本身并非农民,或许在农村生活过,但却只有肤浅的体验和观感,却没有农民本身的真实观感和情感。农民工作家也未必在云端里的脚手架上干过活。正如莫言对底层写作的作家书写底层的可信性和真实性的质疑,他认为一个并没有底层经历的人写底层,为了写作去体验底层生活,这种体验"能解决一些技术上的问题,但绝不能解决一种感情上的问题,你可以在技术上写一个农民工在建筑工地上怎样搬砖,怎样和水泥,怎样在脚手架上双腿发颤,怎样饿得头晕眼花,但你无法准确地体会到一个站在云端里的脚手架上的农民工的心情,他的孤独,他的向往,他的恐惧,他的理想;你无法去想象一个真正的乞丐对这个豪华奢侈的美轮美奂的城市的感受,他是恨他还是爱,他是留恋还是厌倦,他对那些出入在灯红酒绿豪华场所里面的衣冠楚楚的女士们、先生们到底是一种什么样的想法。这个我想化装成乞丐是体验不到的,只有乞丐自己才知道。从这个意义上来讲,最能写好乞丐的人最好还是曾经当过乞

---

① 程金城:《民族历史和人类情怀的个性化表达——简论阿来的长篇小说与"非虚构"文学》,《兰州大学学报》2014 年第 5 期。

丐……"①因此他认为，虽然"底层文学"中也有一些很好的小说，但写"底层"的作品存在"虚假""概念先行"的问题。

"底层书写"并不是新时期才出现的一种文学现象，其实从"五四"开始，接受了平等、博爱等现代启蒙话语的知识分子的"人道主义"文学就开始书写底层。鲁迅和周作人兄弟、叶圣陶、许地山等作家和后来的很多乡土作家都书写底层，甚至上海的穆时英在创作之初也写过底层。这更像是一种跟风式的追文学创作时髦的创作。而且，"底层书写"的线条在革命和政治先行的年代和十七年文学中都从来没有断过。20 世纪八九十年代出现的"底层书写"，其实是"五四"以来底层文学写作的继续和轮回。虽然其书写对象和人物的职业有了新的变化，但这种书写本身，仍然存在"五四"及其之后的乡土文学和底层书写中的概念化倾向。"因为文学中美学化的表述形式带有过多私人想象的成分，这种想象使得表述对象超越了具体的现实时空，从而丧失了现实意义上的针对性。"②

但是"底层书写"也彰显了一定的社会语境中，作家们的良知和责任意识。经济的发展造成的各种不公和阶层分化，给社会和谐带来众多弊病。因此，"底层书写"的作家们看到了问题并以文学的虚构和想象对其进行揭示，并在不同程度上给予批判，是这一文学现象的价值所在，也是在具有类似特征的文学出现之后，受到学界关注和讨论的主要原因。

因此，在 20 世纪 90 年代末，评论界出现有关"底层书写"的理论争鸣后，大量写底层农民、农民工、妓女等的作品不断涌现。在这种情形下，很多作品的确存在理论和概念先行的问题，并且具有鲜明的从众和跟风倾向。莫言对此有深刻认识，他说："一提到打工仔，就以为他们个个苦大仇深，额头上布满皱纹，双眉间有三道竖纹，郁积着无数的忧伤和愤懑，而实际上生活当中未必都是这样。我见过很多打工仔，他们的脸上有着灿烂的笑容。我回老家时看

---

① 莫言：《莫言对话新录》，第 398—399 页。
② 滕翠钦：《被忽略的繁复——当下"底层文学"讨论的文化研究》，上海三联书店 2009 年版，第 32 页。

到我的一些堂兄弟们,我的一些侄子们,他们在那些小工厂里打工,但是他们非常高兴,甚至欢天喜地。当然他们也有我不能体验到的苦恼,但我确实看到了他们的面孔不是单一的,反而是我们的文学作品里面他们的面孔是单一的,他们的感情都是一样的,他们所遭遇的只有苦难,只有强权的压迫,他们的生活中没有理想,没有爱,我想这都是不真实的。'底层文学'的口号里面实际上包括了一个重要的思想,就是要'真实再现',但恰好这些东西是'不真实的,不再现的'……"①莫言的言说有助于对"底层"思考的深入。

可见,有关"底层书写"研究的理论话语,还有很多问题值得思考。如哪些群体应该是"底层"的书写范畴?"底层"究竟是怎样的"底层"?"底层"的特征是否真的就如作家们想象的那样?因此,"底层"的界定和作家们在书写中过于放大的苦难化叙事特征,"底层"的内涵与外延,以及"底层书写"中底层的生存状态是否符合真正的底层的事实逻辑,都是值得学术界商榷和深思的。

在"底层书写"中,各类"底层"人物在物质、精神、情感等各方面都是困顿、贫乏的,农民也是如此。他们在作家的文学想象中继续停留在愚昧、落后、野蛮、粗俗、暴力的象征性体系中被抽象化书写。他们不是具有人的普遍特征和生存的真实生活逻辑的丰满的人,而是作家过于放大物质因素,以先入为主的对"农民"的认知为基础,在其想象性话语中虚构的农民的平面镜像,而真实、丰满、三维的农民却存在于这一镜像之外。在这种情形下,莫言在其农民经历和真实生命体验的基础上,以小说的形式深描乡村世界的农民及其日常生活,使得他笔下的农民超越了苦难、愚昧、野蛮等"底层书写"中有关农民想象的概念化倾向。

刘恒的小说《狗日的粮食》中天宽的妻子瘿袋女人,虽然有着从骡子粪中找食吃的智慧,但这个女人和韩少功《爸爸爸》中丙崽的母亲一样,丑陋、粗俗、满嘴脏话、邋遢、愚昧、肮脏,具备了城市人能够想象到的乡村女人所具备

---

① 莫言:《莫言对话新录》,第399页。

的所有粗鄙特征。而且虽然是母亲,母与子的亲子关系在流水账式的描写中流于形式,没有任何质感。而在莫言的《粮食》和《丰乳肥臀》等小说中,同是写乡村里的母亲在饥饿年代想方设法度荒年,但和瘿袋女人的概念化、平面化相比,母亲的形象是丰满、立体和有质感的。此外,两部小说中的母亲为了老人和孩子想方设法偷粮,她们的心理真实也符合现实生活中乡村母亲的真实心理和情感逻辑。而且小说中并没有强化母亲的苦难,强调更多的则是母亲在苦难中的坚韧与智慧。

此外,莫言笔下乡村世界里的农民超越了"底层书写"中乡村人野蛮、血腥和暴力的概念化想象。乡村里的男性农民在教子、与妻子的相处中有时的确比较暴力,比如《枯河》《罪过》《天堂蒜薹之歌》中的父亲在子女做了有损家庭面子的事后对子女的残忍毒打,《丰乳肥臀》中的上官寿喜在母亲的怂恿下残忍地打骂不能为其传宗接代的妻子等,但这种暴力符合乡村世界农民的深层心理结构和情感逻辑。这在前面都有深入研究,在此不再赘述。但在被纳入"底层书写"的陈应松的《马嘶岭血案》《归去来兮》和马步升的《你的心情还好吗》、杨争光的《公羊串门》等小说中,农民的野蛮、暴力和血腥被放大,对农民的非理性认知和想象缺乏真实的心理逻辑。莫言的《天堂蒜薹之歌》写了农民暴力抗法,但其中的书写符合农民的心理和情感真实。虽然农民比较盲目,遇到事情、处理事情的方式比较武断,但胆小怕事更符合农民的心理真实。他们因为崇拜、敬畏、惧怕权力,喜欢占小便宜,所以往往经不起"权势"的威逼利诱,会在一点小恩小惠和威胁面前屈服、顺从。虽然四叔被碰死后的赔偿和处理方式在读者看来显然非常不公平,是官员欺压百姓、糊弄农民的最常用方式。但四叔的两个儿子并没有因此而盲目地杀人报复,他们只是想通过政府讨个说法。在此过程中,说法没讨到,却被一点物质利益收买,很快放弃为父亲讨说法。莫言在这部小说中对农民的心理认知和情感反应的书写都是符合农民的心理和情感真实的。当然,这种符合农民心理逻辑的真实性,在文本内部是通过一系列细节自动展现出来的,叙述者并没有把自己的思想强加给读者。因此,莫言的小说对乡村世界的深描和对作为人类的农民的深入体认,就是通过其一系列细节描写和对人物话语的逼真模仿实现的。

和那些被称之为"底层文学"的作品中书写的农民相比,莫言笔下的农民不是被苦难压倒、整天悲鸣、皱着眉头任人宰割的羔羊,他们有面对困难的坚韧和机智,也有自己对事情的执着认知。《流水》中和外来开糖厂的工作队斗智斗勇的牛阔成,是有自己的尊严和思想的老式农民的典型代表。他和《生死疲劳》中的蓝脸、《四十一炮》中的罗通,看似固执实际却代表乡村人对自己生存经验的坚守和执着。他们有自己的生存智慧,不盲目相信和跟随别人,总是以自己的思维逻辑考量他人做事的合理性。牛阔成对耕地被占用的抵制,对姑娘们穿着泳衣下河游泳破坏风水的执着信仰,蓝脸坚持单干和对庄稼活的熟稔,他们是有思想、有见地,有丰富的农业生产、生活经验的热爱土地和农业生产的农民典型。他们和《三匹马》中爱马如子、如妻的刘起,《枣木凳子摩托车》中枣木凳子的手艺人张小三的父亲等乡村世界里的男人一起,构建了乡村世界具有复杂思想、情感和生存智慧的男性农民的人物图谱。因此,与很多被冠名为"底层书写"的作品和有些作家有意识创作的"底层写作"相比,莫言的书写写出了乡村农民符合事实逻辑的存在状态,既有生活的真实,也有心理和情感的真实。

莫言对乡村世界农民的书写,不但超越了"底层文学"对农民概念化、机械化的书写和认知,同时也质疑了"底层"概念本身的合理性。"底层"其实是相对的,他没有永久不变的特质和蕴含。"底层"并不仅仅只有苦难、眼泪和愚昧、麻木,以及物质的困顿。他们也有快乐、有理想、有追求,会坚持自己的理想和追求,他们有自己的文化心理结构、情感认知、知识体系,他们有自尊和强烈的"面子"文化认知。他们也拥有儒家文化的道德规约,甚至保持的比城里人更完备。腾翠钦认为"'底层'这一'集合'并不是永久性的。人们没有有意识地创造出诸多的仪式、符号来巩固底层的'集体意识',事实上,每一个'底层人'脑袋里装的东西并不一样,他们不会都具有'同病相怜'。因而,这种归类本身也缺乏'阶级'和'人民'等命名的诸多优先性,'底层'的内部成员甚至没有认识到'底层'这个命名本身对于自己存在怎样实际的约束力。

这仅仅是知识分子的文字游戏而已……"①

因此，莫言的人类学书写，在深描乡村地方性知识的同时，和汉民族之外的其他少数民族作家及外国作家一起，在后现代文化理论倡导多元、无中心、颠覆传统的书写规范和文化视角的影响下，也以曾经亲历亲为的农民体验，以文本性和生动的乡土语言建构的故事和话语模式，让乡村世界的农民获得如他在小说中深描的地位。农民的存在不是底层的，而是他们本真地按照他们存在本身的样子存在，他们有自己的生存状态和文化心理，也有和主流文化若即若离的关系，这是任何文学叙事无法模式化、概念化的。以此类推，"底层书写"中的农民之外的其他"底层"，也和农民一样生机勃勃、丰富生动地生活着，他们并没有淹没在"底层书写""表征现实"的不符合真实逻辑的虚构与想象中。他们在他们的生活圈子里和"高层"一样充盈，甚至更幸福地生活。这就是莫言对乡村世界和农民人类学深描的另一个重要价值。

①　滕翠钦：《被忽略的繁复——当下"底层文学"讨论的文化研究》，第170页。

# 结　语

中国的乡村及其乡民所具有的语言、风俗习惯、文化思维等,是经历了几千年的历史变迁之后,随着血脉传承,以及文化的保持和再创造发展到今天的。乡村是孕育和传递中国文化的摇篮,是城镇的母体。美国学者明恩溥曾站在"他者"的视角,通过对中国乡村生活的社会学和人类学考察,在19世纪末就指出,"中国乡村是这个帝国的缩影"。① 此外对中国人而言,乡村是"血地",是"生于斯长于斯"难离的故土。汉民族乡土世界中的乡民,在几千年的历史变迁中,作为乡土文化的保持者和践行者,在日常生活、农事活动中,以独特的风俗习惯、语言和信仰等构建了乡土文化的独特视域。

乡村对于乡土中国的重要性,从20世纪初开始就有学者进行调研论证。卢作孚、梁漱溟、冯友兰、费孝通等先生都从各自的研究视野专门研究。卢作孚在1930年1月至2月,写《乡村建设》一文,强调中国的乡村在中国政治、教育、经济、文化等各方面的重要性。梁漱溟也曾指出,"原来中国社会是以乡村为基础,并以乡村为主体的;所有文化,多半是从乡村来的,又为乡村而设——法制、礼俗、工商业等莫不如是"。②

但是,在中国的主流文化语境里,农民和工、商阶层都是"劳力者",是"小人",他们是有才能的、对社会作出了巨大贡献的"大人""贵人"与"君子"等劳心者的对立面。孟子说:"有大人之事,有小人之事……或劳心,或劳力;劳心者治人,劳力者治于人;治于人者食人,治人者食于人,天下之通义也。"这

---

① ［美］明恩溥:《中国的乡村生活》,前言。
② 梁漱溟:《乡村建设理论》,第10页。

种"劳心"/"劳力"的二元对立长期以来得到普遍认同,是中国社会阶层不平等的根源。"高度尊重劳心却鄙视劳力。可以说,劳力是一个被取消了资格的身份。"①儒家文化对社会阶层的二元划分,根本上造成了中国社会长期以来群体的不平等,这是以文化的形态规定并承认人与人之间存在智力、能力、道德上的差异。荀子对这种不平等进行进一步规约,强调"分则群",以"礼"的规约使社会各阶层的区分更明确,以礼仪之分、贵贱、长幼之差等,"使谷禄多少、厚薄之称"。并强调各个阶层的人应各效其力,各尽其职,"故仁人在上,则农以力尽田,贾以察尽财,百工以巧尽械器"。

当然,在传统社会的乡村,又有更根深蒂固的阶层分化,地主、富农、自耕农、佃户、雇佣劳动者等。此外,虽然儒家重农抑商的文化规约,让作为"庶人"阶层的"士农工商"中的农民,仅次于"上"之一的"士"阶层。但是在实际生活中,商人的财富加强了他们的影响力,和权贵的结交使他们长期以来能够分享上流社会的杯羹。农民却作为农业文明的主要支撑者,被自认为是高雅文化的"创造者"自觉地排除在主流之外。

因此,纵观中国几千年的文明史,农民不可能堂而皇之地走进历史,除了那些在每个朝代末期因受不了统治阶层的政策高压和生活困顿而揭竿而起,类似于陈胜、吴广等农民领袖之外,农民几乎与历史的进程无缘。虽然,历朝历代的统治者,在新取得了统治地位,为了获得民众的支持,也会提出很亲民的施政纲领,将包括广大农民在内的民众纳入其关注的视野之内,堂而皇之地倡导"民为贵,社稷次之,君为轻"的治世策略,或者将民众比作水,认为"水能载舟亦能覆舟",但已经成为过去的历史证明,那只是神话。

因此,在汉民族的古典文学中,乡村里的农民几乎没有以自己真正的文化思维进入作家们的表现领域。这源于作为"士"阶层的作者"精英"的自我认知的局限,和他们对乡村世界及农民的偏见。因为"不论在世界上什么地方,城里人对待乡下人的态度总蕴含着蔑视,自以为高人一等,或者'羡慕'乡下

---

① 瞿同祖:《中国阶级结构与意识形态》,载[美]费正清编:《中国的思想与制度》,郭小兵等译,世界知识出版社 2008 年版,第 262 页。

人的纯朴、吃苦耐劳乃至无邪天真,等等——但这种羡慕不啻于是蔑视的另一种方式"①。虽然有类似于《悯农》一样的农事诗,但那也是属于"士"阶层的知识分子所作,其中自然书写不出从事农业生产活动的乡民生活的方方面面。乡民自己没有知识,无法记载自己的历史,无法用自己的诗性思维通过文学表现自己,士及其以上的知识分子和上流社会阶层,因为不了解乡村和农民,亦不可能深入书写乡土世界。因为在文学中,要么通过一些很有限的作品对无知识的乡民不开化、粗鄙的乡野"秉性"进行诟病,要么,一概不屑去书写。所以,无论是实际生活中,还是文献典籍、文学作品中,农民是没有话语权和发言权的,是不起眼的,没有代表性和不能被表现的;而乡村是凋敝的、破败的,登不了文学的大雅之堂的。

正如有学者指出的,"任何文化中总存在着种种权力话语遮蔽的运作法则、控制规则和控制机制,以'求真意志'('求知意志')的名义把一切权力话语合法化和自然化了,从而也就把异端的、非正统的话语合法性地排斥了"。②中国历史上形成的主流话语,将乡土文化遮蔽在主流文化之外的同时,鲜有作家、诗人将写作的笔触伸入乡村,真正地站在乡村和乡民的视角,以文学的形式来书写乡村的种种。因此,纵观几千年的中国文学史,除了《诗经》"国风"中的一些采自民间的诗篇从农业劳动者的角度书写这个群体之外,鲜有文学以直观的形象反映和表现农民以及他们的生活,或发出乡村和农民独特的文化声音。"中国的文学并不发生在乡土基层里,不是人民的,而是庙堂性的,官家的,所以文字的形式和文字所载的对象都和民间的性格不同……文字所载的又多是官家的文书、记录和史实。或是一篇篇做人的道理,对于普通人民没有多大用处的……"③毛泽东也在同斯诺的谈话中说过,他小时候读古书,读了很久,却忽然发现,在这些书中没有写农民的,由此他感到农民的地位

① [美]罗伯特·芮德菲尔德:《农民社会与文化——人类学对文明的一种阐释》,第89页。
② [英]保罗·史密斯等,陶东风主编:《文化研究精粹读本》,中国人民大学出版社2006年版,第383页。
③ 费孝通:《皇权与绅权》,第16页。

低下。

　　"五四"新文化运动,不但开启了中国现代化的历程,同时也开启了作为新文化运动的生力军的、从乡村走出的作家们书写乡村的文学历程。鲁迅曾饱含深情回忆故乡瓜地里的少年玩伴"闰土",以切肤的感受和深刻的同情,书写农村的士绅家里的雇佣劳动者祥林嫂,开启了中国"乡土文学"的书写先河。沈从文在小说里书写的湘西世界以及形形色色的人物;茅盾《子夜》中长期居于乡村的地主老父亲从乡土世界到大都市之后的心理反差等,都残存着知识分子作者对乡土世界的记忆。"中国知识者本来大半出身于小康温饱之家,即他们大多是地主的儿女们。"①居于乡村,占据了乡村广大资源的地主阶层,作为中国社会阶层之一的"农"的有机组成群体之一,他们的子弟自然和乡村有着天然的密切关系,对中国的知识分子而言乡村是血脉与根基。

　　但在对于走出乡村并接受了现代知识的作家们而言,因不同的游历,见惯了城市文明的他们,在追忆乡村经历的时候,或者再回到乡村观照乡村时,首先触动他们的是乡村的破败、萧索,以及乡民的不开化、粗鄙与愚昧。因此,从鲁迅等作家的"还乡小说"、叶圣陶的"乡村灾难小说"开始,一些知识分子作家,在作品中以冷峻的审视、温情的关怀、诗意的表现等各种风格,站在知识分子的现代性启蒙立场,而不是站在乡民的心理、情感,以及文化思维中以农民的视角书写他们。这些书写不断地将农民排除在主流话语之外,作为"被启蒙者"——"他者"来看待。

　　因此,在这种现代性视野中,"乡土成了一个令人窒息的、麻木僵死的社会象征"②,新文学作者的"写作显得越来越像一种媒介,一间世间不幸(民众或个人,一切合而为一)的'共鸣室'"③。农民就是不幸的,落后、野蛮、愚昧、贫穷的一个群体,是被同情的弱者。在这个意义上,孕育了古老中国文明的"乡土"及其文化景观,却在"五四"时期第一次正式带入文学表现领域时,

---

①　李泽厚:《中国现代思想史理论》,生活·读书·新知三联书店 2008 年版,第 250 页。
②　唐小兵:《再解读——大众文艺与意识形态》(增订版),第 66 页。
③　[法]贝尔纳·阿拉泽等主编:《解读杜拉斯》,第 84 页。

被接受了西方现代话语的新文化先驱者们排斥在新文学的话语之外。正如加亚特里·斯皮瓦克所言，"农村的生态问题一经察觉，便被视为边缘化或前资本主义的，对其答案的关注被认为在其他方面是落后的，是感情用事的或主观的"。①

从乡村第一次走进文学作品开始，接受了西方文化浸染的知识分子的现代性视野一直以来都是中国作家观照乡村世界的主要视角。甚至被李泽厚认为是描写农民的时代的解放区文学②，包括赵树理的小说创作仍然没有避免这种书写视角。虽然赵树理为了贴近农民进行了一系列尝试和努力，试图让隔绝在新文学视域之外的农民以他们所能接受的方式接受文学，从而起到扩大文学的受众范围，让农民真正了解革命话语，以此完成对"个体农民的阶级主体意识的'询唤'"。但他本人的文化思维与意识已经被现代知识浸染，他的心理、情感已经不是农民的心理和情感了，他的文学中仍然蕴含着启蒙主义理想。和他同时代的周立波的《暴风骤雨》、丁玲的《太阳照在桑干河上》等作品也存在对乡土世界和农民书写的公式化倾向。因此，和以上作家作品中书写的乡土世界相比，莫言的小说对中国乡土世界的人类学书写，有着积极的现实意义和文化意义。

和莫言同时代的很多作家，如陈忠实、贾平凹、路遥、刘震云等和鲁迅等新文化先驱者们一样，都是从乡村走出来的知识分子。虽然他们和鲁迅的出身有差异，鲁迅作为乡土世界里士绅、地主家庭的少爷本身不具有农民的特质，陈忠实和贾平凹等虽是农民子弟，但在他们生活的时代，能进学堂读书的，家境本身不会很差，再加上求学经历使他们缺失了农业生产经验，学院教育和知识的获得使他们的思想和观念决然不同于农民。他们和《白鹿原》里的白孝文兄妹、鹿兆鹏兄弟们，《秦腔》里的夏天智、夏风父子一样，虽然生在农村，却

---

① ［印度］加亚特里·斯皮瓦克：《文化研究问题散论》，载陶东风主编：《文化研究》，中国人民大学出版社 2006 年版，第 62 页。

② 李泽厚认为，这一时期"中国知识分子第一次真正大规模地走进了农村，走进了农民，不只是在撤退逃难中，而且更在共产党领导下的战斗生活中"，"劳动人民（主要是农民）的真实生活和真实苦难和他们的心声第一次大规模地进入文学"。

几乎从未从事过农业生产,他们对农业生产和农民的心理和情感本身是陌生的、疏离的,因此他们和真正的农民不一样,乡土只提供了一个他们成长的暂时空间,并没有赋予他们农民的真正气质与文化思维。

　　因此,他们从知识分子的视角再回头审视乡土和农民时,仍然摆脱不了现代知识赋予他们的认知与文化思维。他们将乡土社会作为前现代社会形态的一种反现代场域,乡村的社会结构、文化思维和健康的生命活力是被遮蔽的。对此,张志忠在《莫言论》中也曾谈到,鲁迅以来的写乡土的小说家们,"都为表现风云激荡中的农村生活作出各自的贡献,但他们却很少是地道的,以从事农业生产劳动为主的农民。他们大多是农村或乡镇上的富家子弟,在乡村读过几年书,有一些或深或浅的农村印象,然后又外出求学求职,也有解放区乡村中的工作干部和文化人。近年来写农村作品的,则有下乡数年的知识青年,有落难的右派和遣返原籍的'牛鬼蛇神';他们对农村生活的感受,有童年的记忆,有成年的思索,有工作中的体会,有沦落中的感喟,在农村生活或长或短……但是,他们却都是从客观的、相异于农民的身份和眼光去看待农村的,启蒙者感到'哀其不幸,怒其不争',革命家看到咆哮的土地,工作干部注重的是开展各项工作遇到的问题,文化人赞美的是乡村的田园情趣,异乡客思念父亲的花园,还乡人惊奇故乡的凝滞……"①

　　因此,虽然乡村是中国文化之根,但自"五四"以来,中国小说的知识分子的批判传统,却将广大的乡村和农民放在了启蒙与批判的另一极。这些小说中的乡土与农民是概念化的,套上了现代启蒙眼罩的视角,造成了对乡村和农民理解的偏差。但莫言却以其几乎所有短、中、长篇小说叙事,深描了乡村世界里的种种地方性知识。莫言说他是一个"素人"作家,即没有受过多少学校教育、没有读过多少书、没有受过文学理论方面的训练,凭着一种直觉,凭着自己的生活经验,凭着对文学非常粗浅的理解,就拿起来写作品的。② 这是莫言的自谦之辞,确实在创作之前他是个"素人",但之后他却是博览群书。虽然

---

①　张志忠:《莫言论》,第 12 页。
②　莫言:《莫言对话新录》,第 394—395 页。

他自己没有系统总结过,但通过他在一些访谈中提及的以及通过他的作品中的"文学性"要素和内质所显现的,他对中国文学和世界上其他民族的文学都有广泛涉猎和阅读。但丁、拉伯雷、塞万提斯、薄伽丘、罗曼·罗兰、巴别尔、川端康成、斯坦贝克、夏目漱石、乔伊斯、普鲁斯特、卡夫卡、马尔克斯、略萨、卡塔萨尔、昆德拉、卡尔维诺、约翰·福尔斯、杜拉斯、莱辛、莫里森等作家的作品,尤其是世界上获得诺贝尔文学奖的一些作品他都有涉猎。

所以莫言的小说对乡村世界的书写,看似是"凭着一种直觉,凭着自己的生活经验,凭着对文学的非常粗浅的理解"就拿起笔来写的,但却是其深厚的文学素养的间接体现。因为拿起笔来就写的状态,离不开其大量阅读的作品对其潜移默化的影响。纵观任何一位屹立于世界文学之林的作家,虽然文学天分很重要,但没有后天的辛勤耕耘和对前人作品的广泛涉猎,天才也会成为凡人。所以,在走出莫言的小说对乡村世界人类学书写的冗长研究之后,仍然叹服于莫言在文学创作过程中的努力。

当然,莫言小说中深描的汪洋恣肆的乡村世界源于其没有被学院知识禁锢和消解的丰富想象力;其文笔的细腻源于其细腻的心理对乡村生活的体认和感知,也源于乡村生活赋予他刻骨的体验和敏感多思的天性。莫言曾经说过,"作品不一定是作者生活经历的实录性自传,但它应是作者心灵上情感经历的自传,是一种潜意识的发泄。当作者在生活中受到压抑,各方面都得不到满足的时候,他会有强烈的创作欲望,笔下也真诚"。[①] 莫言对乡村和农民有天然的亲近,对于农民在汉民族历史变迁中的被忽略也有深入理解,当然他更熟悉日常生活中农民的情感和心理认知、信仰,以及农民家庭内部成员间的各种复杂关系,包括农民与他们家里不可或缺的牲畜、家禽的关系。因此,他笔下的农民首先是日常生活中具有"人"的种属特征的真实表征,他们有人类普遍认可的感情和作为人的基本特征,而不是概念化的被赋予某些专属特征的"另类"。

---

① 莫言:《从〈透明的红萝卜〉谈起》,载冉淮舟:《屋下碎语——关于文学的思考》,第84页。

　　当然莫言小说创作的人类情怀,以及笔者对小说中乡村世界丰富的人类学因子的研究和开挖,很多问题还有深入解读的空间。因此,对莫言小说中书写的乡村世界的地方性知识的研究,和在此过程中对农民的发现还是一个未竟的话题,也是笔者将要在以后的研究中继续进行的工作。

# 参考文献

## 一、莫言作品

《莫言文集》,作家出版社 2012 年版。

## 二、有关莫言研究的资料集与专著

贺立华、杨守森主编:《莫言研究资料》,山东大学出版社 1992 年版。

贺立华、杨守森:《怪才莫言》,花山文艺出版社 1993 年版。

钟怡雯:《莫言小说:历史的重构》,文史哲出版社有限公司 1997 年版。

杨扬主编:《莫言研究资料》,天津人民出版社 2005 年版。

孔范今、施战军主编:《莫言研究资料》(乙种),山东文艺出版社 2006 年版。

朱宾忠:《跨越时空的对话:福克纳与莫言比较研究》,武汉大学出版社 2006 年版。

张文颖:《来自边远的声音:莫言与大江建三郎的文学》,中国传媒大学出版社 2007 年版。

叶开:《莫言评传》,河南文艺出版社 2008 年版。

孙惠斌:《莫言与高密》,中国青年出版社 2010 年版。

付艳霞:《莫言的小说世界》,中国文史出版社 2011 年版。

莫言研究会编:《莫言与高密》,中国青年出版社 2011 年版。

张志忠:《莫言论》,北京联合出版公司 2012 年版。

谭五昌主编:《见证莫言——莫言获诺奖现在进行时》,漓江出版社 2012 年版。

杨扬主编:《莫言作品解读》,华东师范大学出版社 2012 年版。

邵纯生、张毅主编:《莫言与他的民间乡土》,青岛出版社 2013 年版。

陈晓明主编:《莫言研究(2004—2012)》,华夏出版社 2013 年版。

李斌等主编:《莫言批判》,北京理工大学出版社 2013 年版。

张华、杨守森、贺立华编:《莫言研究书系:莫言研究三十年》(上中下),山东大学出版社 2013 年版。

张华编:《莫言研究书系:莫言弟子说莫言》,《莫言研究书系:乡亲好友说莫言》,山东大学出版社 2013 年版。

管谟贤:《大哥说莫言》,山东人民出版社 2013 年版。

刘再复:《莫言了不起》,东方出版社 2013 年版。

张旭东、莫言:《对话〈酒国〉〈生死疲劳〉——我们时代的写作》,上海文艺出版社 2013 年版。

叶开:《莫言的文学共和国》,北京大学出版社 2013 年版。

张秀奇等:《狂欢的王国——莫言长篇小说细解》,山西人民出版社 2013 年版。

宁明编译:《海外莫言研究》,山东大学出版社 2013 年版。

李建军:《是大象,还是甲虫——莫言及当代中国作家作品解析》,北岳文艺出版社 2013 年版。

范晓琴编:《莫言作品及研究文献目录汇编》,北岳文艺出版社 2014 年版。

楚军:《莫言作品叙事研究》,科学出版社 2017 年版。

## 三、莫言小说文化研究的学位、学术论文

陈墨:《莫言:这也是一种文化——评〈红高粱〉、〈高粱酒〉、〈高粱殡〉》,《当代文艺探索》1987 年第 4 期。

胡河清：《论阿城、莫言对人格美追求与东方文化传统》，《当代文艺思潮》1987 年第 5 期。

张志云：《齐鲁民间文化的当代转换与新文学传统的重构——莫言创作的民间文化形态研究》，硕士论文，四川师范大学，2004 年。

缑英杰：《莫言小说动植物崇拜原型分析》，《河南纺织高等专科学校学报》2005 年第 1 期。

季桂起：《论莫言〈檀香刑〉的文化内涵》，《齐鲁学刊》2004 年第 1 期。

罗关德：《人类学视角下的民族文化观照——莫言乡土小说的文化意蕴》，《东南学术》2005 年第 6 期。

刘红：《论鲁迅与莫言在剖析中国封建文化"吃人"意象上的精神传承》，《潍坊学院学报》2006 年第 1 期。

单继伟：《反叛的英姿皈依的执着—— 莫言小说中艺术形象共时建构的文化"砥柱"》，《长春工业大学学报》（社科版）2006 年第 4 期。

王保国：《羊文化——中国传统文化的新诠释》，《中州学刊》2006 年第 3 期。

温伟：《继承与背离——论莫言与福克纳小说创作的文化策略》，《当代文坛》2007 年第 1 期。

肖向明：《"含魅"的现代虚构与想象——鬼文化与中国当代文学的艺术显现》，《当代文坛》2007 年第 4 期。

张艳梅：《齐鲁作家的文化伦理立场——以莫言、张炜、尤凤伟为例》，《文艺争鸣》2007 年第 8 期。

王寒：《文学寻根与莫言的文化反思——论莫言的前期创作》，《安徽文学》2008 年第 4 期。

彭亚萍：《蝗诗与蝗虫文化》，《南海航运职业技术学院学报》2008 年第 2 期。

谢昉：《沉默的羔羊——莫言〈倒立〉政治文化心理解读》，《山东理工大学学报》（社科版）2010 年第 4 期。

张寅德:《生物的小说:莫言作品中的人和动物》,《中国视角》2010 年第 3 期。

王恒升:《从齐文化的角度看莫言创作》,《潍坊学院学报》2011 年第 5 期。

申长崴:《论莫言小说"肉"意象的文化根源》,《牡丹江师范学院学报》(哲社版)2011 年第 6 期。

周引莉:《论九十年代以来小说中的民间诙谐文化成份及其功能》,《中南大学学报》2012 年第 4 期。

孟文彬:《齐文化视野的文学创作及其审美风格:张炜与莫言》,《重庆社会科学》2012 年第 8 期。

蒋卉:《论莫言小说〈蛙〉中的"蛙"的意象》,《百色学院学报》2012 年第 6 期。

孙芳薇:《论〈红高粱家族〉中的动物意象》,《北方文学》2012 年第 9 期。

王玉德、尹阳硕:《文化人类学视野下的莫言小说——兼述莫言小说获奖原因》,《学习与实践》2012 年第 11 期。

龚举善:《莫言的乡土记忆与文学能量》,《青海社会科学》2013 年第 1 期。

陈红梅:《莫言小说对乡土文学传统的继承与超越》,《阜阳师范学院学报》(社会科学版)2013 年第 3 期。

肖楠等:《管中窥豹——〈白狗秋千架〉中白狗形象分析》,《青春岁月》2013 年第 9 期。

任红红:《莫言人类学书写中的乡村家庭父子关系的深层结构研究》,《兰州大学学报》2014 年第 5 期。

任红红:《乡村母子关系的文学人类学研究——以莫言小说为例》,《甘肃社会科学》2016 年第 4 期。

丛新强:《"诺奖"之后的莫言研究述评》,《山东大学学报》2018 年第 3 期。

丛新强:《文明断裂的挽歌——论〈食草家族〉及其含混性意义》,《齐鲁学刊》2018 年第 5 期。

任红红:《莫言人类学书写中的乡村夫妻关系》,《北方工业大学学报》2018 年第 12 期。

张志忠:《超越仇恨、大悲悯与拷问灵魂——莫言文学思想的研究之一》,《山东师范大学学报》(人文社会科学版)2019 年第 6 期。

## 四、英文资料

Chen-Andro,Chantal①:《莫言的〈红高粱〉》,《中国当代文学,传统与现代:马赛—埃克斯—普罗旺斯大学的评论》,普罗旺斯大学出版社 1989 年版。

尹丽华:《传统的回想:中国当代文学的寻根运动》,德克萨斯州大学奥斯汀分校,1992 年。

朱玲:《勇敢的新世界:论〈红高粱家族〉中"男性气质"和"女性气质"的构建》,路同林编辑:《二十世纪中国文学和社会中的性问题》,纽约州立大学出版社 1993 年版。

Lu,Tonglin:《红高粱:跨越的界限》,见《现代中国的政治、思想意识和文学话语:理论探讨和文学批评》,杜克大学出版社 1993 年版。

王德威:《想象中的原乡:沈从文、宋泽莱、莫言和李永平》,Ellen Widmer 王德威编辑:《从五四到六四:二十世纪中国的小说和电影》,哈佛大学出版社 1993 年版。

Duke,Michael:《二十世纪八十年代莫言小说中的过去、现在和未来》,见艾伦·维德默、王德威等编辑:《从五四到六四:二十世纪中国的小说和电影》,哈佛大学出版社 1993 年版。

Kong,Haili:《端木良和莫言小说世界里的"原乡"情结》,《华文资料》

---

① 以下参考的英文文献都是笔者自己翻译的,不过为了更准确,这些文献的作者除了像"王德威""吴国坤"等在国内学界比较知名的学者用了国内通用的汉语姓名之外,其他学者基本都用了英文原名。

1997 年第 4 期。

Ling Tun Ngai:《肮脏的混乱:读莫言的〈红蝗〉》,《现代中国文学》10,1/2,斯坦福大学出版社 1998 年版。

景凯旋:《当代中国小说:政治和浪漫》,《马卡莱斯特国际》2007 年第 18 卷。

Ng,Kenny K.K.:《批判现实和农民的思想意识形态:莫言的〈天堂蒜薹之歌〉》,《中国文学》1998 年第 1 期。

吴国坤:《超现实主义小说,吃人和政治讽喻:莫言的〈酒国〉》,《中国现代文学学报》1998 年第 2 期。

Feuerwerker,Is-tsi Mei:《后现代"寻根作家"韩少功、莫言和王安忆》,《中国现代文学中的思想意识形态、权力和文本:自我体现和农民"他者"》,斯坦福大学出版社 1998 年版。

布瑞吉塔·琳达:《当代中国文学中的异化和生命忘却的主题》,威斯康星大学麦迪逊分校,1998 年。

Yue,Gang:《从吃人到吃肉:莫言的酒国》,《欲望之口:饥饿、吃人和现代中国的吃人的政治》,杜克大学出版社 1999 年版。

Wu,Yenna:《中国现代小说中吃人主题研究中后殖民主义规范中的陷阱:从鲁迅的〈狂人日记〉到莫言的〈酒国〉》,《淡江评》2000 年第 3 期。

华德·戈布赖特:《莫言的"阴郁的"禁食》,《世界文学今日》2000 年第 3 期。

陈莎莉:《从男性王国到女儿国:论莫言的〈红高粱〉和〈丰乳肥臀〉》,《世界文学今日》2000 年第 3 期。

王德威:《莫言的文学世界》,《世界文学今日》2000 年第 3 期。

Inge,Thomas M.:《西方人眼中的莫言》,《世界文学今日》2000 年第 3 期。

钟雪萍:《杂种高粱和追寻男性气概》,见《禁锢的男性气概:二十世纪末期中国文学中的现代性和男性主体的有关问题》,杜克大学出版社 2000 年版。

詹姆斯·鲁滨孙·克夫:《邪恶的王国:从鲁迅到余华的吃人》,加拿大哥伦比亚大学,2001年。

杨晓斌:《酒国:奢华的衰退》,见《中国的后现代主义:中国先锋派小说中的创伤和讽刺》,密歇根大学出版社2002年版。

陈建国:《幻想逻辑:出没于当代文学想象中的鬼魂》,《现代中国文学与文化》,2002年。

Chan,Shelley Wing:《继承与创新——莫言的小说》,科罗拉多大学博尔德分校,2003年。

蔡荣:《与外国他者之间的关系:莫言〈丰乳肥臀〉中的母亲、父亲和私生子》,《现代中国》2003年第1期。

Braester,Yomi:《莫言与红高粱》,《现代东方文学哥伦比亚指南》,哥伦比亚大学出版社2003年版。

金彩芳:《中国当代男性作家张贤亮、莫言和贾平凹小说中的阉割危机和父权制的回归》,加拿大哥伦比亚大学,2004年。

Kinkley,Jeffrey C.:《二十世纪末中国小说中的现代性和大灾难》,Charles Laughli等编辑:《中国文学中质疑的现代性》,麦克米伦出版社2005年版。

Stuckey,G.Andrew:《是记忆还是虚构? 红高粱的叙述者》,《当代中国文学和文化》2006年第2期。

## 五、其他文献

（一）专著

余冠英注译:《诗经选》,人民文学出版社1956年版。

［德］恩格斯:《路德维希·费尔巴哈和德国古典哲学的终结》,见《马克思恩格斯选集》(第四卷),人民出版社1976年版。

［德］爱克曼辑录:《歌德谈话录》,朱光潜译,人民文学出版社1978年版。

［意］维柯:《新科学》,朱光潜译,人民文学出版社1986年版。

Hall,Jonathan and Abbas,Ackbar (eds), *Literature & anthropology*, Hong Kong:Hong Kong University Press,1986.

弗洛伊德:《图腾与禁忌》,杨庸一译,中国民间文艺出版社 1986 年版。

[英]J.G.弗雷泽:《金枝》,中国民间文艺出版社 1987 年版。

[德]马丁·海德格尔:《存在与时间》(修订译本),陈嘉映等译,生活·读书·新知三联书店 1987 年版。

冉淮舟:《屋下碎语——关于文学的思考》,解放军出版社 1987 年版。

庞朴:《文化的民族性与时代性》,中国和平出版社 1988 年版。

[俄]叶·莫·梅列金斯基:《神话的诗学》,魏庆征译,商务印书馆 1990 年版。

Kathleen M.Ashleye(eds.), *Victor Turner and the construction of cultural criticism: between Literature and Anthropology*, Bloomington:Indiana University Press,1990.

岳庆平:《中国的家与国》,吉林文史出版社 1990 年版。

[古希腊]赫西俄德:《工作与时日等》,张竹明等译,商务印书馆 1991 年版。

方克强:《文学人类学批评》,上海社会科学出版社 1992 年版。

Paul Benson(eds.), *Anthropology and literature*, Introduction by Edward M. Bruner.Urbana:University of Illinois Press,1993.

[英]爱德华·泰勒:《人类学——人及其文化研究》,上海文艺出版社 1993 年版。

文史知识编辑部编:《中国古代民族志》,中华书局 1993 年版。

Nigel Rappor, *The Prose and The Passion:Anthropology, Literature and The writing of E.M.Forster*,Manchester:Manchester University Press,1994.

武树臣等:《中国传统法律文化》,北京大学出版社 1994 年版。

Sean Hand(eds.), *Mapping the Other:Anthropology and Literature's Limits*, Edinburgh:Edinburgh University Press,1995.

[英]玛丽·沃斯通克拉夫特等:《女权辩护等》,王蓁等译,商务印书馆 1995 年版。

[古巴]阿莱霍·卡彭铁尔:《小说是一种需要》,陈众议译,云南人民出版社1995年版。

[英]查·索·博尔尼:《民俗学手册》,程德祺等译,上海文艺出版社1995年版。

[美]莫瑞·克里格:《批评旅途:六十年代之后》,李自修等译,中国社会科学出版社1998年版。

[美]克利福德·格尔茨:《文化的解释》,韩莉译,译林出版社1999年版。

洪子诚:《中国当代文学史》,北京大学出版社1999年版。

凌耀伦等编:《卢作孚文集》,北京大学出版社1999年版。

许总:《宋明理学与中国文学》,百花洲文艺出版社1999年版。

[美]理查德·沃林:《文化批评的观念:法兰克福学派、存在主义和后结构主义》,张国清译,商务印书馆2000年版。

罗钢等主编:《文化研究读本》,中国社会科学出版社2000年版。

王光东:《现代·浪漫·民间》,上海人民出版社2001年版。

[意]卡尔维诺:《卡尔维诺文集:寒冬夜行人等》,吕同六主编,译林出版社2001年版。

[美]大卫·雷·格里芬:《超越结构:建设性后现代哲学的奠基者》,鲍世斌等译,中央编译出版社2002年版。

[英]史蒂文·唐纳:《后现代主义文化——当代理论导引》,严忠志译,商务印书馆2002年版。

Rose De Angelis(eds.), *Between Anthropology and Literature: Interdisciplinary Discourse*, London: Rutledge, 2002.

丁帆等:《中国新时期小说思潮》(下卷),人民文学出版社2002年版。

钱钟书:《七缀集》,生活·读书·新知三联书店2002年版。

罗钢选编:《后现代主义文学作品选》,高等教育出版社2002年版。

[德]沃尔夫冈·伊瑟尔:《虚构与想象——文学人类学疆界》,吉林人民出版社2003年版。

［美］列奥·施特劳斯:《自然的权利与历史》,彭刚译,生活·读书·新知三联书店 2003 年版。

［荷］米克·巴尔:《叙述学:叙事理论导论》,谭君强译,中国社会科学出版社 2003 年版。

李亦园:《民间文学的文化生态》,社会科学文献出版社 2003 年版。

叶舒宪:《文学与人类学——知识全球化时代的文学研究》,社会科学文献出版社 2003 年版。

黄宗智:《中国乡村研究》(第二辑),商务印书馆 2003 年版。

陈平原:《中国小说叙事模式的转变》,北京大学出版社 2003 年版。

项晓敏:《零度写作与人的自由——罗兰·巴尔特的美学思想研究》,复旦大学出版社 2003 年版。

［法］莫里斯·布朗肖:《文学空间》,顾嘉琛译,商务印书馆 2003 年版。

［捷］米兰·昆德拉:《小说的艺术》,董强译,上海译文出版社 2004 年版。

Vincent Crapanzano, *Imaginative Horizons: An essay in literary-philosophical anthropology*, Chicago: University of Chicago Press, 2004.

王逢振主编:《西方文论选:2003 年度新译》,漓江出版社 2004 年版。

［古希腊］柏拉图:《柏拉图对话集》,王太庆译,商务印书馆 2004 年版。

［意］托马斯·阿奎那:《亚里士多德十讲》,苏隆编译,中国言实出版社 2003 年版。

徐复观:《中国知识分子精神》,华东师范大学出版社 2004 年版。

杜小真:《远去与归来——希腊与中国的对话》,中国人民大学出版社 2004 年版。

吴光正:《中国古代小说的原型与母题》,中国科学文献出版社 2004 年版。

肖锦龙:《德里达的解构理论思想性质论》,中国社会科学出版社 2004 年版。

宋兆霖选编:《诺贝尔文学奖获奖作家访谈录》,浙江文艺出版社 2005

年版。

　　徐复观:《中国人性论史》,华东师范大学出版社 2005 年版。

　　张旭东:《全球化时代的文化认同》,北京大学出版社 2005 年版。

　　聂绀弩:《中国古典小说论集》,复旦大学出版社 2005 年版。

　　丁山:《古代神话与民族》,商务印书馆 2005 年版。

　　周宪:《审美现代性批判》,商务印书馆 2005 年版。

　　陈平原:《中国现代小说的起点——清末民初小说研究》,北京大学出版社 2005 年版。

　　[英]凯伦·阿姆斯特朗:《神话简史》,胡亚豳译,重庆出版社 2005 年版。

　　[美]鲁思·本尼迪克特:《菊花与刀——日本文化诸模式》,孙志民等译,九州出版社 2005 年版。

　　[加]诺思罗普·弗莱:《批评的解剖》,陈慧等译,百花文艺出版社 2006 年版。

　　[英]特瑞·伊格尔顿:《文化的观念》,方杰译,南京大学出版社 2006 年版。

　　庄孔韶:《人类学概论》,中国人民大学出版社 2006 年版。

　　龚鹏程:《中国传统文化十五讲》,北京大学出版社 2006 年版。

　　陶东风主编:《文化研究》,中国人民大学出版社 2006 年版。

　　刘宗迪:《失落的天书:〈山海经〉与古代华夏世界观》,商务印书馆 2006 年版。

　　杨乃乔:《比较文学概论》,北京大学出版社 2006 年版。

　　[美]威廉·A.哈维兰:《文化人类学》,瞿铁鹏等译,上海社会科学院出版社 2006 年版。

　　[法]克洛德·列维-斯特劳斯:《嫉妒的制陶女》,刘汉全译,中国人民大学出版社 2006 年版。

　　张法:《跨文化的学与思》,重庆出版社 2006 年版。

　　[法]克洛德·列维-斯特劳斯:《列维-斯特劳斯文集》,中国人民大学出

版社 2007 年版。

冯友兰:《新事论:中国到自由之路》,生活·读书·新知三联书店 2007 年版。

[美]罗伯特·F.墨菲:《文化与社会人类学引论》,王卓君译,商务印书馆 2007 年版。

[法]贝尔纳·阿拉泽等主编:《解读杜拉斯》,黄荭主译,作家出版社 2007 年版。

刘小枫:《沉重的肉身》(第六版),华夏出版社 2007 年版。

程金城:《西方原型美学问题研究》,黑龙江人民出版社 2007 年版。

唐小兵编:《再解读——大众文艺与意识形态》(增订版),北京大学出版社 2007 年版。

[澳大利亚]薇儿·普鲁姆德:《女性主义与对自然的主宰》,马天杰等译,重庆出版社 2007 年版。

[德]哈拉尔德·韦尔:《社会记忆:历史、回忆、传承》,季斌等译,北京大学出版社 2007 年版。

钱钟书:《管锥编》,生活·读书·新知三联书店 2008 年版。

[英]简·艾伦·哈里森:《古代艺术与仪式》,刘宗迪译,生活·读书·新知三联书店 2008 年版。

[法]雅克·德里达:《马克思的幽灵:债务国家、哀悼活动和新国际》,何一译,中国人民大学出版社 2008 年版。

[美]杰弗里·哈特曼:《荒野中的批评——关于当代文学的研究》,张德兴译,天津人民出版社 2008 年版。

[美]J.希里斯·米勒:《小说与重复——七部英国小说》,王宏图译,天津人民出版社 2008 年版。

[美]费正清编:《中国的思想与制度》,郭小兵等译,世界知识出版社 2008 年版。

[德]阿伦特:《启迪:本雅明文选》,张旭东等译,生活·读书·新知三联

书店 2008 年版。

［日］佐藤慎一：《近代中国的知识分子与文明》，刘岳兵译，江苏人民出版社 2008 年版。

李泽厚：《中国古代思想史论》，生活·读书·新知三联书店 2008 年版。

李泽厚：《中国现代思想史论》，生活·读书·新知三联书店 2008 年版。

李泽厚：《历史本体论·己卯五说》（增订本），生活·读书·新知三联书店 2008 年版。

李泽厚：《华夏美学·美学四讲》（增订本），生活·读书·新知三联书店 2008 年版。

李泽厚：《实用理性与乐感文化》，生活·读书·新知三联书店 2008 年版。

程金城：《中国文学原型论》，甘肃人民出版社 2008 年版。

程金城：《中国 20 世纪文学价值论》，甘肃人民出版社 2008 年版。

晁福林：《中国民俗史》，人民出版社 2008 年版。

［挪威］托马斯·许兰德埃·埃里克森：《小地方·大论题——社会文化人类学导论》，商务印书馆 2008 年版。

［英］艾华：《中国的女性与性相：1949 年以来的性别话语》，施施译，江苏人民出版社 2008 年版。

［美］李丹：《理解农民中国：社会科学哲学的案例研究》，江苏人民出版社 2009 年版。

［英］王斯福：《帝国的隐喻：中国民间宗教》，江苏人民出版社 2009 年版。

［美］詹姆斯·皮科克：《人类学透镜》，汪丽华译，北京大学出版社 2009 年版。

［英］安·格雷：《文化研究：民族志方法与生活文化》，许梦云译，重庆大学出版社 2009 年版。

［英］朱利安·沃尔弗雷斯编：《21 世纪批评述介》，张琼等译，南京大学出版社 2009 年版。

［法］朱丽娅·克里斯特瓦:《反抗的意义与非意义》,林晓等译,吉林出版集团有限责任公司2009年版。

［美］韦恩·C.布斯:《修辞的复兴:韦恩·布斯精粹》,穆雷等译,译林出版社2009年版。

［美］朱迪斯·巴特勒:《性别麻烦:女性主义与身份的颠覆》,宋素风译,上海三联书店2009年版。

［美］朱迪斯·巴特勒:《权利的精神生活:服从的理论》,张生译,江苏人民出版社2009年版。

［加］琳达·哈琴:《后现代主义诗学:历史·理论·小说》,李杨等译,南京大学出版社2009年版。

［英］特里·伊格尔顿:《理论之后》,商正译,商务印书馆2009年版。

［美］爱德华·W.萨义德:《世界·文本·批评家》,李自修译,生活·读书·新知三联书店2009年版。

赵旭东:《文化的表达:人类学的视野》,中国人民大学出版社2009年版。

赵毅衡:《意不尽言——文学的形式—文化论》,南京大学出版社2009年版。

郭令原:《先秦两汉文学流变研究》,中国社会科学出版社2009年版。

滕翠钦:《被忽略的繁复:当下“底层文学”讨论的文化研究》,上海三联书店2009年版。

［古罗马］维吉尔:《牧歌》,杨宪益译,上海人民出版社2009年版。

［美］伊万·布莱迪:《人类学诗学》,徐鲁亚等译,中国人民大学出版社2010年版。

［法］雅克·勒高夫:《历史与记忆》,方仁杰等译,中国人民大学出版社2010年版。

［美］芦苇菁:《矢志不渝:明清时期的贞女现象》,秦立彦译,江苏人民出版社2010年版。

［加］诺思洛普·弗莱:《世俗的经典:传奇故事结构研究》,孟祥春译,上

海人民出版社 2010 年版。

冯友兰:《中国哲学简史》,涂又光译,北京大学出版社 2010 年版。

叶舒宪:《文学人类学教程》,中国社会科学出版社 2010 年版。

梁漱溟:《东西文化及其哲学》,商务印书馆 2010 年版。

[美]艾兰:《龟之谜——商代神话、祭祀、艺术和宇宙观研究》(增订版),商务印书馆 2010 年版。

王德威:《抒情传统与中国现代性:在北大的八堂课》,生活·读书·新知三联书店 2010 年版。

钱穆:《钱穆先生全集:国学概论》(新校本),九州出版社 2011 年版。

钱穆:《钱穆先生全集:中华文化十二讲》(新校本),九州出版社 2011 年版。

钱穆:《钱穆先生全集:从中国历史来看中国民族性与中国文化》(新校本),九州出版社 2011 年版。

费孝通:《中国士绅:城乡关系论集》,赵旭东等译,外语教学与研究出版社 2011 年版。

梁漱溟:《乡村建设理论》,上海人民出版社 2011 年版。

梁漱溟:《中国文化要义》,上海人民出版社 2011 年版。

梁漱溟:《中国文化的命运》,中信出版股份有限公司 2011 年版。

赵毅衡:《符号学原理与推演》,南京大学出版社 2011 年版。

赵毅衡:《反讽时代:形式论与文化批评》,复旦大学出版社 2011 年版。

丁山:《中国古代宗教与神话考》,上海书店出版社 2011 年版。

翟学伟:《中国人的脸面观:形式主义的心理动因与社会表征》,北京大学出版社 2011 年版。

[英]雷蒙·威廉斯:《文化与社会:1780—1950》,高晓玲译,吉林出版集团 2011 年版。

[英]安德鲁·朗利:《艺术为证:维多利亚时代》,吴静译,天津教育出版社 2011 年版。

［美］季家珍:《历史宝筏:过去、西方与中国妇女问题》,杨可译,江苏人民出版社 2011 年版。

［美］朱迪斯·巴特勒:《身体之重:论"性别"的话语界限》,李钧鹏译,上海三联书店 2011 年版。

［美］哈罗德·布鲁姆:《西方正典:伟大作家与不朽作品》,江宁康译,译林出版社 2011 年版。

费孝通:《乡土中国　生育制度　乡土重建》,商务印书馆 2011 年版。

《中国节俗文化》,外文出版社 2011 年版。

［美］明恩溥:《中国的乡村生活》,陈午晴等译,电子工业出版社 2012 年版。

［澳］雷金庆:《男性特质论:中国的社会与性别》,刘婷译,江苏人民出版社 2012 年版。

［澳］马克·吉布森:《文化与权力:文化研究史》,王加为译,北京大学出版社 2012 年版。

［英］凯特·麦高恩:《批评与文化理论中的关键问题》,赵秀福译,北京大学出版社 2012 年版。

［匈］卢卡奇:《小说理论》,燕宏远等译,商务印书馆 2012 年版。

季家珍等主编:《重读中国女性生命故事》,江苏人民出版社 2012 年版。

费孝通等:《皇权与绅权》,岳麓书社 2012 年版。

Marilyn Cohen, *Novel approaches to anthropology: contributions to literary anthropology*, Lanham, MD: Lexington Books, 2013.

［英］雷蒙·威廉斯:《乡村与城市》,韩子满等译,商务印书馆 2013 年版。

［美］罗伯特·芮德菲尔德:《农民社会与文化——人类学对文明的一种阐释》,王莹译,中国社会科学出版社 2013 年版。

［美］克利福德·格尔茨:《论著与生活:作为作者的人类学家》,方静文等译,中国人民大学出版社 2013 年版。

［美］西摩·查特曼:《故事与话语:小说和电影的叙事结构》,徐强译,中

国人民大学出版社 2013 年版。

[英]克里斯·巴克:《文化研究:理论与实践》,孔敏译,北京大学出版社 2013 年版。

伍跃:《中国的捐纳制度与社会》,江苏人民出版社 2013 年版。

任红红:《后现代主义小说的多元建构:〈法国中尉的女人〉的形式研究与文化批评》,中国社会科学出版社 2013 年版。

彭青:《新世纪文学视野中的"三农"》,中国社会科学出版社 2013 年版。

《鲁迅全集》(编年版),人民文学出版社 2014 年版。

[美]武雅士:《中国社会中的宗教与仪式》,彭泽安等译,江苏人民出版社 2014 年版。

[美]庄士敦:《狮龙共舞:一个英国人笔下的威海卫与中国传统文化》,刘本森译,江苏人民出版社 2014 年版。

[美]罗伊 F.鲍曼斯特:《部落动物:关于男人、女人和两性文化心理学》,刘聪慧译,机械工业出版社 2014 年版。

[英]杰克·古迪:《神话、仪式和口述》,李源译,中国人民大学出版社 2014 年版。

[挪威]弗雷德里克·巴斯主编:《族群与边界——文化差异下的社会组织》,李丽琴等译,商务印书馆 2014 年版。

陈顾远:《中国婚姻史》,商务印书馆 2014 年版。

(二)论文

林文:《从〈诗经〉中的祖先崇拜文学看西周王权与族权》,《南昌职业技术师范学院学报》1995 年第 4 期。

李中华:《〈楚辞〉:宗教的沉思与求索》,《武汉大学学报》(人文社科版)2001 年第 1 期。

铁晓娜:《宋前动物文献与小说母题》,硕士论文,辽宁师范大学,2004 年。

杨敬轩:《论实用主义信仰观对塑造我国法律信仰的影响》,《福建法学》2005 年第 2 期。

明江:《阿来:民族文学表达的不是差异性》,《文艺报》2009 年 4 月。

蔺熙民:《隋唐时期儒释道的冲突与融合》,博士论文,陕西师范大学,2009 年。

张影:《汉代祭祀文化与汉代文学》,博士论文,东北师范大学,2009 年。

纪小建:《〈楚辞〉〈山海经〉神话趋同的文化学意义》,《南京师范大学文学院学报》2011 年第 2 期。

陈佳冀:《中国文学动物叙事的生发和建构》,博士论文,上海大学,2011 年。

李翠香:《新时期"中国少数民族文学"发展与文学思潮演进的关系研究》,硕士论文,福建师范大学,2011 年。

丁俊杰:《中国古代文学狐神形象研究》,硕士论文,中南民族大学,2012 年。

张德军:《中国新时期小说中的民俗记忆》,博士论文,兰州大学,2012 年。

叶舒宪:《玉人像、玉柄形器与祖灵牌位——华夏祖神偶像源流的大传统新认识》,《民族艺术》2013 年第 3 期。

黄东坚:《论道教对唐传奇的影响——以〈玄怪录·张老〉、〈玄怪录·裴谌〉及〈传奇·裴航〉篇为例》,《商丘师范学院学报》2013 年第 10 期。

叶舒宪:《八面雅典娜:希腊神话的多元文化编码》,《兰州大学学报》2014 年第 1 期。

李翠芳:《民族志诗学与新时期少数民族文学书写》,《广西民族研究》2014 年第 4 期。

程金城:《民族历史和人类情怀的个性化表达——简论阿来的长篇小说与"非虚构"文学》,《兰州大学学报》2014 年第 5 期。

# 后　记

　　在对莫言的小说做了这样一番研究之后，"莫言的人类学书写中的乡村世界"的部分就以纸媒的形式呈现在这里了。以色列作家奥兹曾给莫言说，他在自己的书房里读莫言的小说，仿佛闻到了中国乡村的气味，文本叙事中的一切是那么真实动人。不过莫言自己却说，他笔下的乡村世界有很多想象和虚构的成分。关于文学是否真实，纳博科夫曾告诉他的学生："对一首诗或是一部小说，请不要追究它是否真实。我们不要自欺欺人。"虽然曾几何时，英国的小说家亨利·菲尔丁、萨克雷，以及很多西方现实主义小说家，在作品中安插"全知全能"的叙述者，试图通过作品追求历史的真实。但事实证明，他们追求的所谓真实似乎并不在文本之内。19 世纪后期，亨利·詹姆斯质疑这种"真实"观，倡导不再做笔下人物的"造物主"，而要尽量根据日常生活中人的思维逻辑和个体特征给人物更多的发展空间。因而他以"意识中心"的叙事视角试图用文学发现真正的人类真相。詹姆斯的叙事艺术变革深刻影响了西方 20 世纪文学。而莫言的小说叙事艺术却深受西方 20 世纪现代主义与后现代主义的文学的影响。他对乡村的发现和"地方性知识"的书写，不仅源于他地道的农民身份对乡村的深入认知，而且也深受西方当代文学打破中心与边缘的思维逻辑的影响。和詹姆斯一样，他的小说叙事亦旨在发现处于人类一隅的乡村的真相。因为作为人类一个族群的主体之一，汉民族乡村世界的农民的确如莫言书写的那样生产、生活，那样爱、恨，那样生、死，那样和动物关系亲密，那样信神信鬼，那样……如此，他笔下的乡村世界符合现实生活的事实逻辑，所以让人读来仿佛置身其中。

　　也正是莫言小说虚构与想象中的文本世界,与现实中曾经的乡村世界众多的"一样",让我决定走进他们。在现实生活中这一切的"一样"正在或将在现代文明进程中成为"不一样"的时候,莫言对此进行了深描,他的小说文本如同"荷马史诗","荷马史诗"揭开了古希腊"黑暗时代"的真相,他则记录了汉民族乡村的往昔。在书写本著前,在一遍遍的阅读中,小说文本内部有关乡村世界的知识多得让人目不暇接,记到手软的时候,心里会抱怨莫言为什么非要写得如此细致,让我的进程如此缓慢。但在本著的书写过程中,当和几乎所有书写乡村世界的相关文学作品进行比较,要证明莫言对乡村世界深描的独特性时,却暗自庆幸并由衷地在心里默默感谢莫言对乡村世界的深描为我提供如此翔实的证据。我也庆幸研究中走进的文本不仅是获得诺贝尔文学奖的莫言的叙事文本,而且更是汉民族乡村世界的人类学文本。

　　在我走进莫言小说文本中的乡村世界的每一步,离不开导师程金城先生认真而又耐心的引领和指导。莫言获诺贝尔奖那年,是我师从老师读博的第一年。在国人沉浸在莫言获奖的民族自豪感的金秋的某一天早上,我们师生12人也蹭了热度,在兰大一分部逸夫楼一楼的某个教室里对此进行交流。老师在对莫言小说阅读和深入理解的基础上,指出"文学的人类性是评价文学的一个重要切入点,但由于中国现当代文学特殊的历史语境,对文学的政治性、民族性的过于强调,忽略了文学的人类性。虽然20世纪以来中国在政治、经济、外交领域逐渐彰显了其大国的影响和地位,但中国现当代文学在世界文学史上的地位却不太明晰。莫言的获奖给世界一个信息,即中国文学既有自己独特的民族性,同时也具有人类文化的相通性要素。中国现当代文学在世界文学史上应该有自己独特的地位。"老师以宏阔的理论和学术视野,不但在课堂上引领我走进莫言的小说,而且对本著的写作等各个方面都作了耐心而又切中要害的指导。在写作过程中每次和他的谈话和交流都让我茅塞顿开、受益匪浅。因为他深知,"一个作家的创作是不是具有世界意义,有没有表达人类普遍的情感,不是由他的创作对象决定的,而在很大程度上是由有没有人类主体意识决定的,这种创作意识决定了他对表现对象的选择和处理方式。"

时间虽然已经过去了很久,但每次追忆,一切仿佛如昨日般清晰。正是老师的言说,以及认真研读了几乎所有的当代文学之后的思考,成就了我对莫言小说中的乡村世界的人类学研究。老师目前正主持一项以"一带一路"为核心,围绕这一路上的所有民族的文化艺术而展开的人类学研究的重大项目。这是艺术人类学、文学人类学、文化人类学,以及考古、博物学等研究交叉的具有开拓意义的有关人类学的新研究,亦显示了老师宏阔的学术视野和扎实的理论修养。感谢老师在百忙之中对我鼓励鞭策,为我写序。

如果追溯得再远点,之所以做老师的学生,也正是因为对人类学的热爱。正是因为这种热爱,才有了从比较文学和外国文学方向跨到老师这里读博的机缘。当然也不能否认文学人类学本就是比较文学跨学科研究的主要领域。再进一步,如果站在人类的高度,中国文学亦是世界文学的一部分。而能够深入研究本民族文学,进而将研究触角探进民族文化的深层,无疑也为我更深入地理解和认知外国文学和文化提供了一种文化参照。而且,就中国晚清以来的新文学而言,无论如何都无法和世界文学脱离关系。单就莫言的叙事艺术而言,众所周知,其和20世纪西方、拉美、日本等民族的现代主义、后现代主义文学密切关联。没有"意识流"小说和"新小说"代表作家之一的布托尔的《变》《欢乐》的第二人称叙事和永乐的意识流,就不会那么生动深入地呈现20世纪八九十年代农村大龄青年高考复读的艰辛,以及农村多子家庭老母亲的无奈与坚韧。而如果没有"拉美魔幻现实主义"的集大成之作《百年孤独》中的乌苏拉,《丰乳肥臀》中的上官鲁氏亦显得形单影只。如果没有"后现代主义"元小说,《蛙》不会以奇特多元的叙事艺术,呈现一代人对中国计划生育政策的深刻反思。诸如此类,读者亦可以在莫言小说多元的叙事艺术中,反观他丰富的阅读体验和富有灵性、扎根乡土的创新。而这也是之前一直致力于西方后现代主义小说研究的我,最终选择研究莫言小说的契机。但如果莫言仅仅停留在照搬和模仿世界文学叙事艺术的形式层面,我也不会走进他的文本世界的深层,探寻有关汉民族乡村世界的人类学因子。恰是因为他用世界文学和中国传统叙事文学纷繁复杂的叙事艺术杂糅的瓶,装中国汉民族乡村文化的酒的独特创新，以及装的过程中恰到好处地融会贯通，才让他的小说呈现出独特的文化内涵。我想他之所以能获诺贝尔奖，装酒的瓶对看惯了20世纪各种小说叙事艺术革新的评奖人而言，并不具有优势，他们主要聚焦的应该是其瓶中的酒。因为汉民族乡村文化这味世界人从没机会认真品味的酒，被莫言品鉴、把玩得如此真挚、深厚、细微和臻纯，对喜欢猎奇的西方人而言，还是比较陌生并具有吸引力的。这也是其小说的真正价值所在，而这种价值就是这部书着力想要呈现的。

然而，这部书稿的书写并未止于2015年博士毕业。在之后的学习和研究中，在获得其他知识的滋养和影响时，其中的很多内容也不时在思考、更新。感谢导师陆建德先生，在我博士毕业后，有幸师从他在中国社科院文学所做比较文学方向的访问学者。这段经历，亦对我的学术生涯和书稿中有关汉民族文化的思考产生了重要影响。陆老师每每以"红红，我跟你讲"，这样温和的带着江浙口音的柔软普通话开始他的讲解。他学识渊博，涉猎广泛，近若干年一直从事中国晚清文化和文学的再解读工作。学贯中西的理论视野使其对中国文化有深入认知，而与他的多次交流，在他上课和讲座中获得知识和启示，以及他的著述中的很多思想，启发了我对书稿很多内容的再思考，而这些思考对乡村文化的反思举足轻重。正是因为陆老师对欧美文化和历史，以及小说的熟稔和研究，赋予他中西文化对比中重新解读晚清以来的学者如林纾、严复、康有为和梁启超，以及鲁迅等人的宏阔视野，他以细微的文献解读揭开晚清以来社会、历史和文化的众多"迷雾"，深入思考国人的"民品""民力"，以及"民德"的文化根基，对我深入认知和研究乡村文化亦意义重大。

2019年清明时节，在樱花盛开的4月，我有幸在日本和莫言研究的众多学者相遇。其中张志忠、贺立华、李光贞、丛新强等学者，不仅是莫言研究权威，也是莫言的故交。他们在会上的发言，和与他们会后的深入交流，及他们对我"莫言小说人类学书写中的乡村儿童"的发言的赞赏和肯定，启发和鼓励了我对书稿的后续修改。张志忠老师不多说话，但每说一句，不但富

有哲思且诙谐幽默。他对莫言近几十年的研究耳熟能详,谈来侃侃。当年
前我忐忑问询,能否为我的书写个序的时候,他欣然应允,并早早写完发我。
贺立华老师和莫言是发小、知己,熟稔莫言的经历,因而与他的交流,虽然让
故事与现实中的莫言在重合中分离,又在分离中重合,却更加笃定我对莫言
乡村世界人类学研究的信心。李光贞老师对莫言小说的日语翻译,和对莫
言及其小说在日本的际遇的学术研究,她谨严认真的处事方式,对其他老师
温和、细致的关怀与帮助,是我学习的榜样。丛新强老师是莫言研究的后起
之秀,年轻的博导、教授,真挚善良。虽不善言谈,但谈起莫言的小说却头头
是道,富有见地。感谢他给我提供了很多我在英国查阅不到的文献资料。
此外,日本学者对莫言小说的兴趣和翻译,以及他们的热情和认真,让我深
切感受到莫言研究的分量与责任。每每想起这些,想起各位老师的音容笑
貌和会议上发言的风采,让人不禁喟叹时间易逝,一年已经不经意地过
去了。

在书稿最后修订期间,我有幸踏上英伦的土地,在剑桥大学做访问学者。
在这里不管是博物馆所见,还是日常学术交流,一切仿佛都和人类学有关联。
世界各地博物研究的学者在这里召开学术会议,通过一件件器物上的纹理和
图饰的解读,深入解读那些已经逝去久远的多民族文化。大英博物馆、菲茨威
廉姆博物馆、剑桥的人类学博物馆中古希腊的众多展品,和希腊神话与"荷马
史诗"中的很多人物故事交相辉映,生动形象地呈现了古代希腊的历史、社会
和文化,以及人们生活的日常。剑桥大学图书馆丰富的人类学史料和著述,很
多学者对文学文本人类学研究之后形成的著述,虽然是一部部纸质文本,却亦
是某一地域范围内某一组群文化生活的见证。如拉美文学的人类学研究著
述,通过文学深入解读拉美文化;亦有学者通过对哈代小说和华兹华斯的诗歌
研究,解读和研究英国 19 世纪的某一地域文化和人们的日常生活。而所有这
些成果,更坚定了我通过莫言小说的人类学研究,循着他文本的纸质媒介发现
汉民族一隅乡村世界的信心。是的,人类文化异彩纷呈,而人类的文学更是繁
复多样。正是纷繁多样的文学,记录了各个民族纷繁多样的文化景观。可见,

文学人类学的研究让文学文本的纸媒中的文化、政治、历史、宗教等以另一种姿态见证历史的变迁和民族文化的多元。所幸书稿的最后修改工作,在剑桥大学具有近一百年历史的图书馆高大宏阔的主阅览室进行。而这里文献查阅便利通畅,遇到找不到的书,写一张单子,最多等 30 分钟,它们就会静静地躺在特定的桌上等你认领。正因为有这种搜寻资料的便捷,书稿修改才能顺利完成。因而我也要感谢这里的工作人员,或许他们并不需要也不在意我的感谢,但我还是要把对他们的谢意写在这里。我也感谢这里宁静的学术氛围赋予我宁静而又比较深沉的思考。

感谢西北师范大学的张明廉先生,在十多年前是先生把文学爱好者的我引领进了文学研究的大门,并在之后的学业和生活等各方面不断鞭策和鼓励。感谢袁洪庚先生多年来的指导和眷顾,先生的治学和做人态度也让我终生获益。感谢古世仓、彭岚嘉两位先生在课堂上的知识传授,两位先生的治学水平和做人态度也让我受益匪浅。

我要感谢师姐叶淑媛给我推荐人民出版社的侯俊智老师,正是他给我推荐了我的责编陈建萍老师。陈老师细致、认真、温柔、体贴,每每站在作者的角度,与作者悉心商量。因书稿出版期间遭遇"新冠",加之我的拖沓,影响了书的预期出版。但陈老师始终在默默等待。在这里也用卑微的微言,奉上我的歉意和感谢。

感谢我的爱人张黎明,我学习和生活中永远的坚实后盾,感谢他为我做的一切。虽然他不善言辞,但他的默默支持让我一路前行,畅通无阻。虽然2014 年写作的主要阶段是我人生的多事之秋,写作的足迹遍布爸爸多次化疗的多个不同的病房和公交车、出租车。但感谢爸爸在化疗恢复间隙对我的支持和陪伴,就像十多年前陪伴我写硕士论文的奶奶一样,默默地做着他能做的一切。所幸 6 年过去了,他一切安好。感谢妈妈,她不但在我忙碌得不知所措时随叫随到,而且在我烦恼和焦虑时,总会听我倾诉并抚慰我。感谢张仕坤小朋友,从着手写作的 2013 年至今,已从一个少不更事的孩童,蜕变为有自己思想的少年。虽然他并不是班上的学霸,但他是老妈心中永远的学霸,因为他学啥都很快,包括做饭、切菜,第一次都会做得很不错。他乖巧懂事,学习从不依赖妈妈,甚至在取得成绩想和妈妈分享喜悦,妈妈却给他泼凉水时,只会在心底里默默伤心,却从不生气。他总以为妈妈并不在意他的每一个小进步。其实,妈妈很在意,且骄傲并庆幸。幸亏他自立,作为妈妈的我才不会因为陪伴他学习而产生多种情绪,影响工作、学习和研究。感谢有他,让我以妈妈的身份成长蜕变。当然成长和蜕变没有休止,我们的路还很长。虽然未来充满众多不确定性,但我们还是期待不确定的远方……

剑桥的2、3月最美亦最冷。因为在此前后,这里的花竞相绽放,而初雪也下在此时。雪在人的期待中来得精准,又无比潇洒,大大的雪片飞扬了一早上。而那些在草地、林间次第开放的水仙、雏菊、樱花、桃花、梨花、李花,以及很多我叫不出名的小花,在雪中傲然绽放,甚至在雪水的滋润下更为娇艳。那些虽然年岁已很高,但仍然以各种丰富的姿态学习、生活、工作的老人们,每每看到他们的身影,如同看着雪地上昂首挺立的花一样让我震撼。或许是我多虑,因为在他们,从来就不曾有“老”的概念。如那些在图书馆一坐一天却走路蹒跚的先生、女士,那些在讲座、讲台和舞台上不拿讲稿侃侃而谈的学者,还有那些在NVS做志愿者的老人。他们耳里的助听器、嘴里的假牙,还有紧紧握在手里的手杖,见证着他们的年岁。但他们幽默诙谐、思路敏捷的谈吐,以及他们拿在手里却不照本宣科的厚重的准备资料,无不显示出他们其实和我们没有任何分别。还有多次在路上骑车,偶尔穿越车窗看到的满头银发的驾驶者,和在各个地方仍然兢兢业业工作的年老的身影。他们如同那些在寒风料峭和雪地绽放的花一样,以坚强的意志在有限的生命方舟中绽放的姿态,呈现着万物坚毅且永不枯竭的生命力。因而,我还要感谢他们,是他们让我一次次感慨,一次次重新认识自我,也是他们让我重新思考生命与人生。虽然这些并没有以固定的语言展现在书中,但他们却赋予我新的认知思维和思考逻辑。

说了这么多,再说就跑远了。但仍然觉得言不尽意,少了什么。尽管文字能让曾经的乡村世界获得某种新生,但不能记录纷繁复杂的近十年的心路和日常的点点滴滴,也不能把心头的谢意一一传递。我也知道这些轻轻敲打键盘写出来的有限的文字,无比卑微又微不足道,亦不可能完全记录每一步真实走过来的路上弥足珍贵的人和事,也只能写这些了。因为这一段结束了,下一段将持续。

任红红

2020 年 3 月 19 日

于剑桥大学 Fawcett Court